瑞 特

[美]唐纳德·麦凯格 著
郑 峥 译

RHETT BUTLER'S PEOPLE

by Donald McCaig

重庆出版集团 重庆出版社

Rhett Butler's People by Donald McCaig
Copyright © 2007 by Stephens Mitchell Trusts
ALL RIGHTS RESERVED
Simplified Chinese edition copyright © 2022 BEIJING ALPHA BOOKS CO., INC.
版贸核渝字（2020）第014号

图书在版编目（CIP）数据

瑞特 /（美）唐纳德·麦凯格著；郑峥译. — 重庆：重庆出版社，2022.9
书名原文：RHETT BUTLER'S PEOPLE
ISBN 978-7-229-17065-3

Ⅰ.①瑞… Ⅱ.①唐… ②郑… Ⅲ.①长篇小说—美国—现代 Ⅳ.①I712.45

中国版本图书馆CIP数据核字（2022）第169570号

瑞特
RUITE

［美］唐纳德·麦凯格 著 郑峥 译

出　　品：	华章同人
出版监制：	徐宪江　秦　琥
责任编辑：	王昌凤
特约编辑：	王　靓
营销编辑：	史青苗　刘晓艳
责任印制：	杨　宁　白　珂
书籍设计：	Moeder Lin

重庆出版集团
重庆出版社 出版

（重庆市南岸区南滨路162号1幢）

北京盛通印刷股份有限公司　印刷
重庆出版集团图书发行有限公司　发行
邮购电话：010-85869375
全国新华书店经销

开本：880mm×1230mm　1/32　印张：22.25　字数：459千
2023年1月第1版　2023年1月第1次印刷
定价：108.00元

如有印装质量问题，请致电023-61520678

版权所有，侵权必究

最要紧的是彼此切实相爱,因为爱能遮掩许多罪。
　　　　　　　——《圣经·彼得前书》第四章第八节

主要人物

瑞特·巴特勒 / Rhett Butler / 男主人公

斯嘉丽·奥哈拉 / Scarlett O'Hara / 女主人公

（以下按照姓氏英文首字母排列）

威尔·本廷 / Will Benteen / 斯嘉丽的妹夫

图尼斯·博诺 / Tunis Bonneau / 瑞特的好友

伊丽莎白·巴特勒 / Elizabeth Butler / 瑞特的母亲

朱丽安·巴特勒 / Julian Butler / 瑞特的弟弟

兰斯顿·巴特勒 / Langston Butler / 瑞特的父亲

露丝玛丽·巴特勒 / Rosemary Butler / 瑞特的妹妹

夏洛特·费希尔 / Charlotte Fisher / 露丝玛丽的好友

杰米·费希尔 / Jamie Fisher / 夏洛特的哥哥

梅兰妮·汉密尔顿 / Melanie Hamilton / 露丝玛丽的朋友

约翰·海恩斯 / John Haynes / 露丝玛丽的第一任丈夫

苏埃伦·奥哈拉 / Suellen O'Hara / 斯嘉丽的妹妹

卡瑟卡特·珀伊尔 / Cathecarte Puryear / 瑞特的老师

埃德加·珀伊尔 / Edgar Puryear / 瑞特的同学

安德鲁·拉瓦内尔 / Andrew Ravanel / 露丝玛丽的第二任丈夫

杰克·拉瓦内尔 / Jack Ravanel / 安德鲁的父亲

朱丽叶·拉瓦内尔 / Juliet Ravanel / 安德鲁的妹妹

埃伦·罗比拉德 / Ellen Robillard / 斯嘉丽的母亲

尤拉莉·沃德 / Eulalie Ward / 斯嘉丽的姨妈

贝尔·沃特林 / Belle Watling / 瑞特的合伙人

以赛亚·沃特林 / Isaiah Watling / 贝尔的父亲

沙德·沃特林 / Shad Watling / 贝尔的哥哥

塔兹韦尔·沃特林 / Tazewell Watling / 贝尔的儿子

阿什利·威尔克斯 / Ashley Wilkes / 梅兰妮的丈夫

目 录

第一部　内战前　　　　　　　　　　1

第 一 章　荣誉之战　　　　　　　　2
第 二 章　露丝玛丽·佩内洛普·巴特勒　42
第 三 章　亲爱的瑞特哥哥　　　　　61
第 四 章　赛马周　　　　　　　　　68
第 五 章　瓶子里的字条　　　　　　73
第 六 章　黑奴交易　　　　　　　　84
第 七 章　婚姻是笔体面的财产　　　100
第 八 章　爱国舞会　　　　　　　　104
第 九 章　佐治亚农场的一次烧烤　　120
第 十 章　"快乐寡妇号"　　　　　137
第十一章　一些爱侣　　　　　　　　153
第十二章　私生子　　　　　　　　　167

第 十 三 章	一个传奇的叛军指挥官	190
第 十 四 章	已婚的人	206
第 十 五 章	儿童避难所	216
第 十 六 章	被烧毁的地区	226
第 十 七 章	爱的信物	237
第 十 八 章	逃亡的狐狸	256
第 十 九 章	黄色丝绸腰带	275
第 二 十 章	鲜血之河	286
第二十一章	火烧亚特兰大	293
第二十二章	富兰克林之后	308
第二十三章	最后一条偷渡船	324

第二部　重建　341

第二十四章　战后佐治亚的一个种植园　342
第二十五章　战后低地区的一个种植园　359
第二十六章　底层翻身　372
第二十七章　有史以来最快的　378
第二十八章　在联邦拘留室　392
第二十九章　花园里的绞刑架　402
第 三 十 章　欺骗　410
第三十一章　南方佳丽　417
第三十二章　伊丽莎白小姐的跪凳　429
第三十三章　周三晚上的民主党　433
第三十四章　该死的误会　448
第三十五章　黑白混血儿舞会　454
第三十六章　沃特林先生的房子　474
第三十七章　愚蠢的笑话　484

第三十八章	白色长袍	489
第三十九章	自然奇观	507
第 四 十 章	杀人犯的儿子	516
第四十一章	挂满瓶子的树	519
第四十二章	遗产	536
第四十三章	阿什利的生日派对	541
第四十四章	欲望	547
第四十五章	她	549
第四十六章	欧仁妮·维多利亚·巴特勒	552
第四十七章	一个天主教城市	557
第四十八章	梅丽小姐请求帮助	569
第四十九章	临终时分	576
第 五 十 章	十二橡树后面的小山	579

第三部　塔拉　　587

第五十一章　威尔·本廷　　588

第五十二章　回暖的土地　　598

第五十三章　一封电报　　623

第五十四章　格拉斯哥　　624

第五十五章　干旱　　632

第五十六章　三个寡妇　　639

第五十七章　雨　　651

第五十八章　光荣的四日　　663

第五十九章　我的日子到了 　　683

第 六 十 章　明天又是新的一天　　690

致　谢　　698

第一部

内战前

第一章

荣誉之战

距离内战爆发还有十二年的一天早上，再有一个小时就要日出了，一辆带篷子的马车疾驰在南卡罗来纳的低地地区[1]。阿什利河[2]边的这条小路黑黢黢的，只有马车侧边风灯投射下来的微弱灯光，薄雾打着旋钻进打开的窗户，沾湿了车厢里乘客的脸颊和手背。

"瑞特·巴特勒，你真是头倔驴。"海恩斯蜷着身子坐在车厢里。

"随你怎么说吧，约翰。"巴特勒一把掀起车窗上的帘子问道，"我们快到了吧，我可不想让先生们久等。"

"我们现在上大路了，瑞特少爷。"海格力斯是瑞特父亲的

---

[1] 南卡罗来纳州的海岸地区分布着许多湿地、沼泽和海滩，被称为"低地"。
[2] 流经南卡罗来纳州的一条河流，注入大西洋。

赛马训练师，也是整个布劳顿庄园级别最高的仆人，但他还是坚持亲自驾车送这位少爷。

瑞特警告过他："如果知道你也参与其中，兰斯顿[1]会生气的。"

海格力斯无动于衷："少爷，我是看着你长大的。你第一次骑马可是我海格力斯把你抱上去的。你和海恩斯先生把马拴在后面，今晚让我来赶车。"

约翰·海恩斯面颊丰满，中和了异常坚毅的下巴的棱角。他的嘴角扯出了一条不悦的弧线。

瑞特说道："我喜欢这些沼泽地。真见鬼，我可不想当什么种植园主。兰斯顿天天唠叨的什么水稻的种类啊，黑奴们的事情，我一个字都不想听，我就想着能来到这条河边。"他的眼睛闪着光芒，向他的朋友凑过去："划着小船，穿过这片雾。有天早上，我看到一只红海龟像水獭一样滑进水里，它应该觉得很好玩吧——你见过红海龟笑吗？"

"不知有多少次，我打算从睡着的蛇鸟身旁轻轻划过去，不去吵醒它。但是它蛇一样的脑袋猛地从翅膀底下钻出来，目光敏锐，至少不像刚睡醒的样子，然后嗖的一下子——"瑞特打了个响指，"就钻进水里了。沼泽鸡可不如它机灵。好多次我划到转弯的地方，几百只沼泽鸡呼啦啦一下子飞了起来。你能想象它们在雾里飞的样子吗？"

---

[1] 瑞特·巴特勒的父亲。

"你想象力太丰富了。"瑞特的朋友说道。

"我真是不明白,约翰,你总要这么小心翼翼的。到底是什么了不起的原因,让你这么沉默寡言?"

约翰一边用潮湿的手帕擦拭着眼镜片,一边说道:"如果不是今天这情况,我还真会因为你的关注受宠若惊呢。"眼镜片在反复擦拭下反而变得越发模糊不清。

"见鬼。约翰,抱歉。多嘴问一句,火药没受潮吧?"

海恩斯摸了摸大腿上放的光溜溜的桃木箱子说道:"我亲自封好的。"

"听到夜鹰叫了吗?"

马蹄快速地敲击地面发出嗒嗒的声音,皮革制的挽具被摩擦得吱呀作响,其中还夹杂着海格力斯的叫骂声:"快点儿,你们这群懒货,再快点儿。"夜鹰发出三个音调的叫声。夜鹰——难道约翰没有听说过有关沙德·沃特林和夜鹰的故事吗?

"我的生活还不错。"瑞特·巴特勒说道。

但在约翰·海恩斯看来,他朋友的生活简直一团糟,所以此刻他默不作声。

"快活的时光,几个好朋友,还有我亲爱的妹妹,露丝玛丽……"

"露丝玛丽会怎么样?没有你,她会怎么样?"

"别和我说这些!"瑞特望着空旷漆黑的窗外,"看在上帝的分儿上,如果你是我,你会怎么办?"

在意志坚定的约翰·海恩斯的脑子里,他的回答是:我永远不会成为你。但是这话他说不出口，虽然这确实千真万确。

瑞特前额浓密的黑发被风吹起，他的长礼服上有丝线绣成的花纹，身旁座位上放着海狸皮制成的帽子。约翰的这位朋友，和他所结交的其他朋友一样生机勃勃，像野兽一般充满着生命力。如果瑞特·巴特勒真被枪打死了，他绝对可以像狮子一样被剥去皮毛挂在查尔斯顿市场的栅栏上。

瑞特说："我已经没有什么名声可言了，无论如何，都不会比现在更丢脸了。"突然，他咧开嘴轻轻笑了起来："正好为那些长舌妇增加些谈资。"

"你已经被她们议论过好几次了。"

"我知道。上帝做证，我可让这些人有舌根可嚼了，整个查尔斯顿还有谁能在受人指指点点上和我相提并论？约翰，我都快成了妖怪了。"他拿捏着腔调说道，"孩子，你再继续这么胡来的话，就会和瑞特·巴特勒一样的下场。"

"你快别开玩笑了。"约翰平静地说。

"约翰，约翰，约翰……"

"你介意我讲几句实话吗？"

瑞特挑了挑乌黑的眉毛："你请便。"

"你真的不需要这么做。让海格力斯掉头，就当是我们在清晨兜兜风，回城再吃顿丰盛的早餐。沙德·沃特林算不上有身份的人，你不需要和他决斗。沃特林在查尔斯顿找不到体面人追随他，竟然找上了一个来此处游玩的北方佬陪他前来。"

"作为贝尔·沃特林的哥哥，他的诉求应该得到满足。"

"瑞特，看在上帝的分儿上。沙德是你父亲监工的儿子，是他的下人！"约翰·海恩斯轻蔑地挥了挥手。"给他些补偿……"他停顿了一下，泄气地说道，"你肯定不会这么做的，这事儿……就为了那个姑娘？"

"贝尔·沃特林是个好姑娘，比那些骂她的女人都好。请原谅，约翰，但你不能歪曲我做这事儿的动机。这事关乎声誉，沙德·沃特林造谣中伤我，是我向他提出挑战的。"

约翰有很多话想说，几乎不知道该如何开口："瑞特，如果不是因为西点……"

"你以为是因为我被开除吗？这顶多算是我最新最夸张的一次丢人现眼罢了。"瑞特拽着朋友的胳膊，"你难道一定要我把这些丢人的事都数一遍吗？这些失败和耻辱甚至多过……"他疲惫地摇了摇头："我真不想提这些事了，约翰，你是不是要我另找个人当我的副手？"

"该死，"约翰·海恩斯叫喊道，"真见鬼！"

约翰·海恩斯和瑞特·巴特勒相识于卡瑟卡特·珀伊尔创办的查尔斯顿学校。瑞特后来去了西点军校，那时候约翰·海恩斯在父亲从事的船运生意圈里已经小有名望。瑞特被西点开除回来之后，海恩斯经常可以看到他的这位旧相识游荡在镇上的各条街道上。有时候清醒，而更多时候则喝得醉醺醺的。看着曾经风度翩翩的人现在臭气熏天，邋里邋遢，约翰感到忧心忡忡。

和大多数南方家族的后代一样，约翰·海恩斯家世良好，其优良品德似乎是与生俱来的。约翰是圣迈克尔教堂的教区代表，也是圣塞西莉亚社团[1]最年轻的舞会负责人。虽然约翰羡慕瑞特的充沛精力，但从不与瑞特和他的朋友们为伍，这群人夜晚流连于查尔斯顿的妓院、赌场和各式酒吧，美其名曰"拉瓦内尔上校的运动"。

因此，当巴特勒来到海恩斯父子公司设立于码头的办公室，要约翰陪他去捍卫他的名誉时，约翰感到相当意外。

"但是，瑞特，你的朋友们呢？那个安德鲁·拉瓦内尔，还有亨利·克肖，埃德加·珀伊尔？"

"但是，约翰，到时只有你会是清醒的。"

不论男女，很少有人能抵挡住瑞特·巴特勒那该死的微笑，约翰·海恩斯也不例外。

或许约翰确实天生迟钝，整个查尔斯顿都听腻了的流言蜚语他竟然闻所未闻。约翰每次重复那些聪明人的俏皮话时总是会出错。即便查尔斯顿所有的母亲都认为约翰是她们未出阁女儿的"理想对象"，年轻姑娘看见他时却总是用扇子掩着半边脸笑话他。但约翰·海恩斯当了两次此类关于名誉事件的副手，强烈的责任感让约翰·海恩斯总是随叫随到。

布劳顿农场的主干道是一道泥土堤坝，将稻田和阿什利河分隔开。马车突然倾斜了一下，从大路驶向了田野一侧。

---

[1] 查尔斯顿乡绅捐资成立的组织，主要负责承办音乐会和一些社交活动。

约翰·海恩斯从未觉得像现在这样无助。不论他做什么，这件让人厌恶、极度危险的事都会发生。名誉需要得到捍卫。现在驾驶马车的，不是海格力斯，而是名誉——它用骨瘦如柴的双手牵拉着缰绳；桃木盒子里放的，也不是四十毫米口径的哈珀特手枪，而是名誉随时准备射出的谴责之箭。约翰的脑袋里响起一支旋律："我不能爱你，塞西莉亚，如果我不能更爱我的名誉。"多么愚蠢的一首歌！沙德·沃特林可是整个低地最好的枪手。

马车驶上一条灌木丛生的小路，因为很少有人经过，树枝上垂下的铁兰不停地剐蹭着车顶。有时，海格力斯必须要抬起那些低垂的枝条才能让车子通过。

约翰·海恩斯一个激灵，突然想起了沙德·沃特林和夜鹰的故事。

"啊，"瑞特凝视着窗外，"你能闻到吗？沼泽地的美妙味道：香蒲、桃金娘、海紫菀，还有泥坑和沼气的味道。我小时候，经常划着小船在沼泽地待上几天，像那些红皮肤印第安人一样。"瑞特陷入沉思，笑容慢慢退去："求你最后再帮我个忙。你知道图尼斯·博诺吧？"

"那个自由身的黑人水手？"

"你如果看见他，问一问他是否记得那一次我们划船去博福特[1]。请他为我的灵魂祈祷。"

"请一个自由黑人？"

---

[1] 南卡罗来纳州南部大西洋沿岸的一个县。

"我们小的时候曾在那条河上一起玩耍。"

一束浅灰色的光线若有似无地射进车厢。瑞特望了望窗外："嘿，我们到了。"

约翰看了看他的怀表："还有二十分钟就日出了。"

名誉的战场是一片三英亩的草场，周围长着阴郁的柏树和遍布苔藓的槲树。这片土地完全隐没在浓雾之中，只听到一个刺耳的叫声传出："嘶——依，嘶——嘎——，嘶——嘎——！"

瑞特从马车上下来，搓着双手说道："行。我的目的地到了。小时候梦想有一天能沐浴荣光，但想不到是这样的情景。"

浓雾里传来牛群的叫声。"我可不想打到牛身上，"瑞特伸了个懒腰，"如果射死了我父亲的牛，他一定会气疯的。"

"瑞特……"

瑞特·巴特勒把一只手搭在约翰·海恩斯的肩膀上："我现在需要你，约翰，我相信你会把一切都安排好的。至于你合理而仁善的建议，还是免了吧。"

约翰只得咽下了忠告，祈祷自己不要再想起沙德·沃特林和夜鹰的事：在兰斯顿·巴特勒将布劳顿庄园的宅院建好之后，他的监工以赛亚·沃特林带着家人搬到了巴特勒家原来的房子，离黑奴的住处很近，也方便照看稻田。巴特勒家刚到低地地区时种下的小树苗，现在已经长成了一棵棵巨大的槲树，为那所其貌不扬的小农舍遮蔽阳光。

一棵槲树上住着的夜鹰从早到晚用叫声欢迎着新入住的沃特林一家。

沃特林家的女儿贝尔认为那只鸟在求偶，她的母亲萨拉却说那只鸟在悲鸣。

清晨时分，刚搬来的沃特林一家还在讨论这只鸟是在求偶还是悲鸣，突然，一声枪响响彻了整个屋子。母亲冲进沙德·沃特林的屋子，看见一把冒着烟的手枪放在窗台上。"那只傻鸟不会再吵到我睡觉了。"沙德·沃特林嘟哝着说。

沙德·沃特林借着昏暗的光线，在六十步开外，将那只小夜鹰的脑袋打碎了。

约翰·海恩斯问瑞特："你听说过夜鹰的故事吗？"

"坊间传闻而已，约翰。"瑞特在他的靴子底划亮了一根火柴。

"瑞特，沃特林那家伙确实杀过人。"

燃烧的火柴噼啪作响，瑞特点燃了一支雪茄："但也只是黑奴，还有和他一样出身的货色。"

"你觉得高贵的出身能帮你挡住子弹吗？"

"啊，当然了，"瑞特认真地说道，"见鬼，当然了。高贵的出身总有点用处吧。"

"有人来了。"海格力斯坐在高高的马车上说道。

一个年轻男人喘着粗气从雾气中慢慢显出身影，他的长礼服搭在一只手臂上，大约是来的路上不慎摔倒了，裤子的膝盖处都湿透了。"这群该死的牛。"他像是在解释，一边把外套换到另一只手上，一边腾出手向约翰·海恩斯伸过去，略微思忖一下，又转而笨拙地向他鞠了一躬。

"马萨诸塞州艾米蒂[1]的汤姆·贾弗里,乐意为您效劳,先生。"

"好吧,汤姆,"瑞特微笑着说,"看起来你的查尔斯顿之行将会成为一次难忘之旅。"

贾弗里比瑞特和约翰年轻两三岁。"我就算说了,艾米蒂的人也不会相信的。"

"奇闻异事,汤姆,这些事在南方可是见怪不怪了。你跟朋友们说起我们的时候,一定要好好介绍一下潇洒英勇的瑞特·巴特勒。"瑞特眉毛轻蹙,若有所思地说,"如果我来讲这个故事,一定不会提到这群牛。"

"你的委托人还没到吗?"约翰问这个年轻的北方佬。

汤姆·贾弗里指了指层层浓雾:"沃特林还有那个沃德医生,互相瞧对方都不顺眼。"

约翰·海恩斯抓住那年轻人的胳膊,把他拉到瑞特听不到的地方:"贾弗里先生,你之前陪别人去决斗过吗?"

"没有啊,先生。艾米蒂那里很少有这样的事。我是说,我的祖父或许干过这样的事,但是现在人们不会了。可以说,我就是个新手。我的姑妈佩欣斯上了天堂,给我留了一笔遗产,所以我才来到这里看一看。我对自己说,汤姆啊,如果现在不过来,天知道啥时候还能过来呢?这就是为什么我会来这儿,看一看你们的查尔斯顿港,我敢说,这个港口和我们那里有名的波士顿港

---

[1] 马萨诸塞州安姆斯特镇的一条街道。

一样大。后来,沃特林先生找到了我,问我是不是个绅士,我回答他我当然希望如此。当他提出我能否陪他去决斗时,我就想,既来之则安之,在艾米蒂可绝没有这样的机会。"

约翰·海恩斯没有告诉这个年轻人,沙德·沃特林之所以选择一个素不相识的北方佬陪他来决斗,就是故意要给瑞特难堪。

"你清楚自己要干什么吗?"

"副手要确保相关事宜正常进行。"

约翰·海恩斯若有所思地盯着这个年轻的北方佬:"帮助双方委托人达成和解才是我们最需要做的。"他用遗憾的语气说道,似乎暗示这个年轻人并未尽到责任。

"哦,我的委托人不考虑和解,他说他希望一枪射穿巴特勒先生的心脏。他和巴特勒先生是老相识了。"

"天快亮了,我们一般日出后开始决斗。"

"你们觉得怎样就怎样吧。"

"太阳升起来以后,双方先生们选择各自的手枪。作为决斗中被挑战的一方,你们可以先选,我们现在先装子弹吧?"

约翰·海恩斯把放在马车挡泥板上的桃木盒子抱在怀里,打开锁,从里面拿出了一把手枪。枪柄有凸起但很光滑,握在手中感觉像活了一般,他觉得自己抓着的是条水蛇。"你来瞧瞧吧,两把枪一模一样,你在旁边看着,我把枪填上子弹,然后你来装另一把枪。"

约翰把火药倒出来,将一粒铅球放在一小块油布上,然后将火药填塞进去。把雷帽放在击锤下,再把击锤扳到半击发状态。

"我家乡的人绝对不会相信有这种事。"汤姆·贾弗里说道。

早晨的光线越来越亮,浓雾逐渐消散成了一缕缕,两辆鬼魅一般的车穿过草地逐渐进入了视线,一辆是一匹马的双轮马车,一辆是骡子拉的农用挂车。

瑞特·巴特勒从后面将马身上的套具卸下来,把脸贴在马粗壮的脖子上:"害怕了吗?特库姆塞,不用怕,不会伤到你的。"

"约翰,这片草地,我祖父年轻的时候在这里种植靛蓝。树林里有个池塘,好多针尾鸭在那里孵蛋,刚孵出来的小鸭子可是麝鼠[1]的美味。有时候一群小鸭子在水面上划行,突然一只就被拖进了水里,动作太快了,甚至没有惊动其他鸭子。我们那个灌溉工人,威尔,就在这里捕到过麝鼠。"

"我们两个去找沃特林谈一谈,他怎么道歉你能接受?"

瑞特倔强地把眼一闭说道:"沙德·沃特林跟别人说我是他妹妹的孩子的父亲,我说过,他是个骗子,如果沃特林承认自己说谎,我就放弃和他决斗。"

"你可以给些补偿吗?给他们些钱,那个女孩子也好找个地方把孩子生下来。"

"如果贝尔需要钱,我会给她的,但是这件事和钱没关系。"

"作为你的朋友,瑞特……"

---

[1] 一种生活在北美洲水中的动物,形似大老鼠,皮毛珍贵。

"约翰,约翰……"瑞特把脸埋在特库姆塞脖子上的鬃毛里,"是朋友就帮我把这件事了结了。"

沙德·沃特林的农用拖车上堆着坏掉的车轮、轮毂和轮辋。"早上好,贾弗里先生,海恩斯先生。我看见你和巴特勒一起来的。"

"沙德……"

"今天请叫我'沃特林先生'。"

"沃特林先生,我相信我们可以达成和解的。"

"巴特勒睡了我妹妹,鬼才要和他和解。"

"瑞特用对待绅士的方式对待你,他真是抬举你了。"

沙德吐了一口唾沫:"我要往西去。他妈的,我受够了低地区。除了有钱的混蛋就是些黑鬼。我有表亲在密苏里那里。"

"不论你去哪里都需要钱。如果你妹妹贝尔和你一起走,那么流言就会自动消失的。"

沃特林轻声笑起来:"巴特勒是要给我钱吗?"

"不是他,是我。沃特林先生。"

"又回到钱上来了,是吗?"沃特林又吐了口唾沫。

沙德·沃特林身形矮壮,脸上没有胡须。"不成,这次不行。我和巴特勒是私人恩怨。老爹狠狠用鞭子抽了贝尔一顿,她还是不肯说是瑞特把她睡了。我可不能当没事儿发生。我现在就想给巴特勒来上一子弹。巴特勒不算我的少爷,我听说现在他连军校学生都不算了。他就配喝一壶尿。"

沙德·沃特林瞟了一眼河水:"天快亮了,我还有四个坏掉的轮子需要修呢。轮匠开工早，我是接受决斗的人，由我来指定双方决斗距离，五十步远足够我打中他，而不被他打中，我可不想被流弹打中。"他咧嘴轻声笑了一阵，粗短又有些发黄的牙齿闪着光。

外科医生裹着厚厚的羊毛长袍在他的两轮马车里发出了鼾声。约翰·海恩斯敲了敲他的靴子头，富兰克林·沃德睁开眼睛打了个哈欠："啊，我们还有正事……"他解开裤子，走下马车，转向另一边；尿液的味道让约翰·海恩斯的鼻子狠狠地抽动了一下。接着这位医生用他的袍子下摆揩了揩手指。

沃德医生把手伸向瑞特："哦，我猜，这位就是病人吧！"

瑞特咧嘴一笑说道："医生，你有取子弹的工具吗？探针、绷带，都带了吗？"

"先生，我可是在费城学的医。"

"毫无疑问，费城是个求学的好地方。"

沙德·沃特林在后面缓缓踱着步子，心不在焉地笑着，不时挠挠大腿。

"巴特勒先生，"汤姆·贾弗里问道，"你怎么把衬衫脱了？"

"约翰，帮我拿着行吗？外乡人，我的朋友，我脱了衣服，这样碎布就不会留在我的伤口里了。"

"可能你就喜欢光着身子，"沙德·沃特林轻蔑地打量了一下这个脱去衣衫后显得更单薄的男人，"至于我，我可不会多脱一件衣服。"

"先生们，"约翰·海恩斯打断道，"这件事关乎生死，我必须要再问一次，沃特林先生是否可以放弃决斗，由瑞特先生向你道歉并给予补偿？"

寒风中，瑞特的胳膊上起了一层鸡皮疙瘩。

"五十步，"沙德说道，"应该够了。巴特勒，记得你的那个黑鬼朋友威尔吗？他是怎么哭着求我放过他的？如果你也哭着求我，或许我可以放过你。"沃特林又一次龇着牙说："我看看那两把枪，嘿，北方佬，你是看着海恩斯先生装填子弹的吗？每把枪都只装了一颗子弹对吧？搞不好哪把枪里面提早装上了子弹吧？"

这个北方人十分震惊地说道："海恩斯先生可是位绅士！"

"他要是在子弹上刻了痕，就是在子弹上划一圈，放枪的时候子弹就会卡壳。你检查子弹了吗，北方佬？"

年轻的贾弗里重复道："海恩斯先生是位绅士。"

"他妈的没错。绅士不会在子弹上刻痕，是的，不会。绅士也不会在手枪里装两颗子弹。现在告诉我，哪把手枪是海恩斯先生装填的子弹？"

"我这边的这把。"约翰回答道。

树林里传来一声号角，声音浑厚悠长，就像是猎人发现狐狸时发出的信号。几秒钟后，一辆四轮马车出现在田野上，吱吱呀呀的车轮裹挟着潮湿的雾气。两名年轻小伙子站在座位上，一个刚把马车喇叭从嘴边放下，一只手抓住座位的靠背，防止急刹车把他头朝下甩下来："呦吼！我们错过好戏了吗？"

驾着马车那位上了年纪的男人发出咯咯的笑声："跟你说了我肯定能赶上的，杰克上校这不就找到这些捣蛋鬼了吗？"

拉瓦内尔上校曾经是一位受人尊敬的水稻农场主，直到他的妻子弗朗西丝死去。在这之后，也不知是出于悲痛，还是因为缺少了伴侣的管束，杰克开始到处花天酒地。在查尔斯顿，体面人里只有神职人员才被禁止醉酒，于是杰克·拉瓦内尔上校整日都喝得醉醺醺的。在这座几乎所有绅士都有赌博嗜好的城市里，杰克却被上流赌场拒之门外。杰克对相马极有天赋，正因如此，对赛马十分狂热的查尔斯顿才会由着他胡来。

约翰·海恩斯走到马车前："先生们，这件事事关名誉。礼仪……"

两个年轻男子穿着锦缎短上装，打着亮色领巾，裤子非常之紧，连遮阴布都派不上用场了。杰克上校也是相似打扮，尽管他的年龄可以做这两人的爹了。

"不过是一个乡下姑娘怀了野种，关名誉什么事？"吹号的那名男子高声嚷嚷着，"喔哦，约翰·海恩斯，这只不过是瑞特的又一桩荒唐事罢了。"

约翰·海恩斯被激怒了："亨利·克肖，这是污蔑，这里不欢迎你。"

身材高大的亨利·克肖充满疑惑道："你是说，瑞特表兄真要了结这事？见鬼，埃德加，我明天得留下来了。瑞特，是你吗？你不冷啊？我们一大早赶了几个小时车穿过潮乎乎的沼泽地。杰克说这块地过去是属于他的，不过不保证他说这话的时候是否清醒。埃德加·珀伊尔，能不能别喝了！"

汤姆·贾弗里问道："海恩斯先生，他们平时就是这个样子吗？"

"你就是大家说的那个北方佬？"亨利·克肖问道。

"是的，先生。我来自马萨诸塞州的艾米蒂。"

"人没法决定生在哪里。那么，你该不会也是个该死的废奴支持者吧？"

瑞特·巴特勒拍了拍约翰·海恩斯示意他别说话，然后用异常平静的语气说道："埃德加，亨利，杰克——你们是来看我死的？"

埃德加·珀伊尔脸上挤出了一副抱歉的表情："杰克打包票说这就是一场闹剧，瑞特，玩笑而已！他说你跟人打架绝不会是因为，因为……"

"'玩笑'，杰克？如果我父亲知道你也有份参与，他一定会把你送去劳动救济所[1]的。"

"好瑞特！别对老杰克这么无情啊！"

"亨利·克肖喝醉了——亨利喝醉时什么事都做得出来。埃德加·爱伦也来了。埃德加一贯喜欢看热闹。可是你这个老混蛋，大冷天的怎么一大早就从妓女的被窝里爬出来了？"

杰克·拉瓦内尔满脸堆着笑说道："哎呀，瑞特，老杰克这是来帮你了。我可是来帮你说和的！我们来心平气和地喝一场，再回忆一下美好时光。瑞特，我是不是和你说过我特别喜欢特库姆塞？老天啊，它在这儿呢！"

---

[1] 对犯有轻罪或轻微违法行为的人的短期监禁场所。

片刻的目瞪口呆之后，瑞特抽动着嘴角，轻声笑起来，继而又变成放声大笑，他笑得太厉害，甚至弯下了腰。那笑声让另外两个凑热闹的脸上也浮现出微笑，连年轻的北方佬也跟着咯咯笑了起来。

瑞特抹了抹眼睛说道："不，杰克，别打特库姆塞的主意。约翰，如果我死了，马就归你。那么，沃特林，现在选你的手枪吧。"

"我的老天，"亨利·克肖张大了嘴巴，"瑞特这是要来真的啊！"

杰克上校把眼睛眯了起来，抽了一鞭子把马赶到了田野上。

森林深处，一只松鸡在一块空心木头上啄来啄去，太阳蒸腾着从河面上升起。浓雾败下阵来，把黄色、蓝色和淡绿色重新归还给了大地。

约翰·海恩斯闭上眼，嘴里默默祈祷了几句，接着说道："先生们。"

沙德·沃特林在瑞特的笑声中有些失神，好像什么东西从他身体里溜走了。他的猎物触动了机关，最终却从陷阱里逃走了。沙德抓起一把手枪，反复查看，像是生怕有什么差错似的："巴特勒少爷，老天，那些黑鬼可真会巴结你！"

瑞特手中随意地掂起另一把长管手枪。他的脸上满是笑容，这种情绪似乎从他裸露的胳膊传递到了手枪上，好像连那把枪都在咧着嘴笑。

清晨，在这片河边空地上，一个身材矮壮、怒气冲冲的男人和一个裸着上身、面带笑容的男人背对背站在了一起。

双方要先向前走二十五步。等到太阳从地平线完全升起，约翰·海恩斯将会发令让双方转身射击。

决斗者们一步一步向前迈去，二十三，二十四，二十五……太阳胶着在地平线上。

"艾米蒂的人肯定不会相信还有这种事的。"汤姆·贾弗里低声说。

太阳奋力向上，终于，河岸的边缘和太阳光轮之间形成一道空隙。约翰·海恩斯声音响亮："先生们，转身！射击！"

瑞特·巴特勒的头发被河面上的一阵风吹起。他转过身子，摆出一副击剑的架势，并抬起手中的枪。

沙德·沃特林先开了枪，伴随着击锤迅速复位，一道白烟从枪口喷出。

九年前。

兰斯顿·巴特勒做出一个不耐烦的手势，于是他的大儿子脱下了衬衫，把它叠放在直靠背的椅子上，准备接受即将到来的鞭打。

男孩儿转过身去，把双手平放在父亲的书桌上。光滑的皮质桌面微微陷了下去，男孩儿盯着父亲的玻璃刻花墨水瓶，里面装着的是一满瓶的痛苦。第一棍下去，灼热的感觉让他吃了一惊。墨水瓶里有半瓶蓝黑墨水。瑞特想知道，这次他的爸爸是不是停不下来了。男孩儿的视线逐渐模糊，墨水瓶似乎漂浮在眼泪里。

和以往一样,他的父亲确实停手了。

兰斯顿·巴特勒颓然地把手一摊,把棍子猛地丢在地上,大声喊道:"老天啊,小子,你要不是我的儿子,我一定用牛鞭抽你。"

十二岁的瑞特个子已经长得很高。他的肤色比父亲黑,一头乌黑浓密的头发暗示着他的印第安血统。

男孩儿的后背已经被抽出一道道乌黑的伤痕,但他并未求饶。

"我可以穿衣服了吗,先生?"

"看看你的弟弟朱利安多么老实,为什么我的大儿子总是和我作对?"

"不好说,先生。"

布劳顿庄园的内宅装饰得富丽堂皇,但兰斯顿的办公室相当简朴。宽大的桌子、一把直背椅、墨水瓶、账簿,还有几支笔,就是整个屋子里的所有陈设。挂镜线[1]上没有悬挂任何版画和油画。透过十英尺高的光秃秃的窗户可以将庄园无边的稻田尽收眼里。

男孩儿把白色的暗格子衬衫从椅子上拿下来,手轻轻一抖,将它甩在了肩膀上。

"立法团开会你不愿意陪我去。有名望的先生们来布劳顿,你就躲得没了影。韦德·汉普顿还问我怎么从没有见过我的大

---

[1] 钉在居室四周墙壁上部的水平木条,用来悬挂镜框或画幅等。

儿子。"

男孩儿沉默不语。

"以后不用你来管理庄园上的黑人,反正你也不学!"

男孩儿依然不说话。

"卡罗来纳正经人家少爷应该承担的责任,你统统拒绝。小子,你就是个异类。"兰斯顿脸色苍白,用手帕擦了擦额头上的汗,"你以为我喜欢这么惩罚你吗?"

"不好说,先生。"

"你弟弟朱利安很孝顺,他很听我的话,你为什么就不能听话?"

"不好说,先生。"

"不好说!是你从来就不说!你明天肯定也不会老老实实和全家去查尔斯顿的。你肯定会溜走。"

"是的,先生,我确实会。"

怒气冲冲的父亲盯着儿子的眼睛,好一会儿才说道:"上帝啊,快让他得热病死了吧。"

第二天清晨,除了大儿子,巴特勒全家都动身去了查尔斯顿的宅子。当天晚上,黑人接生婆多莉把药膏在男孩儿红肿的胳膊上反复揉搓着:"兰斯顿老爷心肠真狠啊。"

"我恨查尔斯顿。"瑞特说。

在河谷地的种植园里,人们在四月把稻谷种子拌上黏土,开始播种,并打开主浇口,让河水浇灌幼苗。到九月收割稻子之前，稻田还会被河水淹没三次。对灌溉系统中大大小小的浇口进行维修和操作，这项工作在农事中十分关键，因此布劳顿种植园负责灌溉的威尔在黑奴中的地位仅次于海格力斯。

威尔听命于主人兰斯顿和监工以赛亚·沃特林，除此之外，他不会听从任何人的吩咐，当然也包括监工二十岁的儿子沙德·沃特林。

威尔有一间自己的宿舍，里面有一张桌子、两把椅子、一张绳编床和三个有裂口的西班牙碗，这是路易斯·瓦伦丁·巴特勒从旧货市场带来的。威尔的妻子死了一年之后，威尔就名正言顺地和蜜丝陀——一个长相清秀的十五岁姑娘举行了跳扫帚的仪式[1]。

因为害怕传染可怕的热病，低地地区的庄园主们在夏季会离开种植园几个月。在此期间，兰斯顿会从城里回到庄园查看一下庄稼长势，一大早回来，天黑之前就会离开。

他的儿子光着脚，裸着上身，沿着阿什利河打猎、捕鱼，在滩涂地附近玩耍。年轻的瑞特·巴特勒终日与鳄鱼、白鹭、鱼鹰、禾雀、红海龟和野狗厮混在一起，倒也学了不少本领。男孩儿知道黑人巫医到哪里能寻到草药，鲶鱼在哪里筑巢。有时瑞特会一连好几天不回庄园，即便这时老巴特勒正好回来，他也绝不会问起儿子的去向。

监工沃特林负责指挥工人放水和除草，由他来决定什么时

---

[1] 黑人在美国黑奴制度下的一种所谓的"结婚"仪式，因为当时的黑人男女是不允许正式结婚的。

候去毒死在沟渠挖洞的麝鼠，什么时候去打死偷吃稻米的鸟。

这群干活的下人比起他们的白人老爷们来说，抵抗力更强，但因为需要一直站在亚热带齐膝深的水稻田里劳作，有些黑奴还是会染上热病。布劳顿庄园的医务室里，监工沃特林的妻子萨拉和年轻的贝尔会给患病的黑奴服用金鸡纳树皮和榆树叶熬成的药汤。这个白人妇女和她的女儿一起协助多莉接生，为那些遭受丈夫和父亲鞭打的女人和孩子们上药。

有些黑奴认为兰斯顿老爷相比工头沃特林要仁慈一些，不会经常用鞭子抽他们："要是人都躺到医务室里了，兰斯顿老爷还靠谁种地呢。"

有的黑奴则更喜欢以赛亚·沃特林："沃特林虽然严厉，但也不会无缘无故地抽人。"

瑞特少爷总是不停地追问下人们一些有关劳作的具体问题，比如，为什么浇口是用柏木制成的？为什么不能等到收割之后再给稻田锄草？为什么水稻种子需要手工簸出来？瑞特把捕回来的鱼和野味带来给黑奴吃，每个星期日和黑奴的休息日，这个白人孩子都会待在黑奴的住所。瑞特陪着威尔检查灌溉渠，中午时分又在岸边一起分吃带来的干粮。

沙德·沃特林血气方刚，时不时会在天黑时分出现在黑奴住宿区。通常，沃特林会把女孩儿的家人们打发走："你们去树林那边走一走吧。"有时沙德会给这些女孩儿的丈夫或父亲一瓶私酿酒让他们消磨时间。

但是，灌溉工新娶的妻子蜜丝陀可不想和监工的儿子不清不白的，沙德·沃特林赖在他的小屋里时，威尔就会直接把他扔到街上，这种情形让其他黑人拍手称快。

兰斯顿·巴特勒得知了威尔的所作所为，专门找到了他的监工沃特林，告诉他，监工的儿子不能让黑人们看笑话，否则他们就会看监工的笑话，最终还会看主人的笑话。

整个布劳顿住着三百多号黑奴，只有寥寥几个白人，其中还有几个是女人，怎样才能保证黑奴不造反，不会把白人杀掉？兰斯顿·巴特勒告诉以赛亚·沃特林，等到黑人们把锄头和镰刀磨得又快又光之后，暴乱就压不下去了。只有把第一个挑衅的眼神，第一句无礼的低吟，第一声不敬的窃笑严厉地镇压下来，才能彻底根除暴乱。

"威尔是个不错的黑奴。"沃特林说。

"你的儿子负责处置他。"

"沙德？"沃特林黑亮的眼睛圆睁着，"您是不满意我的工作吗？"

"满意。"

沃特林低下头小声嘟囔着："兰斯顿老爷，我得跟您说。威尔不是无理取闹，我的儿子沙德……是沙德理亏。"

"可他是白人。"兰斯顿老爷回答道。

八月的早晨，天空异常澄净，空气黏滞且沉重。

布劳顿庄园的磨坊是砖制的，里面用刷白的板子隔出了一间筛谷房。牛奶房、黑奴住所和医务室外墙都用压碎的牡蛎壳和石灰粉刷而成，上面有着浅浅的水波纹。布劳顿的熏肉室是一幢没有窗户的高大建筑，大门用厚厚的铁片箍着，如同中世纪的监狱一样不允许人们随意进入。每个星期天的早晨，监工沃特林都会站在这座带有穹顶的高大建筑前，给拖着脚走来的仆从分配一周的口粮。"谢谢，头儿，沃特林先生。""我们真的感激你，头儿。"

以赛亚·沃特林是所有美好事物的给予者，当然也是所有惩罚的实施者。

布劳顿的鞭笞柱是一个乌黑的柏木树桩，五尺六寸高，直径有十八英寸。一个圆环吊在中间，那是用来固定受罚人的手腕。

威尔找到少爷希望能为他求情，瑞特对着监工说道："沃特林，我现在是在命令你！"

以赛亚·沃特林认真地盯着他，仿佛他是被海水冲到岸边的什么不明生物："巴特勒少爷，你违抗老爷的命令留在庄园时，我曾经问过他，他不在这里的时候谁做主，老爷说我要听他的，你没资格命令我。好了，巴特勒少爷，黑奴们需要亲眼看着正义被执行，从而学会尊重主子。威尔不敬，就得抽他两百鞭子。"

"那会要了他的命，该死的，沃特林，这是谋杀。"

以赛亚·沃特林昂起头，似乎在聆听远方缥缈的声音："黑奴是你父亲的财产。少爷，我们大多数人都身不由己。"

牛鞭随意地盘绕在沙德的手中，突然他抽出鞭子，把水井室旁边的一株牵牛花抽得稀碎。黑奴们安静地站在那里，男人们站在前面，女人和孩子们站在后面。年幼的孩子则扯着妈妈的衣角。

以赛亚·沃特林领着威尔走出熏肉室，强烈的光线刺得这个灌溉工眨了眨眼睛。监工绑起威尔的手腕，他没有反抗。

少年瑞特·巴特勒还没能拥有他成年后的那般勇气，无法亲眼看着朋友被打死。当沃特林扒掉了威尔的衣服时，蜜丝陀昏了过去，瑞特狂奔到河边，想要摆脱那皮鞭的噼啪声和威尔的痛苦呻吟，那呻吟现在已经变成了尖叫。

瑞特跳进了他的小木船，解开锚绳，小船顺着水流渐渐离开岸边。此时暴雨降下，瑞特浑身湿透，小船肆意飘零。雨水灌进了这个男孩儿的耳朵，他眨眨眼睛挤掉了落在眼皮上的雨水。

瑞特·巴特勒发誓，以后再也不要像今天这般无助。

雨势越来越猛，打在瑞特身上，他甚至连船舷都看不清楚。河水拍打着小船的座板。

小船的船帆被暴风雨扯碎了，瑞特把一只桨也弄丢了，河里漂浮的一截柏木桩眼看就要撞上小船，他忙用另一只桨把它挡开，可是桨却被撞碎了。他检查了一下断桨，好像只要他足够聪明，就还可以用这把桨划水似的。他拼命地向外舀水，直到胳膊酸痛。他大声叫喊来缓解耳朵内被水灌进的压力，狂风随即把声音卷走了。

河水把沟渠冲开了一个口子，然后涌向了稻田，瑞特的小船在河道中漂流，一眨眼就被冲进了卡罗来纳长势最好的金色稻田里。

突然，他就像被水卷入了另一个宇宙之中，风和雨都止住了。一切归于平静，瑞特的小船缓缓驶过光亮。那光亮从旋转的漏斗状暴风眼的底端不断攀升，直到天堂。那里深蓝一片，瑞特感觉自己仿佛看到了星星。他曾听人们说过风暴眼，没想到这次真的见到了。

激流卷着这只快要灌满水的小船撞向岸边被连根拔起、支离破碎的树木。瑞特把小船固定在一截树枝上，然后迎着狂风费力地朝着内陆走去。

托马斯·博诺曾被主人收养，并在年轻时获得了自由。白人养父把河边低地一块五英亩的土地转让给了托马斯·博诺，在那儿，托马斯盖了一座灰白色的不起眼的房子，朴素的厚墙抵挡住了之前的多次风暴。现在，博诺正和一个与瑞特年纪相仿的男孩在房顶上固定着木瓦。

"看啊，爸，那边有一个白人男孩。"那个名叫图尼斯的男孩说道。

两个人从房顶滑下来，托马斯迎上快要被淹死的瑞特："和我们待在一起吧，少爷。这墙帮我们抵挡了很多次风暴。上帝一定也会保佑我们渡过这次风暴的。"

这座房子只有一个房间，托马斯·博诺的妻子珀尔和两个小一点儿的孩子正在把树干、渔网、砧板和鸡笼子堆起来，这样他们就能顺着摇摇晃晃的杂物堆爬上房梁。

"暴风和大雨都不会要了你的命，"博诺一边爬上房梁一边解释道,"但是暴风会卷起巨浪,那会淹死你的。"

图尼斯把最小的孩子接上房梁,交给父亲,博诺将他们护在坚实的手臂下。等大家都骑跨在房梁上,博诺唱诗般地开始念道:"神对诺亚说:'世人已经堕落,我要发动一场大洪水。但你和你的家人都可以在洪水上漂流……'"后面说的话都被风卷走了。

风暴来临,卷起的大浪拍打着这所沙石制成的小房子,撞击着大门。水流在瑞特悬空的脚下激荡出泡沫。托马斯·博诺头向后仰,闭上双眼,脖子上的青筋随着赞美上帝的声音而不断鼓起。

那就是最糟糕的时刻了。

所有的风暴都会平息,这次也不例外,潮水退去,和每次暴风雨一样,太阳照耀着这个明亮的崭新世界。

托马斯·博诺说:"如果我没看错,那边树上是一只金刚鹦鹉。"一只蓝绿色的鸟浑身泥污,有气无力地挂在一个光秃秃的枝杈上。"天知道它是从哪里刮来的。"

他们将沾满泥巴的树桩和破烂的渔网拖出来,珀尔·博诺扯起一条绳子来晾干他们的衣服。她把外裙脱下来晾干,身上还穿着湿漉漉的衬裙,其他人身上的衣服都脱下来了。

图尼斯和瑞特捡来一些被风暴带上岸的鱼,托马斯·博诺用雪松的干树皮生起火。

他们围坐在火旁,把鱼穿在棍子上。托马斯感谢上帝护佑了全家和少爷。

"我不是少爷，"白人男孩儿说，"我是瑞特。"

十天后，瑞特返回布劳顿庄园，威尔已经葬在了奴隶的墓地，蜜丝陀被卖到了南方。布劳顿庄园成为一片泽国，水稻田里散发着恶臭。

兰斯顿亲自指挥一队人修补主渠道的缺口，沃特林带着另一队人重建各路灌溉分支。男人们用手推车运来一车车修补渠道的沙土，妇女和孩子把桶里的沙土倒在缺口上。

瑞特父亲的靴子上满是污泥，他已经好几天没刮胡子了。曾经柔软的双手已经皲裂，指甲都断了。兰斯顿·巴特勒和儿子打招呼："我们以为你死了，你母亲这会儿还在难过呢。"

"我母亲心软，先生。"

"你去哪儿了？"

"自由身的黑人托马斯·博诺在风暴中救了我。我帮着他家重新盖起了房子。"

"你应该为你的家人尽义务。"

瑞特没有说话。

他的父亲抬起胳膊擦了擦前额的汗。"庄稼全完了，"他淡淡地说道，"一年的努力都白费了。韦德·汉普顿让我去竞选州长。可是现在，当然……"兰斯顿·巴特勒盯着儿子桀骜不驯的眼睛："孩子，看看这个水渠工头的下场，你有没有想明白什么？"

"是的，先生。"

"屈服？顺从？对权威应有的尊重？"

"父亲,我常听你说,知识就是力量。我认可这句话。"

尽管布劳顿庄园还有一堆事等着他,兰斯顿·巴特勒还是在这一周送他的儿子去了查尔斯顿,让他开始接受低地地区的绅士必需的教育。

卡瑟卡特·珀伊尔是查尔斯顿最引人注目的知识分子,全城的人都为他骄傲,就像他们会对任何奇珍异兽产生的感情一样——比如长着两个头的小牛犊或是会说话的鸭子。卡瑟卡特读书时就住在同在弗吉尼亚大学求学的埃德加·坡[1]的隔壁,而众所周知,诗歌是会传染的。

卡瑟卡特·珀伊尔在《南方文学信使》发表了几篇备受争议的随笔,两次有人向他提出决斗,他都接受了,但每次他都宣称,"决斗行为从发起人到践行者皆是精神不适宜之人"。卡瑟卡特对着天空射出子弹。自那之后,再没有人找他挑战了。找一个绝不会开枪回击的人决斗,这毫不光荣,甚至算是可耻了。

卡瑟卡特是圣塞西莉亚社团的社长,该社团负责举办高雅的音乐会以及查尔斯顿最负盛名的舞会。查尔斯顿大多数的知识分子都是牧师,或者像联邦主义者路易斯·佩蒂格鲁那样的律师从业者。因为亡妻留下了一笔可观的遗产,卡瑟卡特·珀伊尔不需要为生计发愁。他给一些家境良好的年轻绅士们当家庭教师,因为用他的话解释:"这是贵族的义务。"

---

[1] 埃德加·爱伦·坡(1809—1849),美国诗人、小说家和文学评论家。

埃丽诺·鲍德温·珀伊尔（卒于一八三六年）是卡瑟卡特诗歌的唯一主题。庸俗之人认为，埃丽诺用丰厚的嫁妆换来在文学作品中的长青地位，这就是一桩愚蠢的交易。

疲惫且心事重重的兰斯顿·巴特勒向未来的老师这样评价自己的儿子："我的大儿子聪明却叛逆，无视我的命令，对那些作为社会准则的等级和种族观念极其藐视。他读书、识字，也会算数，但绅士们绝不会认为他是他们中的一员。"

卡瑟卡特宽慰道："每个年轻人都是一张白纸，我们可以按照自己的意愿在上面进行勾画。"

兰斯顿苦笑着说："那我们就拭目以待了，对吧？"

兰斯顿刚离开，老师就发话了："坐下，年轻人，快坐下吧。你怎么像困兽似的走来走去。"

紧接着，卡瑟卡特又问道："年轻人，亚里士多德对哪位名将说过'年轻人，请拒绝爱[1]'。查理一世之后谁是英国国王？解释一下分权学说[2]，背诵爱伦·坡的《乌鸦》，还有济慈的《无情的美人》。"

接下来沉默的气氛让人略感压抑，卡瑟卡特微笑着说："年轻人，显然我知道很多你不知道的事情。说说你知道些什么？"

---

1 "爱"原文为拉丁语 amare。
2 该学说可追溯到古希腊时代，亚里士多德提出罗马政体中各个职能组织全力配合与制衡是罗马兴盛的原因。后来英法的启蒙思想家重新提出分权学说，具有资产阶级与封建阶级进行分权的色彩。这一学说也是资产阶级政治学的重要组成部分。

瑞特身子前倾说道："我知道为什么河道的浇口是用柏木做的，大家都认为母鳄鱼会吃自己的幼崽，但其实不是；它只是把它们含在嘴里。巫医可以用曼陀罗配四种药。麝鼠巢穴的洞口在水下面。"

卡瑟卡特·珀伊尔眨眨眼睛："你是个自然学家？"

男孩儿回答："不是的，先生，我是个叛逆者。"

和卡瑟卡特·珀伊尔谈过话之后，瑞特·巴特勒沿着陡峭的梯子爬上了闷热的阁楼，阁楼的窗户能够俯瞰整个查尔斯顿港。

一张没有整理过的床上摊着一堆脏衣服，另一张床的枕头上放着一双擦得锃亮的马靴。

瑞特打开行李袋，把靴子扔在地板上，坐在窗边向港口望去。那里船只众多。这个世界真大。他怀疑自己是否真的能在某方面有所作为。

半个小时过去了，他的室友嗒嗒地爬上楼梯。此人瘦高个子，细长的手指局促地把浅灰色的头发从前额拨开。他拎起靴子，并用怀疑的目光打量着说："我猜，你就是巴特勒吧？"

"你是？"

男孩儿直了直身子："我是安德鲁·拉瓦内尔，你是怎么回事啊？"

"什么怎么回事？我什么事都没有。"

"嗯，我觉得你最好老实交代。"

安德鲁刚举起拳头，瑞特就一拳打在了他的肚子上。那个男孩儿趴在床上,喘着粗气。"你不该这么对我,"他继续喘着气说,"你没权利……"

"你刚才要动手打我啊。"

"好吧,"安德鲁·拉瓦内尔露出天使般无辜的笑容,"好吧,或许我会打你,但也或许不会。"

接下来的几个月,瑞特终于了解了这个男孩儿之前有多么孤独。

安德鲁·拉瓦内尔是城里孩子;瑞特生活的地方没有摇曳的煤气灯,看问题也比较实际;而安德鲁是个理想主义者。瑞特对于阶层观念不屑一顾,对此安德鲁觉得很惊讶:"瑞特,你不需要向服侍你的仆人说感谢,他活在这个世上就是为了服侍你。"

瑞特十分擅长数学,安德鲁喜欢炫耀朋友的能耐,于是让瑞特心算一些复杂的算式,瑞特不知道自己是如何做到的,总之他每次都能准确答出。

安德鲁无心学业,瑞特会私下辅导他。

卡瑟卡特的学生里有一个叫亨利·克肖,是一个身材魁梧的十七岁男孩儿,晚上总是在城里游荡;一个是卡瑟卡特的儿子埃德加·爱伦,整天跟在亨利·克肖屁股后面;还有一个是约翰·海恩斯,海恩斯船舶公司的继承人。约翰的父亲康格里斯·海恩斯欣赏珀伊尔的教学方法,但对他为人处世的方式并不赞同,因此,康格里斯的儿子就住在家里。

夜晚降临,这座海港重镇褪去暑热,瑞特和安德鲁总是坐在阁楼的窗户旁，讨论着责任、荣耀、爱情，诸如此类的宏大命题让每个男孩儿都充满困惑。

瑞特不理解安德鲁为什么总是一脸愁云惨雾。安德鲁行事急躁冒进，然而一些小事又会搞得他心灰意冷。

"但是卡瑟卡特对谁都是一副居高临下的样子，"瑞特耐心地解释道，"他一贯如此，别把他的话放在心上。"

瑞特没法说服安德鲁，也没法让他摆脱沮丧的情绪，于是他静静地坐在安德鲁的身旁，陪他度过漆黑的夜晚，这么做似乎的确对他有所帮助。

尽管卡瑟卡特对"市侩种植园主"十分诟病，但他从未质疑过查尔斯顿的传统，即年轻的绅士们结婚前可以纵情享乐。安德鲁的父亲杰克·拉瓦内尔上校带着瑞特初识美酒，并在男孩儿十五岁生日那天带他去了波莉小姐的妓院。

当瑞特从楼上走下来时，老杰克咧嘴笑着问："好了，年轻人，你觉得爱情怎么样？"

"爱情，这就是所谓的爱情吗？"

和卡瑟卡特·珀伊尔学习了三年之后，瑞特精通计算，能够阅读拉丁文（借助字典），记下了自阿尔弗雷德大帝以来每位英国君主的名字，对查尔斯顿城最漂亮的妓女也能如数家珍，还明白了顺子绝对、绝对不可能赢过同花。

同一年里，美国参议院对是否合并得克萨斯争论不休，卡瑟卡特·珀伊尔发表了一封臭名昭著的信，至于他为什么要把自己的看法公之于众，原因不得而知。有人说是因为他嫉妒诗人亨利·蒂姆罗德[1]声名鹊起，有人说发表他那封脏话连篇信的是《查尔斯顿水星》[2]（一同发表的还有编辑的免责声明），该报曾经拒绝发表卡瑟卡特的同名诗集。

"无效，"卡瑟卡特写道，"是极大的愚蠢，那些无效的拥趸则是短视的蠢货。哪个正常人能相信联邦政府竟然让一小撮卡罗来纳'绅士们'组成的阴谋小团体来决定他们要服从或者不服从哪条联邦法律？这些人当中有些人经常小声念叨着'脱离联邦'的可怕字眼。我相信兰斯顿·巴特勒先生和他的朋友们最终都是要自杀的，但希望他们私下做就行，别把其他人也牵涉进他们的愚蠢勾当中。"

瑞特的父亲并没有找卡瑟卡特·珀伊尔决斗——鉴于"这个混蛋之前对荣誉准则的调侃"——但是兰斯顿可以阻止他的儿子受到珀伊尔的荼毒，而他也确实这么做了。

巴特勒父子的马车刚刚行驶到国王大街，兰斯顿告诉瑞特："参议员韦德·汉普顿给他的孩子找了个家教，所以，汉普顿的家教也会教你。"他充满怀疑地审视着自己的儿子："希望你没有被珀伊尔大逆不道的思想传染。"

瑞特盯着父亲愤怒而不屑的脸，心里想，他想要我成为和他一样的人。瑞特跳下马车，跟在一辆运酒的货车后面狂奔，直至

---

[1] 亨利·蒂姆罗德（Henry Timrod, 1828—1867），美国诗人，出生于查尔斯顿，被称为邦联的桂冠诗人。

[2] 查尔斯顿当地的一家报纸。

消失在街道尽头。

托马斯·博诺放下手中正修补的渔网:"你来这儿干什么呢,年轻人?"

瑞特的笑容有些拘谨:"我以为你会欢迎我的。"

"我不欢迎,你就是个麻烦。"

图尼斯走了出来,一只手里掂着一副眼镜,一只手里拿着一本《水手之友》[1]。

瑞特迫不及待地说道:"这本书里把帆船的索具弄错了。"

图尼斯转了转眼珠:"爸爸,我相信巴特勒少爷说的话,他是个水手。你觉得呢?"

瑞特身穿罗纹棉衬衫,外面罩着一件蓝色短夹克,裤子很紧,他都不敢弯腰摸脚趾。

博诺一家人都光着脚,图尼斯穿着一条脏兮兮的帆布裤子,裤腰上拴着一条绳子。

瑞特轻声说道:"我没地方可去了。"

图尼斯盯着瑞特看了好一会儿,然后笑着说:"这本书是我用八蒲式耳[2]的牡蛎换来的,少爷刚才说里面有错误。"

托马斯·博诺的腮帮鼓起,然后喷出一口气:"我想我以后会后悔的。你坐下来吧,我来教你怎么补渔网。"

---

1 一本介绍当时船舶以及航行的具体工作和实用技能的书,也包括一些和海洋相关的术语。

2 计量单位,1蒲式耳大约相当36升。

博诺一家在莫里斯岛的南面割牡蛎，在苏利文岛附近捕鱼。瑞特和他们一样天不亮就起床，和他们一起工作，一起欢笑。那是他最难忘的一个礼拜日，托马斯和妻子带着小一点的孩子们去了教堂，瑞特和图尼斯划着托马斯·博诺的帆船沿着海岸线一路向南来到博福特[1]。

年轻的瑞特·巴特勒从没想过自己竟能这么开心。

阿什利河上的每个黑人都知道托马斯·博诺有个"白人"儿子。十三周之后，兰斯顿·巴特勒发现了瑞特的行踪，还有那条拴在博诺家摇摇晃晃的码头边的布劳顿的小船。

兰斯顿·巴特勒身高远在托马斯·博诺之上："很多立法委员都提议驱逐卡罗来纳的自由身黑人，或者让他们重新成为奴隶。我也是这个看法。你敢再和我儿子纠缠在一起，我发誓，你，还有你的妻子和孩子，将永远在沃特林先生的皮鞭下干苦力。"

往上游去返回布劳顿的漫长旅途中，兰斯顿·巴特勒没有和儿子说一句话。上岸后，他将瑞特交给以赛亚·沃特林："他和其他人一样在稻田里干活。如果他胆敢逃跑或是违抗命令，就让他尝尝皮鞭的滋味。"

沃特林在黑人宿舍区给瑞特分了一间小房子。稻草床上爬满了虱子。

---

[1] 一海滨小镇。

田地里的积水两周前已经排干了，稻子长势很好。在田里的第一个早晨，成群结队的蚊蚋不停地往瑞特嘴里钻。太阳升起来二十分钟之后，炙热的空气几乎令他窒息。

站在没到大腿的烂泥里，瑞特尽力抡起锄头，然后费力地依次拔出腿来，向前艰难地走上一步。

身材魁梧的沙德拉·沃特林[1]骑着高大的马站在堤坝上，监督工人劳作。

中午时分，劳作的人群停下站在一口罐子前等待领取豆子和麦片粥。因为瑞特没有碗和勺子，只能等到其他人吃完之后再借给他。

当天下午气温达到九十五华氏度，瑞特眼前一片红红绿绿的颜色晃动着。

一般来说，工人们把分配的工作完成之后就可以自由支配时间。三点钟时一些身材强壮的男人离开了田地，到了五点只剩下两个中年女人和瑞特还在劳动。到了八点半，等瑞特干完，就只剩下他和沙德·沃特林了。

"最好小心点蛇。"沙德咧嘴笑着说，"上一周这片地附近一个黑人被蛇咬死了。"

瑞特工作，吃饭，又继续工作，几乎被折磨得发疯了，好在夜晚还可以断断续续地睡上一会儿。现在瑞特见到水里的莫卡

---

1 沙德·沃特林的正式名。

辛蝮蛇[1]，只是淡漠地看着它从自己赤裸的双腿旁游过。

监工沃特林骑在他高大却瘦骨嶙峋的骡子上，监督着各处的劳动者。鞭子从鞍头垂下，手柄处因为长期汗液的浸泡变得有些发白。

尽管天气炎热，但监工穿着一件黑色的双排扣长袍，衬衫的纽扣一直扣到下巴下面。宽边草帽紧紧扣在头上。

周六午饭时，他招呼瑞特过来。

沃特林的鼻子和耳朵都很大，手臂修长，手掌宽大，一脸饱经风霜的模样。

沃特林眼神空洞，他盯着瑞特说道："我身无分文的时候来到了布劳顿，那时候这里河道泛滥，你还是个顽劣的小孩子，但我对你依然怀有希望。书上说只有经历磨难才能有所成就，巴特勒少爷，"——监工开始驱赶骡子向前走——"这一天会来的。"

到了第二周，瑞特已经干得和老妇一样快了，第三周快要结束的时候，他已经赶上了十岁的黑奴男孩儿。

夜晚，瑞特瘫倒在前院劈柴的墩子上。虽然布劳顿的黑奴被严令禁止接近瑞特，但他们还是把自己微薄的口粮偷偷塞给了他。

到了九月，年轻的瑞特·巴特勒已经成为布劳顿庄园上种植水稻的一把好手。

卡罗来纳的代表们登上了去往巴尔的摩的大帆船去参加民

---

[1] 美国南部地区的一种毒蛇。

主党会议，参议员韦德·汉普顿把兰斯顿·巴特勒叫到一边，想要询问他的儿子和黑奴们一起在稻田里工作的传闻是否是真的。

"我的儿子需要管教。"

韦德·汉普顿身材高大，拥有三千五百个奴隶。此刻，他皱着眉头。

汉普顿解释说民主党是不能出现任何丑闻的。

"先生，我的儿子必须要好好管教。"

于是，韦德·汉普顿安排瑞特·巴特勒去了西点军校。

那天晚上，以赛亚·沃特林骑马进了黑奴的宿舍区，瑞特·巴特勒正盘腿坐在他宿舍门前的走廊上，观察禾雀在河上来回盘旋。

以赛亚·沃特林下了马。"巴特勒老爷要你进城，"他说道，"船已经等着了。"停了一下，沃特林补充道："你虽然是个白人男孩儿，但看上去还真像个白净的黑奴。"

在查尔斯顿，瑞特洗了澡，理了发。衣服也换成了更合身的，衬托出结实的肌肉。等到蚊虫叮咬的疤痕痊愈之后，瑞特登上了北去的大帆船。

船离开了查尔斯顿港，年轻的瑞特·巴特勒站在栏杆旁。他本应对未来感到欢呼雀跃，然而他没有。穿着绅士的衣服他总感觉别扭。萨姆特堡[1]变得越来越小，直到在灰暗的大海上变成了一个点。

---

[1] 查尔斯顿港的军事要塞。

第二章

露丝玛丽·佩内洛普·巴特勒

瑞特的妹妹露丝玛丽在瑞特离开低地时只有四岁。之后,这个孩子试图想要回忆起哥哥长什么样子,然而,不管怎么努力,每次钻进脑袋里的都是一只大灰狼的形象:就像童话故事里描述的那样,这只狼嘴巴又大又长,牙齿尖利,毛发蓬乱,阴险狡诈。

瑞特藏身于博诺家的那几周,兰斯顿·巴特勒的怒火几乎填满了查尔斯顿大小房屋的每一处角落。仆人们几乎要蹑手蹑脚从他面前走过,小露丝玛丽躲进了育婴室,伊丽莎白·巴特勒推说头疼待在她的卧室里。看到父亲对瑞特·巴特勒如此深恶痛绝的样子,露丝玛丽觉得他一定是个强壮而又邪恶的家伙。

露丝玛丽的胳膊和腿上开始出疹子,有一点声响就会惊醒,然后就再也睡不着了。她多希望不再想起那只毛茸茸的狼,如果能多想想她的布娃娃、舞蹈演员或是漂亮的裙子该多好啊,那样的话她就不用担心那只大灰狼会潜伏在卧室窗户下的黑暗中，或是躲在她的床底下了。

露丝玛丽的母亲伊丽莎白是富甲一方的艾兹拉·鲍尔·克肖最宠爱的独女。她恪守本分，笃信上帝。每每遇到问题，她都会在《圣经》中寻找答案，她认为善恶有报，虔诚地为她的孩子们祈祷，也为她的丈夫祈祷，尽管她从未向他提起过。如今，伊丽莎白作了一个十分大胆的决定，这和她平日的行为大相径庭，她询问了她的朋友康斯坦丝·费希尔——这个查尔斯顿最受人尊敬也最富裕的人——露丝玛丽能否到她府上拜访一段时间。

费希尔祖母毫不犹豫地同意了："露丝玛丽和我的孙女夏洛特正好互相做个伴儿。"

当天下午，露丝玛丽打包收拾好衣物和喜爱的玩偶，坐上了费希尔祖母派来的马车。自那之后，露丝玛丽待在费希尔家东岸别墅的时间甚至超过了在自己家。她的皮疹消失不见了。

小夏洛特·费希尔是个安静平和的孩子，把每个人都想得很好。夏洛特认为露丝玛丽的哥哥也不是坏人。世界上就没有那么坏的人。哥哥杰米捉弄她的时候，夏洛特从未抱怨过。一天下午，心情不好的露丝玛丽抢走了夏洛特最喜爱的玩偶，但夏洛特并没有要把它抢回来，直到露丝玛丽充满悔恨，搂住了朋友的脖子哭着说："夏洛特，对不起，每次我想要什么东西的时候，都希望立刻得到它。"

瑞特去西点军校三年后的某一天，夏洛特的哥哥杰米一下子冲进了家庭娱乐室。

夏洛特用手指合上了书，轻轻叹口气说："好了，哥哥……"

"行了，省省吧。"杰米双臂交叉，斜倚在沙发扶手上，以免把裤子弄皱。

"杰米……"

"瑞特·巴特勒被开除了，"杰米脱口而出，"他回到查尔斯顿了，天知道这到底是为什么。"杰米夸张地抖了抖眉毛："我是说，没有人收留他，一个人都没有。他现在和老杰克·拉瓦内尔住在一起。过去他和安德鲁好得像一个人似的。"

露丝玛丽皱了皱眉头说道："什么是'开除'？"

"就是被西点军校赶出来了。被驱逐了。真是太丢脸了。"

露丝玛丽心里很难过。狼怎么才能变得不是狼呢？她暗暗思索。

杰米立刻补充道："你不必担心，露丝玛丽。你的哥哥有一帮朋友。安德鲁，还有亨利·克肖，埃德加·珀伊尔——那些，呃，那群家伙。"

这话并没起到任何安慰作用。要知道，这些人是杰米之前在费希尔家晚餐的饭桌上经常提到的"浪荡子"。露丝玛丽所听到的这些人的所作所为证明了他们个个都顽劣不堪。

那天晚上，费希尔祖母因为杰米惹得露丝玛丽烦闷不安而狠狠斥责了他。

"可是瑞特确实做了丢脸的事，这是事实。"杰米坚持道。

"事实，杰米，并不总是让人好受。"

瑞特·巴特勒的回归让这些浪荡子们变得更加胆大妄为。瑞特不知用了什么办法躲开了舞会主管，把两个波莉小姐家花枝招展的年轻妓女带进了赛马俱乐部的舞会。在他们要离开的时候，两个嬉笑的女子认出了圣迈克尔的一位教区代表，此人在名誉方面一直都是无可指摘的。

一天深夜在滨水区的赌场外，两个无赖和瑞特搭讪。

瑞特平静地说道："我手枪里只有一颗子弹。谁想吃枪子儿，谁想被拧断脖子？"

两个贼人立刻退了下去。

瑞特和安德鲁一路换马骑行，用四天的时间从田纳西带了十几匹马来到查尔斯顿。但有传言说他们差一点儿被这些马的合法主人抓住。

整个查尔斯顿都在私下议论着，瑞特·巴特勒因为一个两美元的赌约，蒙着眼睛骑着他那匹去势的特库姆塞越过了圣迈克尔教堂外五英尺高的铁质栅栏，进入了教堂的院子。周日早上，好奇的教众和一个愤怒的牧师检查了特库姆塞蹄子留在草皮上的深深印痕，就连有经验的骑手们看了都感到不寒而栗。

杰米·费希尔的心肠比他一贯宣称的要好一些，他封锁了这个消息。"瑞特喜欢玩扑克。"他公布道，接着又压低声音说，"赌钱的那种！"

"他当然要赌钱了，"善解人意的夏洛特反驳说，"他总得要挣些钱的，不是吗？"

尽管姑娘们并不完全清楚瑞特的恶行，但她们知道他罪孽深重。一天早上，在夏洛特充满同情地一遍遍呼唤"我可怜的、亲爱的露丝玛丽"之后，露丝玛丽一巴掌打在了她朋友的眼睛上。这个一脸震惊的女孩儿忍不住哭了起来，露丝玛丽扑向了她的怀抱，接下来，像小女孩儿那样，两人相互安慰起来。

一个特殊的清晨，费希尔奶奶走进了家庭娱乐室，夏洛特忘了手中还拿着涂着厚厚一层红醋栗果酱的吐司，露丝玛丽放下了茶杯。

费希尔奶奶的手轻轻握在一起，她端详了露丝玛丽好一会儿，希望从她的举止中寻找答案。

"奶奶，"夏洛特问道，"出了什么事吗？"

康斯坦丝·费希尔摇了摇头——动作十分轻微——然后挺直身子说道："露丝玛丽，你有一位访客，在休息室。"

"访客？奶奶，找我的吗？"

"是你的哥哥瑞特。"

露丝玛丽脑海里又闪现出故事里大灰狼的样子，她惊慌地瞥了一眼夏洛特。

奶奶继续道："孩子，你不一定非要见他，如果你愿意，我这就把他打发走。"

"露丝玛丽，他可是个不光彩的人。"夏洛特急忙提醒道。

露丝玛丽下定决心似的嘴巴抿成一条线，她已经长大了，能够面对故事中的大灰狼。此外，露丝玛丽也很好奇：哥哥是否长得像一个罪大恶极之人？驼背，毛发浓密，留着长长的指甲，浑身散发臭气？

当众人来到客厅，奶奶小声说道："露丝玛丽，这次会面一定不要告诉你父亲。"

瑞特·巴特勒并不是一只毛发蓬乱的老狼。他年轻高大，黑色的头发像乌鸦的羽毛一样闪着光。他的衣服是黄褐色的，像一只刚出生的鹿崽，黑色的农夫帽则像老朋友一样安静地躺在他宽大的手掌上。

"瞧瞧是谁来了？"她的哥哥说道，"你不必怕我，小家伙。"

露丝玛丽盯着瑞特笑吟吟的眼睛，大灰狼永远消失了。"我不怕。"她坚定地说道。

"费希尔奶奶告诉我你长得活泼聪明，"瑞特说，"我就知道是这样，今天我来是想带你去兜兜风。"

"小巴特勒，我以后可能会很后悔让她来见你。你到底是因为什么被西点开除了，我不知道，"——费希尔奶奶抬起手打断了他——"也不想知道。不过约翰·海恩斯说了你不少好话，约翰的头脑是比较清醒的。如果你父亲知道你来过这儿，他会……"

瑞特咧嘴笑着说："发怒吗？怒火是我父亲最亲密的朋友。"瑞特恭敬地鞠了一躬："我欠您个人情，费希尔奶奶。我会把露丝玛丽送回来吃晚饭的。"他膝盖弯曲碰到地面，这样他的身高就不会超过她了。"露丝玛丽妹妹，我有一匹烈马，还有整个低地地区最轻的双轮马车，你难道不想体验飞翔的感觉吗？"

那天下午，露丝玛丽见到了特库姆塞，一匹三岁的摩根[1]骟马，而马车基本上只是一个藤编的车座固定在两只高高的轮子上，辐条甚至还没有瑞特的拇指粗。特库姆塞一路小跑，瑞特·巴特勒命令它加速，他们的马车立刻就像离开了地面。

露丝玛丽尽情地玩耍之后，瑞特带她回到了费希尔奶奶家，一直把她送到屋子里。在哥哥的怀抱里露丝玛丽感到前所未有的安全。

第二次，瑞特带露丝玛丽去划船。港口的每个人好像都认识他。他们上了一条自由身黑人的单桅帆船，那个黑人直呼哥哥的教名[2]，看到哥哥和黑人握手，露丝玛丽十分惊奇。

那天下午的查尔斯顿港十分繁忙，渔船、近海的双桅纵帆船，还有远洋航行的大帆船往来穿梭。星条旗在护墙上猎猎飘扬，萨姆特堡守卫着海港的入口位置。出了港口，风浪变大，露丝玛丽被浪花溅得浑身湿透。

当他们返回费希尔奶奶家时，露丝玛丽已经筋疲力尽，浑身晒得通红，一脸若有所思的样子。

"怎么了，小家伙？"

"瑞特，你爱我吗？"

她的哥哥摸了摸她的脸颊道："就像爱我的生命。"

---

1 马的品种，曾广泛分布于美国。

2 基督教徒出生和受洗时取的名字。

兰斯顿终于还是发现了他的儿子去费希尔家的事情,他把露丝玛丽带回了布劳顿。

一个月之后,露丝玛丽在深夜被疾驰的马车声惊醒——是费希尔奶奶家的马车——还没等她完全清醒,夏洛特就来到她的卧室,扑进了她的怀里。"哦,露丝玛丽,"她说道,"发生这样的事,我真是太难过了。"

这个时候露丝玛丽·巴特勒才知道她的哥哥瑞特黎明时分要和人决斗,对方是沙德·沃特林,曾经一枪打爆了一只夜鹰的脑袋。

黎明来临,天色越来越亮。远处传来枪声,瑞特的母亲跑到休息室的窗前,凝视着远处,紧张得不住地眨眼。

"可能是猎人,"瑞特的弟弟朱利安说道,"应该是在打候鸽。"沃德医生的妻子尤拉莉点头表示赞同。

夏洛特·费希尔温暖的手摸到露丝玛丽冰凉的手,并紧紧地握住。

伊丽莎白·巴特勒灰白的脸颊上有了一丝血色,她摇铃召唤来用人:"我们需要些茶点。"

露丝玛丽把眼睛紧紧闭上,隔着眼皮感觉有红色的光点在闪动。她默默地祈祷着,上帝啊,求你保佑哥哥平安,上帝啊,求你让瑞特平安!

露丝玛丽和夏洛特待在这个硕大冰冷的房间最远处的角落里,像教堂里的老鼠一样,躲在鸳鸯椅弯曲扶手的后面。

康斯坦丝·维纳布尔·费希尔清了清嗓子开始发表观点："兰斯顿这个时候做账真的十分不合时宜！"费希尔夫人批评性地点了点头，这份笃定仿佛充斥了整个休息室，飘荡到了客厅，沿着宽大的楼梯间，穿过公共会客室，一直来到兰斯顿·巴特勒的办公室。

朱利安回答道："父亲做事很有规律。周六的早上都是他做账的时间。"

朱丽叶·拉瓦内尔因为老姑娘的身份，坐在硬邦邦的直背硬椅上说道："有时候男人们会通过一丝不苟来掩饰自己的恐惧，或许巴特勒先生——"

"胡说八道！"康斯坦丝·费希尔正色道，"兰斯顿·巴特勒可是像刨食的猪一样坚强。"

布劳顿的男仆所罗门叔叔端来了茶和一盘姜味饼干，这种饼干通常只在赛马大会周烤制。巴特勒太太想要些雪莉酒，所罗门叔叔回答道："可是太太，这还不算大白天，太阳才刚出来。"

"我们就要喝雪莉酒。"巴特勒太太坚持道。所罗门重重地关上了门，她继续道："就像巴特勒先生说的，'黑人就会利用主人的仁善'。"

"大家都记得巴特勒家的男人们是如何在国家宪法里维护奴隶制的。"拉瓦内尔小姐换了一副大家熟悉的恭维口吻。巴特勒太太十分受用："哎呀，是啊。我丈夫亲爱的叔叔米德尔顿作为南卡罗来纳代表团的首领……"

"是啊，亲爱的，"康斯坦丝·费希尔不失善意地说道，"那些事我们都清楚。瑞特一点儿也不像米德尔顿。瑞特倒是和他的祖父路易斯·瓦伦丁如出一辙。"

伊丽莎白·巴特勒用一只手捂住嘴:"千万别提他。兰斯顿从不提他父亲的名字。"

"我的老天,这又是何苦呢?"康斯坦丝·费希尔爽快地说道,"美国是一个新兴国家。血腥钱已经在这一代被洗得干干净净了。"

布劳顿曾经是个不怎么赚钱的靛蓝植物种植园,无法养活作为继承人的两兄弟。于是路易斯·瓦伦丁·巴特勒只身去了新奥尔良,一生追随海盗让·拉斐特,米德尔顿·巴特勒则开始了买卖奴隶的生意。他们从非洲把奴隶运送回国,但是米德尔顿的船长花大价钱买了很多病弱的奴隶,那些经历中央航路[1]后侥幸逃生的奴隶也无法卖个好价钱。后来查尔斯顿地方政府委员会命令米德尔顿把黑奴尸体运到远海丢弃,米德尔顿就放弃了这门生意。许多尸体被冲到白点的岸边,那里是查尔斯顿乡绅们安息日[2]散步的地方。

米德尔顿在美国独立战争期间一直没有站队,直到战争终于胜利,他也获得了三百英亩土地,那是从反对独立分子那里没收用来奖励爱国人士的。作为费城制宪会议的代表,米德尔顿·巴特勒在新制定的宪法里将奴隶制保留了下来。

---

1 指在向新大陆贩卖非洲奴隶的中段旅程,即横渡大西洋。

2 犹太教的主要节日之一。

一八一〇年，路易斯·瓦伦丁·巴特勒从坦皮科[1]劫掠了一艘运送白银的西班牙商船梅尔卡托，然后为布劳顿购置了一千英亩种植水稻的良田。兰斯顿·巴特勒——路易斯·瓦伦丁的儿子，和他的父亲大吵一架，然后搬去和单身一人的叔叔米德尔顿同住。路易斯·瓦伦丁·巴特勒又买了两千多英亩的土地。本钱来自在得克萨斯沿岸抢劫的商船。（虽然路易斯·瓦伦丁发誓说那都是西班牙和墨西哥商船，但传言说那些船上挂的是美国国旗。）

布劳顿接下来的一任任监工们都遭到了严酷的压榨，以支撑米德尔顿在查尔斯顿的雄心壮志。

一八二五年的一个晴朗早晨，路易斯·瓦伦丁·巴特勒登上"查尔斯顿荣耀号"从加尔维斯顿[2]出发，自那之后再没人见过他。同一年晚些时候，米德尔顿·巴特勒去世，债主们参加了这位先生的葬礼，借着对这位爱国人士致哀的机会想要兰斯顿·巴特勒——巴特勒家族的继承人——偿还债务。兰斯顿·巴特勒卖掉了两百名奴隶还清了债务，然后迎娶了十五岁的伊丽莎白·克肖，伊丽莎白小姐长得并不出众，但胜在虔诚恭顺。

伊丽莎白·巴特勒的第一个孩子瑞特·克肖·巴特勒降临人世，这个婴儿手里攥着胎膜，这种情况被布劳顿的巫医解读为不同寻常的强烈昭示，至于是吉是凶，他们都不肯透露。

---

1 墨西哥港口城市。

2 美国得克萨斯州东南部一港口。

尽管非洲奴隶贸易早在二十年前就被宣布为非法，但仍不时有奴隶货船悄悄驶入查尔斯顿港，这些安哥拉奴隶、阿肯[1]奴隶、冈比亚奴隶和伊博[2]奴隶十分受兰斯顿·巴特勒的青睐，非洲沿岸地区的黑人对热病抵抗力强，对水稻种植也十分在行。兰斯顿又从拉瓦内尔上校（此人因为妻子的去世备受打击，没有心思再讨价还价。）那里购买了一些农田，将布劳顿庄园扩大到了两千英亩。

瑞特的父亲成立了阿什利河农业协会。在实验了几种水稻品种后，兰斯顿最终选择了一种名叫"松曲切尔帕迪"的非洲水稻，这个品种容易脱壳并且颗粒饱满。韦德·汉普顿邀请兰斯顿竞选卡罗来纳立法委员，兰斯顿由此进入了低地地区顶级的富豪俱乐部。

瑞特决斗的那天早晨，所有人聚在一起，兰斯顿的小儿子朱利安喝着茶，女士们喝着雪莉酒。所罗门因为没有给康斯坦丝斟满酒，立刻引得她不耐烦地敲击着酒杯。

躲在鸳鸯椅后面的夏洛特·费希尔闻着姜饼的香味，一股温暖的酸麻感觉钻入鼻腔。夏洛特轻叹一声，将欲望压制下来。现在还不清楚露丝玛丽的哥哥到底是受伤了还是死了，她怎么能够一直想着姜饼呢？夏洛特·费希尔对成年人的智慧十分信服——成年人毕竟是成年人——但是夏洛特断定大人们对瑞

---

1 居住在加纳、科特迪瓦等西非地区的民族。

2 西非尼日利亚一民族。

特·巴特勒的看法是错误的。

"贝尔·沃特林很漂亮，"长相一般的拉瓦内尔小姐说道，"对乡巴佬来说。"

伊丽莎白·巴特勒摇了摇头："那个姑娘真的是在挑战她父亲的耐心。"兰斯顿不在时，伊丽莎白·巴特勒会去监工家和他们一起参加周末礼拜。这座简朴的农舍竟让伊丽莎白感到些许的慰藉，这里曾让她满怀对幸福生活的憧憬，如同新婚宴尔时微醺的感觉。以赛亚·沃特林暴躁且不屈服的基督徒的做派让她感到很安心。

"决斗的地点在河边一处漂亮的草地上。橡树上有铁兰垂坠下来。我结婚的时候曾梦想有一天和兰斯顿在那里野餐。我们以后会办这么好的野餐的。"巴特勒太太垂下眼眸，"我竟然胡言乱语了，请原谅。"她瞥了一眼高大的座钟，明澈的玻璃钟罩上一个镀金的新月缓缓地坠入碧蓝的大海里。巴特勒太太再次摇铃唤来所罗门大叔，询问他最近是否给钟上了发条，上发条的时候有没有重新拨动指针。

"没有，太太。"所罗门舔了舔嘴唇，"我都是周日上发条，需要我现在弄吗？"

她无精打采地挥挥手示意他下去。"一个道歉而已……"巴特勒太太说，"没人会逼瑞特娶那个姑娘。"

"精辟！就是一个道歉！"拉瓦内尔小姐附和道。

"我哥哥绝不会道歉！"露丝玛丽的抗议让长辈吃了一惊，大家都忘记这里还有两个小姑娘。"沙德·沃特林是恶棍！骗子！瑞特不会向沙德·沃特林道歉的。"露丝玛丽的脸颊涨得通红，但毫不退让——哪怕是一个字！夏洛特适时地捏了捏这位闺蜜的脚踝，露丝玛丽立刻把她的手甩到一边。

"瑞特一直不喜欢查尔斯顿。"巴特勒太太环顾了一下四周，"瑞特说查尔斯顿人和短吻鳄唯一的区别是，鳄鱼在咬人前会先亮出牙齿。"

"瑞特像他的祖父，"康斯坦丝·费希尔重复道，"那乌黑油亮的头发，带着笑意的黑眼睛。"她的声音仿佛随时光倒流回了那个年月："老天啊，路易斯·瓦伦丁的舞跳得真是太棒了。"

"那个姑娘为什么就不能一走了之呢？"伊丽莎白·巴特勒哭喊道，"她在密苏里那边有亲戚。"

拉瓦内尔小姐断言是因为密苏里的无赖太多了，或许比得克萨斯的无赖还要多。

朱利安·巴特勒拿手表和座钟对了对时，然后把大钟拨慢了一些："我们听不到枪声，太远了。"

他的母亲倒抽了一口气。

"朱利安，"康斯坦丝·费希尔说道，"你的哥哥或许是个浪荡子，但你是个傻瓜。"

朱利安耸了耸肩："瑞特最近的劣行搅得我们一家都不安宁。下人们整天苦着脸。我以为这是厨娘为尊贵的客人们准备的饼干，"——朱利安朝那盘饼干点了下头——"我恭维了她。'哦，朱利安少爷，这是我给瑞特少爷烤的。等他决斗回来就能吃。'"

夏洛特小声道："露丝玛丽，别再说了。我们现在真像傻子。"

夏洛特又充满渴望地补充了一句："我真想来一块姜饼。"

高大的座钟嘀嗒地响着。

朱利安清了清嗓子说道："沃德太太，很不巧，我对萨凡纳[1]的第一代迁过去的居民不太熟悉。我记得你姓罗比拉德，对吗？"

拉瓦内尔小姐想起了一些传言说道："是不是罗比拉德家有个姑娘差点遇人不淑，是要和自己的表兄弟结婚，对吗？"

"亲爱的菲利普表兄。我的妹妹埃伦还一直认为他很威风呢。"尤拉莉咯咯笑起来（她已经喝下了三杯雪莉酒），"我觉得狮子也很威风，但小心它把你一口吞掉。"

拉瓦内尔小姐回忆着细节："罗比拉德家是不是把菲利普赶走了，然后把那姑娘远嫁给了一个爱尔兰的店主？"

尤拉莉试图想要挽回家族的颜面："我妹妹埃伦嫁给了一个成功的商人。她和杰拉德·奥哈拉先生在琼斯博罗附近有一个棉花种植园，名字叫塔拉。"她吸了吸鼻子继续道："我猜想，是以他爱尔兰的家族庄园来命名的。"

"琼斯博罗是在……佐治亚吧？"拉瓦内尔小姐把一个哈欠压了下去。

"没错，埃伦在信里说她的女儿斯嘉丽是个彻头彻尾的'罗比拉德'。"

"斯嘉丽？这可真是个有趣的名字。斯嘉丽·奥哈拉——那

---

[1] 美国佐治亚州东部港市。

些爱尔兰人，我的天哪。"

朱利安把手背在身后："现在应该结束了。"

伊丽莎白·巴特勒的声音满含着不切实际的希望："瑞特和沙德或许达成了赔偿约定，这会儿已经跑到特纳先生的酒馆了吧。"

康斯坦丝·费希尔说道："朱利安，你的父亲如果已经算完账，就劳烦他过来吧。"

"兰斯顿·巴特勒的工作永远也忙不完，"朱利安一板一眼地说道，"一万四千英亩的庄园，三百五十个黑奴，六十匹马，这里面还有五匹最棒的纯种血统马。"

"但只有两个儿子，"康斯坦丝·费希尔打断道，"其中一个或许中了枪马上要死了。"

伊丽莎白用手捂住嘴。"瑞特在特纳先生的酒馆。"她小声说，"他一定在那儿。"

露丝玛丽听到了马蹄声，立刻跑到窗户边，一把推开窗，潮湿的空气涌入了房间。她轻手轻脚地探出身去。"是特库姆塞！"她叫道，"我一下子就能听出它奔跑的声音。啊，快听啊，妈妈！你能听到吗？瑞特就在那条小路上。是它！那就是特库姆塞！"

女孩儿冲出房间，跌跌撞撞地跑下宽敞的楼梯，经过她父亲的办公室，来到外面用牡蛎壳铺成的车道上，她的哥哥勒紧缰绳让满嘴泡沫的马停了下来。微笑的所罗门叔叔接过特库姆塞的缰绳："看到您回家我就放心了，瑞特少爷。"

年轻人从马上滑下来，一把将妹妹举起，然后紧紧地抱着她，让她快要喘不过气来。"很抱歉吓到你了，小家伙。我真不应该这样吓你。"

"瑞特，你受伤了！"

他左边的袖管空着，那只手臂在黑色礼服大衣里面吊着。

"子弹没有伤到骨头，日出时河边有风，沃特林没想到会有风。"

"哎，瑞特，我真是怕极了。要是失去你我该怎么办？"

"不会的，孩子。只有好人才活不长久。"他扳着妹妹的肩膀仔细地端详了一阵，好像要把她永远刻在脑海里似的。他乌黑的眸子满是哀伤。"跟我来，露丝玛丽。"他说道。那一瞬间，露丝玛丽误以为瑞特会带着她离开这幢没有欢乐的房子，她就要在特库姆塞的背上向这里挥手告别，孩子的心头闪过一丝雀跃。

她跟着哥哥身后穿过房子前悠长空荡的门廊。瑞特用没受伤的手搂着妹妹单薄的肩膀，让她转过身去，兄妹俩眺望着家族的产业。太阳照耀着一块块长方形的稻田，一群群黑奴一边向田里撒着泥灰土，一边唱着歌。歌词听不清，但曲调甜美而忧伤。阿什利河的潮涌勾勒出布劳顿种植园里的各条灌溉渠。在河道旁，一个人骑着马朝东边的田地奔去，那里站着以赛亚·沃特林。

"坏消息总是传得最快，"瑞特平静地说道，停了一下，他又说，"我永远都不会忘记这美丽的场景。"

"他……沙德·沃特林他已经……"

"是的。"瑞特说道。

"你难过吗？"露丝玛丽问，"他是个恶棍，你不需要难过的。"

瑞特笑了："你真是个小可爱。"

巴特勒太太和客人们正在公共会客室里等消息。

伊丽莎白·巴特勒瞧见了儿子空空的袖子，倒抽了一口气，眼白都翻了出来。朱利安连忙扶着她坐到椅子上，口中念叨着："亲爱的母亲啊。母亲啊，求求你。"

尤拉莉·沃德的眼睛瞪得圆圆的："富兰克林呢？"她尖叫起来。

"太太，你的富兰克林毫发无损，就是被烧酒灌醉了而已。好医生对这种事情可不感兴趣。"

兰斯顿怒气冲冲地从他的办公室走出来，手中握着账本，来到了书架旁，把账本插进一排账本之中。

他转过身，瞟了一眼大儿子："哦，原来是你这个不务正业的家伙啊。"兰斯顿·巴特勒拿起家里的《圣经》，一页一页翻看起来。这本《圣经》是一六〇七年印制的，上面记录着巴特勒家族所有人的出生、结婚和死亡的具体日期。他从马甲里抽出一把银质的折刀，快速削掉鹅毛笔的毛茬，然后把笔放在光滑的胡桃木笔架上，笔尖倾斜角度过大，把木头刮出了痕迹。

兰斯顿·巴特勒双手颤抖，检查着《圣经》上的记录："巴特勒家族有光荣的爱国人士，忠贞的妻子，顺从的孩子，体面的公民。但是家族里有个令人不齿的支脉，一些人在这本书里就有记录。我父亲就是他们中的一个，他们成了刽子手的诱饵。"兰斯顿看向费希尔奶奶,似乎在向她挑战。

兰斯顿继续道:"今天,为了个不服从管教的孩子,一个粗鲁叛逆的年轻人,我们一直担惊受怕。这孩子的父亲想要他行为规矩,然而换来的却是他的忤逆。"

伊丽莎白·巴特勒默默垂泪。朱利安·巴特勒忍住了一声咳嗽。

"无奈,父亲送这孩子去西点军校,即便那里最严厉的教官也无法驯服他。巴特勒学员就这么被赶了出来,回到了低地,他在这里放荡成性,把一个下人家的女儿搞怀孕了。你有没有给沃特林钱?"

"你是有钱的农场主,我可不是。"

"你为什么要去找沃特林决斗?"

"沃特林污蔑我,先生。"

兰斯顿并不理会他的话,反问道:"沃特林死了?"

"他再也不会祸害人了。"

兰斯顿拿起笔描描画画,将他儿子的名字从《圣经》里删了去,然后盖上墨水瓶,擦了擦笔尖,放下了笔。

兰斯顿·巴特勒一言不发地让家人和客人们穿过宽阔的公共会客厅大门去到家庭会客室。朱利安在露丝玛丽避开他之前迅速抓住了她的手。

兰斯顿·巴特勒关上胡桃木的门,背靠在门上。父亲和儿子之间的空气似乎微微闪着光:"你和巴特勒家再也没有关系了,先生,你可以离开了。"

第三章

亲爱的瑞特哥哥

露丝玛丽在接下来的日子里满含真情地给她的哥哥写了一封又一封的信。她告诉他她有了一匹黑白花的小马,叫杰克,十分招人喜爱。露丝玛丽去哪里都会骑着它。"母亲说我都快变成印第安野蛮人了,你见过印第安野蛮人吗?"

"我让它跳的时候,"露丝玛丽写道,"杰克就会不停地摇晃脑袋,转着眼珠子,耳朵耷拉下去,我想它一定是感觉受到了侮辱!"

杰克被水蛇咬伤了,露丝玛丽写信告诉瑞特,她和海格力斯是怎样守着它整整一夜,看着它渐渐死去。露丝玛丽的笔迹很工整,但是信上沾着点点泪痕。

露丝玛丽在费希尔奶奶家住了一阵子,她写了一些在那里的事。

夏洛特觉得所有人都是好人。我认为她哥哥杰米本性并不顽劣，但他的朋友都十分狡黠鲁莽，杰米一定是受了他们的影响。有天早上，他回到家，我和夏洛特正在吃早餐，杰米浑身脏兮兮的，走路摇摇晃晃，身上还散发着难闻的味道！夏洛特责备了他几句，杰米竟然说夏洛特是"好管闲事的鬼丫头"。夏洛特绷住嘴巴，不再和他说话。过了好多天，杰米都装作什么事都没发生，不过最终他道歉了。夏特洛很像费希尔奶奶——即便最亲近的人犯错也绝不姑息。

杰米性情温和，或许他并不希望我们这样看他！不和朋友在一起的时候，他会给我们讲有趣的故事。有些不是真的！杰米喜欢骑马，他是我所见过的最棒的骑手！海格力斯让杰米骑了格罗，不过父亲要是知道了一定会气坏的！我和你说过格罗吗？海格力斯说格罗是整个低地最快的纯种马。

杰米的朋友有安德鲁·拉瓦内尔、亨利·克肖，还有埃德加·珀伊尔。他们不是你的朋友吗？杰米说约翰·海恩斯是个"小呆子"，不过他可不敢当着费希尔奶奶的面这么说约翰·海恩斯！约翰·海恩斯问我有没有收到你的信，我很遗憾地告诉他没有！

如果我再长上几岁，我会和你一起，我们去埃及，我多想去看看金字塔。你见过金字塔吗？

就如同知道耶稣爱小孩子一样，露丝玛丽也知道废奴主义者都是邪恶之人，北方佬痛恨和惧怕南方人，哪怕是对她这样的小孩子。从她的个人经历，露丝玛丽清楚，大人们总是对政治争论不休。孩子之间友谊的建立和破裂，取决于家里大人在遥远的合众国国会里的一举一动。

露丝玛丽十岁的时候，国会通过了一八五〇妥协法案[1]，无效党[2]和联邦主义者和平相处了一段时间。兰斯顿·巴特勒在皇后大道见到了卡瑟卡特·珀伊尔，对他点了下头，自从他不再让瑞特跟着卡瑟卡特学习之后，就再也没有和他说过话。

斯托夫人的小说《汤姆叔叔的小屋》出版之后，整个查尔斯顿都在痛斥这本邪恶的书。费希尔奶奶说这本书对露丝玛丽和夏洛特来说太过容易。

"对孩子来说怎么会太容易呢？"露丝玛丽问道，她迫切地想要读一读人人都在谈论的这本书。

"容易的意思是说这本书太过愚蠢。"费希尔奶奶不满地回答道。

露丝玛丽在她的下一封信里询问瑞特是否读过《汤姆叔叔的小屋》。

露丝玛丽十四岁时，国会通过了《堪萨斯-内布拉斯加法案》[3]，短暂的政治平静期结束了。在西部，奴隶主们和废奴主义者们相互谋杀。

大约在这时候，露丝玛丽开始越发地关注起查尔斯顿适龄的单身汉们。"埃德加·爱伦·珀伊尔说安德鲁·拉瓦内尔玩牌

---

[1] 美国国会为解决蓄奴问题和防止联邦解体而决定的一系列权宜措施，1850妥协案虽然成功暂时平息了南北两派的纷争，但纷争的根源未除，不过使南方推迟十年宣告脱离联邦而已。

[2] 美国历史上的一个政党，由约翰·卡尔霍顿发起并成立，主张州权至上，各州有权拒绝执行任何联邦法规。

[3] 1854年美国国会通过的取消限制奴隶制扩展到西部新开发地区的法案。

时作弊，于是安德鲁向他提出决斗。"露丝玛丽在信里写道，"大家都以为他们要打上一架，结果埃德加道歉了，现在大家都认为埃德加是个胆小鬼。杰米·费希尔叫安德鲁是'俏丽的'骑手。你觉得男人可以被称为俏丽吗？

"亨利·克肖把一个自由黑人裁缝在裁缝店门前狠狠地抽了一顿，因为裁缝要求他把之前的账单清了。那个人伤重不治死掉了。（爸爸开玩笑说这下裁缝的账清了！）"

露丝玛丽描述了康格里斯·海恩斯的葬礼，送葬的人把米廷街从皇后大道到白点的那段路堵得水泄不通。"约翰·海恩斯又问起你。我多希望能得到你的消息啊，我亲爱的哥哥！

"你还记得你刚从西点回来后来找我的情景吗？我那时还是个小不点儿，你看起来那么高！你还记得我们一起去划船吗？

"上周六，格罗打败了坎比先生的，以及拉瓦内尔上校的查普特佩克。海格力斯觉得特别光荣，还想要买一篮香槟庆祝他的胜利，他说他想'招待一下那些白人先生们'。这想法真是太不一般了！爸爸把海格力斯遣回了布劳顿，让他'好好反省'。"

露丝玛丽安慰瑞特说："妈妈是爱你的，瑞特!我知道她爱你。"这是个推测。自打大儿子被赶出家门，只要有人偶尔提起瑞特的名字，伊丽莎白·巴特勒就会泪流满面。

废奴主义者在遥远的堪萨斯州犯下的杀人案打破了查尔斯顿人长久以来建立的关系。亲戚之间不再说话。曾经被认为太过偏激的查尔斯顿人现在被大家赞美，称之为有远见。费希尔奶奶好多次阻止了兰斯顿·巴特勒的朋友们把联邦主义者卡瑟卡特·珀伊尔从圣塞西莉亚社团除名。于是兰斯顿·巴特勒再一次将十五岁的女儿从费希尔家接走了。

从那以后，露丝玛丽只能在社交场合才能见到夏洛特和杰米·费希尔。在给瑞特的信中，她写道："杰米和安德鲁·拉瓦内尔的妹妹朱丽叶成了知己。她和杰米聚在一起嚼舌根，挖苦人的本领越发厉害了。"

露丝玛丽告诉哥哥，安德鲁·拉瓦内尔把玛丽·劳瑞迷得神魂颠倒。所有查尔斯顿人都盼着安德鲁和玛丽订婚的消息。谁知因为一些不堪入耳的传闻，玛丽·劳瑞突然去了北卡罗来的裂岩城。安德鲁现在在追求辛西娅·彼得森。

"我的女仆克里奥本性不坏，但是总是因为一些琐碎事情心情低落。克里奥太不稳重了！"

"还记得那个胆大的小苏迪吧？她和海格力斯跳扫帚了，现在已经生下了第一个孩子！海格力斯特别骄傲，他向你问好！"

在信的结尾她写道："请一定给我回信，我太想你了，时时渴望收到你的消息。你亲爱的妹妹，露丝玛丽。"

海格力斯告诉露丝玛丽要把信寄到哪里。

露丝玛丽问海格力斯是怎么知道瑞特的地址的，他笑着回答："露丝玛丽小姐，您难道没听说过马儿之间是可以交谈的？不管它们去哪儿，都会聊上一聊。我晚上会偷偷溜进马厩听他们说些什么。"

于是，露丝玛丽把信分别寄到"加利福尼亚，圣弗朗西斯科，瑞特·巴特勒收"和"新奥尔良,路易斯安那,瑞特·巴特勒(存局候领)"。她小心地封上信封并购买了双份邮资。"今天一定要寄出啊,叔叔。"

"是的,小姐。"所罗门叔叔回答道,但心里因为这些信感到不安。

露丝玛丽从未收到哥哥的回信,一年年过去了,她的信从一周一封变成两周一封再到一月一封。

露丝玛丽在参加赛马俱乐部举办的舞会的前一晚写下了给瑞特的最后的一封信,这也将是她进入查尔斯顿社交场合的首秀。在那封信里,十六岁的露丝玛丽吐露了心中的恐惧,她害怕没有年轻男子在她的舞伴卡上签字,也担心她的白色绸缎礼服会让她看起来不够妩媚,像个小孩。

克里奥催促她:"别再写写画画了,赶紧穿衣打扮吧小姐,我们没时间了。"露丝玛丽没有理会女仆,她走出屋子来到院子里,海格力斯正在那里给格罗刷毛。

毫无征兆地,露丝玛丽说道:"给我哥哥写信没有任何意义,我哥哥死了。"

"不,小姐,瑞特少爷没死。"

露丝玛丽双手叉腰问道:"你怎么知道?"

"那些马,它们——"

她跺了一下脚:"海格力斯!我已经不是小孩子了。"

"是,小姐。"他叹了口气,"我看到您已经不是孩子了。"露丝玛丽跑回了屋子,他继续刷毛。"露丝玛丽小姐不开心是因为她要参加舞会了,她担心年轻的绅士们不喜欢她。"

露丝玛丽把信写完:"即便有些信寄错了地方,但你一定也收到过一些。你的沉默真残忍。我多希望知道你的下落还有你的近况。我会一直爱着你,哥哥,但是,面对你一直以来的沉默,我决定不再给你写信了。"

露丝玛丽没有食言。她并没有写信告诉哥哥她的第一次社交舞是多么引人注目,安德鲁·拉瓦内尔对她大献殷勤,邀请她跳了四支华尔兹。她也没有告诉他,在中场休息的时候,费希尔奶奶说:"约翰·海恩斯彻底被你迷住了,他那样子就像是情窦初开的女孩。"

同样,她也并未提到,她摇着头回答说:"约翰·海恩斯不会骑马,他没有摔伤真是个奇迹。"

"难道安德鲁·拉瓦内尔会骑马吗?"

"他是查尔斯顿最英俊的男子。美女们渴望获得他的青睐。"

"亲爱的,我认为你所谓的'青睐',就是拉瓦内尔先生的浪荡朋友们口中的'战利品'。"康斯坦丝·费希尔回答道。

第四章

赛马周

内战爆发的三年之前,在瑞特·巴特勒离开低地地区九年之后,一个二月的午后,露丝玛丽·巴特勒站在她房间的穿衣镜前闷闷不乐。她觉得自己个子太高,上半身太长,这看起来不太时髦。她红褐色的长卷发从中间分开,毫无亮点。露丝玛丽认为她的容貌太过硬朗,嘴巴太大。率真的灰色瞳孔在她看来是唯一的优点。露丝玛丽对着镜子吐了吐舌头。"你真不够朋友!"她郑重其事地说。

露丝玛丽穿着一条带有暗纹的绿色精织棉连衣裙,这是她为赛马周新做的。

赛马周是查尔斯顿社交场上的重头戏。

水稻已经收割、晒干、扬谷、脱壳完毕,并被卖出装船;黑人一年一度的衣物分发完毕,开始享受圣诞节假期。种植园主带着家人们回到城里。清晨,大家聚在一起谈论着头天晚上的社交盛况，并期待着当天晚上的活动。精巧的崭新马车，还有擦得锃亮的旧马车涌上街头兜风，沿着东岸环线道路向北走到米廷街，然后再绕回东部湾。巴黎最新的时装潮流，加上伦敦设计师的图案，再由查尔斯顿自由黑人缝纫娘裁剪成衣，在赛马俱乐部和圣塞西莉亚社团的舞会上受到众人追捧。游历到此地的北方人们看到豪华的房屋、成群的黑人、健硕的赛马还有南方的美人，都不禁瞠目结舌。

克里奥冲进露丝玛丽的卧室，绞着一双手说："小姐，有人想要见你。"

"我马上下去，先带那位先生到休息室。"

"他不去……小姐，他在院子里等着，他……他不算先生！"克里奥紧绷嘴唇，就一言不发了。

兰斯顿家在查尔斯顿的别墅是希腊风格，公共会客室的壁炉台由大理石雕刻而成，墙壁上装饰着刷漆的樱桃木护墙板。整个二层环绕着一圈遮阳的连廊。

房子后面是仆人用的楼梯，这个楼梯又窄又陡，没有上漆。走在楼梯上的仆人们手中端着盘子和汤碗，为兰斯顿政治宴请作着准备。一摞洗干净的亚麻织物被送了上去，需要清洗的床单、枕套、内衣物和桌布被运了下来。一会儿，又有几个夜壶被小心地递了下来。

这个时节，只有十五个仆人随时伺候巴特勒一家。所罗门叔叔、克里奥、海格力斯和苏迪夫妇，还有厨娘，每人一个房间，在厨房和洗衣房的上面。其他的仆人被安置在马厩上面一个个狭小的宿舍里。

平时院子里总会聚满奴仆，洒扫房间，清洗衣物，清理马厩，刷洗梳毛，但是今天格罗要参加午间的赛马，所有人都去了赛场。

"有人吗？"露丝玛丽喊道。

马厩里散发出车轴润滑脂、牛脚油[1]混合着粪便的味道。好奇的马儿把头抬起探出栏门。

露丝玛丽的这位访客死死抓着一个小包袱，仿佛能在上面留下一排凹痕。

"啊，是图尼斯吗？图尼斯·博诺？"

图尼斯·博诺子承父业，干起了打鱼和打猎的工作，不过这些日子，图尼斯在海恩斯父子船务公司做了一名引水员[2]。露丝玛丽见过他，但从未和他说过话。

"图尼斯·博诺……不是有人告诉我你结婚了吗？"

"是的，小姐。去年九月份。我的露蒂，她是普雷斯考特牧师的长女。"

图尼斯戴着一副金丝边眼睛，神情庄严，看起来就像是黑人版的清教徒教师。他身上的衣服干净整洁，熨烫平展，身上还带着淡淡的肥皂味。

"有人让我把这个给你。"博诺把包裹塞给露丝玛丽，转身

---

[1] 从牛的脚部关节提炼出的油，用来鞣制皮革时给皮革上色。

[2] 主要负责协助船舶进出港口、狭窄水道等复杂水域。

准备离开。

"请等一等，图尼斯。这上面没有卡片，是谁给我的？"打开包裹，里面是一条很大的黄色丝巾，边缘坠着精美的黑色流苏。"我的天哪，多美的披肩啊！"

"是的，小姐。"

少女将丝巾披上肩膀，丝巾的柔软触感令她心中隐隐不安："图尼斯，到底是谁送给我的？"

"露丝玛丽小姐。我可不想招惹兰斯顿先生。"

"是……是安德鲁·拉瓦内尔吗？"

"不是安德鲁·拉瓦内尔送的，不是他，小姐。"

露丝玛丽斩钉截铁地说："你不说就不能离开这儿。"

图尼斯·博诺摘下眼镜，揉了揉鼻子上留下的压痕说道："他猜测他的信从没送到过你手上，于是让我把这个带给你。我在弗里波特[1]见过他，他一点儿也没变。"图尼斯在手中把玩着眼镜，好像对他来说那是一件陌生的东西："我在约翰·B.艾略特的船上做领航员，把大米和棉花运过去，再给佐治亚铁路运回机车轮子。我一见到他就认出他来了，瑞特·巴特勒一点儿都没变。"

露丝玛丽喉咙一紧，她握住马厩的栏杆稳了稳身子。

"瑞特曾在尼加拉瓜和海盗们混在一起，不过后来他不干了。"

"可是他……瑞特他死了啊！"

"哦，不，小姐，瑞特没死。他活得好好的。这个人对一切总

---

[1] 巴哈马的一个港口城市。

是充满乐观。"

"可是……可是……九年来都没给我写一个字。"

图尼斯·博诺对着眼镜呵了口气,用手绢擦了擦:"露丝玛丽小姐,你哥哥给你写了信。他写了很多封。"

第五章

瓶子里的字条

一八四九年五月十七日

加利福尼亚，旧金山

西方宾馆

亲爱的妹妹：

从"海上荣光号"下船已经六个小时了，可是脚下的地面还在不停地摇晃。

船长和他儿子用小船把我们乘客送上岸，他们害怕大船一旦靠岸，水手们会像其他人一样弃船去寻找金子。那些被丢弃在长码头的船只的桅杆像一片寂寞的森林。

长码头上人来人往，穿梭在各个旅馆、饭店、妓院和赌场。骗子们吆喝着买卖黄金。一个衣着讲究的人羞怯地想讨一顿饭。

经过合恩角附近时我一直在船上打牌。野心勃勃的淘金者幻想着即将暴富,仿佛对身上的钞票不屑一顾,打牌时也不再谨慎小心,似乎那样做就是对自己光明的未来不够笃定。于是当我到这个城市时已经"身家不菲"(那钱是"阿尔戈号的勇士们"前去冒险的旅资[1])。

合恩角附近的航程沉闷乏味,淘金者们讲述他们为什么会放弃职业,告别亲友,踏上危险的旅程,面对未知的将来。他们诚恳地对其他人说,他们这么做绝非为了自己,完全不是!他们是为了家中的妻儿才作出此冒险的决定。他们和家人分离正是为了家人!显然,美国的主妇和孩子们不见到淘金者们满载黄金而回是不会满足的。

这里不是查尔斯顿。旧金山泥泞的道路两侧铺着木板行人道,经常会把我的鞋夹掉。两侧砖制的房屋崭新而闪光,这当中也夹杂着帐篷和木质的棚户。

三年前旧金山还没有发现金矿,那时这里住着八百多人。如今这里的人口已经达到了三万六。从码头到树木成荫的山丘,整个城市都回响着建造房屋发出的叮叮咣咣的声音。妹妹啊,在这座城里,即便无处可去的懒汉也正急匆匆地往那些地方赶去。

中国人、爱尔兰人、意大利人、康涅狄格的北方佬,还有墨西哥人:这座新城挤满了外来人,也充斥着各种新奇的想法。

我非常想念你还有低地地区的朋友们,但我可不是被赶出来的。在这里,我仿佛一个清晨被带到阳光下放风的囚犯。查尔斯顿以外还有很多城市,它们都是好去处!

寄信时请写这个地址,他们会替我收信的。和我说说夏洛特和费希尔奶奶怎么样了,特别是你最近在干什么。亲爱的妹妹,我所有的旧相识里,我最

---

[1] "阿尔戈号"为希腊神话中的一艘大船,该故事讲述了"阿尔戈号"船上的英雄们如何帮助伊阿宋取回了金羊毛。此处指船上的乘客要去进行淘金。

想念你。

> 爱你的哥哥
> 瑞特

一八五〇年三月十二日

加利福尼亚，好年景酒吧

亲爱的妹妹：

好年景酒吧是一处极其难看的淘金者露营地：这是一处地势较高的烂泥地，这里零星散落着地窖、帐篷以及没有窗户的小木屋，幸运的淘金工人偶尔能够从一车金沙矿中赚到两千美元。

即便富裕的淘金工人也要吃饭，他们淘金用的铁锹和镐头需要更换，出于对体面（以及气温达到零下的夜晚）的考虑，还要置办裤子和鞋子。

妹妹，我现在成了个买卖人——加入了那群碌碌无为的家伙，他们的辛勤努力不过是让上层阶级们的地位更加巩固。我用牌桌上赢来的钱买了一辆装载很大的货车和四头健壮的骡子。用比在卡罗来纳高出一倍的价钱买了腌牛肉、威士忌、铲子、镐头，还有成卷的帆布。

我把车马还有货物一同运上船，一路逆流而上来到萨克拉门托[1]，我在那里焦急地等待着，直到去往金矿高地的小路勉强能够通行。妹妹，你做买卖的哥哥用铁锹在三英尺厚的雪堆里挖出一条路，把他的货物送到了好年景酒吧。

我从没受到过如此热烈的欢迎。从十月份以来再没有什么补给运到这个营区；矿工们几乎要被饿死，他们扑到我身上，如同感谢上帝一般对我满是赞美之词。

---

[1] 加利福尼亚州首府。

他们手里有金子却没处去花！我到那儿还不到一个小时的工夫，身边就只剩下了我的左轮手枪和一头骡子。

返程时还要穿过厚厚的雪堆，我时刻警惕着身后，毕竟身上有不少财物。

当我把赚得的钱带到了卢卡斯和特纳银行的金库，即便是不动声色的银行合伙人谢尔曼先生也抬了抬眉毛。

我一直都没收到你的回信，希望你一切都好，盼着你的消息。

现在我要洗个热水澡睡觉了。

爱你的哥哥

瑞特

一八五〇年九月十七日

加利福尼亚，旧金山

圣弗朗西斯酒店

亲爱的妹妹：

别告诉爸爸我现在已经是一个受人尊敬的体面人了。巴特勒日用百货商店在联合广场有一幢二层小楼，还有仓库分布在斯托克顿[1]和萨克拉门托。

我现在穿着黑色西装，整洁的鞋罩[2]，口袋别着文绉绉的软绸手帕，你还能认出哥哥吗？我感觉自己就像是一出荒诞戏的演员。

我确实有些赚钱的窍门，或许因为我只将钱财看作是件商品，而非有某种宗教深意。

---

1 加利福尼亚州的城市。

2 19世纪末到20世纪初绅士们的一种穿戴单品，高度达到脚踝以上，侧面有扣子，带子穿过鞋底，用金属搭扣固定。

我不再玩牌了。我要把货拉到金矿区的好年景酒吧、博格斯桑德、玛格福泽尔（虽然不是个大城市，但它确实存在），和这些事相比，扑克似乎显得小儿科了。现在，我何必要夜夜坐在烟雾缭绕的屋子里，想着怎么把那些喝醉的傻瓜的钱赢过来呢？

淘金者为了贪欲已经疯了。没有保险公司会为他们的性命担保。霍乱、酗酒、事故，哪样都可以要了他们的命。矿区没有法律的约束，纷争的解决途径就是镐头、拳头和枪支。如果输掉了身家，他们大都会一死了之。

和我们低地的上等人一样，这些淘金的人随时准备着决斗一场，不过他们的原因也更加"现实"，所谓"荣耀"在这里是谈不上的。

在加利福尼亚打拼的人通常用"美国那里"指代自己的家乡。克莱先生[1]聪明的斡旋以及卡尔霍恩先生[2]的讣闻，诸如此类之事在这里几乎没人关注。

这里的人行动力更强，但是缺乏智慧。

我从没收到过你的一封信，也不指望能收到了。你不会死的——如果真是那样我会感觉到的。我想是爸爸不让你写信。

一切会好起来的，即使布劳顿也是如此。给你写信的时候我的脑袋里对你的印象就加深了一些。我一边写信一边感受着你的爱，然后再十倍回报给你。

你忠实的通信人

瑞特

一八五一年六月十九日

加利福尼亚，旧金山

圣弗朗西斯酒店

---

[1] 卡修斯·马塞勒斯·克莱（1810—1903），美国外交官，废奴主义者。

[2] 约翰·卡德维尔·卡尔霍恩（1782—1850），美国副总统，奴隶制的拥护者。

最最亲爱的露丝玛丽:

"来自悉尼的野鸭今晚嘎嘎叫。"当某个诚实的人遭到抢劫、殴打和枪击时,这个城市就是如此打趣他们的。旧金山的环境一贯恶劣,最近一群被释放的澳大利亚罪犯迁到此处,令这里变得更加危险。

我对我自己、我的生意乃至我的车夫的安全完全不担心。我残暴的名声早已人尽皆知(我完全是名不副实)。

牛顿先生告诉我们,每个力都会产生相同的反作用力。所以当我受邀同三位良好市民共进晚餐时,我十分怀疑他们的动机。

银行家W. T.谢尔曼比我年长,他长着一张螳螂似的三角脸,蓄着短须,一双惹人注意的大眼睛。棕色的眼睛本应让人觉得温柔且能表现一个人的性格,但谢尔曼先生的两只眼睛只表现出了两块黑煤球。他有哮喘,是我见过脸色最苍白的人。所有人——包括他自己——都不会奢望他能长寿。

他是个很实际的人,必要时从不退缩。

有些人总以为他们正直的本性令他们有权让其他人退让,科里斯·亨廷顿就是其中之一。他是巴特勒百货的竞争对手,我们还曾争执过一两次。

莱特医生是这三人中最不足为道的,他神情紧张,穿得像博·布鲁梅尔[1],他声称"太平洋地区的巴黎"一词是他发明出来形容这个城市的。据我观察,他是没什么其他可以炫耀的了。

我们在圣弗朗西斯酒店的私人宴会厅吃了晚餐,一番铺垫之后,他们建议我加入他们治安维持会的核心团队,按照亨廷顿热切的描述,该组织将会"绞死海滨地区所有的蠹贼和不轨之徒"。

---

1 博·布鲁梅尔(1778—1840),英国著名纨绔子弟,以其时髦服装和举止闻名,人们用他的名字代指花花公子,纨绔子弟。

谢尔曼先生说城市秩序的混乱会威胁商业利益，他提到了行动的"必要性"。

我提醒谢尔曼"必要"并不一定是公正或值得的。

亨廷顿和莱特明显感到被冒犯了，他们本以为我是他们天然的同盟：一个可以杀人不见血的家伙。

我对他们的提议不置可否。

妹妹，我并非一个深思熟虑的人，但是那天晚上我仔细思考了自己到底要变成怎样的一个人。一个绞死蠢贼以保全自己财产的商人，同一个因为黑人的冒犯而将其鞭打致死的种植园主有何区别呢？

我下定决心决不能成为那样的人。只要我不被人绞死，我就决不能做把人绞死的刽子手。

我决心寻找其他发财的门路。正好有一群人自发要去古巴推翻西班牙的统治，或许我可以帮他们一把。如果你写信来，可以寄奥尔良存局候领。

你迷茫的哥哥

瑞特

一八五三年三月十四日
新奥尔良，圣路易酒店

亲爱的妹妹：

正统的查尔斯顿人一定会被这座城市吓到的。这里法国味儿十足。新奥尔良的市民——全都笃信天主教——每天只想着美食、美酒和爱情——这个顺序也许并不完全准确。在老区[1]，罪恶的芳香总萦绕着橙花和柠檬花。我每晚都有舞会参加：正式的、非正式的、戴面具的，或者需要揣把手枪的。我在麦卡思、派利兹和波士顿酒吧打过牌。逛过四个赛马场、三个剧院还有法国歌剧厅。

这座城是海盗们的驻扎地。这些年轻的美国人将宿命论作为人生信条。显然，他们的命运就是征服和劫掠加勒比地区或南美那些软弱无力自保的小国家。很多人认为一旦我们赶走了西班牙人，古巴就会成为美国的一个一流的州。

我为几次的海盗远征出过钱——如果需求能够扩大利润，那么爱国的涓涓细流必将汇成滚滚洪流。目前为止，我还没有被诱惑要去参军。

新奥尔良美女如云，克里奥尔[2]女子知书达理、见多识广且充满智慧。她们教会了我许多关于爱情的道理——对爱情的追求仅次于对上帝的渴望。

毋庸置疑，我的克里奥尔情妇迪迪·盖耶里很爱我。她爱我爱得发疯。我们在一起六个月之后，她就一心想要嫁给我，给我生孩子，分享我飘忽不定的财产。她是每个男人梦寐以求的女人。

但不包括我。

最初的迷恋逐渐变为厌倦，我们明知道有些事并非如此，还假装信以为真，这也让我对自己和她都有点瞧不起。

亲爱的妹妹，爱情有时特别残酷。

我不会因为怜悯和她继续在一起，怜悯比爱情更加残酷。

我对她越冷淡，迪迪就越紧张，看来只有距离才能解决我们之间的问题。

1　Vieux Carre，法语，意为老区，是新奥尔良的一个著名街区，保留了许多法国统治时期的街道风貌。
2　指16—18世纪出生于美洲的西班牙或葡萄牙裔白种人。后也指讲法语与西班牙语混合语的黑白混血儿。

我们和古巴的纳西索·洛佩兹将军一起吃晚餐,他想要来一次远征,已经找到三四百人自愿加入,他很有把握这些人能够击败西班牙军队。等我们一登陆,古巴的爱国者们就会加入我们的队伍。他眨了眨眼告诉我西班牙国库里放着征服者掠夺来的金子。哈瓦那,他补充说,是个美丽的城市。

迪迪对他长篇大论的游说不屑一顾。她穿着紧身胸衣织锦长裙,戴着顶艳红色的帽子,整晚都噘着嘴,一点儿东西也没吃。那晚的蛋饼非常美味,香槟是冰镇的,但是迪迪在不停抱怨,对将军说的每句话都出言顶撞。不会的,古巴人不会造反。西班牙军队比区区几百人组成的美国冒险分子要强大多了。

自命不凡的洛佩兹解释说占领古巴可以让我们变得富有。"这是白人的责任,巴特勒。"他劝说道。

"你是指成为富人?"我和他开玩笑。

"我们的责任是将一个原始、迷信的独裁国家变成一个现代民主的国家。"

这套说辞惹得迪迪说出一长串法语,洛佩兹不清楚这些话的具体意思,不过他肯定能猜出个大概。

他身子前倾,带着一副优越感十足的微笑说道:"巴特勒,你是个对女人唯命是从的人吗?"

迪迪猛地站了起来,把放香槟的冰桶都碰翻了。她将帽针插入艳红色的帽子。"瑞特?"她坚持道,"请你……"

"请您见谅,将军。"我说道。

迪迪紧紧地挽着我的手臂。圣路易酒店的门童为我们叫来一辆车。

一个浑身脏兮兮的女乞丐朝我们一瘸一拐地走过来,有气无力地乞讨。

洛佩兹跟在我们身后走到了人行道上,向我道歉:"巴特勒先生,我无意冒犯你,以及你可爱的伴侣。"

"圣母啊！"[1]乞丐走得太近，身上的气味惹怒了将军。她也是个走投无路之人，为那些在防洪堤上做搬运工的爱尔兰人提供"服务"，此时，她的手颤抖着向我们伸过来。

"滚开！"将军扬起他的拐杖。

"别，将军。"我从口袋里摸出了一枚十分的硬币，这时，我认出了污垢之下那张熟悉的脸。"老天啊，你是……你是贝尔·沃特林？"

真的是她，亲爱的妹妹，我真没想到还会见到她。约翰·海恩斯资助贝尔离开了低地。我不知道她竟来到了新奥尔良。

几周后贝尔告诉我："我很喜欢大海。我想这里会不同。"显然，贝尔遇到了一个牌桌上的老千，他赌输之后就将她抵押了出去。贝尔的儿子被送到了孤儿院。

我和洛佩兹将军去古巴之前一定会尽力改善她的处境。

贝尔请求我不要把她的情况告诉她父亲以赛亚。她和我一样都和家里决裂了。

爱你的瑞特

一八五三年七月

古巴

亲爱的露丝玛丽妹妹：

翁多湾的海滩是我见过最美的海滩。银色的沙滩和湛蓝的海水一望无边，像是通向永恒——某些西班牙官员正想把我驱赶到那儿去。

---

[1] 原文为西班牙语。

西班牙军队没有被打败。古巴人也没有将我们当作解放者来欢迎。

从迪迪的怀抱逃走，撞向西班牙人的枪口，这可不算我最聪明的决定。

一个下士答应我把这封信寄出去。我像是个将漂流瓶扔到大海里的孤独水手，祈祷这封信能送到你的手上。柔软而温暖的沙子是多么迷人，在浅滩上涉水的沙鸥是多么温柔。尽管它们只能活几年，但也是造物主创造出的生灵。

妹妹，我想给你个建议，那就是：过你的生活，不要让其他人主宰你的生活。

西班牙人命令我们给自己挖坟墓，作为他们午后的娱乐项目。作为美国绅士，我们当然拒绝了。哈哈，这种脏活还是交给老粗们做吧！

露丝玛丽，我在这个美好的世间经历了许多，但我唯一的遗憾是离开了你……

请时常想起我。

瑞特

第六章

黑奴交易

露丝玛丽感到有些眩晕:"我爸爸烧了哥哥的信?还有我写的信?"

"我有天在鱼市上见到了所罗门——你们的管家所罗门——我们提到过这件事。老所罗门,他不愿意把信交给兰斯顿老爷,但是不得不听从命令。"

露丝玛丽觉得恶心。她问了一个问题,那是她作为兰斯顿顺从的女儿之前从来不敢问的:"图尼斯,我爸爸为什么会憎恨自己的儿子呢?"

图尼斯·博诺是个自由身的黑人,他不需要通行证就可以随意在街上走动,可以自由地参加第一非洲浸信会的礼拜仪式(前提是要有一个白人能够到场);可以和其他的自由黑人或是和被他买回来的黑奴自由婚配。他不能参与选举,也不能承担公职,但是他可以拥有自己的私产,法律也允许他接受教育。

自由黑人既不是别人的财产也不是白人,因此,他们让奴隶主们感到很不安。

正因如此,图尼斯·博诺必须要对他看见的故意视而不见,对他所知道的守口如瓶,明明洞察一切却要故意装成一无所知。只要有白人问话,图尼斯的回答一概是:"是海恩斯先生,是他叫我这么做的。"或者是:"这事儿您得去问海恩斯先生。"

露丝玛丽十分清楚这一点,但是她太急于想要了解清楚,于是她抓住图尼斯的袖子使劲摇晃着,好像可以把答案从他身上抖出来似的:"为什么兰斯顿会憎恨瑞特?"

图尼斯叹了口气,将一切告诉了露丝玛丽,这些事是她一直以来从没想要去了解的。

图尼斯给露丝玛丽讲了灌溉工人威尔的事,那场风暴,还有很久之前的那个夏天,瑞特成了一个稻农,那时的兰斯顿·巴特勒输掉了一场赛马。

华盛顿赛马场是一个周长四英里的椭圆形场地,周围一圈种着查尔斯顿最古老的槲树,看起来平淡无奇。白泥灰粉刷的俱乐部会所只对赛马俱乐部的会员开放,但是看台和草场是免费对观众开放的。白人和黑人,自由人和奴隶,所有人都见证了兰斯顿·巴特勒在赛马场上的失败。

弗吉尼亚和田纳西的马匹来到查尔斯顿,在赛道上风驰电掣,让南方的富豪们一掷千金。赛马、骑手以及驯马师在宽阔的木质马厩中等待,那里宽大的中央通道还可以进行马匹和黑奴交易。

正午的比赛是兰斯顿·巴特勒的格罗和杰克·拉瓦内尔上校的查普特佩克之间的决赛。这两匹马势均力敌,因此比赛充满悬念。两匹马呼啸着从围栏冲出,弯道时查普特佩克还处于落后,但最后的直道加速它超过了筋疲力尽的格罗,最终以两个身位的优势取得了胜利。胜利者见面会上,杰克上校开心得手舞足蹈。

在俱乐部会所的围栏边,三个年轻公子哥儿和杰克上校家的老姑娘也像上校一样扬扬自得。

"杰基,杰基,"杰米·费希尔轻声笑着说,"老虎屁股可摸不得啊。朱丽叶,你爸爸刚才那一躬鞠得可是帅极了。"

埃德加·珀伊尔一直都对大人物们的举动格外关注,他发现兰斯顿·巴特勒的监工正在和他的主人讨论着什么:"呃,他们两个在干什么?"

"谁他妈关心这个,"亨利·克肖不耐烦地低声说道,"借我一枚双鹰[1]!"亨利·克肖体格健壮得像一只熊,脾气性格也异常火暴。

"亨利,你投注在格罗身上的钱还是我的。我可没钱了。"埃德加·珀伊尔把口袋向外翻出,"先生们——和女士——兰斯顿怎样才能追平分数呢?"

"或许他会赖账呢。"朱丽叶·拉瓦内尔说。

---

[1] 美国旧币名,面值20美元。

"不，不会的，亲爱的朱丽叶，"杰米·费希尔说，"别把咱们这位查尔斯顿的绅士和另一位弄混了。露丝玛丽的父亲兰斯顿喜欢做的事是以强欺弱，你的父亲才喜欢赖账。"

朱丽叶·拉瓦内尔深吸了一口气："真不明白，我怎么和你待在一起。"

"因为你很容易觉得无聊。"杰米·费希尔回答道。

这个老姑娘和这个小个子年轻人总是形影不离，但是从未传出什么绯闻。不论他们关系有多么亲密，大家都知道那不是爱情。

第二场比赛在两点钟。白人和黑人在赛道和草地上散步，赛马俱乐部里，仆人们忙着打开野餐篮和酒瓶的软木塞。

赛马场上，拍卖师们正高声做着黑奴买卖："约翰·休格家的黑奴。稻米种植工、锯工、棉花种植工、机械工、用人，还有孩子！一百个，个顶个地棒！"

埃德加·珀伊尔从一个拍卖师手中取走一份交易清单，手指从上到下扫了一圈说道："安德鲁要竞拍六十一号。'卡西乌斯，十八岁，乐师。'"

"卡西乌斯要价一千块。"亨利·克肖说。

"至少要一千一。"杰米·费希尔纠正了他。

"赌一个'双鹰'？"亨利说。

"你可是一个子儿都没有。"杰米·费希尔回答道。

亨利·克肖体重超过杰米·费希尔八十磅，而且喜欢任意妄为，但此时他面带微笑。不论他们想要干什么，只要想想费希尔的家底，哪怕恣意胡闹的熊仔也会笑的。

"朱丽叶，安德鲁要一个班卓琴手干什么？"埃德加·珀伊尔问道。

"安德鲁不开心的时候，音乐能令他振奋。"

亨利·克肖喝了一口酒，然后把酒瓶递给朱丽叶，但她身体抖了一下，并没有接过来。亨利说道："你们绝对猜不到上一周我看到哪匹马在拉着黑人的鱼车。"

"特库姆塞吗？"杰米·费希尔说道，"瑞特·巴特勒不是把他的马留给了博诺一家吗？"

"低地最好的摩根马竟然拉着鱼车，"亨利·克肖继续道，"我出两百元买那马，但是那个黑人说马不是他的，不能卖。"

"特库姆塞值一千块，"埃德加·珀伊尔说，"你为什么不强迫那黑人把马卖给你？"

亨利·克肖咧嘴笑着说："或许你可以试试那法子，但是如果我这么做了我就死定了。或许瑞特以后会回来的。"

"那么巴特勒到底去哪儿了？"杰米问道。

"尼加拉瓜，圣多明戈？"亨利·克肖耸了耸肩。

埃德加说："我听说他在新奥尔良。贝尔·沃特林、瑞特·巴特勒，还有瑞特的私生子……那不就是一窝吗？"

朱丽叶·拉瓦内尔抬了抬眉毛："埃德加，你听到的真是个有趣的传闻啊。你难道不知道沃特林家的那个女孩儿去堪萨斯投奔亲戚了？"

"密苏里。不，她没去，"埃德加回答说，"密苏里的沃特林家可是坚决的废奴主义者。你难道不看报纸吗？"

"告诉你吧，埃德加，"朱丽叶卖弄风情地说，"既然先生们总能给我们这些无聊的女人答疑解惑，我们干吗还费事读报纸呢？"

杰米用咳嗽掩饰了他的轻笑。

"我认为，"拉瓦内尔小姐说，"打听一下兰斯顿的女儿和我亲爱的哥哥进展如何或许会更有趣。露丝玛丽现在可是在拼命讨好安德鲁。"

"有些轻浮的女人总是爱往安德鲁身边凑，真不知道他怎么能受得了。"杰米不屑地说。

"和他容忍你的理由一样，亲爱的杰米。"朱丽叶甜甜一笑，"我哥哥需要有人崇拜他。"

"安德鲁把露丝玛丽小姐追到手需要多长时间？"埃德加沉思地说道。

"赛马周结束之前。"朱丽叶·拉瓦内尔赌五美元。

在赛马场旁边的槲树树荫下，费希尔奶奶、她的孙女夏洛特，还有约翰·海恩斯正在野餐。费城和纽约市的报纸上都能见到海恩斯父子公司的广告："查尔斯顿赛马周：往返车票，食宿全包！"约翰为游客们预定了皇后大道上的米尔斯酒店，在那里，米尔斯先生已经将查尔斯顿最精美的餐具摆上了桌。

一个纽约来的游客因为公开表示对废奴主义者的同情而惹怒了一众要乘帆船游览巴尔的摩的南方人。

然而当这位废奴支持者发现米尔斯先生是个自由黑人之后，

立刻要退掉房间并要求把钱退还给他。由于赛马周期间查尔斯顿所有的旅馆都已客满，他最终同意住在那里，但依然要求退款。"北方佬可真是表里不一啊，"约翰·海恩斯说道，"夏洛特，你整个下午都魂不守舍的，夏洛特专属的灿烂微笑哪去了？"

"夏洛特的心思都在安德鲁·拉瓦内尔身上呢，"费希尔奶奶说道，她充满威严地拍着野餐篮，"整个卡罗来纳，只有厨娘做出的鸡味道是最好的。"

"奶奶，我才没有呢！"

"亲爱的，这是自然的。安德鲁·拉瓦内尔健硕英俊，果敢而有魅力，而且一文不名。年轻姑娘上哪还能找到比这更合适的追求者？"

约翰对厨娘烹饪的鸡肉称赞了一番，之后继续道："我希望今天下午能见到露丝玛丽。昨晚我想邀请她跳一曲华尔兹，但她的跳舞帖上邀请者的名单太长了。"

尽管夏洛特·费希尔请来了别出心裁的裁缝，但她的长相并不出众。灰褐色的头发，脸色不算红润，腰身不算纤细。夏洛特抿了抿嘴："我不确定和露丝玛丽还是不是朋友了。"

"夏洛特，别犯傻了。你和露丝玛丽五岁时就是朋友了。"她的祖母纠正道。

约翰·海恩斯叹了口气说："为什么查尔斯顿的漂亮姑娘都钟情于一个男子？像我这样平平无奇的人恐怕没有机会了。虽然我对安德鲁没有怨愤，但若是他失足摔断了高挺的鼻梁——哪怕让容颜略微受损，我真没有诅咒他的意思——我是断不会为他难过的。"

费希尔奶奶说道:"约翰,你说下去。"

海恩斯笑了笑道:"我想我是要再多说几句的。各位女士们,冒昧问一句,我难道就不是理想丈夫的人选吗?……谢谢您,费希尔奶奶,我再吃个鸡腿。"

观众和买家涌向奴隶交易所在的马棚。那里,买家混杂在竞拍的"商品"中。黑人女性穿着粗制的棉布裙,把手帕当作头巾。黑人男子则穿着麻毛混织的短外套,用绳子作为腰带。他们的宽边软帽还被整理出了各种造型,或时髦,或朴素,或不羁。黑人儿童的衣服看起来比他们父母的要干净、崭新一些。

缺乏经验的奴隶买家总是会装出一副若无其事且无所不知的样子,人们在面对一些难以理解的事情时常是这样的表情。

卡西乌斯——安德鲁·拉瓦内尔觊觎的那个乐师,斜靠在马厩的门栏上,抱着双臂,班卓琴背在肩膀上。他是个面庞光洁、身材微胖、肤色较深的年轻人,一脸得意的样子会让有些白人感觉不敬。

"孩子,弹弹那玩意儿让我听一听。"

卡西乌斯恭敬地敲了敲那把琴,好像它充满了力量。"我做不到,老爷。不行,先生。那个拍卖师说我活像个俏姑娘。我可不能随便献殷勤!谁把我买下来,也就买下了我的音乐……老爷,"他一脸庄重地说道,"我保管能让长老会的教徒也踮起脚跳上一段。"

大多数黑人都是一副恭顺模样，等待着有善心的买主能把他们一家人都买走。"是的，老爷，我是个种水稻的老手。打小儿就在水稻田里做活儿呢。没错，先生，牙齿都在呢。鼻子被马踢断了。我对马不在行。我妻子是个洗衣工，儿子还没长成，是个四分之一劳力。"

水稻种植工被买主们要求摆出各种姿势，方便验看身上是否有伤。有些被要求来回快走，有些被要求原地跳起，精明的买家能通过他们的呼吸估测出体力。

"孩子，多久去一次诊疗室？"

"你说你生了三个孩子，就你这样子的屁股？"

拍卖师满面红光，快活地和卖家们套着近乎："卡瓦诺先生，先别拍这个，五十二号保管是你想要的：十四岁的姑娘，肤色较浅。瞧瞧，我是不是想着你呢？"

"约翰斯顿先生，这年轻人你要是不出到七百元以上，你可要后悔哦。七百，我说的是七百。孩子们，帮我一把。七百一次，七百两次。德雷顿种植园七百元成交！"拍卖师迅速喝了口水。

"先生们，我再重申一下竞拍规则。竞价成功的买家需要现金支付所出价格的一半，并以竞拍下的黑奴作抵押签下担保书，三十日内须将尾款汇寄到账。"

接着，他满面春风地说道："现在，我们继续竞拍。五十一号：男孩儿，年龄十二三岁。乔，站到台上来，让大伙看一看。乔可不是那种弱不禁风的类型，他干活可是像模像样，再过一两年绝对是个熟练工。绝对的厉害角色。"——拍卖师抠了抠鼻子眨眨眼——"现在买还划算，把他养大了，等到明年种水稻时他就长成大小伙子了，用孩子价格买来的！乔，转一圈，掀开上衣。有人看见他后背有伤疤吗？修格虽说是个有善心的先生，但绝不会不用鞭子，绝不会。不过乔可不怕挨打，因为他是个听话的孩子，是不是，乔？有人出价两百，两百元对吗？两百，两百，现在有人出五百，五百五，五百五？……木兰种植园的欧文·鲍尔先生，归您了。"

安德鲁·拉瓦内尔无精打采地靠在一个空马厩的围栏上。浅黄褐色的裤子包裹着肌肉紧实的双腿，褶边的衬衫，外面罩着一件翻领的黄色短夹克，戴着顶海狸毡的宽檐帽，一双靴子因为经常打油泛着光亮。安德鲁随意地勾了下手指示意珀伊尔和克肖过来。安德鲁有着雪鸦般的肤色，皮肤白到几乎透明，仿佛能让人一眼就看透他的心情。他时髦的慵懒掩盖不住他此时的紧张，眼前这位花花公子仿佛一根弹簧一样紧绷着。

埃德加·珀伊尔划开火柴替安德鲁点燃雪茄，朝台子上那个浅色皮肤的黑奴点点头："漂亮姑娘。"

亨利·克肖伸长脖子看清楚了买家："这个卡瓦诺，我怀疑他老婆是否知道马上就要有个新女佣了。"

"或许就是个女仆……"安德鲁拖长声音说道。亨利·克肖起哄笑了起来。

埃德加·珀伊尔说道："那不是巴特勒家的管家吗？以赛

亚·沃特林?在那儿,柱子后面。"

安德鲁·拉瓦内尔说道:"真是不明白,瑞特杀了他儿子,他为什么还待在布劳顿。"

"真是垃圾,"亨利·克肖鄙夷地说道,"监工的活儿可不像儿子那么容易得到。沃特林想要儿子,直接去黑人住宿区去生就是了。"

安德鲁·拉瓦内尔说道:"不是说沃特林是个虔诚的教徒吗?"

"应该是吧。他和伊丽莎白总是趁兰斯顿出城时在一起祷告。当然啊,就是在一起祷告。"

"亨利,你这家伙可真是粗俗啊,"安德鲁调侃道,"六十一号,那是我的卡西乌斯。"

克肖学着粗俗之人的模样挠了挠身体说道:"我的酒瓶空了,我去一下俱乐部。埃德加?"

"我不去。"

安德鲁对卡西乌斯开价到四百元。

"现在是四百……六百?先生,你确定吗?是的,先生。现在这个年轻优雅的黑奴,有人愿意出六百。班卓琴也包含在内,这个价格可以把人和琴都带走。"

"沃特林为什么会竞价?"埃德加·珀伊尔问道,"兰斯顿不需要班卓琴手。"

叫价到八百元,除了以赛亚·沃特林和安德鲁·拉瓦内尔其他人都退出了。

以赛亚·沃特林叫价九百五。

安德鲁·拉瓦内尔叫价一千,大家把目光都集中到沃特林身上,只见他举起了手。然后,他爬上一个工具箱,头和肩膀超过了人群:"拉瓦内尔先生。是兰斯顿·巴特勒老爷吩咐我来竞价。我想问问您,如果您赢了,该怎么付钱呢?今天的现金你打算怎么支付呢?你哪来的五百元?"

安德鲁像被人打了一拳似的僵在那里,惊讶、愤怒和尴尬的表情一同涌到脸上。安德鲁转身想找埃德加·爱伦,可是他的朋友刚刚离开了。离他比较近的人们假装不去看他,离得远一些的都在等着看笑话。

"好了,先生们,好了,先生们!"拍卖师大声叫道。

"你定下的规矩,"沃特林对拍卖师提醒道,"我想你总该要按规矩办事吧。"

有人叫嚷着:"是啊,是啊。"

还有人附和着:"规矩就是规矩。"

"按那该死的规矩来。"

安德鲁大叫道:"沃特林,以上帝的名义,我会……"

"拉瓦内尔先生,这不是我以赛亚·沃特林个人的事。我做不了主。我是为兰斯顿·巴特勒老爷办事的。是巴特勒老爷让我问您:'你哪有五百元?'"

"你是说,我的话,我安德鲁·拉瓦内尔许下的诺言……"

"他的诺言?"不知谁接了一句。

"拉瓦内尔的诺言?"又不知是谁狂笑了起来。

"拉瓦内尔拿不出钱来,拍卖师先生,那么这个黑人就是九百五成交,我付全款。"

安德鲁·拉瓦内尔被当众羞辱(有人说那是他"自作自受"),这件事很快就传遍了俱乐部。杰米·费希尔觉得自己的胸口好像被人重重地锤了一拳。

杰米找到了他的朋友,只见安德鲁·拉瓦内尔双手紧紧抓着看台的扶手,指关节都发白了。

"我的朋友埃德加知道会有这么一出。这种好戏埃德加·珀伊尔哪怕隔着一英里也不会错过的。可是我转身找他时,他却不在那儿。我见过亨利·克肖开一张牌就输掉了一千块。可是我的朋友亨利人在哪里?"安德鲁受伤的眼神扫过人群,这些来来往往的人比这个年轻人料想的还要冷漠,"我的小伙伴,杰米·费希尔。人们都说杰米是卡罗来纳最富有的男子,对年轻的费希尔先生来说五百块就是兜里的零花钱!"

"对不起,安德鲁,如果当时我在场的话……"

"上帝啊,杰米,我怎么能受得了!当着所有人的面——所有人!上帝啊!你真该听听他们是怎么嘲笑我的。安德鲁·拉瓦内尔,安德鲁付不起钱还来竞拍!哦,老天哪,杰米,我真希望自己立刻死掉!"

"你可以向沃特林提出决斗,我一定当副手……"

"杰米,杰米,我不能向沃特林挑战。"安德鲁的声音微弱得像是拾荒者养的马,"以赛亚·沃特林和他儿子一样都算不上绅士。我要是向他挑战，那就是承认我安德鲁·拉瓦内尔也不是个绅士。"

"但是瑞特就和沙德·沃特林决斗了。"

"我不想谈论瑞特·巴特勒！杰米，我希望永远都不要再提他！我想我把意思表达得够清楚了吧！"他想要点燃雪茄，但是手一直在抖，于是把火柴扔到地上，"该死的兰斯顿·巴特勒！我认识那个拍卖师，要是我立个借据他肯定会接受的。"

"那只是个班卓琴手，安德鲁。"

"只是个班卓琴手？"安德鲁干笑了几声，似乎为了迁就杰米的无知，"难道兰斯顿·巴特勒准备要办一场音乐会吗？或许兰斯顿·巴特勒想学习弹奏班卓琴？你认为呢，杰米？我想兰斯顿·巴特勒只是用贵得离谱的价格买了个水稻种植工人。"安德鲁像是对孩子一样解释道："兰斯顿·巴特勒羞辱我，是想报复我的父亲杰克·拉瓦内尔。整个查尔斯顿现在都弄清了安德鲁·拉瓦内尔的老底，安德鲁·拉瓦内尔就是个徒有其表的骗子！"

杰米·费希尔喉咙一紧："安德鲁，我不知道……安德鲁，你真的是个好人，很难得。我真想……"

安德鲁用手势打断了他的话。

带着赛马俱乐部袖标的黑人正在将人群清出赛道。

"安德鲁？"

"看在上帝的分儿上，能不能别说话！"

赛道清空了，一个女骑手骑着马从一众裁判当中小跑着出来，对他们示意她离开赛道的手势视而不见。

安德鲁直勾勾地盯着她，就像一只鹰隼看到了自己的未来。他深吸了口气："哈，那是露丝玛丽。"

"肯定是在找你。"安德鲁的注意力被转移了，杰米感到如释重负，把声音提高了一个八度，"安德鲁，我必须要告诉你关于朱丽叶那个有意思的赌约……"

"哦，天哪，杰米。有些不对劲。露丝玛丽看起来很焦虑。看看她一直在拽马嚼子，催促马跑，又拉紧了缰绳。"

赛马俱乐部的工作人员纷纷叫嚷道："小姐！""有比赛，小姐！"但他们还是跳到一边给她让了道。露丝玛丽沿着围栏在人群中查找，黄色的丝巾被风吹在身后，像是一面桀骜不驯的旗子。

"天哪，"安德鲁·拉瓦内尔若有所思地说，"露丝玛丽生气了，是不是？"

露丝玛丽猛拉了一把缰绳，马后腿站立了起来。"该死的马，停下来！安德鲁！我父亲在哪里？你见到我父亲了吗？"

安德鲁·拉瓦内尔面色沉静、一动不动。时间似乎在这一刻都变慢了。"美丽的露丝玛丽，"安德鲁以一种近乎渴望的语气说道，"令尊已经离开了赛马场。"

赛马俱乐部的一名管事匆匆朝这边赶来，这个围着绿色绶带的白人男子叫道："女士！女士！"

"该死的马！真是该死！你快给我停下来！"露丝玛丽用马鞭抽打着马，"我必须要找到我父亲。"露丝玛丽的面容扭曲。"我有消息要宣布。今天我终于知道我父亲为什么那么可恶了。"

安德鲁·拉瓦内尔用专横的手势把管事拦了下来，然后走上赛道，抓住了露丝玛丽的缰绳，让那匹躁动的马安静了下来。

一个管事，一个骑马的女人，一位绅士拽着缰绳，除了他们，整个赛道空无一人。

场中间怒气冲冲的场面吸引了每个人的目光。

会所阳台上，一个北方观光客转向他在查尔斯顿的接待问道："这是怎么回事？"

这位接待回答道："山姆，你现在是在查尔斯顿。好好欣赏烟火吧。"

如果此时的露丝玛丽不是如此慌乱无助，被愤怒冲昏了头脑的话，她本会对安德鲁过于亲昵的口吻感到警惕。"稍等片刻，亲爱的露丝玛丽，我们一起把事情处理好。来，让我来帮助你。"安德鲁用双手做出马镫的样子。

露丝玛丽迅速下马："我必须继续喊兰斯顿·巴特勒'爸爸'吗，安德鲁？他对我撒了谎，他毁了我哥哥。他……"

"兰斯顿·巴特勒要负很大的责任。"

安德鲁·拉瓦内尔搂着露丝玛丽，当着整个查尔斯顿的面，热烈而又持久地吻住了她的双唇。

第七章

婚姻是笔体面的财产

"我觉得露丝玛丽很享受呢。"安德鲁·拉瓦内尔轻描淡写地说道。

杰克上校此刻正在城里位于国王大街的宅子里：安德鲁、他的父亲杰克，还有兰斯顿·巴特勒站在大厅。这个房间疏于保养：宽大的实木地板到处是马刺留下的痕迹，凳子磨损严重，显然一直被用来作脱靴器。

巴特勒没有摘下帽子，也没有放下手中的拐杖，他紧紧抓住拐杖，仿佛当它是件武器："我女儿一时冲动，那都不能当真。"

兰斯顿·巴特勒把一个小袋子倒在大厅的桌子上。他用食指充满鄙夷地拨弄着到期的借据、票据以及承诺付款的字条。"鉴于拉瓦内尔的信誉，市场价一元抵了二十分。"

"或许，先生，您考虑一下让我儿子和您女儿结婚？"杰克上校满怀希望地说。

"拉瓦内尔家的当我的女婿?"兰斯顿·巴特勒苍白的脸颊变得通红,"拉瓦内尔也配给我当女婿?"

安德鲁·拉瓦内尔向前一步,但被他的父亲拽住胳膊。

"我来是通知你,我已经买下了你的所有借条和抵押契据,这些都已经到期了,那么这所房子以及你名下的其他财产将全部被变卖,用来抵你的债务。从今天起,查普特佩克将为巴特勒家比赛。"

"好吧,兰斯顿先生,"杰克上校轻笑道,"你没必要惦记我这破旧的房子。巴特勒家已经把杰克的良田据为己有,像你这样的农学家是不会打我手里那几块薄田的主意的。我了解你,兰斯顿。从你还是个自私、冷酷、傲慢的孩子时我就了解你。你过来是给老杰克提条件的,想要平息谣言;或者,恕我冒昧,还能让拉瓦内尔家的资产略微有所增值?我说的对吗,先生?"

兰斯顿露出一个不太令人愉悦的微笑:"杰克,你的妻子,弗朗西丝是个受人尊敬的女人。整个低地地区再也找不出第二个像她那么高尚的女人了。"

杰克·拉瓦内尔脸色发白地说道:"不要提我妻子,兰斯顿。不准你玷污她宝贵的名字。"

兰斯顿敲了敲那一摞票据:"你给我听好了。今晚在马会俱乐部,我会宣布我女儿和约翰·海恩斯订婚的消息。在那之后,你的儿子必须为他那天下午在赛马场的不当行为引起的误会公开道歉。"他冷冷地看了一眼安德鲁。"或许是你当时喝醉了,也或许是你得知我女儿订婚的消息高兴得昏了头。"兰斯顿耸了耸肩说,"具体细节你自己编,如果你谎话说得不够圆满,可以让你父亲好好教教你。我接受了你的道歉,然后你就宣布和夏洛特·费希尔小姐订婚。"

"先生,就算她脸上每个雀斑值一万块我也不会娶她。"

"随便你。"兰斯顿·巴特勒静静地在一旁等待,拉瓦内尔父子你一言我一语激烈而又无奈地讨论着,最终无奈地接受了巴特勒的条件。

康斯坦丝·费希尔犹豫了很久,最终同意了孙女和安德鲁·拉瓦内尔的订婚,而她的孙女则是满心欢喜。

为了尽快离开父亲的这所房子,露丝玛丽同意嫁给约翰·海恩斯,不顾图尼斯对她的告诫:那边的生活同样难以忍受。露丝玛丽回复了父亲,兰斯顿说道:"我不管你为什么会答应,只要你同意就好。"

订了婚的两人私下在兰斯顿·巴特勒家的会客室见了面,约翰·海恩斯说道:"露丝玛丽,这种情景是我之前从不敢奢望的。"他跪在她面前:"虽然我担心你的回答,亲爱的,但是我必须要知道。我俩结婚你是自愿的吗?"

露丝玛丽迟疑了一下,然后说道:"约翰,我愿意试一试。"

一直以来不苟言笑、受人尊敬的约翰·海恩斯先生此刻变成了一个开心的孩子,他咧嘴笑着说:"好的,亲爱的,那就好。再没有比这更开心的事了。我亲爱的露丝玛丽,我亲爱的露丝玛丽……"

夏洛特和安德鲁在四月举行了婚礼，夏洛特虽然算不上绝色，但在婚礼上也是光彩照人，引得查尔斯顿的主妇们啧啧赞叹，希望这桩婚事能让安德鲁·拉瓦内尔收了心。

兰斯顿·巴特勒将那位黑人班卓琴手送给了拉瓦内尔夫妇，因为就连以赛亚·沃特林也没办法把卡西乌斯调教成种田好手。

两周后，露丝玛丽和约翰·海恩斯站在圣迈克尔教堂的圣坛前，沉浸在幸福中的约翰看起来容光焕发，而露丝玛丽却面色苍白，她轻声说出婚姻誓词，就连坐在前排的宾客也很难听清。

当海恩斯夫妇从教堂走出，图尼斯·博诺正在路边等着他们，手里牵着一匹棕红色的马。

"我的天哪，"露丝玛丽叫道，"特库姆塞！"

"你哥哥瑞特让我把它送给你们，海恩斯先生，露丝玛丽小姐，"图尼斯说道，"他写信说祝你们新婚快乐。"

兰斯顿·巴特勒对着自己的新女婿说道："先生，我来把这畜生处理掉。"

约翰·海恩斯紧紧握了握新娘的手说道："谢谢您，先生，不过不用了。这匹马是我朋友，也是海恩斯夫人的哥哥送的礼物，我和我夫人都很开心能收到这份礼物。"

第八章

爱国舞会

查尔斯顿很少有人相信安德鲁·拉瓦内尔赛马场上的热吻如同他后来声明的那样纯洁,不过涉事的双方最终都安稳地结了婚。因为安德鲁和费希尔的婚姻关系,兰斯顿·巴特勒悄悄地将杰克上校的欠条以五十分换一元转让了出去。

有人看见约翰·海恩斯夫妇坐着一辆漂亮的蓝色双人马车兜风,特库姆塞在前面拉着车。这辆车花了约翰·海恩斯三百块,据说,这是他妻子一时突发奇想的决定。

有人说在纽约看到了瑞特·巴特勒。一个英国籍船长告诉约翰·海恩斯,他的大舅子在伦敦证券交易所做投机买卖。已经是海恩斯父子船运公司首席引水员的图尼斯·博诺却说瑞特现在在新奥尔良。

海恩斯夫妇对露丝玛丽的父母表示出了应有的尊重,周末礼拜后也会和他们聊上几句,但是这对年轻夫妇在教堂保留有单独座位，露丝玛丽也只会在她父亲出城时才会去探望母亲。海恩斯夫妇在教堂大街四十六号过着平静的生活，没多久，他们就迎来了一个女儿，受洗时取名为玛格丽特·安。

安德鲁·拉瓦内尔夫妇在费希尔家东部湾的一处宅子里住了下来。康丝坦斯·费希尔宣称不会对拉瓦内尔的债务负责，为此查尔斯顿的债主感到十分沮丧。

安德鲁·拉瓦内尔的新男仆卡西乌斯整日陪伴着安德鲁，在赌馆或是沙龙的大门外，一待就是几个小时。有时候，卡西乌斯白天牵着主人的马往家走，马上坐着正在打盹儿的安德鲁。安德鲁和杰米·费希尔、亨利·克肖、埃德加·爱伦·珀伊尔一起外出打猎时，卡西乌斯会为他们准备简单的饭食，替他们擦亮靴子，然后再弹上几首优美的曲子。亨利·克肖认为卡西乌斯在兰斯顿·巴特勒家稻田里劳动的那段日子让他的琴技有所增长。亨利信誓旦旦地说，卡西乌斯的乐曲变得更加"真挚"了。

费希尔奶奶对安德鲁放荡不羁的行为斥责了几次，之后拉瓦内尔夫妇就搬离了夏洛特儿时生活的那所宅子，住进了杰克上校镇子上那所破旧不堪的老宅，和杰克以及他的女儿朱丽叶住在一起。

在无忧无虑的日子里，这些琐碎事情或许吸引大众的目光，但现在并非太平盛世。"脱离"这个字眼已经被谈论了三十年，煽动者们最初的窃窃私语最终变成了声嘶力竭的呐喊。

一八五九年十月十六日，约翰·布朗彻底终结了和平。他令和平缔造者们变得声名狼藉，将一个个家庭分裂为统一派和分裂派，甚至令长老派、主教派、浸信会都有了南北之分。一小撮人，虽没有周密的计划，却怀着为达目的不惜大开杀戒的决心，突袭了位于弗吉尼亚的哈珀斯渡口，想要引发奴隶暴动。布朗给奴隶们带来了一千把铁制长矛，让他们用来对付自己的主人。

低地地区的农场主们对暴动几乎谈之色变。因为圣多明戈暴动逃难过来的法国人（他们当中有尤拉莉·沃德的父母，以及罗比拉德家族的其他人）心有余悸地讲述暴乱时的可怕场景：无辜的人惨死在床上，妇女被强暴，婴儿脑浆迸溅到门槛上。奈特·特纳和丹马克·维奇策划的奴隶暴动失败了，但约翰·布朗是白人，背后还有白人的支持和经济援助。一些北方佬甚至将这个屠杀者称为圣徒。

布朗的袭击之后，温和派失势，像兰斯顿·巴特勒这样挑拨争端的人在立法团体中占据了主导，审时度势的民众对他们言听计从。众人表决通过将卡瑟卡特·珀伊尔逐出了圣塞西莉亚社团。

约翰·布朗最终被捕，经过审判被处以绞刑，但他尸体还未凉透，低地迅速组织起民兵武装：蒲葵[1]纵队、查尔斯顿步枪队、查尔斯顿轻骑兵队、汉普顿军团。英国的船只把步枪、大炮和军装运送到了查尔斯顿港。男青年们发誓戒酒，赌馆的生意也一落千丈。卡西乌斯学会了演奏时下流行的爱国曲子。

从布朗叛乱到亚伯拉罕·林肯就任的这一年间，各种征兆

---

[1] 因卡罗来纳盛产美洲蒲葵，故被称作蒲葵州。

频繁出现。七只巨头鲸在苏利文岛的海滩上搁浅。天鹅南飞的时间比以往提前了两个月。水稻获得了有史以来最大的丰收。黑人巫师口中念念有词，预言哈米吉多顿大战[1]即将到来。杰米·费希尔告诉他妹妹夏洛特，他感觉自己像一只被蛇催眠的鸟。

安德鲁·拉瓦内尔被选为查尔斯顿轻骑兵队的队长。当地开始募集资金为这些精兵强将购置军装，这时候，兰斯顿·巴特勒不计前嫌贡献了丰厚的资金。

十一月初的一个周六清晨，杰克·拉瓦内尔上校被人发现死在埃德加码头的防浪堤上。图尼斯·博诺的岳父——受人尊敬的威廉·普雷斯考特在他礼拜日的布道中也提到了这个罪孽深重的老头的死讯，但是这件事并没有引起多少关注。整个查尔斯顿的注意力都在下周二将要举行的总统选举上。

这一年的四位总统候选人，只有一个人被大家认为是彻底的废奴主义者，这个人和他的对手们相比少了将近三百万张选票，甚至在南方十个州没有获得一张选票，然而这个人最终当选了总统。许多南方白人认为，亚伯拉罕·林肯总统和约翰·布朗唯一的区别是：约翰·布朗已经死了。

林肯当选总统六周后，南卡罗来纳人民召开了代表大会，并进行了简单的讨论，最终一致通过了"脱离联邦法令"。教堂钟声响起，民兵集结，篝火在各条街道熊熊燃烧。

---

[1] 哈米吉多顿大战是指《圣经》中描述的世界末日时列国混战的最终战场。

新加入的民兵在华盛顿赛马场进行操练。查尔斯顿轻骑兵队身穿灰色马裤、高筒马革靴，和滚着金边的绿色短款夹克。士兵们戴着灰色法国贝雷帽，军官们戴着黑色装饰有白鹭羽毛的农场主帽。

埃德加·珀伊尔和亨利·克肖当上了中尉，杰米·费希尔当上了侦察队长。

查尔斯顿的淑女们走上街头，一睹轻骑兵充满威慑力而又令人心旌荡漾的训练。他们左手拉紧缰绳，右手放在佩刀上，勇猛的骑士们拔刀在空中划出一道银色的弧线，然后狠狠地刺向一排排的稻草人。这些稻草人手中拿的是扫帚柄假装的步枪，穿着联邦军的蓝色衣服。

女士们满怀崇拜地看着这些年轻人手持崭新的蒲葵旗帜，英勇无比地践踏着令人不齿的红、白、蓝相间的联邦旗。

露丝玛丽·海恩斯欢呼得嗓子都哑了。

安德鲁·拉瓦内尔变了，过去充满忧郁气质的浪荡子变得神采飞扬；这个曾经没心没肺的男人现在对别人也变得关切起来。作为服务于新共和政体的一员，安德鲁·拉瓦内尔俨然成了一个国王。

查尔斯顿的联邦政府驻军悄悄撤退到萨姆特堡，像是黑夜里出没的盗贼，此地是查尔斯顿港的中心要害，愤怒的查尔斯顿人对他们侵占卡罗来纳私产的行为提出了抗议，他们知会林肯先生，任何对萨姆特堡的补给和救援行为都将受到严厉谴责。

当露丝玛丽清晨给骑兵操练呐喊助威之后走到自家的门廊

前时，她的心总会一点点下沉。于是她深吸了口气安慰道：梅格[1]还等着我呢。没有骑兵团操练的清晨，露丝玛丽总是在头痛中醒来，然后一直在床上待到午后。

露丝玛丽·巴特勒·海恩斯知道自己一定不能表现出任何不满。约翰·海恩斯是一个好男人。约翰·海恩斯有说过要去当骑兵吗？恰恰相反，他总是自嘲骑术不佳。如果约翰·海恩斯的手指沾上了墨水，他就是在处理生意：它们怎么可能不被弄脏呢？

然而，在某些清晨，当丈夫离开家去工作，露丝玛丽一个人坐在那儿时，安德鲁·拉瓦内尔亲吻她的那一幕便会占据她的心。她和夏洛特之间开始出现隔阂。当她的老朋友来教堂大街四十六号拜访她时，得到的回应是"露丝玛丽小姐不在家"，或者是"露丝玛丽小姐身体不适"。面对这个和安德鲁同住一个屋檐，同他一起分享人生、光辉梦想，还有他的床榻的老朋友，露丝玛丽要如何开口和她说话呢？

露丝玛丽也曾努力尝试驱散对自己生活的遗憾。

露丝玛丽的丈夫总是给她买来各种小礼物：银质的嫩芽形花瓶，掐丝玫瑰金胸针。虽然花瓶太过浮夸，胸针和露丝玛丽的任何一件衣服都不搭，可这些难道是约翰的错吗？

约翰不谈论政治，也从未去看过轻骑兵操练。他甚至出言维护查尔斯顿少数的联邦主义者："分歧归分歧，但请不要抨击诚

---

[1] 对玛格丽特的爱称。

实的人。"除了安息日，每天早晨约翰都会从教堂大街步行到达港口旁海恩斯父子船务公司的办公室。他终日与船长、货运商、托运人和保险公司商交谈磋商。一个春日的傍晚，站在窗前的露丝玛丽碰巧赶上回到家的海恩斯匆忙走上台阶，他的嘴角露出一丝愉快的笑容。从那之后，她就尽量避免在约翰快要到家的这个时间站在窗前。晚餐前约翰陪玛格丽特玩一个小时，这段时间露丝玛丽就待在自己的房间。

晚饭后，他们会一起听梅格做完简单的祷告，然后安排她上床睡觉。接下来，约翰·海恩斯会为露丝玛丽大声地朗读布尔沃－利顿[1]所写的或是其他一些具有说教意味的小说。"好吧，亲爱的，是不是想听点儿轻松的？那就选一本司各特[2]先生的作品吧？"

约翰每晚临睡前都会为查尔斯顿和南方祷告。他祈祷当政者们聪明一些，祈祷朋友和家人们能够平安幸福，一个个地提到所有人的名字。走上楼梯尽头，他们回到各自的卧室，有时候，约翰·海恩斯会充满期盼地询问妻子今天感觉如何。

"不行，亲爱的，"露丝玛丽总是低声说道，"今晚不行。"

有时候，充满愧疚的露丝玛丽会欢快地说道："啊，今天感觉很好，约翰。"她丈夫就会去到她的房间过夜，第二天清晨吹着口哨离开家。露丝玛丽迫切地希望约翰不要吹哨子。那口哨声让她感觉头疼。

---

1 Edward George Bulwer-Lytton（1803—1873），英国小说家，剧作家。

2 Walter Scott（1771—1832），英国诗人和小说家。

小女儿是露丝玛丽和约翰共同的欢乐。

父亲说:"我赶车带小梅格去白点公园。她裹着黄披巾站起来向士兵们行礼。一个骑兵抽出他的佩刀向她回了礼,刀刃摩擦刀鞘的声音吓到了梅格,可怜的小家伙哇哇哭了起来。"

母亲说:"你知道我们的小淘气对她的蓝色鞋子做了些什么吗?她不喜欢那双鞋,于是让克里奥把鞋子送给了某个穷人家的孩子。'我的鞋子太多了。'"

密西西比、佛罗里达、阿拉巴马、佐治亚、路易斯安那和得克萨斯紧跟着南卡罗来纳脱离了联邦政府。

这一年的一月冷得出奇,皮埃蒙特山麓下起了雪,然而查尔斯顿人不顾严寒,毅然参加了南卡罗来纳独立之后的第一个赛马周。

约翰·海恩斯取消了纽约和费城到此的游船行程,空余的位子坐满了来自里士满和巴尔的摩的游客。

相马的行家说兰斯顿·巴特勒家的格罗和约翰·坎蒂家的阿尔比纳之间的竞赛绝对算是百年一见的激动人心的比赛。

为了迎接圣塞西莉亚社团的舞会,爱尔兰大厅到处装饰着爱国的图案。查尔斯顿民兵团欢快的各色旗帜挂满了墙壁,舞池地板上画着一只凶猛的鹰(不过有点对眼)。

作为舞会负责人,约翰·海恩斯衣服的纽扣上别着一朵白色花朵。

几名家仆暂时从日常家务活中摆脱出来，充当了舞会交响乐团的乐师。长久以来查尔斯顿都流传着一个笑话：交响乐团指挥得有模有样的贺拉斯，对摆在面前的乐谱竟然连一个音符都不认识。尽管如此，他带领着乐团演奏出庄严的法国四对舞曲，以及年轻人喜爱的欢快的里尔舞曲，这支曲子的主奏就是卡西乌斯那把锃亮的班卓琴。

大战在即，查尔斯顿的女士们从未像今天晚上这么明艳动人。这些举止优雅且充满悲悯的年轻处女，值得勇士们为之拼杀甚至牺牲。舞会上的每个人都无法忘记她们令人心醉的美丽。

护花使者们在巨大责任的感召下严肃持重，目空一切的傲慢掩饰不住年轻人的迫切渴望，在考验来临时他们希望证明自己的价值。

对战争的热切渴望将欢乐的气氛推向顶点。联邦军队会放弃萨姆特堡吗，或者在炮火攻击下被迫撤军？弗吉尼亚和北卡罗来纳也会脱离政府吗？兰斯顿·巴特勒和韦德·汉普顿在阿拉巴马的蒙哥马利[1]，准备帮助选出新建立的美利坚联盟的临时总统。图姆斯、燕西、戴维斯，谁将成为这个重要时刻的英雄呢？

"杰米，为什么，"露丝玛丽问道，"为什么你不穿军装？"

"我穿上军装就像一只不可一世的猴子。"瘦弱的年轻人无

---

1 阿拉巴马州首府。

奈地承认道。

露丝玛丽激动得脸都红了:"我们要参加战争吗,杰米?我觉得自己不行,但我希望我俩都能参加。"

"安德鲁现在也变成战争狂热分子了,"杰米打了个寒战,"看看他,圣塞西莉亚的舞会上还穿着马刺,我的老天!"

安德鲁·拉瓦内尔朝她微微一笑。

露丝玛丽避开了他的目光:"你呢,杰米?你怎么想的?"

杰米·费希尔耸了耸肩:"我不喜欢战争。哦,如果必须要战斗我会去的,但是打仗真他妈的让人不爽。"嘲讽的微笑从他嘴角退去:"战争来了,我们的马怎么办?马关政治什么事呢?"

朱丽叶·拉瓦内尔用扇子拍了拍杰米的肘部。拉瓦内尔小姐忙着绣制民兵团的军旗,突然增加的存在感让她性格也变得柔和起来。她身穿裁剪得体的塔夫绸舞会裙,但是,紫色实在不适合朱丽叶。"海恩斯太太,"她略微行了个屈膝礼,"这不是舞会吗?你的舞会卡填了吗?"

"约翰不跳的舞,海恩斯家的兄长们都会代劳。那些嘴里带着木质假牙托、呼出臭气的秃顶男人迫不及待地想要和这位迷人的弟媳共舞一曲。"

拉瓦内尔小姐查看了一下自己的卡片:"杰米,我还有两首华尔兹和齐步行进舞没有舞伴。"

"那你得答应我不做领舞。"

朱丽叶的笑冷得要把盐水冻上。

只要舞伴在复杂舞步时能够小心不被踩脚,约翰·海恩斯还是可以把四对舞跳下来的。露丝玛丽在跳二拍华尔兹时保持着一成不变的笑容。"对不起,亲爱的,"她的丈夫小声说道,"哎呀,我真是太笨手笨脚了。"约翰的手放在露丝玛丽的后背上时让她感觉那像一个扁平的盛肉盘子,放在腰上时又感觉它笨拙且充满占有欲。一曲舞毕,双方鞠躬行礼,约翰迫不及待地说:"露丝玛丽,你是整个舞会里最美丽的女人,我是南卡罗来纳最幸福的丈夫。"

露丝玛丽强忍着把手抽回的冲动,挤出了一句话:"只是南卡罗来纳吗?"

"整个世界。在这个受到神庇佑的世界上,每一个受到神庇佑的大洲都包括在内。"他用温暖而丰满的嘴唇吻了她的手。

接下来是一曲华尔兹和齐步行进舞。正当宾客们准备好开始四对舞时,门口出现了一阵骚动,一个管事匆匆朝人群这边走来。约翰将头侧向一边听那人在他的耳边低声说了几句。

约翰·海恩斯转向妻子:"亲爱的,我必须要去码头一趟。有人把军用物资运到了那里,有可能是给那些北方军的。把我的曲子让给别人吧。别因为我破坏了你今晚的兴致。"

露丝玛丽答应了他。

约翰·海恩斯离开十分钟后,安德鲁·拉瓦内尔来到露丝玛丽身旁,他的身上散发着月桂油混合着轻微汗液的味道。他夸张地鞠了个躬:"露丝玛丽……"

"拉瓦内尔队长,你是和我在说话吗?"

安德鲁脸上洋溢着热切的笑容:"你完全有理由生我的气,

我是整个低地地区最无耻的恶棍。"

"上一次因为我们举止亲密,先生,你连累了我。我认为正是因为那件事我才不得不结婚。"

"结婚难道让你感觉很糟糕吗?我敢说约翰·海恩斯是一个……合格的丈夫。"

露丝玛丽眯起眼睛说道:"请自重,先生。"

安德鲁假装吃惊地扬起眉毛说道:"如果我又冒犯了你……"

"上一次你冒犯我,我还没有原谅你。"露丝玛丽说道。

"我也没有原谅我自己!我彻夜难眠,思考那疯狂的亲吻换来的惩罚到底值不值得。但是,露丝玛丽,那一刻难道不会令你身心荡漾吗?天哪!我永远都不能忘记我是如何……露丝玛丽,我痛恨讽刺的事。你是不是也是如此?而我的爱情宣言竟然将我们分开,不得不转投他人的怀抱,这是一件多么讽刺的事。"

"爱情宣言?队长,你当我是傻子吗?你觉得我会把你的行为当作是对爱情的宣言吗?"

安德鲁将一只手放在胸口上:"如果我在遥远的战场不幸受了重伤,在生命的最后一刻,我能想到的就是那个吻。你忍心不和我跳一支华尔兹,就让我上战场吗?"

"先生,如果真到了那个时候,最后想到的应该是自己的爱人。当你将要升天,想到的应该是夏洛特的脸,而不是我的。当然了,除非你另有新欢,把夏洛特抛在了脑后。"

安德鲁的脸红了,随即大笑了起来,引得旁边的一对对跳舞的宾客也笑了起来。安德鲁把手放在胸口上:"露丝玛丽,我没法承诺忠诚,但我保证我最后一刻想的人是你。"

"不管怎样,战争是不会爆发的。"

"亲爱的露丝玛丽,战争肯定会爆发的。我们的军装已经熨好,刀已经磨光,子弹已经上膛。露丝玛丽,乐队在调音,我记得你舞跳得很好。"

和安德鲁·拉瓦内尔跳舞就像是和他进行一次危险而又精彩的对话。安德鲁预判出她每一个舞步的内涵,并将这种深意无限放大;他配合着露丝玛丽的节奏摆动身体,用舞步回应着对方。

这是一首施特劳斯先生创作的四三拍的华尔兹舞曲,这支曲子结束得太快。其他宾客向自己的舞伴鞠躬致意,露丝玛丽摇动着扇子。

"再来一曲?"

安德鲁·拉瓦内尔把约翰·海恩斯剩下的曲目全都跳完了。第一次休息时,费希尔奶奶把露丝玛丽拉到一边:"夏洛特哭着离开了!露丝玛丽,看看你都做了些什么!"

然而,露丝玛丽根本没工夫思考,她已经压抑了太长时间。

午夜时分,四对舞结束之后,一对对宾客走进了餐厅等待冷点。男士们来到走廊上吸烟,烟草的味道飘进这间高屋顶的餐厅,屋内十分闷热。露丝玛丽熟识的男男女女今天甚至连看都没看她一眼,仿佛她是透明的。

"事已至此……"安德鲁在她耳边轻声说道,然后高声叫道,"亨利·克肖,你这个小混混,和我们一起吃晚餐吗?"

我们？我们？露丝玛丽从未想要变成"我们"。"不。"她脱口而出，将手臂从安德鲁·拉瓦内尔的怀中抽出。

露丝玛丽跑到了走廊，男士们自动为她让开一条道。走上大街，嘉里迪沙龙外的煤气灯围成了一圈光环，喝醉的民兵在中间唱歌。

该死，该死，真该死！

康斯坦丝·费希尔追上了她，把她的披巾紧了紧："孩子，你的斗篷呢？"

露丝玛丽摇了摇头。

"我必须得说，亲爱的……"

眼泪从露丝玛丽的脸颊上滑落下来："哦，费希尔奶奶，我是个傻瓜，一个大傻瓜。我到底都做了些什么？"

老妇人稍微松了口气道："孩子，你刚才的所作所为确实不算明智。"

"约翰会怎么想？夏洛特以后怎么办？"

"我是她的话……"老妇人语气严肃地说。

"哦，费希尔奶奶！我该怎么办？"露丝玛丽扶着栏杆不让身体倒下去。

费希尔奶奶抓着她的肩膀："查尔斯顿的女士们怎么做，你就怎么做。面对和她们丈夫仿佛一个模子里刻出来的黑白混血孩子，或者被喝得醉醺醺的丈夫朝床边走来的脚步声吵醒，你要做的就是查尔斯顿的女人们都会做的事：面带微笑，假装上帝就在天堂。在他的世界里，一切正常，每件事都绝对正常。"

接下来整晚，露丝玛丽都坐在康斯坦丝·费希尔身边。安德鲁·拉瓦内尔试图想要走到她身边，可是他妻子的祖母的严厉目光阻止了他。安德鲁和舞会上最年轻、最漂亮的姑娘翩翩起舞，这个女孩爱慕的目光从未从她骑士的身上移开过。

他就是块磁铁，露丝玛丽暗暗思忖。磁铁怎么会考虑后果呢？

再晚一些时候，门廊传来一阵急促的脚步声。约翰·海恩斯快步走到妻子身边，脸上洋溢着喜悦的微笑。他抖了抖肩膀，甩掉了朱丽叶·拉瓦内尔邀请跳舞的手："下次吧，朱丽叶，抱歉。"

约翰·海恩斯身后一位黑头发的先生走进爱尔兰大厅，将斗篷交给仆从。乐队指挥贺拉斯丢了拍子，乐师们也都乱了阵脚。渐渐地，宾客们停下舞蹈，转过身来盯着这个男人。

露丝玛丽倒吸了一口气。

一朵红色康乃馨别在瑞特·巴特勒天鹅绒礼服宽大的翻领上。衬衫胸前装饰着华丽的荷叶边，纽扣是豌豆粒大小的金块。他将宽边的种植园主帽夹在身体一侧。哥哥的双手比露丝玛丽记忆中的要宽大很多。

"晚上好，巴特勒船长，"贺拉斯说道，"好长日子没见您了。"

"晚上好，贺拉斯。还有你——你应该就是那个班卓琴手卡西乌斯吧。你很出名啊，孩子。新奥尔良那里的人都听过你的演奏呢。"

卡西乌斯拨出三个单独的高音："先生，谢谢您的夸奖。先生，我猜想大家也一定都听过巴特勒船长您的大名。"

瑞特抬起双手:"各位不要因为我停下来,别让我打扰到各位娱乐。今晚要庆祝的事情实在是太多了。谁能想到勇敢的查尔斯顿要驱赶沉睡的联邦巨人呢?"瑞特·巴特勒鞠了一躬,他乌黑的头发闪着亮光。

"埃德加·珀伊尔,这么说来,你现在已经是军官了。那位是亨利·克肖吗?我的老天啊,是亨利·克肖中尉!还有我的老朋友安德鲁……"

安德鲁·拉瓦内尔呆呆地站在原地,一言不发。

露丝玛丽觉得哥哥眼角的笑纹是那么熟悉和亲切,她怎么会忘记他曾经是多么优雅,露丝玛丽走向他,感觉自己在做梦。

瑞特眼中的笑意退去。

卡西乌斯弹奏出斯蒂芬·福斯特的《睡吧,我的宝贝》开头几句温柔的曲调。

"小露丝玛丽,我亲爱的妹妹,"哥哥的眼睛湿润了,他牵起露丝玛丽的双手,"我有幸和你跳这支舞吗?"

第九章

佐治亚农场的一次烧烤

自从十二年前的那个夜晚后,瑞特·巴特勒还从未感到如此无助过。当时他坐在杰克上校家的门廊上喝着威士忌,发现生活里没有任何东西值得他活下去。

萨姆特堡遭受攻击,那些蠢货以为他们在玩什么?

瑞特说:"我要把货物运到铁路终点站,肯尼迪先生,我的亚特兰大银行会兑现汇票的。"

弗兰克·肯尼迪捋了捋他稀疏的姜黄色胡须,把瑞特的支票反过来,似乎想要在空白处获得更多的信息:"是的,当然……"

"如果你担心……"

"哦,不不不,巴特勒先生,不是的,先生。"弗兰克·肯尼迪使劲地摇了摇头。

两个人站在肯尼迪的琼斯博罗百货商店的大厅里。房梁上悬挂着干草摇篮、烟熏火腿和干草叉。过道塞满了布匹和农产品。空气中混合着消毒药水、糖浆和松焦油的气味。

受人尊敬的查尔斯顿公民——兰斯顿·巴特勒也在其中——点燃了战争的引线，他们满口仁义道德，唱着圣歌，其实是一群自以为是的该死的蠢货！

一个黑人伙计小心翼翼地将松节油倒入一个陶制的瓦罐，另一个伙计在打扫地板。尽管肯尼迪其貌不扬，可他确是个举足轻重的人物，拥有五十个奴隶，以及亚特兰大的第二大商店，在佐治亚州还有数千英亩出产优质棉花的土地。

瑞特买下了肯尼迪储存的粮食，等着大赚一笔，按理说他应该心情大好。

但他感觉糟糕透顶。

"你做生意确实很讲信誉。"肯尼迪眨了眨眼睛补充道，"我是说……"

瑞特面无表情地说道："有人说我是个叛逆分子。"

肯尼迪用一只手拢了拢头发："绝无冒犯之意，先生。我真不是冒犯你。"他将瑞特的支票折好放进了他的钱包。把钱包放进口袋之后他又拍了拍口袋。

瑞特·巴特勒没有发表看法，在他看来，叛逆分子只会干抢劫和决斗的勾当，但绝不会搅扰你，让你不胜其烦。

尴尬的商人又想到了什么。"那么，巴特勒，"肯尼迪下意识地又拍了拍口袋，"今天下午你有事吗？你想去乡下玩一天吗？约翰·威尔克斯的儿子订婚了，约翰举办了一个烧烤派对，邀请大家都来参加。十二橡树的好客是出了名的……哎呀，他们的好真是说也说不完。"他有些心不在焉，似乎还在搜罗着溢美之词。他指着大致朝北的方向说："一路直达亚特兰大，和我一起去吧，我保证准时给你送回来，不耽误你坐火车。"

瑞特的火车是夜里十点的，鉴于他此时的糟糕心情，在琼斯博罗宾馆待一下午一定十分难挨。瑞特·克肖·巴特勒接受了弗兰克·肯尼迪的邀请。我们不得不承认，不经意的决定或许会改变我们的人生。

肯尼迪的双轮轻马车碾过柔嫩娇艳的紫荆花丛。空气中散发出山胡椒的香气。山茱萸像幽灵一般在路旁的树林里闪着微光。

北佐治亚这个时节的盛景拨动了瑞特的心弦。瑞特在曼哈顿度过了冬季，在那里的每家餐厅、每间俱乐部里，男士们都在谈论着战争。瑞特听过亚伯拉罕·林肯在库伯联盟学院的演讲[1]，他认为这个瘦高个、长脸的西部人是一个强劲的敌人。上万名北方佬组成了军团。他曾去到纽黑文，一个枪械制造商告诉可亲可敬的巴特勒先生他没法提供他所需要的机器设备。"我的合同多得做不完，"那个男人抱怨说，"巴特勒，你能帮我买到加工枪管的车床吗？"

一个星期天的下午，瑞特游览了布鲁克林海军工厂，那里有一百只战舰正在进行组装。人们在忙着敲打、锻造船身，给船底包上铜皮。油漆工站在脚手架上忙碌着，数百名女人在船帆车间忙着缝缝补补。而且这可是星期天。

---

[1] 1863年，林肯在这里提出允许前奴隶（former slaves）加入联邦军。

南方打算凭着匹夫之勇打败巨人哥利亚。

这帮该死的蠢货!

瑞特·巴特勒喜爱南方人的温文尔雅、热情好客,他们说话爱拖长调子,却掩盖不住火暴的脾气。但是,如果某个事实不合心意,南方人就会选择不去相信它。因为事实怎么能战胜他们的勇气呢?

弗兰克·肯尼迪把瑞特的沉默误认为是他因为没受邀请却要参加宴会而感到犹豫,毕竟他是一个外乡人,并且和宴会主人素未谋面。于是弗兰克再次安慰他。主人约翰·威尔克斯是"老派的佐治亚绅士",而威尔克斯的儿子阿什利虽然年轻,也是老式做派。阿什利的未婚妻"身材瘦削",不过梅兰妮·汉密尔顿是个"才女",弗兰克向瑞特肯定道。

从他的客人那里得不到回复,弗兰克就继续向这位公子哥儿介绍赴宴宾客的名单:塔尔顿家、卡尔弗特家、门罗家,还有方丹家。"托尼·方丹用枪打伤了布伦特·塔尔顿的腿——两人当时都烂醉如泥!——他们只是开了个玩笑!竟然是个玩笑!"他摇了摇头,颇有谴责的意味,尽管他也有点希望成为那样的人。

瑞特·巴特勒不会因为多愁善感就不去赚南方傻瓜的钱。世界上三分之二的棉花都种植在南方,瑞特知道林肯的海军会封锁南方的港口。港口关闭之后,棉花的价格一定会疯涨。在联邦军队没有开始封锁前,瑞特运送的棉花就能安全到达巴哈马。

钱对他来说什么都不是:如同掉进嘴里的灰土。瑞特就像成年人一样旁观孩子们游戏。他们叫嚷着,打着手势,假扮成印第安人或是英国士兵或是北方军。他们迈着正步,玩着打仗的游戏。这一切令瑞特·巴特勒想要哭泣,他无力阻止这一切,完全无能为力。

客人的沉默令弗兰克·肯尼迪感到不自在。他继续喋喋不休地说道:"约翰·威尔克斯的图书馆里有很多书;呃,我想约翰有数百本书!约翰·威尔克斯读完了一位绅士应该读的所有书,他的儿子阿什利这点也很像他。他们总是说:'苹果不会掉到离树很远的地方。'你还能见到杰拉尔德·奥哈拉。好家伙!来自萨凡纳的杰拉尔德。当然啦,他也不是那里的人。杰拉尔德的老家在爱尔兰。我可没有不待见爱尔兰人。我和他女儿苏埃伦是相好,我不可能对他们有什么成见的,哈哈。"

他在等待瑞特的答复,瑞特的目光却飘向了远方。"不管怎么说,"弗兰克打破了沉默,"杰拉尔德买下了塔拉种植园,然后一家搬到了克莱顿。"他严肃地看了他的马一眼。"苏埃伦是个美人,"弗兰克拍拍膝盖,"标准的佐治亚美人。"

他们继续沉默着。

瑞特想象着查尔斯顿此时的情景,在那里,瑞特曾经的同窗现在正手握长枪向萨姆特堡进攻,而他们的长辈们发表的演讲一次比一次更具有煽动性。

瑞特能说服露丝玛丽和约翰离开吗?"只是等尘埃落定再回来,约翰。像你这样的人在加利福尼亚也有机会,或者伦敦也行,约翰。你的梅格不是想去伦敦看看吗?还有露丝玛丽……"

安德鲁·拉瓦内尔和露丝玛丽在那场爱国舞会上传出了丑闻。现在约翰和露丝玛丽互相不说话。

"我的苏埃伦有时'会有小性子',"弗兰克·肯尼迪说道,"但是她很快就会道歉。你是见过世面的,巴特勒。你明白我的意思。"

瑞特忍住没有说刻薄的话。

他们涉过弗林特河,策马轻快地爬上一个坡。他们看见了种植园里的平屋顶和许多烟囱,这个种植园没有布劳顿大,但是房屋建造得很气派。粗壮的科林斯柱支撑着屋顶,房屋三面宽大的阳台被这屋顶荫蔽着。

"你亲眼瞧瞧吧,"弗兰克·肯尼迪坚持道,"十二橡树的好客,哎呀,简直是个传奇啊!"

前面转弯处传来一阵喧闹,骑马的人下马,马车里的人也纷纷下车。黑奴马夫将马匹或马车赶走,宾客们亲切地和一周没见的邻居们打着招呼。

核桃木炙烤的猪肉散发出浓烈的香味。

阳台上,身着盛装的少女们和穿着灰色紧身裤和褶皱亚麻衬衫的公子哥儿调笑着。上了年纪的人在一起相互讨论着病症和医治方法,孩子们像家燕一样在草坪上飞快地来回跑着。

这是南方人最后的荣耀高贵的午后时光,或者这就是南方的葬礼呢?

弗兰克和瑞特同一个白发老者打了招呼,他身旁还站着一位年轻姑娘:"约翰·威尔克斯,约翰的女儿哈妮·威尔克斯小姐;瑞特·巴特勒。巴特勒先生和我今天谈完生意,我想着能放松一下。约翰，希望你别介意。"

"我家大门随时为各位先生敞开，"约翰·威尔克斯轻描淡写地说道，"欢迎你，先生，来到十二橡树。"

"您太客气了。"

"先生，听您的口音是？"

"低地的，先生，我从小在那儿长大的。"

威尔克斯皱着眉说："巴特勒……瑞特·巴特勒……是不是那个……我怎么不记得……"

这位老者眼里的闪光告诉瑞特，威尔克斯肯定"记得"……但是威尔克斯并未收敛笑容。"不管怎么说。汤姆！把托盘端上来。肯尼迪和巴特勒先生一路风尘仆仆的。"

哈妮·威尔克斯急切地招招手："哦，看啊，爸爸。是奥哈拉一家。弗兰克·肯尼迪！我真鄙视你！你难道不去把苏埃伦扶下马车吗？"

弗兰克急忙去履行职责了。瑞特向主人礼貌地点了点头就退到阳台上一个安静的角落。他真后悔自己今天来到这里。

十二橡树一片嗡嗡的声音，像是一只到处求偶的蜜蜂。今天有人订婚，无疑还会出现一两桩绯闻。在鲜花和波斯香料的芬芳中，男男女女身着华服，打情骂俏，插科打诨，尽情沉浸在浪漫爱情中，一切如此新鲜，仿佛此前从未体会过这种美妙情感似的。

瑞特的目光落在一位身穿绿色舞裙的年轻姑娘身上，他的心脏剧烈跳动。"我的老天。"他低声道。

她不是一个大美人：下巴尖尖的，下颌线的棱角太过分明。女士们从不把皮肤暴露在残酷的阳光下，但她苍白的肤色看起来很时尚，整个人看起来异常活跃。

瑞特看见她不经意却又充满亲昵地触碰了一个年轻小伙子的胳膊。

姑娘感受到了瑞特的关注，她抬起头。电光石火之间，她充满疑惑的绿色眼睛撞上了他黑色的眼睛，随即她轻蔑地晃了晃脑袋，继续她的调情。

瑞特一下子忘记了一触即发的战争，忘记了他预想中的毁灭，希望像是治愈的泉水从心底涌上来。"我的上帝。"瑞特舔了舔干裂的嘴唇，"她简直和我一模一样！"

他的心跳慢了下来。他将目光移开，暗自失笑。他已经有很长时间没像今天这样为一个女人失态了。

瑞特沿着庄园的房屋转了转，循着味道来到烧烤的地点，树荫下摆着几张餐桌，上面铺着比利时亚麻餐布，摆放着英国的银制餐具和法国的陶瓷器皿。他在一张只有一半宾客的桌子旁坐了下来，侍者端给瑞特一只盘子和一杯酒。他不由自主地想起了那个姑娘，于是摇了摇头，喝下第二杯酒。

虽然猪肉熏烤入味，土豆沙拉酸甜适中，桌子下面两个喝醉的年轻小伙子还是充满敌意地盯着这个陌生人，不久他们就要说出一番惊世骇俗的言论。瑞特没有吃甜点，而是退到了一棵古老的黑色胡桃树的树荫下，点燃一支雪茄。约翰·威尔克斯来到了他身边，瑞特恭维起他来："像你们这样的好客，先生，也就止于梅森_迪克西线[1]了。温情可熬不过北方佬那边的冬天。"

"您太客气了。肯尼迪先生告诉我说您最近去过北方。"

"是的,先生。"

"他们会开战吗?"

"会。亚伯拉罕·林肯是不会投降的。"

"但毫无疑问,我们勇敢的年轻人……"

"威尔克斯先生,我一个外乡人,可您还是邀请了我。我相信这就是对善良的撒玛利亚人[2]的最好诠释。我很感激,先生。"

"由衷感激到甚至不敢和这家主人说说你对邦联的未来的看法吗?"

"肯尼迪先生说您有一个很棒的图书馆。也许,一会儿,您可以带我看看?"

那个女孩——那个穿着舞裙的绿眼睛女孩——被一群英俊小伙围在中间,她那张紫檀木软垫椅子宛如一个王座。她是位公主;不,是被宠爱她的骑士们簇拥着的年轻女王。这个女孩过分热切地回应着赞美和调笑,几乎就像初入社交场的天真少女那般过火。

"真是胡说八道!"她嘲笑着一个仰慕者蹩脚的玩笑。

---

1 为美国宾夕法尼亚州与马里兰州之间的分界线,美国内战期间成为自由州(北)与蓄奴州(南)的界线。

2 源于《圣经·路加福音》中耶稣基督讲的寓言:一个犹太人被强盗打劫,受了重伤,躺在路边。有祭司和利未人路过但不闻不问。唯有一个撒玛利亚人路过,不顾教派隔阂善意照应他,还自己出钱把犹太人送进旅店。

苏埃伦·奥哈拉一副意兴阑珊的神情，弗兰克·肯尼迪还是殷勤地给女孩端来了美味佳肴——哪怕威尔克斯的任何一个仆人都可以做这种卑微的杂活。瑞特甚至觉得他都要跪下来了。

威尔克斯捕捉着瑞特的目光："斯嘉丽·奥哈拉。她很漂亮，不是吗？"

"斯嘉丽，"瑞特细细品味着这个名字，"是的，确实如此。"

"恐怕我们的斯嘉丽是个容易令人心碎的姑娘。"

"那是她没有遇到理解她的男人。"

威尔克斯误解了瑞特的热情，皱了皱眉说："一个年轻的女人不应该只关心帅哥和舞会吗？你忍心让斯嘉丽这么漂亮的脑袋被战争、军队和政治困扰吗？"

"我向上帝祈祷，但愿她永远不会遇到这些麻烦。这世上有比美丽和天真更糟糕的事情。"

"我儿子阿什利已经应征入伍了。"威尔克斯指了指一个身形瘦削的年轻人，他正跷着腿坐在一个女孩旁边，那一定是他的未婚妻。阿什利·威尔克斯和他父亲如出一辙：高个子，灰色的眼睛，金色的头发，有着贵族般的自信和尊贵。他的未婚妻被一些私下的玩笑话逗得露出了美丽的笑容。

威尔克斯之所以对他吐露心事完全是因为瑞特是一个陌生人："我的一些相识——那些有影响力、有远见的人——都把儿子送去了欧洲。"

"威尔克斯先生，留给我们的没有一个是好决定，只会给我们带来痛苦。"

威尔克斯沉重地叹了口气："我想你是对的。"他又恢复了主人的姿态："失陪了，我想塔尔顿双胞胎在白兰地酒桶前逗留的时间太长了。"

斯嘉丽和周围人调情，故作矜持地接受着每一句恭维话，卖力地献媚，奥哈拉小姐还不时地垂下眼皮将目光扫向了……年轻的威尔克斯？哦，是的，她确实在看他。瑞特发现了这个细节。

斯嘉丽轻声地向一个仰慕者说着心里话，但目光越过对方的肩膀投向了威尔克斯。当她又一次撞到了瑞特的目光，瑞特又笑了。因为他明白了。哦，是的，他已经完全清楚。那个令人心碎之人正在利用痴迷于她的男人让阿什利·威尔克斯心生嫉妒。为了威尔克斯，她对身边的每一个男性施展魅力，也包括像弗兰克·肯尼迪这样的人，虽然不能招之即来，但对她也心怀渴望。

显然，这位让人心碎的人正在为另一个女子的奖品感到心碎。可怜的、可爱的、不幸的孩子！

看到瑞特在笑，斯嘉丽·奥哈拉脸一红，躲到她的爱慕者中间去了。

一切都是不可避免的。有个傻瓜提到了那不能提及的话题，那是这里的每个人都极力在回避的。当"萨姆特堡"这个致命的字眼被说了出来，春天午后慵懒的浪漫就像一场梦一样消失了。

"我们一个月内就能把北方佬打得落花流水。"一个勇士信誓旦旦地说道。

"三周就够了。"又一个人估计道。

"见鬼——对不起,女士们——那些人可没有勇气打仗。"

"任何一个南方人都能对付四个北方佬。"

"他们想打架,看在上帝的分儿上,那我们就成全他们。"

一个走路颤颤巍巍的老人挥舞着拐杖,用断断续续的声音喊道。他的脸因为喝酒或者太过激动而涨得通红,又或者两种原因都有。

有人追问小威尔克斯对战争的看法,他说如果有必要他会参战,他当然也不会逃避,但战争会很残酷。

那个无与伦比的女孩满含崇拜地盯着她的英雄。

"那么您呢,先生?"威尔克斯把目光转向瑞特,"我父亲说您之前在北方待过一段时间。"

就这样,瑞特·巴特勒说出了他答应自己不能说的一切;当他说话的时候,他知道这一切都是毫无意义的,而且他的听众也会对这些话充耳不闻。

"那我只好凭良心说了。我是不会参与一场会毁掉我所珍视的一切的战争的。"

"你不为你的国家而战吗?"一个男孩难以置信地对他大声吼道。其他年轻人将这个陌生人围在中间。女王的骑士们站了起来,警惕地盯着这个叛逆者。

一不做,二不休……

于是,他像老师教导愚钝的学生一样,描述着北方的情况:那里有着巨大的磨坊和轰鸣的工厂。他估测了北方的财富——

加利福尼亚的黄金和内华达的白银——这是南方无法企及的。他还详细解释了英国和法国永远不会承认南方政权的原因。

"这不是华盛顿将军[1]的战争,先生们。法国这次是不会帮我们的。"

年轻小伙子们向他靠近。没有人笑。空气像雷雨到来前一样凝滞着。

"你们看不透,可是我看得很清楚。北方佬有成千上万支持他们的移民,还有制造厂、铸造厂、造船厂、铁矿和煤矿,所有这一切都是我们没有的。而我们有的,只是棉花、奴隶和自大。北方佬一定会打败我们的。"

瑞特用一块印有字母的亚麻手帕擦去袖子上的一粒灰尘。

虫子在嗡嗡作响。一个仆人失手将盘子掉在地上,立刻被人喝止安静下来。

瑞特·巴特勒表面平静,内心却在嘲笑自己。本来打算保持沉默,结果却冒犯了所有人。因为那个女孩,他打破了沉默,表现得像个爱耍聪明的小学生。瑞特转向约翰·威尔克斯:"您的图书馆,先生。如能现在带我参观,我将不胜感激。"

威尔克斯向客人们致歉。"女士们,先生们,抱歉失陪了。刚刚,我邀请巴特勒先生开诚布公地谈一谈对南方未来的看法,"威尔克斯笑容一闪而过,"或许太直率了。如果有人有异议,可以来找我……"主人竖起了一根警告的手指:"私下里来。"威尔

---

[1] 指乔治·华盛顿领导的美国独立战争,法国帮助美国获得了独立。

克斯转向瑞特："说到我们的图书馆,先生,我认为整个克莱顿再找不到更好的了。"

这是个很气派的房间,高高的天花板,一侧有三十英尺高,整面墙的书架上满是书籍,高度甚至超过了窗户和门。

威尔克斯敷衍地打着手势:"这些是传记和历史。椅子旁边书架上的是小说;有狄更斯、萨克雷和斯科特。大部分客人一会儿会稍事休息,为今晚的舞会作准备。我们的小提琴手在乡下很有名。希望你能留下来。"

"抱歉,先生。我的火车是十点钟的。"

"哦。"威尔克斯摸了摸鼻翼,久久地望着瑞特。或许他还想再多说几句,不过最后他还是只说:"先生,如果有比美丽和天真更糟糕的美德,那坦率就是其中之一。先生,现在我必须要回去招待我的客人了。接下来还有麻烦事等着我摆平呢。"

图书馆的墙壁很厚,高高的天花板让整个房间十分凉爽。

瑞特·巴特勒突然感觉十分困倦。他在长长的高背躺椅上伸了个懒腰,闭上了眼睛。

女人。所有那些女人。瑞特记得迪迪总是从他的盘子里用叉子抢走一些食物,或者在她以为他睡着的时候翻他的钱包。他笑了。他已经好几年没想起这事了。斯嘉丽·奥哈拉……

瑞特打起了瞌睡。焦躁不安的梦一个接一个紧接着,透过睡梦中的迷雾,他听到了声音。

"什么?你要告诉我什么秘密?"

她鼓足勇气:"是的——一个秘密——我爱你。"

他说道:"你今天俘虏的男人心还不够吗?连我的你也不想放过吗?好了,我的心一直是属于你的,你知道的。你在上面已经留下了你的齿印。"

瑞特有些迷茫,他穿过层层梦境向上游去。他猛然睁开眼睛,脸颊贴在一个皮靠枕上,感觉口干舌燥。那个令他魂牵梦绕的声音无情地继续着。

"阿什利——阿什利——告诉我——你必须——哦,现在别逗我了!你的心在我这儿吗?哦,亲爱的,我爱——"

阿什利?这个阿什利到底是谁?他到底在哪里?瑞特努力想要把思绪整理一下。萨姆特堡。弗兰克·肯尼迪的棉花。偏僻却自命不凡的种植园。图书馆。斯嘉丽?哪个斯嘉丽?瑞特皱起了眉头。他的脸依然靠在皮靠枕上。

某个人——应该是阿什利说道:"千万不要说出来,斯嘉丽!"是那个斯嘉丽。瑞特突然清醒过来。

一个诚恳的声音急切而又喋喋不休地说道:"千万不要。这不是你的真心话,你以后会恨自己说过这些话,也会恨我听过这些话。"

瑞特想,你那爱慕的目光我可是看够了,斯嘉丽小姐。刚刚睡觉时一直向右侧卧,现在怀表压得屁股疼,而且脚也麻木了。他应该把马靴脱掉。瑞特心想,假如此时在这里的是位君子,一定会跳起来,向这对多情眷侣道歉,并向他们保证自己什么也没听到,然后匆匆忙忙离开这个房间。幸运的是,自己不是个君子。

她说道："我怎么会恨你呢！我就要告诉你我爱你，我知道你一定在乎我，因为……阿什利，你在乎我吗——你是在乎的，对吗？"

"是的。我在乎。"

不温不火的回答，年轻人，瑞特想着，一面把脸从皮靠枕上挪开，一面做着鬼脸。

"斯嘉丽，我们能不能离开这里，忘掉刚刚我们说的这些话？"小威尔克斯经过了几分钟的慌乱，最终指出了问题的关键，"我们两个人有太多的不同，即便彼此相爱也不能保证婚姻幸福。"

瑞特心想：啊哈，一个是爱尔兰移民的女儿，一个是贵族。她是个理想的恋爱对象，但不是个理想的结婚对象。

威尔克斯继续说道："你渴望得到一个男人的全部，斯嘉丽，他的身体，他的心，他的灵魂，他的思想。如果得不到，你就会很痛苦。而如果我不渴望你所有的思想和灵魂，你就会觉得伤心难过。"

瑞特想，这是个不折不扣的绅士：不作任何冒险，也绝对不会有一点儿损失。

同一般争吵的结束一样：她打了他一巴掌，他抬起贵族般的下巴，带着荣誉感，甚至是自尊，完好无损地走出了房间。

瑞特本打算一直躲到斯嘉丽离开，可是看到斯嘉丽气急败坏地把一件瓷器砸向壁炉，碎片飞溅到他躺的沙发上，心中又觉得好笑。于是他用一只手梳理了一下凌乱的头发说道："好好的午觉被打扰了,还被迫听到了刚才那段话,真是倒霉啊。我不会有生命危险吧?"

她呼吸急促:"先生,你应该让我们知道你在这里。"

"的确。但你才是闯入者。"他对她微笑着,因为他想看到她那闪闪发光的眼睛,终于他忍不住笑出声来。

"你这个偷听人说话的……"她开始了对他的谴责。

他咧嘴笑了:"偷听他人说话经常能够获得一些极具娱乐性和启发性的东西。"

"先生,"她毫不客气地指出,"你可真算不上绅士。"

"真是洞察秋毫。而你呢,小姐,也不是什么淑女。"他喜欢她那双绿眼睛闪烁的样子。她也会给他一巴掌吗?他又笑了,因为生活总是让人出乎意料。"刚才我无意听到了您的所作所为,这事放在谁身上都难保不会失态。不过,我对淑女没有兴趣。我知道她们在想什么,但她们没有勇气,也太有教养了,不敢说出她们真正的想法。但是,我亲爱的奥哈拉小姐,你难得有这个勇气,这种精神着实令人钦佩,我向您致敬。"

他的笑声让她落荒而逃。

第十章

"快乐寡妇号"

整整一年之后,偷渡过封锁线的"快乐寡妇号"停泊在了海恩斯父子船务公司的码头:花了三天时间离开拿骚[1],在月黑之夜用了六个小时悄无声息地穿过了北方军队的封锁。

瑞特·巴特勒下了船,走向明亮的煤气灯和忙碌的装卸工人。

约翰·海恩斯和他的搭档握了握手:"这次真险,瑞特。再有十五分钟天就亮了。"

"图尼斯可以替我们看着货物入仓,和我一起吃早餐吧?"

"我要和图尼斯聊几句。集市咖啡馆见?"

迎着第一缕曙光,瑞特走向东炮台,欣赏着这座美丽的城

---

[1] 巴哈马群岛首都。

市。咸湿的空气中混合着含羞草的香味。随处可见身穿灰色军装的哨兵站在护墙上,望远镜始终对着联邦舰队。

在市场上,鱼贩们叫卖着,男仆、厨师和黑人保姆在农产品和新鲜出炉的面包摊位前讨价还价。许多摊主佩戴着市议会最近颁发的自由黑人铜制徽章。

瑞特·巴特勒神采奕奕,并不像彻夜未眠的样子,他在市场里穿行,侧身走进摊位里,和人握手或讲笑话。每个自由黑人都知道瑞特雇了图尼斯·博诺当他的领航员,这是份连白人都眼热的工作。

约翰·海恩斯坐在角落的一张桌子旁,端着一杯咖啡。

"啊,约翰。回家真好。上帝啊,我快饿死了。北方佬战舰总是能激起我的食欲。只有咖啡?"

"这次航程一切顺利吧,瑞特?"

"封锁舰船的数量增加了,他们学聪明了。"瑞特敲了敲桌子,"坏事不灵好事灵。"[1]

"瑞特,如果你撞上他们,看在上帝的分儿上,千万别想着逃跑。把船搁浅或者干脆投降。购买这艘船的钱已经付清了,而且我们也赚了不少。"

"可是约翰,"瑞特认真地说道,"这可是一次冒险!心提到嗓子眼,脖子上的汗毛都竖起来了,你难道不想试试吗?"

约翰笑了:"瑞特,我是一个年轻但无趣的商人,也打算一

---

[1] 西方人通常一边触摸桌子,一边口中说touch wood,以此方式收回之前说过的不吉祥的话语。

直这么无趣下去。冒险的事还是留给你吧。"

瑞特点了香肠、玉米粥鸡蛋和咖啡，侍应生抱歉地说："瑞特船长，我们涨价了。现在什么东西都卖得特别贵！"

"该死，这群投机倒把闯封锁线的人！"瑞特装腔作势地说。侍应生笑了。

"跟我说说吧，约翰。我漂亮的外甥女梅格怎么样？有没有想她的瑞特舅舅呢？"

约翰高兴地聊起了女儿的近况："瑞特，成为父亲之后我感觉自己又变回了孩子。梅格把这熟悉的世界变得焕然一新。"

"我真嫉妒你有女儿，约翰。"

"你总有一天也会当爸爸的。"

"会吗？我听说那可得有个女人帮忙啊。"

约翰笑了："瑞特，你英俊、勇敢、富有——女人随你挑。"

上次瑞特返航之后去了教堂街四十六号，露丝玛丽和约翰之间的关系很紧张，明眼人都能看出，虽然两人努力装出相敬如宾的样子，却显得十分勉强。不到一个小时，瑞特就待不下去离开了。都怪那个该死的爱国舞会。安德鲁·拉瓦内尔在露丝玛丽和她丈夫之间制造了丑闻。

瑞特轻描淡写地问道："好女人怎么会愿意嫁给一个强盗，约翰？强盗往往短命，而且经济状况也不稳定。在婚姻方面，他可真是前途堪忧。"

侍应生给瑞特端来早饭，他自顾自地吃了起来。

"去年春天我遇到一个佐治亚的姑娘……"瑞特咯咯地笑了

起来,"哎呀,她竟然对我的魅力视而不见。"

"可怜的瑞特。老实告诉我,朋友。我们有希望赢这场战争吗?"

"约翰,科尔特上校[1]的纽黑文兵工厂每天能生产一百把左轮手枪。每把手枪装填的子弹是统一标准的,弹膛也是相互通用的。北方佬是工程师,南方人是浪漫主义者。战争中,工程师一定会把浪漫主义者打败的。"

"可是你不认为——"

瑞特提到了他逃避的话题:"约翰,我只希望你和露丝玛丽能够幸福。老朋友,我能做点儿什么让你和我妹妹和解吗?如果你愿意,我可以和她谈谈。有时,亲人……"

约翰·海恩斯抠着木制桌面上的一个浅坑。约翰·海恩斯怀着对自己的鄙夷,读了报纸上关于安德鲁·拉瓦内尔战绩的每一篇报道:"勇猛突袭""拉瓦内尔率部重创田纳西!""拉瓦内尔上校俘虏一千人!""深入敌后,在北方骑兵围追堵截之下,勇敢的拉瓦内尔上校停下来给联邦陆军部打电报,抱怨他俘获的北方战马。"

约翰的眼中满是痛苦,令瑞特不忍直视。

约翰平静地说:"我的露丝玛丽……说她嫁给我并非本意。她嫁给我是为了从她父亲那里逃走。"他用右手揉捏着左手:"我并没有因为那次爱国舞会责怪她,但是露丝玛丽因为我不

---

[1] 赛缪尔·科尔特(1814—1862),美国枪械制造商,科尔特六发左轮手枪发明者。

是……安德鲁，而一直无法原谅我。我亲爱的妻子觉得，她以前归她父亲所有，现在归我了。情况不比奴隶好多少。瑞特，露丝玛丽称呼我'约翰老爷'。"

瑞特的脸抽动了一下。过了一会儿，他说："我们不如租一辆马车，你、我、梅格还有露丝玛丽，我们一起去乡下散散心。"

约翰摇摇头："我做不到。我必须看着棉花被安全装上'寡妇号'。"约翰抿了一口凉掉的咖啡，故作轻松地说："给我讲讲那个佐治亚姑娘吧？"

"啊，好吧，她叫斯嘉丽·奥哈拉。"把沉重的话题丢到一边，瑞特感到很轻松，"去年春天，查尔斯顿人正忙着挑起战争，我去了佐治亚买了棉花。有人邀请我到当地的一个中立派的种植园里参加烧烤派对。听说他儿子要娶亚特兰大的一个表亲。一般情况下，这些乡村贵族是不会为家族注入新鲜血液的。我喜欢约翰·威尔克斯，但他的儿子阿什利真是死要面子，说话还娘里娘气的。斯嘉丽·奥哈拉小姐是那儿最漂亮的姑娘，斯嘉丽小姐心里一直认为阿什利·威尔克斯应该娶她而不是他的未婚妻！约翰，这可真是一出爱情悲剧啊！

"对于动机不良的我来说有一点很不幸，那就是这位年轻女士因为不能嫁给威尔克斯，转头嫁给了她身边最亲近的一个追求者：那个未婚妻的哥哥查尔斯·汉密尔顿。"瑞特悲哀地摇了摇头，"太可惜了。"

"汉密尔顿？奥哈拉？佐治亚家族？在琼斯博罗附近？"

"没错。老天啊，我真羡慕查尔斯·汉密尔顿，出征前和那个无与伦比的女孩相爱的夜晚。温柔万千的告别,柔情似水的告别。"

"查尔斯·汉密尔顿死了。"

"什么?"

"汉密尔顿的遗孀现在就在查尔斯顿,来探望她的姨妈尤拉莉·沃德。你有什么想法?"

瑞特·巴特勒咧嘴笑得像个小学生:"啊,约翰,这真是天大的好消息!上一次跑船时,我给尤拉莉·沃德的女儿们带了一些巴黎织锦。也许今天下午我应该去拜访一下,看看她们用那些织锦都做了些什么。"

平民和新入伍的邦联士兵从安置在查尔斯顿白点公园的黑色大炮前走过。

"如果他们开枪怎么办,斯嘉丽小姐?"站在二楼窗边的普利茜后退了一步,"到处是大炮,海上都是北方佬的封锁船,我害怕。"她眉头紧锁,思绪转到正题:"我担心韦德小少爷。"

斯嘉丽·奥哈拉·汉密尔顿感激地注意到,韦德小少爷已经在普利茜的怀里睡着了。

"我带小韦德在外面正碰上他们开枪该咋办?如果他们开进港来放枪该咋办?小少爷可是要被吓坏了!"

查尔斯顿作为脱离联邦活动的发源地,对北方的胜利非常敏感。一些联邦士兵吹嘘说:"查尔斯顿是叛乱开始的地方,也将成为叛乱结束的地方。"去年十二月,市中心的一场大火烧毁了八个街区的教堂、房屋，还包括脱离大厅[1]。有人私下议论"被烧毁的地方"正昭示着查尔斯顿的未来。

"我倒是希望联邦舰队能开过来，"斯嘉丽对普利茜回答道，但这话更像是对自己说的，"只要能打破这死水一潭的生活，什么都可以。"

斯嘉丽·奥哈拉·汉密尔顿厌恶当寡妇的日子。毫无生气的丧服，恪守本分的悲伤姿态，这一切都让她十分鄙视。

至少在查尔斯顿，她还可以戴淡紫色的袖套！在塔拉，任何稍微不严肃的着装都会立刻招致她母亲埃伦的责备："亲爱的斯嘉丽，人们会误解你的真实感受的。"

她的真实感受……

庄严肃穆的气氛快让她崩溃了。这个戴着黑色面纱和扁平寡妇帽的病秧子是谁？这副形象真的是斯嘉丽·奥哈拉吗，那个克莱顿县最快乐、最迷人的年轻女人？斯嘉丽一定要为了她死去的丈夫而拒绝所有的崇拜者吗？丈夫的离世还不如失去一匹心爱的小马让斯嘉丽感到遗憾呢。查尔斯·汉密尔顿就是这样一个男孩；做爱时一脸认真的样子真让人乏味！

生活太不公平了！斯嘉丽内心渴望着阿什利·威尔克斯，那个她本应该嫁的男人，但必须向世人假装她的心已经和查尔斯一起被埋葬了。阿什利·威尔克斯。阿什利的微笑，阿什利懒洋洋的灰色眼睛。孤零零地躺在冰冷的床上，斯嘉丽重温着

---

[1] 原为南卡罗来纳学院大厅，因《脱离联邦法令》在此签署而得名，1861年毁于一场大火。

她和阿什利一起度过的每一刻——在十二橡树芬芳馥郁的玫瑰园中漫步，阿什利不动声色的体贴，他提到的书，他在欧洲旅行时看到的传世画作，他们在佐治亚乡间骑马的快乐。他们之间的爱太过温柔珍贵，根本不需要用言语诉说，直到那个可怕的下午，在十二橡树的图书馆里，斯嘉丽说出了她的爱，阿什利却拒绝了她娶了别人。

那么，好吧。如果阿什利愿意娶貌不惊人的梅兰妮·汉密尔顿，那么斯嘉丽也可以勾引梅兰妮天真的哥哥查尔斯，然后嫁给他！

六个月后，查尔斯死于某种荒唐的伤寒症，斯嘉丽怀孕、守寡，终日一袭黑衣。

斯嘉丽试着为查尔斯哀悼。她尽力了。

埃伦·奥哈拉担心女儿的健康，希望换个环境能让斯嘉丽心情变好，于是打发斯嘉丽到查尔斯顿去看望她的姨妈尤拉莉·罗比拉德·沃德。

斯嘉丽曾经对查尔斯顿怀有憧憬；查尔斯顿可是久负盛名。然而这儿比塔拉更乏味。

每天下午，尤拉莉就和朋友们聚在一起，翻来覆去地讨论着查尔斯顿的八卦，或是相互比较家世。

斯嘉丽的母亲很少被她这个姐姐提起，当有人提到埃伦·罗比拉德·奥哈拉时，她们就会端起贵妇人的架子，那种作态令斯嘉丽十分厌恶。

年轻的普利茜照看韦德小少爷，就像孩子对待她最喜爱的洋娃娃一样充满珍视。

"听到小韦德发出的声音了吗?我觉得他是在打呼噜,是不是很神奇!"

"所有孩子不是都会打呼噜嘛!"斯嘉丽叹了口气,走下楼梯,去和尤拉莉·罗比拉德姨妈还有她的朋友们一起扯纱布,度过又一个漫长的下午。

南方军队缺少亚麻布绷带,女士们从阁楼上翻出衬裙和背心,撕成可以包扎伤口的绷带。

尤拉莉的爱挑剔的小叔子弗雷德里克·沃德碍于女士们在撕扯内衣,已经从他常坐的高背椅转移到了离她们很远的沙发上。弗雷德里克·沃德认为小说都是不道德的,因此从不触及,生怕被"放荡不羁"的思想荼毒。

斯嘉丽刚进来,他就站了起来:"下午好,汉密尔顿夫人。"

心思细腻的弗雷德里克认为,浅紫色的袖套对一个丈夫在坟墓里还没躺够一年的寡妇来说有些不合时宜。年轻的汉密尔顿夫人的心情似乎并没有因为弗雷德里克的怠慢受到影响,也很少像人们希望的那样,表现出一个佐治亚内陆的村姑对上流人士的恭顺。

守寡多年的尤拉莉一直穿着黑色衣服,但上个月祖母费希尔去世时,她把丧服给了夏洛特·费希尔·拉瓦内尔穿。

夏洛特·拉瓦内尔和露丝玛丽·海恩斯在葬礼上言归于好,夏洛特已经完全不记得爱国舞会上发生了什么。朱丽叶的旁敲侧击在健忘的夏洛特身上丝毫不起作用。"我真不知道你们在说什么，不过我那天头疼，很早就离开了舞会。"

正在扯纱布的朱丽叶·拉瓦内尔抬起目光，骄傲地说："今天早晨的《水星报》将安德鲁比作'石墙'杰克逊[1]。"

斯嘉丽·汉密尔顿打了个哈欠："杰克逊将军是活着的人中长相最难看的一个。"

尤拉莉姨妈的宠物狗皇后叫了起来。

露丝玛丽·海恩斯咧嘴笑起来："啊哈！这就是联邦政府军队在杰克逊面前溃不成军的原因。他们是被他的长相击退了！我有个计划！我们用同样的办法打败联邦军！我们的将士用特殊的大炮来攻击敌人。"——露丝玛丽假装拉了一下拉绳——"用长得丑的南方士兵的银版照片，联邦军会像兔子一样逃窜！南方可能缺少面粉、鞋子、布料、糖、咖啡和茶，但我们有大把面部扁平、胡子拉碴、斜眼又豁齿的男人。"

她说得兴高采烈，大家却都默不作声。斯嘉丽用手帕捂住咳嗽了几声。

尤拉莉的小猎犬又叫了起来，尤拉莉说："皇后不喜欢你的玩笑，亲爱的。怎么没发现我可爱的小狗原来这么爱国？"

斯嘉丽忍不住说："它确实有颗爱国心。"

又是一阵沉默。斯嘉丽闭上了眼睛。上帝啊！她在情感迟钝

---

[1] 托马斯·杰克逊（Thomas Jonathan Jackson，1824—1863），美国内战时期南方著名将领。

的泥潭中越陷越深。这种沉闷的感觉让她喘不过气来。斯嘉丽最害怕的是有一天早上醒来她都记不起快乐是怎样的感觉了，就像沃德一家那样。

朱丽叶·拉瓦内尔打破了沉默："露丝玛丽，我听说你哥哥回到查尔斯顿了。"

"是啊，他快把梅格宠坏了。"

"我好像听说他有个儿子在新奥尔良？"

"亲爱的朱丽叶，"露丝玛丽抿着嘴微笑着说，"我真不希望任何人，尤其是你，再去传播这种无礼的谣言了。"

朱丽叶·拉瓦内尔对她笑了笑。

与此同时，无聊的斯嘉丽正在脑海中描绘起这群人的众生相：弗雷德里克是一只吃得过饱的黄色虎斑猫；肤色暗红的朱丽叶·拉瓦内尔是红衣主教；尤拉莉的女儿，佩兴斯和普里西拉，穿着一模一样的绿色织锦，长得很像蜥蜴，连举止都和爬行动物类似；穿着丧服的尤拉莉姨妈活脱脱像只乌鸦。

正当斯嘉丽胡思乱想的时候，谈话转到了罗比拉德家的一个亲戚在夏伊洛[1]被杀的这件事上。

弗雷德里克用食指抵住下巴："宝琳的女婿，嗯，他的第一任妻子是门宁格家的吗？呃。如果没记错的话，门宁格家的长子詹姆斯在阿什利河附近，格拉夫顿南面有个种植园，嗯，他不是娶了那个女孩——天哪，我记不起她的名字了——那个里士满

---

[1] 田纳西州的一座小城。

美人吗？"

此时此刻，如果魔鬼能随着一股烟冒出来，斯嘉丽一定会欣然和他做个交易，让自己能再吃一顿烤肉，再跳一晚的华尔兹，再次沉浸在音乐和欢乐之中。

但是那想法转瞬即逝，斯嘉丽不朽的灵魂在悬崖边退了回来。"我想去外面透口气。"她说道，隔着黑色的面纱不管不顾地打了个哈欠。

屋外，查尔斯顿的酷热像湿漉漉的羊毛手套一样裹在斯嘉丽身上。她用手遮住眼睛，眯着眼看了看大太阳。她多么希望自己是在绿树成荫的塔拉庄园。

花园把主宅和隐藏在厚厚的黄杨树篱后面的配屋分割开来。路易斯安那鸢尾花在火红的杜鹃花下绽放，杜鹃花的香味又淹没在薰衣草的气味中。

弗雷德里克·沃德的儿子威利和他的朋友们聚集在一棵古老的桉树下。威利·沃德的朋友们穿着蒲葵纵队、穆特里护卫队以及华盛顿轻步兵制作精良的军装。哦，天哪！斯嘉丽知道他们会喋喋不休地谈论战争，而她必须假装被他们的英勇迷住。斯嘉丽·汉密尔顿受够了年轻小伙子！

呼吸着查尔斯顿潮湿馥郁的空气，斯嘉丽回想起塔拉那散发着微妙芳香的玫瑰花。几百英里外的家乡在脑海里清晰起来，斯嘉丽闭上眼睛，身子摇摇晃晃。

"斯嘉丽表妹！表妹！你不舒服吗？我带你到阴凉地去。你对这里的太阳还不适应。"他的脸上充满关切。威利把她扶到椅子上坐下来。

"哦,谢谢你,威利。"

斯嘉丽的微笑带着期盼。

虽然威利的行动速度惊人,其他小伙子也不甘落后,纷纷跑到这位可爱的年轻寡妇跟前。

一个建议冷敷;另一个拿来柠檬水。还有人询问她是否需要一把阳伞?

"哦,谢谢大家。你们真是太好了!"

花园对面,一个穿着便服的中年男子靠在大门上。他双臂交叉,嘴角闪烁着微笑。斯嘉丽的心怦怦直跳,她把手放在了胸前。

"斯嘉丽表妹,你的脸色好苍白!"

"是的,威利,"斯嘉丽深吸口气,"脸色是苍白。女士们的脸色本就应该是这样子的。别大惊小怪!"

那个男子用食指摸了摸他那闪闪发光的巴拿马帽的帽檐。

威利跪在斯嘉丽的椅子旁。

"你的脸又红了!这热天可是不得了!我还是扶你回屋去吧。"

在十二橡树,那个人偷听到了她对阿什利的恳求,求他能够回报她的爱,但那个最正派、最高贵的人拒绝了她。

现在那个人竟敢将一根手指放在嘴唇上,好像他知道她心中最隐秘的想法,但发誓要保守她的秘密。

"他……那个穿着便服的男人？"斯嘉丽一时语塞。

"是声名狼藉的巴特勒船长，"一个穿着法国轻步兵军装的金发青年回答说，"真不明白沃德太太为什么会让他来。"

"巴特勒胆子真够大，"威利·沃德不情愿地承认道，"一次他跑船的时候，竟然在光天化日之下穿越封锁线。巴特勒欺骗执行封锁任务的士兵说那是一艘联邦邮船，他们竟然还把他护送进了港口！"

巴特勒像一只大猫一样，带着从容而懒散的自信慢慢走近斯嘉丽。

他皮肤黝黑，身材高大，肌肉异常发达，这在南方绅士中并不多见。他身穿绒面呢双排扣礼服大衣，衬衫袖口有褶边装饰，围着一条和知更鸟蛋的颜色一样的宝蓝色软绸围巾。虽然他拿下巴拿马帽行了个礼，但其举止似乎缺少骑士风度。

"我亲爱的汉密尔顿夫人，听闻您丈夫查尔斯的死讯真是令我心碎万分。'为国捐躯乃甜蜜且荣耀之事。'[1]"他停顿了一下，微笑着说，"也许您没有受过古典教育之苦。'为国捐躯乃甜蜜且荣耀之事。'这种情怀相信每一位英勇的战士都能认同吧。"

"那么，先生——您怎么没参军呢？"斯嘉丽天真地问道。

"有些人注定成不了英雄，夫人。"

虽然帽子压得很低，他的手势却散发着戏谑的味道。"你们一定是心怀荣誉之人。"他微笑地看着这群小伙子，"在座的各

---

[1] 此为罗马诗人贺拉斯的拉丁文诗句。

位一定都是如此。"

年轻军官们怒气冲冲,虽然他们也不知道为什么。

威利·沃德认为巴特勒在自家花园里搭讪了自己见过的最美的姑娘,实在是太放肆了。威利正绞尽脑汁思考如何向他发难,斯嘉丽的话却令他目瞪口呆:"先生们,抱歉失陪了。我和巴特勒船长有话要谈。"

年轻人不情愿地退到一旁,不过威利依然时刻关注着两个人,好像巴特勒船长会像海盗一样抓住这个年轻寡妇,然后带着战利品逃跑一样。

瑞特·巴特勒对斯嘉丽评头论足道:"亲爱的,你不适合黑色。这一季的巴黎面料做工非常精细。有一种塔夫绸和你眼睛的颜色一样。"

斯嘉丽直视着他:"巴特勒船长,在十二橡树,事情并不是你看到的那样。我只是趁着老朋友结婚前跟他开了个玩笑。我和阿什利·威尔克斯所说的话都并非本意。我敢说任何绅士,"——斯嘉丽似乎被这个字眼噎了一下——"肯定都明白这一点。"

瑞特把一只手放在心上:"我表现得很好啊!毫无疑问,勇敢的威尔克斯只是把你的请求当成了一时的心血来潮;就像蝴蝶追逐花朵一样,没什么意义。"巴特勒的眼睛似乎在嘲笑她。嘲笑!"我个人认为,如果我有幸再次见到你,我会假装那次毫无意义的调情从未发生过。这样吧,我们完全可以假装素未谋面。"这个男人微笑着,好像要故意激怒她。

斯嘉丽从未见过这么可恨的人。她跺了跺脚。"啊,真是胡说八道！"她火冒三丈地转身离开，却不巧在门廊台阶上绊了一下。

斯嘉丽冲进姑妈的会客室，看见弗雷德里克·沃德圆睁着眼睛，眼珠子仿佛快要脱离主人自己跳出来似的，固有的成见酝酿出的结论被一股脑地道出："或许菲利普·罗比拉德对埃伦妹妹来说太危险了，嗯？可是嫁给一个像杰拉尔德·奥哈拉那样粗野、爱钻营的爱尔兰移民……"

弗雷德里克的论调被斯嘉丽不耐烦的询问打断了："尤拉莉姨妈，为什么要让巴特勒船长过来？他可不是个绅士。"

尤拉莉姨妈慌乱地晃了晃双下巴："这个，他，他……"

斯嘉丽不再理会姨妈，又转向弗雷德里克："你的话我没听错吧？你的意思是我妈妈嫁错人了？我的老天爷啊，先生！"斯嘉丽学着父亲杰拉尔德的土话，脱口而出道："是了！我爸爸想娶个低贱的人，那罗比拉德家再合适不过了！天啊，他们压根儿就没啥门第！"

第十一章

一些爱侣

阿什利河翻滚着褐色和肮脏的巨浪。稻子已经种好,又被大水淹没,种植园的房子像岛屿一样矗立在闪闪发光的水面上。一辆浅蓝色敞篷四轮马车飞驰而过,惊起了路边的禾雀。拖车和农用马车被拉到路边,方便上等人从这里通过。

"啊,看那儿,瑞特,"露丝玛丽说,"他们在整修老拉瓦内尔家的房子。"

瑞特勒住了特库姆塞的缰绳。

工人们挤在农舍的屋顶上,掀掉破碎的雪松木瓦,把它们扔进地基周围一人高的杂草中。三个工人站在脚手架上,把腐烂的窗户、窗框和其他杂物拆下来。

瑞特说:"威廉·比给他儿子买下了这里。比闯封锁线赚了很多钱,这些他能折腾得起。"特库姆塞不安地咬着嚼子。"安静,小伙子。真不知道要用多少油漆才能掩盖那所房子的罪孽?"

"你过去经常来这儿吗?"露丝玛丽问。

瑞特耸耸肩:"在我还小,还充满绝望的时候。最后一次是……"

"瑞特?"

九月温暖的雨水把鹅卵石冲洗得闪闪发光,年轻的瑞特·巴特勒骑着特库姆塞向费希尔祖母家走去。雨点打在查尔斯顿港的水面泛起了涟漪,远处的萨姆特堡在薄雾中若隐若现。

瑞特感觉十分荒诞。昨晚,亨利、埃德加和老杰克·拉瓦内尔为他庆祝玩牌赢了钱,直到将他的胜利成果挥霍一空。瑞特喝得太多了,天亮时,他走出波莉小姐家,灼热的阳光让他退缩了一下,他眯起眼睛朝天上看了看。他在心里想到,为了你,小露丝玛丽。我必须要换种活法。

昨晚,亨利·克肖比往常更粗鲁,埃德加·珀伊尔的谄媚更让人厌烦,瑞特注意到老杰克·拉瓦内尔用山猫看见肥美野兔一样的目光注视着他。

他为什么要回到查尔斯顿?在他父亲的政治盟友面前洗刷他在西点军校的耻辱?他想去的地方那么多,他想做的事情也那么多。瑞特·巴特勒厌倦了令人生厌的蠢货,厌倦了人们空洞的脸上震惊、却又完全在意料之中的沮丧神情。经历了一个糟糕的夜晚,年轻的瑞特·巴特勒深深地吸了一口咸咸的空气。他要去找露丝玛丽。也许她那纯真的爱能拯救他。

当费希尔祖母亲自来开门时,瑞特的希望破灭了。"瑞特,对不起。我不知道你父亲是怎么知道你来过这里的!我从没见过兰斯顿这么生气。如果我是个男人,我相信他一定会找我决斗的。"祖母绷着嘴说,"露丝玛丽是兰斯顿的女儿。我也无能为力。"

"她在哪儿?"瑞特追问道。

"在布劳顿。兰斯顿说……"

瑞特使劲甩了甩头,好像要把话从她嘴里拽出来一样。

"你父亲告诉我说,只有你死了或是离开低地,他才会把她放出来。真该死!进来吧,瑞特,我们谈谈。我说话还是有些分量……"

特库姆塞的马蹄声淹没了她后面的话。

踏着光滑的鹅卵石,瑞特骑着特库姆塞从城里疾驰而过。马车夫咒骂着,骑马的人急忙勒马,仆人们慌忙躲到路旁。那匹强壮的马像蒸汽机一样不知疲倦地奔跑着。

过了一个小时,他让特库姆塞放慢速度,从小跑,再变成慢走。气喘吁吁的马摇晃着脑袋,马嘴里的唾沫溅到了瑞特的脸颊上。他们来到了城外很远的河边公路上。

年轻的瑞特·巴特勒觉得未来的日子不会和他已经活过的年月有任何不同。他是个耻辱,并将永远是个耻辱。他孤身一人;今后也会是孤身一人。瑞特可以忍受没人爱他。但他不能忍受失去他爱的人。

当瑞特来到杰克·拉瓦内尔上校家所在的街上时,已经是黄昏时分了。杰克卷入了一桩疑点重重的金融骗局,正在躲避法警。

杰克家的街道乱糟糟的,杂草丛生。在院子外面,瑞特卸下特库姆塞的鞍,揉了揉它的背让它卧倒。马的腿累得发抖。

老杰克不动声色地从露天广场走了过来。"你让那匹马跑得太多了,孩子,"他说,"我很喜欢这马。如果你想把它杀了,不如把它卖给我吧。"

"棚子里有干草吗,杰克?"

"啥时候都有。井旁边有一个水桶。"

瑞特一边给筋疲力尽的马喂水,一边低声说:"上帝啊,都冲着我来啊,特库姆塞,如果你累垮了,我也活不下去了!"

马把鼻子探进桶里。

拉瓦内尔的农舍("种植园"这个字眼太抬举这里了)是杰克的祖父修建的,这么多年疏于打理。瑞特爬上长满青苔的柏木竖板。

门廊散发着潮湿的气味,几十年来水汽腐蚀了木头,油漆也剥落下来。

老杰克没有站起来,而是懒洋洋地挥手向他表示欢迎:"杰克的种植园就剩我们俩了,小巴特勒。公子哥儿们现在都在城里。见鬼,我多想也能进城去。"

这又将会是一个堕落的夜晚,想到这里瑞特隐隐觉得烦闷。

"你看上去无精打采的,孩子。我敢打赌,是因为女人吧。"杰克把一瓶几乎是满的威士忌递给这个年轻人,"这东西能帮你消除烦恼。它能治愈爱情的痛苦、失败和内疚。它会帮你宣泄悲伤,帮你忘记。"

这个老坏蛋很少买单,但瑞特情绪低落,丝毫没有怀疑。他举起瓶子喝了一大口。

"她一定是个漂亮姑娘。"杰克盯着他说,"爱情,我的孩子——"

"别跟我谈爱情,杰克。我可是瑞特,知道吗?我了解你,杰克。"

"啊?是吗?"杰克恶狠狠地瞥了他一眼,又恢复以往玩世不恭的样子,"哈,你当然了解了。有谁比他的朋友更了解老杰克。'把握今朝。'[1]对吗,瑞特?"

瑞特本该谨慎些的,但绝望使他对一切都视而不见,除了那个可怕的预言。

杰克丢下瓶子,走进了屋子。

月亮在天空上悄悄移动着,年轻的瑞特·巴特勒喝着威士忌,感觉自己快要死了。当夜空中的星星低垂到地平线上时,杰克打着哈欠走了出来:"人从出生就要面对各种麻烦,对吧,瑞特?"

瑞特已经从酩酊大醉,进入到一种疲惫而烦躁的清醒中:"随便你怎么说吧,杰克。"

"说真的,我很讨厌看到一个聪明的小伙子变得这么消沉。哎,假如耶稣现在亲自带着通往天堂的钥匙来到这个广场,我想你也不会理睬他的。"

瑞特布满血丝的眼睛瞪着这个老恶棍:"你想要什么,杰

---

[1] 拉丁文,出自贺拉斯的诗句,暗示人们要及时行乐。

克?说吧。"

几年后,瑞特凝视着那座老房子。

"瑞特?你在想什么?"露丝玛丽问道。

"抱歉,妹妹。我刚才走神了。埃德加·珀伊尔喜欢来杰克家。埃德加喜欢看别人笑话。安德鲁不喜欢这里。安德鲁比他父亲更挑剔。"

"那你呢?"

瑞特耸耸肩:"我想还是地狱比较适合我。"

一堆旧木瓦从长满青苔的屋顶上滑下来,砰的一声落在地上。特库姆塞垂下了耳朵。"安静,小伙子。安静。"瑞特用强有力的双手收紧缰绳。

梅格和克里奥坐在车夫后面的座位上。瑞特可以感觉到梅格甜美的气息喷到他的脖子上:"妈妈,我们还有多远?"

"快了,亲爱的,"露丝玛丽回答,"看那儿!河里有个东西,看见那只鹰了吗?"

瑞特抖了一下缰绳,特库姆塞前蹄轻抬,小跑起来。

迎面驶来一辆两轮轻便马车,车身是庄严的黑色,由一匹小母马拉着。图尼斯·博诺把马车停下来,轻轻碰了碰帽檐向露丝玛丽致意。瑞特也向博诺太太行了礼。

露蒂·普雷斯考特·博诺是一个浅色皮肤、年轻丰满的女人,穿着紧身胸衣,那样子就像下一秒就要被勒死了似的:"下午好,巴特勒船长。今天天气不错啊!"

"'从没有哪个春季和夏季的盛景能孕育出如此的恩惠'[1]……"

博诺太太矜持地笑了笑:"我父亲普雷斯考特牧师教会我识字。比起多恩牧师的诗,我更熟悉他的布道词。"

瑞特伸了个懒腰:"但是今天的天气很适合诗歌,不是吗?"

图尼斯说:"嘿,特库姆塞。露丝玛丽小姐,我看这马被你料理得很好啊。"图尼斯又向车夫的位子点了点头:"梅格小姐,你好啊。"

梅格把大拇指放进嘴里。

露蒂说道:"巴特勒船长,每个礼拜日我们都在第一非洲浸信会教堂为你和图尼斯祈祷,希望你们航行顺利。"

"啊,"瑞特咧嘴笑着说,"我也是这么祈祷的。"

"托马斯爸爸给我寄了封信。"图尼斯说。

瑞特向露丝玛丽解释道:"图尼斯的父母都移民到加拿大了。"

露蒂说:"我丈夫的父亲在安大略省的金斯敦安了家,海恩斯太太。托马斯·博诺说那里的情况好一些。"

图尼斯说:"爸爸说加拿大冷得要人命。"

瑞特稳住了特库姆塞:"图尼斯,我敢说当时我把马留给你时,它绝对不像现在这么难使唤。"

"或许黑人的马就是比白人的马难使唤。"图尼斯面无表情地回答。

---

[1] 出自英国诗人约翰·多恩(1572—1631)的诗句。

"也许是吧,"瑞特说,"很高兴再次见面,博诺太太。请替我谢谢第一非洲浸信会教堂为我祷告。"

图尼斯点点头,对着他的母马喊了声嘚儿驾。

当那辆体面的黑色马车绕过弯道时,克里奥喃喃地说:"他们这些自由黑人太高看自己了。"

马车小跑着经过霍普顿和达里恩种植园。钱普尼种植园里一群群工人在地里忙碌着。

"我们布劳顿从来不会这么晚种水稻,"克里奥不以为然地说,"监工不让。"

"你现在不待在布劳顿,克里奥。"露丝玛丽提醒她的女仆。

"我难道不该为此感谢耶稣吗!"

瑞特说:"我听说韦德·汉普顿买下了珀伊尔之前的地。"

"卡瑟卡特·珀伊尔现在住在伦敦。显然战争让他吓破了胆。"

瑞特摇了摇头:"可怜的卡瑟卡特。上帝啊,他之前何等羡慕有才之士。埃德加在亚特兰大当纠察队长——你知道的,埃德加就适合那工作。埃德加一辈子学会了一件事:不要成为他父亲。"他抖了一下缰绳:"或许这也是所有男人学会的唯一一件事。"

露丝玛丽摸了一下她哥哥的袖子:"前面就是去我家的路了——过了那棵大柏树。"

马车蜿蜒穿过盘绕着铁兰的橡树丛,来到一片空地,康格里斯·海恩斯的钓鱼营帐像一只涉水的鸟儿一样栖息在木桩上。

露丝玛丽深吸了口气。"我喜欢这里。"她说。"我们不常来。

约翰不是忙生意,就是要去尽公民义务。今天真是个好日子。"她把脸沐浴在阳光下,"不是吗?"

瑞特和露丝玛丽走上门廊,梅格朝河边跑去。克里奥提起裙子,把帽子按在头上,慌忙追赶,一边大声喊道:"小心身上沾了泥!注意有蛇!别掉进河里!"

康格里斯·海恩斯找到了一个凉风习习并且很少有蚊子出没的地方,并在那里建起了这个简易营地:屋外是带有栏杆的露天走廊,屋内只有一个大房间,里面有被煤烟熏黑的壁炉、简陋的长椅和一张桌子,上面刻着主人名字的缩写。

小时候,瑞特曾划船从这里经过,大蚊嗡嗡乱飞,蝙蝠叽叽喳喳,康格里斯·海恩斯的朋友们——瑞特离得太远看不清他们的脸——坐在灯光下一边喝酒一边说笑。沿着黑暗的河流顺流而下,这个不起眼的男孩子思索着自己是否也能成为那群人中的一员。

现在,瑞特一只脚踩在栏杆上,点燃了一支雪茄。露丝玛丽打开野餐篮,把银质酒杯放在横栏上:"我小时候曾幻想过你去过的每个遥远的地方。跟我说说,哥哥,金字塔有他们说的那么宏伟吗?"

瑞特打开酒的瓶塞:"我从没去过埃及。战争结束以后可能会去。"

露丝玛丽看着河水陷入沉思:"我很担心母亲。她从来不到城里来,她的朋友也不去看她,父亲为他深爱的贤惠妻子不能陪他参加布朗州长的宴会而一次又一次地找理由。"她的哥哥倒上酒。"妈妈说以赛亚·沃特林相信战争是早就注定的。"

"沃特林？"

"他和妈妈经常一起祈祷。他们在他家里祈祷。以赛亚的妻子去年去世了。"露丝玛丽举起一只手想要阻止哥哥的疑虑，"只是祷告；仅此而已。兰斯顿也知道这件事。他们之间什么都没有。"露丝玛丽勉强挤出一个笑容："或许，除了那本《启示录》。"

"祷告确实能让关系变得更牢固。坐到我旁边来。我们马上开饭了。"

露丝玛丽把胳膊肘放在栏杆上。脱离了婚姻的紧张气氛，瑞特的妹妹似乎年轻了好几岁。

一个黑头发的白人孩子和一个瘦削的黑人女孩手牵手在河边漫步。那孩子咿咿呀呀的声音在风中听起来时断时续。矶鹬在河边巡行，用尖尖的喙轻啄淤泥。棉桃一样的云朵懒洋洋地从头顶飘过。蒸汽机的活塞轰隆作响，一艘内河船拖着一捆脱完谷子的稻秆逆流而上。舵手朝他们挥手，小梅格也热情地向他挥手。

露丝玛丽问："你觉得爸爸爱过妈妈吗？"

"至少在三种情况下，兰斯顿·巴特勒爱过他的妻子。男人不可能从女人的床上站起来时，对给予他们快乐的伙伴无动于衷。贝尔·沃特林的妓女们开玩笑说有人还向她们求婚呢。"

"贝尔·沃特林？"

"贝尔离开新奥尔良去了亚特兰大。"瑞特笑着说，"贝尔说她依然是南方邦联的拥护者。事实上，她现在是个女商人，新奥尔良的联邦征服者对黑人妓院情有独钟。"

露丝玛丽一只手托着下巴，仔细打量着她的哥哥："瑞特，贝尔·沃特林是你什么人？"

瑞特的笑逐渐有了自嘲的味道："流氓哥哥是不是和风尘女子厮混到一起了？巴特勒的私生子会不会生在妓院里？"

露丝玛丽脸红了："瑞特，我的意思不是……"

"亲爱的妹妹，你就是这个意思。女人永远不会对出卖自己身体的女人有好感。只有经过精心安排并付清嫖资之后才能以身相许。"

"瑞特，拜托……"

"几年前在新奥尔良，我和贝尔一起做生意。我在贝尔·沃特林的妓院有一间办公室；看着那些受人尊敬的商人偷偷从她的后楼梯爬上来，还真是有意思呢。"

梅格正在岸边收集贻贝。

"那斯嘉丽·汉密尔顿和你又是怎么回事？昨天你把她激怒后，她冲进尤拉莉的客厅，把弗雷德里克·沃德骂得毫无招架之力。可怜的弗雷德里克气得都结巴了——那可是在他自己家里！瑞特，你到底和那个女人说了些什么？"

瑞特满脸懊悔。"看来我总是惹她生气。"他又咧嘴笑了起来，"但是，真该死，我还是忍不住。"

"我觉得，如果不是因为她心情不好，斯嘉丽还是很漂亮的。"

"你看，妹妹，斯嘉丽小姐根本就不了解她自己。她那勾人的本事总是招惹来一些配不上她的男人。"瑞特压低声音说，"印度教认为我们有前世。是真的吗？"他扬起嘲弄的眉毛。"也许我和斯嘉丽曾是一对不幸的恋人；也许我们曾经相拥着死在一起……"

"哎呀，瑞特，"露丝玛丽打趣道，"你，还是一个浪漫主义者？"

瑞特声音太小，露丝玛丽不得不向他靠近了一些："我从来没有像现在这样渴望过一个女人。"

露丝玛丽捏了捏他的手："这才是我认识的哥哥！"

在河岸上，梅格唱着："跳啊跳，跳到我身边来……"

露丝玛丽凝视着浑浊的水面："我想我永远都不可能爱上约翰·海恩斯。永远不会。"

瑞特等她话语中的力量完全消散后才回答道："约翰是个好男人。"

"我难道不清楚这一点吗？"她说，"但又有什么区别呢？"

"也许，随着时间……"

"别担心，哥哥，我不会再传出丑闻了。"露丝玛丽的声音弱了下来，"我能一眼望穿我的人生，每一天活得都好像末日，每一天都像生命结束时一样空虚。"

她的笑里带着痛苦，令她哥哥不敢直视。

"我会和母亲一样，我会面对现实。但是，我发誓，我决不会祈祷，决不会！"

克里奥的尖叫打断了谈话。她一把抱起梅格，朝营地跑来。"啊，瑞特船长。"她叫喊道，"瑞特船长，快拿枪来。"

"把梅格给我，克里奥，"露丝玛丽跪在地上，探下身去，"我来看着她。"

克里奥把受惊的孩子抱到母亲面前,克里奥一边发抖一边不耐烦地说:"一定要把它打死。"

"打死谁,克里奥?"

"那只狐狸。我瞧见它了!"

"你看见狐狸了?"

"大白天的!"克里奥急不可耐地搬出乡下人的一套说辞,"白天看见狐狸,这狐狸一定是疯了。狐狸咬你,你也会疯。"克里奥举起双臂,瑞特把她拉到门廊上。

低处,一只年轻的母狐狸轻轻跳过河岸边的一根圆木。

瑞特眯起眼睛朝那边看了看。"它没疯,克里奥。它的皮毛光亮,行动自如。它没有威胁。"瑞特仔细打量着,"它失去了幼崽,又或许从没有生下幼崽。要是有拖累,狐狸的皮毛通常都没有那么整洁。"

"大白天的干啥跑出来吓唬人?"

这时,一只公狐狸走过圆木并留下记号,克里奥终于有了答案。母狐狸假装在找什么东西,扑来扑去,尾巴也随着欢快地摆动着。她跑到沼泽地的草丛中打滚,显得慵懒而愉快。她的尾巴蓬松而浓密,似乎整个身子只长了条尾巴。

"快看她!她在炫耀自己!"露丝玛丽说。

"确实。"瑞特说。

那只上年纪的公狐狸鼻头有疤,前脚有些跛,应该是落入陷阱里失去了脚趾。

165

小梅格大喊道:"她真好看!"

"是的,小可爱。"她的舅舅说,"那家伙也觉得她很美。"

"那是她的丈夫吗?瑞特舅舅。"

"他有这想法,"她母亲说,"看啊,梅格,他在追求那只母狐狸。"

孩子跪在栏杆下面想要看得更清楚些:"她也喜欢这只公狐狸吗?"

"她假装不知道他是个活物。"舅舅瑞特说。

一根半没在水中的细木桩吸引了母狐狸。木桩的一头在岸上,另一头被河水拨弄着。她在木头旁来回欢快地跑着。公狐狸犹豫了一下。母狐狸在木头的一端坐下来,转过身对他咧嘴笑。

公狐狸不情愿地走上浮木,踮着脚尖向她走去。

木桩支撑不住他的重量,向湍急的河水中滑去。公狐狸脸上烦躁的表情逗得梅格哈哈大笑。

孩子清脆的笑声追随着这对倒霉的爱侣,顺着河流向下朝大海漂去。

第十二章

私生子

塔兹韦尔·沃特林把食指按在鼻子上，这样他就不会打喷嚏了。黄褐色的烟盘旋着，笼罩着大地，鲜艳的黄昏都因此变得黯淡了。光线穿透薄雾变成了脏兮兮的亚麻布的颜色，挂在地平线上的太阳仿佛一个苍白的银盘。燃烧的焦炭、硫黄、炽热的铁水、氨气，以及难以辨认的臭味混杂在空气中。

火车穿过阿拉巴马州和佐治亚州西部，行进在孤零零的铁轨上。现在轨道多出很多分叉，火车超过了左边的一列货车，然后又超过了一长列平板车。一辆自以为是的调度车喷着气，尖叫着从他们的列车旁转弯，两列车离得非常近，塔兹觉得把手伸出窗外就能摸到它。

"第一次去亚特兰大吗？小伙子？"塔兹身边的南方联军下士目视着远方。

"我来自新奥尔良。"塔兹孩子气地带着强装的傲慢说道。

"那里，那是个轧钢厂，他们为我们装甲舰制造钢板。我有个兄弟在那里工作。那个幸运的混蛋从军队被赶了出来。那边是J. W.丹斯的左轮手枪厂，那是砖垒成的烟囱——不，不是那儿——那个是舰炮厂。四条铁路都通向这个城镇，四条不同的路线！"他用胳膊肘捅了捅男孩的一侧身子，"你觉得怎么样？"

塔兹怎么能在这个锅炉一般烟雾缭绕的城里找到他的母亲？

铁路旁建着一座座工厂；背对着铁轨有许多房子。有些是砖制的，但大多数是用肮脏的隔板搭建起来的。半英亩的空地上散养着牛、猪和鸡。火车开进城里后，四周的房子挤得更近了。宽阔的街道像闸门一样开开合合的。塔兹看到了砖石砌成的三四层高的商店和仓库，还有无数载客和运货的马车。

拐角处的那个女人是贝尔·沃特林吗？四轮马车上的那张面孔，是他的母亲吗？

在新奥尔良救济院空旷的宿舍过夜，那是塔兹韦尔·沃特林最久远的记忆：孩子们咳嗽着，抽泣着寻找母亲。塔兹躺在一张简易的床板上，和其他孩子压在一起，大腿上湿乎乎的一片，那是一个小一些的男孩尿湿的。

塔兹又饿又怕，但他没哭。哭泣的男孩儿都被带到了医务室，他们死在那里，然后被埋葬在救济院绿树成荫、精心打扫的墓地里。大多数孤儿都是爱尔兰人，照顾他们的修女们则来自法国仁爱会[1]，她们十分珍视自己坚守贫穷的誓言，甚至快要把自己饿死了。拥抱饥饿被视为一种美德，仁善的修女们对饥饿的孩子们并没有太多同情。

然而，当狂欢节[2]游行团队走上皇家大街时，这群平日里异常低调的修女都会来到阳台上，欢快地挥着手，抓住喝得醉醺醺的哑剧演员扔给她们的一串串明亮却毫无价值的珠子。

仁爱会的修女说塔兹的母亲是一个堕落的女人，会受地狱之火的折磨。像塔兹这样的天主教好孩子永远不会在天堂见到他的母亲。

塔兹相信这些话——但他也不相信。在孩子的内心里，对夜晚的恐惧逐渐被对黎明的期盼所取代，因为黎明或许有奇迹出现。

四年前，瑞特·巴特勒就是这个奇迹。这个男孩被擦洗得快要发光，然后被叫到院长的办公室，见到了一个面带微笑的陌生人。女修道院院长端上的淡茶一口没动地放在那个人的肘旁。在这个散发着石炭和碱液肥皂刺鼻气味的地方，这个陌生人身上混合着上好的雪茄、波旁威士忌和发油的味道。"我是你的监护人，塔兹韦尔·沃特林，"瑞特·巴特勒告诉他，"监护人可能比不上爸爸，但我会尽力。"

第二天，塔兹韦尔·沃特林穿着一身新衣服被送到了天主

---

[1] 由法国牧师Vincent de Paul创立，修女们致力于奉献穷人。此处的救济院是一所专门接收男孩的孤儿院。

[2] 英文为Mardi Gras，新奥尔良地区从每年主显节之后到四旬斋之前的一系列庆祝活动。

教会耶稣会宗教和文法学校,这个学校附属于庞大的耶稣会教堂。在那里,塔兹办理了入学,老师带他找到自己的床位(白天是不能躺的),还有挂外套的衣钩。

他的母亲以前只是偶尔去救济院看望他,现在会定期来。贝尔穿的衣服比以前漂亮多了,看起来也更快乐。塔兹韦尔相信巴特勒先生也是他母亲的奇迹。

塔兹刚开始在耶稣会学校学习时,阅读很差,完全不会拼写,数学也是一窍不通。耶稣会会士把这些缺陷都弥补上了。

在救济院时,只有几个男孩认识他们的父亲,这种难以理解的生物从来没有探望过他们。塔兹韦尔·沃特林爱他的母亲,也需要她;但他从未幻想过有一个父亲。

但在耶稣会学校,塔兹韦尔·沃特林明白了父亲是必需品。一个年纪大一些的男孩子朱尔斯·诺尔耐心地解释说:"我们这些男孩是要被培养成绅士的。但你,沃特林,不会成为绅士。"朱尔斯·诺尔皱了皱眉,纠正了他刚刚太过仁慈的评价:"没有父亲,你什么都成不了。像你这样的杂种,塔兹韦尔·沃特林,注定要为绅士服务,为我们开车门,帮我们擦掉靴子上的泥……"

因为这个评价,塔兹把朱尔斯的鼻子打出了血。朱尔斯的朋友们一拥而上,塔兹的表现也证明了他自己。

一个杂种什么也成不了!

列车驶进亚特兰大站时,另一列火车停在旁边。和他们这列车一样,上面挤满了南方联军的士兵,有的站在车厢之间,有的站在车顶上。欢呼声从一列火车传到另一列火车。在塔兹的车厢里,一个士兵弹起了班卓琴,另一个士兵吹起了口风琴,尽管他们演奏的不是同一支曲子。

火车并排开向开放式的砖头车棚,并径直穿了出去。车铃叮当作响,刹车尖叫着。太阳消失了,火车喷出的煤渣无法穿透站台顶棚,只好像子弹一样哗啦啦地砸在车顶上。

"到了,小伙子,"下士举起他的背包,"南部联盟中最繁华的城镇。你可以在亚特兰大找到任何你想要的东西。"他眨了眨眼:"有些东西可能没有找到反而比找到更好。"

穿过肮脏的砖块站台,一列医用火车上正在把弗雷德里克斯堡战斗中受伤的士兵运下来。人们相互扶持或拄着拐杖蹒跚前行。运垃圾的黑人抬着重伤者。

穿过站台尽头的一辆辆救护车,桃树街上停满了马车,愤怒的赶车人和骑手走上人行道,惹来行人一阵怒骂。

塔兹拦住了一个穿着入时的平民:"先生,你能告诉我贝尔·沃特林的住处吗?"

这个绅士上下打量着塔兹:"我不能告诉你。你看起来也是个体面的小伙子,不应该去找"——那个名字在男人嘴边停顿了一下——"'红帽子'。"

"先生,您知道'红帽子'?"塔兹脱口而出。

"你这孩子真无礼!"

亚特兰大比新奥尔良寒冷,塔兹可以看到他呼出的白气。

塔兹上前搭讪了另一位士兵,他提供的信息更有帮助:"小子，沿着迪凯特大街一直走。什么时候有人气儿了，你就到了想去的地方了。"

砖砌的人行道逐渐变成了木板路，木板路又逐渐变成了布满车辙的泥土小路。走过商业区，煤气灯不见了。阴云密布的天空像是一个微微发光的天花板，连星星和月亮都无法穿透。

大约二十分钟后，塔兹韦尔·沃特林来到一排酒馆和简陋的房子前，从里面传来清脆的钢琴、咒骂和刺耳的笑声。"先生，请问哪里是'红帽子'？"

那个士兵醉得说不出话来。他的手指向大街的方向上下摆动着，然后落在一栋两层的木房子上，房子的窗帘拉了起来，客厅的窗户上挂着一盏外形庄重的红灯笼。这所房子见证过美好岁月，现在像个挑剔的老阿姨一样站立在一群寒酸的邻居中间。在这所房子的栅栏后面，院子收拾得很整洁；玫瑰花丛为越冬被修剪得秃秃的。门廊上的黑人在抽雪茄。他的深色西装看起来很粗糙。一条苍白的伤疤从那人的下巴一直延伸到额头。"小子，"他低吼了一声，"这没你的事儿，滚开。"

塔兹放下包，揉搓着抽筋的手。他说道："亚伯拉罕·林肯解放了黑人。你为什么不滚？"

贝尔·沃特林的打手麦克白说："我是亚特兰大黑人。那些个解放者，甭管谁也吓不跑我。"

弗雷德里克斯堡战役后的星期二，"红帽子"显得很平静。上周六，电报带来了南方联军大获全胜的消息，于是周日早上，贝尔·沃特林的头牌妓女米内特拉来了几个士兵的遗孀，因为贝尔估计妓院马上就要人满为患。安息日时她们通常不营业，但是南部邦联军队在弗雷德里克斯堡一战中损失惨重，他们强大的军队被打得落花流水。周日晚上六点，贝尔店里的香槟就被喝光了，她两次派麦克白去买白兰地，直到晚上十一点，仍然有几十个热情高涨的爱国者在她家门口等着。

星期一，贝尔手下的妓女们带着疲惫、宿醉和酸痛无精打采地待在屋子里，可是到了星期二晚上，这所房子又恢复了生气，米内特喜出望外地欢迎被她们戏称为"酒肉队长"的纠察队长。

"红帽子"是亚特兰大最贵的妓院。这里的恩客都是南方军队的高级军官、投机商和富贾。它在新奥尔良的老区并非什么不得了的存在，但在民风朴素的亚特兰大被认为是惊世骇俗。

"红帽子"的客厅里，红绿条纹植绒壁纸的墙面上挂着一幅手工印染的石版画，上面描绘的是巴黎街景。镀金的壁炉架钟两侧各摆着一座高大的大理石维纳斯像，摆出害羞忸怩的姿势。贝尔的痰盂不用的时候一般都收在柜子里。她的"法式"家具让硬汉们坐在上面时腰挺得更直，双手放在腿上。对这些人来说，贝尔的姑娘们就像白鹭鸟一样充满异国情调。姑娘们稍加挑逗就会咯咯地笑起来，或者蹦出听不懂的克里奥尔语。

瑞特·巴特勒在"红帽子"占有股份，在楼上有一间办公室。要是有闹事者不愿乖乖离开，麦克白就会说："先生，我警告你最好现在赶紧回去。咱们谁都不会想去找巴特勒船长的。"

米内特不仅是花魁，而且头脑也很精明。想到有一天会年老色衰,米内特在新奥尔良的花园区买了许多田产,还向善良的神父们捐出十一税,为日后的灵魂寻求安宁。当初贝尔夫人邀请米内特去"红帽子"工作时,米内特差点拒绝了她,因为贝尔夫人完全不像个妓女。

虽然贝尔夫人比米内特大,她内心里却还是个孩子,只有美国女人才可以当的孩子——令人心生不爽的孩子!妓女应该对这种营生保持清醒头脑;美国人却很容易把它和爱混作一谈——米内特认为,对于贝尔·沃特林这样的女孩,必须要用克里奥尔的忠告才能让她保持冷静。

当晚,米内特带着妓女的招牌笑容,告诉"酒肉队长"他看起来多么精神。

"哎呀,米妮[1],你换发型了?比之前的颜色红多了。我听说瑞特回来了?"

这个人的问题还真多!淅淅沥沥的午后,他总是坐在客厅问东问西。米内特有一次听埃洛伊丝提起她的第一个情人——一个邻居家的男孩,而当她讲述这个可怜的男孩有多笨手笨脚时,"酒肉队长"轻声笑了起来。他还向受便秘所苦的海伦提了些治疗方法,其实人人都知道她会有这问题都是因为鸦片酊!有一次,"酒肉队长"竟然问米内特是如何避孕的!

"酒肉队长"对巴特勒船长十分好奇:他在哪里?在做什么?对这个或那个有什么看法?米内特怎么知道瑞特·巴特勒

---

[1] 米内特的昵称。

的想法——而且这和"酒肉队长"有什么关系？

当米内特抱怨这个纠察队长爱管闲事时，瑞特觉得很好笑："埃德加还在试图解开生活的谜团，米内特。让他折腾去吧。"

埃德加·珀伊尔是个身材瘦弱的家伙，当他离开房间后，人们总觉得他比本人更矮小。他瘦长脸，大耳朵，一张宽大而富有表现力的嘴巴；纤细的睫毛保护着一双像麻雀一样充满好奇的闪闪发亮的眼睛。

"酒肉队长"的做派让普通的南方士兵忍不住想揍他，当他在发薪日晚上过来喝酒时，他的副官杰克·约翰逊总是陪着他。

这天晚上，纠察队长向米内特要了白兰地。"来一小杯，我亲爱的米妮。"他用手指比画着说道。

权势令埃德加·爱伦·珀伊尔着迷。瑞特的父亲兰斯顿·巴特勒很有权势，因为他富有且冷酷无情——因为无情，他才富有。夏洛特·费希尔·拉瓦内尔有权势是因为家财万贯，安德鲁·拉瓦内尔有权势则是因为骁勇善战。

埃德加·珀伊尔无法理解瑞特·巴特勒的权势从何而来。

小瑞特刚刚到卡瑟卡特·珀伊尔的学校，埃德加就跑上楼去观察父亲的这个新学生。瑞特看着埃德加，一下子就把他看穿了，然后就不再理睬他了。"等一下。"年轻的埃德加想要抗议，"人不可貌相，我可比你想象的厉害多了！"然而，埃德加只得到了瑞特半开玩笑似的笑容。埃德加奉承瑞特时，瑞特讥讽他谄媚。埃德加给瑞特买了一块昂贵的软绸手帕，瑞特从来没有戴过它。直到一天晚上，埃德加在波莉小姐的黑人门厅侍者的脖子上发现了它。埃德加唯一一次鼓起勇气想要表达自己时，瑞特还没等他说上三句话就打断了他："改日吧，埃德加。"然后他就离开了房间。

瑞特·巴特勒对埃德加从不刻薄——不像亨利·克肖和安德鲁·拉瓦内尔那样，但瑞特的冷漠比刻薄更糟糕。那是瑞特的秘密吗？瑞特的权势是因为他的冷漠吗？

当瑞特·巴特勒被西点军校开除时（哪怕年轻的巴特勒对着自己脑袋开上一枪，也没有任何一个查尔斯顿人会感到惊讶），只有埃德加·珀伊尔在码头迎接他："见鬼，见到你真高兴，瑞特，好久不见！跟我来，波莉家新来了个女孩儿，胃口大得吓人……"

瑞特笑了笑说："改天吧，埃德加。"然后就往城里走去。这不咸不淡的笑是埃德加最痛恨的。

"红帽子"的女仆手里拿着煤斗，站在客厅门口犹豫不决。

"嘿，进来吧，孩子。"

"对不起，先生。我不知道有人——"

"没关系。没关系。你只管干你的活儿。难道怕我吃了你吗？"

"不是的，先生。"

"我可不会吃像你这么漂亮的姑娘。"

女孩的脸红了。

"告诉我，孩子，巴特勒船长什么时候到？"

"不知道，先生。"

她跪在地上把煤铲进炉子里,她的连衣裙紧绷在后背上,修长的脊柱上每个关节都清晰可见。米内特把纠察队长的白兰地拿过来时,她厉声道:"丽莎!晚上不准到客厅来!"

女佣吓了一跳,把煤斗掀了个底朝天,煤块滚到纠察队长珀伊尔的直背椅下面。他张开双膝,以便她能够到煤块。

"笨手笨脚的丫头,"米内特嘘道,"别弄了,等长官走了你再来收拾吧。"

"米妮,你觉得丽莎对我有意思吗?"

"丽莎是个孩子,队长。"米内特冷冷地说,"她不接待客人。"

麦克白抓着一个陌生男孩的胳膊走进来,丽莎趁机逃走了。

麦克白告诉米内特:"这男孩说他是贝尔小姐的崽子。"

棕色头发、偏分头、狭长的脸庞,男孩儿看起来比实际年龄成熟。米内特将他和夫人梳妆台上的银版相片比对了一下:"可是宝贝儿[1],你应该和那些神父们在一起的,你现在应该在新奥尔良!"

塔兹摊开双手,好像他自己也不知道是怎么来到亚特兰大似的。他露出迷人的微笑。

"他说他是贝尔小姐的。"麦克白重复道。

埃德加·珀伊尔把注意力转向了塔兹:"孩子,你是谁?叫什么?"

"我叫塔兹韦尔·沃特林,先生。"

---

[1] 原文为法语。

"沃特林，天哪！那你出生在？"

"在新奥尔良，先生。"

"我没问你地点！哪一年？我才不管你是哪儿出生的！让我算一下。十二——不对，是十三年前！"

"没错，我是十三岁，先生。"

"队长，亲爱的[1]。稍后会有时间问的，不是吗？这个男孩是来看他亲爱的妈妈的。"

纠察队长珀伊尔站在原地仔细地看着塔兹，就像买家在检查小马一样。"是的，长得像，非常像——瞧瞧那耳朵，还有鼻子！"他举起酒杯，"塔兹韦尔·沃特林！我对天发誓，你是瑞特·巴特勒的私生子！"他把白兰地一饮而尽，把酒杯放在壁炉架上。

"你弄错了，先生。巴特勒船长是我的监护人。"

"啊，他当然是。毫无疑问，那个老公猫说他是什么就是什么。"

壁炉架上的时钟嘀嗒作响，客厅炉子里的火发出嘶嘶声。

塔兹长途跋涉感觉很累："我会向巴特勒船长转达您对我身世的好奇，先生。"

纠察队长珀伊尔的眼神黯淡下去："我们以后再聊，孩子。米妮，能再给我拿一杯白兰地吗？这次，来杯法国白兰地，呃，亲爱的？"

---

1 原文为法语。

米内特把塔兹从大厅推到另一个房间,这里原来是家庭会客室,现在是贝尔·沃特林的闺房,一个没有受过教育但有钱的女人的圣殿。深色的丝质云纹窗帘遮住窗户,也阻挡了街道的噪音。灯罩上彩绘着饱满艳丽的花朵。贝尔的床罩是玫红色的织锦,床头摆着无数个大大小小的带流苏的枕头。浓郁的香气萦绕在塔兹周围。房间强烈的女性特征让他感到不安。

他的母亲从阅读镜的上方仔细地瞧着他。"塔兹,"她显得有些错愕,"我才刚给你写了信!"

"夫人,这是你的好儿子[1]!"米内特把男孩推到他母亲身边。

塔兹试图阻止贝尔的抗议:"求您了,妈妈,能来这儿我很开心。我能和你待在一起吗?"

"但是塔兹……"

"我偷溜过联邦封锁线,就从那些哨兵身边,有一个士兵差点踩到我!如果真让他发现了,我都不知道该怎么办!那时候,我没有带食物,也找不到东西吃,妈妈,我肚子很饿。幸好,后来我遇到了一些赶牲口去蒙哥马利的人,他们给了我玉米饼吃。我到了铁路那里,宪兵们不让我上火车。是一些士兵偷偷带我上去的。"

她的儿子扑进了贝尔怀里。"上帝知道,我一直很想你,我的好孩子。"

---

1 原文为法语。

米内特打开酒箱，喃喃地说："'米妮'！他叫我'米妮'！如果米内特这个名字可以用在洗礼记录上，'酒肉队长'也可以的！"

贝尔轻轻地拨开儿子额头上的头发："米内特，待会儿再聊吧。"

"那个人在，埃洛伊丝不会下楼的。"

"是的，米内特。晚会儿，好吗？"

"长官，您的法国白兰地！"米内特向酒杯里吐了口唾沫，然后斟满酒离开了房间。

母子拥抱在一起，说了几句话，又再次拥抱。过了一会儿，丽莎端来了一个托盘，上面放着汤和面包。塔兹坐在母亲的梳妆台旁，埋头在各种香水和药水瓶中间吃了起来。"丽莎很漂亮，是吧，妈妈？"他边吃边说。

"那可怜孩子的丈夫打仗死了。他们只在一起待了一天，就一天！她来到我们家门口，我就收留了她。"

贝尔把被子放在床边的地板上，男孩睡着了，塔兹韦尔·沃特林的母亲端详了他一会儿，然后吻了吻他的额头，关上了灯。

第二天早上，塔兹被尿憋醒，看见炊烟从厨房的烟囱里飘了出来。正在往炉子里添煤的丽莎向后跳了一步："你吓了我一跳，我都不习惯有人起这么早。"

"我不需要睡那么长时间，"塔兹说，"在新奥尔良，我们几乎不睡觉。"

她挑了挑眉毛:"是吗?"

"从早到晚,在新奥尔良总有活儿忙不完。"他揉了揉鼻子,"亚特兰大真是乌烟瘴气的,你们怎么能受得了?"

"要是习惯了也没什么。"

"妈妈说你是寡妇。"

"有啥大惊小怪。"

"我没结过婚。"塔兹说。

"你当然没结婚。你还是个孩子。"

塔兹挺起胸脯:"在新奥尔良,我们有句话:'L'heure coq cante, li bon pour marie!'"他周到地把这句话翻译过来:"公鸡会打鸣了,他就准备好结婚了。"

"你说话真有趣,"她说,"再和我说些别的。"

塔兹用法语告诉丽莎她有一双漂亮的眼睛。丽莎的脸红了,因为法语是最不擅长掩饰感情的语言。塔兹补充道:"我想你应该听说了,我是个私生子。"

"我好像以前没见过私生子。"

"好吧,现在你见到了,觉得怎么样?"

"我觉得我要去煮燕麦片了,你也来一些吧。"

晚些时候,塔兹见到了其他姑娘们:埃洛伊丝,他从没见过这长这黑的头发;海伦,因为鸦片酊的缘故总是一副睡眼蒙眬的样子。

麦克白的指关节因为和人打架碎掉变形了。麦克白是在亚特兰大长大的。"我是城市里长大的黑人,"麦克白说,"我不戴头巾。我只戴帽子。"

塔兹向麦克白打听巴特勒船长的事。

"巴特勒船长来了又走了。"麦克白说。

"巴特勒睡在这里吗？睡在屋子里，我的意思是。"

"你是问他是不是和你妈妈睡在一起？"麦克白板着脸问道。

塔兹握紧拳头，但麦克白使劲瞪着他，男孩拳头终于松开了。塔兹把目光移开，吹着不成调的口哨。"你杀过人吗？"塔兹问。

"只杀过黑鬼。"麦克白说。

塔兹轻轻把瑞特房间的门从身后关上，他闻了闻。不新鲜的雪茄和烟尘的味道。这就是他父亲的办公室。塔兹之前从未起过疑心，直到纠察队长跟他说了那些话。他问过贝尔自己的父亲是谁，她总是说："等你长大再告诉你。"

现在，他已经长大了。

他父亲的办公室没什么特别的：一张桌子，一个笨重的铁保险箱，一张胡桃木躺椅，两把结实的椅子，还有一个橡木衣柜。南面窗户可以俯瞰人行道，只见麦克白正在花坛里搜寻着雪茄烟头。北面窗户对着贝尔家的马厩，马厩的后面是一片杂草丛生的空地，尽头是一条浑浊的小溪，滋养着岸边绿油油的水草。

塔兹转动转盘，又拉了拉黄铜把手，可是瑞特的保险箱上着锁。他向后靠在父亲的椅子上。

贝尔曾向塔兹讲述过好几次她和瑞特是如何再次相遇的：

"如果那天没从圣路易酒店前经过，塔兹，我亲爱的孩子，我敢说我的日子一定很难过。我那时一无所有，一个子儿都没有。我把你交给孤儿院，可是我太羞愧了，甚至不敢来看你。亲爱的，我在圣路易外面看到那些衣着光鲜的人，想着他们可能会施舍我些钱。我已经没有任何尊严了，亲爱的。当你穷得叮当响的时候就没有了自尊。不管怎么说，我一开始没认出来他，但他一下子就认出我了。瑞特·巴特勒帮助了我。不光帮助了我，也帮助了我亲爱的儿子。"

瑞特的西服和浆洗后的衬衫挂在橱柜里，下面的架子上还摆着两双马靴。书桌上除了钢笔、墨水、信纸和查尔斯·狄更斯的《美国纪行》，再没有其他物品。

塔兹转动椅子。椅子横栏上的磨损说明瑞特·巴特勒总是把脚放在那上面。塔兹努力把身子往下滑，可还是够不着那个横栏。

塔兹和丽莎一起吃早饭，下午四点钟，再和妓女们一起吃晚饭。日暮时分，他上楼坐在瑞特房间的躺椅上，阅读狄更斯先生的书直到午夜。办公室外传来放声大笑、摇摇晃晃的脚步声，还有妓女们的娇笑。

等麦克白送最后一个客人出了门，贝尔便锁上前门，把红色的灯笼和客厅的灯全部熄灭，然后上楼去看她的儿子。

贝尔·沃特林长得不算漂亮，但活泼有魅力。有一年，贝尔过生日，瑞特给她买了一件灰色的巴黎丝绸睡袍。贝尔把它叠好，放在原来的纸袋里，收进抽屉最深的角落。她从没穿过。"没人了解我。"她说。

还有一次，瑞特建议贝尔少搽些粉。他让她坐在梳妆镜前，用温水给她洗了脸，再用棉花把脸擦干。"瞧你的脸像苹果籽儿一样发光。"

镜中的贝尔仿佛年轻了十岁，天真而娇羞。贝尔盯着自己，镜中的那个乡下姑娘让她哭了出来。

星期六晚上，军队发薪日，距离圣诞节还有三天，一个花环挂在"红帽子"的前门上。约翰逊副官对他的上司咧嘴一笑："圣诞快乐，长官。"

埃德加·爱伦·珀伊尔进去后，约翰逊副官把脚蹬在门廊的栏杆上，点燃了烟斗。

一个独臂少校坐在客厅的绿色天鹅绒鸳鸯椅上问埃德加："你不是应该在那些士兵的妓院里消磨时间吗，队长先生？或者那里对你来说有些……简陋？"

埃德加·珀伊尔紧闭双唇，少校站起身来，海伦跟在他身后。"我们上楼继续吧，亲爱的。"海伦捂着嘴，哧哧地笑了起来。

三个炮兵中尉笑着走了进来，对着纠察队长的后背做了个鬼脸，然后带着他们的相好去了别处。

发薪日的晚上是"红帽子"最忙碌的时候，米内特笑得合不拢嘴："珀伊尔队长，真高兴今晚您能来。"

"为什么？"

米内特继续道："您对小塔兹韦尔的身世这么有兴趣。巴特勒船长今晚会来。贝尔小姐和麦克白到车站等他去了。你的问题都能从——你叫他什么来着——那匹老马的嘴里得到解答。"

米内特满意地看到埃德加退缩了："你在这里等着，我给您倒杯白兰地吧，队长？"

埃德加·珀伊尔走到壁炉架上的座钟前，盯着制作精巧的镀金表针。他急促地呼吸了几下，转过身说："把那孩子带来。"

"队长？"

"把那孩子带过来，米妮，否则我就叫我的副官把他带来。"

米内特把塔兹带到楼下时，她让他当心"酒肉队长"。"他就像鳄鱼，"米内特说，"笑起来的时候最危险。"

纠察队长指了指椅子，但塔兹仍然站着："先生？"

"我和你父亲在你这个年纪的时候是很好的朋友。"埃德加微笑着说，"当年我们可是一起干了好多坏事。"埃德加一边回忆一边轻声笑了出来。

"先生？"

"你瞧，孩子。虽然那时候我们十分亲密，可瑞特从来没有告诉我他在追求贝尔·沃特林。瑞特是个体面人，这你是知道的，贝尔——"埃德加皱了皱眉，不满谈话被中断，"哦，丽莎。进来吧，亲爱的。我一直盼着能再见你一面呢。"

那个女孩站在门口，手里拿着一份电报："打扰了，先生……"

"进来,快进来。你拿的什么?"

她垂着头走了进来。

"拿给我看看,丽莎。"

"先生,这不是给您的。这是瑞特船长给贝尔小姐的。"

他的手指像有磁力一样迅速把信抢了过去。埃德加读了那薄薄一张纸上的字,然后把纸揉成一团丢在地板上。"没什么大事,孩子。我朋友瑞特的火车耽搁了。"队长的双腿伸平,两脚交叉叠在一起。"别,丽莎,你不能走。聚会结束前离开你的客人是不礼貌的。"他歪着头,"我猜你不知道塔兹韦尔是巴特勒船长的儿子吧?不知道吗? 我的老朋友瑞特做事一贯谨慎。"

米内特说:"你可以走了,孩子。厨房里还有活儿呢。"

"我可没说她可以走。"珀伊尔队长笑了,好像米内特犯了一个无伤大雅的错误。

米内特耸耸肩。她毕竟是个妓女,不是女孩儿的母亲。

塔兹走到丽莎和队长坐的高背椅中间。

"你喜欢她,是吗,孩子? 你喜欢钱吗,姑娘?"

丽莎把手藏到围裙下面,一脸不屑地说:"人人都喜欢钱。"

埃德加低声道:"真是个迷人的小妖精,对吧,小子?"他气定神闲地打开钱包,取出一枚二十元的金币,对着光晃了晃,然后把金币放在壁炉架上。"见过吗,姑娘?"

丽莎被吸引了过去:"这么多钱。"

队长又把一枚一元的银币放到那枚金币旁边,那枚银币看起来就像它的穷亲戚:"用不了半个小时就结束了,再说你好像也不是之前没干过。"他拍了拍女孩儿的胳膊,像在爱抚一只不熟悉的猫,喃喃道:"楼上那间卧室,米妮,现在没人吧?"

"队长!"米内特不满地说,"丽莎是个孩子,我才是妓女!"

"米妮,"珀伊尔说,"我想和你快活,早晚都可以。"他又对丽莎说道:"走吧,姑娘。拿上钱。"

令塔兹难堪的是,当他说出那句"别碰她!"时,他的嗓子竟然哑了。

"你喜欢她吗,孩子?看看她,塔兹韦尔·巴特勒。丽莎太贪婪了。漂亮的烂货,真是太贪婪了。"埃德加从钱包里又掏出一枚银币。他把硬币慢慢地滑到之前那枚银币上,银币叮叮作响。

丽莎像是被施了咒一样,朝钱币那边走了一步。

"去他妈的!见鬼去吧!"塔兹韦尔·沃特林把珀伊尔的硬币一把扫到地板上。

丽莎跪下来慌忙去找那枚滚到鸳鸯椅下面的金币。埃德加咧开嘴,紧接着退后几步,大笑起来。

塔兹把壁炉上的钟表扔了出去,纠察队长躲开了。钟表瞬间迸出许多弹簧、齿轮和碎玻璃。

"好家伙!乖乖,好家伙。"埃德加·珀伊尔咯咯笑了起来。

当塔兹又拿起一个维纳斯塑像时,他的眼神变了。

"孩子,你等一下!等一下!殴打南方联军的军官,我敢说……"埃德加用右臂挡住了塔兹的一击。他哀号道:"你他妈的,臭小子!你给我弄伤了!快停手。"

塔兹咬着嘴唇："你个杂种！"塔兹佯装还要砸过去，纠察队长想要夺下塑像，结果塔兹反手一拳打在他的鼻子上。埃德加顿时泪流满面。

"上帝啊，队长！"约翰逊副官在塔兹身后喊道，"他只是个他妈的孩子啊！"

说着副官还是用他装满子弹的手枪枪托把孩子打昏了。

当塔兹醒来时，感到左脚很温暖，因为有人正在上面呕吐着。塔兹把脚缩回来。他的头疼得突突乱跳，他张开嘴想让疼痛消失。在角落里，一个士兵把前额抵在墙上，对着墙在撒尿。塔兹摸了摸头上的肿包。他丢了一只鞋，口袋被翻了个底朝天。当他闭上眼睛时，他看到了蓝色和橙色一直在眼前转动。月光透过一扇高高的有栅栏的窗户。牢房门上的观察孔透出一圈完美的、一动不动的圆形黄色光环。

几个小时过去了，一个上了年纪的黑人透过那个小洞轻轻叫道："找沃特林。塔兹韦尔·沃特林？沃特林今晚在吗？"

塔兹跟着黑人沿着走廊走进警卫室，房间里靠墙放着一张长椅，还有一张桌子，后面坐着一个邦联上校正在翻阅着文件。他没有抬头看塔兹。

早上六点，瑞特·巴特勒穿着崭新的衬衣，胡子刮得干干净净。塔兹能闻到他的发油味。"塔兹，可怜的埃德加被你打断了鼻子。他以后没法在公共场合露面了。"

塔兹韦尔眼球后面传来一阵阵疼痛："珀伊尔队长是个恶棍。"

"埃德加没胆子当恶棍，塔兹。埃德加只会把他碰到的东西弄脏。"瑞特温柔的大手检查了男孩的头骨，凝视着他的眼睛，"脑袋没事，孩子。在他们那行，约翰逊副官才算能干。"

"先生，珀伊尔队长真是太肆无忌惮了。"

"埃德加确实品味独特。我把你送回耶稣会。你在监狱里可学不会做绅士。"

塔兹十分疲惫。他受伤了，而且浑身臭气。他的父亲也曾经累过、病过、受伤过、害怕过吗？难道他的衣服总是一尘不染吗？他是不是一直都散发着发油的香味？

塔兹男孩子的自尊心回来了："先生，在孤儿院的时候，男孩子们总是说太阳打东边升起，西边落下，对体面的绅士来说是这样，对绅士的私生子来说也是一样。"

第十三章

一个传奇的叛军指挥官

梅兰妮·汉密尔顿从小就知道她会嫁给阿什利·威尔克斯。因为"威尔克斯家族都是表亲结婚"。

每年夏天,梅兰妮和她的哥哥查尔斯都会从亚特兰大乘火车到琼斯博罗,约翰·威尔克斯的贴身仆人摩西会在车站接他们。摩西的口袋里总是装着糖块,但每次总是假装忘带了。

十二橡树的威尔克斯家是汉密尔顿家最显赫的亲戚,查尔斯和梅兰妮穿着他们浆洗得最笔挺的衣服来到这里。他们被打扮得焕然一新。皮蒂帕特姑妈反复叮嘱:"餐巾纸掉了不要捡起来。""别嚷着骑茵迪娅表妹的马。一定要等她允许了才可以。"其实这些都大可不必,汉密尔顿的孤儿兄妹早就对这种拜访严阵以待。

查尔斯很喜欢去威尔克斯家;梅兰妮却不喜欢。亚特兰大是一个城市,尽管威尔克斯家图书馆藏书丰富,威尔克斯家的人举止更是端庄稳重,但十二橡树毕竟是乡下。冷漠的树林,孩子很容易在其中迷路;黑暗泥泞的河流,孩子也很可能淹死在里面。还有那么多可怕的虫子!蜜蜂、食蚜蝇、大黄蜂、虎头蜂、泥蜂、隧蜂、胡蜂,还有缠绕在梅兰妮头发上的讨厌的虫子,困在蚊帐中嗡嗡作响的吸血蚊,让她半夜睡不着觉。查尔斯说,如果你让它们喝得饱饱的,那个包就不会痒了。看着蚊子在查尔斯伸出的瘦弱手臂上大快朵颐,腹部逐渐变得鲜红肿胀,真是太可怕了。

查尔斯把十二橡树叫作"虫子王国",并在梅兰妮身旁来回跑着、嗡嗡地哼着,弄得她哭笑不得。

既然梅兰妮总有一天要嫁给阿什利·威尔克斯,她就想像阿什利爱十二橡树那样爱它。但一想到即将成为威尔克斯太太,管理着偌大房产、仆人和家庭开支,她不禁心生畏惧。阿什利的母亲去世时,阿什利的姐妹茵迪娅和哈妮忙里忙外。将来,阿什利的妻子则要独自一人处理这一切。

梅兰妮和阿什利将像阿什利的父母一样,在十二橡树接替上一辈的位置,而十二橡树又将支撑他们的生活,直到他们被埋葬在屋后山顶的墓地里。

这对恋爱中的情侣爬上石阶来到墓地,坐在古老的栗子树和榆树的树荫下。在那里,他们像每个来到这里的年轻人一样,庄严地向彼此表白。

梅兰妮确实喜欢十二橡树的花园:木兰、杜鹃花和波旁玫瑰。她最快乐的回忆是和阿什利并排坐在紫藤树下,紫藤茂密的藤蔓和这所庄园一样古老。

这对情侣谈论着书籍和美。他们讨论斯科特先生的《艾凡赫》,还有狄更斯先生的《老古玩店》。

阿什利和梅兰妮的恋爱非常低调,别人没发现也是情有可原的。那些并非表亲的不幸恋人所经历的痛苦的怀疑、犹豫、半途而废、草率的进攻和受伤的退却,他们都没有经历。一个春日下午,阿什利向梅兰妮求婚,梅兰妮答应了。梅兰妮后来回忆说,那天阿什利的扣眼上戴着一朵玫瑰花。梅兰妮惊讶于自己竟如此着迷于阿什利的吻。

阿什利在佐治亚团服役一年后,自愿加入了拉瓦内尔的骑兵旅,原因正如阿什利给梅兰妮的信中写的那样:"我认为这是我的职责。"

梅兰妮不能批评丈夫的决定,但他要加入充满危险的拉瓦内尔骑兵旅的决定让她彻夜难眠。

阿什利加入拉瓦内尔的部队不久,就对这个决定后悔了:"查尔斯顿的绅士可不同于佐治亚的绅士们。他们坚信,如果低地是已知的宇宙,那查尔斯顿就是宇宙的中心。我和他们提起,十二橡树花园里珍贵的玫瑰品种是曾祖母从弗吉尼亚的潮水区[1]带过来的——而在之前又是她的曾祖母从萨里[2]带来的!但他们告诉我赛马俱乐部旁边的玫瑰才是'南部最美的',其实他们也

---

[1] 主要指弗吉尼亚州东南部和北卡罗来纳州东北部的一部分区域。

[2] 英国东南部的一个郡。

说不出它的品种！"

在附言中，阿什利补充道："拉瓦内尔上校是一个鼓舞人心的指挥官，但我决不会让他单独和我的姐妹们在一起！"

在南方战事最繁忙且最惊心动魄的日子里，梅兰妮·汉密尔顿小姐嫁给了阿什利·威尔克斯先生，而斯嘉丽·奥哈拉小姐嫁给了查尔斯·汉密尔顿。两对夫妇甚至都没顾上喘口气。起初，商人们称呼梅兰妮"威尔克斯太太"时，她都不知道他们在叫谁。

六个月后，她的哥哥查尔斯去世，梅兰妮悲痛欲绝。梅兰妮和查尔斯被送到皮蒂帕特姑妈家时，她还是个蹒跚学步的孩子。皮蒂帕特受洗时的名字是萨拉·简·汉密尔顿，她是个长着娃娃脸，身材臃肿的女人，但自她出生以来，人们似乎就叫她皮蒂帕特。附近住的孩子都喜欢到皮蒂帕特家里玩耍，因此她的家总是乱七八糟，却又充满欢乐。梅兰妮记不得死去的父母长什么样子。她爱她的哥哥查尔斯，这是只有孤儿才有的爱。

梅兰妮是个体弱多病的孩子，她能分辨出每个亚特兰大医生上楼梯的脚步声。人们总认为梅兰妮可能会早夭，而查尔斯却能活到老！

查尔斯死后，汉密尔顿兄妹共同的童年也和他一起逝去：摩西的糖块，皮蒂帕特家楼梯下的壁橱，那是他们的秘密藏身之处。儿时的小笑话，仍然能引起成年人追忆往事时的莞尔一笑。"虫子王国"也随着查尔斯·汉密尔顿的死一同土崩瓦解。

战争的第一年，阿什利在军队服役，查尔斯则躺在坟墓里，梅兰妮·威尔克斯感到前所未有的孤独。

熬过每一个漫长的日子，对着那些需要她微笑的人微笑，同那些前来抚慰她悲伤的好心人一同凭吊：梅兰妮的职责是她的避难所。

梅兰妮的职责也包括忧虑哥哥的遗孀斯嘉丽，这也能帮她冲淡一些伤痛。斯嘉丽的母亲让这个年轻寡妇去查尔斯顿看望亲戚时，梅兰妮十分赞成。在车站，梅兰妮对她的嫂子说了一句或许连她自己都不会相信的话：失去查尔斯的哀痛总有一天会结束的。

斯嘉丽的查尔斯顿之行并没有让这个年轻寡妇的精神得到改善，于是梅兰妮建议皮蒂帕特邀请斯嘉丽和韦德宝贝到亚特兰大和他们一起生活。皮蒂帕特十分犹豫。终于她说出自己的看法："恐怕斯嘉丽不是个省油的灯，亲爱的。"

梅兰妮说，她们对查尔斯选择的女人以及查尔斯年幼的儿子韦德·汉普顿·汉密尔顿负有责任。像往常一样，皮蒂帕特最终妥协了。

梅兰妮的嫂子总是充满朝气，一如梅兰妮一贯端庄沉稳。斯嘉丽无所畏惧，而梅兰妮的勇气则从未有过用武之地。斯嘉丽有过十几个热切的追求者，可梅兰妮只有表哥悄悄地向她求过婚。也许梅兰妮希望斯嘉丽能分一些活力给自己。她非常希望和她的嫂子做朋友。

斯嘉丽到皮蒂帕特家后不久，她的担心就变成了现实。斯嘉丽公然挑衅了皮蒂帕特最要好的朋友，梅里韦瑟太太和埃尔辛夫人。梅兰妮替斯嘉丽找了个借口，这才算勉强和好了。梅兰妮很爱小韦德，他长着和查尔斯一样甜美而充满信任的眼睛。

巴特勒船长开始登门拜访汉密尔顿的寡妇，皮蒂帕特的朋友们都惶恐不安，并表示了反对，虽然他们对生病的儿童以及年老的仆人都非常和蔼。

梅兰妮听说了关于巴特勒船长的一些恶行，幸运的是，巴特勒船长第三次来拜访时，皮蒂帕特和斯嘉丽都不在家。

梅兰妮觉得瑞特·巴特勒十分帅气，如同大猫一样潇洒。他有着比大多数绅士更加健硕的肌肉，尽管裁缝们尽了最大努力来掩饰这一点。

得知汉密尔顿太太不在家，巴特勒船长十分失落。他明天要离开亚特兰大，今天来访是临时的主意。

"巴特勒船长，"梅兰妮说，"人们都说你是个恶棍。"

"啊，是的。"他笑着说，"我想我应该是的。"

"可是你谈吐不凡，也很有绅士风度。"

"外表，威尔克斯夫人，一贯最能迷惑人。"

"你今天给皮蒂帕特带了巴黎产的鞋子，还给小韦德带了英国产的玩具。"

"威尔克斯夫人，强盗要抢家里的财物，总得先解决掉看门狗，这买卖不亏。"

"人们都说你虽然是个精明的商人，但你也很诚实。"

他拒绝了她温和的赞扬，好像要把西装领上的碎屑扫掉一样:"只会恭维盗贼,却不肯承认他更加睿智,这是商人所为。"

"巴特勒先生?"

"怎么了,威尔克斯太太?"他的笑容灿烂却放肆。

"有人告诉我,巴特勒船长,你认为这场战争是傻瓜的行径。"

他玩世不恭的表情消失了:"敬爱的女士,这场战争已经很可怕了。我担心会变得更可怕。它会毁掉南方。"

她伸出小手:"很高兴你的来访,巴特勒船长。请进来坐坐。我给你倒杯茶吧?"

从那时起,除了斯嘉丽,谁也不能在梅兰妮面前说瑞特·巴特勒的坏话。

每当瑞特闪闪发光的马车在皮蒂帕特家门前停下来时,梅兰妮总显得很高兴。在这个颠倒的世界里,只有瑞特·巴特勒的出现是常态。他的绒毡帽驳斥了这样一个事实——现在这个世道,多少钱都买不到好帽子;瑞特擦得锃亮的鞋子也反驳了现在买不到好鞋子的说法;他带来的美味佳肴证明了世界上还有某个地方没有遭受炮火的蹂躏。

瑞特舒舒服服地坐在他们的客厅里,讲述着巴黎最新时装潮流和圣詹姆士宫[1]人们的穿着,让皮蒂帕特的好奇心一一得到满足。

梅兰妮一直渴望旅行,因此她很喜欢听瑞特讲一些新奇见闻,比如新奥尔良喧嚣的葬礼乐队和荒野之地的加州黄金开采

---

[1] 伦敦历史最悠久的宫殿之一。

营。(大杯酒敞开喝!)

瑞特和斯嘉丽常常针尖对麦芒。这不关梅兰妮的事,但斯嘉丽和瑞特两人身上都有不同寻常的特质,梅兰妮不禁希望他们能够在一起。梅兰妮不明白斯嘉丽为什么对瑞特这么冷淡——难道她的心里还放不下对查尔斯的盟誓?瑞特会嘲笑斯嘉丽的冷淡,然后怒气冲冲地离开;斯嘉丽则会在皮蒂帕特家里来回踱着步子,打开每一扇门,再砰的一声关上。

这是个不同寻常的早晨,巴特勒船长出城了,皮蒂帕特家的三位女士乘车去国家饭店,参加多莉·梅里韦瑟为安德鲁·拉瓦内尔组织的招待会。女士们盼望着拉瓦内尔上校的副官阿什利·威尔克斯会陪他一起出席。

这是一个光荣、晴朗而寒冷的冬日。人们对城里到处尖叫着疾驰的救护车早已司空见惯,甚至觉得它们已经不再那么引人注意了。

"梅兰妮!千万别向那些挥手的士兵回礼,"皮蒂帕特姑妈说,"他们可能不是绅士。"

"他们是我们敬爱的兄弟们。"梅兰妮·威尔克斯回答。接着大声喊道:"小伙子们,我们为你们骄傲。"

皮蒂帕特家年迈的男仆彼得大叔对她这不得体的言行颇有微词,猛地甩了几下缰绳。母马加快了速度,可没过一会儿又恢复了习惯性的慢步前行。

马车、骑兵和行人聚集在市中心。煤气灯上挂着蓝色的彩旗，每扇窗户上都飘扬着邦联政府的旗帜。

皮蒂帕特说道："他们说拉瓦内尔上校的班卓琴手一直陪在他身边。听说拉瓦内尔身边的军官也能跟着娱乐一下。"

马车不能再靠近饭店了，于是她们下了车，皮蒂帕特吩咐彼得大叔五点钟以前来接她们。

"好的，皮蒂小姐。我会按您吩咐的做。"

车站的棚子底下里站了太多的人，女士们过不去。在斯嘉丽的建议下，她们从货运站的后面绕了过去，不顾皮蒂的抱怨，穿过铁轨，来到国家饭店对面的小公园里。这是个绝佳位置，虽然看不到拉瓦内尔上校乘坐的火车开进城，但她们听到了欢迎的呐喊声。震耳欲聋的欢呼声如同海浪一般，伴着这位英雄一直来到普莱尔大街。人们簇拥着他的马车，男孩儿们在马车前面骄傲地喊道："快给拉瓦内尔上校让路！"

"哦，老天哪，"皮蒂帕特姑妈说道，"我有点头晕。"

斯嘉丽不耐烦地跳起来："你看见他了吗？梅兰妮，你看见阿什利了吗？"

"你可千万不能晕倒，姑妈。斯嘉丽，我看不清马车里是谁。拜托，斯嘉丽，你比我高！"

斯嘉丽踮起脚尖却仍然什么都看不到，男人们的高礼帽如同森林一般把视线挡得严严实实。

"没有请帖我们进不去的，"皮蒂帕特姑妈泄气地说道，"我们见不到阿什利，彼得大叔也不会记得来接我们，我们恐怕要走着回家了。巴特勒船长送我的鞋子太挤脚了！"

"你如果告诉巴特勒船长真实尺码,鞋子就不会挤脚了。"斯嘉丽怒道。

"老天啊!大家都知道我的脚是家里最小的!"

斯嘉丽沉默了一下问道:"梅丽[1],酒店后面有楼梯吗?我们能不能从那儿进去?"

"但是亲爱的,"皮蒂帕特抗议道,"那楼梯可是给用人们用的。"

梅兰妮说:"拉住我的胳膊,皮蒂姑妈。先生们,请给三位女士让让路!谢谢,先生。先生,谢谢。真感谢您。"

她们没有请帖,但是多莉·梅里韦瑟总不能一边欢迎她的朋友皮蒂帕特和梅兰妮,一边把斯嘉丽拒之门外。"哎呀,斯嘉丽。"梅里韦瑟太太勉强挤出笑容,"真高兴你来为我们的上校庆贺。"

斯嘉丽行了个屈膝礼:"亲爱的梅里韦瑟太太,你知道我有多崇拜我们勇敢的战士们。"

梅里韦瑟太太像只猫头鹰一样眨了眨眼睛。

"我们希望阿什利能和拉瓦内尔上校在一起。你看见他了吗,多莉?"梅兰妮问道。

"亲爱的,我都走不到上校身边去。半个亚特兰大城都挤进了我们的盛宴。有人没有被邀请都来了,请帖还有什么用呢?"

斯嘉丽从人群中挤过。一个和铁轨一样瘦削、金发有点泛

---

[1] 梅兰妮的昵称。

白的军官把耳朵侧向留着胡子的米德医生,倾听着他的治疗意见。安德鲁·拉瓦内尔向斯嘉丽鞠了一躬道:"如果我知道亚特兰大还有您这样的美人儿,我一定早就来了。"

斯嘉丽目光越过眼前这位贵宾搜寻着阿什利的身影。她毫不客气地回复道:"您最好别经常来,拉瓦内尔上校。您把我们的城市变得一团糟。"

"那可太糟了,不是吗?"他的笑容显得很无辜,像个大男孩一样,"米德医生,您难道不为我们介绍一下吗?"

斯嘉丽到处也看不见阿什利。

"拉瓦内尔上校,这位是查尔斯·汉密尔顿的夫人。汉密尔顿为了我们的伟大事业献出了生命。"

梅兰妮来到了斯嘉丽身边。

"真是牺牲巨大啊。"上校弯下腰吻了斯嘉丽的手,"这位可爱的女士是……"

"阿什利·威尔克斯的夫人,上校。我丈夫威尔克斯少校在您的部队。"

上校的微笑稍稍僵了一下:"威尔克斯少校回他原来的部队了。"

梅兰妮皱起眉头:"但他刚加入你的部队。"

"威尔克斯要求回到他的佐治亚团,我答应了他的请求。"

"可是……我什么都不知道……上校,邮车真是太不可靠了!拜托您告诉我:我丈夫怎么样了?阿什利身体还好吧?精神也不错?有厚衣服吗?"

"我最后一次见威尔克斯时,他很健康。"

梅兰妮眉头紧锁:"但是拉瓦内尔上校……"

米德医生把上校从更多尴尬的问题中解救了出来。"我们的士兵遭受了可怕的苦难,投机者却在一旁发大财。我写了一封信寄给了《门城卫报》[1],谴责那些趁着民众资源短缺大捞一笔的人。"米德医生停顿了一下,想要调动一下感情,"拉瓦内尔上校,您不就是查尔斯顿人吗?你一定认识瑞特·巴特勒。"

"啊,是的。他的父亲兰斯顿是卡罗来纳州州立议会的议员。可是,瑞特恐怕是匹害群之马。"

梅兰妮·威尔克斯说道:"巴特勒船长是我的朋友。"

米德医生僵硬地鞠了一躬:"威尔克斯太太,不可否认巴特勒很有魅力。上校先生,您能告诉我,'巴特勒船长'到底是在哪条'船'上服役吗?"

斯嘉丽对这些鸡毛蒜皮的事情充耳不闻。她失望得快要尖叫起来!她是多么渴望见到阿什利。只见一面,宝贵的一面!米德医生在说些什么废话?他竟然带着一副居高临下的样子指责瑞特·巴特勒?"毫无疑问,米德医生,巴特勒船长回来时,你肯定会很高兴的,这样你就可以当着他的面陈述你的爱国观点了。"

斯嘉丽故意摆出假惺惺的笑容:"走吧,梅兰妮,我们应该把上校让给他众多的崇拜者了。"

---

1 1861年在亚特兰大当地发行的一份报纸。

拉瓦内尔上校说:"我亲爱的汉密尔顿夫人。请你一定要留在这里。"他把一只手放在胸前大声说道:"如果你离开了,整个房间都将黯然无光。"

"上校,现在是冬天,天黑得早。如果你需要光就买只灯笼吧。"

梅兰妮忧心忡忡的目光却没有离开上校:"我写信给我的丈夫时,拉瓦内尔上校,需要向他转达您的问候吗?"

"不用麻烦了,夫人。威尔克斯少校非常清楚我的问候。"

回家的路上,皮蒂帕特姑妈喋喋不休地赞叹上校有多帅。"他跟你们都说了什么?梅丽?斯嘉丽?要一字不落!哦,亲爱的,梅丽,你这是掉眼泪了吗?"

那天晚上,梅兰妮一心牵挂阿什利,不得不服了一些安眠药。皮蒂帕特的脚上满是水泡,躲在厨房里泡脚,斯嘉丽则在客厅里喝黄樟茶。皮蒂帕特姑妈家的壁炉架上横七竖八地摆放着银版照片,还有几本《歌迪女士》[1]挂在油画缩微人像、剪影和一些平淡无奇的水彩画旁边。每一件珍贵的物品都有一段记忆。"那个摆放瓷器的橱柜是梅丽母亲留下的——放在阁楼上会觉得太没用处了。"

斯嘉丽把贝壳(二十年前在萨凡那河岸上收集的)移开,为她的杯子腾出地方。斯嘉丽并不喜欢黄樟茶,但她很珍惜这独处

---

[1] 1830—1878年在费城发行的女性杂志。

的时光。

她闭上眼睛,感谢上帝,阿什利离开了拉瓦内尔上校的骑兵旅!报纸上所谓的"传奇的南部联军"丝毫不顾惜士兵们宝贵的生命。要是失去了阿什利,她该怎么办?

阿什利死了!她怎么能这么想!她连忙祈祷,请求上帝原谅她。她不是故意的!

一阵让人心慌的喧闹声在皮蒂帕特姑妈家的前门处响起,一个男高音唱着:"如果想拥有美好时光,如果想拥有美好时光,快来加入轻骑兵!"

不知所措的彼得大叔打开门,只见拉瓦内尔上校几乎把他那顶羽毛帽子扫到了地上。"晚上好,汉密尔顿夫人。我来为亚特兰大最可爱的女士提供纯粹的娱乐!"和上校一起来的黑人起劲儿地弹着班卓琴。他一脸庄重,缓慢地弹奏出一个个音符,是那首熟悉的《洛雷娜》[1]。

上校吟唱着歌词:"岁月悄悄流失,洛雷娜。雪又落在草地上……"

"先生……"彼得大叔表示不满。

"睡觉去吧,大叔。像你这样的老男人需要休息。"

"你去吧,彼得大叔。"斯嘉丽从椅子上站起来,"先生,我

---

[1] 内战前从北方流传开的一首歌曲,由亨利·D.韦伯斯特创作,他的朋友约瑟夫·菲尔布里克·韦伯斯特作曲。

不记得有邀请你过来。"

"太阳低垂在天空，洛雷娜。花曾绽放的地方满是寒霜……"

"上校先生，您恐怕是记错了。我不叫洛雷娜。"

他重重地叹了口气："多么哀伤的曲调。我们士兵围在营火旁孤独地唱着歌，心里牵挂着家乡和分别的爱人。"他忧伤的眼神渴望得到她最温柔的宽慰："责任，亲爱的汉密尔顿夫人——我可以叫你斯嘉丽吗？责任就像一个严苛的监工。"

"先生，您喝醉了吗？"

皮蒂帕特姑妈一瘸一拐地走进客厅："啊，是拉瓦内尔上校……"

"你回厨房去吧，皮蒂姑妈。拉瓦内尔上校要走了。"

"可是斯嘉丽……"

"快去吧！"

皮蒂摇摇头，退了下去。

班卓琴手技艺超群，化解了斯嘉丽的一些怒火。他用柔和的音符倾诉着主人的失落。他演奏的和弦像是无声的抽泣。他搜索着记忆中的美好时光，换了个调子，奏起了欢快的《迪克西[1]骑兵之歌》。

拉瓦内尔骄傲地介绍说："卡西乌斯的本领多着呢。"

"毫无疑问，您的本领也很多，拉瓦内尔夫人绝对可以证明这一点。我觉得您的妻子夏洛特是个讨人喜欢的女人。很明显，

---

[1] 指美国南部各州及南部人民，与美国北方人（Yankee）意义相对。

她比我更能容忍傻瓜。晚安，拉瓦内尔上校。请带上您的乐队一起走。"

他兴致勃勃的表情僵住了："我可不习惯嘲讽之词。"

"我也不习惯在自家门口搞什么即兴音乐会。"

"卡西乌斯！"

黑人翻飞的手指停下来，然而最后的音符还像尘埃一样悬在空中。安德鲁·拉瓦内尔今晚第二次放低了他的羽毛帽子，羽毛刮在地板上沙沙作响："夫人，我非常爱慕爱国女性。"

"'爱国'？哦，我的老天啊！"斯嘉丽假装一脸震惊地捂住嘴，"我还不知道那叫'爱国'。我相信你想说的是一些更粗俗的词，不过没有一个有教养的佐治亚女人会承认知道这些词。"

第十四章

已婚的人

露丝玛丽·海恩斯努力想要战胜自己的内心。如果她用极大的决心假装下去,她的谎言可能就会变成真的:她爱她的丈夫。在约翰夜读时,她忍住哈欠,还建议他再多读一两本。一些晚上,当她的丈夫在楼梯顶上转向她时,露丝玛丽甚至能强颜欢笑。

"我让你不舒服了吗?"

她的拳头紧握着垂在身旁:"约翰,亲爱的,只要你满意就好。"

虽然夫妻之间的谈话像一辆车轮弯曲的马车一样摇摇晃晃,但作为梅格的父亲和母亲,他们之间的话似乎永远也说不完。

这个与自己截然不同而又如此相似的孩子总让露丝玛丽感到困惑。梅格从不掩饰自己的感情。一会儿开怀大笑,一会儿又放声哭泣:梅格的内心毫无保留。

一天晚上，父母听到孩子的祈祷后走下楼，约翰问："她为什么为马祈祷？梅格对上帝创造出的每匹马都大加赞叹。"

"克里奥和梅格今天去白点的时候，遇到了一个出租马车车夫在打他的马。克里奥告诉我那匹马老了，老得没法再拉车了。一些成年人对他的行为表示不满，但没有效果，梅格就径直跑到那个车夫身旁，捶打他的腿。"露丝玛丽宠爱地笑了笑，"我想梅格的做法一定让在场的其他人汗颜了，因为一个军官当场就买下了这匹可怜的马。"

"我们可爱的女儿鄙视残忍行径。那匹马——"

"没错，"露丝玛丽说，"我猜我们那位'善良的撒玛利亚人'不久就会把那匹马射杀了，但梅格觉得他是个彻彻底底的大善人。我小时候有一匹小马。杰克，我的杰克。也许梅格——"

"梅格太小了，还不能骑小马。"

约翰·海恩斯受邀去议会讨论如何粉碎北方人的封锁。

在哥伦比亚车站等火车的时候，露丝玛丽的丈夫试探地说："我不想离开梅格。"接着又快速地补充道："当然，我也会想你的，亲爱的。"约翰·海恩斯期待更温柔地回应，那些具有魔力的话语或许能让两人的关系变得有所不同。他的声变弱了："哦，是的，我会想念你的。"

露丝玛丽的头疼又开始了，但她还是提醒道："约翰，记得加衣服。你知道你很容易感冒的。要记得吃早饭。"

"好的，"他说道，"那……"他们僵硬地拥抱在一起。她拍了拍他的手。

他说:"再见,我的宝贝儿。"

约翰的火车离开车站时,露丝玛丽微笑着挥手致意。火车终于消失在视线中,露丝玛丽瘫倒在旁边的长椅上。她的太阳穴抽动着。她闭上眼睛,让自己深呼吸。

她听到了又一辆火车进了站:汽笛声、蒸气喷出的嘶嘶声、搬运工乘坐的货车的隆隆声,还有乘客们的问候声。轻快的脚步声在她面前停了下来,露丝玛丽睁开眼睛,只见安德鲁·拉瓦内尔正低头向她微笑着。

她的头痛立刻就好了。露丝玛丽觉得身体变得轻盈起来——轻得像朵蓟花,好像马上就要飘走了。

"你好,露丝玛丽。在这里打盹儿还真是有趣啊。"

"天哪,安德鲁!真没想到你回来了。你们的欢迎团呢?"

上校笑了:"布拉格将军说让我时不时地露个面,对南方人来说是件好事。"安德鲁夸张地把手按在胸前:"亲爱的露丝玛丽,我是个廉价货,就像子弹模具或炊具一样,用到破破烂烂就会被丢弃。"

露丝玛丽笑得很灿烂:"这么说你的'英勇'都是装出来的了?"

"啊,当然了!你能帮我保守个秘密吗?战争其实好玩极了!"

那个黑人背着拉瓦内尔的毡制旅行袋,肩上扛着把班卓琴。

"卡西乌斯,给我们找辆马车。我要像小偷一样在深夜溜进查尔斯顿的家。来吧,露丝玛丽,我送你回家。"

他们的马车在米廷街缓缓前行,安德鲁讲述了他在亚特兰大受到盛情欢迎的情景:"我都上了马车,人们还硬要把马的套具解开。我难道已经堕落到和盗马贼为伍了吗?才不是!这些市民是想亲自为我拉车。他们把车辕挂在自己身上,卖力地向前跑,我都奇怪这么强壮的人怎么没参军。

"接着,我从马车上被他们架了下来,被他们抬到肩膀上,我都快要被欢呼声震聋了。我被抬上酒店的楼梯,真担心脑袋会撞到天花板。最后我终于被放了下来,谢天谢地,我的脚挨着地了。在那里,我遇到两个脾气暴躁的火药桶,真是前所未见。一个是善良的米德医生,他对你哥哥瑞特大加指责,我简直听不下去。于是我告诉米德,如果瑞特在场,他绝不敢言辞这么激烈。"安德鲁拉起露丝玛丽的手,"还有一个,梅里韦瑟太太,她更可怕,我们真应该用铁板把她密封起来,运到查尔斯顿港去。只要让她站在左舷和右舷滔滔不绝地讲话,绝对能够重创联邦舰队。还有其他那些亚特兰大的女士们……"

"纷纷拜倒在了你脚边?"

"确实不少。还有一个可怜人,她是我见过的有史以来最差劲军官的妻子。我撒了一个弥天大谎。我对这位威尔克斯少校大唱赞歌,甚至连我自己都要相信他对南方解放事业的贡献甚至超过李将军了。"

安德鲁爱抚着露丝玛丽柔软的手背:那种触摸游离在愉悦和痛苦的边缘,拿捏得分毫不差。"可是露丝玛丽,现在我讲述那些无聊的人的事时,身旁幸好坐着查尔斯顿最美丽的女人。"

露丝玛丽抽出她的手,坐直了身子:"你忘了我已经是个妻子和母亲,安德鲁。"

"嗯,你确实是。这是应该的。本该如此的。幸福快乐的母亲,心满意足的妻子。"

马车经过被烧毁的一幢幢房屋和教堂,安德鲁又抓住了她的手:"我还记得自己骑着一匹好马纵身跃起时的感觉,那一瞬间,你信任这匹马,全身心地将自己托付于它。它勇往直前,你则好像被带入了一片虚无,下一秒就将获得永恒。你知道吗,露丝玛丽,永恒是什么感觉?"

露丝玛丽轻柔地回答:"不知道。"

"我们这些士兵整天颠沛流离、忍饥挨冻,还要忍受鞍疮的折磨。有时候要不是因为卡西乌斯为我们演奏班卓琴,我敢说我们肯定会投奔敌人去的。但是一天早晨,我们遭遇了敌人,对方军容整肃,在那一刻,时间仿佛静止了。露丝玛丽,这不是你家吗?我可以进去吗?"

"可以。"露丝玛丽说。

仆人们心知肚明。他们负责换下皱巴巴的床罩,清洗内衣;他们能够听到紧闭的门里传来喜悦的叫声。

第二天早上,克里奥告诉厨娘:"那个上校,他去了会客室,但一直没去别处,他可能正想去别处,露丝玛丽小姐让我把梅格小姐带下来,让上校先生逗她玩一玩。小梅格不喜欢他。对,她不喜欢。那孩子大呼小叫,两脚不停地踢着,于是露丝玛丽就没再勉强,上校就在下面会客室等了将近一个小时,露丝玛丽小姐再也没下来。"

厨娘一脸失望地说:"他们什么事都没发生?"

"哦,那个上校,他肯定想发生点儿什么。他就像一匹围着母马乱转的种马,喷着鼻龇着牙,或许露丝玛丽小姐也想要发生点儿什么,但上帝告诉她:'你敢!你要忠于你的丈夫!'幸好上校看我的眼神不像看露丝玛丽小姐的那样,因为我敢说我从来没有见过比他更帅的男人。"

厨娘摇了摇头:"啥都没有?"她兴致勃勃地说:"我打包票那些白人肯定以为他们有点啥。"

安德鲁在炮台区大步流星地向前走着,不去理会那些认出他的人。卡西乌斯小跑跟在他身旁。

安德鲁叩了叩费希尔大宅的门环,过了好一会儿,他的妻子夏洛特才来开门。

"安德鲁!"她怔了一怔,"你回来了。我向上帝祈祷——"

安德鲁从她身边一闪而过,招呼卡西乌斯进来,猛地摔上门:"该死的仆人们都去哪儿了,我一直在敲门!"

夏洛特闪过一丝微笑:"我不知道你回来……哦上帝……真高兴……"夏洛特扑进他的怀里,如饥似渴地吻住他的嘴唇。接着夏洛特又把他推远一些,这样能好好端详他。"你回来了,我亲爱的丈夫。你真的回来了吗?"

大厅光线昏暗,桌椅都罩着布。头顶上,未点亮的吊灯像冰柱一样闪闪发光。安德鲁不禁有些发抖。

"朱丽叶和我没有给前厅生炉子。"夏洛特解释说,"我们住在起居室那边。"

"可是,那些仆人……肯定会……"

"天哪,安德鲁。他们都走了。乔利、本和玛莎都跑了。我们的黑人到了北方前线,那些北方佬把他们都解放了。"她盯着卡西乌斯,"你不会跑的,对吧?"

"哦,不会,小姐。我是个正直的黑人。"

安德鲁把他打发走了。

夏洛特说:"朱丽叶见到你会很高兴的。她去市场了。还能买到吃的,但贵得吓人。"

家庭起居室的窗户正对着寒冬的花园。以前,孩子们在这里上课,费希尔家的女人们可以脱掉束身衣在这里放松地喝杯茶。费希尔祖母总是在这里吃早饭。

现在,夏洛特和朱丽叶的小床摆在一个四眼炉灶旁,长条桌被推到窗户的那面墙旁作为餐具台,上面放着由大到小的搪瓷罐,一个五加仑的木桶,旁边还有一个从费希尔祖母的办公室拿回来的波特兰座钟。

夏洛特把木头塞进炉子里:"我们来喝杯茶,安德鲁。你要是想喝别的,我们还有很多白兰地和葡萄酒。朱丽叶和我在祖母酒窖里只拿了很少一部分。"

"就喝茶吧。"

安德鲁就好像一件奢侈品一样让她爱不释手。夏洛特的目光一刻也没从丈夫身上移开。她一边把水从木桶里倒进水壶，一边还在喋喋不休："我们每天早晨从水箱那里打水，一天都有水喝。朱丽叶和我轮流打水。哦，安德鲁，我真高兴你回来！"

一缕缕烟从炉子炉膛里喷出。

"夏洛特，亲爱的夏洛特……我有事要告诉你……"

"什么事亲爱的？"夏洛特把水洒到了炉子上，水珠四溅，一股烟又从炉膛里喷出来，"哎呀，亲爱的，瞧我都干了些什么？"

安德鲁打开了风门："我真担心你会把火给压灭。"

夏洛特咳嗽着，打开窗户让烟散掉："哦，安德鲁，对不起，是我没用。我是世界上最糟糕的主妇。从来没有人指望我们这些女士会生火、做饭、铺床。我真的很难过，什么都做不好！"

安德鲁从她手中接过水壶，把它放在安静下来的炉子上。

"坐下，夏洛特。拜托，就一会儿。你现在不需要做任何事情。明天，我就去买新仆人。"

"但是安德鲁……还没等我把人了解清楚，他们就会逃走了。"

他跨坐在凳子上："求你了，夏洛特。先坐下来。我们待会儿再谈仆人的事。我要向你忏悔。"

夏洛特的幸福立刻被警觉冲散。她慢慢地坐下来。

"朱丽叶今天回家，肯定会告诉你……一个……一个新的丑闻。"

"丑闻？亲爱的安德鲁，你才刚回来，怎么会有时间制造丑闻呢！"

"露丝玛丽和我……"

夏洛特绷紧双唇："不，安德鲁，不是露丝玛丽。露丝玛丽的婚姻——呃，虽然不是她想要的，但露丝玛丽不会伤害我！不会的……不会……不会再一次这么做的！"

安德鲁摸了摸胸口说："我太轻率了，夏洛特。我和露丝玛丽在她家里独处。我没有顾忌她的——你的声誉。但我向上帝发誓什么都没发生。"

夏洛特神情颓然，她舔了舔嘴唇："露丝玛丽一直都比我漂亮。每个人都喜欢露丝玛丽，在我们还是小女孩的时候就是这样。安德鲁，你从未对我一心一意。现在，请你别再骗我了。"

安德鲁试图用目光宽慰妻子。

"如果你是因为露丝玛丽背叛了我，我会尤其恨你的。我不知道如果你和露丝玛丽背叛了我，我是否还能活下去。"

他握住妻子毫不反抗的手："夏洛特，我最亲爱的。我以我的名誉发誓，我没有背叛你。"

夏洛特想静静地望着她的丈夫一分钟，然后站起身来，把水壶推到炉子后面："那么这件事就到此为止。"

"露丝玛丽……"

她用手轻点了下他的嘴唇让他别再说话。她说道："我相信你，安德鲁。我一直都相信你。请到地窖里去拿瓶香槟来。我们已经很久没有机会庆祝了。"

正如安德鲁料想的那样，朱丽叶·拉瓦内尔听说了露丝玛丽·海恩斯和她的哥哥单独在一起待了两个小时。她告密者的眼睛里闪烁着不怀好意的喜悦。朱丽叶总是能不经意地煽起她本想要浇灭的火，她会冷不丁地问："亲爱的，安德鲁和露丝玛丽那么短的时间里能干些什么呢？"

你可以想象查尔斯顿的智慧还能怎么编排这件事。

第十五章

儿童避难所

果木枝闪烁着粉色的光芒，蓝知更鸟在皮蒂帕特的花园飞舞。春天泥泞的道路逐渐干涸，强大的联邦巨人一路南下，想要摧毁邦联政府，阿什利·威尔克斯少校要和一群乌合之众与之对抗。

皮蒂帕特、梅兰妮和斯嘉丽三个人睁眼和临睡前都会悄悄地为阿什利祈祷，尽管她们谁也没有告诉过彼此自己都祈祷了什么。

四月二十九日，七万七千名联邦步兵和三千名骑兵从约瑟夫·胡克将军（绰号"格斗乔"）[1]修建的五座浮桥上渡过弗吉尼亚的拉帕汉诺克河[2]。

---

[1] 约瑟夫·胡克（Joseph Hooker, 1814—1879），美国南北战争时期的一位联邦将军。

[2] 美国弗吉尼亚州东北部河流，注入切萨皮克湾。

李将军的四万兵力在钱瑟勒斯维尔附近的灌木林遭遇了这支部队。

格斗乔吹嘘道:"我正想在这里见他,他就来了。"

血腥的六天后,脸色苍白的亚伯拉罕·林肯得到了消息,胡克军队被彻底摧毁。"我的老天,我的老天,"总统轻声低语,"国民们会怎么说?国民们会怎么说?"

五月中旬,梅兰妮正在厨房里把海棠花枝插在花瓶里,这时,彼得大叔听到有人敲门,便起身去开门。

斯嘉丽坐在早餐桌前,一边搅着燕麦粥一边抱怨这东西连马都不吃。

彼得大叔走进来告诉大家:"塔尔顿先生在客厅里,各位小姐。"

斯嘉丽倒抽一口气:"塔尔顿?哪个塔尔顿?"

那个咧着嘴笑的士兵穿着一件联邦军官的大衣,那衣服被染了胡桃色,重新被当作了南部联军的制服。

"哎呀,是布伦特·塔尔顿。"斯嘉丽对这个曾经热烈追求过她的年轻人露出了微笑,"上帝啊,见到你真高兴。"

"斯嘉丽小姐!"年轻人利索地单膝跪地,"嫁给我!"

听到这话,斯嘉丽的心脏像少女般怦怦乱跳起来。"可是,先生,"她激动地叫道,"你不是和我妹妹卡琳订婚了吗?"

"别提什么卡琳了!"布伦特挥了挥手像是要把斯嘉丽的妹妹丢进垃圾堆。他明亮的眼睛充满喜悦,睁得大大的:"这一次你可不能拒绝我,斯嘉丽小姐!"一本正经的年轻士兵终于坚持不住了。他的嘴抽动着,突然大笑起来,斯嘉丽也跟着笑了起来。布伦特扫了扫裤子膝盖处:"亲爱的斯嘉丽!我们可曾有过那么年轻的时候吗?"

她摇了摇头:"我不太记得了。"斯嘉丽深情地握住士兵的手:"布伦特,你是个好男孩儿,能再见到你真的太棒了。告诉我,你的兄弟们怎么样了?"

"好吧,博伊德现在是船长了,我那个无能的双胞胎兄弟斯图尔特一直是个中士,不过后来他打了我们的中尉。当时我们必须找个人揍他,而斯图尔特掷钱币赢了。"布伦特拍拍胸前的口袋,"我这儿有封信,是二等兵斯图尔特写给茵迪娅·威尔克斯小姐的。我真的很好奇——这是斯图尔特写给别人的第一封信!博伊德患上了士兵疾病[1]在医院治疗,汤姆则在尤厄尔将军的手下无所事事,我们总是毫不留情地取笑他。"

"阿什利呢?"梅兰妮急切地插话。

"您丈夫的身体很好,夫人。"布伦特从口袋里掏出一个厚厚的包裹,"威尔克斯少校比斯图尔特更喜欢写信。"

梅兰妮接过阿什利珍贵的信,浑身发抖,就像被丈夫抚摸了一样。

布伦特·塔尔顿是为休春耕假回来的。

梅兰妮深吸了口气问道:"阿什利也会回家吗?"

---

[1] 这里指对吗啡药物或酒精的依赖。

"估计不会，夫人。我想军队不太需要布伦特·塔尔顿，但威尔克斯少校不一样。"

"能收到他的信我也知足了。"梅兰妮忍住了失望，"和我们一起吃早餐吧！只有麦片粥，但是我们还有枫糖糖浆。"

"你不吃的话，只能给皮蒂的马了。"斯嘉丽说。

"夫人，很感谢您，但我必须要回家了。我一直思念着卡琳小姐。"

他用手指捅了捅军官大衣："你觉得卡琳小姐会想要北方佬的佩刀当作纪念品吗？我本来打算带一把回来的，但我想也许她也不稀罕。"

走到门口，布伦特说他回军队时会把梅兰妮的信带回去。"人人都说我们能攻到北方去。我们会打得联邦部队溃不成军，还在想我们要把他们一直打回老家。"他停顿了一下，"每个人都说我们可以打败他们。"

"如果不能呢？"梅兰妮轻声问道。

布伦特·塔尔顿摘下帽子挠了挠头。他的微笑如同当年还是小伙子一样散发着光芒：那个热切的追求者，浪荡的骑手，天不怕地不怕的毛头小子。"如果不能，我想他们会知道我们已经尽力了。"

正如布伦特·塔尔顿所预测的那样，六月，李将军越过波托马克河，进入了宾夕法尼亚州。一份亚特兰大的报纸标题大肆宣扬："狐狸进了鸡群！"

国家饭店的赌场里,瑞特·巴特勒公开发表看法:"李将军不可能在钱瑟勒斯维尔打赢两次。"这些天来,除了皮蒂帕特以外,亚特兰大没有一个正经人家欢迎巴特勒船长,皮蒂帕特的朋友还斥责她让那个"不爱国的奸商"进了家门!

皮蒂帕特的决心有些动摇,梅兰妮提醒道:"皮蒂姑妈,巴特勒船长对我们不是一直很好吗?"

"啊,是的,是很好,可是……"

"那么回报他的仁慈是我们基督徒的责任。亲爱的姑妈,如果人们能听巴特勒船长的话,这场战争就不会开始,我们亲爱的查尔斯也不会去世。"

梅兰妮找不到她哥哥的佩刀了。查尔斯的指挥官之前把她哥哥的佩刀和日记还有他的吊唁信捎给了她。查尔斯的日记只有两条:一条是"抵达福斯特营地。获悉韦德·汉普顿出生,是个大个子";另一条是两个月后的"身体不适,所以去了医务室。希望不要病太久"。梅兰妮将这些物品和查尔斯参军那天拍的照片放在一起视若珍宝。梅兰妮以为她把这些给了斯嘉丽,但斯嘉丽说没有,是梅兰妮搞错了。梅丽写信到十二橡树,约翰·威尔克斯回信说查尔斯的东西在皮蒂帕特家,是当时梅兰妮、斯嘉丽和小韦德去拜访她时带去的。斯嘉丽说约翰·威尔克斯一定弄错了。她清楚地记得在十二橡树看到过查尔斯的佩刀。

即便是在最有条不紊的生活中,也总是会突然出现一件令人心烦意乱的蠢事,接着又是另一件,最终演变成灾难。心有不快的人意识到自己目前所处的形势,唯有希望自己不要留恋身后,也不要左顾右盼,而是直截了当地向前看。

神经敏感的梅兰妮·威尔克斯正是这样躲在壁橱里,无意中听到了她非常后悔听到的话。

一个温暖的下午,梅兰妮独自一人待在家里,突然有了灵感。她打开楼梯下的壁橱,那是她和查尔斯儿时玩耍的地方,猜测查尔斯的东西或许放在那里(事实证明她的猜想是正确的)。

壁橱很窄,天花板斜得很厉害,壁橱向内有楼梯的宽度那么深。皮蒂帕特原本用这里存放折叠桌的拼板、灯罩、冬季窗帘和亚麻布,当梅兰妮和查尔斯把这个形状古怪的壁橱变成游戏室时,皮蒂帕特并没有反对。百叶门向内散发出微弱的光线,它成了捉迷藏游戏中最受欢迎的避难所。经过邻居孩子们的一致同意,谁藏在这个隐蔽小洞里,大家都要假装看不见。

令大家没想到的是,皮蒂帕特也接受了这个神奇的规则,孩子之间的许多不快——毫无道理的责备、最好朋友的冷落、极度的尴尬——都在那间小房间里得到了安慰。在那里,许多孩子流过泪,直截了当的报复行为在那里被谋划;它光滑的墙壁让多少沮丧的抽泣归于平静。

满脸泪痕的孩子冲出来,却又哈哈大笑,天真的本性暴露无遗,每每看到这种场景,皮蒂帕特和彼得大叔总要目瞪口呆。

像其他儿时的物件一样,壁橱逐渐被遗弃了,但它是如此神圣不可侵犯,以至于多年来一直是空的,直到有人——皮蒂帕特、彼得叔叔、厨娘——不假思索地把查尔斯的东西藏在还是小男孩时的查尔斯藏身的地方。一天下午,他成年的妹妹打开避难所,走进去,弯腰捡起了一个包裹,从轮廓来看明显是一把带着刀鞘的佩刀。

门猛地关上,梅兰妮坐到了地板上。在这里,她能强烈地感受到查尔斯的存在,她几乎可以听到百叶门外他穿过皮蒂帕特家的客厅捉迷藏的声音:"亲爱的梅丽是躲在双人沙发后面吗?不在。在桌子下面?不在。在皮蒂帕特姑妈家的窗帘后面?也不在这儿。哦,梅兰妮妹妹到哪里去了?"

但是查尔斯人已经不在了,阿什利·威尔克斯夫人把她哥哥的东西放在膝上,抚摸着,心里想:"当我们离开这个世界之后,能留下的东西是这么这么少。"她哭了一阵儿,带着忧伤渐渐睡着了。

听到斯嘉丽在客厅里叫她,梅兰妮吓得醒了过来。

我的天!她竟然抱着哥哥的佩刀睡在壁橱的地板上,这像什么话!

"梅丽!皮蒂帕特和米德夫人今晚一起吃饭去了。你在家吗,梅丽?"

阿什利·威尔克斯夫人的脑袋一片混乱。她要等斯嘉丽离开房间!然后她再出来,平复一下心情!

"啊,斯嘉丽,我知道你在家。"

那熟悉的低沉声音。哦,天哪,巴特勒船长也来了!

梅兰妮知道自己现在的行为很傻。够了!她应该挣扎着站起来,不去理会周围的东西被噼里啪啦地碰倒——毕竟壁橱很窄，然后拿着她哥哥的剑走出来说……哦，天哪，她该说些什么？梅兰妮·威尔克斯无法忍受自己做出这种荒唐丢脸的行为。他们马上就会离开的。每到愉快的午后，瑞特和斯嘉丽总会去到前厅。

梅兰妮听到门外传来砰砰的声音和沉重的家具被移动的刮擦声。

"你到底在干什么？"巴特勒船长问道。

"没什么。"

"趴在沙发后面，还说没干什么？"

"你或许可以帮我，瑞特·巴特勒，别像个木头疙瘩一样站在那里！如果你真的想知道，我在找查尔斯的刀。我把它放在了什么地方，现在梅兰妮想要那该死的东西，我告诉她我没拿。"

"这么说，如果你找到了，刀就是自己'蹦出来的'？斯嘉丽，我从前有没有指责过你是个诚实的女人？"

"瑞特，过来帮我！就是一把破刀而已。"

"斯嘉丽，干脆你脱下这身丧服，我们私奔去新奥尔良吧。再说，你也从没在乎过查尔斯。"

"别胡说。"

"亲爱的，我是这世界上唯一理解你的人——即便如此，我依然爱慕你。"

"你忘了，新奥尔良在联邦政府手中。"

"斯嘉丽，斯嘉丽。有钱可以去任何地方。"

在她的壁橱避难所里，梅兰妮用手捂住嘴巴。不关心查尔斯？她怎么会不关心呢？查尔斯是世界上最可爱的男孩。查尔斯笑的时候，他身上的每一处都在跟着笑。查尔斯唱歌或许跑调——但他是用心在唱。查尔斯快速地跑到河边，小女孩儿梅丽追不上："等等我，查尔斯！等等我！"

"新奥尔良是美国最有气度的城市。很适合你。"

"巴特勒船长，别恭维我了。我可没什么气度。"

他笑了："你虽然像小草一样稚嫩，亲爱的，不过你的眼光和谈吐都很惊世骇俗。如果查尔斯的刀没什么特殊之处，为什么不再买一把呢？"

"当然，确实没什么特殊之处。和查尔斯有关的一切都没什么特别。但那是他祖父的刀！"

一滴眼泪顺着梅兰妮的脸颊流下。她听到瑞特拥抱斯嘉丽时衣物摩擦的声音，还有瑞特的低语："希望以后你不会这么尖刻地评价我。"

"我为什么要评价你？你不就是个投机倒把的商人吗？那些欢迎你的亚特兰大家庭，还有那些你来访时'碰巧在家'的正经人家，用我把他们的名字都说出来吗？"

他咯咯地笑了起来："我是不是应该找那帮长舌妇兴师问罪？"

"噢，你当然不应该，巴特勒船长。你根本不会被这些俗事困扰。但我们这些人只是凡人，我们有朋友，而且我们大多数人都能受到上流社会的认可。我也很肯定我们大多数人回家时一定会受到父母的欢迎。"

布料摩擦的声音再次响起。"谢谢您放开我。"斯嘉丽说,"我都开始担心我的贞洁了。"

　　"汉密尔顿夫人,您太高看自己了。"

　　瑞特离开时愤怒的脚步声伴随着斯嘉丽胜利的哼唱。当斯嘉丽终于离开了客厅时,梅兰妮·威尔克斯也终于可以孤独而痛苦地哭泣了。

第十六章

被烧毁的地区

联邦舰队第一次进攻萨姆特堡时,查尔斯顿市民刚刚享受了一场如诗如画般的胜利。爱国大炮震耳欲聋的吼声掀起巨浪,淹没了联邦军队的战舰,它们看起来就像水里的龙虱。"基奥卡克号"在莫里斯岛沉没后,达尔格伦大炮[1]从残骸中被打捞了出来,查尔斯顿人欢欣雀跃,因为他们可以用敌人的武器来对付敌人了。《水星报》断定这座城市的防御是坚不可摧的:"瓦格纳炮台镇守西岸,莫尔特里堡镇守东岸,港湾口有萨姆特堡,足以抵挡住联邦入侵者的一切攻击!"

查尔斯顿的军事指挥官皮埃尔·博雷加德将军却没有那么乐观,他敦促平民撤离城市。一些富裕的市民举家搬到了内陆。兰斯顿·巴特勒家没有离开,沃德一家逃到了佐治亚州的梅肯

---

[1] 一种前装滑膛炮,由海军少将John A. Dahlgren设计。

县[1]，弗雷德里克的表兄在那里有一个种植园。

海恩斯有个亲戚在北卡罗来纳州的悬岩[2]，他邀请查尔斯顿的海恩斯一家和他们同住，"直到度过这段不愉快的时期"。

"我就待在这儿。"露丝玛丽对约翰说。

到目前为止，联邦政府的每一次进攻都被击退了。偷渡封锁线的船只——"蝙蝠号""秃鹰号""维纳斯号""前进号""狂野突进号""安妮号"，还有"妖后号"——都井然有序地停靠在查尔斯顿的滨海地区，从阿德杰码头一直排到政府码头。

然而接下来，形势风云变化。开战第三年的七月，南方人开始低下了骄傲的头颅。

一个炎热多雨的下午，痛苦的查尔斯顿市民聚集在国王街电报局外，等待着从一个从未听说过的宾夕法尼亚小镇发回的伤亡名单。来自葛底斯堡的消息则更加糟糕：十七名邦联将军和两万八千名士兵死伤。

这还远没有结束。就在第二天，查尔斯顿获悉维克斯堡被围困的驻军已经投降。密西西比河已落入联邦手中，整个南部邦联被一分为二。那天下午，查尔斯顿的各处教堂已经人满为患，人们来到大街上祈祷。

七月十日，联邦军队的一个师在莫里斯岛登陆，夜幕降临时，他们将南部联军的守军赶到了瓦格纳炮台的防御线以外。

---

1 位于亚特兰大东南方的一个县。
2 今美国北卡罗来纳州的斯托克县。

枪炮轰鸣，联邦军队的战舰在海岸线上巡弋。教堂街四十六号，小梅格待在房间里，双手捂住耳朵。

　　那天晚上，当她父亲进来时，梅格一见到他就放声大哭起来。约翰告诉露丝玛丽："威廉·斯托克·比的儿子今天死了。威廉来到我的办公室时，这个善良的老人几乎说不出话来。"

　　"他只有那么一个儿子。可怜的人，太可怜了。"

　　"弗雷德里克·沃德的儿子也死了。我知道威利·沃德死得很英勇。'英勇'！"说这句话的时候约翰哽咽了，"现在除了瓦格纳炮台，整个莫里斯岛都被联邦军占领了，接下来他们一定会攻击瓦格纳炮台。我给你和梅格买了去悬岩的火车票。"

　　"我不去。"

　　"老婆！"

　　"这是一月份以来你第一次称呼我这个光荣的头衔。"

　　"天哪，露丝玛丽！"

　　夫妻无助地相互看了一眼。谁都没有伸出手，这一刻就这么过去了。

　　当约翰·海恩斯听说他的露丝玛丽和那个爱拈花惹草的安德鲁·拉瓦内尔在约翰的这所房子里待了几个小时的时候，他感到心痛万分。约翰并未指责过露丝玛丽。他不需要。

　　至于露丝玛丽，她清楚自己没有损害她丈夫的声誉。但是露丝玛丽确实受到了诱惑，被诱惑几乎和真正的背叛一样让她感觉心头像压了块大石头。

　　纯真的露丝玛丽·海恩斯因为羞愧，用沉默回应了丈夫的无声指责。从一月开始，他们从未有一刻是安心和彼此信任的。

联邦军登陆一周后，炮声变得密集起来。此起彼伏的震荡形成的气流波及了离岸很远的教堂街四十六号，将屋里的窗帘吹起褶皱。那天下午很晚的时候，尽管头痛得很厉害，露丝玛丽还是走到了白点公园的行人栈道上。

被炸起的沙子像银灰色的薄雾一样飘浮在莫里斯岛上空。萨姆特堡在烟雾中变得模糊起来。

黄昏转为黑夜。炮火像一只只萤火虫。南部联军的炮艇载着伤员和补充兵力穿过港口。

白点公园的市民或祈祷，或闲聊，或喝酒。午夜过后，枪声止住了，萨姆特变成了一个沉默的黑色巨人。一轮残月从昏黄的夜空探出头来。

一艘南部联军的炮艇驶过，一名水手喊道："我们打败了他们。我们的小伙子们打败了他们。联邦士兵……他们中有一些人是黑鬼。"

北方对瓦格纳炮台的进攻失败了。早上，被俘虏的联邦士兵被带进城里时，那个水手的报告得到了证实。袭击瓦格纳炮台的士兵是来自马萨诸塞州的美国第五十四黑人军团。

露丝玛丽有点希望克里奥或约书亚能给她说说那些他们肯定知道的消息：黑人士兵袭击了南方白人士兵，而且差点儿打败了他们。克里奥表现得好像什么事都没发生似的。约书亚说他很高兴联邦军被击退了："我不想让北方佬来查尔斯顿。"

"真的吗,约书亚?"

"您知道我真是这么想的。从海恩斯少爷还是个孩子的时候,我就一直是他的贴身仆人。"

黑人俘虏被关进镇上的监狱,一群政客讨论着该如何处置他们。

一些立法者,包括兰斯顿·巴特勒,希望黑人回到适合他们的位置上——重新成为奴隶。博雷加德将军则希望将他们作为普通战俘。

联邦军的战舰和海上炮台继续冲击着邦联的防御工事。

在教堂街,丈夫和妻子没有必要的话连一个字都不会多说。梅格假装一切正常,整天还是叽叽喳喳的,而她的父母每天只是默不作声地在屋子里走来走去。一个特别阴沉的晚上,梅格鼓起勇气提议三个人玩游戏。她的提议一下子就被否决了,梅格于是又说:"如果不玩游戏,那么我们就一起唱歌吧!"她在屋子里踏着步,高声唱着《美丽的蓝旗》[1],一边唱一边还故意咯咯地笑着,可笑声里却掩饰不住紧张的情绪。露丝玛丽把女儿抱起来时,孩子开始放声大哭。

那天晚上,克里奥带梅格去睡觉:"没事的,亲爱的,没事的。就是场该死的战争,没啥大不了的。"

楼下,露丝玛丽说道:"约翰,我不知道自己还能坚持多久。"

---

[1] 1861年美国南部联军创作的一首行军歌。

八月十七日清晨五点，联邦军向萨姆特堡开火。

他们的大炮交替开火，四小时休息一次，一连攻击了八个小时。每一次齐射都将一吨半的铁砸在萨姆特堡的砖墙上。联邦装甲舰在堡垒前巡行，在喧闹中再点缀一些它们的枪声。堡垒上的大炮一门接一门被炸掉，变成了哑巴，到了中午时分，萨姆特堡已经变成了一堆碎砖头。

查尔斯顿的居民冒险离开家，一个个匆匆忙忙、偷偷摸摸。

大多数联邦炮台天黑时就停下了轰炸，但这一整晚，每五分钟就有一门炮开火。

早晨，露丝玛丽下楼时眼眶发红："约翰……"

"别说出来，求你了。"

"约翰，我必须要离开你。只是一段时间。"

"露丝玛丽，求你了……"

"我和梅格去米尔斯酒店住几天。"

约翰用手捂住了脸。

露丝玛丽·海恩斯深吸了一口气："我和安德鲁·拉瓦内尔什么都没发生，我没有背叛你。"

她丈夫像没有听到一样说道："安德鲁又上报纸了。'局势越发危急，安德鲁越发英勇。'"

"我什么都没做。"

"露丝玛丽，我明白女人都容易被安德鲁吸引……"

露丝玛丽放弃了尝试。"我真是烦透了那些该死的炮声。"

她说道。

那天下午，克里奥收拾好行李，她们驾车穿过被烧毁的地区来到米尔斯酒店。

那天晚上，酒店餐厅里的投机者炫耀着新获得的财富。每块表和每条表链都用大块耀眼的金子做成。"夫人。"一个男人摘下吃饭时戴的高礼帽，"亨利·哈里斯。很高兴认识您。您哥哥，夫人。关于您哥哥我不能说太多！很难逃过巴特勒船长的法眼。"投机者把一根手指放在鼻子旁边，眨了眨眼睛："他和那个黑人博诺关系匪浅！夫人，我就直说了。坦率是我的弱点。我要十箱法国香槟，巴特勒船长总能带来最好的。夫人，如果您在我之前见到您哥哥，告诉他哈里斯同意他的任何出价，而且会再增加百分之十。一定要告诉他。"

"妈妈，他是在说瑞特舅舅吗？"

"恐怕是的，亲爱的。"

"瑞特舅舅是我的朋友！"孩子大声说道。

"是的，亲爱的，他是，"她的母亲说，"先生，抱歉，我们要离开了。"

在她们位于二楼的套房里，露丝玛丽拉上了窗帘。今晚联邦大炮没有开火，和平眷顾了这座城市。克里奥把梅格带到小卧室，帮她脱衣服，而露丝玛丽却不知道自己在做些什么。她到底怎么了？为什么她不能爱一个好男人？

梅格在床边为她的舅舅瑞特、约书亚、克里奥，还有她的外祖父、外祖母巴特勒一家，以及所有的士兵祈祷。她祈祷炮击可以停止，因为那声音吓到了特库姆塞。

梅格祈祷道："求你了，亲爱的上帝，让我和爸爸妈妈再开心起来。阿门。"

过了一段时间，一个搬运工敲了敲门，紧接着一张纸条从下面的门缝里被塞了进来。

那是约翰·海恩斯的字迹，上面写着："无论如何，露丝玛丽。我需要你。"

可以吗？单凭约翰的爱就可以让他们的关系维持下去吗？当然不行！很明显，没有一个女人的心会因为丈夫的奉献而作出改变！露丝玛丽用力地闭上眼睛，甚至看到了流星。"哦，求求你，上帝……"她祈祷道。

她如释重负地说："克里奥，我必须要回家了。"

"好的，小姐。我去把特库姆塞牵过来。"

"不用。我等不及了。你照看梅格，克里奥……"露丝玛丽用白皙的双手捧住仆人褐色的脸，"我可能今晚回不来。"

"好的，小姐。"仆人望着女主人的眼睛，"我希望你今晚别回来了。"

米廷街上，一位吓了一跳的绅士放弃了他拦下的出租马车。"教堂街四十六号！拜托！"露丝玛丽催促车夫，"请再快点！"

当她丈夫把门打开时，露丝玛丽在他的脸上搜寻着，仿佛上面每一条熟悉的纹路会讲述出一个全新而不同的故事。

约翰叫道:"我亲爱的……"露丝玛丽用手指抵住他的嘴唇,领着他上楼进了她的卧室,这是他们对彼此说的最后一句话。

梅格在母亲离开后哭得很可怜,克里奥把她抱到露丝玛丽空床旁边的小床上:"没事啊,亲爱的小家伙。你妈妈和你爸爸在一起。他们明天来接我们。"

"克里奥,我害怕。"

"没啥怕的。我们该睡觉了。"

小梅格坐立不安,每次克里奥迷迷糊糊要睡着的时候,孩子就会小声嘟哝或是翻来翻去。最后,孩子用一只胳膊搂住了克里奥的脖子,她甜美的呼吸弄得克里奥的脸痒痒的,她们睡着了。

可怕的闪光和紧随而来的巨响把克里奥吓得跳了起来。"没事的,亲爱的。"她机械地说道。

房间的窗户外闪耀着白色炽热的光,克里奥遮住眼睛。梅格哭了起来。"嘘。没事的。啥事没有。没事啊。"克里奥从被窝里起来,光着脚悄悄走到窗户旁,一旁的梅格死死拽着她。

一道火焰像岩浆一样从街对面的建筑物上滚滚流下。克里奥用手捂住嘴。

门外响起砰砰的脚步声。"着火了!着火了!"

男人们跑向大厅。"该死的北方佬轰炸城市了!"

梅格大哭起来:"克里奥,我不喜欢这儿。"

"我也是,"克里奥说,"我们现在回家。我需要你的帮助,亲爱的。松开我的脖子，你自己站起来，我给你穿衣服。"

门外脚步声大作，像牛群经过一样。克里奥把梅格的连衣裙顺着孩子张开的胳膊套进去，摸索着找她的鞋子——一只在床边，另一只在衣柜下面。这时又响起一阵爆炸声，不过声音离她们并不近。

"拜托了……"梅格小声念叨着。

克里奥将一条毯子搭在身上，把孩子背在身后："胳膊抱着我的脖子，抱紧了，宝贝！"

克里奥急忙走下楼梯。在酒店大厅里，男人们衣衫不整、惊慌失措。有的跑进餐厅，有的跑进休息室。一颗炮弹在附近爆炸，整座楼晃动起来，投机者们趴在满是雪茄头的地板上，把痰盂都掀翻了。

梅格哭喊道："妈妈。"

克里奥说："宝贝过来，我带你去找妈妈。"

她们飞快地穿过酒店后厨。

酒店里的马童跑掉了，吓坏了的马惊得立了起来，咴咴地叫着，不停地踢着马厩。特库姆塞翻着白眼，眼珠转个不停。克里奥给它套上缰绳，放好马鞍，把这头颤抖的牲口领进小巷子。她让梅格抱住马脖子，然后爬到她身后："抓住特库姆塞的鬃毛，孩子。"

"克里奥，我很害怕！"

"亲爱的，别怕！你用不着害怕！"

一弯月牙在云层间钻来钻去，照在这片焦土之上。那些被烧毁的建筑大多是民居和教堂，残破的躯壳像是对人类希望的诡异嘲弄。废墟伸出黑暗的手指穿过街道,想要抓住这个女人和这个孩子。

一枚炮弹直接在头顶上爆炸,明亮的火焰向大地四散开来。梅格尖叫起来,特库姆塞咬紧了马嚼子,疯狂地跑起来。"特库姆塞,吁!快停下来!"克里奥使出全身力气拉住缰绳。哭泣的孩子放开了鬃毛,从马的脖子上滑了下来。"特库姆塞!"克里奥尖叫道。

克里奥松开缰绳想抓住孩子,特库姆塞突然转向,仆人和孩子砰的一声落在一堆砾石上。克里奥险些背过气去,她疯狂地拍着梅格小小的身体。克里奥挣扎着单膝跪地。她的舌头被咬破了,咽下了一大口热乎乎的鲜血。"你还好吗,亲爱的。伤着没有?"

梅格抽泣着:"克里奥,我们是不是没法回家了?"

"等炮停了我们就回家。马上,我们回家。"

克里奥在损毁的塔尖和墙壁中认出了这里。"看,孩子。这是教堂墓地。那个圆顶教堂。看,那是墓地。我们躲在墓地里,等着回家。"

约翰和露丝玛丽在破碎的墓碑中找到了她们。

梅格的尸体半躺在克里奥的身下,克里奥用尽了最后一口气想要保护孩子不被炸到。

"哦,我的上帝,"露丝玛丽·海恩斯抽泣着说,"我真不应该离开她。"

约翰·海恩斯把他唯一的孩子抱在怀中。

第十七章

爱的信物

流线造型的灰色偷渡船缓缓地穿过响尾蛇暗礁以北的浅滩。在第二个月黑之夜,海上反射着微弱星光,但也足够目力极佳的人向前看二十码远。海浪的边缘处,卡罗来纳州的海滩比大海还要苍白。

一个光着脚的测探员跑到"快乐寡妇号"的轮舵旁,弹了两下手指:"两英寻。"图尼斯·博诺用舌头碰了碰测锤,喃喃地说:"到了牡蛎繁殖地了。我们马上就要到醉酒迪克暗礁了。"

瑞特捏了捏图尼斯的肩膀当作回答。

"快乐寡妇号"超大的发动机通过水下排气口隆隆地排着气。铰链接合的烟囱放倒在甲板上,在苍白的海滩上没有投下任何阴影。从一百英尺外,或许只能在偷渡船被浪尖托起时才能模糊地看见它。

联邦军队占领瓦格纳炮台之后,想要穿过查尔斯顿的封锁就变得更加危险了。联邦大炮控制着深水航道,没有人敢在萨姆特堡以西航行。东边的通道狭窄而弯曲。战争以前,响尾蛇和醉酒迪克暗礁都有浮标标记,但封锁者已经把它们都移除了。退潮时,绵延的马菲特海峡深度是四英尺四英寸。"寡妇号"满载时吃水就有四英尺。

刚刚经过醉酒迪克暗礁,船就需要向右舷极速转向,驶向查尔斯顿港唯一的入口。

为了不让联邦战舰驶入港口,邦联守军沿着东岸从萨姆特堡到莫尔特里堡放下了许多圆木水栅,上面都绑着接触式鱼雷。圆木水栅上有一个一百码的缺口,在莫尔特里大炮的射程内,那是偷渡船进入港口的通道。

联邦军清楚偷渡者一定会趁着月黑之夜潜入。他们也知道偷渡船的必经之路。他们还知道他们必须要从这个缺口进入。目光敏锐的年轻瞭望员揉着眼睛,努力让视线穿透黑夜。伴着自己的喘息声和心跳声,他们侧耳倾听。

瓦格纳炮台失守后,大多数偷渡船放弃了查尔斯顿,转而在北卡罗来纳州的威明顿登陆,在那里,偷渡者们可以选择两条海岸线,并能从两个入口偷偷入港——这两个入口都在费舍尔堡的管控之下。费舍尔堡是一座巨大的沙堡,坐落在开普菲尔河和大西洋之间的狭窄半岛上。

接近查尔斯顿时,图尼斯·博诺让这艘一百八十英尺长的明轮船贴岸行驶,这个区域水流湍急,巨浪变成了细碎的水花。联邦军舰虽然无法在近海航行,但海上纠察队的小船会在浅滩巡逻。对于"快乐寡妇号",这种二十英尺长的平底小船,既不能把它击沉,也无法登船,但是它们的照明弹可以帮助战舰的火炮对准这艘毫无武装的偷渡船。

五节。图尼斯·博诺踮起脚尖,眯着眼。巨浪咆哮着,细浪呜咽着,从岸上退去时发出哗哗的声响。

"寡妇号"的船头瞭望员抬起左臂,意思是"巡逻船在船首左舷位置"。图尼斯弯下身子对着通话管,要机舱多放蒸汽。

联邦纠察队的舵手模糊地看到前方是一艘船的形状,或许是偷渡船,也或许不是。他从铁皮箱里摸索出一枚信号弹,喊道:"喂!口令是什么?"

甲板上木板被发动机震得抖动着,"寡妇号"加速到九节。"永远的联邦!"瑞特·巴特勒高声喊道。

今晚的口令是"葛底斯堡",不过昨晚的口令是"保卫联邦"。舵手手里拿着信号弹和火柴,显得有些犹豫。这可能是一艘联邦货船,是船长看错了信号簿上的页码吗?已经好几个周没有出现偷渡船了,如果因为舵手的大惊小怪而将炮火引向了联邦炮艇,这可是要上军事法庭的。"口令!"舵手再次问道。

"不诚实的亚伯!"瑞特喊道。

舵手点燃了照明弹,而此时"寡妇号"已将平底小船划开了个口子,八个联邦水手被卷进大船强劲的桨轮中。

"勇敢的士兵。"图尼斯·博诺说。

"却优柔寡断。"瑞特回答说。

"前方减速。"图尼斯对着通话管低声说道。

图尼斯按照隐约可见的陆地轮廓和水流拖曳舵盘的力道控制着方向。他相信手上的记忆。

"快乐寡妇"继续前进，没再遇上麻烦，终于驶过了醉酒迪克。当第一颗联邦照明弹划上大空时，萨姆特堡正逐渐远离左舷船头。

图尼斯要求全速前进，甲板上的船员把铰链烟囱竖起来，"寡妇号"像一匹听到发令枪响向前猛冲的赛马。

巡逻船和军舰又发出红、绿、蓝信号弹："你是谁？是我们的人吗？"

瑞特发射了"寡妇号"自己的红绿信号弹：毫无意义的信号。

图尼斯·博诺气喘吁吁，好像加快呼吸可以让"寡妇号"的侧轮转得更快一样。甲板在他脚下颤抖着。

第一批联邦炮弹落在二十英尺外的地方。溅起的浪花将"寡妇号"甲板上的船员浑身都浇湿了。

"准头提高了。"瑞特说。他爬上一个桨轮罩，把望远镜放在眼睛上，仿佛咆哮的联邦炮火是宜人的夏日夜晚燃放的烟火。

船头瞭望员努力搜索着挂着鱼雷水栅上的缺口。

因为联邦大炮没法瞄准行进中的偷渡船，于是他们把炮口对准鱼雷水栅的缺口，"寡妇号"在射出的炮弹间左躲右闪，就像行驶在尼亚加拉大瀑布下一样水淋淋的。

白天里，捆绑着致命鱼雷的水栅藏在水下，到了没有月亮的黑夜，这些水栅几乎是看不见的。图尼斯正朝着水花溅起最密集的地方前进，祈祷联邦政府的炮没有偏差。"寡妇号"抖动了一下：船被击中了。然后它再次被击中，整条船像只落水狗一样不停地颤抖。舵盘在图尼斯手中来回摆动，差一点儿就失去了控制。另一枚炮弹就在船的跟前爆炸，转动的舵轮手柄狠狠地抽到他手上。

他们穿过了水栅。水栅泡得发白的柏木和长满藤壶和铜绿的铁鱼雷，距离左舷只有六英寸。

最后一次爆炸的碎片哗啦啦地落在甲板上。

联邦军队的炮火停下之后，图尼斯弯下腰，把耳朵里的水抖了出来。

瑞特从桨轮的罩子上下来，折起望远镜，点燃了一支雪茄。他的火柴太亮了，把图尼斯的眼睛都刺疼了。图尼斯用沙哑的声音指挥"寡妇号"的轮机手麦克劳德先生检查损坏情况。

"我们又闯过来了。"图尼斯对瑞特说。

"这都不算最难的。"瑞特说，"上帝啊，我真害怕我们到了之后。可怜的，可怜的露丝玛丽。"

梅格的死讯传到了远在拿骚的瑞特那里。

"我讨厌这场战争。"图尼斯说。

"有人说这是为了让你们黑人获得自由。"

"是的，先生，有人确实这么说。"

城里一片漆黑。查尔斯顿教堂上面的尖塔——一直以来都是水手的灯塔——现在已经被漆成黑色，以逃避联邦军的炮火攻击。

伴随着点燃的引信划出的弧线，一枚炮弹从联邦军的炮口射出落向城里。一个短暂的闪光，几秒钟后是一声沉闷的隆隆声。

图尼斯通过手中的轮舵能够感受到水流的晃动。岸上吹来的空气混杂着砖灰和烧焦的呛人味道。"前方减速。"

瑞特试着开了个玩笑："现在我把"寡妇号"卖给你了，图尼斯，你一定要更关照它啊。"

"哈哈。"

查尔斯顿码头区已经被炸毁。"寡妇号"逆流而上，经过了被烧毁的码头，荒废在码头的帆船正在慢慢腐烂，还有沉入水底的轮船，甲板已经不知所踪。

轮机手麦克劳德报告说，炮弹对船体造成的损毁不严重，但"寡妇号"超大的蒸汽机让船体的钢支架变形了，船的右舷肘板也已经扭曲。

大多数查尔斯顿的投机商都去了威明顿，但海恩斯父子船务公司对联邦军队的支持十分警觉，迫切地希望在这里继续他们的生意。

图尼斯挂上倒挡，寡妇号缓缓地停泊在岸边，船员们将它的前护板摘了下来。

闪烁的灯笼照亮了码头。有人叫喊道："瑞特，我要买些<u>丝绸和香水</u>。"

"纽扣和肩章。"另一个声音叫道。

"我要二十瓶香槟！"

"寡妇号"被冷落了,从船头到船尾空荡荡的,只有锅炉发出响亮的呜呜声并喷着蒸气。

瑞特沉默不语,他能听到河水拍打着船身。"先生们,今晚帮不了大家了。我船上没拉什么紧俏货。只有三十箱梳棉梳,十四箱温特沃斯步枪,军鞋、军装布料和米尼弹[1]。也许你们可以和我一起为那面一颗星的美丽蓝色旗帜欢呼?"

"上帝哪!"有人惊叫道,"你的爱国心来得可真不合时宜啊。"

轮机舱里传来锤子砰砰的敲击声:麦克劳德先生正在修理发动机架。

失望的投机商纷纷散去,码头上只剩下一辆蓝色两轮单座马车和一辆黑色的四轮单座马车。

"我想那是露蒂和露丝玛丽。"图尼斯说。

"图尼斯,我们为什么要交出自己的心让它破碎呢?"

"你觉得如果不这样我们会过得更好吗?"

瑞特的妹妹在两轮马车旁等待着。她似乎比瑞特记忆中的还要瘦小。

"亲爱的露丝玛丽。"他伸出双手把她搂在怀里。

她先是反抗几下,随后发出痛苦的抽泣,浑身剧烈地抽动着:"为什么,瑞特?他们为什么要杀死我的孩子?他们没有自

---

[1] 一种中空的子弹,由法国军官克洛德 – 艾蒂安·米尼耶 1846 年发明,较之前的毛瑟枪圆形弹丸杀伤力更强。

己的孩子吗?"

一枚炮弹在城里爆炸了,像是为她的话加上了标点。瑞特一直抱着她,直到她不再颤抖,紧张的情绪从她身体里倾泻出来。"谢谢。"她轻声说道。他放开她,她擦了擦眼睛,努力挤出笑容。然后擤了擤鼻子。

她用平静而单调的声音说道:"梅格那么小,好像又变成了小婴儿。约翰把她抱起来时,她的一只鞋掉了。你知道吗?我们怎么也找不到她的另一只鞋。我的宝贝的脸很脏,我拿出手帕给她擦脸,但约翰一下子把她抱走了。瑞特……玛格丽特·海恩斯是我的亲生孩子,但我不得不乞求丈夫让我帮她擦干净她可爱的额头。她的嘴唇被割破了——这里——但没有流血。她像一堆泥土一样冰冷。我就用这几根手指,瑞特,帮我的孩子闭上了眼睛。"

瑞特又抱住她。紧张的情绪被抽离出来,露丝玛丽立刻失去了生气,变成了一个破布娃娃。瑞特问:"约翰呢?"

"他每天晚上都在街上游荡,对轰炸完全不放在心上。啊,瑞特,"——她凄然地笑了笑——"我们的自由黑人消防队员看到我丈夫的次数都比我多。是不是很奇怪?"

"我去找他。"

露丝玛丽抓住瑞特的手臂:"你找不到的!他不会见你的!约翰恳求你如果当他是朋友就不要去找他。"

"如果连老朋友都不能——"

"瑞特,请相信我。约翰·海恩斯不会让你进我们家的。"

在另一辆马车旁,露蒂·博诺压低声音严厉地说道:"去啊,现在,图尼斯·博诺。你快去啊!"

图尼斯把帽子在手里揉搓着说:"露丝玛丽小姐,露蒂和我,我们对你的遭遇感到很难过。我们一直都很尊敬您和海恩斯先生。"

露丝玛丽的目光从他身上越过,心不在焉地抚摸着马的嘴巴。"我不知道特库姆塞是否还记得梅格。"她轻声说,"我盯着它温柔的大眼睛……"她用一只手捂着脸,忍住了一声抽泣。

"每天晚上,我和露蒂,我们都会为你祈祷,露丝玛丽小姐。"图尼斯无奈地说。他把怀孕的妻子扶上马车,驾车离开了。

露丝玛丽死死地盯着哥哥的脸:"瑞特,我真是瞎了,瞎得要命!我渴望那些我不该得到的东西,却失去了与我的孩子和丈夫在一起的宝贵时光……"她停顿了一下,深吸了一口气。"哥哥,千万不要犯我犯过的错误。你能……能答应为我做件事吗?"

"任何事都可以。"

"你爱斯嘉丽·奥哈拉。"她用柔软的指尖挡在瑞特的嘴唇上,"瑞特,求你了,改变一下,不要说尖刻或开玩笑的话。你爱那个女人,我们都知道你爱她。瑞特哥哥,你无法战胜爱的本能。现在就去找斯嘉丽。对她要像对我一样坦率。"露丝玛丽走到马车旁,拿出一个裹着屠夫纸[1]的包裹,展开一角,露出明

---

[1] 一种厚而不透水的纸,屠夫用它来包裹肉类,故此得名。

亮的黄色丝绸。那是瑞特多年前送给她的围巾。"这是梅格最喜欢的东西。她总是会把它裹在自己身上,假装自己是一只鸟或一只蝴蝶。她跑起来,丝巾就会飘在她身后,就像……天使的……翅膀。"

"露丝玛丽,我不能要。"

"你得要,哥哥。我们巴特勒家的人从来都不擅长爱人。我们爱得太晚,或者爱错了人,或者根本就没有爱过。把这条围巾给斯嘉丽。多年前,它向我证明了你的爱。现在这上面还带着我可怜的梅格纯真的爱。求求你,瑞特,把它给你爱的女人。"

"露丝玛丽,你和约翰……"

"你帮不了我们。"

"我可以——"

"我知道你可以,亲爱的。嘘。快去吧。早上五点有一班列车。"

哥哥吻了吻妹妹,然后向城里走去。

二十分钟后,在车站,纠察队不让瑞特登上开往佐治亚的火车,最终瑞特给他看了鲁弗斯·布洛克[1]签发的通行证。"先生,公务车厢还有位置。"

瑞特在西点也上过炮兵技术课,他很欣赏这位炮兵少校对

---

[1] 佐治亚州的共和党政治家和商人。

奇卡莫加战役[1]胜利的分析。瑞特从他的旅行袋里拿出一瓶朗姆酒,少校立刻断定这个人绝不是什么坏人。火车一路向西追赶着太阳。瑞特、少校和两个下级军官玩起了扑克牌梭哈。

夜幕降临时,瑞特已经把他们都赢了个干净,但那是邦联政府的货币,大家也并没觉得心疼。

第二天,火车进入了佐治亚州,一名十九岁的中尉说道:"我是土生土长的密西西比比洛克西[2]人,巴特勒先生。我们打败了北方佬,把他们打得落花流水。联邦军再也承受不住和奇卡莫加战役一样的损失了。再打败他们一两次,林肯就要求和了。"

瑞特望着中尉满怀希望的脸,觉得自己像是有一千岁那么苍老。

他们的火车在奥古斯塔[3]转到侧线。

军官们已经习惯了火车延误,于是都朝最近的酒馆走去,瑞特在南部列车公司的办公室里见到了鲁弗斯·布洛克。

布洛克战前来到南方负责亚当斯铁路快运公司的运营。他待人友善、脾气温和;鲁弗斯·布洛克在主街上闲逛时,可敬的佐治亚人觉得他就是他们期望在主街上看到的人,即使布洛克是个北方佬。战争开始后,南方快车公司从北方母公司中分离出

---

1 发生于1863年9月19日至20日,这是北方军队在西部战区的一次惨败,伤亡人数仅次于葛底斯堡战役。

2 美国密西西比州东南部城市。

3 美国佐治亚州的一个城市,坐落于萨凡纳河附近。

来，鲁弗斯·布洛克成为新公司的总裁。

不久，布洛克又开始负责协调邦联的电报和运送军饷的工作。随着他责任的不断增加，最终，布洛克成了邦联铁路公司的代理总裁，并被任命为中校。布洛克从来不穿制服；对鲁弗斯·布洛克来说，战争就像做生意一样平常。

作为旧相识，瑞特大剌剌地把一瓶酒扔在布洛克的桌子上。

"我的老天，瑞特，你是在哪里弄到这个的？"

"巴哈马朗姆酒，二十年，木桶陈酿。没有你的通行证，鲁弗斯，我恐怕出不了查尔斯顿。"

那瓶酒被收进了抽屉里。"鲁弗斯·布洛克知道你这趟运来的是军用物资。瑞特。鲁弗斯问过自己，瑞特·巴特勒能从这些军事物资里赚多少钱呢？"布洛克笑容可掬地说。他一贯很有亲和力。

"我改过自新了，鲁弗斯。不再从封锁线偷渡了。约翰·海恩斯如果能够振作起来，我希望约翰也不要再做这生意了。"

"我听说他女儿死了。真是不幸啊。"

"是的。鲁弗斯，把我送上去亚特兰大的火车。"

"鲁弗斯·布洛克也没法帮你了。我们的每节车厢都塞满了补给。"

"鲁弗斯，我了解你。没什么是你做不到的。"

瑞特和面色阴郁的火车司机贝茨先生待在火车头里。除此之外，还有一个身材高大、保持沉默的黑人司炉工。

当他们离开奥古斯塔时，太阳快要下山了。瑞特躲在煤水车顶上。他四肢摊开，腿伸到了木材车厢的木材垛上，双手枕在脑后，努力回忆着图尼斯·博诺曾对他说过的关于爱情的话——他在六年前说的，到底是什么呢？

他们当时在自由港码头见了面。自从瑞特离开低地地区就多年未见的老朋友，一同去了附近的斯基博丁酒吧痛饮了一场。

图尼斯告诉了瑞特查尔斯顿最近发生的事："你的妹妹，她长成了一个十分美丽的姑娘。"

"你能帮我把这条古巴披巾带给她吗？"

"当然可以。"图尼斯不像瑞特喝得那么醉，"你好像在为什么事烦恼。"

"只是个女人，没什么大不了的。"

"但你的样子倒是表现得她很有什么不得了的地方。你爱她？"

他轻哼了一声："爱？"瑞特把一瓶酒一口气喝光。"我已经爱了很多次了。然后我会爬下床，穿上裤子。穿裤子这个动作太过卑微，让爱都变得平凡乏味了。"

"你这就是在开玩笑了？"

"我有吗？"

图尼斯一脸羞涩地告诉瑞特，他正在追求普雷斯考特牧师的大女儿露蒂·普雷斯考特。"露蒂性格高傲，有时候要是离她太近，会觉得她有点让人讨厌，但她就是我要的那个人了。瑞特，你有这样爱过吗？"

"朋友，为什么要问我这些问题？"

"你有没有遇到过这样的女孩儿，如果无法和她在一起，你就感觉生活失去了价值，人生再也不会完美了？"

"我会感觉受宠若惊，有时感觉很兴奋。但是，不对，爱情不是你说的那样。"

"那么你从来没有爱过，"图尼斯·博诺笃定地说，"你那都不是真爱，因为爱情就是那种感觉。"

现在，活塞的每一次冲程，车轮的每一圈转动，都让斯嘉丽离他更近了。引擎的隆隆声在瑞特的心跳中引发了共鸣。快点！快点！

和斯嘉丽比起来，其他的任何女人，之前的每一次激情都显得毫无活力；可是瑞特从来没有告诉斯嘉丽她对他意味着什么。他一直在犹豫。一直躲藏在漠不关心的面具下。

"该死的懦夫。"他轻声说道。

带着露丝玛丽送的珍贵礼物，瑞特突然觉得自己有勇气告诉她自己的真实感受了。他发誓，他一定可以做到！

欣喜若狂的瑞特·巴特勒走进车厢，把雪茄递给了贝茨先生和他的司炉工。

打开的火炉发出咆哮声。溅出的火花和煤渣在瑞特的黑色绒面西装上烧了几个小洞。

上好的雪茄让贝茨先生的精神得以振奋，他主动说道："晚上开车最紧张了，我真是不想干。啥也看不见，联邦军要是来扒铁路，我可是发现不了，等发现的时候车恐怕已经飞上天了！先生，如果真要翻了车，跑出去还挺难的。这儿有蒸汽，你看。蒸汽会把人的皮肉都烫掉的。"贝茨先生心满意足地抽了一口雪茄。

他们每两个小时停一次车,这时,贝茨先生需要把锅炉装满水。瑞特和司炉工把四根木头拖进煤水车。

破晓时分,火车正在穿越佐治亚皮埃蒙特山麓。

"巴特勒船长,"贝茨先生说,"那边是石山,不到一个小时我们就能到亚特兰大了。"

"只要联邦军队没把铁路破坏掉。"

"不会的,先生。"贝茨轻蔑地哼了一下,"联邦军队永远不会踏入亚特兰大周围的一百英里内。"

当火车驶进车棚时,车轮的刹车发出刺耳的尖叫,瑞特握了握贝茨先生空出的那只手,又把两枚硬币塞给司炉工,然后晃晃悠悠地走下车。他一只手拿着帽子,冲下站台,走向出租马车停靠点。

瑞特爬上车,坐在车夫旁边,把皮蒂帕特的地址递给他。

司机不以为然地看着这位浑身脏兮兮的乘客:"你确定付得起钱吗?"

"我确定如果你再不快点开车,我就立刻掐死你。"瑞特答道。

车夫用鞭子抽了一下马,车子动了起来。

即使很快了,但依然还不够快。

到了皮蒂帕特家,瑞特使劲地敲着门。

"等一下!稍微等一下!我来了!"彼得大叔打开门,不由往后退了一步。"巴特勒船长?"彼得大叔吃了一惊,"我的天哪,你这是怎么了?"

客厅里,皮蒂帕特放下正在缝补的衣服:"哦!天哪!巴特勒船长!你是遇上火灾了吗?你的衣服……你一向穿得很漂亮。那是你的帽子吗?上帝保佑你!你要先洗个手吗?彼得,快把水盆和水罐拿来!"

"皮蒂帕特小姐,您真是太好了。"瑞特放下行囊,然后打开它,"拜托,请帮我把那个拿出来。是的,那个小包裹。就是它。我的手……"

皮蒂帕特拆开包裹,里面是一块精美的比利时花边。瑞特说道:"我一看见它就说:'这个东西不正好可以给皮蒂帕特做一个可爱的领子吗?'"

"哦,巴特勒船长。我该怎么感谢你呢?"

"为您这样一个无须修饰的女人奉上一件饰物,我实在是乐意之至。"

"您可真会说奉承话啊。"斯嘉丽走进房间时鼻子使劲地闻了闻,"巴特勒船长,您是多久没洗澡了?"

皮蒂帕特带着她的礼物迅速离开了。

瑞特头发上带着煤渣,脸上布满了烟灰。他的衣服被海水淋湿,干了之后变得皱皱巴巴,上面还被煤渣烧了几个洞。他的衬衣袖口撕破了,指甲也断了,手里的帽子变成了一块破旧的毡布。斯嘉丽像一只被惹恼的猫一样在他周围轻轻地绕来绕去。

"我急着来见你,亲爱的,"瑞特说道,"一刻都没耽搁……"

"急着见我？你到底为什么这么急着要见我？天哪，希望你没觉得是我鼓励你来的。巴特勒船长，可你见一位女士之前难道不应该先洗一下澡吗？"

彼得大叔拿来了水罐、水盆、碱液肥皂和一条破旧的毛巾。瑞特弯下腰洗脸时，斯嘉丽继续毫不留情地说道："你不来看我们有多长时间了？上次见面是五月？七月？"她的笑声轻快而漫不经心。"我想，这也不重要。时间过得真快啊。"

瑞特用毛巾擦了擦脸："我那时在努力抵抗你致命的魅力。"

"上帝仁慈，"斯嘉丽轻哼一声，"会说好听话的人真是造物主的奇迹啊。继续，巴特勒船长。那些关于我的'致命魅力'的胡说八道，我倒是挺愿意听的。"

瑞特把那条被煤烟染黑的毛巾递给彼得大叔，彼得伸长胳膊把它接过来。

瑞特想为他们带来一个新的开始。他想告诉斯嘉丽关于小梅格的事，关于灌溉工威尔的事，以及关于黄丝巾的事。他想告诉斯嘉丽他爱她。

可他却说不出话。在皮蒂帕特的客厅里，瑞特·巴特勒坐不能坐，摸不能摸，怕弄脏屋里的东西，他默不作声地把他的爱的礼物——一个用肮脏的油纸包裹的小盒子送给斯嘉丽·奥哈拉。

"那是什么？"斯嘉丽打开它，匆匆地看了一眼那条黄色丝巾，然后漫不经心地把它挂在椅子上，"非常感谢，巴特勒船长。您真是太好了。"

突然，瑞特·巴特勒感觉自己愤怒得快要窒息了。他努力咽下自己的怒火，冷酷地说道："哦，没什么，不过是个便宜货，只是为了向一位美丽又善良的女士表示我的敬意。"

瑞特离开皮蒂帕特家后，在街上走来走去，直到怒气完全平息。他发现自己站在贝尔蒙特先生的店门外面，这是亚特兰大最好的珠宝店。

战争已经打了三年，贝尔蒙特先生收了很多珠宝，卖出去的却少得可怜，他在考虑关门歇业了。当瑞特·巴特勒提出要看贝尔蒙特先生最好的宝石胸针时，贝尔蒙特先生几乎是跳到了保险柜前。

像往常一样，贝尔的妓女们让瑞特的心情放松了下来。"您可太脏了，先生。"米内特咯咯地笑着，"我来帮你擦擦后背吧，不要？"

海伦在长椅上铺了一条马鞍褥让瑞特坐下来，米内特为他倒上香槟。米内特叫埃洛伊丝上楼给瑞特准备热水洗澡。

"为什么不让海伦去打水？"

"因为你的手臂丰满强壮。"

瑞特问起丽莎的事，米内特耸了耸肩，似乎对丽莎不屑一顾。"丽莎听从了'酒肉队长'的建议，离开了'红帽子'……去了另一家妓院。丽莎不是当妓女的料！"米内特探过去身子一脸神秘地对瑞特说道，"'酒肉队长'离开了亚特兰大。'酒肉队长'对他的调动很不开心。他一直在埋怨您。"她眨了眨眼睛。

瑞特又喝了一杯,然后上楼洗澡刮胡子。

那天晚上,瑞特带贝尔·沃特林去亚特兰大饭店吃饭,饭后喝白兰地的时候,他送了她那只宝石胸针。

"哦,瑞特!真是太漂亮了!!真是……你对我一直都很好!你知道我——"

他微笑着示意贝尔不要再说下去。

"瑞特,你为什么要送我这个?对我这样的女人来说,这东西太贵重了。"

他把手伸到桌子对面,抬起她的下巴:"因为,亲爱的贝尔,我没法送你一条黄丝巾。"

第十八章

逃亡的狐狸

战争的第一年,轻骑队编入了布拉格将军的田纳西军,成为拉瓦内尔骑兵旅。骑兵旅在肯塔基和田纳西深入敌后进行突袭,伏击联邦军的小分队,捣毁补给火车,烧掉铁路桥,炸断铁路隧道。

边境各州[1]人民支持的对象各有不同,有的女士在叛军骑马经过时向他们吐口水,而有些女士则急于向他们所奉献的伟大事业表示忠心,当然也包括向这一伟大事业的代表——英俊年轻的上校表示忠诚。

安德鲁·拉瓦内尔喜欢这些女士,但从来不记得她们的名字。

上校受到款待时,他的侦察员和他的班卓琴手要么睡在马

---

1 指南北战争前与北方支持废奴相邻的南方各州,包括特拉华州、马里兰州、肯塔基州和密苏里州。

厩里，要么睡在前廊上，有一次他们睡在一辆坏掉的马车里，还有一次他们则蜷缩在垒着花墙的玉米穗仓库里瑟瑟发抖。

"她叫的声音真大。"卡西乌斯说道。

"像只发情的猫。"杰米·费希尔回答，"我真想再来条毯子。"

"我冷得像是再也暖和不起来了似的。"卡西乌斯说道，"该死的。上校对那个女孩做了什么？"

"我可不愿想象那画面。"杰米缩成一团躺下，双手夹在大腿间取暖。

"你怎么不找个姑娘呢，杰米少爷？我是说，我看到有些姑娘盯着你看。"卡西乌斯从简陋的小床上抬起头，"但愿你找的姑娘不要太聒噪。"

"听！你听到有马向这边来了吗？"杰米拿起左轮手枪，大步走到月光下。

在辉煌的日子里，他们的对手联邦军队的第一批战马是临时征集来的，很多马刚刚卸下犁。联邦指挥官们争吵起来，摆出斗鸡一样的姿势，联盟叛军可怕的叫喊声吓坏了许多无能的联邦指挥官，他们甚至没开一枪就投降了。

杰米·费希尔是一个不知疲倦的骑手，十分擅长侦察地形；他本能地知道骑兵旅应该在哪里露营，下雨天哪些路可能无法通行，什么时候在哪里可能会有哨兵驻扎，什么时候渡河是安全的，什么时候——即便河面一片平静，坚硬的河床清晰可见——不能冒险过河。

一天晚上，当侦察员和班卓琴手躺在另一位爱国女士家的马厩上的小阁楼里时，卡西乌斯向他倾诉自己曾经和一个叫苔丝狄蒙娜的姑娘跳过扫帚，她长得十分瘦弱。卡西乌斯告诉杰米："休格老爷把我的妻子卖了，我当时像个孩子一样痛哭流涕。"

在辛西亚纳[1]遭遇战中，联邦骑兵杀死了亨利·克肖上尉，还差点儿俘虏了拉瓦内尔上校。骑兵旅里来自佐治亚的副官威尔克斯少校批评拉瓦内尔上校没有设立岗哨，还在夺回镇子后虐待俘虏的联邦士兵。

拉瓦内尔的战士们对威尔克斯少校的指责很不服气，骑兵旅的军官们嘲笑威尔克斯是"太过矫情的乡下贵族"。威尔克斯离开大队时，杰米·费希尔送他去了车站。虽然杰米没有像威尔克斯那样直言不讳，但安德鲁的所作所为也让他感到苦恼。"战争让上校失去了太多的朋友。"杰米告诉威尔克斯。

阿什利·威尔克斯摇摇头并不认同。这个借口并不充分。

"安德鲁是个好人，"杰米说，"大家都爱他。"

"有时候越容易得到爱的人，越难去尊重别人。"威尔克斯回答道。

名声往往滞后于实际，安德鲁·拉瓦内尔的名声越来越大，但他的士兵们已经把马累得筋疲力尽，往日的胜利也不再那么容易实现了。他们进行了一次冒险，这在一年前他们是绝对不

---

[1] 肯塔基州的一个城市。

会这么做的。

田纳西州军队的指挥官布拉克斯顿·布拉格少将有些驼背，留着胡须，鼻子上方的乌黑眉毛纠结在一起。他是个纪律严明的人。布拉格的肠胃不好，神经紧张，痔疮让他疼得连马鞍都不能坐。倒霉的人都是罪有应得，布拉格将军就是个活生生的例子。

布拉格决定派拉瓦内尔上校去亚特兰大和查尔斯顿，那里的爱国公民渴望为这位邦联英雄庆功。布拉格告诫安德鲁："先生，永远不要忘记你是我的私人特使；你代表的是布拉克斯顿·布拉格！"

他们离开了指挥部，杰米说："上帝啊，安德鲁。布拉格的私人特使——你是不是觉得很自豪？"杰米忍不住笑了起来，安德鲁捶了他一拳。

杰米帮安德鲁收拾行李，并送给他一顶新帽子，之前那顶在辛西亚纳战斗中被毁了。"你应该插根羽毛，"杰米说，"为了女士们。"

安德鲁搂着大舅子的肩膀说："我不需要羽毛，杰米。你就是我帽子上的羽毛。"

"代我向亲爱的夏洛特妹妹问好。"杰米高兴地说。

拉瓦内尔上校的士兵们对他们的指挥官此行的一举一动充满了巨大的好奇。

一个亚特兰大籍下士的妹妹在信中说："拉瓦内尔上校和他的黑人班卓琴手来向查尔斯·汉密尔顿的遗孀求爱，但被她赶走了。"大家都在嘲笑这件事。他的士兵们很高兴听到他们的上校故技重演，但更令他们开心的是，他竟然被拒绝了。他们当中有些人自去年春天以来就没有见过自己的妻子或爱人了。

上校和海恩斯太太的约会引发了他们粗俗的笑话。

黑人中士大笑着说："在一起两小时还嫌不够？我十分钟都用不了。"

令他的骑兵们吃惊的是，安德鲁从查尔斯顿回来时看起来有些闷闷不乐。军官们拿上校的花边新闻开玩笑——这俨然已经成为他们的习惯，但被安德鲁硬生生地打断了，而且他还躲着之前他最喜欢的一些酒友。卡西乌斯总是演奏缓慢而伤感的民谣。

杰米问起那个亚特兰大的寡妇时，安德鲁·拉瓦内尔上校惨然一笑："我宁愿遇上北方佬的兵团，也再也不想见到斯嘉丽·奥哈拉·汉密尔顿了。'拉瓦内尔上校，请你带上你的乐队一起，快滚。'"

就这样卡西乌斯有了个新名字："安德鲁的乐队。"

安德鲁向夏洛特的哥哥询问起他妻子的事情来：夏洛特小时候是什么样的？他在华盛顿赛马场亲吻露丝玛丽·巴特勒的时候夏洛特是否在场？"我当时太生兰斯顿·巴特勒的气了，他让我颜面扫地，我想要不惜一切代价报复他——虽然那都是一时冲动！"

杰米本以为安德鲁还需要一些时间才能适应忠诚的丈夫这个身份，然而当女士想要款待这位"著名的拉瓦内尔上校"时，他微笑着拒绝道："夫人，如果我不是一个已婚男人，你的名节恐怕真要受损了。"

葛底斯堡和维克斯堡战役之后，那些曾经为拉瓦内尔上校歌功颂德的报纸改变了他们的论调。《查尔斯顿水星报》记述了辛西亚纳战斗之后，一名联邦军官戴着拉瓦内尔上校的帽子昂首阔步地走上了一条大街。

布拉格将军很快就会被约翰斯顿将军夺走指挥权，他禁止搞突袭，把拉瓦内尔的骑兵旅只当作一支普通骑兵队。那年秋天，安德鲁在查尔斯顿第二次休假。

拉瓦内尔先生和夫人从不让人来家拜访，也拒绝了所有的邀请。当朋友们问及这对夫妇时，朱丽叶·拉瓦内尔也一反常态地保持沉默。

这一次没有什么丑闻，安德鲁回到部队后不久，杰米就收到了夏洛特的一封信："拜托你别让安德鲁太过冒进，我担心我心爱的丈夫认为他自己配不上我。我担心安德鲁会做一些鲁莽的事情来挽回名声，可是他的名誉已经和正午阳光一样明亮了！求求你，杰米，为了我和我们的儿子，保护安德鲁的安全！"

五周后，在十二月的一个细雨绵绵的下午，杰米·费希尔站在山脊上俯瞰俄亥俄州的波默里村，沉思着教堂的钟声："我为什么会觉得教堂的钟声好听？教堂的钟声不就意味着周日早上家家户户来到米廷街散步吗？"

安德鲁·拉瓦内尔上校从望远镜中观察着这个村子，教堂的钟声像受惊的鹅一样喧闹："叛军来了！警报！警报！"

波默里教堂的钟声中还混杂着从村子里传来的微弱钟声。

"那是上帝的钟声,杰米。你真丢脸。"安德鲁猛地合上望远镜,"我们是直接从那儿穿过去还是绕过去?我们是不是应该给波默里的村民们留下点儿什么,将来他们好讲给子孙们听?"

"不,安德鲁。那里一定会有个花白胡子的老头儿抱着火枪,幻想着干掉一个南方士兵。"

安德鲁·拉瓦内尔在马鞍上挪动了一下:"联邦军离我们有多远?"

"三个营在我们后面还有两小时路程。"

"他们这次逃不掉了。"

"哈哈。"杰米笑道。

安德鲁询问了杰米他们回营的路线。

科布浅滩两星期前可以通过,但近来雨水很多,水量太大了。

安德鲁心不在焉地抚摸着马的脖子:"卡西乌斯不会游泳。"

杰米向他侧过身:"如果我们加紧赶路,明晚就可以赶到俄亥俄河。"

安德鲁·拉瓦内尔站在马镫上指挥他的士兵绕过这个小镇。他们要回家了。

两个星期前,安德鲁·拉瓦内尔带着两千名精力充沛、武器精良的南部联盟骑兵穿过俄亥俄州深入北方,他们打算破坏铁路,烧毁军队仓库,偷马,并招募同情南方的人加入到这一伟大事业中来。

然而突袭进行得不顺利。联邦的多支兵力接到了电报，对他们穷追猛打。和敌人正面交锋他们毫无胜算，必须要日夜兼程，还要依靠杰米·费希尔的机智才能躲过去。

他们一直东躲西藏，然而在无法避开的时候只好拼命突围。牺牲的士兵来不及掩埋，伤员被直接丢在十字路口。筋疲力尽的士兵只能坐下来，等着被北方佬抓走。四门野战炮如今只剩下一门。

拉瓦内尔骑兵旅的三百名幸存者挎着枪，胡子拉碴，满身污迹；他们看起来更像土匪而不是士兵。他们从俄亥俄州农民那里买来的马（用邦联货币支付），速度和耐力都无法和他们当初的坐骑相提并论。

那天晚上下起了雨，冰冷的雨水把枯叶从树上卷下，撕碎，扔在路上。为了不让马累死，骑兵们抓住马镫徒步前进。安德鲁·拉瓦内尔的血液流动都放慢了，所有令他熟悉的沮丧再次涌上心头，他向卡西乌斯吼道："来支曲子，小子！"

卡西乌斯盘腿坐在弹药箱上，用一把破烂的雨伞保护着他的班卓琴。卡西乌斯想要让他的主人高兴起来，可是弹奏的曲子要么调子不对，要么是安德鲁早听腻的。

冰冷的雨水从安德鲁的帽檐上滴下来，顺着他的脖子流淌下来。

卡西乌斯把他那件珍贵的乐器裹在夹克里，弓着身子，一脸愁苦地一动不动。

月色朦胧，只够看到眼前的人。有时黑人中士都看不清路。士兵们边走边啃饼干。他们离开队伍去方便，然后一路小跑赶上来。雨水从他们的衣领、肩缝和靴底浸透了身体。他们没精打采的帽子塌在脑袋上。他们的灵魂也缩成了一团。有时，当某个骑兵想要骑上马，他的马还会反抗。有时，精疲力竭的马瘫倒在地，疲惫不堪的骑兵想要把马拽起来，结果自己先趴在了地上。

安德鲁在查尔斯顿火车站和夏洛特告别时，夏洛特告诉他："亲爱的，我比这世界上的任何人都了解你，而且我知道你做了一些事，令你感觉羞耻。但你觉得羞耻，那就证明你是个好人。"

安德鲁爱过很多女人，但只有夏洛特能让他感到安全。

在他们深入联邦领地的第十五个早晨，雨停了，一阵寒风将云层拂散。太阳升起，大地闪闪发光。杰米·费希尔仔细侦察了他们的后方，回来报告说他们已经摆脱了追兵。"但他们一定能猜到我们要去哪儿。"

"是的，杰米。"

"他们会封锁河口。"

"杰米，你他妈的担心的太多了。"

他们越过了一个沟沟壑壑的高地。道路时不时地就延伸到了深沟里，他们跌跌撞撞地蹚过泥泞的溪流，泥浆水溅到了马肚子上。白尾巴的鹿从灌木丛中飞奔而去。他们骑马经过荒芜贫瘠的农场。天暖和起来，高地变成了平坦的牧场，中午时分，他们拐上一条小路，走向一座装有隔板的二层农舍。他们听到后门砰的一声，然后是急促的、逐渐远去的马蹄声。厨房的炉子还是热的，煎锅里的肋排吱吱作响。杰米·费希尔吃了一块，舔了舔手指，给安德鲁倒了杯咖啡。"天黑以前我们就能到科布浅滩。"杰米说。

安德鲁双手抱着杯子坐在厨房的桌子旁。带缺口的杯子是件日常用的陶器；祖母的瓷器一般会放在客厅摆放瓷器的壁橱里。

门外，黑人中士叫喊着："卸下马鞍，给马好好刷洗一下。你们累，它们更累。墨菲，醒醒，伙计。该死，你还没死呢！"头顶上的卧室里传来靴子走动的声音，安德鲁听到抽屉被拉了出来。他的手下一直都是小偷吗？他记得曾经一个联邦士兵怀里抱着一只大钟在辛西亚纳的主街上奔逃。可怜的傻瓜，安德鲁用军刀把他送去的那个地方根本用不上时间。

这世上有很多可怜的傻瓜。

杰米滔滔不绝地谈论着科布浅滩。

安德鲁太累了，累得要命。他用两只手举起咖啡杯，端到唇边，吞下一口。

杰米说："安德鲁，一定不能让他们比我们先到河边。"

杰米到底哪儿来的这么大的劲头？"杰米，"安德鲁说，"看在上帝的分儿上，杰米。"

安德鲁费力地把杯子放在桌上而不至于摔碎。他张开双手，无力地放在桌子上。

"安德鲁,还有五小时就到科布浅滩了。只有五个小时。实在不行,让马休息一个小时。我们天黑前就可以过河了。"

安德鲁真希望夏洛特在这里。夏洛特总是知道该怎么做。刚结婚的时候他对此很反感。他当时对她真是太坏了。

杰米敲了敲桌子,安德鲁抬起头来。杰米说:"安德鲁,你现在不能退缩。"

安德鲁声音沙哑地说:"如果我让一个娘娘腔告诉我该怎么做,那我他妈的该死了!"

安德鲁·拉瓦内尔把头靠在胳膊上,闭上了眼睛。

士兵们卸下马鞍,为马做好了按摩。他们脱去衣服放到太阳下晾干,然后钻进马厩和干草堆里睡觉。

两只美洲鹫在头顶盘旋,打量着下面像花朵一样铺开的衣服。

那天傍晚日落的时候,这些人醒过来,穿上干衣服,给手枪填上子弹。院子的烫肉池里煮了农民的六只火腿和三蒲式耳土豆。士兵们用干草叉在池子解决了晚餐。

之后,他们打着嗝儿点燃烟斗。黑人中士说:"我从没想过我们会沦落至此。"

"干脆我们留下来种地吧。"有人回复道。

安德鲁一直没有从房子里出来过。杰米·费希尔好像又出门侦察去了。

夜空如洗,布满了星星,一颗流星快速地坠向大地。

卡西乌斯演奏了《阿肯色的旅行者》和《士兵的快乐》，在明亮星星的注视下，年轻的士兵们跳起号笛舞和吉格舞，在谷仓前的空地上转着圈。

拂晓时，他们骑上马，几个小时后，高原逐渐消失在雾海的边缘。穿过一团凌乱的浓雾，前方两英里处，高原再次出现，那边就是南部邦联的领地。

"我真想走着穿过这片雾。"安德鲁·拉瓦内尔说。

杰米嘟哝着："既然你能走着过河，难道就不能走着穿过大雾？"

"杰米，对不起。我不该说那样的话。"

"你真是个混蛋，安德鲁。"

"老杰克在我身上留了印记。但我需要你，杰米，这点你不能怀疑。再过一会儿。再过几个小时，我们就回家了。"

杰米·费希尔没有回答。

这条路沿着高原的一侧向下，来到俄亥俄河旁边的一片庄稼地。未摘下的玉米外皮在雾气中影影绰绰。

俄亥俄河在科布浅滩处有一英里宽：一直到麦克林岛是一片广阔的浅水区，再向前就是狭长的深水区。低岛方圆两百码，到处长着杂乱的浮木和灌木丛。水位低的时候，马车可以涉水而过，甚至连车身都不会打湿就能到达对岸，那里就是邦联控制的区域。高水位时，俄亥俄河上可以通航，从匹兹堡一直到新奥尔良，吃水浅的尾轮船可以推着驳船在深水航道航行。

这天早上，岛被浓雾完全遮盖住了。

杰米·费希尔在留有马蹄和车辙印的泥潭前勒住了缰绳。他听到了麦克林岛上铁铲的叮当声。

"他们比我们先到这儿了,"安德鲁说,"一个团?"

"一整个旅。"杰米指着一些更深的车辙,"那些是拉炮的马车留下来的。"

安德鲁·拉瓦内尔下了马,走到河边,一棵倒下的美国梧桐的根在水面上摆动着,就像一个得不到回应的祈祷者。

在岛的后面,邦联一侧的岸边,树梢平静地从雾中浮现出来。

拉瓦内尔骑兵旅的残余部队赶到安德鲁和他的侦察兵后面。

"我可以睡上一个月。"安德鲁说。

杰米说:"帕克斯堡[1]有一个渡口,但还得往上游走三十英里。"

有些人把他们的马牵到水里;其他人双腿盘坐在马鞍上,扣出一小撮鼻烟吸进去。他们也看到了地上的印记。

一个骑兵从后方飞奔而来:"上校,联邦军的一个旅下了高原,马上就要追过来了。"

杰米说:"这次他们跑不了了。"

安德鲁说:"杰米,我……我不知道……"

杰米·费希尔说:"安德鲁,你必须带领着大家。没有其他人了。"

---

[1] 西弗吉尼亚伍德郡首府。

安德鲁犹豫了一下,然后他挺直身子,又变成了拉瓦内尔上校,那个带有传奇色彩的叛军指挥官。"谢谢你,杰米。"他说。

麦克林岛上的联邦军骑了一夜马,到达岛上后又一直在挖战壕。他们又累又恼火,一个士兵不小心把一团泥土扔在另一个士兵的靴子上,立刻招致一顿痛骂。他们还没吃早饭。

突然响起一阵尖叫,那叛军的号叫声使得联邦炮手们跳起来跑向大炮。骑兵放下铁锹抓起卡宾枪。他们把冰凉的枪托抵在汗流浃背的脸颊上,扳下击锤。

一群邦联骑兵如旋风般从雾中冲了出来,他们策马疾驰,在浅滩上呼啸而过,发出令人毛骨悚然的尖叫声,用左轮手枪对着前方一顿射击。一百,二百,一千——上帝,他们有多少人?

他们出现得太突然,联邦士兵还没开上一枪,这群可怕的人又退回到了雾中;同时,两名邦联军官打着休战的旗帜向岛上飞奔而去。

一个中年北方佬少校在岸上和他们会见。骑兵们勒住缰绳,少校调整了一下帽子,让它端端正正地戴在他的头上。在新战壕旁被翻出的新鲜泥土上架着一支支卡宾枪,枪口整齐地对着两位邦联军的军官。

拉瓦内尔神态自若地坐在马鞍上:"少校,你可曾记得真正的士兵什么时候像鼹鼠一样挖过洞?"

少校和安德鲁一样身姿挺拔地坐在马上。少校的军装像他本人一样——破旧却整齐。"我曾有过不像鼹鼠一样打洞的朋友。

我在祈祷时还记得他们。"

安德鲁·拉瓦内尔这辈子十分了解和鄙视像这位少校一样的人。这些受人尊敬、身材健硕、普通而乏味的男人瞧不上杰克·拉瓦内尔，也瞧不上杰克的儿子。拉瓦内尔一家逐渐败落，而像他这样的人却逐渐发达，那是因为他们缺乏想象力，从不尝试任何冒险或有趣的事情，也不会为了追求卓越或者只是为了好玩而放手一搏。

安德鲁盯着少校冷漠的脸，还没开口就已经知道自己的虚张声势是不会成功的："你知道我是谁。你清楚我有两千人马和六门野战炮，只要我想把你赶出这个岛，我就一定能做到。投降，我就放过你和你的人。让我们过河，走自己的路，你也不会比昨天少点儿什么。反抗的话，你们就要搭上性命。"

少校点点头，好像他早已料到安德鲁的威胁，并认为安德鲁的表现还不错："拉瓦内尔上校，很高兴认识你。我和我的士兵们一直想知道你是否像报纸吹嘘的那么骁勇善战。有时，先生，报纸并不完全正确。"

"投降吧，先生，让我们过去。"

"哦，"联邦少校轻松地说，"恐怕不行。"他露出了微笑。"但是如果你想让我们试试手，那我们倒是很欢迎。"

安德鲁可以看到远处小路一侧的水道。只要到达那条水道，他们就可以游到邦联的岸边。"认识你很高兴，少校。"安德鲁故作镇定地说，然后干脆地敬了个礼，和杰米掉转方向冲进了浓雾之中。

他的士兵们满怀期待地看着安德鲁。

"他们会把我们杀得片甲不留,"杰米说,"我数过了,八门大炮。安德鲁?"

安德鲁转向小岛。大雾凝滞在远处,除了细长的树梢,他什么也看不见。远处的海岸清晰一些:陡峭的河岸,然后是一条雾带,再后面是树木。

杰米在说着什么。

那雾可真淘气,盘旋着,被风吹成一缕缕。他好像看到了夏洛特的脸和她满含爱意的眼睛。

"安德鲁!"杰米低吼着,"看在上帝的分儿上,安德鲁!"

他再也见不到夏洛特了。他再也见不到他的儿子了。南方将会有一代人的儿子与他们的父亲素未谋面。安德鲁认为那也不完全是件坏事。

杰米建议他们可以尝试从其他地方过河,他在科布浅滩侦察时发现了一处地方。在河上游几英里处。但他们必须要游过去。

他为什么会离开夏洛特?他再也想不起来了。

黑暗降临,他感到如释重负。

"安德鲁!"杰米焦急地低声道,"你千万别这样,安德鲁!"

在一个崇尚勇敢的国家里,安德鲁·拉瓦内尔也算得上是个勇敢的人,但也许他做过的最勇敢的事情就是摆脱眼前的黑暗,用骑兵旅上校的声音大喊:"跟着我往上游走,士兵们!要么进岩石岛监狱,要么回家!"

拉瓦内尔骑兵旅穿过藤蔓般卷曲蔓延的雾气，沿着河边小路向上游慢跑，并排骑行的队伍将整条小路都填满了。一匹精疲力竭的马倒下了，离它最近的人一把抓住马上的士兵，把他拽到自己身后。越来越多的马倒下了。在路旁的玉米地里，雾气像鬼火一样升腾而起。

"就是这儿！"杰米喊道，部队从道路下到河岸边。他们收紧缰绳，马喘着粗气停在一个浮动船坞旁，那里拴着一艘快要沉没的小船。

这里的河道更窄，大概只有半英里宽。越过翻滚的泥水，对岸的邦联领地和这边的景色别无二致。

杰米唱了起来："如果想拥有美好时光，如果想拥有美好时光，快来加入轻骑兵！"

后防传令兵来报："他们追上来了。联邦军队追上来了。"

指挥官拉瓦内尔上校站上了河岸，让每个人都能看到他："士兵们，想当初我们打了多少漂亮仗，现在敌人要来讨债了。河对岸是自由，这边是北方佬的战俘营。不会游泳或者不想游过去的可以和我待在一起，我们来拖住敌人，让其他人可以游到对岸去。"

骑兵们把靴子绑在马鞍上，把马顶进湍急的棕色河水中。有的紧紧抱住马脖子，有的抓着马镫奋力向前游。他们在湍急的水流中不断向下游倾斜。

炮兵们支上仅存的一门大炮，拔去炮口的塞子，把它对准联邦军必须要经过的这条雾蒙蒙的路上。其他人把小船拖出水面作为炮兵掩体。

"安德鲁，你的马能游过去。"杰米说，"我来负责殿后。"

尽管喉咙发紧，安德鲁还是努力地吐出几句话："什么，杰米——让你独享这乐趣？"拉瓦内尔上校像以前一样微笑着，把双手藏在外套里，这样就没有人能发现他的手在颤抖。

一声口哨声，舰首炮突然开火，紧接着一艘联邦炮艇冲出大雾向正在渡河的南方战士们发起攻击。

水上形成一道道龙卷风一样的水柱，上方是白色的宽阔水墙，底部的颜色则更深。

这是一场猎火鸡的游戏[1]。

舰首炮不断装填炮弹然后迅速开火。马嘶叫着。人和马纷纷被炸死。尸体碎片顺流而下：那个在水中翻滚的肉块之前还是一匹马；旁边的那个小点则可能是骑手的帽子。

虽然联邦军的炮火十分猛烈，安德鲁的一部分士兵依然到达了远处的岸边，他们仓皇地爬上岸，消失在雾中。卡西乌斯丢失了他的班卓琴。

"这下你的乐队没戏了。"杰米轻声说。

炮艇一路向下游开去，追逐着已经死亡的人和马。血溅到船尾的明轮上，在船经过的地方留下一道红色痕迹。

联邦军队的燕尾旗轻快地飘舞着，军官们咧着嘴笑，直到目睹了河里的大屠杀，他们也不禁变了神色。炮艇来回巡行，骄傲

---

[1] 原指猎人找好位置，对火鸡进行围猎的行为。后指一方借助地形优势轻松取胜。

地吹着汽笛,炫耀着自己是个了不起的玩意儿。

安德鲁·拉瓦内尔向俘虏他的人致敬:"早上好,先生们。我相信你们已经找了我们很长时间了。"

第十九章

黄色丝绸腰带

圣诞节休假结束，成千上万的佐治亚州士兵返回了他们的部队。他们当中有市民、农夫、律师、铁匠、医生、教师、兽医、轮匠和种植园主，他们告别家人赶赴弗吉尼亚。等到道路不再泥泞，重型大炮、不停歇的补给列车将会抵达那里，成群结队的穿着蓝色军装、装备精良、身强体壮的联邦士兵将会向这里再次发起进攻。三年来，这些普通的南方人抵御并挫败了联邦巨人一次次的攻击——并付出了惨痛的代价。

在亚特兰大火车站，威尔克斯少校崭新的军装外套和亮黄色腰带格外醒目。不是每个士兵都能有一整套军装——大多数人穿的都是土布制成的军装或是用胡桃壳染色后的联邦战俘的军装。军官们的马匹的肋骨在鼓皮一样绷紧的皮肤下高高翘起，像梯子的一根根横档。

妻子们强忍着眼泪，而当兵的丈夫则微笑着。年纪大一点儿的孩子知道如何保持沉默,但年纪小的孩子不能接受爸爸勇敢的谎言,一直哭个不停。士兵们的离别伴随着孩子们伤心欲绝的痛哭。

阿什利·威尔克斯能分辨出鲁本斯[1]和委拉斯凯兹[2]的画作,清楚任意一首莫扎特协奏曲是作曲家早期还是晚期的作品。他参观过伦敦塔,到过莱茵河交汇处。他游览过欧洲的花园,从布莱尼姆宫[3]到凡尔赛宫。他知道哪种优质玫瑰最适合在佐治亚州的黏土地生长。尽管他对战争抱有怀疑,但他是个好军官。虽然阿什利不习惯与人亲近,但他受人喜爱和信任。威尔克斯少校知识渊博、思虑周全。在三十三年的人生经历中,他从没有想过会同时爱上两个女人。

他爱他的妻子梅兰妮,他也爱……"她",不过她的名字他却说不出口。她曾经是邻居的女孩,一个有趣的伙伴,一个他寄予厚望的年轻人,一个相处愉快的朋友,一个爱尔兰移民种植园主家的纯洁的女儿;她一直是阿什利的伽拉忒亚[4],直到他从欧洲旅行回来的那一天,他突然发现,他不在的日子里,女孩儿变成了"她"。

阿什利·威尔克斯读过许多关于女人的书。美狄亚[5]、麦克白

---

[1] 皮特·保罗·鲁本斯(Peter Paul Rubens,1577—1640),弗兰德斯画家,巴洛克画派早期的代表人物。

[2] 委拉斯凯兹(Vekasquez,1599—1660),巴洛克时期西班牙画家。

[3] 别名丘吉尔庄园,是历代马尔伯勒公爵府邸,也是温斯顿·丘吉尔的出生地。

[4] 希腊神话中一位美丽的海中仙女,是海神涅柔斯的女儿。

[5] 希腊神话中科尔喀斯国王之女,以巫术著称。

夫人、朱丽叶、伊索尔德[1]、苔丝狄蒙娜[2]，甚至被人所不齿的包法利夫人，阿什利对这些女性有着充分的理解。但是他无法理解斯嘉丽，也无法理解他对她的渴望。他一生都对自己这种不道德的情趣极力否认。阿什利·威尔克斯对她情根深种，这点连他自己都觉得错愕。

阿什利确实爱他的妻子；她符合他所有的期望。他休假回来的每一分一秒都是和梅兰妮一起度过的。躺在她的怀中，关上卧室的门，将这世上所有的悲伤和恐惧都拒之门外。

梅兰妮不知从什么地方找到一块布料，为她心爱的丈夫缝制了一件军装大衣。阿什利修长的身躯被温暖包围和呵护着，那是梅兰妮给予他的。

在将要出发去往车站的几个月前，斯嘉丽找到阿什利独自一人的机会，送了他一条她亲手缝制的漂亮的丝质腰带。唉，斯嘉丽向他吐露了内心的爱。

阿什利没有回应。他的答案是什么？没有回复，没有承诺，也没有借口，他把斯嘉丽丢在了门阶上。一个绅士还能做什么？

在车站，阿什利·威尔克斯少校穿着漂亮的新制服，系着精致的新腰带，但内心饱受折磨。

"早上好，少校。"凯德·卡尔弗特用手帕捂着嘴咳嗽。一直

---

[1] 理查德瓦格纳创作的歌剧《特里斯坦与伊索尔德》中的女主人公。
[2] 莎士比亚悲剧《奥赛罗》中的女主人公。

盯着凯德白手帕上的红色斑点是不礼貌的行为。凯德的兄弟雷福德和南方联军的死难者一起葬在了葛底斯堡。

"火车哪儿也走不了了。"托尼·方丹举起酒瓶表示问候。他的兄弟亚历克斯昏倒了,头枕着他的背包,走路不留心的行人踩在他身上,他也毫无反应。

"没有火车头。"在这些衣衫褴褛的男人中,这个穿着剪裁精致的服装的平民像一个感叹号一样引人注目。

"大概是被哪个该死的投机商拿去用了!"托尼尖刻地说。托尼的兄弟乔也战死在了葛底斯堡一战中。

阿什利转过身来:"哦,巴特勒船长……"

"向您致意,威尔克斯少校。您的腰带真精致。"

这个长着迷人黑眼睛的有钱人一直在追求斯嘉丽。这件事人人都知道。"我的腰带是某个亲近的人送的礼物。"阿什利回答道。

"自从离开哈瓦那,我就再也没见过这样的丝绸。还打了个情人结?威尔克斯夫人的针线活儿做得可真好。"

"梅兰妮?"阿什利脸红了,"啊,是啊。是的,她针线活很好。看起来我们要晚些才能离开了;我们的火车——"

托尼·方丹跟跟跄跄地走过来,浓烈的威士忌味道喷向阿什利:"少校,我有没有说过我有多佩服您?我是说,您是个……您是个真正的绅士。我对天发誓,您要不是谁还能是!"

"他们从琼斯博罗调来了一个火车头。"瑞特耸耸肩,"一个小时,或者两个小时就到了。少校,趁着没上车,我能请您喝一杯吗？"

阿什利·威尔克斯感觉精疲力竭。托尼·方丹醉酒后对他的恭维之词，还有凯德·卡尔弗特在手帕上吐血，一想到这些他就感觉内心无法承受。至少巴特勒是个绅士。"我可以来一杯，先生。"

他们走到迪凯特大街，巴特勒攀谈起来："很多旅馆都变成了医院，现在没有几家是正经的酒馆了。"他搓了搓手。"无论战争还是和平，恶习总是要得到满足的。我们到了，少校。"

国家饭店的大堂和酒厅里挤满了圣诞休假来喝酒的军官。饭店赌场的门由保镖把守，他们展开粗壮的双臂让巴特勒船长和他的同伴进去。

在这个宽敞的房间里，一个黑人正在擦轮盘赌的轮子，另一个在吧台后面清洗玻璃杯。在一张绿色呢面赌桌旁，一个赌客玩着纸牌游戏。周围一片寂静，阿什利能听见他把每一张牌翻开的声音。迎接他们的黑白混血儿穿着正装裤子和崭新的荷叶边衬衫，但没穿夹克："下午好，巴特勒船长。少校。赌局恐怕要到七点才能开始……"

"我们不是来玩的，杰克。你不介意我们找一张安静的桌子坐坐吧？也许再来点儿香槟？"

"没有锡勒里[1]产的了，船长。自从上次您带来几箱之后，再也没有了。"

---

[1] 法国马恩省一个小镇，是特级香槟的产地之一。

"我已经不跑封锁线了,杰克。就拿你们这儿最好的酒来吧。"

酒端了上来,巴特勒为阿什利倒满一杯,阿什利立刻一口气喝干了。瑞特重新倒满。"那条腰带真不是一般漂亮啊,"他不依不饶地说,"我敢说那是哈瓦那丝绸。"

"您在古巴待了很长时间吗?"

"我想知道您妻子在哪里找到的这种丝绸。"

"梅兰妮总是很有办法。我听说古巴很美。"

"那是座拥有广阔海滩的岛,幸而那儿的行刑队的枪法不过关。我很欣赏您的妻子,先生。冒昧地说一句,威尔克斯夫人是亚特兰大最优雅的女士。"

"我会非常想念她的。"

瑞特·巴特勒的眼睛死死盯着阿什利:"您真幸运,能有这么一位能干,"——他意味深长地看了一眼那条腰带——"而又品行高贵的妻子。"

荷官转动轮盘。象牙球跟着咔嗒咔嗒地转动着。

阿什利从未来过这样的场所,战争爆发后,这个房间就变成了专供男人们消遣娱乐之所。它让人们回想起往昔的优雅体面。阿什利向前探了探身子,微笑着说:"巴特勒船长,您在十二橡树参加了那次烧烤会。还记得那株法国丁香和山茱萸吗?您有没有参观我们的玫瑰园?

"克莱顿的每个种植园主都羡慕我们有玛玛鲁克,我们的小提琴手。"阿什利轻笑着。"那个黑人没干过什么正经活儿。我相信我们的仆人在聚会上比我们玩得更开心。"阿什利惊叹地摇摇脑袋,"他们就像一群快乐的孩子。"

巴特勒船长僵硬的身体在警告阿什利,他正处于危险之中。"作为查尔斯顿的绅士,您也一定有相同的回忆。烧烤、舞会、赛马大会……"

瑞特在给阿什利倒酒时酒溢了出来,他用手把桌上的酒扫到了地上。"我父亲养的马都很厉害,它们可真让我心疼呢。我们巴特勒家吃饭用的是英国银器和法国瓷器。春天,布劳顿种植园的杜鹃花让人眼花缭乱。"瑞特向威尔克斯举起酒杯,"威尔克斯先生,您有没有用鞭子抽过家里的仆人?我是说亲自。您自己用鞭子抽过人吗?"

阿什利感觉中了埋伏。"用鞭子抽仆人?为什么,我们从来不需要。为什么要这么做?我不记得我的父亲鞭打过任何黑人。我只记得他很仁慈。"

"那你们是怎么对待……'不守规矩'的黑人的呢?卖掉他们吗?"

被压抑的童年记忆又回来了:一个哭泣的女黑奴抱着阿什利父亲的膝盖,因为奴隶贩子的大车拉走了她的丈夫。

一时间阿什利说不出话来。侍者正在为酒吧补货,酒瓶子叮当作响。

阿什利咳嗽了一声,擦了擦嘴唇:"人们说今年春天格兰特将领导联邦军队向我们发起进攻。我的连队里只剩下了十个人,我所在的团也减少到了六十个人。"为什么有些男人讨厌美的事物？温文尔雅的美到底有什么错，竟让瑞特·巴特勒如此不屑一顾？"我对我们的邦联政权感到很担心。"阿什利总结道。

瑞特就像看猎物一样看着他的客人："告诉我，威尔克斯少校。您是个理智的人。您曾经历过情感的犹豫吗？有没有辗转反侧，日夜思索，她爱我吗？我爱她吗？先生，我有时在想，成年人心怀渴望的痛苦和学校里的男生汗流浃背的折磨到底有什么不同？"

"我对女人没有太多的经验。"

"我有。根据我的经验，她们各不相同，就像玫瑰和矮牵牛，摩根马和纯种马。每个女人都是独一无二的。"

"每个都值得爱吗？"

"我认为在这件事上我们没有选择权。我们没办法选择我们爱的人；只有爱选择我们。"

阿什利皱起眉头："当然可以，先生——很多幸运的婚姻都是家人安排的。你不觉得我们可以学习爱吗？"

瑞特咬了咬雪茄嘴，吐了一口唾沫，点燃了火柴："不，威尔克斯少校，我不这么认为。我想大多数男人和女人活了一辈子都不了解爱。他们只是将幻象当作现实。他们把冰冷的灰色余烬与熊熊燃烧的大火混为一谈。"

阿什利·威尔克斯打开怀表："我们的火车头快到了。"

"再等一会儿，威尔克斯少校。时间还充裕，这里更安静一些。我听说您和安德鲁·拉瓦内尔吵了一架。"

阿什利问道："难道联邦军对拉瓦内尔上校的所作所为不可

怕吗？"

瑞特哼了一声："把骄傲的拉瓦内尔上校当作寻常的偷马贼关进监狱吗？我告诉你，先生。安德鲁成为监狱中的普通囚犯是件幸运的事。联邦政府对待罪犯可比对待叛军战俘要好多了。我听说您向布拉格将军投诉了安德鲁。"

"布拉格是个墨守成规的傻瓜。"

瑞特慢吞吞地说："哼，他当然是个傻瓜。那么您的投诉是……"

阿什利碰了碰杯子示意再倒一杯："我是自愿去他的骑兵旅的。"

"为了吹个军号，奋勇杀敌，大概这类的事情吗？"

"听着，巴特勒。我觉得你的话十分无礼。"

"抱歉。您从前是安德鲁的副官……"

"在查尔斯顿您就认识安德鲁·拉瓦内尔？"

"我们是同学。曾经有一段时间我愿意为安德鲁做任何事。您投诉他？"

阿什利说："拉瓦内尔上校不是君子。"

"安德鲁对自己也有同样的怀疑。"

阿什利低头看着他的手："那么，好吧。如果你一定要知道，我们一直在搞突袭，但并不顺利。我们的旅越过利金河进入肯塔基州的辛西亚纳，那里很安全，是邦联的领地。孩子们跑到我们身旁大叫：'拉瓦内尔！那是拉瓦内尔上校！'女人们挥手致意，可安德鲁已经累得没力气回应了。他心情不好，所以部队由亨利·克肖负责。克肖上尉把我们军官安排在镇上休息。黑人中士则在城西的旅里扎营。

"但亨利没有安排岗哨,联邦骑兵拂晓来袭时,我们还躺在床上。安德鲁和我穿着睡衣逃跑了。你认识亨利·克肖吗?那个吵吵嚷嚷、整天醉醺醺的恶霸?"

"您对他的评价还算客气。"

"亨利没有跑。亨利·克肖抓起拉瓦内尔的羽毛帽子,手里拿着手枪,大步走到街上,他赤身裸体,只戴着那顶帽子,大声叫着他是,上帝啊,他是拉瓦内尔上校,如果他在北方军面前逃跑了,他就是个混蛋!亨利在死前还开了一枪。这些穿绿军装的联邦骑兵不过是个粮草征收队,他们只是偶然发现了我们。"

阿什利·威尔克斯继续说道:"骑兵旅听到了枪声,当我们赶到时,士兵们已经上了马。拉瓦内尔上校脸色铁青。

"那些联邦士兵做梦也没想到我们会反击。他们正在镇子上大肆劫掠。一个倒霉的下士正拖着一个比他还高的客厅大钟。他们都没怎么反抗。

"他们的队长戴着安德鲁的帽子。他要聪明点儿的话就应该把它丢掉。当他想把帽子还给安德鲁时,安德鲁拒绝了。'怎么了,先生,这帽子属于您。是您英勇行为的战利品。'

"我们为亨利·克肖穿好衣服,把他放到骡车上。安德鲁命令我们的囚犯跟在后面,他调整了缰绳,让那个联邦上尉拉车。'亨利也希望这么做,当然你也不会拒绝向这位被你杀害的人表达你的敬意……'

"联邦军官一摔倒,拉瓦内尔上校就用鞭子抽他,就像抽骡子那样,我们到达墓地时,那个男人蜷缩着跪到了地上。安德鲁又一次拒绝接受他的帽子。'不,先生。你为了那顶帽子杀了个人,这帽子是你的。这东西也可以留给你孙子让他吹牛。现在,你不能不为亨利安葬就离开吧,对吗?'"

阿什利继续说:"他挖了坟墓之后,安德鲁·拉瓦内尔主持了葬礼仪式。然后转身对上尉说:'你挖的墓很大,刚好够躺两个人。'"

阿什利说:"那个军官当着我们的士兵和他的士兵的面跪了下来,抓住安德鲁的腿,乞求能饶他一命。"

瑞特·巴特勒噘着嘴巴:"安德鲁总是在事情快做完的时候才弄清楚自己都干了什么。"

阿什利的眼神飘忽不定:"安德鲁嘲笑那个人。'把那帽子给我。'他说,'它戴在胆小鬼的头上不合适。'

"我们把那个军官和他手下的士兵留在了那儿。"阿什利停顿了一下,"过去,我曾将风趣看作是锦上添花的优点。我做梦也没想到它能这么丑陋。"

"真即是美,美即是真,对吗,少校?"瑞特·巴特勒说道,他起身离开,"我十分喜欢您的黄色腰带。我能感觉到那其中的爱。代我向您的妻子问好。"

第二十章

鲜血之河

亚伯拉罕·林肯被提名为下一届总统候选人,他说:"我并不认同代表们的看法,他们说我是美国最伟大或最优秀的人,我只认同在渡河时换马绝非良策[1]……"

那是一条鲜血之河。战争爆发的第四年五月八日。尤利西斯·S.格兰特[2]开始了他的春季攻势。到了六月,格兰特损失了六万人。冷港战役,他在八分钟内损失了七千人。

在西部,谢尔曼将军向亚特兰大进发。约翰斯顿将军率领南部联军在多尔顿、雷萨卡和皮克特[3]击败了寡不敌众的谢尔曼部队,但每一场胜利之后,南部联盟都遭到包抄,补给线被联邦军队切断,被迫放弃阵地。谢尔曼被人嘲笑是个不会打仗的将军,

---

[1] 此处意指林肯认为联邦政府应一鼓作气取得内战的胜利。

[2] 尤利西斯·S.格兰特(Ulysses S. Grant, 1822—1885),内战时期联邦军队将军,美国第18任总统。

[3] 佐治亚州的城市。

为了给自己正名，他在肯内索山战役进行了一场阵地战。在目睹了三千名联邦士兵阵亡后，谢尔曼懂得了战争即地狱的道理。

得知阿什利在战斗中失踪，怀孕的梅兰妮·威尔克斯晕倒了。她恳求瑞特尽可能帮忙打听消息。有些曾和瑞特·巴特勒一起在西点军校学习的学员现在已经成了联邦将军。从其中一个同学那里，瑞特得知威尔克斯少校还活着，现在是岩石岛战俘营的囚犯。

一八六四年七月十二日，在欢呼的军官们的簇拥下，威廉·T.谢尔曼站在了亚特兰大以北六英里一座山的山顶上。

经过联邦军队长达数月的轰炸，查尔斯顿已不再是原来那座美丽的城市。炮弹穿透屋顶在里面爆炸，房屋墙壁倒塌，街道在炸弹的垂直打击下满目疮痍。废弃的花园里，茴香已经长得齐腰高了，米廷街上脱离管束的奶牛悠闲地吃着草。玻璃碎片在鹅卵石道路的缝隙里闪闪发光，栅栏上落满一层浮土，人行道上被玻璃碎片完全覆盖，如同下了一场冻雨。

周围的房子已经变成了废墟，但到目前为止，教堂街四十六号仍幸免于难。约翰·海恩斯拒绝离开。他告诉露丝玛丽："如果你想走可以走。城北会安全一些。"和约翰说话就像是试图把一个鬼魂拖回人世。

到了七月，联邦政府结束了对查尔斯顿港的封锁，最后一条苟延残喘的偷渡船被迫在响尾蛇浅滩搁浅。投机分子销声匿迹。海恩斯父子公司的船只在码头上已经烂掉，蜘蛛在空仓库的窗户上织上了网。

在漫长的白天,约翰·海恩斯坐在女儿的床上,目光空洞。晚上,他则穿行于燃烧的大火、倒塌的墙壁和分身乏术的消防队之间,在城里到处游荡。

露丝玛丽在新建立的自由市场上打发时间,向查尔斯顿士兵的家眷分发食物。星期一:山药。星期二:玉米粥。星期三:秋葵。害羞的孩子紧紧地抓着他们母亲的裙子。很多次,当那些孩子站在那里,一举一动和露出的笑容都像极了梅格,露丝玛丽受伤的心总会被再次撕裂。

星期天,自由市场不开门。虽然约翰不再参加礼拜,但露丝玛丽依然充满虔诚,她向上帝祷告,希望能告诉她为什么要带走她的孩子。礼拜结束后,她前往住宅区——费希尔家东湾的豪宅遭到炮击,夏洛特和朱丽叶在贝壳区的北部租了一栋小房子。

她们被迫朝夕相处,夏洛特又处于艰难的妊娠期,这些都挑战着朱丽叶的家务活儿能力和夏洛特乐观的天性。

夏洛特每天给她监禁中的丈夫写信。她把一些信托付给邮局,一些托付给私人信使。夏洛特·费希尔·拉瓦内尔有些重要的人脉,一些信件是由俘虏交换委员会的官员亲自带过去的。她在信中告诉安德鲁他们搬了家,称他们的小屋"像娃娃家一样温暖",并且"前所未有的舒适"。她在信中一再坚持,安德鲁·拉瓦内尔马上要有儿子了。夏洛蒂从来没有提过医生对她情况的担心,也没有提过她腹部经常出现的剧痛。夏洛特在信上署名"你亲爱的小妻子,你挚爱的配偶,我好想你!我正祈祷你早日归来……"。

夏洛特没收到过一封回信。

朱丽叶说:"安德鲁?写信的主儿?老天啊,他可不是。我不记得安德鲁写过信。"

"可是亲爱的姐姐,他难道不知道他的话对我有多么宝贵吗?"

"或许安德鲁的信被没收了。"朱丽叶推测道。

"可是杰米的信都收到了。"

杰米·费希尔在信中详细描述了他们讨人嫌的狱卒以及囚犯们的恶作剧。他还提到安德鲁的忧郁越来越严重,于是夏洛特在信中写道:"亲爱的丈夫,压抑自我整天不动弹只会让你更加消沉。一定要经常锻炼身体!热情的人(就像你,亲爱的)必须要每天锻炼。你到户外去,把脸面向太阳。阳光能强健松果体!"

夏洛特给丈夫写的每封信都充满愉悦,但她还是忍不住向朱丽叶抱怨:"我们那时过得比之前要幸福,为什么安德鲁还要跑到俄亥俄去打仗?"夏洛特把手扶在腰上。"有时候我觉得我怀的是个厚皮动物,不是个儿子。朱丽叶,男人为什么对爱他们的人那么残忍?"

"我怎么会知道?"朱丽叶一如既往的尖刻,"如果我能揣摩出男人的心,就不会一直是老姑娘了。"

八月的一个热气腾腾的早晨,夏洛特·拉瓦内尔分娩了四十八个小时还没生下孩子,露丝玛丽·海恩斯把耳朵贴在她朋友隆起的腹部。然后她挺直身子,对朱丽叶微微点了一下头:"不行,没有心跳了。"

朱丽叶说:"医生在厨房打盹儿呢,我去叫他来。"

"哦亲爱的朋友,别再打扰那个可怜人了,"夏洛特低声说道,"等一会儿。想想我们曾经经历的快乐时光?谁还能拥有比你更好的朋友?"夏洛特·费希尔·拉瓦内尔微笑着回忆往事。"我嫁给安德鲁是多么幸运啊!所有的女孩都对他着迷。"她闭上了眼睛,"我困了。我想我会在我的宝宝身边休息。告诉我,露丝玛丽。安德鲁儿子的眼睛是不是和他父亲一样?"

露丝玛丽回家的时候,惨淡的阳光笼罩着空荡荡的港口。联邦军正在进攻几个仍在邦联手中的港口要塞。那儿离这里很远,他们的枪声听起来像婴儿摇动拨浪鼓。

教堂街四十六号门外,约书亚正在给特库姆塞上鞍。

"约书亚,你在干什么?"

约翰的仆人调整好马镫:"海恩斯少爷要去参军,太太。"

约翰手里拿着鞍袋走了出来,和这几个月比起来,今天的脚步十分轻盈:"啊,露丝玛丽。夏洛特和孩子怎么样了?"

"死了。夏洛特和孩子都死了。哦,约翰,她真的很想要那孩子。她……"

约翰只是轻轻抚摸着露丝玛丽的头发,好像他的妻子一碰就会碎掉,没法拥抱似的。泪水顺着他那张坦诚的脸流了下来:"亲爱的,真是抱歉。夏洛特太好了,不适合这个充满罪恶的世界。"

露丝玛丽指着特库姆塞:"约翰,这是干什么?"

"我在你床头柜上留了字条。你不会看不见的。"

"约翰!"

"约翰斯顿将军在招募士兵。海恩斯父子公司毁了;我们的船也只好就停在陆地上了。露丝玛丽,你能原谅我吗?我再也不能这么悲伤下去了。"她丈夫露出一丝笑意,这是露丝玛丽几个月来第一次看到他笑,"谁知道呢,或许他们会给我个军衔。海恩斯中尉——是不是很棒?你不必担心,亲爱的。约翰·海恩斯会是军队中最谨慎的老兵。"

他把鞍袋递给约书亚:"你不必为自己担心——瑞特用我们赚的钱买了英国债券。不管发生什么事,维持你生活的钱还是有的。"

"约翰,等等!你不能去!你不能!因为……特库姆塞怕枪!"

他拍了拍马的一侧:"我也一样。我想我们都必须克服恐惧。"

"可是你为什么要这么做?无论如何我们的宝贝都回不来了!"

他紧紧地抓住妻子的肩膀,把她都弄疼了。"露丝玛丽,我的人生已成灰烬。我本以为我卑微的进取心能庇护我的生活:我只能做一个诚实的商人,体贴的丈夫和慈爱的父亲。这就是我想要的一切。"他伤心地摇了摇头,"我们南方人这条路走得太不容易了。"

虽然"和我在一起"这句话就等在露丝玛丽颤抖的唇边,可她终究没有说出口。

约翰·海恩斯点点头,好像在自言自语:"好了,那我走了。虽然很难相信,但显然我们的国家需要高大的中年商人。戴维斯总统说我们能赢。如果我们守住亚特兰大,守住彼得斯堡[1],守住查尔斯顿,亚伯拉罕·林肯就不会连任。如果林肯竞选失败,联邦将退出这场斗争。他们损失惨重;他们的损失甚至比我们的还要大。他们肯定和我们一样,厌倦了这可怕的事。"

"约翰,你不会骗我吧?现在?"

他的目光柔和而充满爱意,他用嘴唇碰了碰她的手。"露丝玛丽,露丝玛丽。是的,我会骗你。"约翰·海恩斯将她的手掌翻到上面,好像要记住每一条珍贵的纹路,"为了不让你受到伤害,我甚至愿意欺骗上帝。"

---

[1] 弗吉尼亚东南部城市。

第二十一章

火烧亚特兰大

当第一枚联邦军的炮弹击中亚特兰大时,瑞特·巴特勒正在国家饭店外面。火警铃声叮当作响。"那里,在那里!"一个眼尖的男孩指着房顶升腾而起的烟柱。

瑞特从错愕的人群中穿过,走进饭店的酒吧。因为酒保也在外面,瑞特索性走到吧台后面,自己拿出啤酒,然后把啤酒和酒保的报纸一起拿到酒吧最里面他常坐的那张桌子上。当又一枚炮弹将尘土和油漆碎片从铁皮屋顶上震下来时,瑞特用手盖住了啤酒杯。

每个人都希望西部军的新指挥官约翰·胡德能打败谢尔曼,拯救这座城市。如果饭店的酒窖变成防空洞,就不会再有冰啤酒喝了。

一份报纸赞扬了胡德将军,此前他为保卫邦联失去了一只胳膊和一条腿。"这无疑证明了,"这家报纸宣称,"将军的战斗精神。"

昨天早晨在南部邦联军队总指挥部，瑞特难以置信地看到两个壮汉把将军抬上马，然后绑在了马上。

第一发炮弹把罗得斯人街和艾略特大街交叉路口上沃纳先生的房子夷为了平地，沃纳先生和他六岁的女儿都被炸死了。随后的几发炮弹炸死了一名正在熨衬衫的妇女。还有一名等火车的旅客身受重伤、生命垂危。一枚炮弹从灯柱上擦过，正好落在索尔·勒基的脚边，这位自由黑人理发师当场被炸死。

亚特兰大四条铁路中有两条已经被联邦军队占领。惊慌失措的商人小心翼翼地爬上"红帽子"的后楼梯，向瑞特贱卖他们的生意。

胡德的军队没收了亚特兰大平民的马匹和马车，瑞特只能步行从"红帽子"走到酒店。一条大街上挤满了救火的设备，瑞特只好绕道而行。

清晨的阳光从酒吧的前窗射进来，瑞特码好牌，走回"红帽子"。头一晚上输了一千，第二天就会赢回一千。对他来说没什么区别。

他真是个傻瓜。一个该死的傻瓜！一支庞大的军队已经将这座城市三面包围，并呈步步紧逼之势，瑞特几个星期前就应该离开这里。亚特兰大实在没有什么让他留恋的。

除了斯嘉丽·奥哈拉。

皮蒂帕特和彼得已经撤离了，斯嘉丽却留在梅兰妮·威尔克斯身边，因为她儿子刚出生，梅兰妮·威尔克斯还非常虚弱。

瑞特本应该动身去伦敦。

或者新奥尔良。自从他把塔兹韦尔·沃特林送回耶稣会学校后,他就再也没有去过那里。

在三月和五月他都收拾过行李,甚至仅在七月他就收拾了两次。

然后他就会想起她长长的脖子——如此骄傲却如此脆弱。要么他就回忆起她的气味——香水掩盖下她的体香。他曾经有一次甚至想要放弃,因为她摇头的样子太决绝。

瑞特最终打开了行李,喝得烂醉如泥。

瑞特·克肖·巴特勒上一次感到如此无助,还是他在父亲稻田里干活的时候。

在城外的桃树溪和以斯拉教堂,胡德将军把人数众多、疲惫不堪的南部联军战士送到吃饱喝足、养精蓄锐的联邦军队身边,后者像割麦子一般将他们尽数消灭。联邦军停止了对亚特兰大的轰炸,转到胡德的左翼,在那里他们炸毁了亚特兰大和西点铁路,并向琼斯博罗、梅肯和西部推进。琼斯博罗是这座城市的关键。如果琼斯博罗沦陷,通往亚特兰大的最后一条铁路——胡德仅存的补给线,也将被切断。

一辆辆救护车沿着玛丽埃塔街行驶,车上的侧帘被拉起,以便通风。小男孩们跟在旁边跑,把苍蝇从伤员身上赶走。

半小时后,新的谣言传到了酒吧:"克利伯恩部队的侧翼进攻失败了。""我的表兄是布朗部队的参谋。他说布朗坚持不下去了。"

到了下午三点左右，赌徒们以四比一赔率赌胡德被打败。

瑞特·巴特勒独自坐在他的桌子旁。

胡德将军认为，谢尔曼对琼斯博罗只是佯攻，联邦军真正打算进攻的是亚特兰大，于是他把军队撤回了这座城市。三万士兵跌跌撞撞地走在迪凯特大街上。他们扬起的灰尘让酒吧的前窗都变白了。

那天晚上，酒馆里热情洋溢。一贯缺乏幽默感的男人讲了一个又一个笑话；从未碰过威士忌的浸信会教徒喝得东倒西歪。午夜过后，一个穿着丧服的高个子女人坐在一扇满是尘土的不透明窗户旁，散开长发，哭了起来。

尽管桌子旁已经满座，吧台前里三层外三层站满了人，但瑞特·巴特勒依然独自坐在那里玩着纸牌：黑杰克放到红皇后上面，黑皇后放到红国王上面。瑞特给自己倒了一杯酒，他到底在这个镇上干什么？

很快，瑞特·巴特勒走出酒吧，走进水晶般清澈透明的黎明。小鸟在唱歌，秃鹰在树枝上休息，它们即将迎来忙碌的一天。

胡德军队浑身脏污、精疲力竭的士兵睡在各家的门口，四肢伸开，打着呼噜，躺在木板人行道上。瑞特摩挲了一下脸。他需要刮胡子。

"红帽子"的客厅里一片狼藉，到处都是空玻璃杯和酒瓶。一个鸳鸯椅被掀翻了，两座大理石维纳斯也不见了踪影。

"早上好,麦克白。"

麦克白眼睛红肿,脸颊上有块擦伤。

"昨晚挺难熬吧?"瑞特问道。

保镖摸了摸他的伤:"大家都疯了。好像什么都不在乎似的。"

厨房的炉子还是温的,瑞特打水刮了胡子。

瑞特上楼来到他的办公室。他的桌子上面空荡荡的;打开的保险箱也空空如也。他已经把该烧的烧了,该埋的埋了。瑞特·巴特勒现在自由得像只鸟。

他坐在书桌前,打开抽屉:钢笔、纸、墨水、一本记事簿。它们可能属于任何人。

他在这儿干吗?

天啊!爱情都对他做了什么?

那天下午四点,联邦政府的枪声在琼斯博罗咆哮。胡德被骗了,邦联军队来错了地方。

在远处隆隆的炮声中,瑞特·巴特勒走回酒馆,坐在他常坐的座位上,拆开一副新扑克。

联邦军的人数是琼斯博罗守军的五倍。梅肯县和整个西部地区,以及亚特兰大的最后一条铁路,全部落入了谢尔曼的手中。

"胡德撤退了!军队溃逃了!"

"不想按北方佬规矩生活的,都他妈的赶紧离开亚特兰大。"

有的人匆匆跑进酒吧，有的匆匆跑出去。瑞特把一张黑九放在红十上面。

贝尔·沃特林进来了。她一直都在喝酒。"哦，瑞特！我该怎么办？那些联邦士兵……"

"你什么都不用做。"瑞特给贝尔倒了一杯酒，"那些北方佬不会吃了你，你知道的。让你的姑娘在屋里先待上一两天。然后把价格翻倍。"

"瑞特，你为我做了这么多，我不该问的，但是——我能和你一起走吗？"

瑞特长长的手指拨弄着他的纸牌："你为什么会认为我要去别的地方？"

"哦，我不知道，瑞特，我不知道！……"贝尔哭了起来，"看在上帝的分儿上，带我一起走吧！"

他把手帕递给了她。贝尔擤了擤鼻涕，随即为自己是个负担而道歉。

酒保来到桌子旁说道："巴特勒船长，外面有个黑人姑娘大吵大闹说要见你，说有重要的事。"

大街上，行进中的士兵纷纷绕过了斯嘉丽大喊大叫的女仆普利茜。

"巴特勒船长，巴特勒船长。斯嘉丽小姐要见你。她和梅丽小姐，她们非常需要你。你得过来。"

"进来吧，普利茜，告诉我是怎么回事。"

她使劲摇了摇头："不，先生。我不会再靠近这家酒吧了。魔鬼，他的手臂很长。斯嘉丽小姐，她要离开，她需要你的马和马车。"

"我的马和马车都被没收了。我怀疑这城里一辆马车也不会有了。"

"哦，上帝，巴特勒船长。如果你的都被没收了，我们要咋办？梅丽小姐，她病得很重。她和她的孩子。还有斯嘉丽和小韦德。我们该咋办？"

瑞特的灵魂苏醒了，像一只在阳光下舒展身体的猫。新的血液流经他的身体。他脸上露出了笑容，但他努力将它藏起来。斯嘉丽需要他。

"求你了，巴特勒船长！"

"你回去吧，告诉斯嘉丽我马上过去，普利茜。现在别再磨蹭了。"

瑞特走进屋里，贝尔·沃特林正盯着她的空玻璃杯："我不需要问是谁找你。因为我大概能猜出你要去找谁。"

"亲爱的贝尔，"瑞特温和地说，"现在回家去吧。你的姑娘们需要你。"

瑞特偷来的那辆车真是糟透了：一匹跛着脚的老马拉着一辆随时要散架的马车。

不管怎样，这好歹是辆马车。

撤离的邦联军队正在烧掉他们的物资，空气中弥漫着火腿的气味：那是邦联军需官从贫困的农民那里没收的火腿，这些农民就指望着这点儿食物养活他们的家人。那些巨大的爆炸声或许来自瑞特穿过封锁线运送来的那批弹药。军装、马鞍、威士忌、熏肉、靴子、成吨的玉米粥——全部都被点燃。火焰让亚特兰大的夜晚变得像白昼一样明亮。

普利茜正在皮蒂帕特的大门外踱来踱去,突然,她看到瑞特出现在了这条街上。她跑进屋喊道:"巴特勒船长,他来了。巴特勒船长到了,斯嘉丽小姐!"

瑞特刚走到前门,耳边突然响起了一声巨响。斯嘉丽用一只手遮住眼睛,走到前面的人行道上。爆炸引起的冲击波掀起她的黑发,让她衣裙紧贴在身体上,勾勒出她柔和的曲线。

碎片拍打着道路,火舌舔着天空,瑞特·巴特勒轻碰帽子向斯嘉丽·奥哈拉致意:"晚上好。今天天气不错。我听说你要去旅行。"

"瑞特·巴特勒,如果你再开玩笑,我发誓再不和你说话了。"

周围大火蔓延,时不时传来爆炸声,联邦军即将大举进犯,然而此时瑞特却快乐得像个学校里的男孩。她的绿眼睛多么闪亮啊!

他告诉她一个严酷的现实:如果他们往南逃,邦联士兵会没收马车,而剩下的道路都在联邦军队手中。"你只要告诉我你想去哪里?"

"我想回家。"她说。

"家?你是说塔拉吗?"

"是的,是的!回塔拉!哦,瑞特,我们必须快点!"

不切实际:一座燃烧的城市横亘在他们和琼斯博罗的道路

之间。

她崩溃了，哭着捶打着瑞特的胸膛："我要回家，我必须回去！哪怕要我一步一步走回去！"

她确实会这么做。瑞特了解她。她会做任何事。只要是她想要的她就能做到。

他轻轻地抚摸着她的头发。"好了，好了，亲爱的，"他温柔地说，"别哭了，你会回家的，我勇敢的小女孩。你会回家的。别哭了。"

斯嘉丽和瑞特走上楼，普利茜把棉被铺在马车上。梅丽房间里的樟脑和医用酒精的气味呛得瑞特想流泪。这位刚刚生产的母亲脸色就像她的棉布床单一样苍白。在她身旁，她的孩子已经睡着了。他的嘴轻轻嘟起，做着吮吸的动作。"我尽量不弄疼你，威尔克斯太太。试试看能不能搂住我的脖子。"

"博宝宝！"梅兰妮低声喊道。

"我们会让普利茜带着你的孩子。他不会有事的。"瑞特把一只胳膊放在梅兰妮的肩膀下，另一只胳膊放在她的膝盖下，把她抱了起来。她体重还不到八十磅。

"拜托……查尔斯的东西。不要把它们弄丢了。"梅兰妮虚弱地指着查尔斯的剑和那张银版照片。

瑞特唇边浮现出一抹微笑："真要遗漏了查尔斯的东西，我实在无法想象汉密尔顿太太会如何对我。"

斯嘉丽把查尔斯的遗物放进马车里。瑞特轻轻地把梅兰妮放到婴儿旁边的被子上。

"谢谢你帮助我们,巴特勒船长。"梅兰妮的声音就像纸张摩擦发出的沙沙声。

瑞特感到全身的每根神经都被刺痛了,但他内心深处异常平静。这就是他留在亚特兰大的原因。这是他一直想要做的。她需要他,只有他。

小韦德还在犹豫着,瑞特说:"上车吧,孩子。你难道不想去探险吗?"

"不想!"男孩说着打了个嗝儿。瑞特一边笑着一边将他抱上车。瑞特把斯嘉丽扶到他身旁的座位上,普利茜则爬到了车的尾部。

"韦德,宝贝,"梅兰妮低声对她怯生生的侄子说,"把那个枕头垫到我后面来。"

她向前弯曲身子,好让男孩把枕头摆好,梅兰妮·汉密尔顿·威尔克斯咬住嘴唇不让自己叫出来。她不能晕倒。千万不能!

小韦德热乎乎的呼吸喷进她的耳朵里:"梅丽姑妈,我害怕。"

"亲爱的宝贝,令人害怕的事情确实很多。"梅兰妮轻声说,"但你是个勇敢的小士兵,对不对,韦德?"

"我想我是的,梅丽姑妈。"

马车吱呀吱呀地走了起来,斯嘉丽喊道:"我忘把前门锁上了!"

瑞特的狂笑把韦德·汉密尔顿的打嗝也治好了。

东倒西歪的老马拖着马车朝亚特兰大燃烧的心脏地区驶去。

在一幢幢漆黑的、看似废弃的房子里，户主们都把家里的银器藏了起来，把祖辈的墨西哥手枪埋在了地下。

快到城市中心的区域里，黑夜中充斥着尖叫声、哭喊声和马蹄声。一只撤退的庞大队伍引起一阵骚乱。瑞特拐进了一条小街。巨大的爆炸把他们肺部的空气都吸走了，韦德又开始打嗝儿。"那是胡德部队的弹药车。"瑞特把手绕过韦德的身后，捏了捏他的膝盖表示安抚。

瑞特原本打算绕开起火的地方，但这一夜，每条路都通往地狱。他用鞭子抽打那匹老马，它踽踽地跑起来，瑞特的手指一直扣在左轮手枪上。他的女人紧紧挨在他旁边，要是有哪个傻瓜敢跑出来挡住他们的去路，就让他自求多福吧！

玛丽埃塔街道两旁，仓库里火光冲天。抢掠者带着他们的战利品仓皇而逃。醉汉们围着一只打碎的威士忌桶摇摇晃晃地走来走去。

突然，瑞特在木板人行道上把马车停下来，这处地方刚好被一个室外的楼梯井遮挡。

"快走啊，"斯嘉丽说，"干吗停下来？"

"有士兵。"

他们曾经可能是个千人兵团，但今晚只有不到一百人了。曾几何时，妻子缝制了精美的制服，绣上了他们的旗帜，他们的部队也有一个名字——他们曾经叫格雷纵队，或是轻步兵团，或是某某军、某某团。他们并非来自某个特别的地方：从一个大伙彼此熟知的城镇或是县城,和他们的兄弟、表兄弟还有邻居一起入伍,把当地最大的种植园的主人选成他们的上校,因为他们肯定不会听命于无名之辈。

他们的朋友死在他们的身边,还有他们的表兄弟、他们的亲兄弟,还有他们的上校——哦,他也早死了——以及接替他的上校——他叫什么名字来着?——也死了。到底还有多少个上校?

他们走路的样子像是体内的发条断掉了,像是已经走了很长很长的路,这一英里和下一英里并没有什么不同,这一场战斗和上一场战斗也没有任何区别。他们拿着步枪的样子像是搂着自己的老朋友。他们的爱人缝制的制服早就不见了。他们穿着土布衣服或是破碎的联邦军服,有的穿着短夹克,有的穿着长袍子,有的光着胸脯行走在闪烁的火光中。

他们双脚几乎没有抬起,而只是滑动着往前走,直到最终倒在地上。对一些人来说,那一刻无异于赐福的到来。

一个孩子兵跟在后面。也许他曾经是个鼓手,但现在鼓早已不见了踪影,步枪比鼓更容易获得。那男孩在尘土中拖着他的步枪。

他停了下来,摇摇晃晃,脸朝下栽倒在地上。两个男人一言不发地离开队伍。其中一个——一脸黑胡子是他身上唯一还算结实的东西——把他和孩子的步枪递给另一个人,然后把孩子扛在肩上,继续往前走。

瑞特·巴特勒摘下了他的帽子。

等最后一个士兵转过街角,瑞特猛地抽了一鞭子,马车继续前行。

燃烧的城市把空气都吸进了它巨大的肺里。窗户爆了，熏黑的玻璃碎片把街道都染成了黑色。

斯嘉丽叫道："我的上帝啊，瑞特！你疯了吗？快点儿！快点儿！"

普利茜尖叫着。

屋檐上射下火焰；油烟从车顶滚滚流下。热气灼伤了他们的脸，他们眯着眼睛迎着强光。瑞特催促着，马拖着脚步小跑起来，恐惧比鞭子更有效。左右两侧全是大火；只有中间一条狭窄的小道，热浪扑向他们，砖块和木材重重砸了下来，韦德发出一声又一声的尖叫。

他们撞到的铁轨清楚地证明，现在处于熊熊大火中的，曾经是一个人们会在每天早上按时上班，报纸也会按时发行的城市。在这里，传教士传道，银行家理财，杂货商出售商品。

他们终于拐上一条小街，气温立刻降了下来。大火被甩在后面。小韦德的哀号变成了压抑的呜咽和打嗝儿。

路上没有其他人。在城郊，房子之间的距离更远，路旁种着榆树。火苗借着风势把树叶烧得哔剥作响。城市在他们的后面发出耀眼的光芒。

瑞特拉住了缰绳。

"快点，瑞特。别停下。"

"让这可怜的畜生喘口气。"

他们的汗水在凉爽的空气中晾干了。

瑞特·巴特勒非常疲惫。他已经履行了对她许下的诺言。她现在已经不需要他了。她从来都不需要他。从不。他问她是否知道他们在哪里。

"哦,是的。我知道有一条马车道,是从琼斯博罗的主干道上分叉下来的,向前延伸几英里。爸爸和我过去骑马经常走那条路。它就在麦金托什附近,离塔拉只有一英里。"

他瞥了她一眼。她渴望塔拉。那种渴望是纯粹的。他们两个是同一类人,但她不知道,并且可能永远都不会知道。

有的男人可以在不被人爱的情况下依然去爱。瑞特嫉妒他们。

她紧贴着他,身体很温暖。他能感觉到她的心跳。

突然,他体内好像有什么东西突然断掉了。所有的紧张情绪都消失了。他累得就好像他们连续做爱了几个小时。

那个鼓手男孩可能还没到十二岁。他应该在雾中顺流而下,观察红海龟像水獭一样滑进河里。

他告诉她他不会继续送她了。她有马和马车,她认识路。他打算去参军。

"哦,你这么吓唬我,我真想把你掐死!我们继续赶路吧。"

"我不是开玩笑,我亲爱的。你的爱国之情在哪里,你对我们的光荣事业的热爱在哪里?"

"哦,瑞特,"她说,"你怎么可以这么对我?你为什么要离开我?"

太少,也太迟了。

瑞特·克肖·巴特勒搂住斯嘉丽·奥哈拉·汉密尔顿，嘴唇紧紧压在她的嘴唇上。他感觉到她的嘴唇融化了，被他的吻唤醒了。

他将永远也忘不了她。

他从马车上下来，消失在道路旁的黑暗中。

第二十二章

富兰克林之后

那年秋天,在向南部邦联损失较小的地区发出好几次请求无果之后,查尔斯顿自由市场的食物耗尽,被迫关闭。露丝玛丽穿过撒满碎石的街道向家走去,她从已经不必费心上锁的前门径直走入房间,坐在约翰最喜欢坐的那把椅子对面。过了一会儿,她拿过来整个屋子唯一的装饰品,一个银质花蕾造型的花瓶,开始擦拭起来。

第二天早上,一个受伤回家休养的士兵给她带来了她丈夫的一封信:约翰作为"一个老兵干得还挺不错",还被提拔了。因此,全世界现在要称呼他为海恩斯上尉——施塔尔将军这次提拔他"仅仅是因为有本事的人已经不在意这些了"。

"福雷斯特将军很欣赏瑞特。"约翰写道,"想要给他个一官半职。你哥哥拒绝了这份荣誉,性格暴躁的福雷斯特竟然被逗乐了。每当我们的骑兵回营时我都能看到瑞特。他精神状态很好,有了一个跟班,一个叫阿奇·弗莱特的人,他像狗一样忠实地追随着瑞特。弗莱特是一个被赦免后参军的囚犯。这个男人对瑞特很忠诚,然而他的忠心并没有获得回应。

"亚特兰大沦陷后,我们向北进军。胡德将军认为,如果邦联军队能够插到谢尔曼军队和他的诺克斯维尔补给基地之间,谢尔曼就会从亚特兰大撤军。胡德又一次对谢尔曼将军判断失误,谢尔曼将军烧毁了亚特兰大剩下的一切,然后向相反的方向大举进发。

"谢尔曼穿过佐治亚州,彻底破坏了铁路东西线,就像他以前破坏我们的南北线一样。在那些铁路被摧毁后,亲爱的,天知道你我还要多久才能团聚。你会来看我吗?期待着你肯定的答复;同时,瑞特的朋友鲁弗斯·布洛克给你签发了一张铁路通行证。

"如果你不愿意冒着危险长途跋涉,我完全理解,但能见到你我会很高兴的。我们有很多要弥补的事,很多要说的话。我们亲爱的梅格住在我们的心里。亲爱的露丝玛丽,我连做梦都在想着你。我毫无根据的嫉妒让我们分离了。所有的错都在我。我无缘无故地责备你。请到我这里来。

"爱你的丈夫,约翰。"

露丝玛丽从一个房间冲到另一个房间,把衣服从抽屉和衣橱里拿出来。她收拾了三只手提箱和一个扁行李箱子,然后扑通一声坐在箱子上,蒙着脸咯咯地笑着。真像个傻瓜!

她把她必须要带的东西塞进旅行袋。她唯一的装饰品是一枚玫瑰金掐丝胸针。至于以前为什么不喜欢它，她已经不记得了。

露丝玛丽拿着她的铁路通行证到了车站，登上了去萨凡纳的火车。

第二天早上在萨凡纳，露丝玛丽换乘佐治亚中央铁路，后一天的中午，火车小心翼翼地喷着气进入梅肯。

谢尔曼的骑兵已经接近这座城市，梅肯火车站挤满了难民。

在烧毁亚特兰大之前，威廉·T.谢尔曼将军发表言论："战争是残酷的，你无法美化它。"在他行军经过那些毫无抵抗的农场和城镇时，他进一步践行了这一论调。

露丝玛丽的火车还没到达站台，难民们就蜂拥而至，希望在火车离开时为自己争得一处容身之所。当被告知火车头需要燃料时，男人、孩子、牧师——甚至是受人尊敬的贵妇——手手相传将木柴运到了木柴车厢。

民兵守卫着露丝玛丽要登上的西南线火车。他们的队长在钱瑟勒斯维尔战役中失去了一条胳膊，他说他不知道什么"乱七八糟的"鲁弗斯·布洛克。他也不知道南部联盟还有个"铁路局"。他举止轻浮地摸着露丝玛丽。既然队长可以选择让谁乘坐火车，他说，那他就选最漂亮的。

露丝玛丽向他道谢，不经意地把他的手扫到一旁，好像她完全没有注意到对方的举动。她坐到车里，这时一个熟悉的声音从站台上向她欢快地打着招呼："露丝玛丽·海恩斯！亲爱的露丝玛丽！求求你，求求你和这些人说几句好话吧！"

沃德一家从查尔斯顿逃走后，投奔到了梅肯附近一个堂兄的种植园。还不到一年，谢尔曼的散兵游勇又烧毁了种植园，沃德一家不得不再次踏上逃难之路。尤拉莉·沃德和她的妹夫弗雷德里克已经好几天没换衣服了。尤拉莉的鞋底都磨破了；平时出门总戴着帽子的弗雷德里克，现在则光着脑袋，头皮被太阳晒得发疼。

"露丝玛丽，他们让你上火车了！也请帮我们上车吧。我们必须从梅肯逃走。我们什么都没有了。什么都没有了！"

战前，弗雷德里克是一个富有的人，有着富人独有的自信和优越感。但现在他被他的嫂子牵着手。"站直了，弗雷德里克，千万不要被人当作是无足轻重的人。"

"可是尤拉莉，我现在确实无足轻重。"

很多年前，当尤拉莉的丈夫去世时，她以为自己失去了一切。她做梦也没想到自己还有这么多可以失去。威利死了，她的女儿和谢尔曼的士兵私奔了。尤拉莉和弗雷德里克太饿了，他们杀了尤拉莉的小狗——皇后，却实在无法狠心将它吃掉。

从后面的月台（露丝玛丽并不考虑下车），露丝玛丽恳求民兵队长让沃德一家上车。"夫人，"他说，"不行，没有地方给他们。除非你跳下来给他们腾地方。"

当超载的火车驶出车站时，露丝玛丽始终不敢看向站台上的难民。

有些地方的铁轨被谢尔曼的骑兵破坏了之后，又被仓促地修好，摇摇欲坠的火车像爬行一般，有的乘客甚至能下车走在它旁边。那天晚上，男乘客举着灯笼照明，火车司机在下沉的铁轨下面支上长长的钢管，好让火车颤颤巍巍地从上面经过时不会陷下去。

十二小时行进了九十英里，火车到达佐治亚州的奥尔巴尼。露丝玛丽花了五美元买了三个玉米饼，和其他疲惫的、没有洗澡的难民一起睡在车站的地上，直到天亮。

塞尔玛_默里迪恩铁路线是一个奇迹。完全没有受到战争的影响，列车车厢没有被子弹打得千疮百孔，火车头的球状烟囱上找不到一个弹孔——一个都没有！虽然油漆褪色了，但每节车厢都是深绿色的，还有黑色的镶边。

火车以每小时三十英里的惊人速度在水平的铁轨上哐当哐当飞驰而过。露丝玛丽身旁那个患有结核病的老兵战前曾游历过新英格兰，激动地说道："老天哪，夫人，我们就像是到了马萨诸塞州！"

这列堪称完美的火车在迪莫波利斯[1]到达终点，在那里，乘客乘渡轮渡过汤比格比河[2]。过河后，他们徒步走了四英里来到一个原木铺成的站台，那里等待他们的是一辆喘着粗气的火车头和一列型号不匹配的火车车厢，上面到处留有熟悉的弹孔痕迹。在密西西比州的默里迪恩，露丝玛丽住进了一家旅馆，睡得像死人一样。第二天早上，她登上了莫比尔到俄亥俄的列车，

---

[1] 阿拉巴马中部地区的一座城市。

[2] 莫比尔河的一条支流，流经密西西比州和阿拉巴马州。

黄昏时分，她被带到了密西西比州的科林斯。那天晚上，她睡在火车站。第二天下午两点，孟菲斯和查尔斯顿的火车把补给品、应征士兵还有露丝玛丽·海恩斯带到了阿拉巴马州的迪凯特，那里是铁路的尽头。

火车卸下一桶桶的火药、腌牛肉、一箱箱米尼弹和新兵，放置在站台上。年纪最小的应征者只有十七岁零三天，最大的则有四十九岁。大多数新兵都一言不发，只有一个穿着海狸领礼服外套的家伙向露丝玛丽·海恩斯倾诉说，他本人太有价值了，不能在战斗中被随意消耗掉。一个长着龅牙的男孩咬着大拇指指甲说他一有机会就会逃走。当他们在迪凯特下车时，纠察队的人把新兵编成队列，并告诉他们，有胆子逃跑的可以试试，看自己能否跑得过枪子儿。

在艰难的五天行程之后，露丝玛丽庆幸脚下的站台终于不再颤抖了。她把她的行囊交给了老约书亚："等很长时间了吧？"

"我想是的。"

她几乎认不出拴在拴马桩上的那匹马。恐怕就连杀马的屠夫也从它身上刮不下几斤肉来。

"你都对特库姆塞做了什么？"露丝玛丽喊道，"哦，我可怜的小伙子！"

"它老了，露丝玛丽小姐，"约书亚回答说，"它出生在过去的日子。"

"它在参军前一直很健康。你是个好孩子，对吧，特库姆塞？"

这匹骟马抬起头，嘶叫一声像是在欢迎露丝玛丽，此情此景令露丝玛丽十分难过。"约书亚，特库姆塞想吃个苹果。"

"露丝玛丽小姐，什么燕麦、苹果和玉米，我们自己都给吃了。等这马死了，我想我们也会把它吃了。"

自从迪凯特以北的铁路桥被烧毁后，胡德军队的补给和应征士兵都被卸下了火车，改用牛车、骡子车运送，或靠着双腿到达田纳西州的哥伦比亚。露丝玛丽偶尔骑着特库姆塞。但出于可怜，她大多数时候都是自己走路。狭窄的道路上挤满了运送军队补给的大车，有些不得不从大路上下到田地里，在上面留下一道道车辙。田地旁没有围栏：围栏早就被用来给营地点篝火了，即便有牲畜幸存下来，它们也都藏在树林深处。那天晚上，露丝玛丽睡在一辆补给车的下面。

早晨，雨水把树上最后的叶子打下来，填满了一道道车辙。特库姆塞再也驮不动人了。天黑之后，他们进入田纳西州的普拉斯基，露丝玛丽在那里买了一些燕麦，马吃了一些。约书亚和马睡在马厩里。

露丝玛丽的旅馆房间没有暖气，不过多加了几床破旧的毯子，她觉得很暖和。她梦见了约翰和瑞特。那是六月的一天，阳光明媚，瑞特带来了野餐篮子，里面装着吃都吃不完的食物，特库姆塞在梯牧草地上吃着草，梯牧草长得很高，蹭得它的肚皮痒痒的。

尽管有火车从普拉斯基开出，那个脸色苍白的年轻巡查队长还是不让露丝玛丽上车："夫人，我不能让你上车，除非你的通行证是杰弗逊·戴维斯总统本人签发的。"

"我一路从南加利福尼亚来这里探望部队的丈夫。"

"那么远啊？"年轻的巡查队长引用道，"有才德的妇人，谁能得着呢？因她的价值胜过红宝石。她丈夫心里依靠她……她的儿女起来，称她为有福的。"[1]

"联邦士兵杀了我的女儿。本来，梅格明年三月就该六岁了。"

"夫人，我真是无法承受这一噩耗。战前我是神学院的学生。"

"你还相信上帝吗？"

年轻人把目光移开："我想我已经习惯了。"

露丝玛丽、约书亚和蹒跚而行的特库姆塞经过一堆堆随意丢弃的联邦装备：被击中后死在路中央的拉炮的马，倾倒在一侧的马车。联邦的战俘向南行进。囚犯们穿着南方联军破旧的衣服，守卫则穿着暖和的蓝色联邦军装。

在田纳西州的哥伦比亚，露丝玛丽给自己和约书亚买了玉米饼和烤豆子。

那天晚上，他们向着田纳西州的富兰克林步行前进，露丝玛丽听到远处的雷声，好像一千辆马车隆隆地驶过一座木桥。

"他们在打仗。"约书亚说。

"不可能打仗。联邦军逃跑了。怎么可能还会打仗？"

---

[1] 出自《圣经·箴言》。

"他们是在打仗。"

当亮光从天空中消失,隆隆声变得更大了,露丝玛丽可以分辨出零星的爆炸声。赶骡子的人把车停到路边,让逃跑的邦联军先通过。

露丝玛丽和约书亚迎面遇上一辆辆救护车、面无表情的逃兵和步行的伤员,像潮水一样向他们涌来。巡查队员们诅咒着,抽出佩剑向这些人挥舞着。逃兵们要么躲开,要么离开大路,继续向南移动。

一条清冷的银河从天空一直延伸到地平线上,淹没在炮火红彤彤的阴影中。

"我是约翰·海恩斯上尉的妻子。他是施塔尔将军部队的。先生,您认识我丈夫吗?"

"对不起,夫人。"

炮火止住了。

"瑞特·巴特勒,我的哥哥,他跟随福雷斯特将军。您认识瑞特·巴特勒吗?"

"夫人,我是贝茨将军部队的。"

约书亚停在路边,摘下帽子:"露丝玛丽小姐,这匹马走不了了。"

特库姆塞四条腿岔开,低着头站着。

"我和马跟着你和约翰先生很久了,"约书亚说,"可我们走不动了。"

露丝玛丽独自走进了繁星点点的夜里。

暗淡的黄色灯笼在两支大军战斗过的地方闪烁。在平缓起伏的地平面，到处燃起了营火。空气中有烧焦的胡椒味道，露丝玛丽还闻到了血的味道：又浓又咸又酸。

照顾伤员的人的脸被火药熏黑了，有些人和他们照顾的伤员一样浑身血淋淋的。"我的丈夫在施塔尔将军的部队。"露丝玛丽诉说着。

一个男孩的双眼闪闪发亮，像一个一脸乌黑的吟游诗人："夫人，我相信施塔尔将军已经阵亡了。他们在战斗的中心，在那座房子和轧棉房中间。"

"他的士兵们现在在哪里？"

"夫人，"男孩儿小心翼翼地答道，"我想施塔尔将军大部分的士兵现在就躺在那座房子和轧棉房中间。"

黎明减弱了灯笼的亮光，营火也变得黯淡了。受伤的人要水喝。大地结满了寒霜。

露丝玛丽想要给一名受伤军官止血，她把他的皮带绑在他大腿血肉模糊的枪眼上方。冰霜在他洒下的那摊血上闪着寒光。他抽搐着，喘着粗气，对死亡感到惊愕。

太阳升起来了。富兰克林的平民赶来帮忙，被眼前的情景震惊了。

约翰·海恩斯穿的什么？他还依然健硕吗？他留胡子了吗？露丝玛丽可以从走路的姿势或歪头的角度立刻认出她的丈夫，但在一堆死人中，她无法分辨出每个人的模样。

在联邦军废弃的胸墙前的缓坡上,尸体更多了。

一个受伤的男孩用一只胳膊肘支撑起身体。

"我没有水,"露丝玛丽说,"非常抱歉。"

死者中有的表情严肃,有的坚定,有的像在回味笑话。三个哭泣的士兵跪在一个死去的战友身边。

她对另一个男孩说:"很快就会有人来帮助你的。很抱歉,我没带水。对不起。"

露丝玛丽拦住几名抬担架的人:"我在找我的丈夫。我可以把布从他脸上拿开吗?"

联邦军的胸墙前拉着一道带刺铁丝网,上面刺着许多尸体,都保留着被冻僵前最后的姿势。一位老妇人问露丝玛丽是否见过她的孙子丹·爱伦·拉什:"我们叫他丹·爱伦,他爸爸的名字也是丹。"

"老太太,对不起。我没见过您孙子。我在找我的丈夫,约翰·海恩斯上尉。"

"我的孙子就像一道明亮的火花。"那个老妇人露出了微笑,"他们说他就躺在这附近。"

两个人沿着胸墙的正面骑马走过来。

露丝玛丽疯狂地挥手。"哦,亲爱的上帝!瑞特!瑞特!"她喊道。

骑兵们飞奔过来,她的哥哥跳下马,把她抱在怀里:"露丝玛丽!哦,露丝玛丽,我多希望你没看到这一切。"

"哦,瑞特!感谢上帝!亲爱的哥哥,你还活着!"瑞特的军装又破又脏,但没有受伤。真是上帝眷顾!

"我还没找到约翰。瑞特,你知道他在哪儿吗?"露丝玛丽把头发从她的眼睛上拨开,"约翰或许是受伤了……"

"是的,可能是受伤了。"

"很可能已经死了。"瑞特的同伴吐出一口带着烟草的唾沫。

"闭嘴,阿奇。"瑞特说。

她哥哥身边的那个长相狰狞的男人把他的木头假腿的尖端插入一把临时替代的刀鞘里。他一口黄牙,长着两片冷酷无情的嘴唇。

瑞特说:"露丝玛丽,这是我见过的最惨烈的场面。"

"那是你没去过监狱。"他的同伴说。

"阿奇,"——瑞特指了指远处——"去联邦阵地上看看能不能找到可以连发的步枪。"

阿奇离开后,瑞特说:"中国人认为,如果你救了一个人的命,你就要对他负责一辈子。"他拉起妹妹冰冷的手揉了揉:"亲爱的露丝玛丽,你有勇气接受这些吗?"

她点点头,瑞特把她扶上了马。

联邦胸墙前的壕沟里堆满了死人,彼此紧紧地挤在一起,有些人甚至还保持着直立,无法倒下。士兵和平民正在把尸体一层层地搬出来,方便救出被压在下面的伤员。

露丝玛丽问:"约翰现在留胡子了吗?"

"他刮得很干净。"

露丝玛丽从没想过自己会见到这样的场景:裸露的人脑组

319

织，或者一个额头中弹的青春期男孩，弹孔周围留下一圈整齐的烧焦痕迹。她感觉头晕目眩，紧紧抱住马脖子，把脸埋在它粗糙的鬃毛里。"我已经失去信心了，瑞特。亲爱的哥哥，约翰和我怎么都见不着面了。"

"露丝玛丽，约翰经常提起你。他从未停止对你的爱。"

他们走进一间农舍，露丝玛丽擦了擦眼睛，那里躺着许多死去的人和马。这里曾经是一个充满生机的小农场，而现在每座房屋——玉米仓库、轧棉房、柴棚、鸡舍——以及农舍本身都被数百发子弹打穿了。一个死去的联邦士兵被刺刀刺穿了脖子，钉在了柴棚里。

当瑞特猛地拔出刺刀时，死去的士兵瘫倒在地，喉头咕噜一声冒出一股气。"我早料到会是这个样子。我早料到了！我当时为什么那么冲动竟要为'光荣事业'而战？"泪水从瑞特满是黑灰的脸颊上流了下来。

"胡德将军气疯了。联邦军队数次从他的网里逃走，如果这次再逃掉，他就会遭到众人谴责。'进攻！'"瑞特低声念叨，"'证明你是个直面敌人坚固堡垒的勇士。'"她的哥哥神情有些恍惚。"两万士兵径直朝着联邦军队的炮火冲去，战旗飞扬，军官们挥舞着刺刀，还有，露丝玛丽，"——瑞特眼里再次盈满泪水——"军乐队演奏着《迪克西》。'在迪克西的土地上，我坚持我的立场。不管生死，总在迪克西。'哦，露丝玛丽。我从没，从没……"瑞特把刺刀扔在那个被杀的士兵旁边。"还有更多的坏消息，妹妹。贝尔·沃特林的儿子，塔兹韦尔，已经入伍了。那个孩子追随了我这个无比愚蠢的榜样。"

阿奇·弗莱特骑马走过来说:"没有连发步枪。联邦军都拿走了。"他往嘴里塞了一把烟叶,咀嚼了几下说:"你丈夫中枪了,夫人。我遇到了海恩斯上尉所在团里的一个家伙。他们把你丈夫抬到了城里。"他指向富兰克林。

"哦,谢谢你。我该怎么感谢你?"

"我和你哥还有事忙。福雷斯特将军正在集结军队。我们要出发了。"

露丝玛丽吻了吻哥哥的脸颊:"千万保重,瑞特。我的心就交给你保管了。"

田纳西州的富兰克林以平滑的弧线形哈佩斯河为界,这里有九百名居民,一座漂亮的新法院,三间学院。现在,学院连同第一浸信会和第一长老会教堂,都被征用成了医院。露丝玛丽·海恩斯绕过地上的血迹,不理会伤员的呻吟,查看了躺在门外的一排排死人。随后她被带到市场街的一个私人住宅。这座木屋十分整洁,只是门廊上有一条血淋淋的拖痕,门边的煤斗里扔着一只截肢的前臂,看起来触目惊心。

为露丝玛丽开门的老妇人打扮得像个庄重的教师。

"有人告诉我,我的丈夫……海恩斯上尉……可能在这里。"

"我恐怕无法知道他们的确切名字,亲爱的,不过,请先进来吧。"

躺在前厅的四个人里没有约翰，床上的三个也不是，卧室地板上的两个也不是。

那位年长的妇女解释说，每隔几个小时就有一位外科医生过来探望。同时，她和她的姐妹负责照顾这些士兵。"我们做了土豆汤。给他们喂水。他们总是喊冷，可是我们已经添了很多煤了。我希望这个冬天能暖和一些。"

她的妹妹拉了拉露丝玛丽的袖子："亲爱的，还有一个可怜的家伙在我们的花园里。我们把他放在那里是为了给其他人腾出地方。"

一颗子弹打碎了约翰·海恩斯的右肘，那只胳膊以一个怪异的姿势转向后面。另一颗子弹把他大衣的胸部打得血淋淋的，这就是约翰离家时穿的那件大衣。他的裤子是粗糙的土布，对他来说太大了。他光着脚。

当露丝玛丽跪下亲吻她丈夫的额头时，他的肉体还是温暖的，在那个令人兴奋的瞬间，露丝玛丽相信约翰还活着。"哦，约翰。哦，约翰，"她呼唤着，"我在这儿。你的露丝玛丽，你的妻子。哦，约翰，求你了……"

这个小花园的花木被修剪得整整齐齐准备过冬。豆秆被绑在一起，种草莓的那块地上盖着稻草。木桶倒扣着，下面压着一层薄薄的雪。露丝玛丽不停地亲吻他的脸颊，约翰·海恩斯的肉体渐渐变冷了。

露丝玛丽身后的老妇人说："对不起，孩子。你丈夫没有受罪，直到最后都是清醒的。他相信你会来找他，渴望能见你最后一面。当他明白自己没有这个命的时候,他恳求我:'告诉露丝玛丽,要相信自己有颗善良的心。'他还提到了你们的女儿,他们会在天堂见面的。"老妇人摸了摸露丝玛丽颤抖的肩膀:"临终时刻,他神志有些不清。孩子,你丈夫最后的话是:'把我带到我妻子身边。'"

第二十三章

最后一条偷渡船

六个星期后的某个午夜,瑞特·巴特勒在挤满起重架、货运车和装卸工的威明顿码头上穿行,"妖后号""狂野突进号"和"快乐寡妇号"首尾相连停靠在码头上。汗流浃背的工人们手拉肩扛,把棉包运上了偷渡船。西南方的夜空仿佛在跳动,那里,联邦军队的大炮正在向费舍尔堡发动猛烈的进攻。码头上的灯光照亮了黑色的河流。

穿着黑色的西装,戴着船长帽的图尼斯·博诺正在核对载货清单,瑞特打了个招呼:"博诺船长。"

被打断的图尼斯皱着眉回头一看,立刻咧嘴笑了起来:"瑞特·巴特勒——你这个讨厌鬼!"他的眼镜片在电筒的照射下闪着微光。图尼斯紧紧拉住他朋友的手。

旁边那艘偷渡船的大烟囱喷出浓重的黑烟。图尼斯把载货清单递给一个船员:"告诉麦克劳德先生开始加速。"

"你觉得费舍尔堡会失守吗?"瑞特问道。

"联邦军有一支强大的登陆部队和一支强大的舰队。或许费舍尔堡能将他们击退,或许不能。如果它失守了,我们还停在威明顿码头,他们肯定会扣住我的船。"

"你听说约翰·海恩斯的事了吗?"

图尼斯摘下了他的帽子:"露蒂写信告诉我了。海恩斯先生,他是个好人。我从认识他开始,从没听说他害过谁。"

"在富兰克林……"瑞特清了清嗓子,"在富兰克林,约翰想让队伍后面的人能够看到他们的长官……"瑞特咽了口唾沫,"于是他把帽子戴在他的佩刀上,举在头顶上挥舞。"瑞特又清了清嗓子。

一个魁梧的船员走过来,博诺船长用手势制止了他。

"图尼斯,约翰·海恩斯把帽子插在刀尖上,不顾一切向着联邦军的阵地冲锋到底是为什么?约翰·海恩斯?他可是这世上最温和的人。"

装卸工人把五百磅重的棉包用吊索运上轮船,再把它们卸到"寡妇号"的甲板上。从船的烟囱里滚滚而出的烟变成了有毒的雾,落在了汗流浃背的男人身上和棉花上。

"露丝玛丽小姐她……她把海恩斯先生带回家了吗?"

"哦,图尼斯……约翰葬在了富兰克林。目前的形势,露丝玛丽不可能把他带回查尔斯顿。"

图尼斯的船员说:"麦克劳德先生回复,船长。一刻钟内速度就能提起来。"

图尼斯点点头让那个人离开了。瑞特擦了擦眼睛。"该死的烟。"他说。

图尼斯把目光从他的朋友身上移开："我的小儿子奈特开始学说话了。他学会的第一个词是'船'。露蒂说他把所有的好东西都叫作'船'。他以后会和他老爸一样，成为一名水手。"

"这是个好消息，朋友。应该庆祝一下。"

"改天晚上吧，瑞特兄弟。日出前我得把船开到开阔的水域去。"

"图尼斯，有个事想请你帮忙。"

"没问题，瑞特。什么事都行。"

当瑞特告诉图尼斯他想要他做什么时，他的笑容消失了。他绷紧嘴唇，把船长的帽子使劲按在头上："这事儿不行，瑞特。不能再冒险等一天了。如果那个孩子现在在这儿，我一定带上他，可我不能等了。联邦士兵把庆功酒的瓶塞都拔出来了。他们等不及今夜就要喝个大醉了。"

瑞特吹了一声不成调子的口哨。"那只好这样了。一个十五岁的男孩没有机会长大似乎很遗憾，但我想男孩也不像以前那样金贵了。"瑞特打开雪茄盒子，然后又合上揣在兜里，"塔兹不会投降的，图尼斯。他会把自己害死的。"

在他们旁边，"妖后号"的绳子已经解开了。装卸工人跳上码头，那条船的大桨轮开始旋转。伴着翻腾的水花船驶入河道，舵手向博诺船长挥手致意。

图尼斯咔嗒一声打开金质的怀表盖："'妖后号'周一就能

到达拿骚。如果我现在出发，我就能比它先到。瑞特，我……该死！"

图尼斯闭上眼睛，嘴唇翕动像是在祈祷。当他再次睁开眼睛时，他笑了，只是笑得很含蓄："瑞特，你和我去庆祝一下我的奈特会说的第一个词咋样？我可以等着你的孩子。也许费舍尔堡能再多抵挡一天。那些疯狂的强尼·雷布[1]会干出什么事来，谁又知道呢。"

第二天临近中午时分，埃德加·珀伊尔少校爬上了商业旅馆的二楼。在他的敲门声中，光着脚、赤着上身、胡子拉碴的瑞特·巴特勒让他进了屋。"早上好，埃德加。不知道还算不算早上。"瑞特站在水槽边，拿起一罐水浇到头上。"埃德加，千万别和水手喝酒。"他打了个哈欠，"我想费舍尔堡还在邦联军的手中吧？"

埃德加·珀伊尔把一个信封扔到办公桌上。

瑞特打开窗子，身子探到外面，听了听远处的炮声："别生气，埃德加。我是不会忘记你为我做的这件事的。"

埃德加·珀伊尔摸了摸鼻子上的伤疤："他不就是那个打伤我的孩子吗？你儿子。"

"是我的'被监护人'，埃德加。'被监护人'。"瑞特咯咯地笑着，"你不是第一个被维纳斯揍趴下的人。"

---

[1] 此处代指邦联军队的普通士兵。

埃德加没有理会瑞特的调侃。

瑞特从信封里拿出纸来仔细看了看:"塔兹的调令,将军本人签发的。好,很好。顺便问一下,你在布拉格那儿怎么样?"

"布拉克斯顿·布拉格喜欢听好话。"

"啊,你在这方面很擅长。"瑞特从旅行袋里拿出一件新衬衫。

珀伊尔清了清嗓子:"战争过后,你恐怕会是南方最富的人了。"

"对于有远见的士兵来说,这不也是开拓战后职业的好时机吗?"

"战后将会有一轮洗牌。合适的人有的是机会。"

瑞特说:"嗯。"

"你是和博诺船长一起庆祝的?那个黑鬼船长?瑞特,你总是交些奇怪的朋友。"

一月的空气寒冷刺骨,但瑞特还是站在敞开的窗前,双手背在身后。他好像完全没注意到埃德加·珀伊尔在房间里似的,自顾自地说道:"我今早起床,想起了那时候我和图尼斯心血来潮,划着他父亲的小艇沿着海岸一直划到博福特。真是个该死的蠢主意——在开阔的水面划五十英里,但我们想都没想就出发了。那片天空——我真觉得那时的天空更蓝。我还记得太阳晒在我背上的感觉,还有小船的硬座,船帆呼啦啦的声音。这么多年过去了,我再也找不到比那时候更快活的日子了。"

那天下午，码头上静悄悄的。"快乐寡妇号"的烟囱里冒出缕缕烟雾，它现在是威明顿仅存的偷渡船了。

瑞特和他曾经指挥过的船员握手。"寡妇号"船身的弹孔已经补好，新刷的油漆让整条船看起来斑驳不堪，右舷的桨轮罩是新的。在轮机舱，新的铁架子固定住了超大的发动机。轮机手麦克劳德先生一见到瑞特就开始责备他："你上次偷渡到查尔斯顿，巴特勒船长！这船可真被折腾得不轻，现在还没修好呢！"

一八六五年一月十四日的黄昏时分，最后一艘邦联的偷渡船松开缆绳，缓缓驶入开普菲尔河。这条灰色的长船是现役最快的船只之一；有人说它是最快的。

"寡妇号"紧靠着西岸，以维持舵效的最低航速前进。

联邦军已经在费舍尔堡的上游位置登陆并切断了此处与威明顿的陆路连接。大西洋和内陆河之间狭长的半岛上星星点点地遍布着联邦军队的营火。

他们的哨兵发现了"寡妇号"，联邦军的士兵们聚集在岸边去看这条传奇的偷渡船。这里的河太宽了，野战炮也无济于事，这艘小船优雅地滑向下游，北方士兵们把帽子扔在空中，为它欢呼。

图尼斯在费舍尔堡下方下了锚，这里是河流即将入海的位置。

联邦舰队正在向巨大的沙堡发射炮弹，从寡妇号的甲板望去，费舍尔堡被巨大的沙尘暴包围：在大炮的冲击下，沙砾尘土被卷向天空，形成一团团肮脏的云雾。骚乱中，图尼斯向瑞特喊道："十点钟，瑞特！听到没？"图尼斯敲了敲手表："不管接没接到那孩子，只要十点钟你不到这里，我就要开船走人。"

瑞特鞠了一躬："我欠你的，博诺船长。"

"可别告诉露蒂我都干了什么！"

瑞特划着寡妇号上的小艇到了岸边，他尝到了牙齿缝里沙子的味道。

由于没有得到布拉克斯顿·布拉格的增援，费舍尔堡的指挥官怀廷将军已经把河上其他防守点的部队都抽调过来。瑞特刚把小船停好，就看到一艘炮艇正将士兵送上码头。这些炮兵和瑞特这几年见到的南方联军不一样：他们营养充足，军装不仅完整，最近应该还洗过。直到今天，这些人都在安然度日。他们在河上方的炮台驻扎着，偶尔会向冒险靠近的联邦封锁者发射炮弹，但从来没有受到过攻击。偷渡船的船长们全都心存感激，给他们提供了食物和威士忌。

这些长期处于安逸之中的士兵被编入残缺不全的队伍中，望着眼前的一片混乱面露难色。

瑞特转向一个肥胖的上尉，四年前他的这身军装应该还不像现在这样紧绷在身上。"天气不错。"瑞特说道。

海洋平静得像一面镜子，只是近处有炮弹落下激起了阵阵水花。炮弹发射划出的弧线像白色飘带一样指向残破不堪的堡垒。每艘联邦舰船好像被轻微放大了一样清晰可见。炮弹发射时的气流把炮口冒出的烟都吹散了。"装甲舰波塔克西特河号""布鲁克林号""梅欧帕克号""卡诺希克斯号""休伦湖号""索格斯号""萨斯号""庞图苏克湖号""扬蒂克河号""莫希干号""莫纳德诺克号""新铁骑军号""佩科特号""塞纳卡号""塔科尼号""尤纳迪拉号"和"莫米号"在离岸一千码的地方虎视眈眈，对面迎战的是木制的"战船明尼苏达号""科罗拉多号""塔斯卡罗拉号""麦基诺号""波瓦坦号""沃巴什河号""苏斯奎哈纳河号""泰孔德罗加号""朱尼亚塔号""范德比尔特号"和"谢南多厄河号"。十几艘较小的战舰在更远的地方，旁边还有十八艘炮艇和二十二艘运兵船。

费舍尔堡建在一片呈倒L形的连绵沙丘上。L的长腿面对联邦舰队，短腿越过半岛，面对联邦的登陆部队。费舍尔堡宽五十英尺，高三十英尺，沙丘之间的洼地上设有一座座炮台。

在联邦轰炸之前，费舍尔堡有兵营、牲口栏和一个练兵场。现在这些地方都被炸得粉碎，连一点碎片都没留下。

肥胖的上尉举起手，命令他的士兵快速前进。瑞特深深地吸了一口气，低下头，像只野兔一样跑了起来。他沿着道路深一脚浅一脚，直到前方的道路被完全炸毁。瑞特在柔软的沙地上跑得腿疼，一个趔趄摔倒了。炸弹把他周围的沙子高高掀起，气流冲击着他的耳膜。沙子灌进他的衬衫、裤子和靴子里，黏在他每一缕被汗水浸透的头发上。

费舍尔堡的旗帜是一块破布，挂在重新被接上的旗杆上。指挥部炮台楼梯上的一些踏板已经散架，还有的地方一连两三块踏板已经不见了踪影。瑞特顺着横栏和扶手向上爬——手上抓着任何他能抓住的东西。炮台上的大炮已经被卸下来，一截炮筒掉了下去漂在海面上。在沙丘的每个洼地处，沙袋都堆得齐腰高。在那后面，一个军官正用望远镜观察着联邦舰队。在他脚边，他的勤务兵背靠着沙袋。

"怀廷将军？"

将军啪的一声合上望远镜："如果你是记者，先生，告诉你的读者，我们会坚守阵地。"

"我是从布拉格将军那里来的。"

将军们急切得脸都红了："布拉格将军派兵增援我们了吗？"

"我对布拉格将军的计划并不知情，先生。"瑞特掸掉信封上的沙子，将信递给了将军。

布拉克斯顿·布拉格的命令是将二等兵塔兹韦尔·沃特林从北卡罗来纳第十八少年预备队调到鲁弗斯·布洛克上校的铁路部。瑞特·巴特勒也属于那个部队，他将会护送二等兵沃特林前去。

怀廷将军说："我向布拉格请求增援，他却带走了我的兵。"

"沃特林只是个孩子，长官。他十五岁。"

"联邦军队的人数是我们的四倍。"

冬夜来临，天色一分钟一分钟地暗下来。联邦舰队突然停止开火，突如其来的寂静让人感到耳边一阵嗡鸣。怀廷的勤务兵站了起来，伸了个懒腰，拿出烟斗。

"别点燃烟斗，中士，"怀廷说，"他们那边或许还没结束。"

抛锚停船的舰队上，舷窗一个接一个亮起了灯光。号角声响起，有些不和谐却有些温柔，那是晚餐的召唤。

"我想你不会顶替二等兵沃特林的位置吧，先生？你可不是十五岁的男孩。"将军扬起头等待着瑞特的回答。

"我想我不会。"

怀廷将军用一截铅笔头签字，同意了布拉格的命令。"你确定布拉格没提过反攻吗？你有没有看出他会有来增援的迹象？"

瑞特谨慎地回答道："昨天，将军。布拉格的司令部前停了几辆马车。我想布拉格将军准备要撤退。"

怀廷将军一拳捶在掌心："他不能抛弃我们。即使是那个该死的布拉格……我会亲自写信给他。布拉格必须要明白！"将军爬下了破碎的楼梯。

勤务兵点燃烟斗，火柴发出刺目的光芒。"今晚或是明天，早死晚死都一样。"他说。

就像蚁丘里的蚂蚁一样，费舍尔堡的守军从沙丘下的防空洞里钻了出来。一轮满月照亮了整个阵地。军需官把一个个装着腌肉的木桶滚过来，把一箱箱装着硬饼干的箱子传递过来，饥饿的士兵们排起了参差不齐的队伍。

精瘦的下士吃完腊肉后，舔干净手指，才拿起瑞特的文件。下士用食指在每一个字上划过，然后把纸重新折起来塞进信封里："沃特林知道这事儿吗？"

"不知道。"

"沃特林是个好孩子。少年预备队的很多孩子都被吓傻了，他们就像铅锤一样一动不动。就是联邦军不开火了,他们也一步不离开防空洞。"下士缺了一颗门牙,"沃特林负责运送炮弹,只要我们这门炮还能开火。我们的炮手对那个男孩评价很高,先生。"

"你不介意我把带他走吧?"

下士咧嘴笑起来,露出牙齿上的缺口:"把我也带走吧。"

塔兹·沃特林嚼着饼干,坐在一门被拆下来的哥伦比亚大炮[1]的耳轴上。军装松松垮垮地挂在他瘦骨嶙峋的身躯上。"真该死,"塔兹说,"我以为你还在部队。"

"有一段时间我确实在骑马跟着福雷斯特。"

"大伙说福雷斯特二十匹马都战死了。"

"大伙都这么说。"

海面上,一艘装甲舰发射了一枚炮弹。燃烧的引线在黑暗的水面上划过一道弧线,掉到阵地附近爆炸了。

"他们明天就会进攻这里。"塔兹一脸平静地说。

"他们的人数只是你们的四倍而已。"

"别开玩笑了。你总是开玩笑。"

"你的意思是说这不好笑吗?一千八百个勇士在这儿等死,而布拉克斯顿·布拉格正准备开溜?真得夸夸布拉克斯顿这个老匹夫。"

---

[1] 一种大口径无膛线的前装式大炮。

"你参军的时候我很自豪,"塔兹说,"你来这儿干吗?为什么穿着便装?"

"我的军装生虱子了。"瑞特坐在一个空火药桶上,点燃了一支雪茄,"田纳西的军队全军覆没了,所以我被重新分到其他地方。我就想过来看看你。"

放眼望去,月光照耀下的要塞全是一片沙地,只有雪茄和烟斗发出点点火星。海面上的联邦舰队却像一个漂浮的大都会,灯火通明。半岛上,联邦军队的营火从这边岸上一直绵延到另一侧的岸上。

"我知道你是个英雄。我本希望花重金送你去上学能阻止你成为英雄。"

塔兹耸耸肩。"克里奥尔人常说,'Capon vive longtemps'。可能因为我身上留着巴特勒家族的血液。我的曾祖父不就是个海盗吗?"

"胆小之人活得长久。"瑞特把那句话翻译出来,"克里奥尔人都是好战的暴徒。我不知道路易斯·瓦伦丁·巴特勒是否称自己是'海盗'。不过路易斯应该更喜欢'有钱的绅士'这个称呼。"

男孩叹了口气:"不管怎样,很高兴见到你。"

瑞特擦掉银质酒瓶上的沙子,把两个套在一起的杯子拔出来。瑞特给孩子倒了一杯酒,又给自己倒了一杯。

一条燃烧的火光从头顶掠过,冲击波把瑞特穿的夹克紧紧压在了他的后背上。

男孩喝了一口，呛得咳嗽起来。

"别浪费了，孩子。这白兰地的年份比你年纪还大呢。"

塔兹又吞下一口："我一直没有我妈的消息。我们没有通过信。"

"我经过亚特兰大的时候，贝尔很好。她在那里很安全。联邦军不会再杀回去了。"

塔兹大口大口地喝干白兰地，把杯子递过去要求再来一杯："这辈子能醉一回也不错。"

"确实不错。"瑞特又倒了满满一杯。

他们喝了一会儿。

塔兹说："当炮弹运输员可不像你想的那么容易。我得跑到防空洞的弹药区——那条隧道有六百步远，我专门数了——把二十五磅重的炮弹装进袋子里，兜回到大炮那里。联邦军的炮弹到处乱飞，就像……就像……"——他比画着说——"就像讨人厌的沙蚤。如果你被埋在沙子里，最好赶紧爬出来，不然会被闷死的。我再喝一杯，谢谢。没想到我这么渴。

"无论如何，我宁愿做一个炮弹运输员，也不愿躲在防空洞里，呼吸着别人喷出的气还有尿桶里的臭气。妈的！这白兰地就是那个味儿，我真是奇怪竟然有人愿意喝它！"

这种令他不习惯的味道并没有妨碍他喝得又多又快。塔兹滔滔不绝地聊着费舍尔堡，聊着他因为赢得炮手的尊重而感到多么自豪，直到他在说话时舌头开始打结。酒杯从他毫无知觉的手上滑下来，男孩儿喃喃地说："为啥你不是我爸？"然后他瘫倒在了沙地上。

那个精瘦的下士抬着一头,瑞特抬着另一头,把男孩儿带到了码头。

"你叫什么名字,下士?"

"你打听这干吗?"

"或许战后我们会再见面。"

"可能性很小。"下士补充道,"如果你能让这个年轻人活下来,以后他一定是条汉子。"

离图尼斯约定的最后时间还有十五分钟,瑞特的小艇撞上了"快乐寡妇号"的船身,船员们把人事不省的男孩抱上了船。

瑞特回到要塞的时候,下士说:"恐怕我不会再见到你了。联邦军队明天就会发动进攻。"

"你爱过一个女人吗?"

下士有些错愕:"我妻子,埃拉,三年前已经死了。"

"那你什么都没有了。"

"我想是的。"

沉默了一下,瑞特说:"总之,今晚月色不错。"

下士点点头:"你要把那孩子送走?"

"塔兹韦尔·沃特林会去英国。"

"有机会我也会去的!我听说英国是一个到处是绿树的地方。我听说那里的人过得很开心。"

"至少,他们不会互相开炮。"

"天哪，"下士说，"那不是太好了吗？"

第二天早上，塔兹·沃特林一醒来就感觉头很痛。他躺在坚硬的甲板上，周围堆着棉包，一股油腻腻的木料气味从他的鼻子径直钻进胃里。他从棉包堆的缝隙里爬出去来到船舷边（他这到底是在哪儿？）呕吐起来。每吐一下，他的头就跟着剧烈疼起来，他睁大眼睛以减轻脑壳的压力。他站起来，拂去膝盖上的沙子。他在一条船上，眼前是平静的海面。船行驶得不算太快。一股水流从船头激起又落入大海。太阳还没到最高点。该死的瑞特·巴特勒。塔兹的头痛变成了阵痛。他的胃已经空了，感谢上帝。这是什么船？人们从船舱里爬出来开始安装绞盘。绞盘安装完毕，一个棉包迎着太阳被吊到半空。船员把绞盘向外旋转，把棉包扔到了船外。

塔兹问一个水手他们在哪里。

"如果船不沉，还有一天半就到拿骚了。搭把手。我说'起'你就使劲拽绳子。"

塔兹拉着粗大的麻绳，感觉头膨胀起来，就像圣诞节时孩子们吹得圆滚滚再弄爆炸的猪尿脬。水手们穿着干净的工装，干净的棉帆布裤子。而塔兹浑身脏兮兮的，散发着难闻的味道。

当下层甲板的货物被扔掉后，"寡妇号"的船员们松了口气，舵手点燃了烟斗。

塔兹韦尔·沃特林感觉自己轻得像根羽毛。他使劲搜罗着对瑞特·巴特勒欺骗自己的愤怒，却发现他其实根本不想死。

这片奶绿色的大海一望无际，波澜不惊，海天相接之处他可以看到地球弯曲的弧度。漫天黄沙，危险重重、震耳欲聋的炮火，以及注定要覆灭的费舍尔堡似乎已经离他很遥远。他的头不疼了，肚子也饿了。

他走进甲板下层的厨房，发现了一块半熟的烤牛肉和几块面包。

四个人正在这间黑洞洞的屋子里费力地操作着手泵。水从舱壁的接缝处渗进来。轮机舱里，两台发动机里有一台已经凉了下来。精疲力竭的人四肢伸展躺在货盘上，只比大水漫过的甲板高出几英寸。

没有人询问塔兹；似乎没人在乎他是谁。

大约三点钟，船员们开始丢弃甲板上的货物。棉包丢到船外溅起水花，在船尾的水流中浮浮沉沉。

一个疲惫的黑人船长正在指挥着。

塔兹礼貌地清了清嗓子说："我是塔兹韦尔·沃特林。我不是自愿上船的。"

"我知道你是谁。"又一个棉包扑通一声被扔进海里，剐蹭着船身。"这是'寡妇号'的最后一次航行了。我和露蒂还有奈特要去加拿大。我爸在金斯敦。他说加拿大没有黑奴。"

联邦炮舰没能阻止"快乐寡妇号"的航行；然而它却自己倒下了。强劲的引擎把钢板扭得四分五裂，一排排铆钉松脱，船身肘板断裂。虽然麦克劳德先生已经竭尽所能把所有洞都堵上了，但漏洞实在太多，当他们把货物从旁边扔出船外时，水已经漫到离燃烧室不到六英寸的地方。

"我们要沉了吗,先生?"

又一个棉包被扔出去,撞在船身上落进了水里,贴着船身起伏着。"瑞特已经为你安排好了,孩子。等我们到了拿骚,我就把你送上船。他们在英国等着你。"

"先生,我是南部联军士兵。"

"你是啥?"黑人船长的嘴唇快速地翻动着。"老天哪!"他说。他转向他的船员:"已经扔得够多了,麦克劳德先生!我们看看能不能留一些卖钱。"他像是在自言自语:"一包棉花能卖一千块。一千块。"

这是晴朗的一天。塔兹曾在邦联有史以来最重要的军事要塞担任炮弹运送员。他承担着危险的任务,侥幸逃过了一命,但这并非他的过错。他已经作好了死的准备,但他没死,太阳从来没有像今天这样明亮地照耀在他身上。塔兹韦尔·沃特林是一个正在走向新生活的年轻人。他手臂上的汗毛立了起来。

"快乐寡妇号"在碧绿的海面上浮沉,发动机已停止了工作。曾经的它光滑美丽、行动敏捷,但现在它已不再美丽。等到了拿骚,废船破拆的工人就会把它收走。

图尼斯·博诺船长用布满血丝的眼睛盯着他的乘客。"孩子,"他说,"再也没有什么南部联军了。"

第二部 重建

第二十四章

战后佐治亚的一个种植园

查尔斯顿投降,哥伦比亚化为灰烬,彼得斯堡沦陷,里士满被付之一炬;邦联军队投降。邦联化为乌有。经过四年的苦战,战争结束了。从波托马克河到布拉索斯河[1],青草长满了荒废的土地,人和马的骨架被新长出的植被掩埋。到了六月底,当青草在酷热中枯萎时,只有烧毁的种植园的房屋、满目疮痍的城市和千疮百孔的心证明了南方曾经历过的一切。这年春天,鸟儿叽叽喳喳的叫声依然会被神经紧张的人们错当成炮弹来袭的轰鸣声。曾经令人生畏的军队里憔悴的幸存者放下武器,拖着疲惫的身躯踏上了回家的路。

斯嘉丽·奥哈拉·汉密尔顿用湿润的指尖抓起盘子里最后一小撮玉米面包屑:"嬷嬷,我们得把施舍给那些游民的口粮再

---

[1] 从新墨西哥州流入墨西哥湾的一条河流。

减少些。"

老用人正将盘子端到厨房里，只听盘子发出愤怒的撞击声。嬷嬷不满地嘟哝着："塔拉从不会把饿着肚子的人拒之门外，而且那些小伙子也不是游民，他们是士兵！"

虽然塔拉地处偏僻，但每天都会有士兵过来。"我只是路过，夫人。我要回家去。从六三年就没见过儿子了。希望他们还记得他们的老爸。"头天晚上，一个阿拉巴马的小伙子睡在塔拉门廊的地板上，在离开前还吃了玉米面包作为早餐。塔拉剩下的玉米粉——仅有的宝贵的七磅——被锁在了杰拉尔德·奥哈拉的酒柜里。

塔拉餐厅的壁纸被前来搜寻值钱货的谢尔曼部队的兵痞撕成碎片。餐桌周围几把不相配的椅子用金属线捆在一起。"我可不是木匠，斯嘉丽小姐。"波克这么解释道，"我是杰拉尔德主人的贴身男仆。"

梅兰妮从椅子上站起来："我有些累了。如果你不介意的话，我想躺一会儿，等挖土豆的时候再起来。斯嘉丽，亲爱的，记得叫醒我。"

斯嘉丽略微点点头，梅兰妮露出了最甜美的微笑："如果你不叫我，亲爱的，我就没法好好休息。那些活儿你一个人干不完。"

"哎呀，我肯定会叫你的。"斯嘉丽撒了谎，她亲了亲大姑子的脸颊。

北方佬不会再来偷东西了。塔拉已经没有东西可偷了。原来的一百头肉牛和奶牛、二百头猪、四十匹马和骡子、五十只羊，还有无数只鸡和火鸡,现在只剩下了一匹马、一头奶牛、一头脾气暴躁整天不见踪影的母猪,还有两只老母鸡。北方佬没杀死的,都被他们偷走了。

塔拉地里干农活的工人——甚至像大个子山姆这样可靠的黑奴——也逃跑了。只有屋子里的仆人——波克、嬷嬷、迪尔茜和普利茜——还留在塔拉,斯嘉丽有时甚至希望他们也都逃跑了,这样就少了四张嘴吃饭。

斯嘉丽为了保住塔拉,从早到晚都在战斗,连阿什利·威尔克斯都从她的脑海中消失了。她不知道阿什利是像许多人一样已经死在了联邦战俘营里,还是有一天会回家。大多数晚上,斯嘉丽都要为阿什利简单地祈祷一番,然后疲惫的头脑便会最终放弃抵抗,进入睡梦。偶尔她也会忘了睡前祷告。

一年前,瑞特·巴特勒把斯嘉丽丢在燃烧的亚特兰大城外,那段时间斯嘉丽总是梦见自己奔向了童年的塔拉,在那里,她的嬷嬷会给她热牛奶,她的母亲埃伦会给她的额头盖上凉爽的布。只要斯嘉丽投入母亲慈爱的怀抱,对战争的恐惧就会消失。

她的梦总是很短暂。

在斯嘉丽回家的前一天——那是一个无法挽回的日子,斯嘉丽的母亲埃伦死于高烧。埃伦死时嘴里念叨着一个男人的名字:菲利普——一个法国名字。

现在世上再也没有人能教斯嘉丽如何生活了。"菲利普?"她从不认识什么菲利普,她有更重要的事要操心。

有时候,斯嘉丽认为杰拉尔德·奥哈拉应该和他的妻子一起死去。斯嘉丽的父亲外表看起来和以前一样精明、鲁莽、强壮。杰拉尔德依旧坐在桌子的一头，毫无怨言地吃着他那微薄的口粮，但脑袋已经混沌不清。

此时他站了起来："我想要休息会儿，宝贝。今天下午，我和你妈妈要骑马去十二橡树。"

"好的。"斯嘉丽答道，其实约翰·威尔克斯早就死了，十二橡树也已经被烧成了灰烬。

斯嘉丽继续假装着，因为假装总好过让杰拉尔德·奥哈拉清醒过来，当他想起自己失去的一切，他就会瞬间崩溃，号啕大哭起来。

小韦德用脚后跟敲着椅子的横档，发牢骚说他肚子还很饿。"韦德，你只能等了。嬷嬷烤好玉米面包后你可以吃一碗。"

斯嘉丽出门前系好帽子，波克在一旁等着，身上穿着那件几年前杰拉尔德给他的周日礼拜时穿的外套。波克紧紧抿着嘴唇，下定决心开口道："斯嘉丽小姐！"

波克又开始了那些斯嘉丽早已听腻的抱怨："斯嘉丽小姐，当年我的旧主人想从杰拉尔德老爷手里把我买回去，他出价八百块，那个时候这个价格还是很公道的。是的，小姐，很公道！杰拉尔德主人没要那钱，因为他已经把我当作他的贴身仆人。我不爱讲大话，不过有些人说我是克莱顿最好的男仆。我不要去挖土豆！"

"波克，"斯嘉丽克制住自己的脾气，"要是像你这么强壮的男人都不肯帮忙，我们女人怎么能干这活呢？"

斯嘉丽用眼角的余光看见她妹妹牵着家里唯一的马走到上马石前。"苏埃伦！苏埃伦！等一下！"

苏埃伦穿着她那件漂亮的连衣裙，她那稀疏而毫无生气的头发上戴着一朵盛放的白牡丹。"苏埃伦，你要去哪儿？"

"啊，我要去琼斯博罗，亲爱的姐姐。今天是星期二。"

弗兰克·肯尼迪已经和苏埃伦"订婚"多年。尽管他的琼斯博罗商店被毁了，但每个星期二弗兰克都会从亚特兰大带来布匹和日用品，用来换取鸡蛋、黄油、蜂蜜和那些联邦士兵瞧不上眼的寻常家庭压箱底的好货。

"苏埃伦，对不起，我们今天需要那匹马。迪尔茜知道北方佬把一桶生虫的面粉扔到哪里去了。想想饼干的味道有多好！"

苏埃伦怒气冲冲地回到屋里，将那朵牡丹扔到了泥土地上。

斯嘉丽没有说话。

北方佬烧毁了杰拉尔德·奥哈拉囤积的价值二十万元的棉花。几个月后，他们又回来烧掉了斯嘉丽辛苦捡来的粮食：大概值两千美元。邦联投降的一个月前，斯嘉丽重新种下一小片庄稼。如果今年这一片庄稼地能躲过害虫和杂草，秋天可能卖两百元：一大笔钱。

以前，斯嘉丽认为只有昏了头的人才会吃留种的玉米。现在她明白了一个痛苦的事实：人饿到一定程度，留种的玉米和土豆都能拿来磨面粉做面包吃掉。斯嘉丽庆幸塔拉的人不吃棉籽！

每当他们不得不宰掉母猪产下的三十磅的小猪崽时，斯嘉丽都很心疼——这样的猪仔本来能长成一只三百磅的大猪！

漂亮的斯嘉丽脸上带着掩饰不住的疲倦，而且动辄就会发火。骄傲的斯嘉丽愿意为塔拉和它的人民做任何事，无论什么事都可以。杰拉尔德·奥哈拉的女儿做梦也没想到她会去干这些活儿。斯嘉丽锄地时双手起满了水泡，除草时杂草又把水泡磨破。她一直工作，直到背和肩膀疼痛难忍。斯嘉丽瘦了很多，竟然能穿上十三岁时穿的衣服。那个盼着回到塔拉的家重新变成孩子的女人现在成了塔拉的女主人，负责分发食物，调停纷争，照顾病人，为疲惫不堪的人们加油鼓劲。

她把马拴好，然后转向波克："波克，如果你不去挖土豆，那你就去给辘轳上油。"

波克像是对着孩子一样解释道："斯嘉丽小姐，我是杰拉尔德主人的贴身男仆……"

斯嘉丽头皮开始发热。她甜美一笑说道："不知道克莱顿其他人家是否需要贴身男仆。"

波克伤心地摇了摇头："斯嘉丽小姐，你为什么这么狠心？"

为什么？为什么？如果斯嘉丽犹豫不决，如果她失去信心，如果她哪怕只有一次——像她经常渴望的那样——崩溃哭泣，那么她就有可能会失去一切。

波克慢吞吞地走了，心不在焉地寻找用来给辘轳上油的油脂。

杰拉尔德·奥哈拉的一千英亩种植园现在仅剩下一块一百英尺的菜园和一块五英亩的棉花地。斯嘉丽眯着眼睛，这样她就不会看见荆棘和黑莓灌木丛正在侵占着这块土地。

斯嘉丽做着仆人的工作,吃着仆人的饭食:繁缕[1]、水芹菜干、蒲公英嫩叶和田芥菜。斯嘉丽在一棵活着的橡树树荫下弯下腰,商陆[2]还没有结出果实。她们晚饭只能吃商陆叶了。

一个陌生人骑着一头驴顺着这条路走过来,驴太小,骑手的靴子尖都蹭到了地面。他穿着平民服装,虽不合身却很新,他的胡子很短,浅金色的头发根根竖立着。他的身材和那些获释后经过塔拉的士兵相比要丰满一些。在最后这座山的山脚下,他的驴子停了下来,伸长脖子,仰天嘶叫着。骑驴的那人松了松缰绳等待着,等着驴子将它的满腹抱怨都发泄完。

从他崭新的穿着来看,这个人是个提包客[3];不过看样子也没有挣到什么钱。

这个人如果下来牵着他的驴子走,兴许还能走得更快些,可他还是骑着那只带着怨气的畜生走到了斯嘉丽身边。"早上好啊。"他说。

"如果你是个提包客,先生,这里不欢迎你。"

这话引得他莫名其妙地大笑起来。"提包客,夫人?夫人,我是罪孽深重,但您说的那些我可没干过。我能饮下我的牲口吗?"

斯嘉丽指了指井。

那个人转动曲柄,缺油的辘轳发出了吱吱声。"那么你一

---

[1] 一种石竹科杂草。

[2] 一种产于美洲的草本植物,能结出浆果。

[3] 指来到南方寻找机会的北方人。

定是南方佬[1]，"斯嘉丽笃定地说道，"其他人不会有新衣服穿的。"

他把水倒进桶里给他的驴子喝。"你的辘轳该上油了。"他说。

他脱下新外套，把它搭在辘轳的手柄上。然后猛地一扯，一只袖子被扯了下来。空空如也的袖管上还挂着线头。他把袖子塞进口袋里，然后重新把衣服穿上。"'南方佬'，夫人？那些秘密同情联邦的南方人——在北方佬获胜之前，一直隐藏自己的真实想法，直到北方佬获胜的人？不，夫人，我是从俄亥俄州监狱释放的罪犯，发了这身衣服和十美元，我用那些钱买了这头脾气倔强的畜生，查普特佩克。"他拍了拍那头驴的腰臀部。

"对头驴来说，这是个很有趣的名字。"

他的脸因为灿烂的笑容而变得生动起来："我是个无药可救的浪漫主义者。你不认得我了吗？"

斯嘉丽皱了皱眉："不认得……恐怕我不认识你。"

"假如我戴着一顶带有白鹭羽毛的骑兵军官帽子呢？假如有个班卓琴手陪在我身边呢？我敢说，斯嘉丽小姐，没几个人会带着乐队登门来拜访你。"

斯嘉丽眨了眨眼睛："拉瓦内尔上校？"

他深深地鞠了一躬："我还幻想你会对我难以忘怀呢。"

"你确实令人难忘。"斯嘉丽的记忆之门似乎一下子被打开了，"我听说你的妻子不在了，是吗？"

---

[1] 此处指内战结束后支持联邦政府对南方重建计划的南方白人。

"我的夏洛特和天使在一起。"

斯嘉丽感慨万千。她在尤拉莉姨妈那里见过夏洛特·拉瓦内尔,她觉得她是一个可敬却乏味的淑女:一个其他女人可以倾诉的对象。但是夏洛蒂是费希尔的血脉,是南方显赫家族的继承人。毫无疑问,夏洛特·费希尔的阁楼上有一大堆一文不值的邦联货币,塔拉也是如此。但这么多财富不可能全都化为乌有。斯嘉丽凄然一笑:"上校,我对您妻子的不幸离去表示哀悼。"

夏洛特不是还有个哥哥吗?"那杰米·费希尔呢?"斯嘉丽问道。

"杰米和我关在一间牢房。'把你的粥吃掉,安德鲁!一定要多呼吸点儿新鲜空气!安德鲁,不要心怀怨恨。'"安德鲁·拉瓦内尔说,"杰米不明白,痛苦也可以给人安慰。"

斯嘉丽认为痛苦就像怀旧一样:它阻碍了人们去完成那些需要完成的事。养活塔拉的饥民,修复家宅,雇佣工人,购买牲畜,种植一千亩棉花,这些事情让她无暇去痛苦。

"拉瓦内尔上校,和我们一起吃晚餐吧?"

"谢谢,不了。我不能。"

"老天啊,你不饿吗?"

"我没钱付给你。"

"老天!"斯嘉丽说,"你如果一定要付钱,先生,那这顿晚饭就付给我一元邦联货币吧!"

波克正在院子里剪玫瑰花。每天早晨,一束束香气四溢的花会出现在客厅、饭厅和杰拉尔德的卧室里。"波克,我不是让你去给辘轳上油吗？"

"是的，斯嘉丽小姐。我先把花摘下来。"

"花是漂亮，但是因为辘轳缺油，打水的时候也很费力。等你上完油，就开始挖土豆。"

波克不服气地噘起嘴。

"我听说北方佬已经禁止使用牛鞭，"安德鲁·拉瓦内尔温和地说，"不过你的种植园离大路这么远……"

波克把腰板挺得直直的："我从来没挨过鞭子。在塔拉，杰拉尔德老爷不准鞭打。"

上校从口袋里掏出撕下来的袖子，猛地甩在裤腿上。

波克惊得嘴巴大张，手里的玫瑰花掉了下来。他用死气沉沉的声音说："好的，斯嘉丽小姐。我这就去上油。"

斯嘉丽和上校走进前厅，她抱歉地说："谢尔曼的士兵到过这里。"

"斯嘉丽小姐，我近来的住处也没什么好夸耀的。"

斯嘉丽领上校走进餐厅："抱歉，上校。我去看看您的晚餐做好了没有。"

她看见嬷嬷正跪在凳子上擦厨房的窗户："嬷嬷，给我一些玉米面包，那棵橡树下还有商陆叶。"

"斯嘉丽小姐，玉米面包是留着晚饭吃的。"

"嬷嬷，那位先生是我们的客人。"

"我从窗户看见那家伙了。"嬷嬷哼了一声，"什么样的先生衣服上只有一只袖子？"

"他不想被人误当作是南方佬,所以拽掉了袖子。"

"他真这么做了?"嬷嬷摇了摇头,"愿主垂怜!"她爬下凳子去摘商陆叶了。

斯嘉丽飞快地爬上仆人们的楼梯,来到她的卧室。破碎的镜子里是一张晒得肤色较深、不像淑女的脸,但她的头发很干净。她解开发髻,重新整理头发,勾勒出美丽的面部轮廓。她在每只耳朵后面轻轻滴了一滴珍贵的古龙水。

杰拉尔德穿着睡衣和马靴,从卧室里走了出来。"你见埃伦了吗?"他焦躁地问道,"我们四点要到十二橡树。约翰还想在吃饭前和喝我一杯。"

"我会提醒她的,父亲。抱歉失陪一下,我在招待一位客人。"

"我不需要和他打个招呼吗?"

"我觉得不需要,父亲。您也不想在骑马去十二橡树前太过劳累吧。"

杰拉尔德·奥哈拉摇了摇手指:"别忘了提醒你母亲。"然后关上门离开了。

斯嘉丽回到餐厅时,嬷嬷把先前给大家准备的晚餐端上了桌。

拉瓦内尔上校指了指他的盘子:"你们真大方。"

"天哪,上校。只是便饭。战争之前,塔拉的好客可是远近闻名的。"

为了避免自己不停地盯着对方装得满满的盘子,斯嘉丽问上校是否经过了亚特兰大。

"从怀特霍尔酒馆到布罗德大街,我看不到一座矗立的房子。"上校叉起一撮闪闪发光的商陆叶送到嘴里,像反刍动物一样带着满足机械地咀嚼起来,"城市中心全部被毁了。"

"火车站呢?车厢站台呢?"

"北方佬把稻草拖进车站把那儿烧了。侥幸逃过大火的都被炮弹和冲车毁掉了。"拉瓦内尔勉强地笑了笑,"只有北方佬的将军才会通过烧毁一座毫无抵抗的城市为自己赢得声誉。"

亚特兰大被毁了?斯嘉丽不忍心去想这件事。亚特兰大曾是一座充满活力和创造力的城市。如果亚特兰大都被毁了,南方还有什么希望呢?

上校猜到了斯嘉丽的心思:"他们不会放过我们的。那些提包客和南方佬背后都有联邦的刺刀撑腰。他们想让黑鬼来统治白人。"

斯嘉丽尽量不去看他的叉子在盘子里舀出、卷起那些食物,再把它放进嘴里;他的嘴闭上了。"如果连你这么勇敢的人都没信心了,我们这些人能做什么呢?"

"像我这样的人?"一阵粗鲁的笑,"心怀浪漫向风车发起进攻[1]的傻瓜吗?"他把空盘子推到一边,用撕下来的袖子擦了擦嘴。"我想你这儿不会有白兰地……"

"恐怕只有白酒。"

---

[1] 此处的谚语表示对假想敌发起进攻,典出于塞万提斯的小说《堂吉诃德》。

"是吗？"

"我们拿来外用的。"

"我不像以前那么挑剔了。"

斯嘉丽到厨房取出她瞒着杰拉尔德藏起来的玉米威士忌。嬷嬷问："那位先生心情不好吗？"

费希尔的继承人心满意足地啜着玉米酒，对斯嘉丽笑了笑："我已经很久没有女士的陪伴了，更不用说像你这样漂亮的女士。"

斯嘉丽矜持地垂下了眼睛。

"这两年真漫长……我差点都忘了……"

斯嘉丽已经想不起来她上一次吃饱是什么时候了。

"我真后悔我们那样相遇……亚特兰大的那晚。我唐突地给你个建议，亲爱的汉密尔顿夫人：永远不要当受奖者。当傻瓜们尊重你的时候，你就无法从他们身旁逃脱了。我来到你家时，我已经厌倦了那些傻瓜，也厌倦了我自己，我喝了太多的酒。斯嘉丽——我可以叫你斯嘉丽吗？你的出现让我在一瞬间感到了光明，我想要感谢你，但我轻慢了你。请接受我的道歉。"拉瓦内尔回忆着往事轻笑出声，"带上您的乐队！"

斯嘉丽曾邀请过许多衣衫褴褛、饥肠辘辘的陌生人到家做客，但这一次，她脸红了。那些陌生人中没有一个是费希尔家族的继承人。"先生，欢迎您今晚住在塔拉。梅兰妮·威尔克斯看到你一定会很高兴的。我们一直没有她丈夫的音信。"

"他一定还活着，"上校漫不经心地说，"像威尔克斯这样的男人一定能活得长久。"

斯嘉丽脸抽动了一下，她掩饰地说道："您要是吃完了，我想带你在塔拉四处转转。"

塔拉曾是杰拉尔德·奥哈拉的梦想。

它那被粉成白色的砖墙和宽阔的屋顶可以为孩子们、亲戚和杰拉尔德盛情款待的客人提供庇护。"不要那些华丽的装饰。"杰拉尔德对他妻子埃伦说，"屋子宽敞舒适就好。我可受不了什么会客厅、休息室、家庭活动室——如果不能让我的家人使用，那还是我的房子吗？"埃伦提出想要一个舞厅时，杰拉尔德不屑地说："我们就不能在客厅里跳舞吗，奥哈拉太太？什么时候想跳就什么时候跳。"

塔拉没有地下室，因为天不怕地不怕的杰拉尔德·奥哈拉唯独怕蛇。杰拉尔德相信蛇喜欢藏在地下室。杰拉尔德希望前后都有门廊——"我们可以在夏天的晚上坐在那里"。前卧室的外面是杰拉尔德的阳台，塔拉的主人可以站在那里，迎着清晨的阳光俯瞰房前的小路，路两边是小栗树和红土田，田里长满了正在开花的青翠的棉花株。

前门的花式铅条窗和扇形窗是杰拉尔德对妻子想法的让步。

如果说杰拉尔德的房子在战争中受到重创，那么他的种植园则是被彻底摧毁了。"我们的山核桃树结的果子是整个克莱顿最大最饱满的。孩子们的秋千就挂在这里。北方佬烧了山核桃树。把秋千也烧掉了。"斯嘉丽说。

"这里原来放着轧棉机。我父亲总是买最先进的机器。'哑巴机器能做的工作干吗还要人来做？'——我父亲就是这么说的。"

"那是我们的牛奶房。看！倒塌的墙旁边是汲水室。"

"如您所见，他们没有烧毁黑奴的宿舍。"

上校踢到一块烧焦的木板。"等黑鬼们清醒过来，你们或许还能用上这些东西。成千上万的人睡在亚特兰大的街头。如果北方佬不养活他们，他们就要饿死。"

斯嘉丽怎么会关心这些黑奴难民？"只要有一千块钱，塔拉就能重新站起来。只要一千块。土地没有问题；他们可以烧掉我们的房子，杀死我们的牲畜，但是，看在上帝的分儿上，他们没法毁掉我们的土地！"

"这不是漂亮的亚马逊女战士[1]吗？"安德鲁·拉瓦内尔拉起斯嘉丽的手，他那囚犯的手感到了一种令他不舒服的柔软。"我不喜欢单独行路，"他说，"我能邀请你陪我一起去查尔斯顿吗？"

虽然斯嘉丽预料到他会向她发出邀请，但她没有料到会这么直白："单身男女结伴而行？先生，人们会怎么想呢？"

拉瓦内尔不屑一顾的大笑让她吃了一惊："我亲爱的斯嘉丽，他们都已经死了。那些能左右他人观点的人都死了。只有懦夫、叛徒和……囚犯在战争中幸免于难。杰布·斯图尔特——当斯图尔特将军骑马经过时，战地上的野百合都在向他低头致敬。虔诚的波尔克将军到了天堂可以继续布道，在那里，他和

---

[1] 古希腊神话中一个由女战士构成的民族，相传生活在黑海附近。

'石墙'杰克逊可以互相说教。克利伯恩,特纳·阿什比,勇敢的小佩格拉姆——我的朋友亨利·克肖——那个勇敢、愚蠢的混蛋——甚至连瑞特·巴特勒都死了。"

斯嘉丽觉得心脏好像被击穿了一样。她低声问:"谁?"

拉瓦内尔上校捡起一个陶器碎片,把它扔进了被毁的冷藏屋。"联邦军进攻费舍尔堡时瑞特就在那里。那里就像个屠宰场。"他声音中的愤怒消失不见了,"瑞特和我曾经是朋友。他曾是我最好的朋友。"

"可是瑞特……瑞特从不相信那个所谓的伟大事业……"

"是的,但他喜欢逗英雄。"他好奇地看着斯嘉丽,"我很惊讶你竟然会认识他。"

认识他?认识他吗?她到底算不算认识他?瑞特·巴特勒死了?他不可能死的!

"我让你伤心了。很抱歉。我不知道你认识瑞特。"

斯嘉丽脑子里一片混乱。一直以来她是怎么想的?她肯定会再见到他的,她会再一次被瑞特洞察一切而又玩世不恭的微笑激怒。她咬着嘴唇的内侧,不让自己哭出来。都结束了?那些她和瑞特彼此惺惺相惜的珍贵时刻——都一去不复返了吗?"瑞特……他埋在哪里?"

"联邦军队会埋葬他们的士兵。我们死去的士兵只会被他们直接扔进海里。"

她觉得自己的身体好像失去了一部分:一只胳膊,她的手,她的心。瑞特·巴特勒死了!绝望的情绪将她完全包裹,她沉重地坐在那棵昔日塔拉最大的栗树树桩上,她要如何继续生活下去呢?她麻木地重复着:"瑞特·巴特勒……死了?"

安德鲁·拉瓦内尔的安慰显得苍白无力:"也许瑞特没有和其他人一样被杀。瑞特是只猫。瑞特有九条命……"

斯嘉丽一刻也无法忍受这个男人了:"先生,请你记住我是查尔斯·汉密尔顿的太太,一个受人尊敬的寡妇。我谢绝您不得体的邀请。我无法想象您在想什么。现在,先生,您必须走了。您的意图已经表达得很清楚了。塔拉您是不能再待了。"

他温柔地说:"多年前,我也爱他。"

"爱瑞特·巴特勒?那个目中无人,自满自大的……怎么会有人爱瑞特·巴特勒?"

"您怎么说都行。"

这个高个子男人骑上他的驴子离开了。

太阳消失在了云层后。

斯嘉丽想上楼躺一会儿。她感到如此虚弱无助。主啊,她多么想躺下。

然而,她却挺直身子,向土豆地里走去。她和波克会把土豆堆起来。然后她还要采更多的商陆叶。

晚一会儿,她会把瑞特的事告诉梅兰妮。梅丽一向对他很有好感。

第二十五章

战后低地区的一个种植园

六个月后,一个人骑着马沿着阿什利河公路小跑而来。这匹马是一匹煤黑色的种马,十一手[1]高,低地地区曾因为该品种而闻名。骑手带着一种大人物的洒脱风度。战争期间,无数的坟墓里埋葬着像他这样的人,他们的骏马的骨头在这个重新统一的国家的玉米地和桃园里慢慢发白。

一年前,谢尔曼将军的军队沿着这条路蜂拥而至。烧焦的烟囱像警示的手指从路边的荆棘中冒出来。倒塌的门柱指向的一片废墟,那是亨利·克肖童年时代的家。一棵被火烧得焦黑的橡树上悬挂着秋千,年幼的夏洛特·费希尔曾坐在那上面,双脚使劲蹬着,尖叫着:"高一点!再高一点!哦,把我推得再高点。"一条杂草丛生的小路蜿蜒到达一个被烧毁的大宅,那是

---

[1] 一手之宽,用来测量马的高度。

埃德加·珀伊尔的母亲去世的地方。

骑手走近时，看见两条瘦得根根肋骨像铁轨一样突出的流浪狗溜进了灌木丛。

在布劳顿种植园的河对岸，瑞特·巴特勒脱掉了他的靴子、袜子和裤子。他把靴子绑在马鞍上，把裤腿当作眼罩裹在马的眼睛上，然后把马赶进了泥泞的河里。

那匹马稳稳地渡过河，爬上了布劳顿主灌溉渠，瑞特在那里重新穿上了衣服。

主灌溉渠里长满了黑莓荆棘，稻田地现在变成了浅浅的潮水坑，泥鸡因为不速之客的到来尖叫着游走。

去往布劳顿的小路旁的黄杨树篱笆已经很久未曾修剪。

鹿和野猪从中间穿过，留下了痕迹。

马车道的转弯处正对着一间砖房，墙面被火烧过，窗框上的玻璃已不见踪影，只留下一个个黑洞，像骷髅上的眼窝。庄园的前门洞开。在一堆被拖到室外烧掉的家具中，瑞特认出了那个曾经摆放着巴特勒家族《圣经》的胡桃木置物架。

喇叭藤蔓占领了破败的前庭广场，蜂鸟在藤上嗡嗡地飞着。

瑞特跨过茂密的藤蔓，走上高处，来到二十五年前他曾经俯瞰布劳顿的那个地点。瑞特记忆中的布劳顿有着大片工整、多产的稻田，然而现在所看见的却是断裂的沟渠和闪着光的盐水坑，这里再也无法种植水稻了。"是啊，这里以前很美。"瑞特喃喃说道。

他的身边传来颤抖的声音："是的，先生。过去很美。巴特勒老爷和夫人不再接待访客了。"

那个上了年纪的黑人靠一根长满树节的浮木手杖支撑着身体。他的眼球上覆盖着一层白翳。

"早上好,所罗门叔叔。"瑞特说。

"瑞特少爷?是你吗?"老黑人的手指在瑞特脸上摸索一番,"我们听说你死了。赞美主啊!你过得怎么样,少爷?你多长日子没回家了!"

瑞特想知道父母是否还在,他想看看他们。

"哦,是的。老爷和夫人还活着。"他的声音低了下去,"兰斯顿老爷得了结核病。他现在又瘦又小。

"除了我之外,其他的黑奴都跑了。"所罗门叔叔发出了一声叹息。"海格力斯和苏迪,他们去城里了。海格力斯说他不会再为巴特勒家的人工作了。"老人愤怒得下嘴唇一直在抖动,"那个黑鬼真不知道天高地厚!我生在布劳顿,长在布劳顿,将来我也要埋在布劳顿。"

"是的,叔叔。现在我父母是住在镇上吗?"

"镇上的房子被炸成了碎片!那可是米廷街最好的房子。没有比它更好的了!市场上的人都叫我所罗门先生,因为我是那所房子里出来的。老爷和太太现在和监工沃特林住在一起。"

"沃特林?"

"你走了这么长时间,瑞特少爷!这么长时间!兰斯顿老爷说他不会再离开布劳顿了。你妹妹和她丈夫有时会过来。露丝玛丽小姐想让兰斯顿老爷和伊丽莎白太太搬去和他们一起住。但你知道兰斯顿老爷的脾气。"

"约翰·海恩斯死了,叔叔。约翰是战死的。"

"不是海恩斯先生。是拉瓦内尔上校,你妹妹的第二任丈夫。"

"安德鲁·拉瓦内尔?"

"是的,先生。老杰克的儿子。大家说他是个战斗英雄,我是不太清楚。"

"安德鲁·拉瓦内尔?……"

"女人们都忙着嫁人呢。头一天当寡妇,第二天就变成了别人的妻子,再过几天孩子就生了……"

以赛亚·沃特林的家坐落在一个被浅滩环绕的半岛的顶端。院子里斗鸡在啄食。瘦骨嶙峋的奶牛头上裹着一块被松节油浸湿的抹布,防止蚊子叮咬。

一个年轻人仰靠在前门旁边的椅子上,正在削木头。瑞特把马拴在篱笆上时,年轻人砰的一声把椅子放下来。他头发是浅黄色的,前额的发际线上头发稀疏。他的鼻子很尖,眼睛十分亮,几乎看不到瞳孔。一把上了油的左轮手枪卡在他的皮带上。

"好马。"他说道。年轻人从木棍上削下一条长长的皮。"北方佬这段日子把好马都抢走了。"他咧嘴笑起来,上门牙缺了几颗,右侧面颊上有一道虬疤。他回应了瑞特对他的凝视。"我中枪的时候正朝弗兰克喊话呢。你应该听说过弗兰克吧。弗兰克·詹姆斯是个捣蛋鬼。"他拍了拍那道伤疤,"比尔·匡特里尔说人要把嘴闭严了,有时候一张嘴就要付出代价,不是吗?"

他解释道:"我是说,如果我没张嘴,子弹可能把我的下牙也打掉了。我希望有一天我能再见到弗兰克和杰西。"

"我是瑞特·巴特勒。巴特勒老爷夫人在里面吗?"

"我想是的。"

"你可以告诉他们我来了吗?"

年轻人站起来。"我是以赛亚的侄子乔西。我以前跟着比尔·匡特里尔,后来他被联邦军杀了。他们想把我也宰了,所以我往东来投奔亲戚。"他眨了眨眼,"瑞特·巴特勒,以赛亚叔叔可恨死你了。我估计有一天他会找你报仇的。沃特林家的人可是有仇必报,你觉得哩?"

乔西像只斗牛犬一样向他走过来:"我见过挺多狠角色,为了匹不如你这匹的马也能动刀杀人。"

"打了四年仗,你对打打杀杀还没感到厌倦吗?"

乔西耸耸肩:"我打小就喜欢打架,还真想再来一次呢。"

"如果想试试你那把手枪,现在就放马过来。如果不想,就告诉巴特勒老爷和夫人我来了。"

"你还真是个争强好斗的杂种。"他眼睛盯着瑞特,喊道,"以赛亚叔叔!有人来找碴儿!"

以赛亚·沃特林打开门,用手遮着眼睛上方的阳光:"小巴特勒。这里不欢迎你。"

363

乔西·沃特林一只靴子踩在篱笆架子上，双臂交叉着对瑞特咧嘴笑着，他或许没意识到，他的样子比他想象中的还要面目可憎。

"这是你家吗，沃特林？这难道不是布劳顿种植园吗？这里不是监工住的房子吗？我是来见巴特勒老爷和夫人的。"

"你和这里没关系。"

"我觉得这件事应该我们自己决定。"

以赛亚·沃特林燃烧的目光盯着瑞特很长时间，似乎要把他刺穿，接着他转身走进屋子。

"天气真好，"乔西说，"我嘛，就喜欢秋天。树叶掉光了，如果有啥人鬼鬼祟祟的会看得很清楚。"过了一会儿，他又说道："你不太爱说话啊，是吗？"乔西·沃特林用左轮手枪的准星蹭了蹭他的耳朵。

以赛亚·沃特林再次出现，对他甩了一下头。瑞特跟着他上了楼梯，他依稀记得在那幢大房子建好之前巴特勒一家都住在这里。他走进了他小时候父母合住的那间简陋的卧室。房间很整洁。地板被打扫过。瑞特·巴特勒的父亲躺在床上，旁边的桌子上堆满了药瓶和一碗黄色的血痰。

兰斯顿·巴特勒之前身材高大，现在瘦得只剩下一副骨架。他的肤色发黄，只有脸颊上有一些鲜红的斑点。他卷曲的棕色头发仍然没有一丝灰白。

"你得的是肺痨。"瑞特说。

"你过来就是要告诉我这些我都知道的事儿吗？"

"我是来帮你的。我可以养你和妈妈。"

兰斯顿·巴特勒呼哧呼哧地喘着,喉咙里像是堵着什么东西。他眼睛鼓起,对自己的无助感到愤怒。他朝床边的碗里吐了口痰。"你不要去打扰伊丽莎白。我的妻子有耶稣基督和忠心的以赛亚·沃特林。伊丽莎白·巴特勒为什么还需要你?"

"先生,你既然同意见我。就一定有你的理由。"

"听说你已经死了,现在我只对死而复生这件事比较感兴趣。"老人的笑像是一道残忍的鞭子,"朱利安会继承家业。你别来参加我的葬礼。"

"你觉得你死了以后还能继续当布劳顿的老爷吗?爸……"

兰斯顿·巴特勒把脸转向墙。

"我想你该走了,"乔西·沃特林倚在门框上,"叔叔说你如果不按这老头儿的意思办我就可以一枪崩了你。我想我能打死你。我喜欢你的马。"

以赛亚·沃特林在院子里。

"沃特林,你女儿贝尔在亚特兰大很安全。你的外孙塔兹韦尔·沃特林在英国的一所学校。听说他在那儿一切都好。"

"贝尔还可以忏悔,"以赛亚说,"拜你所赐,我儿子沙德拉再也没有机会忏悔了。瑞特·巴特勒,你让沙德拉永世受诅咒。"

乔西·沃特林用手捂着嘴偷笑。"他是不是也是个爱惹祸的?"他问,"你见过这样的捣蛋鬼吗?"

瑞特骑着马沿着淹着水的稻田之间的小路走着,他感到肩胛骨之间有一个地方在燃烧——就像他看见一个联邦神枪手瞄准时的感觉一样。

查尔斯顿的米廷街已经清理出一条蜿蜒的小路，白人在瓦砾中寻找可以变卖的东西，联邦军官指挥着一群黑人拆除破败的墙壁。瑞特经过时，男人们停止了工作。一个年轻的黑人搭讪道："下面的围栏架挪到上面了[1]，先生。"

路上偶尔有一所房子，偶尔某个街区，逃过了炮火的攻击。教堂街道四十六号的窗户玻璃是新换的，油泥还没有干掉。没有上漆的松木门板安装着新合页，当瑞特敲门时，他的妹妹很轻松地打开了门。

她的脸色一下子失去了血色，身体紧紧地靠在门框上。"瑞特……你，你没死……哦，瑞特！天哪，哥哥！"她一边开怀地笑，一边流着泪。瑞特把她抱在怀里，把头埋在她的头发里喃喃地说了些什么，露丝玛丽把他推开，擦了擦眼睛。她问道："祈祷得到回应时却感到难以置信，这算不算是不知感恩？"

"我已经违心地和圣彼得[2]握手了。你没收到我的电报吗？"

她摇了摇头。

"那么，"瑞特咧嘴笑着说，"我只好亲自回应你的祈祷了。"

"哦，瑞特！你一点儿都没变。"

---

[1] 此处的习语本意指人们在维修围栏时把下层的横杆移到上面来，后来这句话表示底层阶级的逆袭。

[2] 耶稣基督所收的十二门徒之一。

"妹妹,按道理我应该向你道个喜。"

"道喜?……"露丝玛丽用手捂着嘴,和她母亲的动作一样。

"恭喜你,拉瓦内尔夫人,祝你幸福……尽可能地幸福。"

露丝玛丽把她哥哥领进屋。客厅的一些家具是她第一次结婚时用的,但鸳鸯椅和沙发是新的。"坐吧,亲爱的哥哥,要喝点儿什么。白兰地?"

"不必了,谢谢。"

"求你了,瑞特。别生我的气。"

"生气?我为什么要生气?"

"瑞特,我……我以为你死了!你音信全无!"

"对不起。我动身去伦敦前打了电报。联邦政府想没收我的钱。目前为止,我的银行经理罗布·坎贝尔一直在和他们周旋,但是现在,妹妹,我的处境很艰难。"

"约翰留给了我一大笔钱。如果你需要……"

"目前我的钱够用。还有,"——他拨弄了一下西装的领子——"我在裁缝那里信誉还不错。钱么?"——他耸耸肩——"只是钱而已。对不起,我让你担心了。"

她斟酌了一会儿,才一五一十地说道:"约翰死之后,我也不想活了。我的孩子,我的丈夫,还有——我以为——我连你也失去了。"她抚摸着瑞特的脸:"这都是真的,对吗?"

"有时候太过真实了。"

"后来安德鲁回到了查尔斯顿。我们是暴风雨中的两个孤儿。"

"安德鲁对女人总能产生奇怪的影响力。"瑞特抬起一根手指,"别误会,妹妹。安德鲁曾经是我的朋友,看在你的分儿上,我们会再成为朋友的。"瑞特微笑地看着她微微隆起的肚子:"看来我又要当舅舅了。我很喜欢那个角色。舅舅负责买玩具,接受孩子的亲吻,孩子发脾气时,舅舅可以骑马离开。"

"我们需要一个孩子。安德鲁……有时安德鲁会迷路。我们的孩子会带他回家。"露丝玛丽歪着头,"你呢,瑞特?斯嘉丽小姐怎么样?"

"谁?"

"瑞特,快老实回答我!"

"都结束了。那一晚,在琼斯博罗路上结束了。爱情像海洋上的风暴一样把我们淹没,又像来时那样迅速地离去了。"

"嗯。"

"不再悔恨和困惑。"

"嗯。"

他皱起眉头:"为什么要这么笑,妹妹?有点居高临下、幸灾乐祸的笑?"

露丝玛丽笑出声来:"因为我的哥哥什么都清楚,但心里死不承认。"

一个戴着黑色兜帽的北方摄影师正在用相机永久地记录下东湾这片骇人的废墟。

联邦舰队停泊在港口。被截获的偷渡船上尴尬地飘着星条旗。

瑞特正往海恩斯父子公司的办公室走去，突然被一声叫喊打断了。

"嗨，你好啊，瑞特。是那个不受人待见的坏蛋吗？"

"杰米·费希尔，真该死。战争结束了你也没长高。"

"恐怕是没有。主啊，见到你真好。"杰米握了握瑞特的手，"来看看我们给奶奶的房子弄得怎么样了。我自己补了屋顶。我难道不是只工蜂吗？"

费希尔大宅的灰色石板屋顶上有几处黑色柏油修补的痕迹。

杰米把头伸进前门："朱丽叶，朱丽叶——来看看谁死而复生了？"

朱丽叶·拉瓦内尔摘下满是尘土的头巾。"啊，瑞特·巴特勒。上帝保佑你的黑心肠！"朱丽叶心底估算了一下瑞特身上套装的价格，"谢天谢地，战争至少没有让大家伙儿都变成穷光蛋。"

杰米叹了口气。"我可怜的妹妹，夏洛特，把我们所有的积蓄都买了邦联债券。我想她是为了表示对安德鲁的信任。"他停顿了一下，"那么多的钱啊。你肯定以为她会留下点儿。"杰米摊开双臂："瑞特，站在你面前的是查尔斯顿最受欢迎的马术教练。我教北方佬军官的孩子们如何不从他们的小马上摔下来。"

"这位南方联军勇敢的侦察员现在可是炙手可热呢。"朱丽叶笑着说道。

"我对他们的父母很严厉,因为他们都希望勇敢的南方联军侦察员可以严厉一些,然而孩子们一眼就能把我看穿。这些被宠坏的孩子总是能认出他们的同伴!"杰米兴高采烈地领着瑞特走进屋子,"注意最上面那级台阶,瑞特。"

他们把前厅粉刷一新,又贴上了壁纸,圆形楼梯经过抛光泛着柔和的樱桃色的光芒。

杰米打开宾客休息室的门,里面堆满了碎砖块、木板和金属条,他解释道:"楼下还没开始弄。不过三间卧室已经完工,租给了提包客。"

"金条,"朱丽叶带着真情实感说,"他们付的是金条。"

"你的新妹夫说只有叛徒才会把房子租给提包客。"杰米表情严肃起来。"天哪,只要安德鲁能找到付得起房租的南方联军,我们就立刻把这些北方佬扔到大街上。瑞特,我和安德鲁并肩作战过。在那该死的监狱我们也关在一个牢房。瑞特,这很难,非常难,让一个不想活着的人活下去。"

"安德鲁一直郁郁寡欢。"

"安德鲁疏远了我——还有他的妹妹朱丽叶——而去结交那些把博伊刀[1]磨得锋利的'爱国者',那就是一群暴徒。"

"啊,"瑞特说,"'爱国者'。我以为我们早就和爱国者划清界限了。"

朱丽叶打断道:"别聊我那个傻哥哥了。你还记得海格力斯

---

[1] 美国边境英雄吉姆·博伊所发明的刀具,是极度强劲的野外战斗工具。

吧;他和苏迪住在我们厨房楼上的那间屋子。"

杰米又恢复了一贯的欢快:"海格力斯给一辆废弃的救护车安上了新轮子,把车子刷成黄黑相间的颜色,朱丽叶在车厢上印上了'出租'的字样。"

"印得很漂亮。"朱丽叶得意地说。

"戴着我奶奶的那顶海狸皮帽子,海格力斯活脱脱的一个战前查尔斯顿的出租马车夫。北方佬问海格力斯我们把赛马藏在哪里了。海格力斯告诉一个家伙,最后见到查普特佩克时它正拉着一辆炮车,说完竟然放声大哭起来。瑞特,要和我们一起喝茶吗?"

"我十分乐意,但我要去给我的新妹夫道贺。"

朱丽叶不以为然地哼了一下。

瑞特正要上马,一辆马车驶了过来,杰米挽留道:"海格力斯回来了。瑞特,你一定要欣赏一下他的出租车。"

海格力斯扶着一个身材臃肿的黑人妇女下车来到人行道上。

"瑞特先生,我们到处找你。我们听说你回来了。"

露蒂·博诺连衣裙的扣子一直扣到脖子那里,头发用一个深色发网箍着。

"瑞特先生,"海格力斯说,"我想你认识博诺太太。"

"我们是老朋友了。"瑞特脱下帽子。

"巴特勒船长,"露蒂·博诺说,"我需要您的帮助。图尼斯进了监狱。他们要杀了我丈夫。"

第二十六章

底层翻身

那些曾经憎恨和诋毁亚伯拉罕·林肯的南方人，甚至那些从他第一次当选总统就宣布脱离联邦的人，都对他遇刺的消息感到震惊。无论亚伯拉罕·林肯是什么样的人，南方人知道他起码是个宽容的人。在南部邦联首都沦陷后，有人问当时身在里士满的林肯他要如何对待失败的叛军。林肯回答说："不要过于激烈，孩子们。要对他们宽大。"

国会中激进的共和党人却不倾向这么做。有些人在叛军的子弹下失去了儿子和兄弟；有影响力的参议员查尔斯·萨姆纳差点被一个分裂分子打死，邦联游击队员把国会议员撒迪厄斯·史蒂文斯的铸铁厂烧成了灰烬。林肯被暗杀后，这些激进派把持了美国政府。他们推翻了安德鲁·约翰逊总统的否决权，当约翰逊反对他们时，他们差点弹劾了他。国会罢免了选举出的南方州长，任命共和党人为新州长。许多以这样方式上任的人要么是政治傀儡，要么是极端分子，或者两者都是。

国会议员撒迪厄斯·史蒂文斯认为，胜利者应该"剥夺骄傲的贵族庞大的资产，将他们的生活降到普通共和党人的水平；把他们送去劳动，让他们的孩子进车间、下农田，这样才能打压这群叛徒不可一世的气焰"。

成群结队解放的奴隶潮水般涌入南方的城市。北方传教士蜂拥而至，然而南方认为自己在践行基督教方面足够虔诚，此举大可不必。自由民局负责解决曾是奴隶的黑人们的温饱，开始对他们进行教育，并监管他们的劳动合同。穿蓝色军装[1]的人随处可见。

战前，许多南方奴隶主笃信黑奴是他们的白人主人家庭的一部分（虽然在困难时期，这些黑奴可能会被卖掉）。因此，当黑人为谢尔曼部队的强盗们指出家里财产埋藏的地点，并集体抛弃他们的种植园时，这些白人觉得就像他们心爱（却狡猾和迟钝）的孩子背叛了他们。

提包客们——一些来自在战时用私刑处死了数百名黑人骚乱者的北方城市——骑着高头大马来教南方人如何对待黑人。

没有参战或战前毫无社会地位的南方佬张开双臂欢迎这些提包客。

不管怎样，这是南方白人对他们这群人的看法。

南方黑奴更喜欢将这种转变称为"底层翻身"。

---

[1] 自由民局隶属于陆军部。

图尼斯·博诺一直待在自由港，直到封锁解除。亚伯拉罕·林肯去世三个月后，英国轮船"加里克号"经过萨姆特堡，瓦砾堆上飞舞着图尼斯·博诺平生所见过的最大的星条旗。

"加里克号"停靠在政府码头，旁边一艘战舰正在往下卸退伍的黑人士兵。这些面无惧色、嬉笑打闹的黑人激起了图尼斯的希望。在殊死战斗中，黑人证明了他们的勇气和对国家的热爱与白人不相上下。黑人如果可以当士兵，为什么不能当公民？

露蒂在一艘采集牡蛎的小艇上工作："图尼斯，我不要去到爸爸妈妈那里。我是博诺夫人！"

"'快乐寡妇号'……"图尼斯想要解释。

"别再提那艘破船了。"露蒂亲吻了他。

托马斯·博诺从安大略寄来的信中写道："维多利亚女王爱她的黑人子民，如同爱她的白人子民一样。"

图尼斯认为，他们应该去加拿大重新开始。

露蒂说加拿大太冷太远。她的亲人在低地地区。而且局面正在发生变化。整个南方，黑人与同情他们的白人结盟，争取着黑人的权利。

"既然去加拿大就能获得权利，为什么要向那些仇恨我们的人争取权利？"图尼斯说。

"这是我的家，图尼斯·博诺，"露蒂回答说，"如果离开，我会很难过的。"

事情就是这样。

图尼斯把他收获的牡蛎送到市场，然后洗漱了一下，走到了他岳父的教堂，那里，每天晚上黑人们都在描绘着即将诞生的新世界。

图尼斯和普雷斯考特牧师前往亚特兰大，在那里，像鲁弗斯·布洛克这样的白人共和党人和黑人——大多数战前是自由黑人——正在向美国国会请愿。空气中充满着自由的芬芳。黑人就站在应许之地的大门口。

"向美国国会请愿。"图尼斯说，"老天哪，老天哪。"

《亚特兰大日报》将这次会议称为"食人者和提包客"的集会。

普雷斯考特牧师要在城里传教，于是图尼斯独自登上了回家的火车。

向南走了二十英里，木柴车厢的轮子轴承缺油了，他们的火车尖叫着，吐着烟进入琼斯博罗修理。

白人乘客下了车走进了铁路旅馆。图尼斯在站台上找了个阴凉的地方，坐在他的包旁边，闭上了眼睛。

在距离查尔斯顿湿地两百英里的地方，图尼斯梦见自己划船穿过浅滩，沼泽地上的草被船头分开。这是一个令人愉快的梦，他没有注意到那个白人女人，直到她踢了踢他的脚。图尼斯睁开眼睛，爬了起来。"夫人？"他摘下帽子。

她又白又年轻，应该刚喝了几杯酒。"呦，"她说，"你这个黑人长相还不错。"

"谢谢你，女士。我在这里等着火车修好。"

她用手遮住眼睛上方看了看车站的钟："一时半会儿修不好。"

图尼斯掏出表看了一下:"只要把木柴车厢挂上就可以走了。"

"我们还有时间。"她说,"想找点乐子吗?"

"女士?"

"你不傻的,对吗?"

图尼斯挠了挠头:"是的,夫人。我想不傻。"

她跺了下脚,这时候她的鞋带松了。

"你怎么不蹲下来为我系上鞋带?"

"女士,像您这样漂亮的白人女子,我这样的黑人一旦招惹是要惹麻烦的。"

"那么,我们现在不是好好的吗?如果我说你只要一块钱就可以随意碰我呢?"

"夫人,我已经结婚了。"

"可是你们所有的黑人——你们所有的黑人不都想和白人女人单独相处,脱掉她的衣服,对她做些什么,不是吗?"

"不是的。"

"我的上帝。"那个年轻女人像是在自言自语。接着,她对图尼斯说:"你以为我以前没有和黑鬼在一起过吗?"

"对不起,夫人。我有些口渴。我要去街上找点儿水喝。"

"小子,你哪儿都不能去,让我把话说完。"

图尼斯戴上帽子。他说:"女士,我妻子的名字叫露蒂;我儿子叫纳撒尼尔·博诺。我在等火车准备回家。我和你没有任何关系,我也不想要和你扯上关系。如果你需要一美元,我可以给你一美元,但请不要再打扰我。"图尼斯把手伸进了他的口袋。

"真他妈的是个杂种。"女孩儿说道。她的目光在空荡荡的站台上来回搜索。"救命。"她平静地说。演练完毕,她开始叫起来,一声比一声高,终于,几个白人男子走了过来。

第二十七章

有史以来最快的

琼斯博罗旅馆大厅的长椅上有老人瘦骨嶙峋的屁股留下的印痕，摆放的痰盂证明老人有嚼烟草的习惯，但今天下午没有老人在这里闲逛。杰弗逊·戴维斯从楼梯间上方的相框向外凝望，好像佐治亚州的琼斯博罗仍然是一个邦联的城镇，戴维斯仍然是国家的总统。

尽管身后的架子上挂满了钥匙，可旅馆老板还是盯着瑞特·巴特勒的眼睛说："我这儿客满了。没有房间了。"那个男人的胡桃色衬衫上已经换掉了印着"CSA"[1]字样的骨头纽扣。袖子上没有褪色的那块印记曾贴着中士军衔横杠。他从柜台下拿出一个锡罐，吐了一口唾沫。

瑞特放下他的旅行袋，走回前门，点燃了一支雪茄。老人们

---

[1] 全名为the Confederate States of America，即美利坚联盟国。

在县府广场的长椅上安稳地坐着。年轻人聚集在泛黄的草坪上。广场上的每根拴桩上都拴着一匹马;有些上面拴着两匹。

县府大楼的斜对角,新挂上的木头牌子宣告着这里是琼斯博罗第一家国家银行,资金储备七万五千元。银行的前身是种植园主银行,这个名字被刻在坚固的石头门楣上。银行的新名字和新货币都是北方佬的。

瑞特回去找旅馆老板:"哪个团的,中士?"

那人对他做了个立正的姿势:"该死的佐治亚五十二军团。"

"斯托瓦尔的旅吗?你们的人不是在纳什维尔[1]吗?"

"是又怎么样?"

"哎,"瑞特说,"如果当时你们能来得快一点儿,我们就不会仓皇撤退了。"

"你他妈的是说,你是福雷斯特骑兵团的?"

"南部联军,瑞特·巴特勒,听候吩咐,先生。"

"好吧,我真是瞎了眼。巴特勒先生,你的穿着真不像我们的人。你打扮得和他们一模一样。"

瑞特笑了:"我的裁缝是个和平主义者,我想要一个干净的房间,床单得是新换的。"

旅馆老板把钥匙堆在柜台上。"有三号、四号、五号或六号,你随便选。我是不会把房间租给提包客的。"他歪着头问,"你真不是提包客?"

---

[1] 田纳西州首府。

瑞特举起右手："以我父亲的名誉发誓。"

那个人想了一下："那就好，房费两个比特[1]。房间都一样，只是六号房带一个阳台。"

"啊哈。"

"六号房间朝着广场，今晚你有好戏看。巴特勒先生，我本以为你是自由民局的间谍——不过自由民局的人到克莱顿时，通常有一帮蓝军装来保护他们。"

二楼的大厅很窄，厕所在楼下后门外，气窗打不开，但六号房很干净，瑞特掀开被子时，没有臭虫四散躲藏。

瑞特脱掉靴子，把夹克挂在椅子上，双手枕在脑后，躺在床上。他需要点儿时间让旅馆老板告诉琼斯博罗的所有人：这个陌生人和他们是"一伙儿的"。

自打下了火车以后瑞特就再没看见一个黑人的影子，这是个坏兆头。

瑞特睁大眼睛，想起托马斯·博诺在暴风雨中大声唱赞美诗的情景。他想起图尼斯向他讲述了他有多么爱露蒂：全心全意地爱了一辈子。一个小时后，他洗了脸，刮了胡子；检查了一下他那把三十二口径的左轮手枪里的子弹，然后把枪丢进了大衣口袋里。

县政府大楼下面粗大的水泥柱可以支撑两个那么大的建筑。

---

[1] 比特为1/8美元，但并未发行这种面值的货币。

钟表指针上剥落下来的铁锈掉落在了二和四上。板栗树上挂着干瘪的果实外壳。有些人拄着拐杖，缺了一只胳膊或一条腿。大多数人穿着修改过的邦联军装。当瑞特转过身来走上人行道时，一个拄着拐杖的独腿青年挡在了他的路上："听说你和福雷斯特将军一同战斗过。"

"是的。"

"先生，"——这个瘸子斜靠在一只拐杖上，抬起另一只拐杖指向一边——"那个家伙想和你说句话。"

"该死的，巴特勒船长！"阿奇·弗莱特站在县府大楼的台阶上，"我听说你下地狱了。"

瑞特举起双臂："活着，活着啊。"他喊道："弗莱特，你还像以前一样暴躁吗？"

瑞特·巴特勒救过阿奇·弗莱特的命，自那以后这个曾经的罪犯就乖乖做起了瑞特的跟班。他向别人夸耀瑞特："巴特勒船长，他可是念过书的。""巴特勒船长，他可是见过大世面的。""巴特勒船长，他会说拉丁语。我亲耳听他说过。"

瑞特终于对阿奇的奉承忍无可忍，于是对他说如果他不闭嘴，他就一枪打死他。自那之后，弗莱特就开始夸赞"你对巴特勒船长好，他可是会给你来上一枪的"！

"那么阿奇，"瑞特说，"这里发生什么事了吗？"

"我们抓了个傲慢的黑鬼。"

"他做了什么？"

"哦，见鬼，他会亲口告诉你的。这小子爱说话，他能把你耳朵都说掉的。"

县治安官的办公室在县府大楼向下四个台阶的地下室里。"先生,你告诉亚特兰人的人我和这件事没有任何关系,我就是公事公办,但我一个人又能做什么呢?"很明显,治安官以为瑞特是自由民局的,"我手下的警员现在都躲着不出来。比尔·莱利,我的狱卒?他晚饭后就不过来了。我一个人能做什么?"

"介意我和那个黑鬼谈谈吗?"瑞特问道。"你在这里等着,阿奇!"他眨了眨眼,"你会把那小子吓傻的。"

警长说:"当然可以,先生。当然,和他谈谈。他让自己陷入这样的困境,真是太倒霉了。"

监狱走廊里弥漫着碱液肥皂、夜壶和人身上的酸臭味。一个牢房里面关着人。

图尼斯背对着粉刷的石墙坐着。一个镜片不见了,另一个裂开了。他做礼拜的套装被毁了。他抬头看了一眼,但没有站起来。"哦,船长。"

瑞特无声地吹了个口哨。"他们把你打成这个样子。"

"那个警长不算太坏。他替我给露蒂发了电报。"

"到底怎么回事?"

图尼斯换了个姿势,他屏住呼吸,直到他酸痛的身体接受了新的姿势。"我想是运气不好吧。你的孩子——我把你儿子送上了英国轮船。那孩子似乎并不是十分喜欢你。"

"他是不喜欢。'寡妇号'沉了?"

"离自由港不到两英里的地方。你咋会装这么大的发动机？"

"那时觉得这主意还不错。"

半小时后，瑞特从牢房里出来，警长问："你在哪里认识他的？"一时间，瑞特还以为他指的是图尼斯。"阿奇那个家伙……"透过地下室低矮的窗户，瑞特能看到人们的靴子和裤脚，"芒迪山谷只有三户人家。我想我和他们都是亲戚。阿奇进过监狱，你知道吧？"

"他杀了他的妻子。"

"哈蒂是个荡妇。她是我母亲的姑姑家的表亲。弗莱特家的人都没啥出息。沃特林家的人再怎么努力也发不了大财。还有那个塔尔博特家——他们家的人只要肯干都能成事儿。我是奥利弗·塔尔博特。"治安官自我介绍道，"估计你迟早会问我是哪个部队的。大家见面都要问的。"他露出左臂：一截残肢上连着一只干瘪的手。"生来就是这样，"塔尔博特说，"身体健全的男人都参军了，我就来当了治安官。现在联邦政府想用一个既没有担任过职务也没有为邦联战斗过的人来取代我。这里多半人都不会说这话。"

"警长……"

这个人不想岔开话题："当然，还有个叫比尔·麦克拉肯的家伙。纠察队来征召比尔入伍，比尔跑进了树林。比尔既不认字更不会写字，但这或许无所谓。他从来没有清醒过一天，不过这可能也无所谓。就是个治安官。你在哪里认识的阿奇·弗莱特？"

"福雷斯特的部队。"

"嗯哼。阿奇和手下的一帮人经常恐吓我们这里的黑人。自由民局两次来人调查阿奇·弗莱特的事。当然,白人不会来做证,黑人也不敢来做证。"他挠了挠头,"上一次他们杀的那个男孩儿,他们先割掉了他的阴茎。你告诉我,先生,他们为什么要这么做。然后他们把他架到一堆栗木栏杆上,烧死了他。当他们把他吊起来的时候,他已经死了。"治安官竖起拇指朝牢房那边指了指,"那个黑人可能会告诉你他啥都没干。"

"这有区别吗?"

"应该没有。"

"你打算怎么办?"

"我给亚特兰大打了电报。也许他们派些蓝军装来,也许不会。这里六点天就黑了;到那时我要回家吃饭。我想那之后我会待在家里。"

"那个告状的女人呢?我在哪里可以找到她?"

"小丽莎?哦,她是个婊子。她真是太不要脸了。"

伯特的酒馆在黑暗镇的铁路对面。伯特是个胖子,一头油腻的黑发,他告诉瑞特后门出去就能找到丽莎。"左边数第二个门。"他张嘴无声地笑了笑,"人各有所好。"

妓女的住处在一栋低矮狭长的建筑里,里面用隔板隔出了一个个房间。直接安在墙壁上的简陋的门向人们透露着这里原来是个鸡舍。

瑞特敲了敲门，一个像是蒙着头的沉闷声音叫他滚开。

"小姐？"

"该死的，快滚。"

里面的味道更难闻。墙壁与天花板夹角处的隔栅让光线和空气能够进到这个屋子。细长的洗脸盆架上放着一个奶白色的玻璃罐。缝缝补补的棉袜被叠得整整齐齐堆放在一个歪向一侧的木板条箱里。外敷药瓶里伸出几支早已枯萎的花。床边放着一个空瓶子。床罩隆起的地方传来呻吟声，一个女人的手伸出来要把他赶走。"滚出去。"她说话的语气却像是并不相信有任何男人会顺她的意一样。

瑞特把他酒壶里的白兰地倒进杯子里，拿着女人的手放在杯子上。她的头从被子里露出来。她把杯子端到嘴边，从牙齿缝里刺溜刺溜地把酒快速喝了下去。她等着看是否会吐出来。过了一会儿，她轻敲了一下杯子，瑞特又倒了一杯，她再次一饮而尽。她坐起来，把挡在眼睛上的头发拢到一旁。她浑身一丝不挂。"谢谢，先生。你真够意思。"

她用手指摸了摸脸颊和下巴，确认一下自己是否哪里受了伤却不记得了。她的眼睛时而清晰时而模糊。"我的老天，"她说，"我认得你。"

"丽莎？"

"巴特勒船长？见鬼，我以为我再也不会看见你了。"她笑起来的样子像是又回到了小时候，"还有白兰地吗？"

瑞特倒空了酒壶，她像喝药一样把酒都喝了下去。"你能转过身让我把衣服穿上吗?"她咯咯地笑着。"听着,'斯文'小姐。"她皱了皱眉解释说:"因为咱们以前就认识,你明白吗?"

瑞特走到敞开的门口,点燃了一支雪茄。雪茄的味道很香。

身后的丽莎说:"你那个孩子怎么样了?他叫什么名字?塔克?"

"塔兹韦尔很安全。他现在在学校。"

"他是个好男孩儿。我喜欢他。你现在可以转过来了。你还有酒吗?我的胃这会儿直闹腾。"

瑞特摇了摇头。

她把双手搭在屁股上:"看看我,船长。我现在是不是混得很糟糕?"

她的连衣裙是一件普通的黄色棉布衬衣。她光着脚。瑞特说:"跟我来。我请你吃晚饭。"

女孩轻笑了一下:"要带我去铁路饭店的餐厅里吗?这可真是稀罕啦。不行,船长。伯特和塔尔博特警长达成了共识。伯特的姑娘们不能越过铁轨,警长也不能到这边来。"

"那你不是去了火车站的站台吗?"

"我可以在站台上接客。"她的眉毛拧到了一起,"你就是为这事儿来的?那个黑鬼?"

"他声称你诬告他,他没有做任何不光彩的事。"

"好吧,他肯定会这么说,不是吗?船长,伯特会很高兴卖给你一瓶酒的,这样你和我也可以更好地认识一下。你儿子和我可是很要好的。想不想和你儿子喜欢的女人来一次?我才十八岁。"

瑞特无法掩饰脸上的错愕。

"有点儿太直接了，船长？你不是一个见过大世面的人吗？妓女对瑞特·巴特勒船长来说没啥稀奇的吧。"

"你为什么要撒谎？"

她捏起拳头："你为什么会觉得我撒谎？"

"我从小就认识图尼斯·博诺。"

"哦，我想你得给自己再找个黑奴了。"

瑞特打开钱包，拿出钞票。"有时候我们南方人总爱把北方说得一文不值。缅因州的海滨有许多小镇子，有点本钱的南方寡妇可以在那儿开始新的生活。或者她也可以去西部——那里没多少年轻女人。漂亮女人在那儿可以随便挑选男人。"

"你为什么不去买瓶酒？"丽莎冷冷地说。

"你难道不想过得比现在好点儿吗？"瑞特指了指她的房间。

她的五官都拧在了一起："你这个混蛋。你想让我告诉大家我撒了谎？告诉镇上的每个人，丽莎还不如个低贱肮脏的黑鬼？"

脸色灰白的瑞特·巴特勒走上县政府的人行道时，塔尔博特警长正要离开。人们看着乌云或者把头转向别处，都不去看警长。警长从他们身旁经过，一言不发。

"你去哪儿了，巴特勒船长？"阿奇问。

"找妓女。"

阿奇的笑容逐渐退去："我可受不了妓女。"

当太阳落到县府楼顶的后面时，拎着酒瓶的暴徒们出现了。

阿奇说："我想塔尔博特警长正在祈祷蓝军装天黑前能到这儿。"

瑞特问道："为什么要等天黑呢？"

"有些事儿不方便让女人和孩子看。"

"你还是那么讲究。"

"你还是喜欢跟我拽词儿。我想你是专挑这些词儿让我抓狂。船长，我不会抓狂。你做啥我都不生气。你救了我的命，也许我的命不值钱，但你是唯一一个救下我的人。"

"如果我告诉你那小子什么都没干呢？"

阿奇显得很困惑："他是个黑鬼，不是吗？"

瑞特进去的时候，一个家伙把绳子绕到一跟粗壮的木棍上，另一个家伙把一个自由黑人的房子周围的围栏架拆了下来。这家自由黑人去了北方，租他房子的穷白人不反对他们这么做。

治安官把他的文件柜和书桌锁上。他的废纸篓规规矩矩地摆在桌面上，好让黑人清洁工打扫。瑞特怀疑它将会在桌上待好长一阵子。

在昏暗的牢房里，图尼斯跪在地上祈祷。

"丽莎不愿意改口供。"

"恐怕即便她改了口供结果也不会有什么不同。"

"她不肯拿钱。"

"或许你可以给露蒂和我儿子一些钱。"

"我会照顾露蒂和孩子的。"

"你不欠我的。拧开放气阀的不是巴特勒船长。是博诺船长。"图尼斯脸上淡淡的微笑一闪而过,"那天晚上,我知道联邦军专门等着我们出现。在开普菲尔河上游,我们跑到了二十二节。那是我的船有史以来的最快速度。"

"你永远是'寡妇号'的船长,你不是为我工作。"

"你从来不希望任何人帮你做事,对吗,瑞特?巴特勒船长总喜欢掌控一切。好了,瑞特,我的船沉了,我也要死了。你没法改变的。"

"你一直是个不愿低头的混蛋。"

"低头的黑人只能一辈子当奴隶。我不怕死。但我怕他们在我死之前对我做的那些事。你见到露蒂时,告诉她我爱她。纳撒尼尔·特纳·博诺——我儿子这名儿起得真好。"

瑞特说:"这名字棒极了。"

监狱外,男人们的声音像暴风雨前的大浪一样越来越高涨。

图尼斯笑了:"人的想法有时很可笑。我明明很害怕,该死的——怕得要命。可我满脑子想的都是快乐的时光。我记得我第一次见到露蒂。那是个浸信会组织的野餐,我给露蒂买了蛋糕。那是个苹果蛋糕。我记得小纳特出生时我的感受,以及我们最后一次在查尔斯顿跑船时的感受。我从没跟你说过,瑞特,你是个怎样的人。瑞特·巴特勒船长站在他的寡妇号的轮罩上,这世上所有联邦军的子弹和炮弹都别想逼他下来。"

"有些事永远都忘不掉的,"瑞特平静地说,"你认识那个灌溉工威尔吗?"

"托马斯爸爸对威尔评价很高。"

"威尔对我来说比我亲生父亲更好。可我也救不了他。"

两个人沉默不语,好一会儿,图尼斯咽了口唾沫说:"瑞特,你可以为我做件事。我不想让他们对我做那些他们想做的事。我需要你……我需要你开枪把我打死。"图尼斯抹了抹嘴唇,像是要把刚才说的话都擦掉。他突然笑了起来,充满不安却又是那么鲜活,他的话一句接一句,好像害怕没时间讲完似的。"还记得我们小时候坐着我爸爸的小船一路到博福特吗?太阳把我这身皮快晒爆了!不过值得——只有我们两个,还有身旁的风。我从没见过这么蓝的天空。瑞特,一个人只要有一次,哪怕有一次,能看到那么蓝的天空,这一辈子也值了。"

那天晚上,克莱顿县府大楼前,那些曾经在战场上杀敌或者看着战友被杀的士兵变成了野兽。死亡并不陌生。今晚轮到这个黑鬼,明天可能就轮到他们。虽然那些暴徒中有些是疯子、是白痴,或者是醉汉,但还有些受人尊敬的人,他们将自己的所作所为视为责任。

战前,即便这些体面人不会"溜到那边的街区"和黑人女孩儿厮混,他们也认识会这么干的人。由于战败和对未来的恐惧,这些男人不敢想象黑人是否会对白人女人做出白人男人对黑人女人做的同样的事情。

阿奇·弗莱特告诉他们:"你,你,还有你,去把那黑鬼抓过来。不要去那么多,不然里面没那么大地方。再去个人把灯油洒在火堆上。"

当他们听到一声枪响时——那更像是玩具枪而不是手枪发出的声音——阿奇立刻就明白了。"操他妈的，等一下，"他说，"等他妈的一分钟。"

阿奇跑进监狱，来到牢房，图尼斯·博诺倒在石头地板上，已经断气。

瑞特·巴特勒擦亮一根火柴点燃了雪茄，火焰跳动着。

"该死的，巴特勒。"阿奇踢了下牢房的门，"该死的，瑞特·巴特勒。你他妈的为什么要这么做。"

瑞特·巴特勒说："那个黑鬼对一位白人女性不敬。"

第二十八章

在联邦拘留室

暴徒们沿着走廊涌进牢房,空气中弥漫着尸体的血腥味、威士忌以及愤怒的味道。一个谢顶的中年男人不停地踢着图尼斯的脑袋:"去你妈的,黑鬼!"

一个愤怒的灰胡子说:"死了就没啥意义了!死了的黑鬼没用!"

他们斜眼盯着瑞特·巴特勒,就像环绕在营火旁的狼群一样。瑞特把手放在了上衣口袋里的左轮手枪上。

阿奇·弗莱特干涩的声音打断了他们的低声抱怨:"巴特勒船长,他没啥企图!巴特勒船长是个绅士。你们认识有点理智的绅士吗?"

"他来代替那个黑鬼。"一个失望的男孩气急败坏地说。

"你说什么,孩子?你是说我们应该把福雷斯特将军的士兵吊死吗?绞死一个和阿奇·弗莱特并肩作战的人?妈的,你这个狗娘养的。"阿奇抓住男孩的上衣，把他扔进人群。

灰胡子说："我们还是要找个典型！"

另一个老人一脸厌恶地说："啊，见鬼去吧。我赶不上晚饭了。"

"把巴特勒放了吧。有的是黑鬼可以烧死。"有人为自己的智慧发出刺耳的笑声，"你们听到了吗？'有的是黑鬼可以烧死！'"

他们搬着图尼斯的尸体朝走廊走去，男人们朝着他的腹股沟使劲击打，又往他身上吐口水。一个眼神疯狂的人从图尼斯额头的弹孔处蘸了蘸鲜血，把手指放进了嘴里。

暴徒跟着尸体走到外面，只剩下瑞特和阿奇留在治安官的办公室里。

阿奇从口袋里掏出一截包着棉布的烟丝，咬下一段，压在下嘴唇和牙龈之间。"这几个月我们一起骑马，你说啥我就做啥。捡柴是我，饮马是我，到处找吃食的也是我。哪里有岩石比较光滑的、适合睡觉的地方，你总是把你的油布衣铺在那里。我假装不知道你一直都看不起我。我想你应该是觉得我是个大蠢货。巴特勒船长，你救了我的命。因为这样，我一直感激你。好了，巴特勒船长，我对你不会再有感激了。我和你两清了。"

阿奇走后，瑞特的身体抵在粗糙的石墙上，松开了他的左轮手枪。长时间握枪让他的手有些疼。他看着自己颤抖的手，手指张开又合拢。这是一只手，不管它做了什么，都只是一只手。

他听到灯油点燃篝火时发出"嘭"的一声。地下室的窗户闪着红光。他们把图尼斯扔进大火，玻璃窗又黯淡下来。

瑞特熄灭了灯笼，坐在治安官办公桌后面的黑暗中，一群暴徒尖叫着，一个走调的声音哀号着："我生死都在迪克西！我生死都在迪克西！"

烧肉的臭味渗到了地下室，瑞特又点燃了一支雪茄，狠狠地吸着，直到雪茄燃到尾部。他咳嗽着，干呕着，胃里一阵翻腾。他猛地又吸了一口，直到雪茄烧到了他的手指。

过了一会儿，他们把图尼斯从火里拖出来吊了起来。接着，他们开始射击。他们大喊大叫开枪打了一阵儿。

那天早上四点左右，月亮落山了，男人们回了家，爬上温暖的床，回到了他们心爱的妻子和孩子身边。

瑞特走出来的时候天刚大亮。三个人坐在篝火旁，递着一个酒瓶。曾经的图尼斯·博诺船长——露蒂的丈夫、纳特的父亲、瑞特的朋友——现在被挂在一棵栗子树的树枝上。那尸体看起来不像是个人，更像个去年圣诞节留下的干木桩。

有什么东西在瑞特靴子尖处闪闪发光。他弯下腰，发现那是图尼斯没有镜片的金属眼镜框架。

其中一个醉汉摇摇晃晃地站了起来，差点栽进篝火里，他伸开双臂才稳住了身子，然后转过身来，沿着街道东倒西歪地离开了。

鸽子咕咕叫着，飞上县府大楼前的草坪。两只乌鸦落在栗子树上。一只张开翅膀叫着。另一只飞到烧焦的那团东西上啄了起来。

塔尔博特警长到了。"早，巴特勒。"治安官的目光一直避开着那段残躯，"我猜你把我的囚犯杀了。"

"是的。"

"好吧，我不是说如果我是那个黑鬼，我会想让你这么做，但那也改变不了现实。"

"现实改变不了。"

"是的，先生，改变不了。你杀了那个被我拘留的黑人，我必须逮捕你，把你关起来，直到蓝军装过来。我要没收你的手枪，先生。我希望你不介意，但我必须要履行职责。"

他们坐在县府大楼的台阶上，直到一队联邦骑兵小跑着出现在琼斯博罗的主街上。他们的队长下了马，抖了抖僵硬的双腿，又揉了揉屁股。他瞥了一眼烧焦的东西，曾经那是个男人。他的部下松开鞍带，把马牵到草坪上吃草。一个骑兵没有理睬那个睡梦中的醉汉，把篝火又踢燃了。队长一脸沉重，像是刚刚执行完一项不愉快的任务。他向治安官点点头。

"这边是瑞特·巴特勒，"塔尔博特警长说，"是他杀了那个黑人。"

"巴特勒？……巴特勒……先生，我们一直在找你。你需要和我们一起去趟陆军总部。"

"我拘留了那个黑鬼，巴特勒开枪打死了他。他用这手枪干的。"

队长把枪插在腰带里："警长，把那东西解下来埋了。"

"我不知道能不能办到，上尉。那帮小子把它挂起来，他们要亲自把它弄下来。他们不想让任何人摆弄它。"

"中士!"

中士走过去,乌鸦飞了起来,愤怒地聒噪着。中士用军刀割断了绳子。图尼斯·博诺撞击地面发出的闷声永远地刻在了瑞特的灵魂里。

那天下午,瑞特·巴特勒和联邦巡逻队骑着马沿着梅肯和西线铁路进入亚特兰大。烧毁和被炸断的铁轨被拖到一边,闪闪发亮的新铁轨蜿蜒在原来的路基上。

亚特兰大市中心像月球表面一样坑坑洼洼:倒塌的烟囱,砖石瓦砾,熔化的机器碎片——它们最初是用来干什么的已无法辨认。佐治亚铁路银行只剩下一堵破壁。车站的棚顶像盖在废墟上的毯子一样皱皱巴巴。在原来是火车头库房的无顶环形墙壁内,匆匆搭建起了一个供火车头调度的露天圆台。

到处都是联邦士兵;他们的帐篷城占据了整个公共广场。

蓝军装士兵正在操练,从前的奴隶正在探索他们的自由,亚特兰大人正在重建这座城市。这边,人们在被火烤焦的墙上重新铺上砖;那边,工人们站在摇摇晃晃的脚手架上把楔石塞进去。

瑞特和他的陪同还没到达联邦总部,消息已经传了出来:"巴特勒船长回来了,他被逮捕了。""瑞特·巴特勒和联邦巡逻队在一起。"

巡逻队穿过满目疮痍的铁路车场,进入旁边一个躲过火灾的街区。

瑞特在战前一直住在莱昂法官的府邸——现在这里是陆军总部。房子的科林斯柱需要粉刷，栏杆上的一些横杆被拔掉用来点火，留下很大的空隙，像缺了牙的嘴巴。

瑞特被人带着经过一排敬礼的哨兵，走进法官的办公室。三个军官在炉火旁取暖，一个扁平脸的军士长在一个本子上写写画画。

他放下笔："这是谁啊，上尉？"

"在琼斯博罗找到他的。瑞特·巴特勒。他杀了一个黑人。"

一个军官走了过来："瑞特·巴特勒，瑞特·巴特勒。我会……我打赌你不记得我了。"

瑞特眨了眨眼睛，又摇了摇头。

"汤姆·贾弗里。还记得吗？决斗地点？查尔斯顿？上帝，当年我还是个毛头小子。"

"你现在已经是上尉了。"瑞特说道。

"除了当兵，我什么都不擅长。"贾弗里停顿了一下，"我们一直在找你。上头下的命令：'把瑞特·克肖·巴特勒带回来。'"

瑞特说："你们把我带回来了。"

军士长把瑞特的名字写在本子上然后大喊道："霍普金斯，给陆军部拍电报，我们抓到巴特勒了。"他接过瑞特的钱包和手表，心不在焉地装进了口袋。

汤姆·贾弗里护送瑞特走到街上："巴特勒，你怎么到了现在这般地步？"

二号消防站俯视着火场，它已经无力阻止火势。不过，它看起来仍然是个消防站。岗哨并没有掩盖那些宽阔的拱形门的最初功用，警钟从屋顶低矮的穹顶响起，消防车从这扇门疾驰而出。

一楼的装备室关押着一些轻微罪行的犯人。

二楼的走廊上，每扇门前都站着一个哨兵。关押瑞特小房间的窗边挂着一顶皮制的消防头盔。一张铁床和一张松木桌就是屋子里全部的家具。房间里异常寒冷。

贾弗里迟疑了一下说道："很抱歉看你陷入现在的困境。有什么我能做的吗？你想告诉什么人吗？"

"我想要些书写用具。"瑞特停顿了一下，"贾弗里，阿什利河旁那个大雾的清晨——你对我们有什么看法？"

汤姆·贾弗里说："我当时觉得你们是疯子。你们每一个人。"

上尉走后，瑞特门外的哨兵坐在椅子上，他一挪动身子，椅子就吱吱作响。他不时地咳嗽。

瑞特把图尼斯破碎的眼镜片放在桌子上。它们就像某种无害的小生物的残骸。他可以看到自己呼出的白气，于是他把夹克翻领紧紧地攥在一起。瑞特听到哨兵点燃烟斗时火柴的噼啪声。他闻到了燃烧的烟草味。

他听到砰的一声，隔壁房间有人下了床。另一个囚犯在来回踱步。

在他那高高的装着栅栏的窗户下面，月亮从数英里的废墟阴影中升起。拾荒者在这座被夷为平地的城市中行色匆匆，寻找能够点燃的碎木板，以及可以卖钱的废铁和黄铜。黎明之前，瑞特看清了几个拾荒者的体型，还有他们在昏暗的阴影之间奔走的步态，但他看不清他们是黑人还是白人。

一个长着招风耳、满脸斑点的年轻士兵，给他送来了一碗冷燕麦粥和他要求的书写用具。瑞特想再要一条毯子，男孩道歉说："我办不到，先生。陆军部的命令。你做了什么让他们这么生气？"

瑞特给康涅狄格州的一位参议员草草写了一张便条，他曾在战时和他打过交道。他用早上剩下的时间给露蒂·博诺写了一封长信。

鲁弗斯·布洛克浓密的连鬓胡子刚刚被理发师修剪过，他跷着腿坐在瑞特的床上，他的鞋子崭新，鞋底没有一丝划痕。布洛克的羊毛大衣厚得像马毯。

布洛克沉重地摇了摇头："瑞特，你到底做了什么？鲁弗斯·布洛克可是佐治亚州共和党的重要人物，但鲁弗斯为了过来不得不恳求托马斯将军。我已经尽快赶来了。"

"图尼斯·博诺……"瑞特开口说道。

"他们不关心那个黑人。但为了表明立场，他们只能把你绞死。"

"那个黑人的名字叫图尼斯·博诺。他是个自由黑人。他家在布劳顿下面的河边。"

"我见过他。他的岳父威廉·普雷斯考特很有名气。瑞特，谋杀的指控只是个借口。"鲁弗斯谨慎地环顾了一下房间，然后低声说，"他们说你掌握了邦联的国库。"

瑞特闭上了眼睛："啊，是的。那个国库。"

鲁弗斯皱起了眉头："瑞特，这可不是闹着玩的！"

"鲁弗斯，我的朋友，当然是闹着玩的。邦联从来没有什么国库。整个邦联只有一台印钞机。"瑞特努力压抑着不让自己态度恶劣，"你看起来发达了，鲁弗斯。"

"共和党想让鲁弗斯·布洛克竞选州长。"

"邦联的前军官无法任职。"

"我不是邦联军官。"

"你不是当过上校？"

"名誉上的，瑞特。纯粹是名誉上的。鲁弗斯·布洛克从没向邦联宣誓过。战争期间，他代表南方铁路公司，监督物资运送。如果邦联政府雇用了这家公司，鲁弗斯怎么能拒绝呢？公事公办，不是吗？"

"这么说，鲁弗斯，你是一个'南方佬'。"

他鼓起胸膛，摇了摇手指："鲁弗斯·布洛克可是在北方出生的！"鲁弗斯搓了搓手："这里真冷。"

"是啊。"

"瑞特，我的朋友，请听我一句。国会的共和党人萨姆纳、布莱恩、撒迪厄斯·史蒂文斯——他们不好糊弄。如果你不想因为谋杀图尼斯·博诺而被绞死，你最好对你的财产变通一些。"

"谢谢你，鲁弗斯。我相信你是好意。"

鲁弗斯·布洛克一直说到他自己都对这番演讲厌烦了。他起身要走，瑞特让他帮忙寄一封信。布洛克检查了地址："瑞特，你怎么会认识参议员的？"

"我认识很多人，有些人不如你尊贵，我的朋友。"

"我有个通讯员明天去华盛顿。他会亲手把信送到。"

瑞特耸耸肩："你看着办吧。这封给博诺太太的信更重要。"

鲁弗斯·布洛克留下了他的新羊毛大衣，但那天晚上，当列兵给瑞特送来冷甜菜和土豆的晚餐时，他把那件大衣拿走了。

第二十九章

花园里的绞刑架

尽管食不果腹,气温只略高于冰点,瑞特却不冷也不饿。他没有愤怒,没有恐惧。

隔壁房间的囚犯在睡梦中咳嗽、呻吟。虽然瑞特从来没有和他交流过,但他的存在对他隐约是一种安慰。

瑞特想到了图尼斯·博诺。他想知道灌溉工威尔的妻子蜜丝陀怎么样了。

一天中只有最暖和的时候他可以睡觉,除此之外,瑞特都直挺挺地坐在他的铁床上,看着窗外的荒凉。那是一部没有音乐的歌剧。从天黑到天亮,拾荒者四处游荡、奔走,抢夺着战利品。从日出到日落,在这片荒原上,新的建筑物拔地而起。拾荒者们的拼搏改变不了什么,然而建造者们正在改变这座被毁城市的轮廓。

瑞特没有计算过他被囚禁了多少日子。

一天早晨，下雪了。缓慢降下的厚厚雪片让伤痕累累的街道变得不那么狰狞。士兵响亮的靴子声响起，他们来找隔壁房间里的囚犯。"二等兵阿姆斯特朗，时候到了。"那个男人的挣扎让两个房间共用的那堵墙都颤抖起来。重击声、喘息声和咒骂停止了，那个人被控制住，他喊道："不！不！不！"士兵们把他从台阶上拖下去，他的反抗声慢慢变弱，不过仍然依稀听到哭喊声："不——"

就在那天下午，两个黑人费力地将浴缸抬到瑞特的房间里，那个满脸斑点的年轻士兵打来一桶桶热气腾腾的水。"快没事了，先生，"那个男孩儿说道，"珀伊尔从华盛顿来了。现在一切都会好起来的。"

瑞特赤身裸体，裹着一条新毛毯，士兵递给他一块被碾碎的法国香皂："你包里的，先生。希望你不要介意。"

瑞特在热水中慢慢松弛下来，他喃喃地说："到我后面去，撒旦。"

国家饭店的理发师皮纳特来给瑞特刮胡子。列兵一走出房间，那个黑人就急切地小声说："贝尔小姐让你一定不要泄气，布洛克先生正在四处活动要把你救出来。他正在活动！"理发师本打算再多说几句，这时列兵拿着瑞特最后一次在琼斯博罗旅馆带着的旅行袋走了进来，谈话被打断了。

"真抱歉，皮纳特。我没钱。"

"没关系，瑞特船长。贝尔小姐对我很照顾。"

瑞特换上自己干净的衣服，贾弗里上尉过来找他。他被瑞特的憔悴模样吓得一愣。"真抱歉,"他说道,"我没能阻止这样的事情发生。"

瑞特搂住那人的肩膀,跟他下了楼。

在街上,车夫抽动着鞭子,马车碾过带着冰碴的泥浆。马车辐条上盖着一层厚厚的红泥巴,随着车轮的转动碎裂成块纷纷掉落下来。

陆军总部的栏杆上覆盖着一层积雪。

贾弗里上尉护送瑞特进了警卫室:"在这儿等着。我去通知珀伊尔先生你到了。"

警卫室里的小树上挂着红绿相间的纸带、苹果和马具铃铛。瑞特在炉火旁取暖。一个满脸通红、留着小胡子的上尉用拳头击打着手掌:"三K党正在毁掉我们为之奋斗的一切。"

然而一个中尉一边咧嘴笑着,一边假装拿着来复枪瞄准并模仿着扣动扳机发出的声音:"Ku. Klux. Klan."[1]

贾弗里领着瑞特走上带着马刺痕迹的黑胡桃木楼梯。在高大的双开门前,贾弗里伸出了手。"不管发生什么,"他说,"祝你好运。"

以前这个会客室十六英尺高的天花板上装饰着一圈设计精美的石膏线。没有窗帘遮挡的大落地窗俯瞰着曾经的玫瑰园。

窗户旁边的折叠桌可供两人使用。上过浆的亚麻桌布的四

---

[1] 即三K党,美国内战后由南方邦联军队的退伍老兵组成的种族歧视团体。Ku Klux来源于希腊语,意为集会,Klan意为种族。

个角都绣着L；沉甸甸的银器是伦敦制造的，冰桶里冰镇着一瓶锡勒里香槟。

花园里竖起了一个绞刑架，快要被雪填满的脚印穿过院子，上了十三级台阶，一直延伸到绞刑台上。活板木板打开着，积雪的绞刑台上留下一个黑乎乎的方洞。两组最近留下的脚印走下绞刑台，积雪里留下的轮廓是一口等待被装填的棺材：那口棺材现在直立着放在花园的大门旁边。落在棺材上的雪被里面逐渐消散的体温融化了。棺材板闪着光。

"再见，二等兵阿姆斯特朗。"瑞特轻声说，"希望你能在另一个世界过得称心如意。"

客厅的门咔嗒一声打开了。瑞特没有转身就说道："你好啊，埃德加。这么说，你现在充当我的诱惑者了。"

"啊，瑞特，我一听说就赶过来了。"埃德加·爱伦·珀伊尔的硬挺的花呢套装搭配着一件新背心和一条麻花状表链，他的笑容非常自信，"我想你应该没受多大罪。我马上赶过来了。"

"我一定要谢谢你，埃德加。我相信我还从没欠过一个人洗澡的人情呢。"

埃德加从后面拉了一把椅子："请坐下吧，瑞特。我们边吃边谈，看看我们能否把你从这个烂摊子里解救出来。苏格拉底！"

一个头发花白的黑人管家回答了珀伊尔的喊叫。"你来服侍我们，苏格拉底。"仆人还没走远，埃德加就向瑞特倾诉道："莱昂法官的人。我真不知道他这类人走了我们该怎么办。"

"自己伺候自己？好了，埃德加。看来你已经东山再起了。"

埃德加·珀伊尔把胳膊肘搁在桌子上："你我都能预见这一结果，不是吗，瑞特？傻瓜可能会执着于骑士的幻想，但我们商人不会，嗯？"

瑞特朝花园里的棺材点了点头："二等兵阿姆斯特朗——他是个商人吗？"

"阿姆斯特朗？哦天哪，不是。普通的杀人犯。酒醉时开枪打死了他的中士。"埃德加若有所思地皱了皱眉，"少喝一点儿他就不会这么做，多喝一点儿他也做不了。轻微的失误就弄得人财两失。"

瑞特双手交叉坐着，埃德加·珀伊尔抖开餐巾塞进背心里。苏格拉底打开香槟，斟满酒杯，冷漠地靠墙站着。

"那么你现在是个刽子手了，埃德加？"

埃德加·珀伊尔被他的香槟噎住了："哦，不，不是。我和那事没关系。"说着他含含糊糊地指了指窗户："例行的军事审判，通常是这么判的。不，瑞特，我宁愿大家都不要被判绞刑！瑞特，为未来干杯，你的未来。"

"我不和你喝酒，埃德加。"瑞特说。

珀伊尔的酒杯停在半空，稍作停顿，然后一饮而尽。苏格拉底又斟满了杯子。珀伊尔擦了擦嘴："随你的便。"埃德加打了个响指，男仆把上菜的推车推到了他们的桌子旁。

"先生，要尝尝鹌鹑吗？"男仆揭开盖子，里面是一个破了边的盘子。他的餐叉和勺子在芳香的佳肴上方盘旋着。

"不用了，谢谢，苏格拉底。"瑞特礼貌地说。

"巴特勒船长，我们有浓汁炖杂碎、新鲜的山鳟，还有弗吉尼亚的火腿，托马斯将军的最爱。我们还有山药、油炸蔬菜、野生大米、松脆饼干……"

"你去服侍珀伊尔先生吧。他似乎……比较瘦弱。"

埃德加机警地问："这么说来，大叔，你认识巴特勒先生？"

"哦，是的，先生。我们所有的黑人都认识巴特勒船长。从战争时期就认识了，先生。"

"那么你也应该知道他枪杀了一个黑人。"

苏格拉底摇了摇长着灰发的头："是的，先生。我们都听说了。美国军队不能保护体面的黑人，这当然十分悲惨。"

埃德加用手指快速地点了菜。等他的盘子被装得满当当的，他说道："去外面，大叔，我需要时会叫你的。"

埃德加对盘子里的菜挑挑拣拣："瑞特，你真的以为你可以用拒绝晚餐的方式来违抗美国国会吗？"

"埃德加，谢谢你的关心，但我不饿。我在联邦拘留所里大吃大喝。戴尔莫尼科餐厅[1]也无法提供比这更好的饭菜了。"

大口喝下的香槟并没有改善埃德加·珀伊尔的心情。他在餐巾上擦了擦手，呼出一口气，正了正领结，重新开始发话："瑞特，美国国会很生气。他们绞死了萨拉特夫人，她最大的罪行

---

1 戴尔莫尼科家族经营的连锁餐厅，最负盛名的是19世纪末20世纪初下曼哈顿区海狸街56号的餐厅，是当时全国顶级餐饮所在。

是开了一家旅馆，碰巧约翰·威尔克斯·布思[1]密谋行刺时在那里住宿。无辜的穆德医生，因为把刺客折了的腿接好，现在正在监狱里饱受煎熬。北方佬现在气急败坏了，瑞特。在这个时期，千万不能太招眼。瑞特，你就是太招眼了。"

瑞特什么也没说。

"炖杂碎味道不错。"珀伊尔说。

瑞特咧嘴一笑。

埃德加·珀伊尔把他的盘子往后推了推。

"瑞特，他们根本不在乎你杀的那个黑人。"

"我相信我是佐治亚州唯一一个在乎他的白人。"

"那个女孩，那个丽莎？我去过琼斯博罗……"埃德加傻笑着说，"我和小丽莎快活过。"

瑞特耸耸肩："人各有所好。"

珀伊尔伸出手指发难道："瑞特·克肖·巴特勒，一八六五年一月十四日晚上，你有没有驾驶偷渡船"快乐寡妇号"出现在威明顿港，运送一船特殊的货物？"

"你知道我干了什么，埃德加。你也知道我为什么要这么干。"

"那艘船上有没有装载邦联国库的财物？"

瑞特向后靠在椅子上，把双手抱在脑后，伸了个懒腰："哦，埃德加。你真是个……真是个难缠的家伙！这是你和你的朋友们为了偷走我的钱而编造的最好的谎话吗？"

---

[1] 约翰·威尔克斯·布思（1838—1865），行刺林肯总统的凶手。

"你认为我们会让你留着偷越合众国封锁线所赚的钱吗？"

"埃德加，我已经彻底破产了。在你眼前就是行事草率的活生生的例证。尽管我亲爱的母亲总是教育我省一分钱就等于挣一分钱，诸如此类的话，但我对她的教导却充耳不闻。我破产了，破产了，扁得像块玉米饼。"

埃德加摆动着手指："不要低估我们，瑞特。我们的代理人已经见过你的银行经理——他叫什么来着……坎贝尔？我们不会拿走你所有的钱。只要合理的份额，我们就会满意的。"

瑞特站了起来："谢谢你给我提供了几周以来最好的晚餐，埃德加。我想我今晚就不喝咖啡了。咖啡会扰乱我的睡眠。"

第三十章

欺骗

这次会面之后，瑞特得到了三条毯子、普通士兵的口粮，甚至还有偶尔送来的报纸。埃德加·珀伊尔来过两次，但再没有绞刑架旁的晚餐了。尽管埃德加坚持要瑞特把他偷渡时所得的利润上缴联邦当局，但他最有说服力的论点——如果瑞特不这样做，他就会被绞死——慢慢地开始站不住脚了。令鲁弗斯·布洛克吃惊的是，有影响力的参议员们都在为瑞特呼吁。到了新年，除了巴特勒船长本人，没有人记得瑞特·巴特勒开枪打死了图尼斯·博诺。

一月的一个轻快的午后，贾弗里上尉敲门："巴特勒船长，有人来找。你的'妹妹'斯嘉丽来看你了。"贾弗里像个小学生一样咧嘴笑着。

"亲爱的，亲爱的斯嘉丽。妹妹能来真是太好了。"瑞特回答，心里一片混乱。

"很漂亮，你妹妹。"贾弗里把他的外套递给他。

"啊，是啊，我也这么觉得。"斯嘉丽。阳光、希望和他想要的一切。严酷和悲伤已成为过去。

两个人嗒嗒走下消防队的楼梯，经过岗哨走进一片寒冷之中。激动的心情涌向心头，瑞特终于卸下对斯嘉丽的抗拒，他忍不住笑了起来。"早上好，先生。今天早上天气真好啊！"他对着浑身溅满泥浆赶牲口车的车夫喊道，此时那架车正因为超载，车轱辘陷在泥潭里。车夫看了他一眼。

瑞特对两个亚特兰大女士碰了碰帽边致意，她们忙着给那些北方佬士兵脸色看，也一并捎带着冷落了臭名昭著的巴特勒船长。

上了熟悉的台阶，进入联邦军总部，右转，然后走进一间屋子，里面坐着一屋子陌生的北方佬士兵和斯嘉丽。

一看到她，瑞特·克肖·巴特勒就忘记了自己是谁，也将之前的痛苦教训抛诸脑后。他们已经分别了那么长时间；好像有一辈子那么长。

斯嘉丽穿着一件青苔绿的天鹅绒长袍，戴着一顶装饰着华丽羽毛的帽子。

她和他在一间屋子里。她来找他了。她的微笑。她本人。他强忍住眼泪。"斯嘉丽！"他吻了她的脸颊，"我亲爱的妹妹。"

一个北方佬上尉抗议道："这不合规矩。他应该待在消防站。你应该清楚上面的命令。"

"哦，看在上帝的分儿上，亨利。"贾弗里上尉回答说，"这位女士在那个仓库里会冻僵的。"

为了让这对兄妹说些私房话，汤姆·贾弗里让两个文职人员离开了那个整洁的房间，这个房间曾经是巴特勒的食品储藏室。光线从房间仅有的一扇窗户照进来，浅色的灰泥印显示那里曾是餐具架悬挂的位置。一捆捆军事命令挂在钉在护壁板上的钉子上。

瑞特弯下腰想要亲吻斯嘉丽，她把脸转开了。

"我现在还不能吻你吗？"

"只能吻额头，像个好哥哥的样子。"

"谢谢，不了。我宁愿等待和盼望着更好的事儿。"

瑞特·巴特勒觉得自己又像个年轻人了。仿佛一切皆有可能，仿佛世界焕然一新。

斯嘉丽告诉他塔拉庄园毫发无损地躲过了战争。她说她的儿子韦德和梅兰妮的小博都很好，塔拉来了个能干的管理人威尔·本廷。

"阿什利·威尔克斯先生呢？"

斯嘉丽漫不经心地告诉瑞特，威尔克斯太太斯很高兴阿什利回家。威尔·本廷在追求她的妹妹卡琳。苏埃伦还在对那个胆小怕事的老弗兰克·肯尼迪紧追不舍。

瑞特咯咯地笑道："老弗兰克也许令人讨厌，但他有钱。"

斯嘉丽做了个鬼脸。

她停顿了一下，然后小声地说着什么，瑞特不得不凑过去听。"妈妈去世了。因为发烧。我回到塔拉，她已经……死了。"

她的眼里盈满泪水。

"我很抱歉,亲爱的。你父亲,杰拉尔德呢?"

斯嘉丽把目光移开:"杰拉尔德总是有一堆事要忙。"

她的声音是不是有些不自然?也许她父亲并不像她说的那么好。杰拉尔德一定年纪大了。

没关系。斯嘉丽来看他了。那个曾经在他富有自由的时候对他不屑一顾的女人,现在却来探望一个身无分文、随时可能被北方佬绞死的囚犯。

他告诉她她看起来很可爱。他让她转一圈。

她转动身子,俏丽的绿色连衣裙也飘了起来,露出了下面蕾丝边的灯笼裤。他双手紧握背在身后,以免当场扑过去把她一口吞掉。

斯嘉丽告诉他,塔拉忠诚的黑奴把种植园里的牲畜藏在树林里,谢尔曼的傻大兵找不到,塔拉去年收了二十包棉花,今年情况会更好——不过(她叹了口气)乡下的日子实在太无聊了。她已经习惯了城市生活。

瑞特不明白斯嘉丽怎么会觉得无聊,除非她和乡下所有的男孩都相处腻了。

"哦,瑞特。我来是因为我为你感到难过。他们什么时候能把你从这鬼地方放出来。"

"我出去以后会怎样呢?"他语气轻柔,又向她身旁凑了凑。

斯嘉丽脸红得像个少女。他向她靠近,她的手温柔地托着他的脸颊。刮得有些疼。他有些诧异,于是将她的手拿下并翻了过来。斯嘉丽的手掌十分粗糙，到处是裂口，指甲也断了。他十分不解地盯着她的手。他把她的另一只手也翻过来，她没有反抗。那双手和他在布劳顿的稻田里劳作时的双手一样。

瑞特舔了舔嘴唇。正当他的心情无比高昂之时，瞬间又一落千丈。他的心开始萎缩，变得坚硬而刻薄。他木然地问道："这么说，你在塔拉过得很好，是吗？卖棉花挣了不少钱，应该可以出去走走。你为什么要对我说谎？"

在她惊异的目光深处，他看到了一点闪光——就像一只被猎杀的狐狸的眼睛在灯光照射下的反光。"他们会把我吊得比哈曼还高[1]，你不必操心。"瑞特放下她的手。这个房间是多么俗气。曾经像希望一样慷慨的，现在沦为一处肮脏狭小的陋室，里面待着的是杀死图尼斯·博诺的凶手和一个女骗子。

钱。她想要钱。没错，她想要钱。她的语速很快，几乎是语无伦次。塔拉，她心爱的塔拉，因为没有交税而即将被卖掉，斯嘉丽身无分文。她用塔拉的窗帘做了一件天鹅绒连衣裙。"你说过你从未像渴望得到我一样渴望过任何一个女人。如果你还想要我，你可以的。瑞特，你说什么我就做什么，不过看在上帝的分儿上，给我写张汇票，让我拿到钱。"

她真是个奇女子！斯嘉丽·奥哈拉为他的爱标了价。三百美元——他可以用一套伦敦制的西装或一匹骏马的价格占有他

---

[1] 《圣经》中波斯王亚哈随鲁的宠臣，曾策划屠杀犹太人，计划失败被处以绞刑。"吊得像哈曼一样高"是一句谚语，意为"搬起石头砸自己的脚"。

不忠实的爱人。你想想看,三百块很划算。一些巴黎妓女的要价更高。"我没有钱。"瑞特疲惫地说。

她突然发作。她一下跳了起来,一声尖叫立刻平息了隔壁房间里士兵发出的嘈杂声。瑞特用一只手捂住她的嘴,把她抱了起来。她使劲踢着,想咬瑞特。她努力想叫出声来。

他用了全部力气才抱住她。瑞特想,她愿意做任何事。她和我一样。

斯嘉丽白眼一翻晕了过去。

北方佬军官冲进去想把这位年轻女士弄醒。贾弗里上尉拿来一杯白兰地。

斯嘉丽·奥哈拉离开了那里,她像个失败的孩子,心中一片茫然,身穿虚伪的华服,戴着软帽,帽子上欢快的羽毛——瑞特现在知道——是从谷仓里一只公鸡的尾巴上拔下来的。

那天晚上,瑞特梦见自己杀了个小女孩。他把他凸缘式手枪抵在她的额头上,扣动了扳机。

两个星期以后,贾弗里上尉带来斯嘉丽私奔的消息,他感到十分震惊。"你妹妹没告诉你她要结婚吗?"

一时间,瑞特都不确定自己还能开口说话。

上尉拍了拍瑞特的肩膀:"也许斯嘉丽小姐觉得她的大哥可能看不上她的新婚丈夫!没什么好担心的:弗兰克·肯尼迪完全靠得住。"贾弗里船长挠了挠耳朵。"我只是有些奇怪,像你妹妹这样的女人竟然会委身嫁给老弗兰克——弗兰克不是和另一个姑娘订婚了吗?"他悲哀地笑了笑,"女人的心思,"——贾弗里把手放在自己胸前——"谁又能看透呢?"

"如果肯尼迪有三百美元,我就能看透。"

鲁弗斯·布洛克给瑞特带来了赦免令,此时连翘正在开花。上面有一个康涅狄格州参议员的签名,他并不是一个宽容的人。鲁弗斯问道:"瑞特,你写给他的那封信——看在上帝的分儿上,你到底说了什么?"

瑞特把灰尘从几个月没戴的帽子上掸掉,潇洒地戴在头上。"鲁弗斯,那个参议员给联邦军的棉军装提供棉花里衬,他可是发了大财。你想过没有,参议员是从哪里找到禁运的棉花的?"瑞特·巴特勒咧着嘴笑得很开心,"鲁弗斯,我们离开这个地方。春天来了。"

第三十一章

南方佳丽

这年夏天很干旱。玉米收成不好，棉花几乎没法轧花。白人传教士无法向信众解释，为什么上帝抛弃了邦联共和国。一些传教士自杀了，还有一些退出了讲坛。黑人传教士和教区居民向美国国会递交了雄辩的请愿书，寻求承诺给他们的权利。一些前邦联军的名将——南卡罗来纳州的汉普顿将军和弗吉尼亚州的威廉·马洪将军也在其中——要求黑人必须有投票权，认为南方必须由黑人和白人一起重建。但是佐治亚州的约翰·B.戈登将军和田纳西州的内森·贝德福德·福雷斯特将军利用他们战时的威望恢复了战前的秩序。

北方佬中的理想主义者买票到南方来，投入到黑人教育和争取公民身份的工作中。那些被邦联的枪弹夺走朋友和亲人的共和党国会议员则向南方寻求报复。机会主义者想把南方佬的尸体翻过来看看下面有没有什么值得偷的东西。

美国军队把火车和机车交给了他们刚刚亲手炸毁的同一家铁路公司。尽管南方的铁路公司不得不用咸肉和面粉当作工人们的工资,但铁轨以极快的速度被重新接上,桥梁和隧道也重建起来了。虽然乘客有时不得不换乘一段时间的马车,可火车还是照跑不误。

斯嘉丽·奥哈拉·肯尼迪用弗兰克·肯尼迪商店的利润,买下了一家锯木厂。在美国佬大量资金的扶持下,亚特兰大正以十分迅猛的速度重建起来。砖块、波特兰水泥和石灰的价格居高不下,一车车来自北佐治亚的松木沿着玛丽埃塔公路运到了肯尼迪家的锯木厂。正派的亚特兰大人察觉到肯尼迪夫人才是这家的"当家人",并对此表示不屑。但是斯嘉丽太忙了,根本无暇理会这些。她买了第二家锯木厂,并说服阿什利·威尔克斯来经营。

斯嘉丽和弗兰克·肯尼迪的女儿埃拉出生了,这个女儿像极了她相貌平庸的父亲。

杰拉尔德·奥哈拉死后,斯嘉丽出资,在她的农场管理人威尔·本廷帮助下,塔拉正在重建中。

一天早上,贝尔·沃特林翻着她的衣柜抽屉,比以往翻得要仔细,一想到那种可能性,她就不自觉地开始抽气。

贝尔的洗衣女工跟着朱厄特医生的科学治疗药物巡回团跑了,贝尔一直没有发现,直到麦克白把她要洗的衣服原封不动地带回来,她才意识到了这一点。在她的衣柜底部,贝尔找到了一件用羊皮纸包着的衣服。她拉开一个角,里面露出瑞特很久以前送给她的那件华丽的灰色连衣裙。贝尔坐了下来,她盘算着,感觉呼吸都变得困难了:斯嘉丽·奥哈拉现在是斯嘉丽·肯尼迪。他们有个女儿。肯尼迪的婚姻应该会一直持续到斯嘉丽变成个老妇人。

那天剩下的时间里,贝尔在房子里哼唱着断断续续的歌曲。终于,米内特抱怨说,她,米内特,成了新奥尔良圣路易歌剧院的常客,而贝尔"哦啦啦"和"咚恰恰"的吟唱变得越发不成调子。

"哦,米内特,"贝尔高兴地回答,"你总不能指望落入泥潭的鸽子还像原来一样高歌,对吧?"

有几个老主顾,他们喜欢相处让人放松(要求没么多)的情人,但令他们沮丧的是,贝尔不再接客了。她坚持只吃蔬菜、面包和水,腰身都变细了。

一天下午,麦克白赶车送她去威尔克斯家。

"从后面走,"贝尔紧张兮兮地说,"穿过那条小巷。"

在威尔克斯家厨房花园的大门外,贝尔犹豫了起来。她凭什么向别人打听消息?

凭什么,她想,凭我是露丝·贝尔·沃特林;这就是我。她鼓起勇气,走过梅兰妮倒伏的青菜和一筐筐刚挖好的土豆。

她敲了敲后门,窗帘被拉开,一个神情严肃的小男孩凝视着她。他把拇指塞在嘴里。贝尔冲他微笑以示安慰,孩子把窗帘放下,跑到屋前:"妈妈,妈妈!"

"怎么了，博，亲爱的？出什么事了？"

贝尔听到一个女人的脚步声："你是想告诉我，有人在外面吗，博？真是个乖孩子。"

打开后门的女人很瘦——太瘦了，有一双大大的黑眼睛："啊……沃特林小姐。真让我惊喜啊！"

"威尔克斯太太，我不想让你丢脸，所以我从后门过来的。"

"你怎么会让我丢脸呢，亲爱的？请进吧。"

贝尔放松下来，走进厨房。梅兰妮提议到客厅去，贝尔拒绝了："谢谢您，夫人，不过在厨房就行。"

博盯着这个陌生人，抱住了他母亲的双腿。

梅兰妮搬出一把凳子："坐下吧。喝杯茶好吗？"

贝尔紧张得嘴巴都干了："给我一杯水就好。"

梅兰妮按了几下手压泵，凉水涌了出来。像亚特兰大所有的井水一样，水里有股铁锈味。

"威尔克斯太太，谢谢您能见我，我不会妨碍您太久。您不像其他女士那样傲慢，所以我想找您问问……"

梅兰妮温柔的微笑激起了贝尔的信心。

水槽旁的花瓶里有新鲜的雏菊，明亮的窗户下是精心照料的花园。

"这花园真不错，"贝尔说，"蔬菜长得也很好。"

"谢谢。您可以带些回去。"

"哦，不用，威尔克斯太太。这些我都不要。"贝尔垂下眼睛，

"我只是说它们都挺好。"

"那么,"梅兰妮说,"每天这个时候我总会喝杯茶。你要不要和我一起?"她弯下腰来晃开炉箅子,往火炉里添了些木头。

这是一个样式新奇的炉子,炉罩旁边安装着一个水箱。贝尔对这很是赞叹,梅兰妮说这样烧好的热水取用很方便。贝尔询问威尔克斯先生是否喜欢经营锯木厂,稍作犹豫之后,梅兰妮告诉她:"威尔克斯先生是被当作绅士养大的。"

贝尔又问花园后面的那座房子是否是皮蒂帕特·汉密尔顿小姐的,梅兰妮说是的,她和她的哥哥查尔斯是由皮蒂帕特小姐抚养长大的,战后威尔克斯夫妇回到亚特兰大时,他们很幸运地租到了这所房子,就在梅兰妮小时候居住的那所房子后面,那里充满了回忆。

"肯尼迪先生和夫人现在和皮蒂帕特小姐住在一起?"

"啊,是啊,他们住在一起。上帝对我们真的是格外眷顾。我和我儿子去年一直住在肯尼迪太太的家族种植园塔拉里。"梅兰妮补充道,"当然斯嘉丽那时候还不是肯尼迪太太。斯嘉丽是我哥哥查尔斯的遗孀。"

贝尔渴望问肯尼迪夫妇的婚姻是否幸福,但她不知该怎么开口。她把茶杯放下得过快,茶杯撞在茶托上发出咔嗒一声:"威尔克斯太太,一位绅士带走了我的心。"

"哎呀,贝尔,这是多好的消息啊!我自己的婚姻实在太幸福,我简直同情那些从未结婚的女人。"

"还没发展到那一步。问题是,威尔克斯夫人,"——贝尔的脸上闪烁着诚挚的光芒——"我的那位绅士,是个真正的绅士,而我却不是一个淑女。"

梅兰妮仔细想了想,回答道:"我不明白,沃特林小姐,这样的区别有多重要。上帝不是爱他所有的孩子吗?"

"也许他爱,但他的一些孩子一定不爱他的另一些孩子。一般说来,绅士们都喜欢淑女,同类总是喜欢同类的。"

贝尔希望她能表现得和威尔克斯太太一样安详。她希望自己不要出汗。万一汗水顺着她的胳膊流下来怎么办?威尔克斯太太会看到吗?她大口大口地喝着茶,硬着头皮继续道:"我来是想问问你。威尔克斯太太。我怎样才能把自己变成淑女?"

梅兰妮眼神深处的飘忽闪烁几乎当场扼杀了贝尔的希望,但梅兰妮的微笑很亲切。她说:"我从没想过这个问题。做个淑女不就是行为举止看起来像个淑女吗?"

"我不知道,威尔克斯太太。这就是我来这儿的原因。"

"但是你的……职业……"

"我不再接客了。我现在是那里的老板。"

"我明白了。"

"我的意思是,我怎样能看起来像个淑女?我不知道该是什么样的行为举止,也不知道该怎么穿衣服。威尔克斯太太,我不知道该咋像个淑女一样想问题!"贝尔无助地摊开双手,一滴冷汗从她的胸脯流了下来,"威尔克斯太太,我在哪里可以买到像您这样的衣服?"

"老天哪,沃特林小姐。做个淑女不仅仅是——"

"我有钱。"

"我恐怕钱——"

"但是合适的衣服和金钱是第一步,不是吗?"

"嗯,我想可能是的……"

于是,这周的晚些时候,梅兰妮·威尔克斯没有告诉任何人,偷偷陪贝尔·沃特林去找了亚特兰大最好的裁缝。史密瑟斯小姐是个具有八分之一黑人血统的混血儿,战前她是自由黑人,没有一个白人妇女具有比她更高的礼仪标准。

如今,史密瑟斯小姐的大部分客人都是提包客或北方佬军官的太太们。她的店面是米切尔街上的一处排房。在她前屋里,一个假模特穿着一件精致的高领衬衫,而另一个没穿衣服,金属丝架外面覆盖着棕色的平纹细布。一卷卷布料——珠地布、细棉布、精纺羊毛、罗缎、天鹅绒和锦缎从史密瑟斯小姐的柜台上垂下,图样册堆得高过了这个小个子裁缝的头顶。

她摸了摸图样册:"您喜欢什么款式,沃特林小姐?巴黎,伦敦,纽约,波士顿?"

"您给肯尼迪夫人做衣裳吗?"

"啊,是的,没错。"

"我想做她的风格和"——贝尔指了指她的同伴——"威尔克斯太太的风格之间的衣裳。"

贝尔将她一直很宝贝的包裹打开,里面装着瑞特送给她的灰色连衣裙。"哦,天哪,我恐怕没法改这件衣服。"史密瑟斯小姐把裙子举起来,"领口和上身……恐怕动不了。现在也不流行裙撑了。"

"能找到相同的料子吗？这是我最亲爱的朋友送给我的。"

史密瑟斯小姐本打算解释说，没有两种料子是完全一样的，这种面料是法国产的……可是女裁缝看到贝尔充满希望的眼神就动了怜悯心。"我试试看能不能改。"她说道。

她们把裙子、衬衫和外套的款式都确定好，梅兰妮又带着贝尔去了德国鞋匠那里，贝尔买了三双，一双是漆皮的。

临别前，梅兰妮说："我担心，贝尔，做一个淑女不仅仅是穿着得体的衣服。那是一种态度。鉴于你的……经历，或许你对商业和政治的了解比淑女应该了解的要更多。绅士们很乐意将淑女看作是他们的陪衬，而如果总是和绅士的意见相左，这恐怕不是一个合格的陪衬。"

"谢谢。"

"你还要多读书——小说，因为淑女们生活枯燥；诗歌，因为淑女们要多愁善感；还有布道文，因为我们都很虔诚。如果你一定要读散文，爱默生先生的可能最适合。你的绅士可能对他的作品略知一二。"梅兰妮停顿了一下，"还有你的谈吐，贝尔……"

"你的意思是，我说话的方式吗？"

"模仿小说中的女主人公。淑女们说话和她们一样。"

虽然贝尔蒙特先生的珠宝店被烧毁了，他的保险箱也没有像制造商承诺的那样防火，但贝尔蒙特在离他战前的店铺位置不远的地方新开了一家珠宝店。贝尔给他看了她的浮雕胸针，她想要一副耳坠来搭配:"一定要配得上这枚胸针。这是我最珍贵的财产。"

优秀的珠宝商就像殡仪员和牧师一样谨慎低调。贝尔蒙特对这件浮雕胸针大加赞赏,好像他从未见过一样,他把自己最昂贵的浮雕耳坠卖给了贝尔。

贝尔的新礼服裙是亚光的印花面料。她的衬衫是细棉布和丝绸制成的,领口带着一圈蕾丝。当贝尔站在史密瑟斯小姐的穿衣镜前时,她差点没认出镜中和她对视的淑女。

"我的老天爷。"贝尔目瞪口呆。

"很好,沃特林小姐。"裁缝满意地笑了,"棒极了!"

贝尔有了勇气,她闲庭信步地走进金伯尔酒店,亚特兰大最新的酒店。大堂上方悬挂着闪闪发光的水晶吊灯,黑白相间的棋盘格地板上铺着一块块东方地毯。一个行李工笔直地站在亚特兰大第一台蒸汽"电梯"旁。贝尔看到了几个生意场上认识的绅士,但没有人认出她来。她边喝茶边对侍应生说:"很提神,你觉得呢?"贝尔秘密地观察着真正的淑女,她们如何拿茶杯、如何放勺子、如何叠餐巾。

星期二和星期四,贝尔会去金伯尔酒店喝茶,天气晴朗的星期天她会去教堂——不是威尔克斯夫妇常去礼拜的圣菲利普大教堂,而是第二长老会教堂,那里不会让她感觉太过装腔作势。

礼拜结束后,贝尔向传教士自称是巴特勒夫人——萨凡纳的巴特勒——来亚特兰大是探望亲戚的。

"我希望您能再和我们一起做礼拜,巴特勒夫人。"牧师说。

塔兹韦尔·沃特林给他的母亲写信，谈到了他在英国舒兹伯利公学[1]的朋友、他们的运动，以及他在橄榄球队的成功。他到学校不久，就在一封信的最后写道："巴特勒船长在南部联军投降后来了趟伦敦，他给校长发电报说他想来看我。我请校长告诉巴特勒船长，我不想见他。"

贝尔在开始她的改造时写信说：

亲爱的塔兹：

你在英国见过很多贵族和淑女吗？你看见维多利亚女王了吗？我很想看看女王和那些漂亮的城堡。

米内特负责打点生意，而我就负责试穿漂亮衣服，去金伯尔酒店喝茶。亚特兰大太新潮了！甚至连电梯都有了！

对了，你觉得沃尔特·斯科特爵士的《艾凡赫》怎么样？这是一本有趣的老书，但我偏爱它。

亲爱的儿子，你老妈的生活发生了一些大变化。我不会再让任何人告诉我我是谁！

谁知道呢，我可能还会嫁人呢！

我想你，亲爱的塔兹！

爱你的妈妈

露丝·贝尔·沃特林

---

[1] 为英国九大公学之一，与伊顿公学、哈罗公学等其他八所英国著名公学齐名。

瑞特每三周里有两周要出城，贝尔会把他的信件转寄纽约市的圣尼古拉斯酒店、里士满的斯波茨伍德，或者新奥尔良的圣路易酒店。

瑞特在亚特兰大的时候，贝尔会待在他的办公室里，瑞特查看账目、回复信件，在一堆她不会不懂装懂的文件上签字，而贝尔则在一边织毛衣。她从《歌迪女士》上了解到了英国的下午茶习俗，于是，每天下午三点，她都会端来一个托盘，里面放上饼干、茶杯，还有她新买的瓷茶壶。

她的姑娘们心领神会地交换下眼神。

丽莎，战争期间在贝尔的妓院做女佣的乡下女孩儿，回到了"红帽子"，想要找份工作。丽莎承认她现在很落魄，比"荡妇"和"烂酒鬼"好不到哪儿去。她说："沃特林小姐，我做过的坏事可能说也说不完。"丽莎半年来一滴酒都没沾过，贝尔一直对这个姑娘很同情。

两天后，瑞特下楼来遇见了她。

丽莎舔了舔嘴唇："拜托，巴特勒船长，我不是以前那个女孩了。"

"滚出去。"瑞特说。

因为害怕他会杀了她，丽莎离开得太匆忙了，甚至随身物品都没顾上拿，麦克白把东西打包送到了她找到工作的那家妓院。贝尔不敢问瑞特为什么要赶走那姑娘。几个月后，贝尔听说丽莎被一个有钱的南方佬包养了，贝尔觉得小丽莎的情况和他们预想的一样好。

佐治亚州立法团一致拒绝签署第十四修正案[1],三天之后,瑞特收到了电报:"父亲今日去世。周五葬礼。速回。露丝玛丽。"

"哦,瑞特,我为你难过。"贝尔说。

"奇怪,"瑞特说,"我也难过。"

---

[1] 该法案赋予"所有出生或归化美国的人"公民资格,包括内战后获得自由的奴隶。该法案于1868年最终通过。

第三十二章

伊丽莎白小姐的跪凳

兰斯顿·巴特勒愤怒的表情十分考验入殓师的技术。这个可怜的人揉捏着他的五官，又填了些东西，希望让这具尸体的表情看起来愉快一些，然而倔强的、向下耷拉的嘴角、噘起的嘴唇、眉间的皱纹，无论多厚的防腐蜡都无法掩饰。

兰斯顿·巴特勒一直寻求尊重、服从和权力。他从未在无关紧要的事情中获得愉悦：苍鹭笨拙的飞行、沙滩上浪花的消散、女人手臂内侧异常柔软的触感。在他的一生中，兰斯顿·巴特勒从没尝试过做一回傻瓜。

丁尼生[1]的诗在瑞特的脑海里回荡："宁愿爱过又失去，也胜过从未爱过。"

圣迈克尔教堂的彩色玻璃窗在查尔斯顿轰炸中全部被毁掉

---

[1] A.丁尼生（1809—1892），英国桂冠诗人。

了，之后就再也没有安上。兰斯顿的棺材架停放在灯笼的阴影中。

当教堂的门打开，棺材被抬出，一缕午后的阳光射进圣殿，给抬棺人的头上笼罩了一圈光环。这些人是和兰斯顿同一辈的：分离主义者，拒绝者[1]，这些人坚持着抽象的政治理论，却遭到了鲜血的驳斥。

教堂墓地一圈围着高高的铁栅栏，瑞特曾骑着特库姆塞从那上面跃过去；那是多少年前的事了？

一不小心他就会让马或是自己被那些锋利的钉子刺穿。一不小心他就可能从马上摔下、落下残疾或摔死。生命并不值钱：一件华而不实的东西，一件可以被随意扔掉的物品。

主啊，瑞特想，那时我竟有那么痛苦？

他的目光触及一脸愁苦的可怜人露丝玛丽。感谢上帝她有了自己的孩子。至少在一段时间里，小路易斯·瓦伦丁·拉瓦内尔将会是她的全世界。

瑞特听说了安德鲁·拉瓦内尔加入三K党后的一些活动。他的妹夫正逐渐变得臭名昭著。安德鲁对"背叛""南方权利""黑人""提包客"这些字眼充满愤慨，瑞特无法和他交谈。

曾经的安德鲁怎么会变成这样？那个正派、勇敢、浪漫、忧郁的男孩到哪里去了？

葬礼结束后，兰斯顿的黑人哀悼者海格力斯和所罗门就不

---

[1] 指对联邦法令拒绝执行或承认的人。

怎么露面了。朱利安·巴特勒待了一会儿，只是为了和瑞特说一些州议会的闲话，他向瑞特保证，如果他需要议会的帮忙，不管什么事情……朱利安的头发掉光了。他的头颅像刚下的蛋一样闪闪发光。

以赛亚·沃特林正要扶伊丽莎白·巴特勒上他的马车，这时露丝玛丽走了过来："妈妈，你应该和我们住在一起。我们房间很多。你可以帮忙带孩子。"

"可以吗？"伊丽莎白睁大了眼睛，衰老的嘴唇上露出了微笑。"我可以吗？啊，我从没想过可以这样。露丝玛丽。"她恳求地说，"我真的可以吗？我很想留下来。我愿意！我还可以参加圣迈克尔的晚祷。晚祷的仪式非常安详。"

"伊丽莎白小姐，"以赛亚拖长声音说道，"我们难道不祈祷吗？我们难道不读《圣经》，不做晨祷和晚祷吗？"

"我们是做的，"伊丽莎白说，"但上帝总希望一切事物都能美好。记得耶稣是怎么说田野里的百合花[1]的吗！对上了年纪的膝盖来说，圣迈克尔的跪凳比你家光秃秃的木地板更舒服。"

"我们一回到布劳顿的家，我就给你做一个跪凳，伊丽莎白小姐。"

"我母亲以后和露丝玛丽一起住。"瑞特说。

以赛亚·沃特林冷酷的目光对上瑞特的目光。

伊丽莎白高兴得语无伦次了："哦，亲爱的瑞特，我可以住

---

1 典出《圣经·马太福音》第6章第28节

在这儿吗？我一直爱查尔斯顿。还记得你和你父亲说过查尔斯顿人和短吻鳄唯一的区别是，鳄鱼在咬人前会先亮出牙齿。哦，瑞特，你可真是叛逆！"她捂住嘴以掩饰咯咯的笑声。

以赛亚·沃特林的舌头在牙齿和嘴巴里转了一圈又一圈："那我走了，伊丽莎白小姐，我会尽我所能一直为你祈祷。"

"哦，以赛亚，"伊丽莎白·巴特勒像是对着一位远房的亲戚说道，"上帝保佑你的好心。"

老人把帽子端端正正地戴在头上。"露丝玛丽小姐，"他说，"我希望您能好好照顾伊丽莎白小姐。我将对您感激不尽。"以赛亚·沃特林的笑容出乎意料地亲切。"瑞特·巴特勒，"他预言道，"我的日子要到了。"

第三十三章

周三晚上的民主党

三天以后,早晨快到十点时,瑞特走进了"红帽子"的厨房。"早上好,亲爱的贝尔。"他吻了吻她的脸颊,然后疑惑地歪着头,"这连衣裙真不错啊。衬得你的肤色很漂亮。还有那丝带发网!就连查尔斯顿的淑女也没这么时髦。别告诉我,贝尔。你有情郎了!"

贝尔满脸通红:"别开玩笑了。谁会想要我这样的老母牛?"

他握住她的手微笑着,那是贝尔最爱的微笑:"比如,我就会。"他松开她的手:"好了,贝尔,现在说说你听到的消息。鲁弗斯·布洛克和共和党人在忙什么?是不是提包客抢了佐治亚州的铁路?埃德加·珀伊尔是否准备竞选宾夕法尼亚州的议员?北方佬准备怎么对付三K党?"

贝尔一边煮咖啡,一边给瑞特带来最新信息。后门外,麦克白一边吹着口哨,一边给马梳毛。

贝尔问道:"爸去葬礼了吗?"

"去了。和你那个有趣的表哥乔西在一起。"

"亚伯拉罕叔叔的儿子。"

"乔西·沃特林是个危险的年轻人。"

贝尔给瑞特又倒了一杯咖啡:"自从我们回到芒迪山谷,我就再没见过亚伯拉罕叔叔。我们村儿——我是说——我的家乡,离琼斯博罗不到五英里,但我从来不想回去。我感觉,乔西表哥打仗那会儿没少干坏事。"

"我听说乔西参加了三K党。"

贝尔耸耸肩:"阿奇·弗莱特也加入了,还有弗兰克·肯尼迪和阿什利·威尔克斯。现在,半个亚特兰大的先生们的衣柜里都有一件白色的长袍。你妹妹过得好吗?"

"面色憔悴,心烦意乱。"瑞特伸了个大大的懒腰,"这个三K党到底是怎么回事?"

"麦克白再也不会驾车送北方佬军官回家了——不管他们喝得多醉。黑人晚上出门不安全。头几天晚上,瑞特,我们打烊后,我想我听到了啥声音,然后我打开后门往外看了看,小溪边有几个骑马的人。有十五到二十个人,都穿着白袍子,戴着尖帽子。他们不是冲我们来的,但是把我吓惨了。"

"北方佬不会任由夜晚出来的武装分子扰乱治安的。"

贝尔从冰盒里拿出一碗鸡蛋:"好了,瑞特,亲爱的。虽然这世上烦心事很多,但总要出太阳,天会放晴的,我想着给你做个早餐。有乡村火腿,煎份儿鸡蛋要不了五分钟。"

瑞特向后推开椅子："抱歉，贝尔。我要去城里办点事。我买了农商银行的债券，我要看我的投资情况。"

"必须给我吃！"贝尔话一出口，两人都吃了一惊，"瑞特·巴特勒船长，你给我坐到厨房那张桌子旁！和我说说你爸的葬礼，还有露丝玛丽小姐，还有其他事儿，你那该死的生意和这些比起来都不算啥。"

瑞特懊丧地坐回去："好吧，贝尔，我想我可以吃点儿。"

早饭时，他们像一对老夫老妻一样愉快地交谈着。

"那么，我爸怎么样？"

瑞特耸耸肩："没有变化。我没有同意他要我母亲留在布劳顿的想法。如果是别人，我会觉得这主意还不错。"他喝了口咖啡："安德鲁不允许家里有免费的黑人仆人——就是花钱找用人也不是很容易。安德鲁的'原则'意味着露丝玛丽必须要照顾一个婴儿，再加上一个年迈的老妇人。"

贝尔回忆着，语气变得柔和起来："安德鲁很温柔，瑞特。"

"哎，他现在是个大巫师了。查尔斯顿权贵们毫无底线地讨好安德鲁，但从不邀请他到家里去。"

"可怜的安德鲁。"

瑞特把餐巾揉成一团放在盘子旁边："你还在乎他？"

"我在乎的是我当姑娘时的日子。"贝尔眨了眨眼，"我希望我心底里的那个姑娘还在。告诉我，瑞特，你能原谅你爸做过的事吗？"

"原谅他？亲爱的贝尔，多年前我就原谅他了。只有傻瓜才不会原谅。更傻的傻瓜则会把一切都忘了。"瑞特对她咧嘴一笑,"现在,我给你说说我的外甥。路易斯·瓦伦丁·拉瓦内尔少爷。那孩子的肺活量可真大……"

这天晚上,贝尔·沃特林独自一人躺在床上,枕着瑞特的恭维,微笑着进入了梦乡:"比如,我就会。"

按照惯例,新年前夜,他们一边喝着香槟,贝尔一边把瑞特在妓院的分红付给他。和每年一样,她会给他讲解分红的具体细节。

她逼着瑞特对一下账目,瑞特说:"贝尔,如果我必须要查账的话,就不会找你合伙做生意了。"

那天晚上,他们都有些醉了。

瑞特在城里的时候,"红帽子"的气氛比以往更加祥和友好。瑞特在办公桌前工作到下午晚些时候,然后去一家名字叫风华少女的沙龙吃晚饭打牌,直到深夜。

塔兹来信了,贝尔把信放在瑞特的桌子上。第二天瑞特一言不发地把信还给了她——在信里塔兹抱怨了自己私生子的身份。

闺房里,贝尔读着小说。她对萨克雷先生的作品不感兴趣,但很喜欢狄更斯先生的《雾都孤儿》。贝尔合上那本书,眼睛湿润了。她读完了霍桑先生的小说,在二月的一个寒冷的下午,贝尔在佐治亚银行遭到了埃尔辛夫人的冷眼,贝尔告诉瑞特:"现在我才明白海丝特·白兰[1]内心多么凄凉。"

瑞特扬起了眉毛:"海丝特·白兰,贝尔?"

三月像一头狮子一样闯了进来。美国国会解散了佐治亚州议会,这个州成了"三号军事区"。佐治亚州的白人污蔑鲁弗斯·布洛克和他的共和党人是叛徒。

那个寒冷的春夜,亚特兰大躁动不安。联邦哨兵在不可能有人骑马经过的地方听到了马蹄声;狗开始在城市里号叫,然后又像开始时那样毫无征兆地止住了号叫。小朵云从空中快速飘过,从烟囱里冒出的烟被卷向一旁。

来"红帽子"找乐子的先生们变得战战兢兢,就像刚蹭着房子的榆树枝。过去喜欢侃侃而谈的北方佬军官现在也开始讳莫如深,而平时沉默寡言的人则开始吐露些信息。米内特很难把他们留住喝杯白兰地。军官们过来,坐了一会儿,然后就离开了。每当有新客人进来,军官们就围上去,低声问着问题。

那天下午,一名白人妇女在棚户区外遭到袭击,那里住着许多获得自由的黑人。埃洛伊丝听到这个消息时昏倒了,用嗅盐才终于让她苏醒过来。妓女们慌忙打听细节:那个白人女人是被强奸了?还是挨打了?或是死了?

贝尔正在她的卧室里读狄更斯先生的《荒凉山庄》,她客厅里的炉子发出红光,风把火炉烟囱上的锡制匝条吹得咔嗒

---

[1] 霍桑小说《红字》中的女主人公。

作响。

贝尔躲在自己舒适的房间里正读得兴起，突然房前传来一阵骚动。贝尔匆匆忙忙穿上粉红色的长袍，走进客厅，这时她的客人们也走了出来，站在前廊和院子里。一支巡逻队在她的大门外下马。

"抓到他们了吗，鲍勃？"

"没，不过杀了几个。呼哈！"

贝尔从人群中挤到门廊上："到底是怎么回事？别影响邻居们！快回屋里来！你们所有人！"

军官们不理睬她："杀了几个？"

"不知道。他们把尸体拖走了。"

"我们有多少人中枪了？"

"卡拉汉和施密特。施密特被打中了肚子。"

"贾弗里上尉知道他们是谁，他已经埋伏好等着他们了。贝特森上尉出动了巡逻队。这些混蛋这次不会溜走了！"

贝尔耳边呼出一阵热气。"贝尔小姐，你得过来一下。你得马上过来。"麦克白的伤疤在他黝黑的皮肤上显得十分苍白。

贝尔跟着麦克白穿过房子进了马厩。马剧烈奔跑后的刺鼻体味混合着新鲜血液的铜臭味让她觉得反胃。

"我把他们的马藏在了马厩。"麦克白哑着嗓子低声说，"我帮他们擦洗干净了。"

"等等，麦克白！"贝尔说，但麦克白没有停下来。

通往瑞特办公室的楼梯栏杆上沾满了鲜血，贝尔把她的长袍拉起来，不让衣服沾到溅满鲜血的楼梯竖板。她推开办公室的门时，一双双惊恐的眼睛盯着她。

皮蒂帕特的哥哥亨利·汉密尔顿把头埋在双手中。休·埃尔辛继续对梅里韦瑟老人低声说着话。

米德医生正在查看阿什利·威尔克斯肩上的伤口。梅兰妮·威尔克斯的丈夫疼得脸色苍白，躺在躺椅上，瑞特跪在他身旁，把一块血淋淋的布扔进桶里，用干净的布拍了拍伤口。

休·埃尔辛恶狠狠地说："我们想叫黑鬼把他们的黑手从我们的女人身上拿开。"

米德医生从包里找出镊子。"威尔克斯，"医生说，"这会像火烧一样疼。你想咬住一张皮子吗？你可千万不能叫出来。"

阿什利草草点了下头，拒绝了。

那棵大榆树的树枝像扫帚一样拍打着隔板。瑞特抬起头："抱歉，贝尔。我不知道还能把他们带到哪里。北方佬追得很紧。"

"你呢？"贝尔问，"你是和他们一起的，瑞特？"

"我？三K党？"他轻蔑地哼了一声，"我今晚和两个上尉玩扑克，他们喝得太醉管不住嘴了。好像他们一直在盯着这些先生。我们勇敢的三K党人打算骑马穿过棚户区，射杀那些躲得太慢的黑人。北方佬设下了陷阱。

"我骑马去警告他们，但他们已经掉进陷阱了。"瑞特耸耸肩，"于是我在北方佬赶到之前救了他们。柯尔特先生的左轮手枪发出了可爱的声响。他们以为我这边带着一个旅！"

医生的探针让阿什利的身子剧烈抖动着，瑞特用尽全力把他按住。

休·埃尔辛坚持说:"第十四修正案赋予了黑人投票权,却剥夺了每一个参加过南部联军士兵的投票权。我们现在被征服者踩在了脚下。"

瑞特发火了:"要不是为了你们的女人。我会任由你们被绞死。你们以为你们在做什么?"

贝尔的前门砰的一声开了,士兵们冲进窗户下面的院子,唱着小夜曲:"就在战争前,母亲……"

房间变得死一般安静。子弹哐当一声掉进桶里,每个人都跳了起来。瑞特止住阿什利的呻吟。下面,一个北方佬走到拐角处撒尿,一边尿一边哼唱着。

贝尔碰了碰瑞特的手臂:"威尔克斯先生……他会——"

"他会活下来的。老天哪,真是一团糟!在老苏利文家的地下室里还有两个死人。我把他们的长袍塞进了烟囱里。他们自称是'周三晚上的民主党人'。很聪明,是吗?打着这个幌子,他们开会决定需要格外关注哪个傲慢的黑人。"他的脸色阴沉,"这帮傻瓜很可能因为今晚这事被绞死。"

梅里韦瑟爷爷的脸太红了,贝尔担心他的血管会破裂:"给我们几匹马,巴特勒!我们可以付钱。我们今晚就跑,我们跑到得克萨斯去。"

贝尔顾念善良的威尔克斯太太。她问:"就不能说他们在这儿吗?"

瑞特不以为然:"亚特兰大最正经的绅士们会来妓院?"

"我的姑娘们……我手下的妓女会发誓他们整晚都在这里。他们在楼上——你说的是每周三晚上吗？——只找了几个姑娘。周三晚上的民主党人非常谨慎。"

瑞特仔细考虑了一下她的想法，才露出了贝尔从未见过的灿烂笑容。他咯咯地笑了起来："哎呀，老天哪，我的贝尔。人们会怎么说？"

米德医生向外面偷看，然后拉上窗帘。

瑞特向一脸惊恐、走投无路的周三晚上的民主党人做了个手势。"亚特兰大最受人尊敬的市民，老天哪，我的老天。贝尔，你真是既聪明又善良。"他清了清嗓子，"伙计们，我真心希望你们能把这出戏演好。"

米德医生用绷带给阿什利的肩膀包扎完毕，瑞特做了一条吊带，然后给他披上斗篷。瑞特在阿什利苍白的脸颊上轻拍了些纯威士忌。

瑞特镇定自若，就像李将军下达作战命令一样，把每个人在表演中的角色都说了一遍。"威尔克斯，"瑞特说，"如果我们不能让他们信服，你们就统统都会被绞死。北方佬会在你家等着，所以我们必须要喝醉了，要喝得不省人事。埃尔辛，你能演好喝醉的傻瓜吗？我知道你倒是很擅长演清醒的傻瓜。"

瑞特往阿什利的衬衫上泼上威士忌，刺鼻的酒精味盖过了血的味道。

"米德医生？梅里韦瑟先生？你们需要演主角！"

"那我呢？"亨利·汉密尔顿问道。

瑞特想了一会儿才摇摇头："抱歉，亨利。说话的戏份已经分完了。你只能当个舞台监督。"

瑞特和休·埃尔辛扶着阿什利从后面的楼梯走出去，那里，麦克白给他们的马已经上好了鞍。寒冷的空气令阿什利苏醒过来，他不用人扶就上了马。在马鞍上，他危险地摇晃了一下，然后挺直身子说："竭尽全力。"

他们骑马离开后，贝尔把一枚双鹰放在打手的手中："麦克白，你什么都不知道。"

麦克白的目光透露着老成和世故："不知道，女士，我一点儿都不知道肯尼迪太太今天下午受到了惊吓，不知道三K党准备在棚户区放枪，也不知道北方佬伏击了他们。我也没听说巴特勒船长救了这帮三K党。不知道，夫人。我就是个蠢笨的黑鬼。我啥都不知道。"

"你刚才说……肯尼迪夫人？"

"就是那个开锯木厂的肯尼迪夫人。"

"她……受伤了？"

"不，贝尔小姐。两个小偷抓着她不放，不过塔拉的那个黑人，大个子山姆，他杀了一个，又去追另一个了。肯尼迪夫人都吓傻了。"

"只是吓着了？"

"在棚户区，白人女士被吓着，这算是天大的麻烦了。"

三个骑手听着巡逻队的动静，穿行在亚特兰大漆黑的街道和小巷。他们快到阿什利·威尔克斯家时,夜色似乎更浓了。风把尘土卷到马蹄旁。

"唱起来,我的悲剧演员们,唱起来!让北方佬听到我们欢快的声音!"瑞特向后一靠,大声吼出那首谢尔曼讨厌的进行曲:

听到我们欢快的声音,黑人们在叫喊,
我们的军需官发现的火鸡咕咕叫,
红薯从地里长了出来,
我们行进在佐治亚州。

"埃尔辛!该死的!唱啊!"

三个醉汉鬼哭狼嚎地唱着谢尔曼的赞歌,一边嘻嘻哈哈地走到家门口,汤姆·贾弗里上尉和他的手下正等在那里,准备逮捕手上沾满鲜血的三K党人。

在"红帽子",贝尔导演了第二幕。

米德医生试图拒绝他的角色:"要我在……妓院里闹事?我可从没进过妓院!"

"太遗憾了。你现在已经在这里了。或许你宁愿被绞死?"

米德往身上拍了一丁点儿威士忌,亨利·汉密尔顿把他浑身上下淋了个遍,梅里韦瑟爷爷把烟斗装进口袋。敬业的亨利还把他们的衬衣从裤子里扯出来,一把拽掉梅里韦瑟爷爷背心最上面的纽扣，还把米德医生的领子拽歪了。

贝尔双手搭在臀部上，仔细打量着他们："先生们，你们已经进入角色了。我觉得你们很有乔装的天赋。"

不久之后，两个亚特兰大上流公民，显然已经喝得酩酊大醉，跌跌撞撞地闯进贝尔的客厅，他们互相拳打脚踢，但手脚已不听使唤。贝尔大声叫麦克白去把纠察队找来。由于客厅里来了一些据说是搜寻三K党人的军官，大多数客人正纷纷离去，此时米德和梅里韦瑟搅和进来，他们互相用拳头捶，用巴掌扇，骂出的字眼十分难听，即便在"红帽子"也难得一闻。

纠察队看到两个绅士在贝尔的花坛里打成一团。含糊不清的威胁和咒骂的话和低沉的痴笑混在一起无从分辨。

贝尔绞着双手，抗议好好的房子被搞得一团糟，纠察队将闹事的人分开并逮捕了他们。贝尔嘴角挤出几个字，叮嘱麦克白道："你啥都不知道。"

"我是啥都不知道的黑鬼。"麦克白向她保证。

纠察队离开两个小时后，阿奇·弗莱特驾着双轮马车绕到"红帽子"的后院，车上放着他从沙利文家带来的尸体。

"瑞特骗过北方佬了吗？"贝尔焦急地问。

阿奇吐了口唾沫。

贝尔松了一口气，双腿发软："威尔克斯太太的丈夫……他安全吗？"

"我想是的。"

贝尔好奇地看着他："你不喜欢瑞特·巴特勒，对吗？"

"过去我欠了巴特勒的情。现在我听命于威尔克斯太太。"

麦克白和阿奇把两个死人放进了"红帽子"后院的空地上。阿奇在每个人冰冷的右手边放了一支刚发射过的手枪，用威士忌浇在他们冷漠的脸上。他问麦克白："黑鬼，你害怕三K党吗？"

"哦，是的，先生，"麦克白回答，"怕得很。"

"你不用再怕这两个了。"阿奇踢了踢一具尸体，"他们是'绅士'。"

他把空瓶子塞进一个死人的腋窝里。

《亚特兰大日报》报道说两个亚特兰大的绅士醉酒争吵，并开枪打死了对方。这座城市对这个消息震惊之余又津津乐道。

贝尔和她的妓女们被传唤到联邦总部，在那里她们对着《圣经》发誓，疑似三K党人的阿什利·威尔克斯、休·埃尔辛、亨利·汉密尔顿、米德医生和梅里韦瑟爷爷，那天晚上一直待在"红帽子"，和臭名昭著的巴特勒船长饮酒作乐，这是他们周三晚上的习惯。他们自称是周三晚上的民主党人，其实是为了骗过他们的妻子。"他们给我的地方弄得一团糟，而且还抠门儿得很。"贝尔哭诉道。

北方佬军官们已经憋不住笑了出来。这群自甘堕落并连带着他们妻子的名誉一同受损的亚特兰大人就这么戏剧性地走下了神坛。

后来，当北方佬军官的妻子纡尊降贵对周三晚上的民主党人的妻子微笑时,那些骄傲的南方妇女恨不得看着瑞特·巴特勒被绞死。

瑞特·巴特勒改写了这个故事。他把弗兰克·肯尼迪从一个在棚户区遇袭被杀的三K党人,变成了一个寻衅滋事的醉汉,因为一场愚蠢的争斗,死在妓院后面的空地上。在弗兰克的葬礼上,瑞特·巴特勒穿着深蓝色的伦敦西装,拿着一根时髦的马六甲白藤手杖。

"你一定要去吗?"贝尔无精打采地问。

"不去?不去吗,亲爱的?我不是个恶棍吗?阻止了邪恶的北方佬,却让亚特兰大最好的公民变成了伪君子。我当然要去。我准备去欢呼。"

"斯嘉丽小姐会去吗?"

"不然你以为弗兰克悲伤的遗孀会去哪里?"

瑞特的西装翻领上别着一朵红玫瑰。贝尔不知道他是从哪里弄来的。她园子里的玫瑰还是花苞。

"瑞特,你不会是去……不是……又?"

他吻了吻她的额头,像哥哥那样。

葬礼是在那天下午三点举行的,瑞特在那之后就没有回"红帽子"了。那天晚上,贝尔坐在她的梳妆台旁,和镜中那个愚蠢粗俗的女人对视着。一位淑女?她到底在想什么?

米内特把头探进来:"贝尔小姐,亲爱的。今天是发薪日……"

"好的。"贝尔回答。她解开蓝色罗缎连衣裙,裙子落在地板上。她从耳朵上摘下浮雕耳坠,把它们放在一个天鹅绒小袋子里。她在脸颊上搽上胭脂,用艳红唇膏在嘴巴上画上妓女特有的夸张唇妆。

第三十四章

该死的误会

瑞特在英国时,麦克白问贝尔是否可以把一些旧家具存放在瑞特的办公室里。

贝尔皱起眉头:"不行,不可以。巴特勒船长回来后要用办公室。"

麦克白说:"不会。巴特勒船长不会再回这儿了。他回来后会去肯尼迪夫人那里。"

"你真是该死的蠢货。他几年前就对她断了念想了。"

麦克白说:"嗯哼。"

贝尔从塔兹那里收到一张奇怪的纸条。

亲爱的妈妈:

我为你感到高兴——当然,也是为我自己。巴特勒船长邀请我和他的英国朋友一起去布鲁克斯俱乐部庆祝!

你亲爱的儿子

塔兹韦尔

这个令人费解的消息之后是沉默：没有解释，也再没有信寄来。

"肯定有什么该死的误会。"贝尔故作镇定地说道。

北方佬、提包客和前邦联维护者们在"红帽子"保持着礼貌的休战状态，但在这群在贝尔客厅里相互以教名相称的先生们中，有的在为北方佬的巡逻队带路，有的和巡逻队追捕的三K党人骑马同行。

十二月，鲁弗斯·布洛克在"黑与棕"制宪会议[1]上发表了主题演讲。这次大会对佐治亚州的宪法进行了修改。有三十七名黑人代表参加了会议。有史以来第一次，妇女可以以自己的名义拥有财产，黑人男性拥有了选举权。佐治亚州的报纸嘲讽着大会的代表、他们的能力以及言谈举止。

"自命不凡"的黑人和共和党白人感受到了三K党人的不快对他们的冲击。现在只有三K党人和北方佬巡逻队会在夜间骑马外出了。

圣诞节后的第二天，贝尔收到了瑞特的一封信——这是他第一次给她写信。她把信拿进卧室，坐下来，倒了一大杯白兰地，然后把信打开。

---

1 此为民主党白人对1868年北卡罗来纳州宪法的戏称。南方民主党也用此称呼重建期共和党会议签署的其他州宪法。

亲爱的贝尔：

我不能说写信是件容易轻松的事，但我认为你最好从我这里得到这个消息。塔兹现在在新奥尔良，这孩子很好——据我所知，但他气得像只浑身湿透的母鸡。我想我不能怪他。

那封信在贝尔手中被捏得沙沙作响。塔兹，在新奥尔良？

我的银行经理罗布·坎贝尔是苏格兰人，我们刚认识时，他是初级合伙人，现在已经是公司的负责人。我信任他，当我决定终止塔兹的军旅生涯时，我写信向罗布寻求帮助。

塔兹到英格兰后，被带到了罗布的伦敦办事处，塔兹当时还穿着邦联军的军装，罗布问："我们该怎么安置你呢，小伙子？"

"为什么，先生，你要做这些？"

"因为我的朋友瑞特·巴特勒要我照顾你。"

"谢谢您的关心，先生，但我已经欠巴特勒先生太多，不想再给他添麻烦了。"

罗布的裁缝给孩子量了尺寸，但还没等新衣服做好，罗布就把塔兹送去了舒兹伯利公学，罗布也是从那儿毕业的。

我和你说过罗布很聪明吗？塔兹穿着破破烂烂的灰色军装来到那所学校，这身打扮比贵族身份让他更容易被接纳。舒兹伯利公学里贵族的儿子一抓一大把。但当兵上过战场的男孩儿只有他一个。

大约在这个时候，联邦官员出现在罗布的银行，对我的账户提出了无礼的要求。我事先警告过罗布，他已有所准备。

我来到伦敦，罗布在那里正应付着联邦政府。虽然烟雾弥漫，但罗布让我相信不会燃起战火。

我给学校的校长打了电报，可那位先生说塔兹不想见我。我本可以强行和他见面，但我不想再给这孩子徒增烦恼。校长安慰我，塔兹的开端很不错，尤其是在数学和法语方面。他会说克里奥尔语，不过最让我吃惊的还是他在数学方面的天赋。

幸运的是，罗布·坎贝尔很欣赏你的儿子。

贝尔轻声说："他当然会喜欢。谁会不爱我的塔兹呢？"

在第一个学期结束时，罗布邀请塔兹韦尔和坎贝尔一家一起度假。

罗布有一个体态丰腴的妻子和两个女儿，害羞的克莱尔，还有阿曼达——这姑娘长大后一定是个尤物。总之，坎贝尔的家成了塔兹的家，我怀疑罗布希望他和克莱尔的关系能有所发展。

我知道罗布打算在你儿子完成学业后在他的公司里给他找一个职位。

我定期能从罗布那里获得塔兹韦尔的消息，但塔兹韦尔本人从未和我联系过。虽然我更喜欢友好的关系，但只要你儿子需要，我也不是不习惯扮演个恶棍的角色。

塔兹去新奥尔良是因为我。是因为我的行为，是我的错，我真希望这件事没有发生，但我无法再牵着这孩子的手直到他长大成人了。我和罗布·坎贝尔处理完公务，之后我们走到伯灵顿拱廊街[1]想去逛一逛伦敦的高级珠宝商店。萨特丽芙珠宝店为女王做过皇冠，我想斯嘉丽一定会对这家店满意。当我买下

---

[1] 伦敦的一个有盖购物廊。

了罗布所见过的最大最华丽的订婚戒指时,可怜的罗布惊得瞠目结舌。他收起一本正经的做派,向我表示祝贺,并建议三天后在他的俱乐部举行庆祝活动。

我给舒兹伯利去了电报,邀请塔兹去伦敦参加派对,这是我的疏忽之处。或许我的电报言辞模糊,也或许是校长给他传达信息有误。总而言之,亲爱的贝尔,不知怎的,塔兹脑子里想的是我要和你结婚!

贝尔放下信,将酒一饮而尽,自言自语地说:"瑞特·巴特勒和贝尔·沃特林?结婚?我的老天爷!"

布鲁克斯是伦敦一个很古板的俱乐部,罗布的客人是风尘仆仆的金融家,但贝尔,你要为你的儿子骄傲。我很高兴见到他,以为他原谅了我,我们就胡乱聊到了费舍尔堡,像坦博先生和伯恩斯先生[1]一样相互开着玩笑。我告诉他:"你的下士说你这个兵当得比我好。"我们俩都笑了起来。

我们一坐下,侍者就走到旁边,罗布站起身来准备发表祝酒词,但塔兹韦尔打断了我们:"不好意思,先生们。坎贝尔先生,巴特勒先生,各位尊贵的客人……宴会开始之前,我有些心里话想说。"

贝尔,你儿子差点把我感动得落泪了。他进行了一番发自内心的演讲,他谈到了我为他所做的一切,以及他一直以来的感激。他还提到了我的仁慈,慷慨以及——上帝眷顾——我的智慧。

这些身为父亲和祖父的宾客很认同塔兹的孝顺感恩,并为他的动情演讲鼓掌。

---

[1] Tambo&Bones吟游表演团中的一对滑稽角色,坦博拿着小手鼓(tamborine),伯恩斯拿着快板(bones),双方总是互相调侃。

然后罗布举起酒杯:"敬我的朋友瑞特·巴特勒船长和他的未婚妻斯嘉丽·肯尼迪女士。"

塔兹的脸瞬间变得苍白,我以为他要晕倒了。太迟了,我才明白塔兹以为我是打算和你结婚,现在他感觉自己是这世上的头号傻瓜。

成年人害怕羞辱,而年轻人宁愿死也不愿忍受它。我认识几个年轻的傻瓜,为了两美元的赌注,骑着马跳过五英尺高的带尖角的栅栏。

塔兹韦尔一口酒没碰就把酒杯放下,从布鲁克斯跑了出去。

我跟着他,但那该死的雾害我跟丢了。

塔兹韦尔没有回舒兹伯利,我雇了个侦探,他打听到你儿子已经预订了去新奥尔良的票。

所以塔兹回到了他最初的地方,我敢肯定,他现在的心情比当初更悲伤,我只能祈祷至少他能比当初聪明一些。

对不起,贝尔。我无论如何也不该让这种事发生。

你永远的
瑞特

新年前夜,贝尔·沃特林穿上她最漂亮的连衣裙,拿着一瓶香槟和她的账簿去了瑞特·巴特勒办公室。这一年,贝尔形单影只地喝着酒。

第三十五章

黑白混血儿舞会

这年春天,共和党人鲁弗斯·布洛克击败了前南部联军的将军乔治·戈登当选了州长。佐治亚州议会史无前例地出现了黑人议员。

亚特兰大的贵妇们看到肯尼迪的寡妇与大发战争财的黑王子瑞特·巴特勒的订婚——这成了世风日下的又一标志。贵妇们发誓她们决不会原谅巴特勒曾经使用的卑鄙伎俩。周三晚上的民主党人的妻子们收获了北方佬太太们的会心一笑:"男人终归是男人,不是吗,亲爱的?"每一次微笑都像是一记重击。

梅里韦瑟太太十分羡慕斯嘉丽的奢华戒指:"我的老天,我想我从来没见过这么大的钻石。"米德太太深情地回忆起弗兰克·肯尼迪:"哎,真是不敢相信可怜的弗兰克已经走了。"

尤拉莉姨妈写下了"她平生最艰难一封信",恳求斯嘉丽取消婚礼。"请不要再给罗比拉德家丢脸了。"她言辞恳切地说。

斯嘉丽想要个盛大的婚礼，但瑞特考虑之后放弃了这个主意。"为什么要让那些老女人因为拒绝了我们的邀请而扬扬自得呢？"他说。

简单的仪式之后，瑞特和斯嘉丽成了巴特勒先生和夫人。之后，他们在教区首席牧师的宅邸和几个客人喝了些雪莉酒。梅兰妮·威尔克斯很喜欢露丝玛丽·拉瓦内尔蹒跚学步的孩子。"要珍惜这几年的时光，"梅兰妮建议道，"他们很快就会飞得远远的。"

梅兰妮脸上的仁慈触动了露丝玛丽的内心："我的女儿，梅格，在战争中死了，可是我每晚都会为她祈祷。我真傻啊！为一个已经在天堂的孩子祈祷。"

"你一点儿也不傻，"梅兰妮说道，"你的梅格知道你爱她。你感觉不到她在看着你吗？喏，用我的手帕吧。你的路易斯长得多可爱。"

于是，露丝玛丽·拉瓦内尔和梅兰妮·威尔克斯成了朋友。

瑞特租了一节普尔曼车厢[1]，让这辆车载着新婚夫妇去了新奥尔良。当婚礼派对到达火车站时，半个亚特兰大人都被这个奇迹惊呆了：一个特等客车包厢竟被改造成了一个会移动的卧室。世界将要变成什么样子？

瑞特故意把他们当作是来给新娘和新郎道贺的："下午好，梅里韦瑟太太。您能来真是太好了。我很遗憾不能邀请我们的朋

---

[1] 源自创始人George Pullman的名字，列车车厢被改装成豪华的套房。

友来参加我们的婚礼,但是斯嘉丽——你知道她很害羞——坚持不要对外宣扬。

"啊,埃尔辛夫人!你来为我们送行真是太好了。我的好朋友休怎么样?"他眨了眨眼,"我和休那段日子可是没少一起胡闹呢!"

女士们愤愤不平地离开了,斯嘉丽忍住没笑出声来。

五月的一个美丽的下午,瑞特和斯嘉丽·巴特勒志得意满地登上了一辆镶着菲律宾桃花心木护板和绿天鹅绒的火车车厢。水晶制成玫瑰花瓣形状的壁灯灯座发出柔润的光芒,桌布是锦缎的,上面放着冰镇的锡勒里香槟。

当瑞特向他的新娘举起酒杯,斯嘉丽郑重地说:"我从来没有说过我爱你,你知道的。"

瑞特的酒杯停顿了一下:"你挑这个时候和我说这话?斯嘉丽,这时机把握得可真是棒极了。"

"我是你认识的唯一一个会对你讲真话的女人。你经常这么对我说的。"

瑞特懊恼地摇了摇头:"是的,亲爱的,我想我是说过。有时我会说些最该死的话。"

皮埃蒙特山麓暮色降临,列车员点亮灯笼,拉上窗帘,整理了一下床铺,然后随手把门关上了。

"塔拉就在这些山的后面,"斯嘉丽沉思着说,"我还是个小女孩儿的时候,怎么想得到……"

瑞特·巴特勒的手背上长着一层柔软卷曲的毛发。他的手指除了指关节上的皱纹和斯嘉丽的肤色一样白,其他地方都晒得黝黑。他有力的手指温柔地解开一个蝴蝶结或胸衣的搭扣,像一只猫一样在斯嘉丽颤抖的皮肤上轻轻扫过。

早晨,火车飞速地行进在阿拉巴马州的乡间,列车员端来蒸汽腾腾的热水倒进坐浴盆里供斯嘉丽沐浴。

瑞特·巴特勒坐在扶手椅上,抽着雪茄。

"你在看什么?"斯嘉丽想用浴巾遮住双乳。

瑞特笑起来,直到把斯嘉丽也逗笑了,浴巾滑落下来。

他们到新奥尔良后不久就发生了第一次争吵。

"为什么我们不能住在圣查尔斯?"斯嘉丽问道。"这里,"——她对他们的豪华套房有些不屑一顾——"是克里奥尔人住的宾馆。"

"是的,亲爱的。"瑞特按紧袖口上的饰扣,"这就是我们住在这儿的原因。圣查尔斯很符合美国人的胃口。美国人都是伟大的工程师,忙着赚钱或说教的人,但他们不懂得吃。如果你不懂得吃,你就肯定不知道怎么做爱。"

"瑞特!"

他对他的新娘咧嘴一笑:"我真是非常喜欢这种夫妻关系。"

"可这并不意味着我们要把夫妻生活拿到桌面上说。"

"如果食物和爱情是禁止的话题,咱们就只能谈政治了。"瑞特摆出演说家的架势,把左手放在后腰上,"你来说说,巴特勒夫人,佐治亚州能摆脱提包客的控制吗?布洛克州长关心黑人是为了获得他们的选票吗？"

瑞特一个闪身，斯嘉丽的鞋哐当一声砸在了他身后的百叶窗上。

那天晚上，酒店的大厅里挤满了衣着华丽的欧洲旅行者和富有的克里奥尔人。瑞特让门童去叫辆出租车来，斯嘉丽说："瑞特，我还不知道你会说法语。"

"克里奥尔语和法语不完全相同。巴黎人是听不懂这话的。"

门童挺起五英尺二寸的身躯说道："先生，那是因为我们说的才是古老而纯正的法语。巴黎人把一种美丽的语言给糟蹋了。"

瑞特歪着脑袋道："没错，先生[1]。"

每天早晨，瑞特都不屑让旅馆的侍者插手，而会亲自去厨房为斯嘉丽的早餐托盘。斯嘉丽的一天从爱抚、贝奈特饼[2]和她尝过的最苦的黑咖啡开始。

"亲爱的，你嘴角有果酱。"

"舔掉它。"

他们从不在中午前离开酒店房间。

瑞特知道城里的每一家商店，时装裁缝见到他会亲吻他的脸颊，然后和他讲讲老相识的消息。"请讲英语。"瑞特笑着说，

---

[1] 原文为法语。

[2] 一种法式无孔甜甜圈。

"我太太是位佐治亚州的淑女。"

潮流的高腰线设计将斯嘉丽的脖子和上身衬托得更加纤细修长,她一口气买了许多衣服,瑞特把它们装进皮箱里,用船运回家。他们给韦德买了一只圣伯纳德小狗,给小埃拉买了一只珊瑚手镯。虽然斯嘉丽说嬷嬷绝对不会穿,瑞特还是给她的嬷嬷买了一件闪闪发亮的红色衬裙。

慵懒、充满情欲的日子流淌而过。斯嘉丽自少女时代以来,还从没受过如此毫无羞耻的挑逗。尽管已嫁作人妇,但不止一位克里奥尔绅士明确表示,他们不仅对她心生爱慕,也很乐意和她的关系再进一步。瑞特对这些调情并不生气,但从来没有让她单独和其他男人在一起过。

在亚特兰大会被人指指点点的行为,新奥尔良人却睁只眼闭只眼。斯嘉丽可以喝到微醺,可以玩"十一点"[1],也可以肆无忌惮地调情,而亚特兰大妇女只会将此种行为视为通奸。

礼拜日在圣路易大教堂做弥撒时,瑞特俯身低声说了个粗俗的笑话,惹得斯嘉丽强忍住笑,用咳嗽来掩饰。瑞特在本该严肃的时候开着玩笑,在本该嘲笑的时候却严肃起来。他为路易斯安那州提包客把持的立法团拍手叫好,赞扬它通过的每一项愚蠢法令,陶醉于它的腐败堕落,好像疯狂就是事情的自然状态。

斯嘉丽十分喜欢克里奥尔人烹饪的美食。一天下午在安托万饭店吃午饭,斯嘉丽叉起瑞特盘子里最后一片贻贝,瑞特咧嘴

---

[1] 一种纸牌游戏,法语意为"铁轨"。

笑着说:"你如果长得太胖了,我就再找个克里奥尔情妇。"

斯嘉丽叫来侍者:"再来点儿龙虾。"

瑞特伸手到桌子对面,握住她的左手,用大拇指摩挲着斯嘉丽虎口处细细的手纹。

斯嘉丽声音嘶哑地说:"我什么都不需要了。快点,瑞特。我们回酒店吧。"

一天下午,瑞特雇了一辆双人对坐马车载着他们沿着河堤行驶,密西西比河上的桨轮正在和吃水深的轮船交换货物。联邦军在战争前期就占领了新奥尔良,因此这座城市并没有遭到狂轰滥炸,反而成了南方最繁忙的港口。装卸工是爱尔兰移民,很高兴工作十二个小时换得五十美分。他们和筋疲力尽的妻子以及邋遢哭闹的孩子们住在堤坝后面的棚户区里。斯嘉丽听到和父亲杰拉尔德相似的熟悉口音,吓得一把抓住了瑞特的手臂。

"怎么了,亲爱的?"

"答应我,瑞特。哦,答应我,再也不要让我受穷了。"

按照新奥尔良的生活方式,他们很晚吃饭,然后参加舞会——公开的和私人的,盛装的和蒙面的。有时候,他们会在波士顿俱乐部(是以流行的纸牌游戏命名,而并非北方城市)赌博。斯嘉丽了解了伯齐克牌戏的玩法后,她就赢得多输得少了。

一天晚上,斯嘉丽的手气壮得出奇,但瑞特坚持立刻离开。

斯嘉丽忍住怒气,直到他们上了出租车:"我正玩得开心呢!我还赢着钱呢!你就不想让我赚点私房钱吗?"

"亲爱的,钱对你来说很重要,但对我不算什么。"

"你就是想控制我！"

"钱对那些正被你掏空口袋的先生们来说更重要。我了解那些先生。我已经认识他们很多年了。"

斯嘉丽晃晃脑袋："我干吗在乎他们？"

"你不需要，但我必须在乎。既然他们不能对一位女士怎样，他们就一定会挑战她的陪伴人。黎明时分的堤坝太潮湿，我可不想受凉。"

好几个晚上，瑞特外出办事，将斯嘉丽留在酒店，她就试穿新购置的华服。

斯嘉丽的幸福中只出现过一丝小小的阴霾。这个年轻人衣着严肃，不像纨绔子弟，倒更像个高级职员。大厅里人来人往，他要么双臂交叉靠在柱子上，要么坐在俱乐部的椅子上看报纸。他会和门童熟络地聊着天。

他看着人群在圣路易教堂进进出出。他总是光顾固定的几家餐馆。

"那个小伙子是谁？"斯嘉丽低声问道，"他昨晚在波士顿俱乐部。他为什么那么关注我们？"

"不用担心你的安全，亲爱的。"瑞特回答，"他觉得他和我有些过节。"

"什么过节？他是谁？"

"多谢你为我操心，"瑞特说，"说真的，你不必担心。"

"担心你？"斯嘉丽嗤之以鼻，"别傻了。你能照顾好自己。"

尽管如此，这个年轻人仍是一丝阴霾。

重建政府支持下获利的人们正在城外修建宅邸，那里不久前还是蔬菜农场。这个"菜园区"的发展十分迅速，宏伟的新宅邸拔地而起，前面是一条条马路，市政轨道马车的轮毂陷进泥浆里。未完工的宅邸周围是成堆的原木（斯嘉丽觉得这些木材无法和佐治亚的松木相比）。晚上的宁静被木匠锤子的敲击声打断，像啄木鸟一样，直到天黑得看不见才会停止。

巴特勒船长和他美丽的新娘被邀请参加宴会。宴会上，棉花代理商、内河船船主，以及一些其貌不扬的男人混在一起，他们轻浮的笑实在令这对夫妇不忍直视。他们的衣服虽然昂贵，但翻领太宽，裤子太紧。他们喜欢鲜艳的鹦鹉一样的颜色。这些人漫不经心地提到古巴和尼加拉瓜，就好像他们刚从那里过来，明天就要回去似的。他们的女人太年轻，太漂亮，衣着太时髦，从不掩饰她们脸上的无聊。

那些貌不惊人的人总是一副冷漠的表情，但对瑞特比较谦和。

"他们怎么认识你的？"

"我偶尔会和他们做点儿小生意。"

在图罗街的一座大宅里，房子新得斯嘉丽都能闻到墙纸糨糊的味道。一个老妇人自我介绍说："我是托瓦内特·塞维耶。"她的微笑迷人却缺乏诚意："塞维耶是我的娘家姓。我宁愿忘记我那几个丈夫。你是罗比拉德家的，我敢说。你像你妈妈。"

斯嘉丽觉得好像有人踩到了她的坟墓。

托瓦内特·塞维耶的皮肤上长着老年斑，粉红色的头皮在稀疏的白发中闪闪发光。她镶嵌着宝石的戒指、手镯和项链证明了她曾经是一个令人向往的女人。

"很多年前，埃伦和我可是萨凡纳的美女。我认识埃伦的情郎菲利普，对他比对你母亲还要了解。"

菲利普！这个名字被斯嘉丽放逐到了记忆的最深处。斯嘉丽的母亲弥留之际呼唤的正是"菲利普"！

一个仆人给托瓦内特换了一只杯子。她微笑着回忆道："菲利普是一团火焰，越烧越炽热，越烧越明亮，直到吞噬他触及的所有事物——或者我应该说所有人。"

斯嘉丽一个字都不想再听下去。埃伦·奥哈拉是端庄的淑女，最完美的母亲……斯嘉丽努力克制着情绪回答道："我母亲从没提过那个男人。"

"她不会说的。"女人衰老的眼睛似乎能够洞察一切，"天主教徒们各有不同，亲爱的，埃伦·罗比拉德是个赎罪的天主教徒。"

在新奥尔良，斯嘉丽过得十分开心——简直是太开心了。她想念她的锯木厂：买进卖出，打败精明商人的满足感。她也想念阿什利。她想念他的脸，想念他现在那双疲惫可爱的棕色眼睛里已经很少能看见的火花。阿什利·威尔克斯就像塔拉和十二橡树，以及斯嘉丽曾经渴望过的一切！在这种情绪里，她心里一直惦记着阿什利，想不起来自己当初为什么要嫁给瑞特·巴特勒。

斯嘉丽憎恨瑞特的力量。他的拥抱战胜了她的反抗；他的吻赢得了她的欢心。斯嘉丽只是知道瑞特希望她变成一个不像她自己的人：一个忠诚的妻子，顺从到近乎愚蠢。斯嘉丽无法摆脱这种无聊和愤恨交织的情绪。一天早晨，她趁瑞特给她拿早餐时，偷偷翻看了瑞特的文件夹。

其中一些文件是西班牙文的，上面带着印有精致纹饰的蜡封。她还发现了几张提货单——一张是："两个皮箱，由铁路运往亚特兰大国家饭店。小心处理！"还有一张运送的是韦德的圣伯纳德小狗："邮包快递！快运包裹车！"她找到了几张伦敦裁缝皮克和班尼特的账单，一张新奥尔良银行的信用证，上面的金额令她十分惊喜，还有一张两天后金银花舞厅的舞会门票。

一张票。不是两张。

当然，瑞特曾经和别的女人在一起过。他对此毫不掩饰。可是斯嘉丽本以为他们既然已经结婚，她就会令他心满意足。瑞特深夜外出谈生意——什么"生意"会从深夜谈到天亮？斯嘉丽的耳朵开始发烫。她原来一直是个傻瓜！

瑞特给她端来了早饭，斯嘉丽正穿着衬裙站在穿衣镜前。"看看我现在有多胖。"她严肃地说。

他搂住她，她的身体十分僵硬。"我不会再吃任何东西了，再也不会了，不管我有多饿。哦，瑞特，我记得从前男人双手握住我的腰时，都可以摸到他自己的指尖。"当瑞特的指尖差三英寸没能碰在一起时，斯嘉丽放声大哭起来。

那天下午,瑞特又出去谈他神秘的"生意"了。斯嘉丽走到大厅,那个一脸警觉的年轻人向她礼貌地点了个头。门童正忙着招呼北方佬一家上出租车,这家的小男孩趁机一脚踹在他的小腿上。"这个小先生真是活泼啊!啊,夫人,他真是很活泼。"

门童将五分钱的小费揣进兜里,揉了揉脚踝,然后转向斯嘉丽说道:"夫人,阿尔托为您效劳。"

"我想订一张金银花舞厅的票。"

门童笑了,就像刚听了一个不太懂的笑话:"夫人?"

"金银花舞厅?你肯定听说过。"

阿尔托谨慎地承认了他可能听说过那个地方。是在波旁大街,又或者是博拜恩?

斯嘉丽拿出一张钞票:"我知道门票是十美元。"

门童把手背在身后:"对不起,夫人。对不起![1] 我帮不了你。"

那个一脸警惕的年轻人在门口停了下来:"恕我冒昧,夫人。黑白混血儿舞会不欢迎白人女士。"年轻人吹着口哨慢慢走开了。

"什么是,看在上帝的分儿上,'黑白混血儿舞会'?"

门童挤出一个痛苦的微笑:"我不知道,夫人,就算我知道了,也不能说。请原谅,夫人……"接着他转向一位法国老太太,她想知道哪座教堂有十一点的弥撒。

那天晚上,在波士顿俱乐部里,陪在托瓦内特·塞维耶身边的是一个相貌英俊的克里奥尔人,他只有她的一半年纪那么大。

---

1 原文为法语。

"打扰了,夫人……"

"啊,是巴特勒太太。我知道你很喜欢伯齐克牌戏,对吗?"

斯嘉丽不想和她闲聊。"塞维耶夫人,"她问道,"您是个值得尊敬的人吗?"

老妇人咯咯笑起来:"亲爱的,上了年纪自然就值得尊敬了。我比我本人希望的要受人尊敬得多。亨利,亲爱的,给我拿些香槟来。"

"那么您不会知道黑白混血儿舞会。"

她高兴地拍着布满皱纹的双手:"恰恰相反,巴特勒太太。每个女士都知道黑白混血儿舞会,但她们不会甘愿冒着名誉受损的风险承认。"

"您就不怕名誉受损。"

"我亲爱的。我的名声已经比一只旧靴子还黑得彻底。你想知道什么?"

"为什么我不可以买票?"

"因为这个舞会就是为白人先生和黑白混血儿姑娘们搭上关系而举办的。黑种男人和白种女人都不能参加。几个大胆的白人妇女曾经溜进去过——这是一个蒙面舞会,希望能当场抓住她们的丈夫。她们被人发现时,这座城市为此沸沸扬扬了好几个星期。让人津津乐道的丑闻。绝对劲爆。"

瑞特出门后,门童将一个信封送到他们的房间。信封的质量很好,上面歪歪扭扭地写着:"一个朋友的问候。"斯嘉丽在里面找到一张金银花舞厅的票。

瑞特回来后,他疑惑地看着斯嘉丽:"你在忙什么呢,我的小雀鹰?你今天早上兴致不高。现在黄油都不会在你嘴里融化了。[1]"

"哦,瑞特,我不舒服。我今晚不能出去了。"

瑞特怀疑地看着她:"我可不想看着你日渐消瘦。我去安托万饭店买点儿吃的。"

斯嘉丽躺在床上,百叶窗关着,额头上盖着一块冷布,这时瑞特带着她最喜欢的美食回来了:奶油蛤蜊汤、脆皮明虾,还有一只粉白相间的像花盛开一样的龙虾。

"哦,"她说,"我吃不下东西。到这儿来。"她拍了拍床:"坐到我身边来。"

男人真是善于伪装!瑞特的神情几乎可说是……充满关切。他摸了摸她的额头:"五月份这个时节还不会有热病。我要请医生来吗?"

"不用,我亲爱的丈夫。你是我唯一需要的药。"

他摇了摇头:"那么,很抱歉让你失望了。我必须出去几个小时。"

"你要去哪里,亲爱的?"她的声音很轻,语气冷淡。

"你不必操心我去哪儿,我的小可怜。我必须得处理些公务。"瑞特向她俯过身去,他的眼睛闪闪发亮,"你在想什么,亲爱的?你又瞎想了吧?你天使般的面容出卖了你。"

---

[1] 该谚语用来形容人有心事,端着架子。

"我不能和你一起去吗?"

他笑了:"不,亲爱的,你当然不能去。再说,我好像记得,你不是有些不舒服嘛。"

他穿上了裁缝昨天送来的双排扣长礼服,还有他婚礼上戴过的软绸围巾。瑞特弯下腰吻了她的额头。"吃点儿东西。"他说,然后轻轻地关上门离开了。

她把衣柜翻了个底朝天,把不合适的裙子扔在地板上。是的,她的蓝色塔夫绸——瑞特从未见过她穿这件。还有那条新的黑色头纱!她平躺在床上,将胸衣系带抽紧,直到被勒得快要窒息。

她把头发编成辫子盘起来塞在蓝色天鹅绒帽子下面。她那亮片装饰的半罩面具将她的脸遮得严严实实,只露出了眼睛。

载着绅士们的马车停在金银花舞厅外,然后绕过拐角驶向了比恩维尔大街。看门的黑人穿得像个义勇兵,宽松的红色裤子,蓝色短夹克,宽大的红色腰带,一顶土耳其毡帽盖在他巨大的头骨上,像是装甲舰的炮塔。

"晚上好,夫人。您好吗?"[1]

他犹豫了一下才接过斯嘉丽的门票。"您的母亲呢,小姐?"他细细打量着她,"小姐,您是迷路了吗?你可能到来错地方了吧?"

那个神色警惕的年轻人出现了,挽起了斯嘉丽的胳膊:"我

---

1 原文为法语。

看你拿了我的票。"斯嘉丽的陪同用连珠炮一样的克里奥尔语开了个玩笑,看门人笑了起来,鞠了一躬将他们让了进去。

他们走上铺着地毯的宽阔楼梯,斯嘉丽问道:"你跟他说了什么?"

"一个粗俗的笑话。恐怕是以你为对象。"

"你好大的胆!"

他们在夹楼的白色门前停了下来:"巴特勒太太,您想参加黑白混血舞会吗?"

"是的,不过……"

"那么,好吧,夫人……"年轻人为她打开门。金银花舞厅里高高的天花板装饰着精致的石膏飞檐,白色和金色的壁板,帝国风格的家具。高高的窗户外面是锻铁的阳台,绅士们可以在那里抽烟。大厅的一端排列着点心桌。

在房间的另一边,瑞特正在和一个中年黑白混血女人谈话,那个女人穿着一件深棕色的衣服,上衣和领口是浸信会教徒的式样。

斯嘉丽的陪同消失了。

斯嘉丽曾设想会看到什么不好的事情,甚至可能会十分荒唐。唉,这个舞会和体面的舞会没有什么不同,只是舞会主办人是个黑人妇女。

白种男人和年轻姑娘边跳舞边交谈着。阳台两边的靠垫椅是为陪伴姑娘前来的一脸警觉的女性监护人准备的。姑娘们是浅色皮肤,举止得体。

管弦乐队开始演奏《蓝色多瑙河》,这是施特劳斯先生最新创作的广受欢迎的华尔兹舞曲。

"小姐,赏光?"[1]

一位绅士向斯嘉丽鞠了一躬,他看起来比斯嘉丽年轻,但已经过早地秃顶了。

"请讲英语。"她说。

在舞池里,斯嘉丽又回到了无忧无虑的少女时代,把婚姻都抛在了脑后,甚至把瑞特·巴特勒也抛在了脑后!她今晚要纵情开怀——要是她的舞伴舞跳得好一些就更好了。他动作僵硬,总是慢半拍,他不停地道歉:"对不起,小姐。[2]你说英语,是吗?真是对不起!"

最后,蓝色多瑙河奔腾流向大海;她的搭档鞠了一躬,擦了擦额头,清了清嗓子。他目不转睛地望着斯嘉丽左肩的某个地方,列举着他的财产:他在运河街的新房子,他在摩根火车站附近的一个仓库里占有一半股份,在新奥尔良银行有百分之五的股份,还在一艘六百吨载重量的侧明轮船有百分之十的股份。"还有,"——他的脸突然变得通红——"我很忠诚!"

"先生?您为什么要告诉我这些?"

"小姐,我在考虑你。我希望您能赏光考虑我。"他擦了擦满是汗水的脸,"我有这份荣幸认识您的母亲吗?"

---

[1] 原文为法语。

[2] 原文为法语。

"先生，我母亲和天使在一起。"

"你的姨妈，或者，你的表姐……"

"我想尤拉莉姨妈不会相中你的，先生。"

当管弦乐队再次奏响乐曲时，瑞特一把将她带进了舞池。尴尬的气氛逐渐退去。空气中似乎闪烁着微光。

"小姐，"他说，"你跳得真好。"

"你也是，先生。是专门学过吧？"

瑞特咧嘴一笑，那笑容令人目眩："请原谅我打断了你和那位先生之间微妙的谈话……"

"先生？"

"他刚才许下什么条件，我出得都比他多。"

"他拥有一艘汽船百分之十的股份，先生。"

"我拥有六艘汽船的百分之五十。"

"那位先生拥有银行百分之五的股份。"

"我直接拥有两家银行，并且是第三家银行的合伙人。"

"啊，可是先生。这个年轻人说他很忠诚。"

"你觉得我不忠诚吗？"

"先生，您可真会读心。"

瑞特带着她不停地旋转着："在所有婚姻中，忠诚是底线。你忠诚吗，夫人？"

穿着棕色连衣裙的黑白混血女人打断了他们的华尔兹。"你是谁？"她厉声说道，"你叫什么名字？"

瑞特替她回答道："盖耶里夫人，请允许我向您介绍我的妻子巴特勒夫人。"

"这是个体面的舞会,"愤怒的女人说道,"不是场闹剧。"

"我们马上悄悄离开,夫人。这里不会有丑闻。"

她气鼓鼓地退了出去。

瑞特的权威既迷人又可恨。走到门口,斯嘉丽停了一下:"你是在和哪个年轻姑娘'谈生意'?"

瑞特向一个独自坐着的姑娘点点头——她像阿兹特克祭品一样骄傲和顺从。"盖耶里夫人需要我为她侄女索朗热的未来给些建议。我认识盖耶里很多年了。"

阳台上,那个一直在观察他们的年轻人向瑞特和斯嘉丽举杯致意。

"啊,"瑞特说道,"原来是塔兹韦尔在后面搅和。"

祖阿夫士兵打扮的门卫给他们叫了辆出租车。

瑞特把帽子放在座位上。"黑白混血姑娘要攀附白人绅士:一场交易。他们的母亲和对方谈妥条件:他必须要为她买下一所小房子,还得在她的账户里存进一定的金额,并且每生下一个孩子都有奖金。

"索朗热有两个追求者,一个是上了年纪、要求不会太苛刻的绅士,另一个就是和你跳舞的那位先生。我劝她接受那位上了年纪的先生。"

"所以那个失望的追求者转而追求我。"

瑞特笑了起来:"我亲爱的,你百分之十的汽船股份要告吹了。"

在他们的套房里,衣冠楚楚的瑞特·巴特勒看着斯嘉丽慢慢地摘下她的蓝帽子、脱下舞会礼服、长袜和内衣。她散开头发。

"天哪。"瑞特嘶哑地喊道。

斯嘉丽尽情地享受着她诱人的魅力,从头顶到脚趾都处于极度亢奋之中。她没有摘下面具。

第三十六章

沃特林先生的房子

塔兹韦尔·沃特林到达新奥尔良三天后，被一家名叫"J.尼科莱父子"的棉花代理公司雇佣。尼科莱十六岁的儿子弗朗索瓦死于黄热病，尼科莱正安排他的妻子和女儿们搬到气候更宜人的巴吞鲁日[1]去。当塔兹到达这里时，尼科莱的妻子和女儿们已经安顿好，但尼科莱没有离开新奥尔良。

J.尼科莱早就需要一个助手了，既然他未来大部分时间都会在巴吞鲁日，这个需要就变得迫切起来，但一想到这个本该由他儿子顺理成章担任的职务现在要交给其他人，他的心情就非常沮丧，失去了行动的热情。

这天早上，尼科莱姗姗来迟的广告终于出现在《皮卡优恩时报》上，尼科莱爬上楼梯来到他位于格拉维耶大街满是灰尘的办

---

[1] 美国路易斯安那州首府。

公室，楼下就是他的仓库。塔兹韦尔·沃特林在等他。

尼科莱摸索着他的钥匙，塔兹韦尔替他拿着报纸和贝奈特饼。进了办公室，尼科莱挥挥手让塔兹坐在办公桌后面访客的椅子上，桌子上凌乱地堆着货物清单、航运新闻和棉花报告。

"我看了您的广告来应征的，先生。"年轻人说。

尼科莱仓促地登了广告，所以他不能改变主意了："我没想到这么快就有人来了。"

"《皮卡优恩时报》早上六点就会送到各个售卖点。"年轻人回答。

"我明白了。"

"有什么问题吗，先生？"年轻人问道。

尼科莱迅速地眨了眨眼睛。当然有问题。这个年轻人不是他宠爱的弗朗索瓦。他说："没有，没问题。我以后要经常出城，所以我需要一个可靠的助手。一定要可靠！"尼科莱心有不甘地说："大部分年轻人都不可靠；他们抽雪茄、玩扑克，整日游手好闲！"

"我不打牌，先生。"

"我的生意做得不够大，付不起年轻人要求的过高的工资。"

"我的要求很适中。"

"棉花代理是一项复杂的业务，需要好几年才能弄明白。"

"我不会随意承诺我无法完成的事情，先生。不过我保证会努力一试。"

尼科莱展开报纸，只是扫了一眼上面的一行行铅字。他把贝奈特饼放在报纸上。每天早上，他都会一边看航运新闻，一边吃着他的贝奈特饼。"狄德罗饼屋做的贝奈特饼是这城里最好吃的。"

"是的，先生。[1]"

他们继续了一些无关应聘的谈话，听到塔兹地道的克里奥尔语以及他在耶稣会学校学习的经历，尼科莱稍微安心了一些。像大多数天主教徒一样，尼科莱高估了耶稣会学校的校规和学习效果。

"你的家人呢，小沃特林？他们住在新奥尔良吗？"

"我的出身……不太寻常。"塔兹说。

"我明白了。"尼科莱摘下眼镜，在上面哈了一口气，然后用手帕擦了擦。新奥尔良的商业圈子是很看重私人关系的，他想要一个人脉广的年轻人。他的弗朗索瓦就认识很多人。弗朗索瓦在生病的那一个星期受邀加入了科摩斯[2]，那是个很有名气的狂欢节组织。每个人都爱弗朗索瓦。每个人！

"先生，如果我不满足您的……"

尼科莱挥挥手把他的话打断。这个棉花代理商十分精明——尽管内心十分痛苦，他知道自己没法再忍受第二个年轻人的面试，下一个也不会比这个更像弗朗索瓦。"沃特林，你不是我认识的第一个私生子。为了那些善良的耶稣会神父，"——

---

[1] 原文为法语。

[2] 希腊神话中司酒宴之神和庆祝的神，该团体于1856年为新奥尔良的狂欢节而成立，是最古老的节日组织。

尼科莱挤出一个笑——"我决定雇佣你。我一星期给你支付七美元。"

接下来的几周十分忙碌，J.尼科莱教塔兹如何将从克里奥尔种植园主收来的棉花装上船联运到利物浦经纪人的手中。塔兹学会了区分长纤维和短纤维、中等和中等以下的棉花等级，J.尼科莱向他展示了无良商人把劣质、不干净或轧棉不彻底的棉花伪装成高等级棉花的把戏。

每天早上，塔兹都会在他的雇主来之前先到办公室，J.尼科莱下班离开时他还待在那里。在仓库里和大堤上，他紧紧跟在J.尼科莱的身后，向他不停地提问，惹得他和蔼亲切的雇主抱怨道："招了个雇员就等于收了个徒弟。"J.尼科莱有些奇怪，即便塔兹曾受过耶稣会的教育，可是这个年轻人未免太不像个美国人了。

塔兹在一个寄宿公寓租了个房间，那里的走廊散发着碱液肥皂和煮卷心菜的味道。

塔兹终于给贝尔写信了，他对自己的未来进行了一番粉饰。关于他从英国出走的这件事，塔兹只是说："妈妈，是时候让我自己出去闯一闯了。"

贝尔立刻回信说：

亲爱的儿子：

很高兴收到你的信！我很担心你！听到你在新奥尔良有了这么大的成就，我感到特别开心。

"红帽子"的生意很好。提包客和北方佬军官财源滚滚。米内特希望你记得她。塔兹,你能给她寄三磅新奥尔良咖啡吗?

我亲爱的孩子,你怎么会认为瑞特·巴特勒会娶你老妈这样的女人呢?

瑞特一直爱着斯嘉丽·奥哈拉。她嫁给弗兰克·肯尼迪的时候,瑞特就爱着她!为了瑞特,我祝福他们婚姻幸福。

塔兹把贝尔的信揉成一团。瑞特·巴特勒怎么敢不爱他的母亲。他怎么敢!

朱尔斯·诺尔曾经在耶稣会学校向大家宣扬塔兹是私生子,他因此被揍得鼻子流血,现在他受雇于奥林匹克轮船公司。朱尔斯和塔兹重归于好。

这两个年轻人在波士顿俱乐部时,碰巧遇见了度蜜月的巴特勒夫妇。

全场一阵寂静。所有人的目光都转向这对夫妇。

对这对恋人而言其他人仿佛不存在。瑞特充满深意的一瞥,饱含着旁人难以理解的亲密以及私密的玩笑,她眼皮低垂,嘴唇轻轻颤动。这对英俊的丈夫和俏丽的妻子,令不忠的丈夫想起他们的妻子曾经多么可爱,情场老手回忆起他们天真的初恋。

他父亲的新娘是塔兹见过的最可爱的女人,然而他恨她。他恨她的优雅;他恨斯嘉丽不是贝尔。

他父亲的新娘知道他有个儿子吗?瑞特·巴特勒有没有特意提起他的私生子?

塔兹跟着他们。他找到了在圣路易酒店和波士顿俱乐部消磨时间的理由。塔兹的工作懈怠了，缩短了克里奥尔种植园主习惯的冗长礼节。

塔兹韦尔·沃特林不知道他在做什么，也不知道他想要什么。

他想让瑞特承认他吗？向他解释为什么没有娶贝尔？塔兹心中充满怨恨。

瑞特·巴特勒从他身边经过时对他点头微笑，好像他和塔兹只是关系疏远的熟人似的。

虽然J.尼科莱从来没有和巴特勒船长做过生意，可他知道他是谁。大家都认识巴特勒船长。"巴特勒是个严肃的人，小沃特林。你怎么对他这么有兴趣？"

对尼科莱来说，塔兹含糊其词的回答即是对二人父子关系的承认。所以J.尼科莱告诉了他巴特勒船长在古巴和中美洲的故事。"我不怀疑他希望看到古巴人从西班牙暴君手中解放出来，但"——尼科莱轻哼了一声——"巴特勒对西班牙的黄金也并不是毫不动心。当然他那时候还很年轻。没比你现在大多少。"

"他……他结过婚吗？"

尼科莱耸耸肩："巴特勒包养过一个克里奥尔女孩。盖耶里家族的。她很漂亮。"

"叫……贝尔？"

"她叫迪迪。他离开时，迪迪因为打掉巴特勒的孩子死了。他不知道她怀了他的孩子。巴特勒悲痛欲绝。在他们的哀悼中，巴特勒和盖耶里一家的关系变得更亲密了。"

"即便现在，"J.尼科莱说，"盖耶里家也会请巴特勒去黑白混血儿舞会，对一件棘手的事情帮忙拿个主意。"

怨恨是一道五味杂陈的佳肴。塔兹韦尔感到愤怒、羞愧，同时因为兴奋头脑发昏，他期待着巴特勒太太会有什么反应，于是他陪着巴特勒太太去了黑白混血儿舞会。

第二天早上，当塔兹到达时，J.尼科莱已经在办公室了。

塔兹说了声："早上好，先生。"尼科莱没有停止在他的账本上写写画画。

"先生……"

J.尼科莱啪的一声合上账本："你工作很努力，生意也熟悉得差不多了。我计划今年夏天让你来接手。我在巴吞鲁日的时候，你就负责安排J.尼科莱公司棉花的运输，或者制造些丑闻？"

塔兹韦尔·沃特林将他的订货簿放在雇主的桌子上。"我是个傻瓜，先生。我对昨晚的所作所为感到非常后悔，我辜负了您的信任。截止到昨天的订单已经完成了。"年轻人戴上帽子，"先生，我对您的善心感激不尽。"

疑云笼罩在尼科莱的脸上："感谢不花费一分钱。"

"先生？"

"我的家人在巴吞鲁日生活很惬意，我也非常想念她们。"J.尼科莱晃动着一根手指警告说，"年轻的沃特林先生，我会时不时地不打招呼就回来看看你是在运送棉花还是在制造丑闻。为了我的家人，我会给你这个机会。仅此一次！"

然而J.尼科莱六月离开新奥尔良，直到十月才回来。

新奥尔良的商人十分害怕"流行病"这个字眼，并十分痛恨这个词见诸报端。六月二十二日，《新月报》称："黄热病在新奥尔良已经成为一种过时的概念。"虽然七月四日有四十人死于黄热病，但《皮卡优恩时报》仍然否认这种病开始流行。直到富有的托瓦内特·塞维耶在波士顿俱乐部吐血晕倒后，流行病才最终被承认，那些有能力逃离城市的人已经开始纷纷离开。

到七月底，圣梅森慈善医院和图罗医院已经人满为患。病人被送到孤儿院、精神病院和公共舞厅救治。送葬的队伍挤满了街道，棺材堆放在墓地里，摞得有一人多高，因为人手不足无法下葬。

新奥尔良散发着死亡的恶臭。

塔兹韦尔·沃特林在这个城市出生和长大，和死亡人数已经达到数百人的贫穷的爱尔兰移民相比，他对这种疾病有更强的抵抗力。

规模大一些的棉花代理公司已经歇业，英国的货船停靠在离港口很远的海峡中，防止返航后被送去"黄热病"隔离区。棉花卖家用小船将棉花运到大船上。

塔兹韦尔·沃特林从黎明到日暮都在河上装运货物。J.尼科莱给他来了一封洋洋洒洒、充满关切的电报，他只是简单地答复了他。八月第一周死亡九百六十人。第二周一千二百八十八人。

作为唯一还开门营业的棉花买家，年轻的沃特林本可以利用卖家要带家人出城急需用钱的心理趁机压价。然而塔兹耸耸肩依然按照正常的价格支付："这种艰难时刻我们必须要互相帮助,对吗,先生?"

天气逐渐转凉,疫情开始消退,那些劫后余生的人感觉自己像是经历过战争的老兵。大棉花行重新开张,许多在疫情期间与沃特林先生做过生意的人,现在也继续与他做生意。J.尼科莱的利润急剧增加。

塔兹韦尔在一个容易说谎的年纪赢得了诚实人的名声。塔兹韦尔与民主党人和共和党人做生意,并且从不对自己的政治观点表态。他的人脉很广。很多新奥尔良人都断定巴特勒船长就是塔兹韦尔·沃特林的父亲,但因为塔兹从来没有谈论过他的出身,所以这样的论调从没传到他的耳朵里。

他成了时髦的城里人。塔兹韦尔总是慷慨地为大家买酒,而朱尔斯·诺尔则常开玩笑向他要一支雪茄,接着便给周围每人递了一只,直到塔兹的雪茄盒子都空了。塔兹经常光顾妓院,但没有钟爱的姑娘。他曾经获得了几位妈妈的暗示,但他后来再也没有参加过黑白混血儿舞会。塔兹韦尔的赌友们向他借钱希望能帮助他们渡过难关,塔兹借口说他把钱寄给了母亲。

塔兹在公司工作三年后,J.尼科莱让他成了合伙人:"生意交给你全权负责,我只抽一半的利润,可以吗?"

朱尔斯·诺尔是科摩斯的神秘克鲁[1]的中尉,这是狂欢节最古老的游行组织团体。朱尔斯邀请塔兹加入。

---

[1] 克鲁(Krewe)是组织和筹划狂欢节游行的团体,克鲁的成员不仅要参加游行,还要在狂欢节期举行舞会和其他盛大活动。该词与新奥尔良的上流社会联系在一起。"神秘克鲁"(Mystick Krewe)成立于1857年,是第一个狂欢节群体。

"但是朱尔斯，"塔兹说，"我是个私生子。"

朱尔斯很困惑："那有什么关系？"

塔兹韦尔·沃特林回到新奥尔良的四年后，他在老区的皇室大街买了一栋石头房子。

一些晚上塔兹韦尔·沃特林会记录一下当天做过的事，他回到没有家具的家里，坐在客厅的地板上，冲着花园的法式门敞开着。

他家L形厨房看起来很别扭，客厅也很小，不过二层有两个卧室——其中一间有单独的入口。

他的花园里种着几棵欧椴树、一棵鸡蛋花和一棵棕榈树。空气中弥漫着花香。

塔兹韦尔坐着听皇室大街上微弱的马蹄声。属于他的月亮爬到了花园的欧椴树上。

第二天清晨，塔兹韦尔在信中写道："亲爱的妈妈，我希望您能来新奥尔良探望我。我要给你一个大惊喜。"

第三十七章

愚蠢的笑话

亚特兰大一个凉爽的早晨,农商银行外,瑞特从一对在农用马车上卖苹果的老夫妇身旁经过。那个男人用抑扬顿挫的声调喊着:"苹果啊,我的苹果耐放。用来榨果汁,饭后来一杯,管饱香又甜!用来做馅饼和脆皮饼。黄色、红色、花纹苹果!苹果,快来买苹果咯!"

那个男人的邦联大衣上打着整齐的补丁;他妻子的外衣是用毯子缝的。猜不出他们的年龄。女人的牙齿掉光了,男人所剩无几的牙齿被烟渍染黄。他的帽子可能曾经是顶军帽,颜色介于棕色和绿色之间。妻子跪在马车的后部,把苹果从一个桶捡到另一个桶,她的动作很轻,避免把果子碰坏。

"这里,先生,"男人喊道,"花一美分买个苹果吧?带几个回家给老婆和小孩子。"

女人用一双清澈的蓝眼睛望着瑞特说:"吉米,也许这位先生既没有老婆,也没小孩子。或许他买了苹果没人送。"

那个男人沉下脸:"买了苹果没人送?老天啊!我们这是生活在什么样的世界,萨莉·琼。这都是什么世道啊!"

瑞特笑着买了一配克[1]的伊索珀斯·斯皮茨恩博格苹果[2],因为他喜欢这个名字。

女人一边把苹果装进麻袋,一边问瑞特有没有孩子。

"三个。"

"他们都叫啥?"

"韦德·汉普顿下个月就九岁了,埃拉——我想想——她四岁了,我的邦妮·布鲁一岁八个月零四天了。"

"她是您最宠爱的?您想到她的时候看起来很开心。"

"她是我亲生的。她很漂亮。"

"肯定漂亮。"女人伸手从一个小木桶里掏出三个大大的黄苹果,"这些熏制房苹果[3]对大人来说太甜了。但孩子们总是吃不够。"她一边用报纸将每个苹果包起来,一边说:"这个给韦德·汉普顿,这个给埃拉,我想这个大一些的正适合你的邦妮·布鲁小姐。不,给孩子们的不要钱。"

她把送给孩子们的苹果放在最上面,把苹果袋子扎上口,瑞特问道:"你结婚多久了?"

---

1 容量单位,等于2加仑。
2 一种美国产的冬季苹果。
3 美国本土的一个苹果品种,该品种于19世纪30年代在宾夕法尼亚的兰卡斯特县一户人家的熏制房旁被发现,故此得名。

"多久了,萨莉·琼?"那人咧嘴笑了,"差不多一辈子了。"他跳着舞躲开了女人的追打。

老人继续说:"我想我都不记得没结婚的那段日子了。哎,现在的日子过得真伤感。这个女人真是麻烦得很啊。"

这一次,她终于抓住他狠狠修理了一番,男人的幽默和女人充满活力的回应逗得大家都开心地笑了起来。

男人止住了笑又补充道:"当初我的萨莉想要什么样的男人可是随便挑。哦,男孩儿们围在她身旁,就像蜜蜂围着苹果汁一样。可是萨莉却碰巧遇上了我。爱情就是这么碰巧。你每天都有机会碰到它。"

瑞特把麻袋系在马鞍后面,骑上马,沿着米切尔大街慢跑。他和斯嘉丽住在桃树大街的一幢历史建筑里。他们去金伯尔酒店吃一顿晚饭花的钱比这对老夫妇一周的收入还多。他们是亚特兰大的重要人物,甚至布洛克州长都会亲自登门拜访。

但是瑞特和斯嘉丽从来没有分享过一个愚蠢的笑话。从来没有。

她从来没有说过她爱他。他清楚她的回答是什么,因此也从来没有问过。

有时,瑞特觉得自己就像一个从悬崖上掉下来的人,无法控制身体不断下坠,也无法阻止这场灾难。虽然他和斯嘉丽结婚还不满三年,但和卖苹果的那对夫妇一样,瑞特也记不起他们没结婚时的那段日子了。他和斯嘉丽的争吵比回忆中他和其他女人的拥抱更加真实。

他爱她，不能离开她。瑞特的妻子却认为她自己爱着阿什利·威尔克斯。她要的东西瑞特会为她买下。她的马车用樱桃木贴面装饰。她相中的长裙或首饰一定会成为她的。

有时他鄙视自己。他以为这样就能收买她吗？也许在斯嘉丽开心过后，在她终于拥有了她想要的一切之后，她将会敞开心扉。

她热爱她的锯木厂，因为她是个精明的女商人。她热爱她的锯木厂，因为她可以和她的经理阿什利·威尔克斯待在一起。她今天和阿什利在工厂里。回来的时候，她的眼神中充满着疏离感。

有时，瑞特真后悔没有让北方佬绞死那个男人。

巴特勒的家昏暗而奢华，雕花的木质护墙板，笨重的家具，从天花板一直垂到地板上的窗帘，煤气灯彻夜通明。

他把麻袋递给嬷嬷，告诉她等邦妮午睡醒来后，就把这些包好的苹果发给孩子们。

"瑞特先生，这些是熏制房苹果——孩子们肯定喜欢的。"嬷嬷说，"它们太甜了，我感觉我现在牙齿都有些疼了。"

他迈着轻快的步伐走上楼梯，转身进了育婴室。他把手指放在嘴唇上，让其他孩子不要吵醒邦妮。他轻轻地把被子向上拉到她下巴的位置。她的睫毛又细又密，像一层薄纱，那是世界上最娇嫩的东西。不知怎的，一滴眼泪湿润了他的眼睛。韦德拉着他的袖子，埃拉无声地催促他坐下。他坐了下来，她则蜷缩在他的腿上。为什么孩子闻起来和成年人的味道不一样？

韦德拿出一样东西给他看——一块深灰色的石头,他一舔就奇妙地变成了红色。

斯嘉丽走了进来,她只扫一眼就能洞察一切。她眼睛里又流露出那种神色。"我想和你谈谈。"她大步走进他们的卧室。韦德默默地把他那块神奇的石头放回了口袋里。瑞特把埃拉从身上放下来,揉了揉她的头发。

他随手关上了她卧室的门:"瑞特,我决定不再要孩子了。我觉得三个足够了。"

主啊,她可真漂亮。美丽而盲目。假如阿什利·威尔克斯真娶了她,假如她的梦想都实现了,她就不会渴望这些了。只有那些遥不可及的东西才能令她满足。

"三个或许是不少了。"他说。

她脸红了:"你知道我的意思……"

该死的,她真是个傻瓜!他们本可以很快乐。不,不仅仅是快乐。还有更多的……

"我每天晚上都会锁门。"

"干吗多此一举?如果我想要你,什么锁都没法阻止我进来。"

他离开她,又回到育婴室,埃拉微笑着迎接他。微笑。

再过一会儿,他亲爱的邦妮就会醒来,他们几个将会一起下楼去厨房吃苹果,也许他们可以分享一个愚蠢的笑话。

第三十八章

白色长袍

露丝玛丽·海恩斯·拉瓦内尔颤抖着站在她屋子前门的台阶上。她用愤怒的手指整理好屠夫纸包裹，好像重新把这东西包起来就能让事情恢复正常。露丝玛丽面无表情，只有嘴角微微抽动。可能有人正在看着。可能有人看到她打开了包裹。那个在人行道上漫步的绅士碰了碰他的帽檐。那个骑马的人目不斜视地走了过去。街对面二层窗户上的窗帘——是不是动了一下？管他们的！哦，让他们统统见鬼去吧！

她将这个包裹拿回家里——她的家，里面装着三码[1]廉价的白色棉布、一条挎在胸前的红色缎带，还有一张印得很粗糙的字条："亲爱的小姐，请将这些制成一件三K党的长袍和面罩。做大一点儿！"

---

[1] 英制中丈量长度单位，1码等于3英尺。

那天是圣诞节。露丝玛丽将客厅里的冬青树挂上了欢快的绿色和红色彩带。宾客休息室门上的杜松花环散发着令人愉悦的清新味道。

在她家里面！

露丝玛丽把包裹扔在地上。"他们怎么这么大胆！"她低声说。她的呼吸急促，像只困在陷阱里的麻雀。他们怎么这么大胆！

南方荣誉是什么时候消亡的？皮克特冲锋[1]的时候，还是富兰克林战役[2]之后？所有可敬的人都死了吗？

露丝玛丽觉得她可能是病了。

现在的南方荣誉已经沦落为：一个恶棍打算穿着由他们组织的领导的妻子缝制的三K党的长袍，那套杀人者的装束，在同伴中树立威风。

因为这段时间事情一直都是如此，这么做那些正派的公民就可以否认夜间那股骑马穿行在街道中的恐怖力量。"哦不，先生。我对三K党一无所知。是的，我是缝了一件和你描述类似的长袍，但我不知道是谁提供的布料，也不知道谁会穿它。我缝好袍子后，就把它放在门阶上，到了早晨就不见了。

"我实在不清楚那些针对黑人的谋杀、鞭打和殴打，也不知道什么共和党白人。你说黑人妇女被强奸？我对那些躲在树林里的黑人不了解，也不知道他们的棚屋被烧个精光，关于男人，

---

[1] 指葛底斯堡战役最后一天（1863年7月3日），南方联军向驻扎于此的联邦军中路发起的冲锋。此次战斗以南方联军乔治·皮克特少将命名，本次战斗中南方士兵死伤过半。

[2] 1864年11月30日，在田纳西的富兰克林县发生的战役，以南方联军的惨败而告终。

啊是的，还有女人被拖出家门，再也寻不到人了，我真的不清楚这事儿。我丈夫？安德鲁经常外出，有时一连几个星期不回家。但妻子肯定不该质疑丈夫去了哪里。你说我丈夫在三K党中地位很高？安德鲁从来没有跟我提过关于三K党的任何事情。"

查尔斯顿的报纸对据称是三K党的团体进行了报道，并斥责共和党人夸大了该组织的影响力。

前几天晚上，几位市民拜访了威廉·钱皮恩的家，显然他们不赞成他煽动黑人叛乱的行为。钱皮恩先生将不会再出现在卡罗来纳州。

车站站台上的尸体被确认是参议员亚瑟·德博斯，激进的黑人立法代表。尽管乘客们在等待午班列车的到来，但没有人能认出袭击德博斯的那些暴徒，他们没有受到任何阻挠乘车离开了。

安德鲁在低地地区的时候，经常住在康格里斯·海恩斯修建的钓鱼营地。有时候，露丝玛丽在他离开之后才知道他曾去过那里。

偶尔，她会一大早就被安德鲁从她卧室门口走过的脚步声惊醒。

安德鲁变得形销骨立，好像长高了一样。他干枯的手腕像两条编织的麻绳。露丝玛丽和她丈夫说话时，他总是躲躲闪闪，似乎对她冒失的行为感到惊讶。他回答着她关于海恩斯父子公司遇到的难题，那语气就好像那家公司是陌生人开的。

十一月的一个早晨，露丝玛丽下楼时发现脱靴器旁放着丈夫的马靴，那是他昨晚脱下来的。鞋面被溅上了一些黑色的血点，脚趾的位置黏着已经干涸的血渍。露丝玛丽拿起鞋子，努力让它们离自己的身体远远的，走上楼把它们放在丈夫卧室的门外。

露丝玛丽所了解的丈夫的活动，大部分都是在查尔斯顿市场上听说的。

"我知道你丈夫一直在约克县，拉瓦内尔太太。请告诉上校，每个正派的白人女人都感谢他！"

"拉瓦内尔太太，我乡下的表妹非常害怕黑鬼们会把她杀死在床上。森特维尔的约瑟夫·伦道夫。请一定向您丈夫提起伦道夫太太。"

"我昨天在河边的公路上看见了你丈夫，和阿奇·弗莱特还有乔西·沃特林在一起。我得说他们的表情看起来很沉重。"

那些露丝玛丽从小就认识的卖鱼和卖农货的黑人小贩现在都不愿和她对视。

当安德鲁再次劝说杰米·费希尔加入时，杰米对他曾经的上校说："我曾经跟随你走到地狱大门口，可是这次我不会跟你加入三K党。"

安德鲁指责杰米是个贪财的旅店老板。

"说真的，"杰米后来对她说，"我真不知该说些什么。于是，我试着讲了个笑话。我跟安德鲁说，穿裙子不脸红的只有苏格兰人和牧师。我觉得安德鲁差点就想把我揍趴下。"

现在，露丝玛丽走到厨房烧水做燕麦粥。做好之后，她把它放在银托盘上端上楼去。她的儿子路易斯·瓦伦丁的婴儿床放在他外祖母的卧室里。有时，伊丽莎白·巴特勒照顾男孩，有时男孩照顾他的外婆；他们是玩伴。

这孩子脾气温和，或许是因为过早地了解了成人世界的缘故。他整天坐着听外婆讲耶稣的故事，但当她讲到旧约中那些先知的艰难经历时，路易斯·瓦伦丁的小脸就会显得很不高兴。他说："我不喜欢听上帝不仁慈时的故事！"

露丝玛丽和安德鲁在凄凉的战后岁月成婚以后。安德鲁·拉瓦内尔想要一个儿子，他们的性爱虽然也有温存，但总让人有种紧迫感。路易斯·瓦伦丁出生后，安德鲁再没了兴趣，好像他的唯一要求就是孩子活着生下来。

路易斯·瓦伦丁出生后安德鲁对他不闻不问。他似乎已经忘了自己有个儿子。

露丝玛丽放下托盘，伊丽莎白·巴特勒正在让外孙说出智者[1]的名字。

"梅尔基奥。"瓦伦丁自信地答道。"巴尔……"他摇摇头，为自己的失败而懊恼。

"巴尔萨扎尔？"伊丽莎白提示道。

"是的，外婆。还有卡斯帕，哈！"瓦伦丁跑去吻了他的母亲，"早上好，妈妈。妈妈？妈妈，你很难过吗？"

---

[1] 指来自东方，朝拜刚出生的耶稣的三个贤士。

"没事,亲爱的。妈妈今天早上是有些难过。不过不是因为你。妈妈绝不会因为你不开心的!"

伊丽莎白说:"智者来自东方!"她继续道:"以赛亚·沃特林认为他们是中国人!"

路易斯·瓦伦丁仔细地考虑了这个结论:"中国人不是住在这个世界的另一面吗?"

"是的,亲爱的。"

"那他们为什么不会掉下去?"

"因为上帝爱他们,亲爱的。上帝爱他所有的孩子。"

露丝玛丽在饭桌上摆了两套餐具,低下头来听路易斯·瓦伦丁做饭前祷告。她把他们的夜壶拿到楼下卫生间,把它倒空洗干净。

接着,她把自己温热、有些凝固的燕麦粥端到家庭会客室,那里放着一只银色的箱子,里面保存着梅兰妮·威尔克斯的珍贵信件。如果没有那些信,露丝玛丽觉得自己可能会疯掉。

最亲爱的露丝玛丽:

请原谅我的轻率,我希望你明白,这件事我没法向别人说,只好向你倾诉。如果没有你来安慰我,我真不知道我会做什么。我是不是应该把掩饰抛到一边,大声说出真相?

我挚爱的丈夫阿什利一直对我最亲爱的朋友斯嘉丽很着迷。我本来希望你哥哥能医治斯嘉丽对阿什利的思恋,可是她——我最爱的朋友——对我丈夫的渴望竟如此毫不掩饰,有时我不得不把目光移开。有时候,斯嘉丽带着那

种特别沉醉的表情时，我会问她："亲爱的斯嘉丽，你在想什么？"她会回答说她在想着花园、孩子、政治，或者其他一些事情，要知道她脑袋里从来不会装着花园、孩子或者政治这些事情。我假装相信她，因为，亲爱的露丝玛丽，我必须要假装。

我们，我们所有人，都被爱所禁锢。

当我还是个女孩的时候，我认为爱情就像花香萦绕在身旁。现在我觉得爱情更像是酒鬼对酒的渴求。酒鬼清楚他的欲望会摧毁一切对他来说珍贵的东西。他清楚第二天自己会鄙视自己，但他无法戒掉！

亲爱的露丝玛丽，斯嘉丽认为她和我丈夫独处的时间少得可怜是因为运气不佳，我得承认那是我故意为之：如果我像酒鬼一样能够拿上一瓶白兰地，我真乐得让他们待在一起！

每次斯嘉丽去过阿什利的锯木厂之后，我丈夫晚上回家就像换了个人似的。即便是他高兴地吻我的时候，可怜的阿什利不安的眼睛都在呐喊着，他宁愿和另一个人在一起。

你哥哥正说服斯嘉丽把锯木厂卖给阿什利，这样他们就没有理由在一起了！

我不敢再冒险怀孕了。米德医生发出了最严重的警告。因此，我和阿什利不能享受那种夫妻间的亲密关系。我好想阿什利！

既然瑞特和斯嘉丽的幸福和我的幸福交织在一起，我真希望我能给他们的婚姻描绘一个幸福的未来。瑞特不是不忠的人，斯嘉丽也不是，但他们两个都风流，所以都不满足。出现分歧时他们没有去解决问题，误解被压在心头；他们相互之间保持着界限，却没想过给对方留个空间；上个月，斯嘉丽最亲近的老嬷嬷（以她一贯偷偷摸摸的方式）向我吐露他们两个已经开始分床睡了。

斯嘉丽和亚特兰大的提包客走得很近，因而在街上遭到体面的人白眼。

好像为了刺激米德夫人和埃尔辛夫人，斯嘉丽经常招待布洛克州长和他的亲信珀伊尔、金博尔和布洛杰特。瑞特像躲避瘟疫一样对这类聚会拒不参加。

哦！露丝玛丽，瑞特和斯嘉丽是我最亲近的人！如果没有你哥哥在那个可怕的晚上把我们送出亚特兰大……后来又赶上时局艰难，如果斯嘉丽不是塔拉的女主人，我想我的儿子博还有我都无法活下来。

斯嘉丽和瑞特与你我不同。他们走到哪里都会成为焦点。他们渴望获得凡夫俗子的顺从。

示巴女王去朝觐所罗门王时[1]，她带着浩浩荡荡的一队人马：士兵、维齐[2]和侍女。她的马披着金子和珍贵的红宝石制成的饰物。在耶路撒冷的城门口，所罗门的卫兵站在一边让他们通过。

女王想要向所罗门问几个她一生都在思考的问题，这些问题就连她身边最有学问的人也无法回答。

她第一天没有去找他，第二天也没有。只有一些下级官员忙前忙后；所罗门举行了一个欢迎宴会，所罗门坐在桌子上首，示巴女王坐在另一端。

她是一个很强势的女王，她渴望听众。所罗门穿着和她一样华丽的长袍，他很英俊。宫中佳丽无数，其中有许多比她更年轻美丽。

示巴问了他一个问题，所罗门回答出来。于是她又问了一个，他又回答了出来。他回答了她所有的问题。

《圣经》上写道："她诧异得神不守舍。"他回答出了她所提出的全部问题，权力和财富于她有何作用？

她一定恨他入骨。

瑞特和斯嘉丽之间的联系——这是他们唯一一件有共识的事——是他们

---

1 该典故出自《圣经·列王纪上》。

2 旧时某些伊斯兰国家对高官的称呼。

的女儿邦妮，他们愿意为她分出精力。恐怕瑞特要把邦妮宠坏了。他去哪里都带着她。她真是个迷人的小家伙！

小邦妮创造了一个奇迹。她让瑞特·巴特勒——你千万别笑——变得可敬了！

当瑞特得知巴特勒家的孩子们没有被邀请参加儿童聚会，是因为社会不赞同他们父母的做法，他立即着手改变人们的看法。只要你哥打定主意，他可以哄着灰熊乖乖地把毛皮扒下来！邦联的孤儿和寡妇需要帮助吗？"一百元足够吗？"

有名望的邦联政府官员——甚至福雷斯特将军本人！——亲自来到亚特兰大，帮助瑞特在南方挽回名声。他和提包客们刻意保持距离，甚至对他的老朋友鲁弗斯·布洛克也是如此。

六个月前对你哥哥横眉冷对的那些太太现在都极力奉承他，韦德、埃拉和小邦妮·布鲁参加了每一次儿童晚会！

我祈祷瑞特和斯嘉丽能回归幸福。我祈祷小孩子可以牵引着他们……[1]

我为你和小路易斯·瓦伦丁祈祷。

你的朋友

梅丽

那天下午，露丝玛丽带着母亲和儿子从教堂街四十六号来到东湾客栈。

联邦军舰仍然停泊在查尔斯顿港，海滨栈道上身穿蓝军装

---

[1] 典出《圣经·以赛亚书》第11章第6节，原文意思是描述在弥赛亚重建的国家，人与猛兽和谐相处，一片祥和的景象。此处梅兰妮希望瑞特和斯嘉丽的女儿能够让二人重归于好。

的水手比平民还要多。

运货轮船轻快地航行在海岸附近。与海上的繁荣景象相比，海恩斯父子公司废弃的码头显得有些格格不入。

东湾客栈
杰米·费希尔，朱丽叶·拉瓦内尔小姐，独家经营

朴素的黑绿色标志很容易被行色匆匆或品味庸俗的旅客忽视。客栈看起来一尘不染。

费希尔家这所联排别墅黄铜制的大门被擦得像镜子一样明亮。前厅里装饰着圣诞节花环和冬青树。宾客休息室入口的上方挂着一枝槲寄生。

"亲爱的露丝玛丽！"朱丽叶用毛巾擦了擦手。

"朱丽叶，真高兴见到你。我们好久没见了，都快变成陌生人了。"

朱丽叶笔直地站着，花白的头发在脑后盘成一个紧紧的发髻，已衰老成一副老妇人的模样。她身上那件制作精巧的连衣裙对她来说样式太过年轻。

"圣诞快乐，朱丽叶。"露丝玛丽吻着她的脸颊说，"我也不想和你疏远。"

朱丽叶彬彬有礼的微笑有了一点儿热情："我哥哥是个鲁莽的傻瓜。我帮你把外套挂起来吧？哦，这是路易斯·瓦伦丁吧。路易斯·瓦伦丁，你都长成个大小伙子了。"

不管自己是不是个大小伙子，路易斯·瓦伦丁躲到了外祖母的身后。

"巴特勒太太，圣诞快乐。见到您真高兴。路易斯·瓦伦丁，客厅有几个小朋友，还有一棵超级漂亮的圣诞树！杰克逊上尉的女儿叫琼。那个金头发的女孩叫萨莉。"

听到这话，瓦伦丁立刻卸下防备，快速跑到另一个房间，只听那里传来一个小女孩儿的叫喊声："千万别碰那棵树！朱丽叶小姐说过我们不能碰那棵树！"

露丝玛丽和朱丽叶待在大厅，伊丽莎白·巴特勒跟在外孙后面离开了。

"瑞特在楼上。他的邦妮还有你的路易斯·瓦伦丁在这里，我们这个圣诞节圆满了。"

客栈的护墙板泛着亮光，大厅的吊灯像冰柱一样闪闪发光。

"多么华丽的吊灯啊，朱丽叶。它没被炮弹炸坏，真是个奇迹啊！"

"别傻了。拾荒者当时用车子拉着它在街上慢慢走着，我们花五美元买下来的。我总担心有一天有人会问：'你们是从哪里发现这么个吊灯的？'杰米给它拆下来清洗。总共一千零六颗水晶，他怎么弄也没法照原样安好了。"

"我算是在这屋子里长大的，"露丝玛丽说，"威严、古板的费希尔奶奶。可怜、可爱的夏洛特……"

"我为我曾对她说过的每一句不友善的话而后悔。"

"不管怎么说，夏洛特还是爱你的。"露丝玛丽仔细地看着一幅镶框的印刷画,"这不是偷渡船吗?这是'蝙蝠号'吗?你这里住着一屋子的北方佬吗?朱丽叶,你真是个胆大的危险分子!"

路易斯·瓦伦丁的尖叫吸引了他母亲的注意。

客厅的一些家具已经整修完毕,但双人沙发和两把椅子需要重新装上椅面。伊丽莎白·巴特勒和她的孙子手牵手站在一棵装饰华丽的圣诞树前。

路易斯·瓦伦丁伸手想去摸蜡烛,一个女孩警告他说:"你会被烧到的!傻孩子。"

朱丽叶把露丝玛丽介绍给北方佬母亲们,杰克逊夫人和考德威尔夫人。

就在这个房间,小露丝玛丽·巴特勒和小夏洛特·费希尔曾绕过费希尔祖母珍贵的齐彭代尔[1]家具轻手轻脚地走过去!露丝玛丽摇了摇头想要振作一下精神。

路易斯·瓦伦丁离开了他的祖母,开始和女孩们用色彩鲜艳的积木块搭城堡。他大声说道:"这是萨姆特堡。"

"不是。"一个北方女孩反驳道,"要真的是萨姆特堡,我们就必须把它推倒。"

"主耶稣回来了。"巴特勒夫人对几位母亲说道,"我无时无刻不在期盼着他。"

露丝玛丽感觉到她哥哥熟悉的手搭在她肩上:"露丝玛丽,妈妈,快来和我美丽的邦妮·布鲁打个招呼吧。"

---

1 齐彭代尔·托马斯(1718—1789),英国家具制造商和设计师,以新古典主义风格制造家具。

这个蹒跚学步的孩子继承了斯嘉丽乌黑的头发和她父亲迷人的微笑。她的蓝色天鹅绒连衣裙和头上的蝴蝶结相得益彰。

"爸爸说你是'好巴特勒',谁是'坏巴特勒'?"

"坏巴特勒?"伊丽莎白皱了皱眉,"嗯,巴特勒家没有坏人。"

露丝玛丽笑了:"你爸爸可真抬举我,亲爱的。你想和你的表哥路易斯·瓦伦丁一起玩吗?"

"是的。"孩子笨拙地行了个屈膝礼。

邦妮一屁股坐在其他孩子身边,把积木块从他们建好的堡垒上一块块拿下来。

瑞特慈爱地看着她。他问妹妹:"圣诞节找点儿乐趣吧?他们把费希尔祖母的宾客休息室改成了酒吧。"

两个北方佬军官坐在拱形窗前的安乐椅上。巴特勒兄妹坐在一个沙发上,旁边的火炉里噼啪作响。杰米·费希尔风风火火地走了进来:"瑞特,你登记入住的时候我在市场。圣诞快乐!圣诞快乐,露丝玛丽。"

"你这里搞得真不错,杰米。"

"我们计划要提供餐饮服务。我们的餐厅很大,天知道,查尔斯顿有的是找不到活儿干的厨子。"

真奇怪,露丝玛丽想,在经历了这么多之后,杰米·费希尔依然充满纯真。他的妹妹夏洛特也是个天真的人。谁能想到他们都有着悲惨的经历?

杰米说:"你们要尝尝我们的蛋酒吗?我自己做的。"

杰米倒出几大缸充满泡沫的调和酒之后就离开了。

一个北方佬母亲走了过来:"夫人,抱歉打扰了……和您一起来的……那位老太太……"

"那是我们的母亲。怎么了?"

"毫无疑问,启示录[1]是值得颂扬的篇章,可是……"女人叹了口气,俨然一个高贵的受难者。

"夫人,"瑞特一脸庄严地说道,"启示录是神圣的经卷。许多罪人因此被拯救于深渊。"

"您的母亲……"

露丝玛丽对她宽慰地笑了笑:"过于自我,我知道。您不妨让她和孩子们单独相处。成年人觉得母亲难以相处,但孩子们能看透她的心。"

女人生硬地说:"在康涅狄格州,夫人,我们不会用启示录来哄孩子。"她走了出去,露丝玛丽听到那个女人的女儿哭着说:"妈妈,我还没玩够呢!"

瑞特摇摇头:"可怜的母亲。"

"她很开心,瑞特。或许生活的意义不仅仅在于开心,可是到了母亲这个年纪,这就已经足够了。"

一根原木倒在火中,溅起的火花蹿上烟囱。

"也许吧,"瑞特说,"你还记得我第一次来这儿时的情景吗?"

"我永远都忘不了。我当时多大,六七岁?"露丝玛丽拉着

---

[1] 启示录是《圣经·新约》的其中一卷。

她哥哥的手,"你还爱我吗,哥哥?"

"像爱我的生命一般。"

北方佬军官们喝完酒离开了。

瑞特表情严肃起来:"我在华盛顿的朋友说格兰特总统对三K党已经失去耐心。露丝玛丽,安德鲁的活动太肆无忌惮了。"

"安德鲁和我不讨论这个话题。"她放下杯子,"我们现在根本不交谈。"

"请告诫你的丈夫。北方佬想要绞死一些人。"

"安德鲁不会听我的,瑞特。我甚至怀疑他能不能听见我说话。"她搓了搓手,"我不知道安德鲁这些日子都听到了什么。"

大厅里传来孩子快乐的嬉闹声:"你的斯嘉丽呢?斯嘉丽怎么样?"

"我妻子身体很健康。"

"还有呢?"

"没有了。"瑞特把蛋酒一饮而尽,泡沫糊在他的胡子上。有那么一瞬间,露丝玛丽强壮的哥哥看起来像个长着漆黑而悲伤的眼睛的小丑。"她是我曾经渴望得到的一切。她是我现在想要得到的一切。斯嘉丽……"他用手帕擦掉泡沫。"我现在这个样子是不是很可笑?"他把杯子放在一边,"我给路易斯·瓦伦丁带了个木马。"

"他会很开心的。"

露丝玛丽斟酌了一下说道:"海恩斯父子公司……"

"破产了。我知道。"他拉起她的手,"安德鲁把约翰·海恩斯的财产都挥霍在三K党上。幸运的是这房子是你的。你不必担心,露丝玛丽。我会一直照顾你、路易斯·瓦伦丁,还有妈妈。"

露丝玛丽往后靠在沙发上,炉火温暖了她的脸颊。她感到很疲惫。她真想闭上眼睛打个盹儿。

她哥哥在谈论钱的问题。露丝玛丽不想去思考这些问题。她睁开眼睛说:"谢谢你的关心,亲爱的哥哥,但有些事情我必须独自面对。"

那天晚上下起了雨——一场冰冷的冬雨。露丝玛丽听到安德鲁走到门口时,放下了手中正在修补的篮子,走进前厅。安德鲁盯着他的妻子:"露丝玛丽。"

"晚上好,我的丈夫,"露丝玛丽平静地说,"你去哪儿了?"

安德鲁把门关上,耸耸肩抖掉身上的雨衣。他的衬衫湿透了。"你不会想知道的。"

"不,老公,我想知道。"

他歪着脑袋,像是在看一个不可思议的事物,比如,一只会跳舞的猫,或者一只会说话的狗。

"公事。"安德鲁说。

"你有什么公事,老公?银行已经取消海恩斯父子公司的赎回权了。"

他愤怒地摇了摇头,不想再讨论这个问题:"你难道不明白吗,我的太太,南加利福尼亚立法团就是一群南方佬、提包客,还有黑鬼们在狼狈为奸。他们不能代表我们的政府!"

"那么你能代表我们的政府吗,老公?在黑暗的掩护下,做着诚实的人大白天不会做的那些勾当？"

他抓着她的胳膊，她疼得深吸口气。"哪些'诚实的人'？"他的声音中透露出威胁。那声音出现的时候，男人惊恐地在火堆旁等着被杀死；那声音摧毁了妇女的希望，嘲弄着儿童的恳求。"安德鲁，"露丝玛丽低声说，"你怎么变成了这个样子。"

"老婆，我没变。其他人可能变了，但我没有。"

"安德鲁，你弄疼我了！"

就像刚刚突然抓住她一样，他一下子松开了手。她揉了揉胳膊，从大厅桌子上拿起包裹，塞进他的怀里："这是今天早上收到的，老公。有张纸条。"

他瞥了一眼纸条："爱国的南方妇女为我们缝制长袍。有什么问题？"

"爱国？"

他说："如果我们不保护我们的女人，谁会保护？"

露丝玛丽皱起眉头："你们怎么保护我们，安德鲁？我们有什么危险需要你们保护？"

"这只是一个家伙想吹嘘他的'特制'长袍。"安德鲁的笑声像是尖利的号叫，"你觉得我很喜欢做这些事吗？老婆，你觉得我没心没肺吗？露丝玛丽，我在尽我的责任。"

安德鲁还在继续谈论着腐败的提包客、南方权利和傲慢的黑人，但露丝玛丽不想再听下去了。她已经对他厌倦了。

安德鲁终于停下来，露丝玛丽说："安德鲁，我不想你住在这里了。"

她丈夫的脸色变得苍白了。他的目光四处游荡。他舔了舔嘴唇。露丝玛丽能闻到安德鲁身上的恶臭和他呼出的腐烂气味。

她说:"你再也别回家了。"

第三十九章

自然奇观

三月的一个细雨绵绵的早晨,斯嘉丽·奥哈拉·巴特勒盛装准备出席布洛克州长的庆祝活动。

嬷嬷说:"亲爱的,只有女演员才会袒胸露乳,你不是女演员。这件裙子连胸脯的一半都遮不住!"

"在巴黎,它这可是最流行的。"

"亚特兰大不是啥巴黎,也不是啥别的地方。你是个已婚的女人!"

已婚——斯嘉丽不知有多讨厌这个词。已婚就意味着不能和禁止!斯嘉丽嫁给瑞特后,把自己的丧服都送给了南方联军的遗孀和孤儿。她真希望能把自己的婚姻也一并送给那些寡妇和孤儿!

顶着已婚妇女和母亲的名头,斯嘉丽觉得自己像一头拖着原木在灌木丛里行走的骡子。

瑞特爱孩子们——有普利茜为他们换洗衣服，斯嘉丽照料他们，忍着疼痛、流血流汗地生下他们。瑞特有什么理由不爱他们呢？

斯嘉丽对自己的回忆进行筛选，就像为客厅挑选合适的装饰画一样。塔拉是杰拉尔德·奥哈拉的笑声和埃伦·奥哈拉关怀的双手。十二橡树是辉煌盛大的聚会、极力讨好她的崇拜者、能干得力的黑人，还有阿什利·威尔克斯——她的阿什利。

至于母亲在婚姻中的隐忍和牺牲，父亲杰拉尔德醉酒后的胡言乱语，斯嘉丽通通不记得了，她也不记得阿什利对自己生来就被安排好的角色的不适。

在新奥尔良，托瓦内特·塞维耶曾向斯嘉丽暗示过埃伦对菲利普·罗比拉德的爱是命中注定的。多么像她对阿什利的爱啊！斯嘉丽从来没有想过埃伦对菲利普的爱是否会成为父母婚姻中的一根刺。

斯嘉丽·奥哈拉·巴特勒十六英寸的腰围已成往事，她那双闪烁的眼睛已经见识了太多的生活，但她的美貌仍然能让男人侧目。

嬷嬷使劲拉了拉她的领口："孩子，你这是在胡闹。和提包客还有南方佬打交道，想想你妈妈会怎么说！"

嬷嬷总喜欢泼冷水。

当她直言瑞特是个伪君子时，瑞特并没有否认。改过自新的瑞特·巴特勒沉醉于虚伪！

在公共场合，瑞特在该皱眉的时候从不微笑。他不再想着愚弄头脑简单的人，或是挫败那些聪明人。不管米德夫人或者埃尔辛夫人有什么荒唐的论调，瑞特都郑重地表示同意。假如有哪位贵妇提出月亮是蓝奶酪做的，瑞特·巴特勒也一定会大声推测那会不会就是斯蒂尔顿干酪[1]。

星期天的早晨，瑞特、埃拉、韦德和邦妮会雷打不动地出现在圣菲利普教堂的靠背长椅上。瑞特·巴特勒先生甚至在农商银行那里放了一张办公桌。

为什么瑞特能做任何他想做的事？而女人就不能做这个，不能做那个。经营她自己的生意？那就等同于脱光衣服，赤身裸体地骑着马在桃树街走上一圈！

上帝啊，她多么想念她的锯木厂。不知怎么的——后来她一直不太清楚——瑞特是骗她把厂子卖掉了。他蒙骗了她，她为此火冒三丈，可锯木厂已经卖给了阿什利。

斯嘉丽觉得好像自己的一部分也被卖了出去。她的锯木厂运转良好、获利颇丰，如果她真想卖掉，天知道，买家多得是。这是她亲手创立的厂子！它们能够切实地证明她是谁以及她所干下的成绩。

每次坐车从它们旁边经过她都忍不住落泪。这个下雨的星期六，瑞特在阅读室看报纸，韦德、埃拉和邦妮坐在地毯上玩游戏，把家里的勺子在父亲脚边排成一行。

斯嘉丽没有任何铺垫直接说道："孩子们，请到别处去玩。

---

[1] 一种英国奶酪，有蓝色霉纹。

我和你父亲有事要谈。"

韦德和埃拉照做了,可是邦妮爬到了她父亲的腿上,把大拇指放到嘴里,用她那双蓝色的大眼睛打量着她的母亲。

"让邦妮待在这儿吧,亲爱的老婆。总有一天,邦妮会结婚的。通过观察我们深情的交流,邦妮会了解她可以从自己的婚姻中期望得到什么。"

"当然,亲爱的老公。邦妮应该知道关于婚姻的一切。我们的女儿参观过'红帽子'吗?"

瑞特咧嘴笑了:"啊,你还是一点就着的火药脾气。斯嘉丽,我最近有没有和你说过我有多佩服你?"

她的脸色柔和下来:"什么,没有……"

"亲爱的,我为你喝彩,因为你是我见过的最坚定地坚持自私品质的女人。"

"谢谢,老公,"斯嘉丽说道,"感谢你的坦率。"

瑞特叹了口气说:"邦妮,恐怕你妈妈是对的;你太小了,还是不要掺和爸爸妈妈的婚姻了。我不知道你什么时候算是足够大,我甚至不确定我自己算不算足够大。"

瑞特看着孩子从房间里蹦蹦跳跳地跑走了,眼睛里充满了爱意,斯嘉丽心中闪过一丝妒忌,然后她陷入了困惑。她怎么会嫉妒自己的孩子呢?

"这么说你要去庆祝宾夕法尼亚铁路公司侵吞了佐治亚铁路公司。为什么不办蒙面舞会呢?面具不是强盗社会的传统吗?"

"这不该是你说的话!鲁弗斯·布洛克不是你的朋友吗?"

瑞特耸耸肩:"鲁弗斯和我只是偶尔做做生意。"

"现在巴特勒船长这么受人尊敬,他的老朋友们就都得靠边站了?"

他折起报纸:"我是要聆听斯嘉丽小姐关于忠诚的布道吗?那么请继续吧。"

斯嘉丽满脸通红。她为什么要嫁给这个可恶的男人?

瑞特轻拍报纸:"最好快点,亲爱的。你再这么犹豫,鲁弗斯可就不是州长了。他有权势的朋友们都弃船逃跑了,他已经失去了对立法机构的控制。鲁弗斯的妻子把他们的孩子带到了北方,这样他们就不会在她丈夫统治的街道上受到侮辱。埃德加·珀伊尔现在是鲁弗斯唯一的朋友。可怜的鲁弗斯。"

瑞特拉开厚重的窗帘,看着妻子的马车拐上桃树街。普利茜进来说她要带孩子们去威尔克斯家,瑞特冷漠地挥了挥手。房子——她的房子——太大了,他甚至听不到他们离开。这糟糕的天气嘲弄了春天的承诺。淡黄色的连翘被雨滴砸弯了腰,丁香花冻得发紫。

他怎么会走到这一步?

被爱蒙蔽了双眼。他所有的经历,他曾到过的地方,他曾认识的女人——没有什么能平息他对这个女人的疯狂渴望,他无法赢得她的芳心,却依然义无反顾地和她结婚。

为了她和她的孩子,他变得受人尊敬——一个受人尊敬的伪君子。"不当绞刑犯,也不当刽子手。"如果亚特兰大的领导人决定再搞一次棚户区的突袭，瑞特·巴特勒会骑马和他们一起前往。

他会为她做任何事，他能为她奉献任何东西……

他的妻子以为她爱的是另一个男人，但他看得更清楚。她的爱其实是对她儿时羡慕却无法理解的生活方式的向往。一个在婚姻中高攀了的爱尔兰移民的女儿：可怜的、贪婪的斯嘉丽。

她六个月之内就会把阿什利·威尔克斯彻底毁掉。他是一朵娇嫩到不堪一击的花。

雨水顺着窗玻璃滑落下来。雨水从铅制的窗框上滴下来。

瑞特·巴特勒轻哼了一声，自嘲了一下，走到壁炉旁去拨火。

他听到她的马车在鹅卵石道路上行驶。当她走进客厅，他放下书本："回来得很早啊。"

她做了个鬼脸，到柜子里倒了一杯白兰地。她打了个哆嗦将它一饮而尽。

瑞特合上书，把它放在桌子边上："布尔沃-利顿的新乌托邦。他幻想我们都能幸福美好。"

"我们不能吗？"

"或许可以，如果像布尔沃-利顿设想中的那群人一样，生活在地心的洞穴里。在地球表面，善良和幸福是短缺的。"

"瑞特，你为什么要卖掉我的锯木厂？"

他站起来给自己倒了杯酒："你很清楚我为什么要帮你卖掉你的锯木厂。这样你就不会每天和那位小绅士单独相处了。"

"你嫉恨阿什利·威尔克斯,因为他太好了。"

"我可怜威尔克斯,因为他过于完美了。"他放下杯子说,"斯嘉丽,我们有必要这样吗?"

她仔细地盯着他的脸,然后叹了口气。"我们总有本事搞得不愉快。"她的微笑近乎友好,"你是对的,瑞特。像往常一样。布洛克州长的任期结束了,他的庆祝午宴是个沉闷乏味的幌子。宾夕法尼亚铁路公司的人对你没来感到失望。"

"我的虚伪也是有限度的。"

"限度在哪里?"

瑞特咯咯地笑了。

"你的朋友贾弗里上尉被分配到了卡斯特的团。"

"第七团正在卡罗来纳清剿三K党。"

"贾弗里希望他们能回到西部去。建设……"她停顿一下想要强调,"北太平洋铁路[1]。"

"我相信你没有把钱投在那件蠢事上。"

"杰伊·库克[2]是天底下最聪明的人,他的北太平洋铁路一定能取得比联合太平洋铁路[3]更大的成功。大家都这么说。"

"会吗?"

她扬起眉毛说道:"我想你应该听说过自然奇观吧?"

他走近她一步,皱着眉问道:"你到底还要喝多少?"

---

1 北太平洋铁路是横跨美国西部从明尼苏达州到西北太平洋的北线的跨大陆铁路。

2 杰伊·库克(1821—1905),美国金融家,曾为美国内战和战后美国西北部铁路的发展提供资助。

3 联合太平洋铁路于1862年由林肯总统签署成立,旨在沟通密西西比河与太平洋海岸的交通。

她挑衅地给自己又倒了一杯，盯着酒杯的边缘笑着说："北太平洋铁路线经过黄石河，那里遍布着能够治病的温泉还有壮观的间歇泉。"

"间歇泉？斯嘉丽……"

"间歇泉能喷出一百英尺高的热水，就像时钟报时一样规律。别那样看着我，瑞特。杰伊·库克——"

"热水？喷泉？你为什么总想着发财，亲爱的？你已经有我了。"

她自信地笑着说："啊没错，我是很想发财。"

他触摸到她的手臂，隔着带有温度的丝绸，一阵愉悦感从他指尖传来。斯嘉丽又快速地补充道："杰伊·库克让国会把这个地区命名为黄石国家公园。北太平洋铁路将满载前来参观黄石国家公园的游客。你会吗？"

"抱歉，我会什么？"

"你不想看一看热气腾腾的水像发条钟一样规律地喷发吗？"

他又向她走近一步，闻到了她头发上的香味，他低声说："毫无疑问，苏族人[1]会张开双臂欢迎这些游客。"

她向后退了退，紧张地理了理头发："游客们会乘坐火车参观矿物湖和间歇泉！他们一定会去看这些自然奇观的！"

他饶有兴趣地微笑着："斯嘉丽，你就是自然奇观。"

她的眼神变得温柔，下唇颤抖着。紧接着，他看到她眼睛深

---

1 美国土著，多居住于南达科他州。

处的光芒。恐惧？那是恐惧吗？她在害怕什么？她转身向门口走去。

"我从没说过我爱你，你是知道的。"她说，好像她自己也无法确定似的。

他们隔着很近的距离，空气中似乎发出嗡嗡的声响。

她更坚定地说："我不爱你，你明白吗？"

他努力控制自己，不去伸手抓她，肌肉因为长时间的僵持而隐隐作痛。他哑着嗓子费力地说："我佩服你的坦率。"瑞特·巴特勒的手迫切地想要触碰她，蹂躏她，掐住她的喉咙，杀了她，于是他僵硬地鞠了一躬，从妻子身边走过，没戴帽子就走出屋子，走到桃树街，走进了冷雨中。

第四十章

杀人犯的儿子

十一月，尤利西斯·S.格兰特总统宣布南卡罗来纳州处于叛乱状态，暂停人身保护令[1]，并派遣第七骑兵团剿灭三K党。前南方联军的将军戈登和福雷斯特被国会传唤，他们不情愿地承认，他们可能认识与"所谓的"三K党有关联的人，但他们个人与此无关。

安德鲁·拉瓦内尔被捕两周后，伊丽莎白·克肖·巴特勒笔直地坐在床上，发出一声微弱而怪异的叫声，惊醒了在她身边扶手椅上打瞌睡的女儿。露丝玛丽把一面镜子举到妈妈的嘴边，玻璃上没有起雾。

露丝玛丽的儿子路易斯·瓦伦丁睡得很香，她把他抱到自

---

[1] 人身保护令（Habeas Corpus）是在普通法下由法官所签发的手令，命令将被拘押之人交送至法庭；以决定该人的拘押是否合法。美国宪法明确规定人身保护的权利不能被暂缓，除非在叛乱或被入侵下，保护公众安全所需而为之。

己的卧室，放在床上，他只是喃喃地说了几句梦话。露丝玛丽到厨房给自己泡了一壶茶。她哭泣，并不是因为她失去了至亲，而是为她母亲从未得到的一切感到惋惜。

时间还早——天还没亮。虽然她对死亡早就有所准备，但它的到来还是让她措手不及。

那天的晚些时候，露丝玛丽写信给她的朋友。

亲爱的梅兰妮：

我的母亲伊丽莎白·巴特勒今天一大早得到了天堂的召唤。母亲临终时没有受苦。

你一定听说了，安德鲁·拉瓦内尔因为参与三K党活动被捕。上周六，我把他的衣服带到哥伦比亚郊外的一个营地。那个营地由联邦骑兵管控，或许因为他以前在军队中的军衔，也或许因为他们私下认可他的观点，安德鲁在那个拥挤的猪圈里有了自己的帐篷——我做梦也没想到有三K党的人数有这么多！

安德鲁说，一旦特别法庭准备就绪，他将接受多起黑人谋杀案的审判。

瞧，我早就说过。我的话改变不了安德鲁的所作所为，也改变不了我的困惑和心碎。暴力和痛苦用罪孽玷污了纯真的人！我亲爱的路易斯·瓦伦丁会不会从小就被人视为被定罪的杀人犯的儿子？

瑞特警告过安德鲁事情会发展到这个地步，但安德鲁太自大，根本听不进去。

路易斯·瓦伦丁知道他父亲发生了不好的事情。我不知道该如何向他解释。

我父亲曾经说过巴特勒家族有恶的基因，这是巴特勒家的诅咒。我认为这个诅咒就是我们缺乏爱的能力。

为了逃避父亲的暴政，我嫁给了我的丈夫约翰，一直以来我对约翰单纯的善良不屑一顾，等醒悟过来为时已晚。善良所带来的改变是缓慢的，亲爱的梅兰妮，但它会在我们心中一点一点凝聚起来。少女时的我深深地爱慕着安德鲁——最勇敢的骑手、最潇洒的舞伴、最大胆的战士，无论做什么都能全身心投入的人！我是希望他不顾一切的勇气影响到我吗？

到底是监狱生活还是战争的失败毁了他，我不敢确定。但勇敢的安德鲁把自己变成了一个可怕的怪物。

我现在该怎么办呢，亲爱的梅兰妮？

和斯嘉丽不同，我对做生意既没有兴趣也缺乏能力。我从小接受的教育是将来生儿育女，爱自己的男人，操持家务。我似乎继承了我母亲遁世的性格，可以一连几天不离开教堂街四十六号。

我哥哥朱利安跟那些和他关系紧密的提包客被一同赶出了立法团。他找了一份职员的工作。

在自由市场和我一起工作过的几位女士为女孩们开办了一所学校：查尔斯顿女子神学院。他们邀请我去教书。我会说一点儿法语，对各种礼仪也很了解（只是以炫耀为目的）。我想我会是一个好老师。

我会埋葬我的母亲，等瑞特来了，我不会——我绝对不会——问他怎么办！

我嫁给了一个好人和一个骗子。我想我不会再结婚了，如果真要结婚，我会找一个需要我的人。

感谢上帝赐予你我友谊。

永远属于你的

露丝玛丽

第四十一章

挂满瓶子的树

安德鲁·拉瓦内尔觉得他以前见过那个大胡子黑鬼。他在约翰·休格的拍卖会上被卖掉了，就是安德鲁想要买下卡西乌斯的那次拍卖会。他是车夫？还是木匠？大胡子黑人说道："有罪。"

高个子黑人说："有罪。"

穿黄马甲的黑人说："有罪。"

秃头黑人说："有罪。"

安德鲁挠了挠脖子后面。今年的天气热得很早。那么多人挤在查尔斯顿法庭，当然会很热。

骨瘦如柴的黑人说："有罪。"那个男孩儿身上一点肉都没有。他连半个劳力都算不上。

四眼黑人说："有罪。"一个黑鬼要眼镜干什么？他们又不识字。这真是讽刺：十二个黑鬼对一个美利坚联盟国的上校进行宣判。

干瘪的黑人说："有罪。"为什么他们有的长得像皱缩的苹果人偶？

"有罪。"上帝啊，那个黑鬼怎么这么胖。怎么会有人说他们被虐待了？如果这个黑鬼是头猪，他早就被宰掉了。从那个家伙身上能搞到些真正的火腿。

"有罪。"

"有罪。"

安德鲁转过身来向两个过去的好朋友点点头，他们却假装不认识他。

"有罪。"

六个月前，他们肯定是认识他的。安德鲁撞上了露丝玛丽的目光。她看起来像刚从浴缸里出来一样清新。

"有罪。"

犯的什么罪？反抗压迫人民的政府的罪？

联邦法官敲了几下他的小槌："拉瓦内尔先生。陪审团裁定你犯有四项杀人罪。你有什么要对法庭说的吗？"

他们称博伊德法官为"斗牛犬"博伊德。他看起来确实像只斗牛犬。

"是拉瓦内尔上校，法官大人。"安德鲁说。

"拉瓦内尔上校。在宣判之前，本法庭愿意接受你悔改的行为，承认你犯下的可怕罪行。你的律师会提醒你的，拉瓦内尔上校，如果拒不悔改，对你会很不利。判决听证会将于明天十点钟在本法庭举行。你能不能以一名绅士的荣誉向我保证，你不会逃跑？"

安德鲁笑着思索，以我的荣誉担保，斗牛犬？但他还没来得及说话，安德鲁的律师威廉·埃尔斯沃思就插话道："我向您保证，博伊德法官。我的当事人会准时到场。"

"那么，安德鲁·拉瓦内尔，缴纳保释金后你就能获得自由，请准备一份能够打动我们的恳求书。明天十点。"法官的木槌落下。

被定罪感觉和没被定罪没什么不同。他的心情不好也不坏。

埃尔斯沃思想要在前面为他开路，安德鲁却不管不顾地从一群怒目而视的黑人和向他使眼色的白人中挤了过去。

露丝玛丽在大厅里，卡斯特的士兵把人群挡在一旁。"安德鲁，我很难过。"

露丝玛丽为什么难过？黑鬼陪审团并没有判她任何罪名。她也没有当着整个查尔斯顿的人的面被一个北方佬法官羞辱。

"我能回家吗？"安德鲁说。

露丝玛丽皱了皱眉头。"不能。"她说。

战前，这个法院的大厅每天都会被擦洗一遍。战前，低地地区的种植园主来到这里解决边界争端、订立合同。安德鲁的肩膀垂下来。他已经战斗了很久、很久。现在什么都没有了。"代我向那孩子问好。"

"向你的儿子。"

"是的，向瓦伦丁。"

安德鲁的律师推着他从侧门出去上了一辆窗户紧闭的马车。埃尔斯沃思想要点上烟斗。他试了三次才点燃："没有给你一点儿机会。"

"哦，我没注意，"安德鲁轻描淡写地说，"我只是希望一些陪审员能记起战前的我。"

律师愤怒地喷出一口烟："我已经尽最大努力了。我起码没有让你被定为谋杀罪。我还把你保释了。"

安德鲁把窗户打开。

他们拐上了国王街，经过邮局时清晨的阳光洒在马车上。他们绕过一辆运啤酒的马车。两个人把啤酒桶沿着卸货木板滚下来。他们身后的铁栅栏里面，城市花园的花儿正在盛放。腐烂和重生的气味令空气中似乎闪着微光。

"你必须要准备一份认罪求情书。让博伊德法官相信你已经认识到了错误。"

"这有什么意义吗？"

他的律师苦着脸，像个没成熟的苹果："博伊德法官量刑的宽严度变化很大。他对悔过的三K党人很宽容。格兰特总统不需要殉道者。"

安德鲁的思绪在律师喋喋不休的假如、但是和或者中渐飘渐远。

"对你的所作所为我们无法争辩……"

埃尔斯沃思在战前是一个无足轻重的联邦主义者的人，他对自己的观点总是遮遮掩掩，既渴望进入老派绅士的圈子，但也从不宽恕或在表面上宽恕三K党。当三K党把共和党人从立法机构中吓跑时,这些老派绅士很高兴,前提是他们不用必须知道三K党是如何实施这些恐怖行为的。

安德鲁说:"不打倒黑人,这个蛋糕就做不成。"

"什么?你说什么?"

安德鲁·拉瓦内尔不怕弄脏他的手。乔西·沃特林、阿奇·弗莱特——也许他们走进客厅之前不会把靴子上的泥刮掉,也许他们不在乎往哪里吐口水,但他们不害怕弄脏自己的手。安德鲁手心发痒。"什么……"埃尔斯沃思问道。

"我说,"安德鲁重复道,"我们到了。"

埃尔斯沃思的办公室离联邦主义者律师路易斯·佩蒂格鲁的办公室只有三扇门的距离。佩蒂格鲁没能等到战争结束就死了。佩蒂格鲁在世时,每个人都因他支持统一的观点而辱骂他。他安然离世后大家又开始赞扬他。事情总是这样。

安德鲁从马车上下来。

"到我办公室来。我们有工作要做。"

"我想看一场黑人戏[1]。"

"你想干什么?"埃尔斯沃思惊讶地问。

"兔子脚说唱剧团正在爱尔兰大厅演出。日场。"

律师摘下眼镜捏了捏鼻子。

安德鲁问:"是瑞特·巴特勒付钱让你为我辩护的吗?"

---

1 minstrel show,是指由白人扮演黑人的滑稽说唱表演。

"我为什么不能为你辩护？"

"会让你的名声受损。"

"拉瓦内尔上校，我的名声已经受损了，"埃尔斯沃思不快地说，"查尔斯顿的高档宾馆已经不再接待我。我不知道我们什么时候能再次去圣迈克尔祷告。我和我妻子在体面人面前甚至都抬不起头来。"

"先生，"安德鲁说道，"如果你能把脑袋里的石头都倒出来，头就能抬起来了。"

"嗯？你说什么？"

"我说有日场表演。"

"你到底在说什么啊？我们现在需要把你的认罪求情书写出来。"

"你为什么认为我会想要认罪。"

"你宁愿面对十年的苦役吗？"

安德鲁不屑地发出一声刺耳的笑："先生，更糟的事我也经历过。"

"到这里，到我办公室来，明天八点前。到时我们再准备你的陈词。"律师对着安德鲁后背说。

安德鲁从米尔斯酒店租了一匹枣红色的骟马。自从审判开始以来，他就一直待在米尔斯酒店。他没有问过是谁在支付他的账单，也没有问过是谁替他交了保释金。

他骑着一匹骏马，脚下是美丽的查尔斯顿，今天的天气真好！还要奢求什么呢？

安德鲁对着黑人和白人碰碰他的帽檐。黑人女性转过身去，有的躲到门廊上；贵妇们假装没看见他；贫穷的白人和妓女或挥手或对他献上飞吻。此情此景让他觉得好笑。

查尔斯顿的稻米交易已经结束——商铺木板封闭，只留下褪了色的广告牌：詹姆斯·马伦尼：大米代理商；詹金斯制桶厂：专门制造大米木桶。

港口里轮船往来不断。安德鲁下马，拴好马，靠在栏杆上。

一个八九岁的黑人男孩走了过来，把他瘦得皮包骨似的屁股紧贴在栏杆上，来回蹭着。他的衬衫腋窝处破了个洞，裤子上系着绳子，光着脚。"谁需要船？"他鼓起勇气喊道。

安德鲁看向他，男孩溜走了。

"我不会伤害你，"安德鲁说，"你不用害怕。"

"我才不怕你。"男孩说着，但依然没有靠近。

"这些船可以去往世界的各个地方。"

"不，这些小船去不了！"

"大点儿的船可以穿过海洋。"

"我懂船，"男孩儿骄傲地说道，"我爸爸在鱼市上干活儿。"

"如果我们把你们黑人装上那些船，就可以把你们送回非洲。你想那样吗？"

男孩使劲摇了摇头："我从没去过非洲。"似乎不想让这位待他友好的白人失望，他补充道："我去过一回萨凡纳。"

安德鲁上马时，扔给那个男孩一角钱。

他骑马走在安森大街上,经过曾经的波莉小姐的妓院。他们曾经度过了多么美好的时光啊!主啊,主啊,那真是个美好的时代!埃德加·珀伊尔、瑞特·巴特勒、亨利·克肖——那真是个美好的时代!还有杰克·拉瓦内尔。他父亲会给他什么建议?安德鲁用老杰克的语调喃喃地说:"拼命往前骑,孩子!别浪费时间回头看。"

波莉小姐家的屋顶已经不见了踪影,墙壁上到处是炮弹袭击的痕迹。二楼的窗户上悬挂着一片泛黄的细布窗帘。他们曾渴望寻找生活的意义。他们迫不及待地想要得到答案,于是匆匆地投入生活的洪流之中。

瑞特·巴特勒曾是他的挚友。安德鲁和瑞特·巴特勒赌博,和他一起喝得烂醉,他们骑着马飞快地奔向日出。亲爱的上帝,安德鲁想,我失去了所有人。

他在东湾客栈前停了下来,一直等到杰米·费希尔出来,只见杰米的腰间围着一条白色围裙。"嘿,"安德鲁喊道,"南方联军最勇敢的侦察兵。"

杰米的围裙上溅满了像西红柿果浆的东西。

"我没参加你的庭审。我觉得你不会想让我去的。是博伊德法官吗?"

"明天宣判。我的律师认为只要我低头认罪就不会判得太重,不过,"——安德鲁咧嘴笑了笑——"如果法官先生心情不佳,或是早餐时和他太太吵了一架,他可能会判我十年。你知道我在监狱里过得有多滋润。"

"安德鲁!"

他摇了摇头:"杰米,别担心。不会到那一步的。"

"安德鲁,你不进来坐坐吗?朱丽叶很想见你。"

"我对我亲爱的妹妹没有憎恨。我原谅所有人。我原谅北方佬、黑鬼,甚至热爱黑鬼的格兰特总统。但是……改天吧。杰米,你跟我去个地方。"

"安德鲁,我正准备——"

"没有可是,杰米。我们去爱尔兰大厅看个日场表演——兔脚说唱团,来自他妈的费城。主角是谁?"安德鲁鼓掌说道,"啊,正是我的仆人,卡西乌斯!"

"安德鲁,我的客人……"

"看在我们交情的分儿上,杰米。"

杰米眼睛里泛起湿润:"在你宣判的前一天,安德鲁?你疯了吗?"

安德鲁·拉瓦内尔咧嘴笑了:"啊,是啊,杰米。你知道我一直都很疯。"

那个安着木头腿卖票的老兵啪的一声摆出了立正的姿势:"拉瓦内尔上校,很高兴您能来,先生。这些小伙子演得很好。您不会失望的。"

"这条腿在哪儿弄没的?"

那人拍打着他的木头腿,就像士兵拍打着枪托一样:"在夏普斯堡[1],上校。我去找经理。您和这位……"

"我的侦察兵杰米·费希尔。"

安德鲁付钱时,那个人坚决不肯收。经理来了,道歉说观众的欢呼声不像安德鲁之前习惯的那样高,然后把安德鲁和杰米带到剧场最好的位子上。那几个被要求换座位的人起初想要争辩,当被告知是谁要坐在那个位子上时,他们摘下帽子,一个男人致敬道:"上帝保佑您,先生。""您给了北方佬一两个教训。""再有十个像您这样的,我敢说,我们肯定能打赢这场战争。"在众人的情绪渲染下,整个剧场爆发出叛军的叫喊声。

经理用绳子把安德鲁的座位同其他人的隔离开。绳子外面座位上的人纷纷递给他们烧瓶、雪茄和烟丝。安德鲁的眼睛盯着幕布,上面画着仙女和小天使嬉戏。

观众们举止粗俗。女人都是老鸨和妓女。几个联邦士兵坐在最后几排。

很久以前的那个爱国舞会,他第一次想要勾引露丝玛丽·巴特勒——老天,那时的她像匹刚出生的小母马一样纤细而充满活力,那个舞会就是在这个大厅里举行的。安德鲁想知道那只象征邦联的老鹰是否还印在地板上,埋葬在一层又一层的泥土、吐出的唾沫和踩踏的雪茄烟头下。

露丝玛丽和那个他曾经为之着迷的双腿修长的姑娘毫无相似之处。安德鲁说:"别那么烦躁,杰米。这里的每个人都

---

[1] 位于美国马里兰州西北部。

爱我们。"

彩绘的幕布后面一阵窸窣,班卓琴叮当作响,奏出几个破碎的音符。安德鲁用胳膊肘碰了碰杰米,卡西乌斯要上场了。

幕布拉开,台上摆着一排空椅子围成一个半圆。当台下的班卓琴弹奏出《老丹·塔克》[1]时,涂着黑脸的白人大步走上来,在每把椅子前停下来,目视前方,像雕像一样静止不动。坦博和伯恩斯先生坐在最末端的两把椅子,舞台中央的扶手椅是留给问话人的。

坦博敲着他的手鼓,坐了下来。问话人走进来,鞠了一躬,身子弯到一半就僵在那里。卡西乌斯像白人演员们一样,脸上涂着黑油彩,缓缓地走过舞台,咧嘴做着鬼脸,一直走到伯恩斯先生的椅子前,也僵在那里。

对话者从僵持的鞠躬姿势中恢复过来,漫步着经过他的同伴,故作惊讶,好像以前从未见过这些演员一样。他用手戳着他们,像是一个脱离管束的孩子在蜡像馆里胡闹。

问话人:先生们,请坐。
(坦博的手鼓和卡西乌斯的班卓琴声此起彼伏,针锋相对。)
伯恩斯:音乐让我感觉好快乐!
坦博:你没法继续快乐了。你要去第七骑兵团当兵,我来训练你。我是个一流的教练,要问我是谁,我是个驯兽师。

---

[1] 说唱表演团的经典曲目,由丹·艾米特作词。

伯恩斯：你是驯兽师？

坦博：千真万确。我是个厉害的驯兽师。

伯恩斯：我看你是个混蛋禽兽。

坦博：你老爸当过兵吗？

伯恩斯：没错，长官。他参加过布尔朗战斗。逃跑的北方佬里有他一个。

（叛军的叫喊声）

（班卓琴和手鼓二重奏和感伤的民谣之后，又来了几段笑话。在长达四十分钟的时间里，观众们跟着熟悉的曲调一起歌唱，一起喊出老笑话里的妙典话语。）

伯恩斯：我写了首诗，我可以背出来。

问话人：好吧，那就背吧。

伯恩斯：

玛丽有只小羊羔，

它被爸爸宰掉了，

和她一同上学去，

夹在面包里吃掉了。

问话人：伯恩斯先生，你弹琴比写诗强，这也算是件幸事。

得到夸奖的卡西乌斯不间断地演奏了二十分钟。他把沉浸在爱国热情中的观众感动得热泪盈眶。他演奏的舞曲旋律令观众们走向过道。

演奏完最后一个音符之后，卡西乌斯又僵住了，椅子发出拖拽声，有人在咳嗽了。问话人说："卡西乌斯下士：兔子脚说唱剧团的骄傲，走遍北方和南方最好的班卓琴演奏者，孩子们，卡西乌斯是南方联军的老兵。"

叛军的叫喊声再次响起时，北方佬士兵悄悄溜出了大厅。

安德鲁咯咯地笑着对杰米说："一个黑人假扮一个假扮黑人的白人。哈，这可真是不同凡响。"

演出进行到末尾，兔子脚说唱剧团的所有演员走上台来，一同唱着激动人心的曲调，最后经理跳上舞台："女士们，先生们，请注意！今天下午我们很荣幸迎来了一位英雄：安德鲁·拉瓦内尔上校，田纳西的幽灵鬼火，卡罗来纳的雄狮，白衣骑士的霹雳……哪里来着……"他摇摇头："我不能说出那个名字。会给我惹来大麻烦！"

笑声和欢呼声响起。尽管杰米再三反抗，还是和安德鲁一起被推到了台上，伴着卡西乌斯演奏的《迪克西》，剧团的演员们齐步行进。演员和观众一同歌唱，经理将大幕拉上。

当幕布拉开全体准备谢幕时，安德鲁和杰米立正站在舞台前面。剧团谢幕了四次，最终，问话人宣布演出结束，并拍了拍安德鲁的后背，好像他是剧团里的一员似的。一些说唱艺人离开了舞台，其他人几个在分着一瓶酒。卡西乌斯把他的班卓琴放在椅子上，坐在旁边的地板上，伸开双腿："上校，队长。好久不见了。"

安德鲁咯咯地笑说:"上次我见到你的时候,孩子,你正努力地爬上俄亥俄的河岸,像是地狱的猎犬在后面追你似的。"

"哦,天哪,我吓坏了。北方佬见人就杀!"他摇了摇头,"都过去了,上帝仁慈!我现在住在费城。找了个老婆,还有两个小女儿。"

"费城?你想念低地吗?"

卡西乌斯微微一笑:"兔子脚说唱剧团,我们去各处表演——波士顿、水牛城,全国各地。"他歪着头问道:"你还好吗,杰米先生?你讨到老婆了吗?"

杰米做了个鬼脸:"找不到能忍受我的女人。"

安德鲁的眼睛里闪着光:"你现在是主角了,对吗,孩子?我打赌你有很多钱。够你随便花了。你还记得当时我想买下你,兰斯顿·巴特勒的监工羞辱我的事情吗?"

"我当然记得自己被卖掉时的情景,安德鲁上校。这种事没人能忘记的。"

杰米说:"安德鲁,我得回客栈了。你能和我们一起吃晚饭吗?"

"你能邀请这个孩子一起吃晚餐吗?他和你那里该死的北方佬没什么区别。他有钱。他可以付钱。"

"我可以去,"卡西乌斯站起来,"我先把脸上黑人的装扮弄掉。"

安德鲁猛地推了他一下,卡西乌斯和那把椅子一同向后倒去。卡西乌斯的班卓琴在地上滑出一段距离,发出金属的响声。

卡西乌斯双手撑在地上没有摔倒。

"我只是个班卓琴手!"他像是在自言自语。安德鲁抬起靴子,像踩死一只蜘蛛一样,一脚踩在卡西乌斯的右手上。要不是杰米用异常强壮的手臂拦住他并把他拉到一边,安德鲁还会再踩一脚。这时候,剧团经理哀求道:"拉瓦内尔上校,想想您在做什么吧,先生。"

卡西乌斯呻吟着,把手放在胸前。

"什么都没变。你给我记住了,孩子!"杰米推搡着把他带了出去,安德鲁还在大喊大叫,"什么都没变!"

爱尔兰大厅外面,安德鲁揉了揉嘴巴。

杰米·费希尔在他身旁,胸口剧烈起伏喘着粗气。明明距离很近却感觉十分疏远。"再见了,安德鲁,我祝你一切顺利。我一直希望你一切顺利。"

一条小路通向康格里斯·海恩斯废弃的钓鱼营地,路两旁的树上挂满了瓶子。起初,那里只有几个瓶子,安德鲁把它们打下来。后来,每次他去营地的时候,就会发现多出一些瓶子,最后黑鬼们在每棵树的树枝上,以及足够结实的灌木丛上都绑上了蓝色、绿色、红色和透明的玻璃瓶。阳光照射在玻璃上,彩色的光点在小路上相互追逐着,稍稍有些微风瓶子就叮当作响。一天晚上,他和阿奇·弗莱特一直等在那里,希望能抓住一个挂瓶子的黑人,等到月亮下山,开始起风,阿奇开始焦躁不安起来。安德鲁问他是不是害怕,阿奇显得不屑一顾。瓶子是用来吓跑死人的灵魂的，阿奇可不是个死鬼。不过阿奇还是在午夜之前离开去了佐治亚，安德鲁后来喝醉了。第二天早上，在门廊旁的柏树上，距离他昏睡的地方不到十英尺，又出现了几个闪闪发光的瓶子，前一天晚上那里明明还没有。

自从卡斯特斯骑兵破门而入后，营地这扇烂掉的门就一直敞开着。

除了老鼠的粪便和被风吹得散落在地板上的树叶，小屋还是他离开时的样子。

他在人满为患的战俘营里受到了优待。很难找到对三K党人不利的确凿证据，许多证人不敢做证。北方佬释放了三K党人，因为他们找不到足够的证据，或者没有足够的牢房，或者只是失去了耐心。乔西·沃特林没有被抓，阿奇自从那晚之后就再也没回来。

安德鲁在战俘营的时候，露丝玛丽带来了干净的衣服。

她说："真抱歉。我知道你一定很难过。"

"一点儿也不，"安德鲁回答说，"我已经习惯被关在监狱了。"

他撒谎了。营地就像一把老虎钳，钳口越收越紧，把他的生命从身体里挤出去。

当埃尔斯沃思律师宣布他被保释时，安德鲁走出营地大门，有种脱胎换骨的感觉，好像一个置身于五彩斑斓的世界而当天又不用去上学的小男孩儿。然而当安德鲁回到教堂街四十六号时，他的妻子却将他拒之门外。

黄昏时分，风从河边吹来，树上的瓶子叮当作响。这声音十分悦耳。不管你怎么说那些黑鬼，他们确实很有音乐天分。安德鲁心情不错。在一个温和的春日午后，河水滚滚流过，就像他来之前一样，他走后也是一样。所有的律师和法官都离开了，露丝玛丽、杰米——他们全都离开了。

可怜的、亲爱的夏洛特曾经爱过他。她知道他是什么样的人，却依然爱他。有时他能听到瓶子树上传来夏洛特甜美的声音。

安德鲁穿着他南方联军的上校军装，坐在黄昏的营地外。他已经忘了军装的衣领有多硬。

小船在河里来来往往。燕子向昆虫猛冲过去。一只苍鹭落在浅滩上，悄悄地向鱼群靠近，每走一步抬起一条腿。那是鱼最不愿意看到的东西，水中那条一动不动的腿，看起来就像一株水草或是一根棍子。

安德鲁对左轮手枪如同对夏洛特一样熟悉。长长的褐色枪管，枪口处因为长期的射击而有些发白；手柄上的缺口是他砸碎某个黑鬼头骨时留下的。

月亮升了起来，一只怀孕的狐狸从灌木丛中出来抓小龙虾。安德鲁本打算把它射杀了，但最终没有开枪。

仁慈之人必蒙怜悯。

天刚亮，昔日的南方联军上校安德鲁·拉瓦内尔，走进屋子给他的长子写了封信，然后开枪自杀了。

第四十二章

遗 产

"红帽子"刚刚关上大门,一阵重重的敲门声把麦克白引到了门口。他把门打开一条缝,然后又砰的一声关上。"贝尔小姐……有几个男人,贝尔小姐,他们想和你谈谈。"

"大晚上的。是谁……"

"贝尔小姐……"麦克白害怕得全身僵硬,"他们没戴风帽,不过应该是三K党。"

贝尔跑去卧室拿左轮手枪,等她返回时,麦克白已经不见了。

贝尔犹豫不决地站在原地,听着门廊上来回走动的脚步声。她深吸一口气,手指扣在手枪的扳机上,猛地把门打开。"耶稣基督啊。"她倒抽一口气。

以赛亚·沃特林用力扇了他女儿一耳光,贝尔差点扣动扳机。"不可妄称耶和华,你的上帝的名。"[1]

"爸爸！二十年了你还要打我……"

"为什么不告诉我,女儿？为什么一点儿消息都没有？"

站在以赛亚旁边的是一个稍微年轻一些的人,还有一个人在路边牵着他们的马。贝尔全身剧烈地抖动着,她的双手死死扣在手枪扳机上。

"我信得过他,女儿。我以为那个毁了你名誉的人是个基督徒绅士。"

那个年轻人移动了一下身体重心,门廊的地板吱吱响了两声。他清了清嗓子："你好啊,贝尔堂妹。"

她父亲不耐烦地挥了挥手,年轻人退到了阴影中。

"我们那时都年轻,爸爸,"贝尔说,"你年轻过吗？"

"没有,"以赛亚说,"我没工夫年轻。"

他的眉毛没有修剪。他的鼻孔和耳朵里长出一丛丛毛发。贝尔闻到了暴怒的人身上散发出的刺鼻的金属腥味。

"你的眼睛很像你妈妈。"以赛亚噘起嘴巴,"我都差点忘了。"他粗暴地摇了摇头埋葬了记忆："我信任拉瓦内尔上校。我信任他。"

"安德鲁爱过我,爸爸。当我听说……他对自己所做的一切,我哭了。"

以赛亚用手抹了抹脸："拉瓦内尔上校给那个男孩留下些东

---

[1] 此句话为《圣经》"摩西十戒"的第三条。

西——他的手枪、手表、一张字条……"

"我的塔兹韦尔是个绅士,爸爸,"贝尔坚持道,"他上过学,现在在新奥尔良的棉花商行做事。他还给自己买了房子!"贝尔揉了揉脸颊。

他说:"我真不该去低地地区。你妈不愿意离开芒迪山谷,但我说我们得到别的地方重新开始。于是我们来到布劳顿。我做了巴特勒三十二年的仆人,不管身体还是灵魂。三十二年啊,身体和灵魂都是。"

"这个包裹……是塔兹韦尔的父亲留下的?"

"除了我们几个,只有几个人参加了上校的葬礼,北方佬还在搜捕三K党。"

"以赛亚叔叔从来不赞同三K党的做法。"贝尔的堂哥对她咧嘴笑了笑,"以赛亚叔叔总是……大惊小怪。他和我,我们找到了上校。我们本打算带他去得克萨斯,但上校先一步把自己解决了。我想他在得克萨斯会过得很好。"

"这是乔西,亚伯拉罕的儿子。"

乔西摸了摸他的帽子:"很高兴见到你,妹妹。你这地方不赖。那边牵马的是阿奇·弗莱特。"

贝尔的手颤抖着:"爸爸,你爱妈妈吗?"

"你的妈妈很虔诚。"

"你爱她吗?"

"闺女,我爱上帝。"

贝尔一直认为她的父亲是个思想简单的人;她以前从没想

过他的简单让他付出了多大的代价。

"拉瓦内尔上校对我撒了谎。"以赛亚说道,"还有你哥哥沙德拉,因为拉瓦内尔的谎话丧了命。沙德拉还没来得及忏悔他的罪过。"

一个刻薄的念头从贝尔脑海里一闪而过:沙德拉会死是因为他挑战了一个比他枪法更好的人。

乔西说:"死了就是死了。"

"瑞特·巴特勒撒谎了。"

"他没有撒谎。他什么都没说。他只是让大家相信了大家想要相信的事。"

"巴特勒杀了你哥哥,还羞辱了他的父母。'当孝敬你的父母,使你的日子在耶和华你的上帝所赐你的土地上得以长久。'[1]"

"到了现在,经历了这么多伤心事……"贝尔的双手无助地张开又合上,"你还是没法原谅?"

贝尔的父亲把包裹递给她:"照目前来看,我尽力了。"

这个包裹比看上去的要沉一些。"我想我们都尽力了,"贝尔说,"你不打算进来吗?我有张你外孙的照片。"

有那么一瞬间,她以为以赛亚要摘下帽子走进来。他们可以到厨房去,不需要到客厅里摆出公事公办的样子。她会给她父亲煮咖啡。她记得他喝咖啡要放糖——舀一大勺糖。

以赛亚·沃特林摸了摸包裹:"把这个交给你儿子。"然后

---

[1] 引自《圣经·出埃及记》第20章第12节。

他转身离开了。

"叔叔总说我们的日子到了,"乔西说道,"不过现在它还没到。"

第四十三章

阿什利的生日派对

梅兰妮正在准备一个生日惊喜派对,这是自打十一年前在十二橡树举办烤肉派对以来阿什利的第一次生日派对,那次派对上,他们宣布了订婚的消息。

威尔克斯的家快收拾好了。壁炉架已经用萨波利奥[1]肥皂擦洗过,镀金的镜框上的灰尘已经被掸掉,所有的炉栅和炉灶都重新被刷上了黑漆,冬天的地毯也被刷洗干净收了起来。波克和彼得在地毯上撒上烟草,然后把它们搬到阁楼上。

作为邦联遗孀和孤儿协会的主席,梅兰妮认识佐治亚州所有的邦联的大人物:约翰·戈登将军,夏普斯堡战斗中五次受伤;罗伯特·奥古斯都·图姆斯,联盟国参议员兼国务卿;就连亚历山大·斯蒂芬斯也接受了梅兰妮的邀请。斯蒂芬斯副总

---

[1] 一肥皂品牌。

统的两卷为分裂正名的著作《昔日南北州战争的宪法观点》，在许多南方家庭中都有着引以为傲的地位（更多的是为表达敬意，而不是为了阅读）。阿什利一直没嫁人的妹妹茵迪娅想要把那本书摆在客厅里家族《圣经》的旁边，可是梅兰妮不同意。"如果有人打算就宪法问题对斯蒂芬斯先生提问该怎么办？那时候阿什利的聚会还怎么进行下去？"于是斯蒂芬斯的书依然被锁在书柜里。

茵迪娅办事很有效率，但惹得黑人们很不高兴。而皮蒂帕特姑妈对分派的工作虽能勉强完成——把所有的玻璃器皿都擦洗一遍，包括临时借来的。但如果没有人从旁指导，皮蒂总是会没有目的地瞎忙。只有斯嘉丽能不用别人吩咐就能把工作完成得很利索。斯嘉丽也十分善于调动黑人的积极性。

准备工作进展得很顺利，于是梅兰妮端着一杯茶来到二楼的平台上，坐在她的书桌旁，继续那封她写给露丝玛丽的信。

梅兰妮完全赞成露丝玛丽在女子神学院教书的决定："你刚刚经历了巨大的伤痛，我亲爱的朋友。在你教导那些孩子的同时，孩子们也能治愈你。"

她用笔轻敲着牙齿，思考着。

至于我……当我得知自己不能再生孩子时，我想我已经学会从耳鬓厮磨的温情中获得满足，并将它视为性爱带给我的满足感。阿什利是个深情的丈夫，但是缺少——原谅我的不害臊——行动上"充满霸道的温柔"——我的脸都红了，亲爱的朋友——我们心中的激情一年年消退，随着一成不变的四季轮回逐渐消失。哦，我知道，一个正派的女人不应该渴望丈夫热情的拥抱，但是……

"梅丽小姐！梅丽小姐！"斯嘉丽的仆人波克跺着脚上了楼，站在她面前，像一棵马上要倒下的树。波克虽然不识字，但梅丽还是把信压在了账簿下面。"梅丽小姐！那个阿奇，他不让我在花园里挂灯笼。他叫我快滚开。我有点怕那个老男人！"

"问问斯嘉丽该做些什么，波克，"梅兰妮回答道，"我想还有其他的活儿可以做。"

等那个大个子黑人咕哝着走下楼梯，梅兰妮用笔蘸了下墨水继续写道：

有时候我碰巧遇到你家之前监工的女儿贝尔·沃特林。亲爱的朋友，我只了解我的阿什利，他从不吝啬给我爱抚，他给予时的快乐远远比他获得时的快乐更加强烈。我多想问问贝尔（但是当然不可以）："拥有多个男人是什么样的感觉？这些男人都一样吗？"

哦，露丝玛丽，已经八年了——漫长的八年——自从米德医生告诉阿什利我不能再生孩子时，我就知道我应该收起我的欲望——但是我做不到。有时，阿什利做了什么或是说了什么；有时，他从某个角度看去绽放着光彩，我多么渴望我丈夫的拥抱！亲爱的朋友，他真漂亮！现在有一些小发明能让我们享受亲密又不会出现我们所担心的后果，可是阿什利，亲爱的阿什利，他太正派了，我只小心翼翼地提过一次，阿什利的脸立刻红得像皮蒂姑妈花园里种的杜鹃花。他结结巴巴（阿什利说话从不结巴）地说道："正人君子是不用那些玩意儿的！"我肯定贝尔一定对这东西有所了解，如果我大着胆子问，她一定会告诉我。

斯嘉丽透过栏杆偷偷看了一眼梅兰妮的脚踝,说:"梅丽,波克完全有能力挂上几盏日本灯笼。阿奇给波克'甩脸子',波克一整个下午都瑟瑟发抖。你为什么让那个又老又臭的乡巴佬待在你的房子里?"

"阿奇待孩子们很好。"梅兰妮回答说。

阿奇曾神秘消失过一段时间,每个人都知道他是三K党。但他和孩子们相处得很好。

布洛克州长逃走后,斯嘉丽不再宴请宾客,她的桃树街大宅变得阴森森、空荡荡。巴特勒的孩子们大部分时间都待在威尔克斯家,而不是自己家。脾气古怪、一条腿的老阿奇·弗莱特和孩子们一玩就是几个小时。

"如果彼得擦完了地板,波克可以和他把夏天的席垫铺上。"梅兰妮说。

"哼。"斯嘉丽把头缩了回去。

梅兰妮·威尔克斯用钢笔轻敲牙齿。

亲爱的露丝玛丽,我不愿意给你增加负担,但我必须告诉你,上星期六,斯嘉丽和瑞特在金伯尔酒店吃午饭时大吵了一架。我从三个人那里听说了他们争吵的事情!他们之间唯一的联系就是他们都爱着小邦妮——"邦妮·布鲁"。你的侄女就像一道阳光,她走到哪里,就能把光明带去哪里。米德夫人特意为邦妮做了山核桃仁法奇软糖[1],埃尔辛夫人把这个可爱的小东西放在她腿上,给她讲她是小女孩儿时的故事。那些曾经诋毁你哥哥的人已经从心里接纳了他。这很大程度上要归因于瑞特对他女儿毫无节制的爱。

她只需要说:"爸爸,快抱抱我!"瑞特就会把她抱起来,当她拽他的胡子或头发时,或者当她要性子时——所有孩子都会偶尔为之——瑞特对他的邦妮·布鲁总是很有耐心。

斯嘉丽又透过栏杆偷看她:"梅兰妮,你在给谁写信?"

"给露丝玛丽。两个疲倦的家庭主妇聊聊带孩子的烦心事。有时候,亲爱的斯嘉丽,"——梅兰妮把信塞进抽屉,转动了一下钥匙——"我真希望拥有你应对世界的天赋。我希望有你那样的决心!"

"如果决心真如你认为的那么强大,梅丽,我们现在已经是邦联的公民了。我要去阿什利的锯木厂见见休·埃尔辛。"

梅兰妮拍了拍手:"那太好了。那真是太好了。你能想办法把阿什利留在那里一直到五点钟吗?如果阿什利提前回来,他就会发现我们正在做蛋糕什么的,给他准备的惊喜就会被毁了。"

梅兰妮匆忙地给这封信写下结尾。

亲爱的露丝玛丽,嫉妒会侵蚀心智,我宁愿遭受背叛,也不愿生活在对背叛的恐惧中!如果我不信任阿什利,如果我不相信他爱我,我会发疯的。

我从小就知道我和阿什利要共度一生。我们是表亲,"威尔克斯家族一直

---

[1] 用糖、黄油和牛奶制成的一种软糖。

和表亲结婚"。我们省去了恋爱时的辗转反侧——他爱不爱我；我是不是真的在乎他？我知道我要嫁给阿什利，我爱他。不爱阿什利？我无法想象！

然而，有时，我也弄不清这是怎么回事……是斯嘉丽的爱比我更丰富、更深刻？还是我的小说读得太多了？

爱总是这么让人捉摸不透吗？

梅兰妮在信上签名盖章。楼下，波克和彼得大叔在争论夏天的席垫该怎么铺。梅兰妮闻到家具打蜡和烤馅饼的味道。

她心中充满无限感激！战争期间，她为阿什利担惊受怕。机警的神枪手，无数种疾病中任何一种（饥饿和物资匮乏会削弱士兵的抵抗力）——有太多的方式可能会让她失去她珍贵的丈夫。梅兰妮·汉密尔顿·威尔克斯低下头感恩上天的眷顾。

第四十四章

欲望

欲望被压抑太久就会让人的心灵生病。

阳光洒进窗户,照亮了订单簿和一本日历,上面的日期纷纷用"X"划掉了。锯木厂的窗台上、架子上、阿什利·威尔克斯带有活动盖板的书桌上,还有他的帽子上,都覆盖着一层锯末。

那顶帽子无声地陪伴着他们。

一个男人和一个女人单独相处,过了这么多年。

斯嘉丽注意到阿什利的白发,心想:他再也不会年轻了,这种想法让她不禁想要为他、为自己大哭一场。

自从怀上邦妮·布鲁,斯嘉丽就再没和男人在一起过。阿什利也已经八年没碰过女人了。

这个星期六下午。因为是安息日,电锯停止了哀号,上了油。没有木材被摞成一堆时发出的砰砰声,也没有工头大声呼号。工人结清了工资已经回家了。细小的灰尘在阳光里跳着舞。

"白天越来越长了。"阿什利说。

斯嘉丽说:"是啊,是啊,越来越长了。"

春蝇,一种随着季节变化而出现的肥胖懒惰的苍蝇,撞击着窗玻璃,试图飞到外面。它终将死去,像上帝创造的众多生物一样,并且永远无法满足它的欲望。

斯嘉丽·奥哈拉一边思考着自己的生活是多么悲伤,多么难以言说的悲伤,一边投进了她渴望已久的怀抱。

阿什利和斯嘉丽紧紧地搂在一起。

办公室的门砰的一声打开了。茵迪娅·威尔克斯、阿奇·弗莱特,还有埃尔辛太太站在门口,目瞪口呆。

斯嘉丽手足无措。

第四十五章

她

被戴了绿帽子的瑞特·巴特勒骑马走在亚特兰大漆黑的街道上。他骑着马沿着迪凯特一路疾驰,一直来到一条乡间小路上,才掉头返回城里。

他那匹高大的黑马一放慢速度,瑞特就野蛮地用马刺催促它:"该死的,老实点!给我放老实点儿!"

他不能信任自己。这是他最糟糕的状态——知道他连自己都无法信任。四年了。四年来,他一个人睡,而她却在日夜思念着阿什利·威尔克斯。

这天晚上早些时候,他强迫她去参加梅兰妮的聚会。他在想什么?希望梅丽会谴责这对通奸的男女?多滑稽的一出戏!阿什利和梅兰妮扮演着一对幸福的夫妻。梅兰妮像姐姐一样欢迎着斯嘉丽,恶毒的悄悄话却像长着翅膀一样在女士们竖起的扇子后面快速飞过。

戴了绿帽子的瑞特·巴特勒。哦，不，她并没有把身体交给阿什利。她给出的只是她那该死的、渴求的、充满希望的、诡计多端的灵魂。

他倒空了一瓶酒。接着又倒空了一瓶。他骑着马快速地经过"红帽子"，完全没有注意到麦克白举起一只手向他问好，然后又放下手来。

在他无法信任自己之前，他不能靠近他的妻子。他的妻子！他不能回家，直到斯嘉丽安全地躲在锁上门的卧室里。"家。"想到这字眼，瑞特朝着快速起落的马蹄吐了口唾沫。

他走进客厅时，看到她在那里。她偷偷喝下了一杯白兰地。一看到他，斯嘉丽的脸唰的一下白了。

他的决心刹那间烟消云散。他的双手渴望狠狠地揍她一顿。他甚至想当场杀了她。杀了她就可以消除她对阿什利的渴望。

"你这个喝醉的傻瓜。把你的手拿开。"

"我一直很钦佩你的精神，亲爱的。现在你身陷困境，我对你更加欣赏了。"

"你无法理解我和阿什利。你嫉妒那些你不能理解的事情。"她像女王一样高贵，甩了一下头，把衣服拉平，起身要走。

他抓住了她，把她的肩膀按在墙上。

"嫉妒，我吗？为什么不呢？哦，是的，我是嫉妒阿什利·威尔克斯。我了解阿什利·威尔克斯还有他的出身。我知道他是个可敬的绅士。这一点，亲爱的。这件事上，你没法比——我也没法比。我们不是正人君子，我们没有名声可言，不是吗？正因为如此，我们才能飞黄腾达。"

趁着他转身去拿醒酒器时，斯嘉丽飞快地跑了出去。

瑞特在最下面一级台阶抓住了她。他的手滑到她的便袍下面，触摸到她光滑的皮肤。他用嘶哑的声音低声说："你把我赶到城里，自己却对他穷追不舍。天哪，今晚我的床上将只有我们两个！"

瑞特一把将她横抱起，走上为他的新娘建造的这所大房子的宽阔楼梯。她在他的怀里颤抖，臣服于他的怒火。在平台上，她深吸一口气想要尖叫，他用嘴堵上了她的嘴。她是他的造物：他供养她，调教她，并把自己奉献给了她。她是他的，他想怎么对她就怎么对她。

他把她抱进楼梯顶端的黑暗中，用嘴巴死死封住她的嘴，他们的呼吸交织在一起。

在她的床上，在她黑暗的房间里，她像花儿一样为他绽放，而他因着花儿的娇艳欲滴对她百般蹂躏。她的情欲喷薄而出一发不可收拾，但即便如此也无法满足他的渴望。

几个小时后，瑞特从斯嘉丽睡着的床上站了起来，精疲力竭。他分不清楚谁是胜利者，谁是受害者。他用两只手按了按疼痛的头。他的眼睛酸疼，嘴唇麻木，舌头肿胀，全身上下黏糊糊的，混合着他的汗水和斯嘉丽的汗水。他的身上散发着那个被他侵犯的女人的味道。

"我的老天，"瑞特·巴特勒喃喃道，"我真是像极了我的父亲。"

第四十六章

欧仁妮·维多利亚·巴特勒

邦妮·布鲁的父母吵架时——他们总是在吵架——整座房子似乎都充斥着怒火,邦妮不得不用手捂住耳朵,这样就不会听到怒火爆炸的声音。昨天他们吵得特别凶。大人们要去梅丽姑妈家参加一个聚会,所以邦妮认为每个人都会很高兴,但是那天下午,大个子山姆绕到了后门,嬷嬷听了大个子萨姆说的话,脸上露出了悲伤的表情,很快所有的仆人都一脸愁苦,他们不告诉邦妮发生了什么,但她知道那一定是件坏事。

她的妈妈一回到家就躲在卧室里,瑞特爸爸回来后一定要让妈妈去参加梅丽姑妈的聚会。邦妮知道妈妈不想去参加聚会,但瑞特爸爸最后还是逼着她去了。

那天晚上,邦妮睡不着,她听到楼下说话声很大,于是把房门打开一道缝,她看见瑞特爸爸抱着妈妈上楼,妈妈在他怀里像个小婴儿一样。他们在亲吻,所以也许他们已经和好了,不再打架了。

第二天，妈妈直到快吃晚饭的时候才下来，她高兴得像只吃了鲜奶油的猫，可是瑞特爸爸已经走了。邦妮问爸爸什么时候回家，妈妈神秘地笑着说："等他不再感到内疚的时候，甜心。"那天晚上，母亲不管去哪儿都哼着歌。晚饭后，她拿出立体画，韦德、埃拉和邦妮·布鲁和她一起坐在沙发上，传着看一张张图片，那上面是中国的一条大河，还有一些中国人，他们戴的帽子像倒扣的碗。

母亲盼着瑞特爸爸回家，但他没有回来。那天没回来，第二天也没回来，往后的每一天都没回来。母亲不再哼歌，对每个人都发脾气，韦德提议他们拿出立体画来看时，她严厉地呵斥了他。

瑞特爸爸回来了，可他们又吵架了——比任何一次都要厉害！爸爸对妈妈发了好大的脾气，他把雪茄扔在客厅的地毯上，整个房子都臭烘烘的！

后来，嬷嬷给邦妮收拾衣服，假装兴高采烈地说邦妮要和瑞特爸爸出门一段时间，可是嬷嬷那双衰老而忧伤的眼睛已经看破了一切。

"嬷嬷，"邦妮问，"什么是离婚？"

"没有这种事！他们不会这么做的！"嬷嬷叹气的时候好像不仅仅在用嘴巴，她的全身都在叹气。

"他们只是在考虑，就这样而已。"

贝尔·沃特林在火车站等着他们。

当邦妮被介绍给贝尔时——母亲生气的时候邦妮已经听她

提到过很多次这个名字了——邦妮挺直身子问道:"你真的是掉下来[1]的女人吗?"

贝尔的笑容变得暗淡,但很快又明亮起来:"嗯,宝贝,我想是的。"

"那你是从哪里掉下来的?"孩子问。

"不太高,宝贝。我想我掉下来的地方不算太高。"贝尔拉着邦妮的手,带着孩子进了他们的普尔曼车厢。

邦妮对普尔曼车厢感到很新奇。她不知道沙发是怎么变成床的,于是让列车员变了三次才罢休。

邦妮觉得她的母亲是世界上最美丽的女人,她在故事书中看到过皇后的照片,她们长得和母亲一样。瑞特爸爸是最善良、最聪明、最风趣的人,也是最好的骑手。啊,他的黑色种马跑得和她的矮种马简直一样快!

邦妮知道他们爱她,她也知道他们彼此相爱。可是为什么就是嘴上不承认呢,为什么他们就不能停止吵架呢?

一码归一码,现在邦妮在普尔曼车里跑来跑去,普利茜在她身后紧跟着:"小心那张桌子!别出那扇门!我们要进隧道了!捂上你的眼睛!"

窗外的景色一闪而过。庄稼汉在大地上翻出一道道闪闪发亮的红色犁沟。在城镇,人们上下火车,在站台上相互问候和闲聊。行李车满载着行李慢慢滑动,钟声当当响起,列车员喊道:

---

[1] fallen,此处意为堕落,邦妮对该词有误解。

"全体上车！"然后跳上火车。邦妮不知道他有没有被落下过。

邦妮坐在贝尔·沃特林的腿上，火车行进中，邦妮指着沼泽地的睡莲问那是什么，然后又指着山上一座黑漆漆的农场房子。"那里有鬼吗？"邦妮问。

"是的，亲爱的，那里有鬼。但它们不会伤害你。"

他们坐下来吃晚饭时，瑞特爸爸称赞贝尔的礼服裙，她脸红了："史密瑟斯小姐帮我假扮成了淑女。"

邦妮爸爸的微笑带着忧伤："贝尔，亲爱的贝尔。你知道的，我们没法选择自己内心的欲望。"

"你以为我不明白吗？精明的船长？"贝尔反驳道，"你以为我对欲望一窍不通吗？"

他大笑起来，又是老一套的笑声，邦妮铃铛般的笑声和谐地融入他的笑声里，贝尔那假装严厉的表情也化作了咯咯的轻笑。

第二天早上，火车隆隆地驶进查尔斯顿，邦妮站在座位上。她的父亲伸出手想要领着她穿过宽大的砖制车站，邦妮拒绝了，她想要自己走。但是最终还是由父亲抱着她才坐进了出租马车。

邦妮很高兴又见到她的表弟路易斯·瓦伦丁。她的父亲和她的姑妈露丝玛丽谈论大人们谈论的事情时，贝尔和普利茜带着邦妮和路易斯·瓦伦丁去海滨栈道看船。普利茜和贝尔叽叽喳喳地聊着天，就好像贝尔不像是"掉下来"的女人一样。

邦妮想在查尔斯顿多待一段时间，但她父亲说不行。邦妮噘起嘴，直到他们回到可爱的、熟悉的普尔曼车厢。她吃过晚饭，爬上了她的小床。邦妮怕黑，于是她父亲留了一盏灯，这样她透过床幔就可以看到光亮。

邦妮醒来时，长着柏树的沼泽地不见了，取而代之的是一个个棚屋，还有更坚固的大楼，最后火车驶到另一条铁轨上，并飞快地经过了一些旧石头房子，瑞特爸爸说那里是"老区，是古老的法国街区，邦妮"。他们的火车沿着码头的堤坝行驶着，大河里有许多船只。邦妮对那些轮船十分着迷，她不停地央求着，直到瑞特爸爸笑着答应道，好的，好的，他们去坐轮船。因为邦妮·布鲁十分笃定地说："我不得不把我的小马留在家里，我非常想念它，但如果能让我坐汽船，我就不会那么想念它了。"

第四十七章

一个天主教城市

老区的一个春天的早晨：教堂的钟声在狭窄的街道上回荡着，天堂鸟花在盛放，锻铁大门后，熟透的柠檬和橙子从树上掉了下来。

贝尔在瑞特身边等待着出租马车的到来，她想起了多年前她一个怀孕的未婚女孩儿来到这个城市的情景。

"你说什么，贝尔？"瑞特问道。

"我还以为我在心里默念呢。我在想新奥尔良看起来真像是这世界上最大的城市。"贝尔接着又补充道，"天哪，我有些害怕。"

瑞特扶着她坐进一辆敞篷马车里。"你还记得你我在圣路易酒店外面相遇的情形吗？和你在一起的那个叫迪迪的女人？哎呀，她可真美啊！她戴着的那顶红帽子是我见过的最亮丽的红色。有时我还会梦见那顶帽子……"她碰了碰瑞特的胳膊，"如果那天你没认出我，瑞特，我……"

"可是我认出你了,贝尔。"他笑了,"的确很偶然,事情比我们预想的要好。"

贝尔清楚瑞特的婚姻并不美满幸福。威尔克斯先生和斯嘉丽小姐的荒唐行为产生了可怕的后果。贝尔从没见过瑞特如此忧郁和悲伤。

他们在皇家大街十二号停了下来,瑞特说:"我想你最好单独去见塔兹。我不想因为他对我的厌恶把事情搞砸!我一小时后回来。"

"可是瑞特!"

他扶她从车上下来,把安德鲁的遗物交给她:"去吧,贝尔。勇敢点。"拉车的马的铁掌敲击着古老的鹅卵石街道,发出清脆的声音。

贝尔把安德鲁的物品从以赛亚给她的那个粗糙的纸包里挪到了一个精致的白杨木盒子里,这样看起来更加郑重。现在,她手里拿着盒子,心中思索着,当初为什么不找个更精美的盒子——比如胡桃木的。贝尔告诉自己,露丝·贝尔·沃特林!别犯傻!她使出比她想象中更大的力气拉响了门铃。

在焦虑不安中,她仔细地分辨着他的脚步声和牵引螺栓的刮擦声。大门吱嘎作响,摇摇晃晃地打开了。"妈妈!"

贝尔泪眼婆娑:"你都长胡子了!"

"我正要出门……我真是太意外了,真高兴您能来!快,快进来。"

塔兹的小花园是贝尔见过的最漂亮的。欧椴树的香气沁人心脾。多可爱的小板凳啊！还有这个精巧的小鱼塘！这所房子——是她亲爱的儿子的房子吗？真是一所完美的小房子！贝尔拿起手帕轻轻抽了几下鼻子。

塔兹伸出双臂："妈妈，这是你的！"

贝尔僵住了，就像一只感觉到陷阱的动物："可是塔兹，我的家在亚特兰大。"

"进屋吧，妈妈，"塔兹转移了话题，"快请进。我去泡茶。英国茶。或者您想喝水或一杯酒？"

"塔兹，谁能想到……"贝尔的手比画着，流露出母亲的喜悦，"亲爱的，你靠自己打拼得很好！"

"妈妈，我做这一切都是为了你。"塔兹露出他习惯性的微笑，"我并不总是那么自夸。我向您保证我不会。您来怎么不告诉我一声？上帝啊[1]，我真是太高兴了。我带您参观一下这房子。"塔兹把贝尔带来的盒子放在窗台上，领她进了厨房，厨房里刚好能容得下他们两个。"哦，"贝尔说，"这里真是温暖又舒适。"

前卧室的阳台可以俯瞰花园。当塔兹说"这是你的房间"的时候贝尔假装没听到。后面的卧室有一个独立的楼梯，这个设计十分合理——按照贝尔的理解，城里忙于应酬的年轻人经常会晚归。

回到客厅，塔兹坚持让贝尔坐在他新买的椅子上，一把萨福

---

[1] 原文为法语Bon Dieu。

克椅子[1],他告诉贝尔:"是在纽约城做的。"

"我这辈子绝对没坐过比这更舒服的椅子了。"

当贝尔把能赞美的东西都赞美了一遍,屋子里一片安静。鸟儿在花园里大声叽叽喳喳地叫着。

"我很想你,塔兹。"贝尔说。

"我也很想您。"塔兹动情地跪下来,紧紧拉着她的手说,"我是J.尼科莱的全面合伙人。我们的生意很红火,雇了四个人。"

贝尔微笑着看着她的儿子。

塔兹用手掌擦了擦额头。对贝尔而言,这个熟悉的动作让她想起了曾经是小男孩的他,她的泪水夺眶而出。他说道:"您知道我希望的是什么。我从来都瞒不住您。"

贝尔走到窗前,推开百叶窗。她说:"我都忘了在新奥尔良生活能这么美好了。"

"您能来这儿和我一起住吗?"

贝尔转向他,微笑中带着颤抖:"塔兹,我有生意要照看。"

"卖了它。您什么都不需要。我可以养您……"

"塔兹,我亲爱的孩子,我从心底里感谢你,但我不能。"

"可是妈妈,"塔兹像是对着一个孩子说道,"在新奥尔良,你会成为一个淑女。"

贝尔抑制住了她的笑声。贝尔·沃特林,一位淑女!"不,我亲爱的,"她说道,"我会把一切都搞砸的。想想J.尼科莱会

---

[1] 一种带扶手的直背沙发,带有软脚凳。

怎么说，当他知道你母亲不过是个普通的——"

清脆的门铃声拯救了贝尔。她说："去开门，塔兹。我和瑞特要告诉你你想知道的一切。"

大门外，瑞特·巴特勒握着邦妮·布鲁的小手，他深情的表情被一抹伤感渲染，又沉浸于对逝去的爱的留恋。

他从孤儿院带回来的那个男孩是怎么变成这个站在他面前的小伙子的？这个年轻人的眼神诚实而沉稳："欢迎您来我家，先生。我欠您一个道歉。"

"这是邦妮·布鲁。"瑞特说。

"你好，"邦妮开口说道，"我四岁了，已经过完生日了。"

塔兹笑了："过生日的确是件开心事。可是你确定你是四岁吗？作为四岁的孩子，你的个子长得可真高。"

"我确实长得非常高，"邦妮向他保证道，"我有一匹小马。"

"小马！我的老天！"塔兹把他们领进花园。

贝尔在欧椴树下的圆形石凳上坐着，她的腿上放着那个杨木盒子。邦妮冲向小池塘，那里的金鱼在铺开的睡莲下钻来钻去。

"我觉得在外面谈更合适，"贝尔平静地说道，"这地方是不是很美，瑞特？"

塔兹说道："先生，我必须要道歉。我是个忘恩负义的傻瓜。我——"

瑞特把一只手指放在嘴唇上："嘘。"

"先生，我——"

"没什么，塔兹。"瑞特咧嘴笑着说，"再想一想，我很高兴这一切都结束了。"他拉起贝尔的手:"你妈妈和我……这么多年来,我们都努力地保护着另一个人的名誉。一个比我们失去得更多的人。安德鲁·拉瓦内尔是南部联军最勇敢的士兵之一。在他的最后时刻,他想到了你。"

"可是……"塔兹打开盒子,眼睛一动不动地盯着这些东西:南方联军上校的肩章、一只沉甸甸的银质手表,还有一张折起来的纸,但他似乎对这些视而不见。

邦妮见金鱼没法从睡莲的叶片下钻上来,索性跑到大人们的跟前,踮起脚尖看看这个年轻人拿着的盒子里有什么。也许今天是他的生日。

瑞特说:"田纳西州辛西亚纳感激的市民们把这块表送给了你父亲,塔兹。这上面有刻字。"

塔兹韦尔把手中这块沉甸甸的手表翻来翻去:"该死!你是说安德鲁·拉瓦内尔是我父亲?安德鲁·拉瓦内尔上校?那你为什么让我误会我是你的私生子。为什么不告诉我真相?"

"读读这张字条,亲爱的。"贝尔温柔地说。

敬启者:

我承认塔兹韦尔·沃特林是我的长子,并给他留下了这些,我的世俗财产。我祈祷他生活得比我好。

南部联军上校

安德鲁·拉瓦内尔

塔兹折上纸条。又打开了一次,仔细盯着看了看。

"塔兹,"瑞特轻声说,"坐下吧。"

他坐了下来,他的母亲搂住了他。

瑞特深吸一口气说道:"我一直很喜欢新奥尔良。这是一个天主教城市,宽容、感性、充满智慧。低地地区,我和你妈妈长大的地方,塔兹……"

瑞特停了下来,又继续道:"像我父亲兰斯顿·巴特勒那样的农场主,拥有掌握生死的权力。布劳顿种植园里的一切人和物都属于主人。兰斯顿的奴隶、兰斯顿的监工、兰斯顿的马、兰斯顿监工的女儿、兰斯顿的妻子、兰斯顿的女儿……"瑞特咳嗽了一下,"甚至还有兰斯顿·巴特勒不成器的长子。对兰斯顿哪怕最微不足道的财产染指,都是对主人的挑衅。"

贝尔叹了口气:"那不已经是很久之前的事了?"

"塔兹,我和你妈妈接下来要讲的故事很长。能给我倒杯酒吗?"

塔兹和邦妮进了屋,瑞特双手插在口袋里,轻轻地吹着口哨,在花园里来回闲逛。

塔兹返回,把托盘放在长凳上。

"我不要喝酒。我太小了。"邦妮又回到池塘边,躺在岸边,让金鱼看不见她。

贝尔说:"我和妈妈负责布劳顿的医务室,有时候,我会去查尔斯顿买些奎宁树皮。一天,安德鲁也在那里,我们第一次看到对方，就坠入了爱河。别对我笑，瑞特·巴特勒。你了解这种事情。见鬼，你知道一见钟情。总之，那天下午我和安德鲁在白点公园里闲逛，聊着天互相看着对方。我承认我当时真想把他一口吃掉。好了，那天什么也没发生，我坐上了回布劳顿的渡船，后来，当一个黑人妇女递给我一张纸条，说要我去威尔逊公路旅馆见安德鲁时，我真的一点儿都不惊讶。

"嗯，我那天是偷偷溜出去的，一星期后我才偷偷回来。不久我们就做了牧师所说的不该做的事。我并没有为这件事烦恼，就算妈妈知道了，她也不会说啥。我从来没见过安德鲁的家人或者他的好朋友——直到一天早上，瑞特骑马到威尔逊公路旅馆，于是大家都以为是瑞特和我……

"安德鲁对我们的关系非常保密。我一直都知道，我们不可能结婚……"

瑞特说："安德鲁的父亲杰克走投无路卖掉了土地，还写了很多欠条，只要有傻瓜肯借给他钱。他喜欢快马。"

邦妮唱着歌："快出来，小鱼儿。我不会伤害你的。"

"不知怎的，我父亲和杰克·拉瓦内尔都卷入了一个稻米代理辛迪加[1]，辛迪加破产后，我父亲手上有很多杰克的欠条——这让双方都很不高兴：我父亲是因为杰克不想还钱，杰克是因为如果卡罗来纳有谁能从他身上榨出一美元，那这个人一定是兰斯顿·巴特勒。

---

[1] 指以生意为目的结成的私人联合会。

"兰斯顿让杰克知道,他已经越来越没耐心了。兰斯顿会毁了杰克,杰克清楚这一点。

"当杰克得知安德鲁和你母亲的事时,他很担心。如果兰斯顿发现他的债务人的儿子在玩弄他监工的女儿,他将忍无可忍。杰克命令安德鲁不要再和贝尔见面,但安德鲁拒绝了。

"杰克总是喜欢占据优势,当他没有优势时,他就会想法子出奇制胜。几年后我才明白这一点——当年愤怒、困惑的瑞特·巴特勒就是老杰克出奇制胜的法宝。

"确实有效果。我父亲忙着和我断绝关系,他从没发现安德鲁和贝尔的事。"

瑞特坐在窗框上,他的长腿刚好碰到地面。他把雪茄盒递给塔兹。塔兹谢绝了,于是瑞特不慌不忙地点着火。

"安德鲁敏感、骄傲又充满忧郁,但他是我的朋友。当我从西点军校名誉扫地回来时,我和拉瓦内尔一家住在一起。"

"杰克上校把你灌醉了。"贝尔笃定地说。

瑞特笑了:"贝尔,没人能把我灌醉,只有我自己。我非常不开心,杰克只是提供了威士忌和一处能让我畅饮的光线昏暗的门廊。他让我一个人借酒浇愁,过了很长一段时间后,杰克告诉我,他的儿子和一个妓女纠缠不清——对不起,贝尔。如果我是安德鲁的朋友,我就应该帮助他解决这麻烦。那些日子的很多事情我都已经忘记了,但我依然记得那个早上……"

"让我去打扰安德鲁的兴致?得了吧,杰克。"

杰克上校的舌头灵活地翻动着,像一条在路上逶迤而行的蛇。杰克有一万个理由让瑞特帮助安德鲁。瑞特当时身心俱疲，半醉半醒间并没把这件事太放在心上。为了让杰克闭嘴，他愿意做任何事。

"那么，你会找他谈谈对吗？"杰克说，"威尔逊公路旅馆？孩子，你是个好人。没人会说你不是好人。如果那婊子的爸爸发现了这件事，保不准……"

瑞特烦透了杰克，也烦透了他自己，还有比大晚上骑马赶路直到天亮更糟糕的事情吗？特库姆塞小跑起来像镜子一样平滑。

河水从黑色变成了银色，工人们的灯笼在田野里闪烁，随后瑞特到达了萨默维尔十字路口。当他拐进威尔逊旅馆拴马的院子时，安德鲁正在外面抽烟："谢天谢地，瑞特，谢天谢地是你。"

楼上房间里亮着一盏灯，贝尔在等待着她的情人。当天晚上，她告诉安德鲁她怀了他的孩子。

安德鲁抓住瑞特的胳膊："瑞特，她想让我娶她。瑞特，我不能；你知道我做不到。"安德鲁讲了一个恐怖的笑话："我是我父亲可以拿来谈判的唯一筹码！"

贝尔来到院子里，她正沉浸在爱河中，容光焕发。"安德鲁？你和谁在一起？啊，是巴特勒少爷。"这个年轻女子相信她的爱人会和她一起共渡难关，"我和安德鲁已经……在一起了。我现在得回家了。您能带我回家吗，少爷？"

瑞特答应了。

太阳升起来了，两人沿着主灌溉渠骑着马。种植稻米的工人们用手遮挡着太阳，一声不响地看着他们走过去。

瑞特的头脑自从离开西点军校后从没这般清醒过。几个月来他从没像现在感觉这样好。瑞特·巴特勒绝对没有什么可以失去的了。

贝尔的脸颊温暖地贴在他的背上。

"您有爱的人吗，少爷？"

"我妹妹，露丝玛丽……"

"我们不是很幸运吗？爱着别人不是比被别人爱着更幸福吗？"

距离那天清晨的骑行已经过去了二十四年，瑞特·巴特勒把手放在塔兹韦尔的肩膀上说："告诉我你爱谁，我会告诉你你是谁。"

在塔兹的提议下，他们来到安托万饭店吃饭，那里的侍者对沃特林先生的母亲以及巴特勒船长的小女孩十分殷勤。贝尔说这是她一生中最快乐的一天。

第二天，他们乘火车到巴吞鲁日去见塔兹韦尔·沃特林的合伙人。瑞特、塔兹和J.尼科莱谈论着他们共同认识的人，贝尔、普利茜和邦妮沿着河口散步，普利茜看到一根看起来人畜无害的木头竟是一条鳄鱼，顿时被吓得半死。

在巴吞鲁日，他们在一家渔民餐馆吃饭。邦妮喜欢血肠，但被海螯虾吓得不停发抖。"这是只大蜘蛛！"邦妮坚持道。

回到新奥尔良，他们看了赛马比赛，去法国歌剧院观看了《费加罗的婚礼》。整整一个早上，瑞特和邦妮都坐着有轨电车城里城外到处跑,因为邦妮喜欢这样。

邦妮扬起笑脸对着他说道:"我真希望妈妈也在这儿。"

瑞特的眼睛里充满悲伤:"是的,甜心。我也希望她在这里。"

那愉快的一周经常下雨,雨水给大地带来凉意,落下时消失在了浓雾之中。

瑞特忘记了带女儿坐汽船的承诺。他余生都会为没有兑现那个承诺而感到遗憾。

第四十八章

梅丽小姐请求帮助

瑞特和邦妮去了新奥尔良一年零一个月后,梅兰妮·威尔克斯给她的朋友写了一封信。

最亲爱的露丝玛丽:

我相信你一定身体健康,精神饱满。你喜欢在女子神学院教书吗?

露丝玛丽,像我们两个这样生性古板的人怎么会成为如此亲密的朋友呢?

米德医生在我的门外给皮蒂帕特交代医嘱。这个好心的医生临走时对我再三警告并留下了五颜六色的药水和药片!男人们能够修理某件东西的时候,就会把它修好。如果无法修理,他们就会表现出烦闷和犹疑!

虽然米德医生对我陷入困境颇为不满——我从他的眼睛里看出了责备,但他无法体面地说出这些话。有哪个男人会冒昧地告诉一个妻子她应该拒绝丈夫的拥抱呢?

他对阿什利就不那么宽容了，我那充满自责的丈夫总是躲着他。米德医生终于堵住了阿什利。我丈夫来到我的房间，如此懊悔，我必须让他振作起来。假装欢快的妻子和充满懊悔的丈夫：我们真是一对傻瓜！

米德医生把我的怀孕归咎于阿什利。阿什利是个君子，没有一个君子会承认，他那害羞而多病的妻子是个莎乐美[1]，无助的男人都无法抗拒她的诱惑。

没错，亲爱的朋友，我得承认那个听起来不太可能的故事是事实，这个相貌平平的女孩，在必要的时候，会成为第一流的莎乐美！

一年前的四月，斯嘉丽和阿什利放弃了挣扎——只是一瞬间，任由郁积在心中多年的冲动爆发出来。阿什利的妹妹茵迪娅、阿奇·弗莱特和埃尔辛老太太——全亚特兰大最爱管闲事的人——撞见他们抱在了一起。毫无意外地，茵迪娅带着他们的消息跑来找我——就在阿什利生日当天，我们的家已经准备就绪，等着迎接客人，日本灯笼在花园闪着动人的光芒。

亲爱的露丝玛丽，说到我的家庭，我是一只母老虎。当茵迪娅兴高采烈地把这消息告诉我时，我完全明白，我可能会毁掉两桩婚姻，我自己的和你哥哥瑞特的，茵迪娅的脸上洋溢着恶毒的满足感。她一直很讨厌斯嘉丽。

我心想，茵迪娅，你是阿什利的妹妹。难道你看不出吗？这件事不仅会让你所鄙视的那个女人身败名裂，也会彻底毁掉你爱的哥哥。于是我当众宣布茵迪娅是个骗子。我断言我的丈夫阿什利和我亲爱的朋友斯嘉丽绝不会背叛我。我命令茵迪娅离开我的房子。阿奇·弗莱特也来证明茵迪娅所言非虚，于是我把他也赶了出去。后来，阿奇发出了最恶毒的威胁——不是针对我，而是针对斯嘉丽和瑞特！我担心他们因此多了个敌人。

当我心怀愧疚的阿什利回到家里时，我从来没有给这个可怜的人任何找

---

[1] 《圣经·新约》中希罗底之女，据传美艳绝伦，被视为情欲的象征。

借口的机会,而是用一个我确信比斯嘉丽还热情和熟悉的拥抱迎接他!

阿什利拼命想要坦白。他的嘴唇因渴望而颤抖。我用一个吻阻止了他的坦白。

诚实在此时是不相宜的:就像需要用到缝纫剪刀时却拿到了一把修枝剪!我不能让我丈夫坦白,因为我无法赦免他!

斯嘉丽和瑞特是在阿什利的派对开始了好一阵之后才来的。(毫无疑问,是你哥哥让斯嘉丽来"接受惩罚"的。)在我们家的前门,我拉起我亲爱的朋友不忠诚的手臂,当着众人的面向她微笑。

那天晚上我们的客人中有一些大人物,有几个很显赫(而且心不在焉),没有人把阿什利做的这件不光彩的事告诉他们。胸怀宽阔的人接受了我对我丈夫和朋友的信任。心怀刻薄的人认为我是个傻瓜,暗地里笑话我。

但丑闻止于我的名声。

那天晚上,我们的客人回家后,阿什利以最原始也最令人信服的方式证明了他是我的,也只属于我一个人。

阿什利和梅丽·威尔克斯像一对新婚夫妇。我们谈论书籍、艺术和音乐——绝口不提政治或商业。我们那一夜的胶漆相投,一想起来我就脸红!我们从来没有讨论过我们的欲望会出现什么后果。也许我们都希望在艰难生下博之后,我不可能再怀孕了。

既然我不能相信上帝是无情的,那我必须相信他能洞悉一切,所以我准备好分娩了。

如果我活下来,那是上帝的旨意。如果我没有,我祈祷我的孩子能活下来。她是那么聪明,那么有朝气,是那么想要活下去。我说"她"是因为我和她贴得很近,比我和男孩的距离更近。我向她倾诉。我告诉她,她父亲是为一个比我们所生活的这个艰辛动荡的世界更美好的世界而生的。我催促我的女儿把她生活的世界改造成为一个新世界，让阿什利这样温文尔雅的人可以生活在荣耀与和平中的世界。

露丝玛丽，这一定有可能实现！我们出生在十九世纪，站在天堂的门口，那里将不再有战争，每个人都幸福美好地生活着！

我女儿是怎么看待我们的世界呢？如果战前的生活对我来说已经十分遥远，那她又会如何看待那段日子？

我们生活在南部邦联的人们会不会变成多愁善感的幽灵呢？我们的激情、困惑和欲望褪色成一首遥远的田园诗，那里面有老实忠诚的黑人、矗立着白色柱子的种植园，还有英俊的主人和太太，他们的举止和衣服一样无可挑剔。

哦露丝玛丽，我们的生活被割断成为"过去"和"现在"，前者日渐遥远，后者又光鲜亮丽，连油漆都没干透。

我太忘恩负义了！阳光照耀着我的窗外，当我沉溺于这些忧郁的幻想时，我听到孩子们玩耍的叫喊声。

最亲爱的露丝玛丽，我一直在回避这封信的真正目的。你一定得来亚特兰大一趟。

我明白你对学校的责任，但请你为你哥哥考虑一下。邦妮·布鲁刚刚去世的时候，我真担心瑞特会精神失常。

这个悲剧本不该发生的。如果小邦妮不硬逼着她那匹不情愿的小马跳过栅栏，小马可能就不会被绊倒。每天都有孩子从马背上摔下来。有几次，查尔斯哥哥从马上掉下来，吓得皮蒂帕特姑妈差点背过气去。大多数孩子从小马上摔下来是不会有大碍的。

邦妮的死亡令她父母肝肠寸断——你一定明白那种感受。

整整四天，在一间灯火通明的房间里，瑞特一直和他已经死去的可怜孩子待在一起。瑞特不愿让邦妮下葬——那样她将会永远躺在黑暗中,可她一直都很怕黑!

现在我依然很难相信她已经走了。有时,我听到马蹄声就会朝街上望去,期待看到邦妮骑着她的小马,旁边是她骄傲的父亲,瑞特拉住他那匹大黑马的缰绳,和她女儿的小马保持步伐一致……

那些说亚特兰大无情的人应该看看人们是怎么悼念这个孩子的。那么多人来参加葬礼,外面足足站了一百人。

如果邦妮的死给了你哥哥一个可怕的打击,那么他解体的婚姻则彻底击垮了他。

露丝玛丽,你哥哥骨子里是个情种。精明的商人、冒险家、花花公子不过是他为多情的自己披上的外衣。

邦妮·布鲁是瑞特和斯嘉丽婚姻的最后一个维系。瑞特把邦妮当成没有被宠坏的斯嘉丽,一个毫无保留爱着他的斯嘉丽。斯嘉丽爱邦妮,则像爱着一个重生的自己,那是她一直渴望成为的样子,哪怕只有一次……邦妮知道自己需要什么,而斯嘉丽却不知道,斯嘉丽消磨着周遭对她的好感,而邦妮却能轻松地获得众人的青睐。

瑞特和斯嘉丽都是争强好胜之人,但都只能接受胜利的荣光——这是两个桀骜不驯灵魂的冲突。现在每每和他们相处我都感觉心痛万分:刻薄而疲惫的语言;曾经的咄咄逼人再度上演;痛苦一遍又一遍地重复,仿佛伤害刚刚发生,伤口还在剧痛。

露丝玛丽,你哥哥需要你。

我没去过多少地方。有一次,在我还是个小孩子的时候,我和皮蒂帕特姑妈还有查尔斯去查尔斯顿旅行。我认为那里比亚特兰大精致得多!我们住在米尔斯先生的酒店(它还在吗?),在那儿的餐厅里,蜗牛被端上来的时候还附带了一个工具。吃蜗牛的时候我们通常要用手拿着壳,把肉从壳里挑出来。我以为这个工具是个胡桃夹子,于是以亚特兰大的决心试图夹碎蜗牛壳,这时我们好心的侍者拯救了我:"哦,不,小姐。不是的,小姐!查尔斯顿这里做法不同!"

我当时怀疑,现在却相信了这句话,查尔斯顿对许多事情的做法都不同——那是繁忙的亚特兰大忽视或根本不做的事情。

我记不得我的父亲,对我母亲的印象也十分模糊,那是一种温暖的感觉,但又不像刚出炉的面包那样热乎乎的。我记得母亲的抚摸,如此温柔,就像一只蝴蝶轻轻碰到你。父母过世后,查尔斯和我去了皮蒂帕特姑妈家:两个孩子的监护人也不过是个孩子。彼得大叔才是我们家的大人!我们度过了多么快乐的时光啊!皮蒂帕特的愚蠢(让成年人不胜其烦)令我们着迷,和孩子们在一起,皮蒂帕特善良的心和傻傻的举动绽放出了智慧的花朵。有一天,她打赌我们跑不过鲍温先生的双轮马车。(我们的邻居鲍温先生的马是出了名的脚程快。)查尔斯和我躲在灌木丛里,直到鲍温先生拐上我们的大街,我们冲到他的马车前面,用我们短粗的腿拼命地跑,鲍温先生(事先经过皮蒂帕特姑妈的提醒)故意控制住马,好让我们赢得比赛。我记得我们的奖品是燕麦饼干,每人两块,那毫无疑问是我吃过的最好吃的饼干。长大之后我才意识到他们的把戏——两个小孩怎么可能跑得过一匹快马。上帝垂怜!

现在,我们在礼拜日下午外出兜风时,我就会像一件行李一样被搬到车上,裹得像个襁褓中的婴儿,以抵御"八月的严寒"。

在乡下,阿什利对着每一个熟悉的种植园的废墟都会发出一声声的叹息,他们的花园重归荒芜,好像这些土地仍然属于切罗基人[1]。我扯扯他的衣

---

[1] 北美印第安人一族。

袖,阿什利才不情愿地回到现实。

我们在亚特兰大的"做法"也开始变得"有所不同"。亲爱的露丝玛丽,我们基本从战争中恢复过来了,并以惊人之速繁荣起来。集市开放的日子,桃树街和怀特霍尔大街上,农场主的大车从马路一侧的木板行人道排到另一侧。煤气灯几乎延伸到皮蒂帕特家,所有的中心街道都被铺上了碎石。他们在建造一条有轨电车线路!我们重新被联邦接纳,卡斯特将军带着联邦军队去了西部,亚特兰大做得很好,谢谢!

等路易斯·瓦伦丁长大成人,他在这里会有一个光明的未来。亚特兰大已经全心全意地拥抱了新时代,一个年轻人,再加上瑞特舅舅的人脉,他会有大把的机会。

瞧我现在已经变得多么现实,而我最怀念的却是那个不切实际的年代:皮蒂帕特、查尔斯和梅兰妮恣意的生活!

我每天都在想念查尔斯。在我心里,他一直是那个二十一岁的年轻人,刚刚和塔拉种植园的斯嘉丽·奥哈拉成婚。这一定是战时的冲动,因为如果要说哪对夫妻不般配,那肯定是我亲爱的查尔斯·汉密尔顿和斯嘉丽·奥哈拉。

一想到查尔斯新婚宴尔中离世,我稍感安慰。如果他活着,他们会让彼此深陷痛苦。

我想我很快就能见到查尔斯了。如果能问他对我们目前的状况有什么看法,那真是一件有趣的事。

向你致以我最真挚的爱。

你忠实的朋友

梅兰妮·汉密尔顿·威尔克斯

第四十九章

临终时分

梅兰妮·威尔克斯奄奄一息之时,瑞特·巴特勒在他位于桃树街的宅邸的客厅里等着,听着钟声。

那是十月。一个阴暗、下着毛毛雨的下午。

他的那杯干邑白兰地是用拿破仑的军队可能曾从旁经过的葡萄园里的葡萄酿制的。喝起来寡淡无味。

这个房间曾接待过佐治亚州州长、参议员和美国国会议员。装椅子扶手的工人从这所房子里得到的乐趣都比瑞特的要多。

大房子安静得像个坟墓。邦妮死后,他对埃拉和韦德也避而不见。他担心他看着活着的孩子会不自觉地想:当时可能是你而不是邦妮,如果是你就好了……

嬷嬷和普利茜把孩子们带到屋外去玩。下雨时,埃拉和韦德就在马车房里玩耍。

他不再去农商银行办公。昨天——还是前天?银行总裁来了，充满忧虑。虽然农商银行并没有投资北太平洋铁路，可是当杰伊·库克宣布破产时，纽约证券交易所崩盘了。在全国各地，储户们争先恐后地去银行取出存款。纽约、费城、萨凡纳、查尔斯顿和纳什维尔的银行都倒闭了。农商银行没有足够的现金来满足储户们取款的需求。

"瑞特，"总裁恳求道，"你能帮帮忙吗？"

瑞特·巴特勒把他的财产抵押了出去，这样储户们就可以从农商银行提取现金——他们的每一分钱。既然可以取钱，他们就没有再去把钱取出来。

瑞特不在乎。

时钟报时：死气沉沉地敲了六下。

寂静的房间里，一阵风吹动了他脖子上的汗毛，瑞特知道梅丽小姐去世了。

梅兰妮·威尔克斯是瑞特所认识的少数几个不会受骗的人之一。

当秋日的深黄色光线从房间里一点点漏了出去，瑞特点燃了煤气灯。

他爱斯嘉丽吗，还是爱她可能成为的样子？他是不是在自欺欺人——他爱着的只是她的形象，而并非那个有血有肉的女人？

瑞特不在乎。

哪怕她和阿什利·威尔克斯在一起一次又一次地背叛他，他也不在乎。阿什利现在又自由了。如果她还想要那个男人，她可以得到他。

那天晚上,当瑞特的妻子见完梅兰妮·威尔克斯最后一面回来,她告诉她的丈夫她爱他。斯嘉丽以前从没说过这样的话,瑞特也许应该相信她。但他不在乎。

瑞特·巴特勒望着那双令他沉醉多年的淡绿色眼睛,竟然一点儿感觉都没有。

第五十章

十二橡树后面的小山

接到瑞特简短的电报后,露丝玛丽从女子神学院辞职,收拾好行李,把教堂街四十六号的钥匙交给了她的哥哥朱利安。

第一次坐火车的路易斯·瓦伦丁对一切充满新奇。他们在奥古斯塔铁路旅馆过了一夜,第二天下午大个子山姆在琼斯博罗接到了他们。

有钱的北方佬租下了十二橡树种植园其余的地方用来猎鹌鹑。除了为猎鸟而在四处辟出的几块燕麦田外,种植园已成为一片荒野。

"手别伸出去,小少爷。"大个子山姆对路易斯·瓦伦丁建议道,"不然会被割伤。"荆棘丛盘踞在小路上。黑莓的藤条刮擦着马车车厢。

一堆瓦砾中耸立着几根砖制的烟囱,那里曾经是十二橡树庄园的宅邸所在。倒塌的石柱已经快要被郁郁葱葱的五叶地锦掩埋。回车道是才开辟出来的。残留在路上的枝杈被车轮轧得噼啪作响。从战争开始,这些树木就长得遮天蔽日,几乎不见阳光。光亮的亚特兰大四轮敞篷马车停在摇摇晃晃的农用大车旁边。几匹马在一瘸一拐地四处走动,有几匹的轭具还没有被卸下。黑人聚集在从谢尔曼炮火中幸存下来的一棵古老的栗树下。

"我们没法儿再往前了。"大个子山姆说,"我们得走到墓地。"

"去哪里可以找到我哥哥,巴特勒船长?"

"我想他和威尔先生在一起。他们昨天清理了回车道。"

他们走过停在一旁的几辆马车,这时,一张和蔼可亲的脸探出窗外:"我的上帝啊,是你吗,露丝玛丽小姐?还有路易斯·瓦伦丁,亲爱的,别害羞。"

"啊,是贝尔,你好。没想到你也认识梅兰妮。"

"我很尊敬威尔克斯夫人。我不敢自称是威尔克斯夫人的朋友,但她对我太好了。我没法去圣菲利普教堂参加葬礼,但我想我可以来这里,这毕竟是室外。"

"梅兰妮不会介意的。"

"威尔克斯太太在意的通常是别人不在意的事。威尔克斯太太,她是个基督徒!"

"是啊,她是个基督徒。我多么希望……"露丝玛丽端详着贝尔的脸,"梅丽很担心我哥哥。"

贝尔的笑容消失了。"是啊。我从没见过瑞特心情这么低落。他先是失去了亲爱的孩子,现在又遇上这件事!他打算怎么办?他和斯嘉丽小姐……他俩已经不在一起了。彻底分开了。他也不在我那儿。我不知道他能去哪里！"贝尔用手帕擦了擦眼睛，"我可不能弄花了妆。参加葬礼我得看起来体面点。"

路易斯·瓦伦丁紧紧抓住大个子山姆的手。"我讨厌现在这个样子，"山姆告诉露丝玛丽，"我记得十二橡树还是一个种植园时的样子。这些洼地里长着上好的棉花——能卖大价钱的棉花。"

"我在哪里可以找到巴特勒船长？"

"可能在墓地。前天，他出去了。一直在干活。"大个子山姆对这一连串的变故摇了摇头，"巴特勒像个黑奴一样干活！你想让我背您吗，少爷？"

"我自己可以走！"路易斯·瓦伦丁坚决地说，"我已经七岁了！"

威尔克斯家的审美情趣体现在种植园生活的方方面面。他们举办的聚会是出了名的气氛欢快、美女如云。威尔克斯的会客厅是妙语警句的诞生地，克莱顿县的人对喝酒、打猎和骑马的关注在这里都没有市场。站在阳台上，越过十二橡树郁郁葱葱的花园，你可以看到弗林特河波光粼粼的浅滩。

在主屋后面，一条由宽大石块铺就的绿荫掩映的小路一直通向山顶，在十二橡树高耸的烟囱上方，哀悼者们穿过一扇掐丝造型的铁门，来到威尔克斯的家族墓地。墓地里，巨大的橡树遮蔽着长满青苔的墓碑。在这肃穆的墓地下方，整齐地排列着庄稼地、大宅、花园和其他房屋。晴朗的日子里，威尔克斯家族的一切都尽收眼里；然而，在这些墓地的围墙里，人类所有的欲望、骄傲、财富和权力都归向卑微的终点。对威尔克斯家族，死亡也具有美学价值。

可是现在，石头台阶变得歪斜或破碎，荆棘纷纷挂住露丝玛丽的袖子。曾经的橡树只剩下了树桩；它们早已被填了谢尔曼部队的营火。鹿和野猪在墓碑间觅食，有道德教化意味的场景已经被树苗、黑莓灌木丛和绞杀藤蔓吞噬。

两座最古老的坟墓（罗伯特·威尔克斯，1725—1809；莎拉·威尔克斯，1735—1829）的两侧是他们后代的坟墓。这里是梅兰妮的父母，斯图尔特·汉密尔顿上校（1798—1844），"沉痛怀念"，以及他的妻子艾米，"慈爱的母亲"。

约翰·A.威尔克斯，阿什利的父亲，躺在他妻子的身边。南方联军查尔斯·汉密尔顿（1840—1861）和堂兄弟们则靠着墙。

小石碑标记着威尔克斯家早夭的孩子。

瑞特·巴特勒颓然地坐在一块倒塌的墓碑上。当他抬起头来时，露丝玛丽被他眼睛里的痛苦刺得心头一紧。

"哦，瑞特，可怜的亲爱的梅丽。"

瑞特·巴特勒的领子敞开着，衬衫也脏了。他把头发从眼睛上拂去，在额头上留下了一条红色的佐治亚黏土的痕迹。他的声音像一块脏石头一样毫无生趣："所有可爱的、善良的人都走了。邦妮、梅格、约翰，现在是梅丽。"

灵车缓缓地走上后山的小路，人们一边砍掉碍事的灌木丛，一边发号施令。

"妹妹,"瑞特说,"不,求你了,别碰我。我想我现在受不了别人碰我。"他似乎想到了什么,又补充说:"我离开了她。我本以为……我原本希望……"他舒展开他那垂下的肩膀,"我以为我们是一类人。那些该死的年头……"

"你有什么打算,瑞特?你要去哪里?"

"谁他妈的在乎?总有地方可去。"

露丝玛丽用一块湿润的手帕擦掉她哥哥额头上的污迹。

路易斯·瓦伦丁查看着墓碑上的文字。"看啊,妈妈,"他叫道,"他还是个婴儿。"

哥哥的痛苦实在令露丝玛丽无法承受,于是她来到儿子身边。她读道:"特纳·威尔克斯,1828年8月14日—9月10日。我们内心的渴望。"

瑞特沙哑的声音插了进来:"特纳是阿什利的哥哥。如果特纳·威尔克斯有幸活下来,梅兰妮就会嫁给特纳,阿什利就会和斯嘉丽结婚,而我就不会虚度生命了。"

"瑞特,你不能原谅她吗?"

她哥哥疲倦地摇了摇头:"我当然原谅她。她本就如此。我不能原谅的是我自己。"

马蹄打滑的声音、挽具金属的撞击声,以及紧张的劝慰声,宣告着灵车的到来。玻璃罩棺材盛放着逝者从圣菲利普教堂庄严地离开,但在攀爬这段陡峭的、特别是一些荆棘没有清理干净的斜坡时,令人感觉格外心惊肉跳。荆棘丛刮擦着玻璃罩,送葬队伍中的男孩儿们把粗树枝扳向一旁,防止玻璃罩被打碎。灵车后面，威尔·本廷驾着马车拉着亲眷们。

在墓地，身体强壮的搀扶着儿童和体弱者。脸色苍白的博·威尔克斯紧紧抓住他父亲的手。汉密尔顿绕着他父亲查尔斯的坟墓走了一圈。

小埃拉抓着一束枯萎的菊花。

斯嘉丽的眼睛里噙着泪。

半个克莱顿县的人都到场了。威尔克斯家族曾是一个大家族，乡下人一直以他们拥有大家族而骄傲。

斯嘉丽熟识的一张张面孔因衰老和贫困而憔悴不堪。这是从得克萨斯回来的托尼·方丹。亚历克斯·方丹娶了萨莉·门罗，他哥哥乔的遗孀。比阿特丽丝·塔尔顿在跟威尔·本廷窃窃私语，大概在讨论着马的事。比阿特丽丝·塔尔顿爱她的马胜过爱她的女儿。兰达和卡米拉·塔尔顿礼拜日穿的鞋子粘上了红土。她们明天去学校教书前得把它们擦洗一下。贝琪·塔尔顿围在她母亲身边，故意躲着她那个肥胖、坏脾气的丈夫。比阿特丽丝却并不怎么理会贝琪。

苏埃伦·奥哈拉·本廷瞪着斯嘉丽。威尔告诉他的妻子斯嘉丽葬礼后会留在塔拉。

随着她的婚姻一月复一月，一周复一周——有时斯嘉丽甚至认为是一小时复一小时地分崩离析，斯嘉丽渴望通过投资为自己留一条后路。她一直很精明。她不是建立了亚特兰大最赚钱的两家锯木厂吗？瑞特坚持认为，铁路线拉得过长，修建铁路的投入将远远超过运送客流量和货运量的利润。

她要证明给他看！她买了北太平洋铁路的债券。

邦妮死后，瑞特仿佛消失在另一个世界——一个她无法进入的世界。他对她所说的任何话都无动于衷。无论是最真诚的承诺，还是发脾气，都没有效果。瑞特用疲惫而悲伤的眼睛望着他的妻子，把她丢在了梅兰妮·威尔克斯临终的床榻边。

斯嘉丽的悔恨和自责多到让她无法承受，于是她进城去找她的经纪人。杰伊·库克的北太平洋铁路曾经是斯嘉丽一生中唯一的幸福。她不用努力也无须担心，北太平洋铁路以不可阻挡之势向西推进，它的债券价格也一路飙升。自然奇观！

斯嘉丽把锯木厂赚来的钱花光之后，又把桃树街的房子抵押了。在梅兰妮·威尔克斯最后的日子里，斯嘉丽用塔拉作抵押借了钱。

现在，梅兰妮走了，梅兰妮手上的北太平洋债券与存放在塔拉阁楼上的邦联货币一样变得一文不值。

斯嘉丽要回到塔拉的家。塔拉会养活她。

"亲爱的露丝玛丽，"她机械地说，"你能来真是太好了。"

"梅兰妮·威尔克斯是……我会很想念她的。"

"我需要她。"斯嘉丽说道，完全不理会那个站在他妹妹身边的陌生人。陌生人舔了舔嘴唇，好像有话要说，但他最终什么都没说。他们两个都没有说什么。

抬棺的人把装饰华丽的棺材缓缓放下，梅兰妮·威尔克斯绝对不会选这种式样，那脆弱的玻璃棺材罩会让梅兰妮觉得有些造作。

抬棺的人大步走向墓地，威尔·本廷将抬着棺材的手柄向前移动了一些，帮阿什利分担一些他无法承担的重量。

牧师把他的白色法袍围在脖子上。他开始主持下葬前的仪式。野雁嘎嘎叫着飞过。一只乌鸦在荆棘丛中呱呱叫。比阿特丽丝·塔尔顿咳嗽了几声。

斯嘉丽什么都听不进去，什么也看不见。

威尔手下的黑人们抓住绳子，威尔喊道："起。"他们把棺材移到坟墓上方，然后放了下去。

阿什利抱着儿子哭了。博盯着他的鞋子。

斯嘉丽的喉头涌起一阵悲伤。她吞咽了一下感觉很疼。

她把她的那一份红土撒在梅兰妮·汉密尔顿·威尔克斯的棺材盖上，然后在裙子上擦了擦手。

她听到一匹马沿着山坡跑了下去，当她转过身来时，瑞特·巴特勒已经从她的生命中消失了。

斯嘉丽脚边的坟墓里或许也埋着她的心。

第三部　塔拉

第五十一章

威尔·本廷

当斯嘉丽小姐搬回塔拉，亨利·汉密尔顿叔叔把她在亚特兰大的豪宅挂牌出售时，威尔·本廷嗅到了麻烦的气息。

斯嘉丽小姐和巴特勒船长分手了；这件事大家都知道。

巴特勒船长在威尔克斯夫人葬礼结束后就骑马飞奔而去，威尔乐得看见他离开。正如威尔对他的农场狗阿布说的："有时候动物需要去舔伤口。"

塔拉的监工是一个眼神温和的"佐治亚饼干"[1]，稀疏的头发被太阳晒得发白，手腕和脖子像刚切开的甜菜一样红。头和胸部占据着身体的大部分，那条真正的腿和他在葛底斯堡战役中为自己挣得的木头腿一样又细又长。他的手指和他女儿苏茜的手腕一样粗。

---

[1] 指佐治亚州的美国先驱定居者及其后代。

战后困难的那几年，有一次，当斯嘉丽把从亚特兰大锯木厂所赚的钱寄给塔拉时，她抱怨道："威尔，战前塔拉可是养活了奥哈拉家，现在却反过来了。"

威尔摘下他那顶软塌塌的帽子，挠着额头说："那么，斯嘉丽小姐，我想你可以把塔拉租给哪个北方佬。"

那是她最后一次抱怨。

如今，塔拉不得不再次养活一家子。这里有黑人——迪尔茜、普利茜、波克、大个子山姆和嬷嬷，还有斯嘉丽小姐、她的孩子们和本廷一家。

城里的人来到这里没多久，七岁的埃拉就抽了一次风。晚餐时，她在桌子旁发出了一声怪叫，从椅子上摔了下来。虽然失去了知觉，但她的眼睛在转动，腿在踢，连威尔·本廷都不能让她安静下来。她很快恢复过来，脸色苍白，身体有些发抖，但把威尔吓得魂不附体。

博·威尔克斯也住在塔拉。威尔克斯先生目前的状况完全不适合照顾他的儿子。葬礼结束后，斯嘉丽小姐让露丝玛丽小姐和她的儿子留下来。

关于斯嘉丽小姐为什么邀请巴特勒船长的妹妹和儿子到这里，威尔有自己的看法。这是斯嘉丽小姐不假思索就去做的一件事。斯嘉丽小姐总是趁别人还没发现好处的时候就占了便宜。这是她的天性。

苏埃伦想明白了，她告诉丈夫："这是一个肮脏的把戏，威尔·本廷，用瑞特的妹妹做诱饵？"

威尔用一个吻让她闭上了嘴。别人没法让苏埃伦闭嘴,但威尔可以。

苏埃伦·奥哈拉并不是威尔·本廷的第一选择。威尔曾向奥哈拉家最小的女儿卡琳求爱,但卡琳心意已决,去了查尔斯顿的一个修道院。

那时,威尔已经把塔拉当成了自己的家,虽然战后人们的思想不再像以前那么保守,他还是不能和未婚的苏埃伦同住在一所房子里。而骄傲的苏埃伦没有其他追求者,也无处可去。

尽管一开始并没有多少感情,但苏埃伦和威尔婚后的生活很幸福。他们六岁的苏茜很任性,但她的父母因此更爱她了。正如苏埃伦总是挂在嘴边的(她对斯嘉丽如何撬走了自己的未婚夫弗兰克·肯尼迪始终耿耿于怀):"没人可以瞒过苏茜的眼睛!"本廷的儿子罗伯特·李性子柔和而内向,有时连他父亲都觉得看不下去。

威尔来到塔拉时还是一个受伤的老兵。塔拉治好了他的伤痛,威尔也拯救了塔拉。用斯嘉丽小姐的钱,威尔为塔拉购置了棉花打包机,买来了赛勒斯·麦考密克[1]的新式割草机,并更换了十几个小工具:四齿和六齿横切锯,马鞍夹,螺旋钻和锥子,这些工具被谢尔曼的士兵偷走或弄坏了。威尔带领工人们将雪松和黑莓荆棘连根拔除,更换了破损的栅栏,重新翻修了冰室和熏肉房的屋顶,清理和修剪了果园,把厨房外的花园扩大了

---

[1] 赛勒斯·麦考密克(1809—1884),美国发明家,曾发明收割机。

一倍，建了一个有十二个隔栏的马厩，围了一个猪圈，在原址上重新搭起一个板条结构的棉花棚，并粉刷一新。

为了给斯嘉丽腾出地方，本廷一家从杰拉尔德和埃伦的前卧室搬了出来。"塔拉只能有一个女主人，"威尔对生气的妻子说，"我想那个人是斯嘉丽小姐。"

但是斯嘉丽并不想住在她父母的卧室里，那里有杰拉尔德的阳台和带罩篷的床，奥哈拉家的人出生、去世都在那张床上。于是，斯嘉丽在楼梯顶端，育婴室旁边的旧房间里住了下来。

战后，原来在塔拉田地里干活的工人都进了城，对城里的生活听得多了就想去碰碰运气。然而忍饥挨饿熬了几年，大部分人又回到了克莱顿，住在破败的琼斯博罗附近一个被大家称为"黑人区"的地方。

斯嘉丽问威尔·本廷："为什么他们不像大个子山姆和家里的黑人们一样住在塔拉呢？"

"斯嘉丽小姐，他们宁愿住在最破烂的贫民窟，也不愿回到塔拉的'奴隶宿舍'了。再说，到了冬天我们该怎么安置他们？"

"塔拉的人总是有活儿干的。"

"斯嘉丽小姐，"威尔解释说，"他们不再是'塔拉的人'了。三月到九月需要种田的工人，我会付合理的工资请人来干。全劳力一天挣五十美分。"

"其余的时间，他们靠什么生活？"

"他们现在是自由劳动力了，斯嘉丽小姐。"威尔叹了口气，"不是我们让他们自由的。"

斯嘉丽小姐将这一年棉花收成赚来的钱赶忙存进了亚特兰大银行——她亲自带着钱进城。威尔告诉她他们想要更换新马具好开始春耕，她回复说："威尔，我们还是凑合着用旧的吧。"

爱情的烦恼和金钱的烦恼：威尔不知道哪个更糟糕。

巴特勒船长和沃特林先生去了欧洲。

晚上在客厅里，露丝玛丽小姐大声朗读着她哥哥的信。瑞特描述了巴黎的赛马场、大教堂和艺术家，还拿高高挂在巴黎圣母院大教堂里的红衣主教的帽子说笑："法国人相信，当帽子落下时，红衣主教就去了天堂。有些帽子在那里已经挂了几个世纪了！"

威尔和孩子们一起啧啧惊叹。他为斯嘉丽小姐感到难过。她似乎完全被忽视了。

露丝玛丽小姐谦逊而乐于助人，塔拉毫不费力地接纳了她和路易斯·瓦伦丁。

露丝玛丽小姐成了女教师，育婴室则是她的教室。

苏埃伦管理着家里的黑人，嬷嬷除外，她不需要任何人的管理。

星期天，大个子山姆驾着马车去琼斯博罗，露丝玛丽和孩子们在那里和循道宗信徒一起做礼拜。黑人穿过铁路到对面的麦克斯韦牧师的第一非洲浸信会做礼拜。

不管有没有钱，他们起码不会挨饿。夏天的作物收割完毕被储存在塔拉的根菜地窖里，那里放着一排排闪闪发光的密封罐，里面装满了桃子、浆果、西红柿和豆子，那是梅森先生的发明创造。

一头三岁大的牛被宰杀并用盐水腌起来。十五头猪被宰杀、腌制，然后挂在熏肉房里慢慢风干。威尔·本廷的火腿在当地很出名，每到圣诞节，他都会亲自向邻居们赠送一份火腿作为"塔拉的小礼物"。

虽然威尔是个庄稼汉，但他最爱的是动物。和塔尔顿夫人一样，威尔·本廷对马很痴迷。他喜欢塔拉的牛和骡子，和他的猪俨然是好友：塔斯克、矮子、大姑娘。他欣赏它们纯真的猪样。大姑娘生病时，威尔熬了大半宿给它喂松节油。

杀猪的时间通常定在十一月第一个寒冷的日子，这一天苦乐参半。是的，威尔把塔拉的熏肉房填得满满当当，但第二天早上他就不会再去猪圈了。大姑娘不会再在那里，哼哼着向他问好，并嗅着他的假腿。

每到星期六的早上，阿什利便会从亚特兰大过来。他感谢斯嘉丽抚养博，并经常带给她一些小礼物：一块刺绣的细麻布手帕或一罐英国太妃糖。

阿什利说现在建造都结束了。他的锯子闲置了，木材堆成堆，都已经变蓝了[1]。金伯尔酒店已经关门了。"现在经济不景气。"阿什利说，好像这件事并不令他十分困扰。

"天哪，阿什利。"斯嘉丽皱着眉，"你难道都不在乎吗？"

---

1 这是一种木材霉变的现象。

"我在乎的是周一早上,我要决定让哪个工人走,到时他将如何养活家人。"

阿什利和斯嘉丽、博还有露丝玛丽一起喝咖啡,他会用《麦加菲读本》[1]考查儿子的功课进度,但阿什利喝完一杯咖啡后就会前往十二橡树,然后他会爬到山顶墓地和梅兰妮说说话。

温柔的梅兰妮无法分担阿什利的遗憾。她宽慰悲伤的丈夫他们总有一天会团聚的。他们一边谈话,阿什利一边打扫墓地,把干枯的树枝清理干净,把墙壁刷洗一遍。第三次去墓地时,他带了一把长柄斧,砍掉蔓生的枝杈,这样站在这里远望时视线会更佳。梅兰妮一直很喜欢站在这里看风景。

他在十二橡树的黑人马车夫的屋子里过夜。和塔拉庄园的情况一样,谢尔曼的士兵没有破坏黑人的住所。一周之中只有这天晚上,阿什利·威尔克斯可以毫无烦恼地入睡,而且一夜无梦。

在阿什利动身回亚特兰大之前,他常常在塔拉闲逛,回忆过去的时光。阿什利洪亮而温和的声音令斯佳丽心情愉悦。而当她心烦意乱的时候,她则总会提醒他要赶火车。

一个星期六的早晨,当阿什利到达塔拉时,他的脸颊红润,眼睛闪闪发光。斯嘉丽在桌边算账。露丝玛丽把修补的衣物放在了一边。"我把锯木场卖了。"阿什利向众人宣布道,"一个来自罗德岛的北方佬买下的。天哪!这个人的钱多得花不完。"

---

[1] 威廉·麦加菲(1800—1873),美国教育家,所编撰的这套丛书在美国社会影响巨大。

斯嘉丽绷紧嘴巴:"亚特兰大最先进的锯木厂。阿什利,他付了多少钱?"

他眼睛里的幸福光芒消失了。"我不需要太多,"他说道,"我要回十二橡树的家了。我会住在车夫的房子里。"

露丝玛丽拉着他的手:"很高兴你能和我们做邻居。但你在那里一个人该怎么生活呢?"

"我不是一个人!"阿什利脱口而出,"我雇了老摩西——你还记得摩西吧,贝琪姨妈也会来帮我。让他们回到这里是件好事。整整齐齐的花园。斯嘉丽记得那些花园,对吗,斯嘉丽?威尔逊,琼斯博罗的出租马车夫——每年夏天,北方来的游客都会雇威尔逊带他们在我们这里'风景如画的废墟'周围转一转。我要重建花园。我们会把刺藤和野葡萄都清理掉,让原来的那个喷泉重新喷水。你还记得那个喷泉吗,斯嘉丽?它多美啊,不是吗?这些花园是对梅兰妮的纪念。十二橡树——像它原来一样,变成它原本的样子。梅兰妮那么喜欢花园。"

"威尔克斯先生,"露丝玛丽微笑着说,"您有一颗温柔的心。"

斯嘉丽皱起眉:"你要向北方佬付钱游览你的花园?"

"哎呀,我还没想过要收费呢。我想……我想我可以这么做。"

突然之间,气温降了下来。弗林特河结冰了,塔拉的炉子闪着红光。露丝玛丽把教室搬到了楼下的客厅里。雾气笼罩在马槽上方,那里面流淌着温暖的泉水。

圣诞节前四天,塔拉的人们正围在桌边吃早饭,这时嬷嬷怒气冲冲地从熏肉房快步走进来,几乎连话都说不出来。"全毁了!它们全被毁了!是谁捣的鬼!"嬷嬷身子靠在沥干槽上,深吸了几口气,"没有黑人会这么干。"

斯嘉丽站了起来:"出什么事了,嬷嬷?"

嬷嬷用颤抖的手臂指向一边。

当孩子们要跟来时,斯嘉丽厉声说:"埃拉,韦德,博——你们全部都待在房间里。露丝玛丽,苏埃伦,请照看好他们!"

熏肉房大门最上面的折叶被棍子撬断了,大门向一侧倾斜露出了一个缺口。威尔·本廷把大门拖到一边,小心翼翼地走进去。"愿主垂怜!"他哀叹了一声。

斯嘉丽喊道:"啊,威尔!"

每一个风干并包好的火腿都被砍了下来。它们像被杀死的婴儿一样躺在泥土地上。一桶桶盐水牛肉被打翻了,粪肥撒得到处都是。

嬷嬷站在他们身后的门口:"不会是黑人!"

"嬷嬷,"斯嘉丽喝止了她,"我自己可以判断!"

阿布尾巴夹在腿中间,在这块禁地探着头嗅了嗅。

肉和粪肥搅和在一起,他们脚下泥泞不堪。整座房子臭气熏天。

"我们不能洗洗吗?"

威尔捡起一根火腿,又把它扔掉,把手在裤腿上蹭了蹭。

"不行,夫人。瞧见了吗?这些火腿已经被切开了。肉被污染了,斯嘉丽小姐。完全不能吃了。"

威尔走出熏肉房,走到拐角处,吐了起来。

嬷嬷眼睛圆睁,浑身颤抖。"那些兵痞子,他们回来了,"她喃喃道,"我知道他们有一天会回来的。"

"战争已经结束了,嬷嬷,"斯嘉丽打断了她,"谢尔曼的士兵不会再伤害我们了!"

阿布夜里曾大叫不止,但威尔并没有起床查看。现在,阿布大声号叫着,把威尔和斯嘉丽带到花园栅栏外拴着马的地方。威尔跪下来检查地上的痕迹。"我想是三个人。"威尔摇了摇头,"真是一群疯掉的杂种——请原谅我骂粗话,斯嘉丽小姐。"

"该死的混蛋!"她说。

威尔顺着痕迹一直来到琼斯博罗路,痕迹在那里消失了。

没有一个黑人愿意踏进这间肮脏的熏肉房——甚至连大个子山姆也不愿意,他以前曾在威尔·本廷和杰拉尔德·奥哈拉手下当过马车夫。"没想到连你也退缩了,山姆,"斯嘉丽不满地说,"个子大没骨气。"

她刺耳的话让山姆低下的头重新抬了起来。"黑人也不能任意被人摆弄。"他说道。

于是,威尔、斯嘉丽和露丝玛丽将臭烘烘的熏肉搬上马车,将它们运到废料场——那是高地上的一处深沟,塔拉死掉的牲口都会被扔到那里任由它们腐烂。

火腿滚下了斜坡,威尔低声说:"再见,大姑娘。你落得这个下场,我真的很难过。"

597

第五十二章

回暖的土地

他们的钱可能会一夜之间变得一文不值,他们选举出的政府可能会倒台,但他们凉爽、阴暗、坚固的熏肉房提醒着乡下人,真正的繁荣来自双手的劳动和上帝的眷顾。

邻居们都过来围观这亵渎神明的行为。"他们到底咋想的,竟然干出这种事来。"人们低声斥责着,在农场附近转悠着,好像作恶者依然潜伏在这附近。威尔带着人们来到他们拴马的地方,人们跪下来用指尖比画着他们留下的痕迹。托尼·方丹和他的兄弟亚历克斯为马掌的尺寸争论不休。

塔尔顿溜到小牧场附近,那里养着威尔的新马驹。通常情况下,她会让威尔和她一起,这样她就可以无数次地评论她的种马的质量是如何体现在这些小马驹身上的。可是今天不行。

妇女们带来面包和焙盘,仿佛是来参加葬礼;塔尔顿太太给了苏埃伦两只火腿:"这样你们就能有些东西过圣诞节了。"

苏埃伦说他们会把这些食物放在室内的储藏室里,那里是安全的。

安全。他们怎么会安全?

最终,邻居们回家了。屋子里的黑人都吓坏了,冬天五点半天就黑了,除了睡在厨房后面的嬷嬷外,其他黑人都回到各自的小屋里,并紧紧锁上了门。

阿布很兴奋,也十分清楚自己的责任,那天晚上,每当狐狸或臭鼬从农场经过时,它就大声地吠叫。每当这时,威尔·本廷就会醒来,直接在睡衣外面套上工作服,光着脚伸进冰冷的翻毛皮靴子里。他迈着重重的步伐走下后楼梯,拿着猎枪溜到外面去了。

当他回到床上时,苏埃伦困倦地咕哝着,从他冰冷的怀抱中抽身而去。

平安夜下午晚些时候,一辆铁路快运公司的大车送来了一个印有船运标签的大木箱。威尔和大个子山姆帮车夫卸下沉重的板条箱,给了他一杯酒作为圣诞祝福,他一边喝酒,一边抬起一只眼看着低垂的云层。

威尔表示认同,天要下雪了。

大个子山姆说:"今晚路上不会有人了。"

"反正我是肯定不会出去的。"车夫轻快地挥了下鞭子,向琼斯博罗赶去。

晚饭后,每个人都聚集在客厅里,装饰着那天下午大个子山姆搬来的圣诞树。孩子们低声猜测着,不停地向神秘的板条箱偷偷瞄去，他们把苹果、核桃和剪下的图画挂在树上。威尔站在厨房的椅子上，把露丝玛丽新缝制的粉白色的丝绸天使放在树顶上。大人们把烛台放到孩子的小手够不着的地方。

门廊上传来靴子刷蹭地板的声音，阿什利·威尔克斯来了。他的帽子和大衣上落满了雪花。"抱歉我来晚了。我在修剪海棠树，忘记了时间。圣诞快乐，博！"他拥抱了他的儿子，"圣诞快乐，各位！"

露丝玛丽给阿什利倒了一杯圣诞潘趣酒[1]，威尔拿着一把起钉器来到木箱前。钉子发出刺耳的吱嘎声，孩子们用手捂住了耳朵。

瑞特给埃拉寄来了一个精致的法国瓷娃娃，给博和路易斯·瓦伦丁寄了溜冰鞋，韦德十分开心地拿到了一把单发22滚轮闭锁式手枪，令其他小男孩儿们羡慕不已。扳机护弓的地方夹着一张字条："韦德，我相信威尔会教你如何打枪。如果你学得快、枪打得准，等我回家时，我们就一起去打猎。"

露丝玛丽得到了一个金质的盒子挂坠，斯嘉丽得到了一顶与她的眼睛相配的绿色天鹅绒帽子。虽然没有给她的便条，斯嘉丽的心仍然激动得狂跳不止。即使埃拉打翻了她的潘趣酒杯，斯嘉丽脸上依然挂着微笑。

雪下得更大了，路易斯·瓦伦丁和博走上前廊，吵闹地从一端滑到另一端。阿什利给孩子们带来了一些小礼物，威尔送给他

---

[1] 一种由果汁和酒制成的甜味饮品。

的苏埃伦一顶红色羊毛睡帽。将近午夜时分,露丝玛丽才把抗议的孩子们领到楼上睡觉。威尔打着哈欠,和戴着睡帽的妻子也离开了客厅。

阿什利坐在炉火旁:"多么美好的夜晚。"沉默了好一会儿,他说道:"斯嘉丽,你怀念过去的日子吗?那么温暖,那么欢乐。"

斯嘉丽打趣地说:"比如十二橡树举行的那次烤肉聚会,我向你表白,而你很干脆地拒绝了我?"

阿什利拿起拨火棍,跪下来,挑了挑炉火:"我那时已经和梅兰妮订婚了……"

"哦,阿什利,我在和你说笑呢。"斯嘉丽收起了轻口薄舌说道。

阿什利抬起眼睛凝望着她的眼睛,他的眼睛里迸发出新的光芒——斯嘉丽太熟悉那种眼神了。她突然挺直身子。"天哪,"斯嘉丽说,"我都没注意竟然这么晚了!"

天哪,阿什利从口袋里拿出了什么?是戒指盒吗?斯嘉丽从椅子上跳了起来:"哦,阿什利。我真是太累了。刚才太兴奋了!我就不送你了!"

"可是斯嘉丽!"

斯嘉丽跑上楼梯,把房间门锁上了。

亲爱的主啊,如果瑞特听到什么风言风语,如果他以为她和阿什利……他可能再也不会回家了!

韦德得到了新手枪,而他母亲把瑞特写给他的字条收藏了起来。瑞特·巴特勒的太太一边脱衣服,一边又把字条念了一遍。

她丈夫在上面写着："等我回家时。"这是瑞特的原话。斯嘉丽散开了头发，此时的她是一个幸福的妇人。

耀眼的星光照亮了积雪，雪地像结了一层膜的奶油一样光滑。阿什利的马艰难地往家走着。在树林深处，一棵冻僵的树像步枪的枪声一样"啪"的一声裂开了。阿什利蜷缩在他的水牛皮大衣里。

他低声对他的梅兰妮说："我的心肝，我告诉过你这是行不通的。你认为我需要人照顾，但斯嘉丽不是那种能照顾成年人的人。你瞧当她意识到我要求婚时她脸上的表情……哦，梅丽！"他的笑声回荡着。马蹄踩在冰冻的积雪上嘎吱作响。"这是我们分开后的第一个圣诞节，亲爱的梅丽。阿什利和梅兰妮·威尔克斯。我们难道不是这世界上最幸运的一对吗？"

马车夫的木屋在十二橡树一处荒废的花园前面。阿什利用沙子擦洗了硬松地板，把圆木刷白，把汉密尔顿叔叔参加墨西哥战争时用的佩刀挂在壁炉上方。

他跪下来点火。他会一直坐到火烧旺了。他有很多话要告诉梅兰妮。

那天晚上阿布没有叫一声，威尔·本廷面朝妻子的后背睡着。苏埃伦新睡帽上的流苏弄得他的鼻子发痒。

一月天气变暖，雪退到了不见阳光的阴暗处。棕色的弗林特河奔腾而过，在屋子里都能听到河水的声音。当河水再次结冰时，融雪变成了明亮的、危险的薄冰层，那些外面没有活儿的人们都躲在屋里，挨在火炉旁。每天早上，大个子山姆都把小韦德搬进来的木柴劈好。

威尔·本廷走访了周围二十英里的每一间农舍和贫穷的白人住的棚屋。谁对塔拉不满？有人炫耀过自己破坏了熏肉房吗？琼斯博罗市场的人告诉托尼·方丹，三K党参与了此事，但威尔认为这不太可能。"三K党完蛋了，托尼。不管怎样，KKK从不会骚扰民主党人。"

马房堆放干草的仓棚是整个农场的最高点，当冰雪融化，骑手们又出现在道路上时，威尔背着棉被和一条旧稻草垫子顺着梯子爬上了仓棚。

苏埃伦告诉威尔，他是在浪费时间，不管是谁破坏了他们的肉屋，他都已经"达成了目的"。

"亲爱的，"威尔说，"阿布晚上总是叫，我实在不愿起来的时候吵到你。"

苏埃伦说如果威尔出了什么事，她永远都不会原谅他。

那天晚上，大个子山姆抬头看着仓棚的门喊道："这件事让我很伤心，威尔先生。但这不是黑人做的。"

"早上见，山姆。"

阿布不太清楚生活中发生的变故，它在马厩前躺了一个小时，才站起来，伸了伸懒腰，继续夜间的巡逻。

月亮照亮了冰冻的大地。那是一个无风的夜晚。威尔裹着被子一晚上都睡得很香。

第二天晚上和前一夜一样平静。

住在阁楼的第三个晚上,威尔被拖着脚步走的声音惊醒了。有人在爬梯子。威尔的手从温暖的被子里探出来抓住猎枪冰冷的钢制枪管。他的手指摸到了扳机。

威尔感到阁楼的地板在颤动,他扳开击锤。

"是我,威尔。"汉密尔顿轻声说。

威尔放开击锤。"孩子,"说话间男孩儿的脑袋钻了进来,"你把我的魂儿都吓飞了。"

"我来帮忙。"韦德把他的新枪拖进了棚子,"你一个人在这里不行。"

威尔的大脸上闪过一丝笑意:"枪上膛了吗?"

"没有,先生。我想也许你可以教我。"

"早上再说吧,韦德。谢谢你能来,但我想我能自己应付。"

威尔睡着时还在咧嘴笑。

早晨,威尔进屋吃早饭时,苏埃伦噘起嘴:"哦,我的老公回来了。我都快记不得自己还有个老公了。"

尽管她想躲,威尔还是吻上了她。"早啊,亲爱的。我得告诉你,抱着猎枪睡比抱着你睡冷多了。"他使劲地拍了她的屁股一下。

"好了,把手拿开,威尔。孩子们……"

"遵命。"

威尔和大个子山姆准备好要耕种了。他们检查并修整了耕田的马的马掌,把犁底打磨光并上了油,清点了轭具和马套子。

"威尔先生,"大个子山姆抱怨道,"马具该换新的了。这些绳子干得都裂开了。"

"挑些好的来用。"

大个子山姆歪着头问道:"威尔先生,塔拉破产了吗?"

威尔没有答话。

二月二日,一轮满月飘过无云的天空,夜晚的光线太亮,威尔睡得很不安稳。他被阿布的狂吠惊醒,紧接传来一阵急促的枪声,威尔不知道开了多少枪。他从梯子下来得太快,踏空了一个台阶,差点摔下来。他只穿着袜子,循着狗叫声小跑过来。

那个向他快速跑来的低矮的黑影是阿布。狗的耳朵耷拉在脑袋上。

"没事了,阿布。"威尔粗声粗气地说。

借着明亮的月光,站在小牧场门口的威尔看清了眼前的一切。"耶稣基督,"他说道,"耶稣基督啊。"

一匹小马驹漫无目的地沿着栅栏疯跑着。另一匹颤抖地站在它的妈妈身旁。两匹母马看起来比它们活着的时候要小。第二匹小马驹垂下长长的脖子去撞它死去的母亲的肋部。像所有受惊的婴儿一样,它想要安慰。

塔拉的邻居来了。人们成群结队地站在牧场里,低声地交谈着。妇女们待在厨房里,讨论着她们刚刚有多么害怕。他们问谁会做这么邪恶的事情。嬷嬷坚持道:"这不是黑人干的。"托尼·方丹寻找着踪迹,但地面太硬了。

塔尔顿太太带着小马驹去吃羊奶。她说地狱里专门有一个地方是给那些开枪杀马的人预备的。

稍微平复了一下心情后,山姆和威尔用铁链拴住母马的后腿,把它们拖到废料场。

天气变暖了,地面解冻了,威尔晚上依然睡在干草房里,白天威尔像克莱顿县的其他种植园主一样,整天在棉花地里犁地和起垄。

天亮前,大个子山姆给那些高大老实的耕马套好轭具和马套。山姆会说"今早挺冷的",或是"瞧这儿,多利这里磨破了"。

威尔会说:"天气感觉要转暖了。"

两个人很少再多说其他的话了。大个子山姆总是负责调整轭具。威尔则去点亮马具房的灯,出去的时候再把它熄灭。

光线亮到能够看清犁沟后,他们就开始犁地,一直干到中午。然后,他们让马休息,开始吃苏埃伦给他们送来的饭。威尔永远都听不厌塔拉战前的往事,于是山姆向他描述了塔拉的烧烤和杰拉尔德·奥哈拉在琼斯博罗路上组织赛马的事情。"所有的年轻人都下注、喝酒,奇怪的是竟然没一个人从马上掉下来摔死。

"埃伦小姐,她是个基督教好女人,错不了。但有时她好到让其他人都过意不去。杰拉尔德老爷,哦,他脾气很大。"山姆摇了摇头,"杰拉尔德老爷就像夏天的雨——把你浑身浇湿就停了。浇湿就停了。"

威尔抽着烟斗，山姆谈论着黑人区最近发生的事。山姆不喜欢麦克斯韦牧师——第一非洲浸信会新来的年轻传教士。"那个男孩弄不清自己的身份，"山姆说，"他是在北方生的。他从来没有被买卖过。"

吃过饭，他们就爬起来继续犁地，一直到黄昏。然后他们回到谷仓，给马擦洗、喂食。威尔再也没有进过母马被杀的那个小牧场。

一个星期天，做完礼拜后，露丝玛丽和博·威尔克斯骑马去了十二橡树。这是一个阳光明媚的二月天，每个枝头都焕发着新生的粉红色光芒。

阿什利的祖父，弗吉尼亚人罗伯特·威尔克斯，在一片荒野中建立了他的种植园。他的黑奴砍伐木材，把残余的树桩烧毁或连根拔起，最终开垦出十二橡树的这片棉花田。随着他的种植园渐渐繁荣，罗伯特·威尔克斯又盖起许多仓房、下人们的宿舍，最后是他的佐治亚大宅。十二橡树的花园是罗伯特晚年的一项工程，显示了他驯化荒野的毕生渴望。

硕大的木兰花点缀在花园的角落。山茱萸、紫荆、臼莓和海棠把灌木丛中的花朵衬托得更加娇艳。花园里的小径旁长着郁郁葱葱的绣线菊，打理得井井有条的玫瑰园——萦绕着波旁玫瑰的芬芳——周围用黄杨木栅栏围住。一座拱形的中式小桥跨过一条岸边长满山茶花的小溪，穿过一扇忍冬簇拥的铁质花格门，就来到一座精巧的小花园，那里有一座喷泉正在喷水。

那是谢尔曼来之前的样子。

马车的回车道一片乌黑,那是阿什利焚烧灌木的地方。旁边还堆着很多拔出的灌木丛,堆得比露丝玛丽的马还高,等着木柴将之付诸一炬。她和博下了马,博沿着一条刚刚被清理过灌木丛的小路朝着歌声跑去。

他们来到一片空地上,那里有一处干涸的喷泉,旁边矗立着一匹后腿直立,真马大小的铜马。阿什利正用一把刀刺入喷泉旁的土里。他没有注意到有人过来,自顾自地唱着:"老爷跑,哈,哈。"阿什利又刺了一下。"黑人们留下来,嗬,嗬。"阿什利四肢趴在地上,挥动着刀。"那是王者的到来,大赦之日!"[1]

"爸爸,"博喊道,"那是爷爷的佩刀。"

阿什利抬起头咧嘴笑道:"嗨,博。我没听到你过来。拉瓦内尔太太,欢迎来到十二橡树。"他站起身来指着那把刀,裤子上还粘着红土:"我在找喷泉的阀门箱。我从没想过会成为水管工。"

露丝玛丽的目光落在那匹铜马上,阿什利说:"这是我多年前在意大利买的。他们说它是伊特鲁里亚[2]遗留的。"他充满怀疑地挑了一下眉毛。

博把刀拔出来,用枯草把它擦拭干净。

"博,这把刀用来劈柴生火或是寻找埋在地下的水管阀门是

---

[1] 该歌曲名为《王者的到来》(*Kingdom Coming*),是美国内战时的一首歌曲,词曲人为Henry C. Work,歌曲描述了内战时农场主溃逃,奴隶们激动迎接自由的场景。

[2] 位于意大利中部的古代城邦国家。

再好不过了。"

"你是要把刀当锄头用吗?"露丝玛丽试探地问道。

"类似那样的东西吧。来,博,在这些黑莓丛上试试这把刀。掌心握着刀柄,不要握太紧。好的。"父亲调整了儿子的姿势。

博把刀挥到成年人心脏的高度,然后向一株黑莓藤劈去。

"真棒,博。我的刀术老师都会夸你的。拉瓦内尔太太,你能带我儿子过来真是太好了。不进来坐坐吗?博,我来拿刀。"

一缕缕烟从一所更小点的房子里飘了出来。"摩西真是个比我还要虔诚的基督徒。摩西在主日是绝对不会工作的,不会的,先生。"阿什利像个孩子一样,身姿轻盈地跳上门廊,"进来坐坐吧,拉瓦内尔太太。我这里有茶。"

"你可以叫我露丝玛丽。"

"那就叫露丝玛丽吧。"

阿什利的小屋是一间只有一个房间的木屋,有一个石头壁炉。窗户闪着光,床叠得整整齐齐。桌上摆满了园艺方面的书籍。沥水槽旁边的一个罐子里插着香蒲。

阿什利说:"香蒲,我们的红翅黑鸟就在这里面筑巢。"

博拨动炉火,拎起木篮,去拿柴火。

"他是个好孩子。"露丝玛丽说。

"谢天谢地,博像他的母亲。"阿什利把一只水壶挂在壶钩上,把它转到炉火上方。"一分钟就行。"阿什利语气波澜不惊地说道,"我在梅兰妮的书桌里发现了一些信件。我不知道我的妻子有个忠实的笔友。如果你想要,我把那些信还给你。"

"我得承认……那时候……梅兰妮的信支撑着我没有崩溃。我丈夫安德鲁……这……一切都不堪回首。"露丝玛丽抱着胳膊,"那些痛苦的回忆。不,我不想要我的信了,请把它们烧掉吧。"

阿什利凝视着炉火:"我深深地爱着她。梅丽……一直和我在一起。"他突然咧嘴一笑:"她对这一切都很支持,你知道的——卖掉锯木厂,当一个园艺师。"

"啊,她当然支持!"

博把木篮子放在壁炉上:"父亲,我可以去看看摩西和贝琪姨妈吗?"

"我敢说你去他们一定会很高兴的。"

博离开了,阿什利解释说:"贝琪姨妈做的燕麦饼干十分美味。"

水壶发出嘶嘶声,阿什利把水倒进一个满是茶渍的蓝柳茶壶里:"我在花园的长椅下找到了这个茶壶,一半埋在土里。我想应该是哪个过来抢劫的北方兵把它放在了那儿,后来又忘记了。这是我母亲的。"

她盯着阿什利沏茶时,阿什利突然说道:"斯嘉丽有没有告诉你我向她求婚?"

"啊,没有,阿什利。她没有和我说。"

阿什利的笑声充满自嘲、解脱和喜悦:"我差点就要让自己相信,梅兰妮希望我们两个结婚。我感谢洞察一切的上帝和斯嘉丽与生俱来的理性;她对我的求婚不屑一顾。"阿什利收起两个不匹配的杯子。

"阿什利,"露丝玛丽温柔地说,"你为什么要和我说些?"

"因为我不想欺骗下去了。我不会再隐瞒我的真实感受了。"

三月的第一个星期,威尔·本廷和大个子山姆已经耕完了河边的田地,开始转向高地。像大多数乡下人一样,他们很少注意到身边的美丽景色,转而欣赏着远处的开阔景致,塔拉在他们脚下向远方伸展。

每天中午,威尔就会来到河边的地里,用手把泥土碾碎,试一试它的温度。

下雨时,他们就不干活,让马休息。潮湿的黏土太沉,根本犁不动。

"我们先把马具修理一下,等天晴再干,"威尔说,"我们已经比预计干得多了。"

雨水让琼斯博罗的道路变得泥泞不堪,那个星期天露丝玛丽他们没有去教堂,于是大家在客厅里读着赞美诗,大个子山姆和迪尔茜起劲儿地加上浸信会教徒的"阿门"。每天晚上孩子们都会在床边背诵祈祷词,当埃拉恳求上帝把瑞特爸爸带回家时,斯嘉丽闭上了眼睛。

主啊,她是多么想念他。不是他的智慧,不是他的力量,也不是他的肉体——她想念的是他这个人!

有时,斯嘉丽孤零零地躺在床上时会突然醒来,凝神搜寻着丈夫的呼吸。她的手从被子下面探过去,轻拍着瑞特应该躺的那个地方。

她的皮肤太过敏感，听力也过于敏锐，这令她十分困扰。她会被突然出现的声音吓得一缩，在别人还没听到任何声响的时候就察觉到房前的小路上有人来了。她会站在窗前好长时间，盯着空无一人的窗外。"亲爱的上帝，"她祈祷道，"请再给我一次机会吧……"

在大家把餐具洗好收拾起来时，亨利·汉密尔顿叔叔来到了塔拉。糟糕的道路让原本从琼斯博罗到这里的一小时车程变成了四小时。亨利叔叔浑身湿透，冻得发抖，他租来的马也疲惫不堪。他不可能赶回车站乘坐最后一班火车了。

"到炉火边来，我们给你弄点儿吃的，亨利叔叔，"斯嘉丽说，"普利茜，把前面的卧室收拾出来。"

嬷嬷在馅饼盒子里还放着一个苹果馅饼，烤箱里有玉米面包和烩豆子。波克驮着亨利叔叔的鞍袋上了楼。波克很乐意做他驾轻就熟的工作，他把亨利叔叔的剃须用品放在床头柜上，并提来一罐水。

威尔对着手哈着气走了进来。寒冷的天气让道路变得坚硬，如果亨利叔叔明天一早动身，他很快就能到家。

亨利叔叔填饱了肚子，坐在温暖的炉火旁，渐渐放松下来，他把餐巾沿着折缝又仔仔细细地叠了起来："斯嘉丽，我们可以说几句话吗——单独？"

苏埃伦一直希望听到一些有关亚特兰大的闲言碎语，于是不情不愿地离开了饭厅。

斯嘉丽的心一沉。天啊，瑞特出事了！亨利带来了一些关于瑞特的可怕消息！但他说的是火灾。"什么？"她问道，"什么火灾？"

亨利叔叔奇怪地看了她一眼。"你在亚特兰大的房子，亲爱的斯嘉丽。"他又解释了一遍，"我真的非常遗憾。他们没能救下来。警铃响后十分钟，马尔瓦尼上尉就到了，但他的人连家具都拿不出来。"

"我的房子……被烧掉了？"斯嘉丽的思绪万千。

"我很遗憾把这个坏消息告诉你。"亨利叔叔说，"我恐怕，十分有这个可能，亚特兰大再也看不到这么富丽堂皇的房子了。"

"都没了？"

"马尔瓦尼的手下救下了马车房。"亨利叔叔身子前倾，语气神秘地说道，"亲爱的斯嘉丽，我不想吓你，但马尔瓦尼上尉认为……"亨利叔叔清了清嗓子。

"认为什么？"

"报纸上什么都不会报道，亲爱的。我可以打包票！"

"亨利叔叔！你想说什么？"

"斯嘉丽，这是蓄意纵火。"

待在屋子里出不去的孩子们十分无聊，吵吵嚷嚷地在前面的楼梯上玩耍。

斯嘉丽心想，要是有个孩子掉下去，肯定免不了要哭哭啼啼。斯嘉丽让烦躁压制住此时心中的欢快。"雕花的楼梯，东方地毯，大衣柜，瑞特的书——全都没了？"尽管斯嘉丽刻意掩饰,她的嘴角还是上翘露出了一丝笑意。

亨利叔叔皱起了眉头:"对不起,斯嘉丽,我无法理解你的快乐。"

"请原谅,亨利叔叔。但我欠了这么多钱,塔拉把每一分钱都用掉了,那栋房子也上了全额保险。"

亨利叔叔戴上眼镜,从夹克口袋里拿出文件,展开来,好像已经知道里面装的是什么一样。"你是在南方保险公司办的保险吗?埃德加·珀伊尔的公司?在别的公司投保了吗?"

"没有,都是在南方保险公司办理的。"

亨利叔叔叹了口气,把保单重新折起来,装进了口袋:"那么,亲爱的,我恐怕你拿不到赔偿金了。埃德加和南方保险公司都破产了。现在经济萧条,你的房子可不是亚特兰大第一座被放火烧掉的房子了。"

斯嘉丽皱起眉头。她说道:"有人想要毁掉我。"

"你在说什么?是谁……"

"我不知道是谁。"斯嘉丽摇摇头,想要拨开谜团,"算了,亨利,你也帮不了我。把那块地卖掉吧。桃树街上相邻的两块地应该值点钱!"

"我会尽我所能。"亨利叔叔说。

亨利叔叔回亚特兰大的那天早上没有下雨,后来的几天也没下雨。地温一直升高到让威尔满意的温度。塔拉的马养精蓄锐,急不可耐地想要干活儿。

三月的第三个星期六,威尔·本廷骑马来到黑人区,通知塔拉的种田工人星期一开始干活。"全劳力,还是原来的人数。二十个犁工,二十个播种工。黎明时分在我们的河边田地开始干活。"

周一天亮前,威尔和山姆把种子、铲子和备用的缰绳装上了马车。他们赶着干活的马走上了那条他们早已烂熟于心的蜿蜒小路,此时天还是黑的。河谷地的气温比较低,山姆在打瞌睡,威尔抽着烟斗。

天色变亮了,但雾依然笼罩着低地。鸟儿醒过来,叽喳叫了起来。威尔把烟渣从烟斗里磕出来,从马车上下来,伸了伸懒腰,打了个哈欠。他刚刚吃了一顿丰盛的早餐,以应对一天的体力劳动。

十点钟,当威尔·本廷骑马飞快地进入黑人区时,他发现只有女人和孩子。妻子们告诉威尔,他的农场工人要么生病卧床,要么在亚特兰大工作,要么去探亲了。一个工人的妻子直盯着他的眼睛,"你知道是怎么回事,威尔先生。"她说道。

"不,莎蒂,我不知道,"威尔说,"我要种棉花了,可是找不到工人。我认为我付的工资已经很高了,我相信我一直待你们很公平。不,我真的不知道怎么回事。"

轻柔但坚定地,她把威尔关在了门外。

黑人不来塔拉,塔拉的邻居还要种植自己家的棉花。阿什利来了,但摩西拒绝过来:"我是十二橡树的黑人。除了十二橡树,我啥地方的活儿都不干。"

阿什利·威尔克斯从来没有扶过犁，威尔就跟在他旁边走，直到他掌握了要领。迪尔茜撒下棉花种，尽管她声称自己从来没有做过"这样的事情"。普利茜也是。波克虽然牢骚满腹，他还是把装种子的帆布袋挂在脖子上，走在后面，往棉花垄上开的浅沟里撒种子。斯嘉丽、露丝玛丽和苏埃伦骑马跟在播种的人的后面，她们的马拉着木板把种子盖上。

天没下雨。

威尔不再睡在干草房仓里了。忙了一天，威尔太累了，根本听不到阿布的吠叫。

嬷嬷早晨四点起来开始生炉子和做早饭。他们吃过饭后，聚集在马棚里。波克喃喃地说："赞美上帝，杰拉尔德老爷不在了，看不到我们现在的处境。"苏埃伦提醒威尔在"某些人"没有回到塔拉以前他们从不会找不到工人干活。当他们的马车驶向田野时，露丝玛丽直直地坐着，闭着眼睛，想多睡几分钟。

中午，小韦德带来了饭菜，然后留下来为工人和马匹打水。嬷嬷挤奶，捡蛋，喂猪，照料年幼的孩子。黄昏时分，当塔拉疲倦的工人们步履蹒跚地回到屋里时，嬷嬷已经准备好了晚饭。

露丝玛丽读着哥哥的信时，孩子们困得几乎睁不开眼睛。瑞特开玩笑说，他在一艘运送苏格兰鲱鱼的纵帆船上，差点被一吨扑腾的鱼给活埋。

路易斯·瓦伦丁做了个鬼脸。

埃拉问道："妈妈，爸爸什么时候回家？"

四月的最后一个星期天,清晨的天气温暖而晴朗。空气中弥漫着金银花和山胡椒的香气。小埃拉陪嬷嬷去牛奶房。孩子喜欢看嬷嬷把牛奶喷到畜棚里的猫的嘴里,猫在挤奶凳旁滑稽地排成一排等待着。

"那是什么,嬷嬷?在大门旁边?"

嬷嬷一把抓住埃拉的手:"亲爱的,现在快回到我身边来。别再向前走了。"

埃拉倒在地上,浑身抽搐着。

长长的舌头上爬满了苍蝇,白色的牙齿露了出来,似乎在发出挑战的咆哮,阿布血淋淋的头立在门柱上。

黄昏时分,威尔在河边找到了山姆,轧口鱼正在河里产卵。河里一群又瘦又长的鱼让河水都变得黑漆漆的,而山姆的鱼竿安静地躺在他身旁的河岸上。威尔坐下时膝盖发出清脆的响声。"老了。"威尔说。

一只鱼鹰扑向水里,出水时爪子里抓着一条扭动着身子的鱼。

"真为阿布难过,"山姆说,"我很喜欢那条狗。"

"嗯哼。"威尔笨手笨脚地点燃烟斗。

过了一会儿,山姆说道:"我在第一非洲浸信会教堂做助祭。"

"这活儿不错。"威尔说。

"你觉得什么叫说谎,是不把你知道的事说出来,还是编一套假话?"

威尔的烟斗熄灭了,没有搭话。过了一会儿,大个子山姆补充道:"黑人们害怕。所以他们不来。"

威尔重新点上烟,做了个鬼脸,把受潮的烟渣敲到一块石头上。"我大概猜到了。他们害怕谁?"

"快看那家伙!我打赌那条鱼得有三英尺一英寸。"

"它确实很大。"

两个男人回忆着在弗林特河抓着的最大的那条鱼,最终一致认为塔尔顿家吉姆斯抓到的四十磅重的大鱼——专门放到比阿特丽丝·塔尔顿称猪的秤上称了一下——是"这一带最大的"。

山姆说:"我知道是怎么回事,威尔先生。你觉得这是罪过吗?如果我不告诉你。"

威尔将一根小树枝捅进了烟斗:"我觉得算吧,毕竟你还是助祭。"

"我知道这算,"山姆闷闷不乐地说,"我确实知道。"

威尔平静地问道:"毁了熏肉,杀死母马,还有,"——威尔咳嗽了一下——"阿布的,是一伙人吗?"

山姆叹了口气:"没错。在琼斯博罗市场工作的小威利听到他们说笑。"

"他们是谁?"

"有个家伙是驯马师。威利听他说:'来一份不带马粪的猪肉。'驯马师的叔叔——叫以赛亚,和先知一个名字,不,先生,先知以赛亚才不会在意这些下流话。当然,小威利假装没听到。他们是三个人:来自芒迪山谷的驯马师、以赛亚和阿奇·弗莱特。"

威尔·本廷问山姆轧口鱼最好的诱饵是什么,还询问了这些鱼是不是如传闻所说的那样，不管用什么饵都会咬钩。接着，威尔又开始回忆塔尔顿夫人有多么喜欢山姆最钟爱的种地马多利，当时多利还是一匹小马驹。

山姆不急不忙地说道："那个驯马师和阿奇·弗莱特都是三K党。战后，他们在克莱顿县四处游荡。"山姆说着打了个哆嗦："我敢说阿奇一看到黑人就会把他杀了。在梅肯死掉的黑人议员也是阿奇杀的。把他活活勒死的，好像一条人命根本算不得什么！"

威尔骑马去了塔尔顿家。

塔尔顿太太十分不屑地说："驯马师！乔西·沃特林只是'自称'是个驯马师！他说他去过西部，那里有很多烈马。狂妄的毛头小子。你知道那个有一个棉花仓库的吉姆·博特赖特吗？吉姆脑袋不太灵光。吉姆有一匹纯种母马，性子有点野，很活泼的小母马，正是那种人人都想要的马。小母马把乔西·沃特林撞倒了，沃特林拿起木桶向它砸去，那该死的傻瓜把它的眼睛砸瞎了。"

第二天早上十点刚过，大个子山姆就把斯嘉丽的双轮马车拴在县府大楼外面的拴马柱上，斯嘉丽穿着一件高腰、庄重的连衣裙，戴着圣诞节瑞特送给她的帽子。大个子山姆急忙扶她下车。

"山姆，在这儿等我。"

"我得去趟五金店，斯嘉丽小姐。威尔先生叫我去买犁头。"

治安官的办公室在县府大楼的地下室，斯嘉丽走下台阶时感到了一股股凉气。办公室里，治安官办公桌后面的墙上贴着一张克莱顿县的地图、泛黄的通缉海报，还有流行的罗伯特·E.李骑着"旅行者"[1]的平版画。奥利弗·塔尔博特治安官起身迎接她，斯嘉丽做了自我介绍后，塔尔博特说他非常高兴。他认识巴特勒太太的丈夫。

"您和瑞特一起当过兵？"

"不，夫人。"他转动了一下萎缩的胳膊让她看。"生来就是这样，夫人。很难看，对吗？"塔尔博特轻笑着说，"我妻子说：'感谢上帝，奥利，多亏了你那条可怜的胳膊，你才没死在战场上。'"

斯嘉丽说："有人在我的种植园蓄意破坏，而且还恐吓黑人不给我干活。"

"我也认识你父亲。杰拉尔德·奥哈拉是位了不起的绅士。巴特勒太太，你怀疑谁？"

斯嘉丽描述了他们把被毁的火腿扔进了废料场，还有一只小马驹试图从它死去的母亲那里寻求安慰。

"你是说，二十八只火腿，两匹母马，还有一条狗？"塔尔博特警长皱起了眉头，"告诉我是哪个黑鬼做的，我一定会让他们认识到自己的错误。"

"不可能是黑人做的，治安官先生。只有白人才会这么恶毒——也是这伙儿人放火烧了我亚特兰大的房子。亚特兰大最豪华的房子被烧得精光。"

---

[1] 罗伯特·李将军在美国内战期间最著名的坐骑。

塔尔博特警长收起了笑容："巴特勒太太，关于亚特兰大的事我无能为力。J.P.罗伯逊，他是亚特兰大的治安官。白人不可能干蓄意破坏的勾当。"

她说出了以赛亚、乔西·沃特林还有阿奇·弗莱特的名字："弗莱特恨我，你知道的，他是个罪犯。阿奇杀了他的妻子。"

塔尔博特点点头："可怜的哈蒂·弗莱特和我还算沾点亲，巴特勒太太。阿奇入狱前我就知道他，现在我也很了解他。阿奇嘛，确实是个粗暴的家伙。但是破坏你的熏肉房？这不像是阿奇干的事儿。至于其他人？以赛亚为人虔诚，做事也很勤奋。他在芒迪山谷的时候还有个农场呢——哦，那应该是一八四零年或者四一年的事了……"

"治安官先生，我来这儿不是为了听你动情地追忆往事。我的家族在县里也算有些影响力。"

治安官塔尔博特的笑容彻底消失了，他异常严肃地说道："巴特勒太太，每个白人公民在克莱顿县都很重要。我知道你所说的那些人。他们不是天使。但他们不会做出你口中所说的那些事。你肯定是招惹上了一些厚颜无耻的黑鬼，我一定会认真调查这件事的。"

斯嘉丽来到明媚的阳光下，一个皮肤粗糙的老人正靠在她的马车上。他轻轻碰了下帽檐："早上好，巴特勒夫人。我是以赛亚·沃特林，我认识你丈夫，在他还是布劳顿庄园的少爷时就认识他了。我听说巴特勒在欧洲。"他嘴里发出啧啧的声音："外出走动的时候要小心。给你丈夫写信时，别忘了告诉他，以赛亚·沃特林向他问好。"

"沃特林先生，你到底要做什么？你为什么要折磨我们？"

他发出粗粝的笑："生活到处都是折磨，巴特勒太太，但最糟糕的折磨来自地狱。"他用骨瘦如柴的食指指着她说道："阿奇说你是个荡妇，但你看起来不像我想象中的荡妇。"

"如果让我抓到你在我家附近鬼鬼祟祟，我一定用鞭子狠狠地抽你一顿。"

"用鞭子抽我，巴特勒太太？"他思考了一下说，"巴特勒太太，鞭子抽人我见得多了，我这一辈子抽过的人也不少，我得说那么做一点好处都没有。"以赛亚满是戏弄意味地眯起眼睛："我想我刚才开了个玩笑。有'一点儿好处'[1]，哦呦，哦呦。"

斯嘉丽环顾着空荡荡的广场，感到一阵寒意："山姆在哪儿？他应该在这儿等我的。"

"那个大个子黑鬼是你的人吗，巴特勒太太？我想他已经逃走了。"

"山姆是个有良心的黑人。他不会离开我的。"

"好吧，那我对他的逃跑感到万分抱歉，夫人。不过那个家伙可能会跑很远才停下来。"

---

[1] 原文为"a lick of good"，其中lick有抽鞭子的意思。

第五十三章

一封电报

佐治亚州铁路的电报员表示他可以发一封电报，由英国伦敦的罗布·坎贝尔转交——他们有跨大西洋的电缆，是的，夫人。但这可能需要一些时间，因为他以前从未给英国伦敦发过电报。他查看了一下价目单，吹了声口哨："夫人，每个字一块钱。"

斯嘉丽用铅笔在留言本上用力地写下几个字："露丝玛丽需要你。"她把留言本递给电报员，随即又抓过来加了一句："我需要你。亲爱的，回家吧。"

第五十四章

格拉斯哥

塔兹韦尔想把那该死的东西撕碎,但他最终还是把它放回信封,给了送信的男孩六便士。

那孩子焦急地摸着帽子:"先生,您会把这个转交给巴特勒先生吗?"

"等我找到他再说。"

六个月前,当瑞特·巴特勒走进尼科莱和沃特林的办公室时,塔兹韦尔几乎认不出他。曾经优雅的衣服现在松垮地挂在他瘦削的身上。他的脸苍老得像个老人。

瑞特把帽子卷在手里:"我要出国了,塔兹。"他疲倦的笑容比不带任何微笑看起来还要伤感。"环游欧洲,博物馆,历史名胜,美术。"他停顿了一下,"不知道你能不能陪我一起去。"

塔兹本想说十月是公司最忙的一个月。轮船停靠在尼科莱的码头,大量棉花即将运达,他们又租了个仓库。然而塔兹盯着他的监护人黯淡的眼睛说:"当然可以。"

于是,他们当天登上了一艘邮轮。

贝尔给塔兹写信时提到过瑞特的情况:"亲爱的,我从没见他那么悲伤。先是邦妮·布鲁,然后是梅丽小姐。即便瑞特和斯嘉丽小姐能互相安慰,那也一定十分艰难。更何况他们现在这个状况。我担心瑞特从此没了生活寄托。"

瑞特没有说过这件事,等到他们到了英国的布里斯托尔海峡,瑞特才向他提起梅兰妮·威尔克斯。海鸟在白垩峭壁上盘旋俯冲着。"梅丽小姐是不会被欺骗的,"瑞特说,"梅兰妮·威尔克斯从来没有怀疑过她的心。"

塔兹韦尔·沃特林把头转向一边,以免看见他监护人脸上落下的泪水。

塔兹没有问瑞特关于他妻子的事。瑞特告诉了塔兹他需要知道的一切事情,然而斯嘉丽这个名字从未从他嘴里吐露过。

他们入住的伦敦旅馆的行李员帮忙打开行李,瑞特坐着,双手垂在膝盖间。塔兹想拜访坎贝尔一家,但瑞特说他太累了。

塔兹和坎贝尔一家叙旧,度过了一个愉快的下午,但当他回到旅馆时,瑞特已经不在了。门童说瑞特没有坐出租车;他走着去了梅菲尔区[1]。"那位先生看起来有些心不在焉,好像,"门童说,"好像那位先生有什么心事似的。"

瑞特的裁缝没看见他,他也没有去赌场。他们自然认识巴特

---

[1] 伦敦的上流住宅区。

勒先生。巴特勒先生回伦敦了？

三天后，瑞特穿着他失踪那天穿的衣服回到了旅馆。他胡子拉碴、浑身脏兮兮的。也许他这几天都是和衣而睡的。"没用，塔兹。我忘不掉。酒精，鸦片酊，女人——我从没想过我竟然会痛恨自己的记忆。"他盯着自己的手，"你还是回新奥尔良吧。很感谢你抛下工作和我一起过来，但是……"

塔兹说："我帮你放水洗澡。"

罗布·坎贝尔提供了必要的信用证，并帮忙转递他们的邮件。塔兹买了迪耶普轮船的船票。塔兹让瑞特换上了新衬衫，并哄着他吃了些东西。

十二月的巴黎严寒刺骨，令这个城市声名远播的灯光无情发出耀眼的光芒。瑞特身上总是冷冰冰的。有时他们出门，他要穿两件大衣。

塔兹像一个孝顺的儿子带着他体弱的父亲，陪瑞特去卢浮宫、巴黎圣母院和加尼叶歌剧院。在漫长的沉默中，塔兹会时不时地说上几句。当塔兹向他提问时，他会礼貌回答，但瑞特很少发表意见，也从不提任何建议。他从不主动发话。

一天下午，他们在和平街上闲逛，一群年轻的芭蕾舞演员从他们身边经过，走进了一间时装店。塔兹对着女孩儿们碰了碰帽檐说道："你要知道，这世上还有其他女人。"

"你怎么敢跟我说这个！"瑞特的眼睛冒着火，塔兹向后退了一步。

塔兹半夜醒来，发现瑞特坐在窗前。冬天的月光把他的脸照得苍白。

每个星期，瑞特都会按时给孩子们写信。他让塔兹在寄出信之前先为他读一遍。"这只是一个普通旅行者的随感。"瑞特说，"我绝对不能吓到他们。"

在他的信中，那些显然被瑞特心不在焉忽略掉的巴黎景点被详细生动地描述了出来。他们在这里的每一天都是晴朗的。瑞特被巴黎出了名好计较的出租车司机和侍应生逗乐了，他们假装听不懂克里奥尔法语。

塔兹给贝尔的信也充满了快乐。

露丝玛丽写信给罗布·坎贝尔，说她会留在塔拉，"直到我决定这辈子要干什么"。

贝尔给塔兹写信道："你外公沃特林来过两次。也许有一天我能请他喝杯咖啡。"

买圣诞礼物是件痛苦的事。尽管气温在零度以下，瑞特穿着一件哈里斯花呢大衣依然热得汗流浃背。给孩子们买好礼物后，他从出租车上跳下，又进了协和广场的一家女帽店。他在里面待了不到五分钟。

瑞特呻吟一声，瘫倒在座位上："好了，都买完了。塔兹，我实在没力气再做其他事了。你能帮我把这些东西都装船运走吗？"

那天晚上，瑞特从旅馆里消失了。他走了整整一个星期，一个宪兵和他的上尉把他送了回来。"不，先生，"上尉对塔兹说，"巴特勒先生没有犯法。但这位先生实在太把生命当儿戏……"

他停顿了一下:"在蒙福孔[1],宪兵四人一组巡逻,我们在那里发现了你的朋友。"

"瑞特?"

他咳嗽起来。他咳嗽止不住,但挥手拒绝了塔兹的帮助。"也许这位先生是病了?"宪兵队长推测道。

"是的。"塔兹说,给了那个人二十法郎。

如果说巴黎很冷,那格拉斯哥更冷。塔兹和瑞特第一天晚上就住在加洛盖特火车站对面的大西部酒店。偌大的餐厅里没有太多人:几个旅行推销员一边看书一边独自吃着饭,一对年迈的夫妇带着他们的孙子要在酒店度过快乐的一夜。老两口仔细询问了一番后点了一瓶最便宜的香槟。

瑞特仅仅吃了一点儿,酒一滴也没喝。早上,他又不见了。

塔兹找遍了格拉斯哥的医院和中央监狱,在那里有人告诉他去加特纳维尔疯人院找找看。

斯嘉丽发来电报后,塔兹在《格拉斯哥先驱报》登了一则广告。

寻找巴特勒先生——中年美国绅士,身材高大,穿着体面,精神明显异常。有告知其下落者定有重谢。

塔兹韦尔·沃特林

于大西部酒店

---

[1] 法国一城镇名。

四天后,一个神情紧张的出租马车夫拉着塔兹来到格拉斯哥东区贫民窟的一个啤酒屋里。"这可有点危险啊,小子,"他提醒道,"聪明人要做好防范。"

此时是下午四点半,浓重的煤烟弥漫在空气中。一栋栋廉价公寓排列在狭窄的街道两旁,拐角处的煤气灯,投下一圈肮脏的光。塔兹说:"我见到巴特勒先生后再付钱。"

出租马车夫咆哮着说:"现在就给钱。我的脚是不会沾这块地的。"

"你想要钱就得等。"

马车司机站在他的驾驶座上,上下打量着街道。一只猫在小巷里发出厉声尖叫。

"如果你等着,我可以加倍付给你钱。"

马车夫的语气有所缓和:"我不能说我愿意,也不能说我不愿意。看在上帝的分儿上,伙计,快点。"

在走进没有门牌的大门的那一刻,塔兹的眼睛被熏得差点流泪。低矮的房间烟雾缭绕,散发着常年没有洗澡的体臭味。日积月累的臭气把镀锡的天花板熏成了棕色。酒吧里排列着笨重的凳子,桌子旁摆着长条椅。这些家具太重了,不能当武器用。

在昏暗的房间后面,瑞特·巴特勒穿着貂皮里衬的披肩,衬衫上缀着纯金的饰钮,戴着粗金表链,和五个塔兹所见过的面目最猥琐的无赖坐在一张桌子旁。

"你好,塔兹。过来给你介绍一下。还记得我的祖父,路易斯·瓦伦丁吗？布劳顿庄园就是被像他们这样的杰出人物买下来的。"

"天哪，他还要说吗？"一个杰出人物咯咯地笑着说。

瑞特的衣服皱巴巴的，没有刮胡子，但他很冷静，面前的玻璃杯也没碰过。

"我叫来了出租车，瑞特。"

"这是个充满激情的夜晚，塔兹韦尔·沃特林。我和苏格兰的哲学家们谈论爱情。史密斯先生，我左边这位，声称定期的鞭打可以温暖婚床。琼斯先生——这个健壮的、沙色头发的家伙——也认同这一观点。"

"不能让她们摆谱儿。"琼斯肯定地说。

"当然不能。"瑞特同意道。

"瑞特，我到处找你。"塔兹把电报递给了瑞特。

毁灭还是救赎——在他的朋友读着斯嘉丽发来的简讯时，塔兹韦尔的脑海里出现了这样一句话。

瑞特盯着这封电报，额头上冒出了汗珠。

然后，他站了起来，行动恢复了往日的轻盈："好了，先生们，很抱歉，美好时光要结束了。"

史密斯反对道："嗨，喂，你要去哪儿？"

琼斯站起来，把帽子往下一拉挡在眼睛上："我们还准备继续难得的老时光呢。"

"可惜，"瑞特咯咯笑着说，"我恐怕你是一厢情愿了。"

琼斯放下手，拿着一根粗木警棍走了过来。史密斯手里有什么东西冒着寒光。酒保扔下他的抹布,急忙从后门逃了出去,门砰的一声关上了。

"你得和我们待在一起,先生。就一会儿。"

塔兹韦尔从上衣口袋里抽出左轮手枪,漫不经心地指着天花板:"对不起,让你失望了,先生,我们的司机不愿多等。"

"老天哪。"瑞特嘲弄道,"我们该不会要走回旅馆吧？晚安,朋友们。也许我们还会再见面。"

琼斯晃了晃手里的警棍,咧嘴笑了:"好啊,先生。随时再来,先生。我们都盼着你。"

外面,他们的司机正焦急地催促着他们,但瑞特拍了拍口袋,皱起了眉头:"我把手套忘在那儿了。"

"看在上帝的分儿上,瑞特,你疯了吗？"

瑞特迷茫了片刻,才露出了他那一贯的微笑:"迷恋本来就充满危险,塔兹。你在拿你不朽的灵魂冒险。"

第五十五章

干旱

克莱顿县遭遇了干旱。旋花植物的藤蔓正在绞杀娇嫩的棉花苗。大个子山姆走了,阿什利返回了十二橡树,威尔·本廷天不亮就要开始耕种,索性就让马待在犁沟。威尔中午不再休息,而是换了匹新马继续工作。他一边吃着奶酪和面包,一边走在犁后面。

但是威尔的犁不能除去田垄上的杂草,也不能为棉花间苗,让它们保持八英寸的间距。锄地需要手工完成。能够弯下腰劳动的只剩下嬷嬷和三岁的罗伯特·本廷,他俩一个年纪太大,一个年纪太小。

那天早晨,斯嘉丽第一百次抖落锄头上的杂草。"韦德·汉普顿·汉密尔顿!锄杂草,不是锄棉花。"

"是的,妈妈。"他把切断的棉花根又小心翼翼地摆回原地。

斯嘉丽闭上眼睛,努力把心情放得平和。迪尔茜喊道:"你没事吧，斯嘉丽小姐？"

斯嘉丽没好气地回答道："如果你少花点儿时间唠叨，多锄锄地，我们早就把这里的活儿干完了。"

韦德低声嘀咕着："我们怎么干得完？"

斯嘉丽想，这是个好问题，但没有说出来。

在这一小队耕种者的身后，纤细的棉花株憔悴不堪。他们前面，杂草丛生，很难找到棉花株了。

昨天，威尔告诉斯嘉丽，他们必须放弃高处的那块地："不等我们到那儿棉花就枯萎了，斯嘉丽小姐。再去翻那块地没啥意义。我也可以多干点儿，和你们一起除草。"

路易斯·瓦伦丁·拉瓦内尔和博·威尔克斯在一垄地里干活。韦德和其他成年人一样，负责一垄地。威尔·本廷包下两垄。

云朵懒洋洋地飘过天空，追逐着他们在这一小块土地上投下的影子。

尽管他们不再去琼斯博罗做礼拜，但在星期天中午他们会停工，疲倦的孩子们一声不响地爬上马车。在蒸腾着的热浪中，缰绳上的金属扣叮当作响。威尔喃喃地说："快一点儿，莫莉。"马儿宽大的蹄子踏在干燥的地面上。

到了马棚，孩子们争先恐后地跳下车，波克、迪尔茜和普利茜朝宿舍走去。

"苏埃伦，带孩子们洗洗脸。我来帮威尔给马刷洗。"

"我不需要帮助，斯嘉丽小姐。"威尔说。

"我想你需要。"斯嘉丽说。

露丝玛丽看见停在屋前的黑色马车怔了一下。她肯定在哪里见过。"啊,贝尔·沃特林。你怎么来了?"

贝尔穿着朴素的棕色格子连衣裙,看起来像个来串门的寻常农妇:"很抱歉打扰你,露丝玛丽小姐,但我一定得来。"

"我很高兴能见到瑞特的朋友,贝尔。亚特兰大有没有闹旱灾?我得说我们都快干得冒烟了。进屋坐坐吧?"

贝尔在门槛处犹豫了一下。

"快请进。"露丝玛丽领着贝尔走进凉爽的客厅。汗水干了之后包裹在露丝玛丽身上,她觉得浑身黏糊糊的:"请坐吧,我去给你拿些茶点,我们有新鲜的酪乳……"

"哦,不用。我什么都不需要。我过来只是要……告诉你,你和斯嘉丽小姐……"贝尔将她的手套放在双人沙发的扶手上,随即又拿起来放在手中摆弄着。贝尔深吸一口气说道:"露丝玛丽小姐,我和你,我们一直都很友好,但我知道斯嘉丽小姐她恨我。我要说的话很重要,如果你能把她也叫来就太好了。"

露丝玛丽走进大厅冲着楼上喊道:"韦德!去把你妈妈叫来。告诉她有要紧事。"

贝尔纠正道:"就说这是生死大事。"

那男孩嗒嗒地走下后面的楼梯。露丝玛丽叫嬷嬷端些水来。

露丝玛丽重新走回客厅,贝尔正端详着壁炉架上的画像。贝尔从沉思中突然回过神,说道:"我猜她是个真正的淑女。"

"我听说巴特勒太太的外祖母结过三次婚。"

"很抱歉我不请自来。"贝尔俯身闻了闻玫瑰花,波克依然坚持着每天采摘玫瑰。贝尔说:"我都是用井水浇灌我的玫瑰花。看来玫瑰不喜欢井水。"

嬷嬷端来一罐水和几只水杯,她的脸拉得很长。露丝玛丽急忙阻止她进一步表达言语的不满:"谢谢你,嬷嬷。孩子们就在厨房里吃晚饭吧。"

嬷嬷嘟哝着:"可怜的埃伦小姐恐怕在棺材里气得打滚……"

这时候,斯嘉丽一边解下阳帽,一边走进客厅,她一脸尘土,淌下的汗水在脸上留下一道道痕迹。"'生死大事',露丝玛丽?哦,是沃特林小姐……"

"巴特勒夫人,我本不想打扰你,但是……"

"你当然不需要继续打扰我们。"斯嘉丽毫不客气地说,并把身子让到一边好让贝尔离开。

"斯嘉丽……"露丝玛丽想要阻止。

斯嘉丽冷冰冰地笑了笑:"亲爱的露丝玛丽,路易斯·瓦伦丁脏得像刚扫完烟囱。你难道不带他去洗个澡吗?"

"斯嘉丽,我想贝尔一定有重要的事,不然她不会大老远的从亚特兰大过来。"

斯嘉丽将额头上的脏头发拨到一边,走到餐具柜前,打开玻璃酒瓶,倒了一杯白兰地。她将酒一饮而尽,做了个鬼脸:"沃特林小姐,原谅我刚刚的态度。你真是……出乎我的意料。"

"我也是左思右想才来的。"贝尔说道。她喝了一口杯子里的水:"这里的水比城里的水好喝。"

"贝尔,"露丝玛丽说,"什么事……"

贝尔把冰凉的玻璃杯在额头上滚动着:"露丝玛丽小姐,如果不是瑞特·巴特勒我活不到今天。还有我的儿子塔兹韦尔,可能也早就死了。"

"沃特林小姐,"斯嘉丽打断道,"我从天不亮就在地里干活。现在身上很脏,心情也不好。"

贝尔·沃特林把头靠在双人沙发的靠背上,闭上了眼睛。她的声音很空洞:"爸爸把他的悲伤都算在瑞特头上。爸爸说是瑞特引诱我哥哥沙德拉·沃特林和他决斗,又用枪打死了他,这都是因为沙德杀了那个灌溉工威尔。"

"你到底在说什么?"斯嘉丽追问道。

"爸爸总是过来,"贝尔依然闭着眼睛,"每个礼拜日,十点整,爸爸都会来。"

以赛亚·沃特林走在贝尔家的小路上,却从没有注意到她把草坪、玫瑰花和窗台花箱里欢快的矮牵牛花养得有多好。贝尔总是在门廊上放一个咖啡壶和甜面包卷,供他随时来吃,但他从来没有动过。"早上好,爸爸。"

他总是一个人来,他把阿奇和乔西留在芒迪山谷。

他总是坐在摇椅上,双脚平放在地板上,这样摇椅就不会来回摇晃。他戴着帽子。"女儿。"他说话的语气好像并不确定贝尔是不是他的女儿。

以赛亚从来没有问起过他的外孙,但当贝尔给他读塔兹韦尔的来信时,他似乎并不介意;塔兹描述了和瑞特在赛文潮[1]、巴黎圣母院和隆尚赛马场的见闻。在赛马场他们还遇到了一个画家——德加先生。"我认为画应该和被描绘的景物很相像,对吗?"(贝尔赞同这显而易见的观点。)

"想想看,爸爸,"她说,"法国的赛马场和我们这儿的一样。"

每当贝尔叠上宝贵的信,她父亲就会问:"那孩子有没有说他们什么时候回来?"

"没有,爸爸。"

"巴特勒没法继续躲在伊丽莎白小姐身后了。"

他们坐在门廊上,在平淡无奇的星期天早上,就像所有坐在门廊上的父女一样。贝尔小口地吃着甜面包卷。

有时,以赛亚一句话也不说。其他时候,他回忆起沃特林家在芒迪山谷的农场,他能叫出每一匹马的名字,连他哥哥喜爱的那条老猎犬都记得很清楚。"大家都说你妈妈做的接骨木果酱是他们吃过最美味的。"以赛亚说道,"我并不喜欢接骨木果酱。"

他、乔西和阿奇就住在这条路再往前的地方。"那个家现在啥都不剩了。"以赛亚说,"房子和马棚都塌了——就好像我们从没在那儿待过。"

以赛亚使劲揍他的儿子,希望将他的恶行从身上赶走。

"沙德是铁石心肠。"贝尔说。

---

[1] 赛文潮(The Severn Bore)是英国著名的潮水奇观。

"这并不代表瑞特·巴特勒可以开枪打死他。"

"你还有我这个女儿,爸爸。"

"我一直在想这个问题。"摇椅发出吱嘎的尖叫声。"你有没有后悔过?"

"沃特林小姐,"斯嘉丽打断道,"你爸爸和他的同伙一直在恐吓我们,还把我们种田的工人都吓跑了。我不知道他心里对我有什么不满。"

"哦,他没有!阿奇·弗莱特讨厌你,但爸爸并不是在意你。"

"沃特林小姐,"斯嘉丽说,"你说你有'生死大事'要说……"

贝尔放下她的水杯。她拿起手套,把它们叠好。她轻轻地说:"我从没想过这该死的事儿这么难说出口。"

"贝尔……"露丝玛丽温柔地鼓励着。

"露丝玛丽小姐,你知道爸爸是怎么看待你妈妈的吗?他觉得她是这世上的圣人。你知道爸爸——一旦他脑子里有了主意,就不会动摇。斯嘉丽小姐,爸爸和你没有过节,但他早就想杀了瑞特,现在伊丽莎白小姐去世了,爸爸和那个弗莱特和乔西表哥走到一起……真是太糟糕了。"

"但是……"斯嘉丽说。

"瑞特待在国外,他们什么也做不了,所以他们就来骚扰你,希望你会求他回来。"贝尔神情十分痛苦,"无论如何,斯嘉丽小姐,千万别让瑞特回来。"

第五十六章

三个寡妇

尽管琼斯博罗电报局星期天不营业,斯嘉丽还是打断了电报员的晚餐,用甜言蜜语哄骗他,直到他同意陪她到火车站去。在那里,电报员把他的发报机装上电池,卷起袖子,测试了一下信号强度,然后在电键的嗒嗒声中把斯嘉丽急切的警告传递到了大西洋彼岸。

斯嘉丽踱着步,直到电报机嗒嗒响了起来,罗布·坎贝尔发来了回复:"瑞特和塔兹韦尔周四已起航前往纽约。"

"你没事吧,夫人?"电报员问道,"要不要坐下休息一下?"

"把我的信息发到圣尼古拉斯、阿斯特酒店、大都会酒店、第五大道……看在上帝的分儿上,把这封电报发到纽约所有的酒店!"

"夫人,"电报员说,"我不清楚纽约的酒店。我从没去过纽约。"

斯嘉丽真想给这个男人一巴掌,让他变得有用一些。她沮丧得想哭。"给我刚刚提到的酒店发电报。"斯嘉丽咬牙切齿地说道。

骑马回塔拉的路上,斯嘉丽脑袋里一片混沌。她能做什么?一个女人都能做什么?

也不知走到了哪里,她勒住了马。天空是蓝色的。她能听到路边灌木丛中有啾啾的鸟叫。斯嘉丽从未如此冷静清醒地知道,如果瑞特·巴特勒被人杀死了,她也不想再活下去了。

奇怪的是,她严厉的自我裁决突然让她紧绷的灵魂放松下来。她的脑袋不再迷茫,她明白了自己需要做什么。

斯嘉丽下了马,露丝玛丽跑到她面前:"有没有警告瑞特?"斯嘉丽摘下帽子,甩了甩头让头发散开:"他们已经启程了。等瑞特回到塔拉,沃特林他们就会伏击他。"

露丝玛丽闭上眼睛片刻:"他们真该死。"

"没错,他们全都该死!我们那些骄傲的男战士们呢,我们真正需要他们的时候他们去了哪里?"

在客厅里,情绪低落的嬷嬷给两个女人端来热茶。房子里很安静;外面,孩子们在悠长的暮色中玩耍。

"露丝玛丽,"斯嘉丽说,"我们在很多方面都不一样,但我们都爱你的哥哥。"

露丝玛丽点点头。

"我们必须要想尽一切办法——任何有必要的办法——不让

他受伤害。"

"斯嘉丽,你有什么打算?"

"我曾经为我的丈夫穿过两次丧服,他们都是为保护南方女性的利益而死。我讨厌服丧。我不会为瑞特·巴特勒穿丧服。"

斯嘉丽给她们俩倒了茶,给露丝玛丽的茶里加了奶油,给自己的加了些糖。她把杯子递给露丝玛丽,杯子在茶托上碰撞发出咔嗒声。"露丝玛丽·巴特勒·海恩斯·拉瓦内尔,你和我一样,已经当了两次寡妇。你的丈夫们去打仗时,你乐意看到他们离开吗?"

"什么?你疯了吗?"

"恰恰相反。经过这么多年,我终于可以对男人们的疯狂置之不理。"斯嘉丽走到醒酒器前,往她的茶里倒了少量的白兰地,"好了,我知道,我知道。淑女不应该在茶里加白兰地。坦白说,露丝玛丽,我已经不在乎淑女们应该做什么,不该做什么了。"

"斯嘉丽,我感觉自己像是被一匹马带着狂奔起来。告诉我你的计划。快一点儿!求你了!"

于是斯嘉丽告诉了她。

星期一一大早,迪尔茜烧好水,她们在厨房里洗了澡——斯嘉丽先洗,然后是露丝玛丽,斯嘉丽用毛巾擦干身体和头发。她们在地里干活弄得满身尘土,洗澡水都变成了灰色。她们并排坐着,用毛巾包着身体,嬷嬷熨着衬裙,迪尔茜把她们的头发编成辫子盘了起来。

嬷嬷为斯嘉丽将要面对的事情感到不安,又为她们的转变感到高兴。

男人们都被赶出了房子,她们先后盘好头发,女人们在斯嘉丽的衣服箱子里寻找衣服。当斯嘉丽展开一件粉红色的波纹绸连衣裙时,一张收据飘落在地板上:"弗雷利太太,波旁大街。"

"天哪,"斯嘉丽说,"这是瑞特在新奥尔良买的。"她把连衣裙举到露丝玛丽面前:"这裙子很衬你的肤色。"

"紧身款的?斯嘉丽,我的身材不是很好……"

"迪尔茜可以往里面塞个内衬。"斯嘉丽咯咯地笑着,"瑞特有没有告诉你我和他去了那个声名狼藉的混血舞会?"

等女士们收拾停当,波克给塔拉最漂亮的马套上了缰绳。他把它们刷洗干净,拾起掉落的毛发,修剪了它们的鬃毛和尾巴,然后把它们拴在拴马柱上,让普利茜负责收拾。在马具房里,他找到了两个落满尘土的横座鞍,恭恭敬敬地拍了拍小一点的那个。"埃伦小姐,"波克说,"塔拉的一切都变了。不是变得更好,完全不是。"

普利茜一边编着马的鬃毛和尾巴,一边喋喋不休地说:"它们看起来很漂亮,是吗?斯嘉丽小姐和露丝玛丽小姐是要去烧烤吗?她们收拾得那么漂亮,我敢肯定她们要去哪里。我们也会去吗?"她往后退一步,欣赏着自己的作品:"我准备在鬃毛和尾巴上系上缎带。波克,你觉得什么颜色好?"

"斯嘉丽小姐用绿色的。"波克笃定地说道。

琼斯博罗市场与屠宰场和麦基弗棉花仓库只有一墙之隔。收获的季节时这里拍卖棉花，并且全年都有克莱顿县农民前来买卖牲畜。集市上的牲口栏和简陋的棚屋紧挨着铁轨。在市场的南端，待出售的动物被送到这里，称重、编号，然后关进牲口栏，直到它们顺着市场宽阔的过道——大门在它们身后砰的一声锁上——被赶进一个一百英尺的拍卖场，四周是一圈一匹马高、公牛那么粗壮的橡木栅栏。赶集的日子，黑人们坐在栅栏上，白人们舒适地坐在开放的木制看台上。下面，交易办公室里的两个面色阴沉的女人负责收款，扣除市场佣金，并为买家开具收款单据，让他们能够牵走拍卖下来的牲口。在交易办公室旁边，一个黑人妇女守着一个木制的摊位售卖火腿片和玉米面包。出于对浸信会教徒的尊重，她把装着白酒的细口瓶放在柜台下。

市场上到处都是骡子、马、猪、鹅、鸭和鸡的嘶嘶声、咵咵声、哼哼声、咯咯声、嘎嘎声和唧唧声。

这个特殊的星期一早晨，干枯的草在脚下嘎吱作响，红色的尘土笼罩着牲口、牲口栏和看台。男人的帽檐晕染着一层红色。尘土中散发着干燥粪肥的味道。

为亚特兰大的屠夫运送货物的订单买家们穿着亚麻西装，领带上插着金质的装饰别针。但今天来这里的大多数人都是穷人，他们或许只想买头猪，或者寻找一头时日无多的奶牛。有些人连鞋没穿。

到了一点钟，市场上开始变得嘈杂起来。牲口被带到拍卖场，拍卖人用抑扬顿挫的语调介绍着，弥漫在空气中的灰尘像一层红色的雾气。

当这两位女士出现时,农夫们大吃一惊,推搡着去看热闹。一个傻子揉了揉眼睛,吹声口哨:"乖乖——老天哪!"

丝质流苏的遮阳伞保护着女士们娇嫩的皮肤;长及肘部的手套保护着她们纤细的双手。

露丝玛丽优雅地笑了:"啊,谢谢你,先生。"那个为他们打开大门的年轻农夫从未听过这么甜美的声音。

她们是南方妇女的典范——而他们的妻子整日辛勤劳作,生儿育女,永远无法和她们相提并论。她们当然一尘不染——一星半点的尘土也不敢落在她们身上。她们的目光扫过一个男人,他正在捶打一头病牛,想要让它站起来,刚出生三天的小牛犊哞哞地呼唤着妈妈,还有一个市场工人抽打着一头不听话的公牛,把它赶进拍卖场。女士们丝毫不去理会这种事情。她们太优雅了,不会理会这些事情。男人们摘下帽子,微笑着看着她们经过。

一个在过去好年景时在塔尔顿当监工的男人高声叫道:"早上好,斯嘉丽小姐。"并接受了她的点头致意,仿佛她是个女王。

女士们到来的消息迅速传遍了广阔的市场,男人们纷纷向拍卖场凑了过来,好像有什么很值钱的马或牛要拍卖一样。正在查看一头母驴蹄子的牲口贩子松开了手,正在给猪喂泔水的黑人也放下了桶。

在主看台上,坐在软席上的亚特兰大的买家平视着远处拍卖场上的拍卖师。

高高地坐在看台最后一排的以赛亚·沃特林正晒着太阳打

瞌睡，他的侄子乔西·沃特林正在读奈德·邦特莱[1]的一角钱小说《平原上的侦察兵》，他觉得平原才是自己应该去的地方。在邦特莱的书中，水牛比尔在一英里之外一枪就击中了一个怀有敌意的印第安人。乔西·沃特林挠了挠头。他从没在这么远的地方开枪打中过人。

杰西和弗兰克·詹姆斯抢劫火车，而乔西从没抢过火车。乔西·沃特林担心自己在东部待的时间太长了，或许等他回到西部时，已经无法在一英里外一枪干掉一个人，也无法去干抢劫火车的勾当了。不管怎么说，一个人应该怎么抢火车？怎么能让它停下来让他抢？

他的叔叔以赛亚打着呼噜，嘴角吐出一个泡泡。大多数时候，以赛亚就是个老傻瓜。唯一能让以赛亚打起精神的就是瑞特·巴特勒。乔西认为，等他们把巴特勒埋葬了之后，以赛亚·沃特林就可以安心死去了。

阿奇·弗莱特则想要不停地骚扰巴特勒太太，直到她把她的丈夫叫回来。阿奇恨透了巴特勒夫妇。以赛亚叔叔太过心软，不愿对肉屋下手，也不想恐吓那帮黑鬼，对那只总爱吠叫的该死的狗都下不了手，当他们在亚特兰大烧那所大房子时，乔西不得不把那个老傻瓜拖走。他一直盯着火焰，仿佛那里就是他的归宿。

---

[1] 奈德·邦特莱（Ned Buntline），小说家。代表作《水牛比尔：边疆之王》(*Buffalo Bill: King of the Border Men*)，主要描述西部牛仔的惊险生活。后面提到的"一角钱小说"讲述的也是西部牛仔故事，主要针对教育水平较低的读者。

乔西继续看书。水牛比尔慢慢走进科曼奇酒馆,坏蛋们正在那里分抢来的赃物。"子弹在空中乱飞。"奈德·邦特莱这样写道。

尘土飞扬的拍卖场里,阿奇·弗莱特正在赶着牲口,拍卖师叫道:"一百块,一百块,一次叫价买下所有这些。本森先生的小公牛。给这些小家伙们喂得肥一点儿,他们能让你大赚一笔。我听到有人在叫一百块吗?"紧张的小公牛在尘土中打转,阿奇驱赶着它们走来走去,让有意向的买家能够看个清楚。

空中尘土弥漫。小公牛叫着,蹄子踩在泥土地上,阿奇喊道:"咻!咻!哈!哈!"拍卖师还在叫卖着。两位女士骑着她们装饰着缎带的马轻盈地进入了拍卖场。

"阿奇·弗莱特,"斯嘉丽高声喊道,"我们想要和你说几句,还有你的……同伙儿。"

阿奇皱起眉头,木腿踏错一步,差点摔倒。失去了阿奇的管束,小公牛又退回到离拍卖场很远的地方。

"女士们!"拍卖师喊道,"抱歉,女士们,你打断了我们的拍卖。"

斯嘉丽被那人的无礼逗乐了,便回答说:"先生,别担心。我们不会耽搁你太久的。我们遭受了严重的不公对待,我相信你,作为一个基督教绅士,会希望看到此事得到纠正。"

她扫视了一下看台,认出了那几个男人并向他们挥了挥手:"你们中的许多人都知道我的闺名斯嘉丽·奥哈拉,还有一些人称呼我瑞特·巴特勒太太。我的小姑子,"——她用戴手套的手指了指露丝玛丽——"拉瓦内尔太太,是安德鲁·拉瓦内尔上校的遗孀，每个南方爱国者都熟悉他的名字。"

"以赛亚·沃特林，你躲在上面干什么？还有你，先生，你一定是乔西·沃特林。我早就对你有所耳闻。"

沃特林叔侄二人走过一排排座位，从看台上下来，翻过栅栏走进拍卖场。拍卖师想要阻止，不过看见一个亚特兰大买家摇了摇头，也就不再说话了。

"阿奇·弗莱特。我很高兴你终于找到了合适的工作。过去你在梅兰妮·威尔克斯家看孩子，那活儿可真不适合你。一想到像你这样的人单独和无辜的孩子们待在一起我就不寒而栗。以赛亚·沃特林，你是怎么把大个子山姆赶走的？你是怎么威胁他的？"

"以赛亚！"露丝玛丽驱着马走上前，"开枪杀马？恐吓黑人？谋杀一条可怜的狗？你？你……你要我母亲，伊丽莎白，怎么想……这么多伤天害理的事？"

老人挺直腰板，岁月的痕迹渐渐从他身上消失，他的眼睛像苍鹰一样闪烁："你哥哥杀了我唯一的儿子。瑞特·巴特勒让沙德拉·沃特林饱受炼狱之火。"

"你谎话连篇，以赛亚·沃特林，"露丝玛丽说道，"是你儿子要和瑞特·巴特勒决斗。难道这就是你折磨无辜的寡妇和孩子的理由吗？"

斯嘉丽向人群倾诉道："先生们，这些可悲的家伙杀死了两匹正在哺乳的母马，赶走了我们的种田工人，破坏了我们的房屋，还有——真是可笑——杀害了我们家忠诚的看门狗。"斯嘉丽伸出一根手指:"继续编造谎话吧,沃特林。当着上帝和大伙儿的面,说你是无辜的!"

"让他们见鬼去吧,斯嘉丽小姐!"看台上的一个人喊道。当乔西转过身去辨认说话的人时,许多人都迎上了他的目光。有些人站了起来。他们的低声谴责汇聚成了风暴。

露丝玛丽骑着马走到看台前:"先生们,我住在巴特勒太太家时,经常有人半夜骑马在我家附近出没,他们恐吓我们。只会吓唬妇女、儿童和黑人,这难道不是懦夫行为吗?他们下一步会做什么?他们会杀了我的孩子——安德鲁·拉瓦内尔上校的儿子吗?"

两个年轻的农民从看台上跳下,来到拍卖场。

"我的儿子,沙德拉,他——"

"监工沃特林,"露丝玛丽大声呵斥道,"你已经忘了自己的身份。沙德拉·沃特林欺凌弱小,胡作非为。"

"给他们点儿厉害瞧瞧,拉瓦内尔太太。不能让他们逍遥法外!"一个体格健壮的农夫爬上拍卖场的台子。人们纷纷拿起马鞭和赶牲口的木棍。乔西·沃特林的手指摸到了枪套。

"哦!"以赛亚喊道,"哦!你们总是高高在上的样子!你们巴特勒家比任何人都骄傲!你们可以随心所欲地让别人破产,用枪打死别人,侮辱你们想侮辱的人,然后毫不在乎地骑马离开!你拥有一切。"他伸出一根手指指责道:"以牙还牙,以眼还眼!"

以赛亚·沃特林嘴角的唾沫微微发亮,稍作停顿的间隙,阿什利·威尔克斯和威尔·本廷走进了拍卖场。

露丝玛丽吃了一惊。

斯嘉丽叫道:"快离开!拜托了!我们可以应付!我们能处理好!"

阿什利·威尔克斯走过坚硬的红土地,好像他还是当年的邦联少校一样。他的马鞭挂在右手上。"现在没事了,斯嘉丽。"阿什利说,"这件事交给我们!"

"哦,不,阿什利,我们——"

阿什利向弗莱特的脸抽了一鞭子:"你这个无赖,给我离塔拉远远的!给我记清楚!否则,我发誓,我会……"

阿奇还没来得及举起手臂,鞭子又落了下来。

"你这该死的流氓!离我们远点!"

鞭子缠绕在阿奇抬起的手臂上。他把胳膊夹在胸前,阿什利猛地一拉鞭子,阿奇也被拉了过来,撞在了鞭打他的人身上。"别再骚扰无辜的人!"阿什利气喘吁吁地说。

"哦,那就骚扰你好了!"阿奇把他的木头腿踩在阿什利·威尔克斯的脚背上,趁着阿什利绊了一下,那个老家伙把他按在地上,骑在了他身上。

女士们的马来回躲着,不去踩到在它们的蹄子旁打成一团的人,但露丝玛丽的马打着圈,最终后蹄还是踩在了阿什利的脚踝上。惊慌失措的牛四散而逃,农民们纷纷跳下看台逃命。

阿奇用手死死掐住阿什利的脖子。

阿什利用拳头击打着弗莱特的后背,可阿奇坚硬的手却越掐越紧。

阿什利弓起背,想要弯曲膝盖直起身,这个老头却死死地压着他。阿什利使劲地扳着阿奇纹丝不动的手指,威尔·本廷围着他们来回走动,喊道:"我要开枪了,弗莱特。放开他,否则,看在上帝的分儿上,我要开枪打死你!"

威尔手中的枪声响起,斯嘉丽的马立了起来,她的帽子掉了下来。她用双手拽着缰绳。她的马疯狂地向后退,屁股撞上了橡树栅栏。男人们大喊大叫着,牛在嘶叫。

乔西拖长声音说道:"好吧,如果你不杀阿奇·弗莱特,我还真不好对你动手。我向上帝发誓,我从没想过阿奇会被人杀了!"

斯嘉丽低头望着威尔,望着威尔那顶汗渍斑斑的帽子。在嘈杂的牛叫声中,她清晰地听到威尔的声音:"看在上帝的分儿上,不要!我有两个孩子。"

"那你有没有想过阿奇·弗莱特或许也有孩子吗?你有想过问问他吗?"

第二声枪响,比第一声大得多。斯嘉丽的耳朵嗡嗡作响。威尔发出一声闷哼,但那不是活人发出的声音。

露丝玛丽稳住了斯嘉丽受惊的马,乔西说道:"以赛亚叔叔,我得逃走了。这里怕是待不下去了。至少,和杰西和弗兰克一起干的时候,开枪杀人还能拿钱。"

第五十七章

雨

长着老茧的双手小心翼翼地把威尔和阿什利放在大车车板的饲料袋上。他们用马毯盖在威尔安静的躯体上。露丝玛丽跪在马车里,给昏过去的阿什利擦脸。

护送斯嘉丽和露丝玛丽回家的,有些是和威尔·本廷或奥哈拉一家相识多年的农民,但大多数都是游手好闲的人。

"乔西杀了威尔之后,手里的枪还冒着烟儿。当然了,我从他身边直接走了过去。他以为只要开口,我就会把马给他似的。"

"他们有马,查理。一匹杂色骟马和一匹枣红色母马。"

"汉克,我知道他们有马。乔西·沃特林从彼得森先生那里买马的时候我不是也在吗?不是吗?"

"所以啊,他们不会要你的马,不是吗?"

他们无聊的谈话像一记记闷棍打在斯嘉丽发热的脑袋上。威尔和阿什利为什么要来?斯嘉丽并没有把她的计划告诉他们;

她只是说她和露丝玛丽要去亚特兰大。"去找银行经理人。"她撒了谎。天知道这两个男人是如何发现她的真实意图并赶来救她们的。

当一行人走上了塔拉的小路，苏埃伦和迪尔茜跑了过来，苏埃伦看到威尔骑的那匹马上没人时立刻尖叫了起来："威尔！哦，不！不会是我亲爱的威尔！"她冲向马车，掀开蒙在丈夫脸上的毯子，顿时晕了过去。幸好迪尔茜扶住了她，否则本廷太太会直接摔在地上。

男人们停止了闲聊，扶着刚刚丧夫的本廷太太进了屋。孩子们和仆人无助地聚集在门廊上。普利茜号啕大哭。

一个过去曾经给杰拉尔德的马钉过马掌的蹄铁匠对斯嘉丽说："他们应该为此付出代价。斯嘉丽，你只要说句话！"

一股对男人愚蠢的愤怒让斯嘉丽一时迷住了双眼。她双唇紧闭，费力地吐出几个字："谢谢你。谢谢你的好意。嬷嬷，带孩子们进屋去。普利茜，别号丧了！普利茜！"

嬷嬷把孩子们召到身边，就像母鸡对小鸡那样。

"先生们，你们能否帮我们把马牵进马棚，然后你们四个再帮我……把这位先生——威尔克斯先生——抬进客厅。"

"他的脚踝碎了，斯嘉丽小姐，"蹄铁匠说道，"我想一定疼得很吧！"

"我想是的。"她语气生硬地说道。

他们把威尔抬到汲水室，把他放在牛奶罐旁边的冰冷的石头上。"不用了，先生们，不用了。这里不需要你们帮忙了，谢谢，你们已经帮了我们很多了。"

他们不愿意这么快就结束冒险历程,又转了二十分钟才离开。

斯嘉丽和露丝玛丽在客厅的地板上为阿什利铺了一张床。露丝玛丽喊道:"普利茜!找一张旧床单撕成条,大约"——露丝玛丽双手分开四英寸——"这么宽。迪尔茜,拿温水和肥皂来。"

只剩下她和露丝玛丽的时候,斯嘉丽说:"他们以为他们在做什么?"

露丝玛丽说:"阿什利有几根肋骨骨折了,他的喉咙肿得几乎喘不上气,我想他的脚踝也断了。"

嬷嬷让苏埃伦服了一剂鸦片酊,把这个寡妇哄上床后,她和普利茜给威尔擦干净身体,给他穿上了礼拜日的西装。

年轻的布莱恩医生刚刚开始行医,他强调说,虽然自己是土生土长的佐治亚人,但他是在里士满学的医。他固定好阿什利的脚踝,在他的喉咙处涂上了一些鹿蹄草药膏。虽然诊治病人时瞻前顾后,但算起账来相当自信。

"十美元?天哪,医生。打仗时你是在哪个部队?"

"巴特勒太太,"医生回答说,"战争结束时我才十三岁。"

暮色中,在塔拉的小墓地里,波克给威尔·本廷挖好了一个墓。斯嘉丽说:"还不够深。波克,你是这里唯一的男人了。再挖深一些。"

斯嘉丽回到屋里时,苏埃伦·本廷正在等她。斯嘉丽的妹妹因为过度悲伤脸色显得苍白:"当初威尔和我说你要回塔拉,我对威尔说我们应该离开这里。'塔拉早晚会变成斯嘉丽的。'我说,'这里马上就不是我们的家了。'我恳求我的威尔离开。我告诉他:'我姐姐斯嘉丽一直以来就是个惹祸精。'你从我身边偷走了弗兰克·肯尼迪,然后又害死了弗兰克。现在你把我的威尔也害死了。"她又开始悲痛地抽泣起来:"没有威尔我该怎么办?亲爱的上帝,我该怎么办?"

斯嘉丽走上楼,身上的那件华丽衣服已经变得皱巴巴,她倒在床上,一晚上一个梦都没做,直到第二天早上,在刺眼的亮光中她猛地睁开眼睛,记忆才又像潮水般涌了回来。

在后来的日子里,斯嘉丽对第二天发生的事情只记得一些片段:棺材匠驾着马车走上大路,车上的棺材板被颠簸得上下跳动;孩子们从苏埃伦紧闭的卧室门前经过时小声说着话。邻居家的女人们带来食物,但没人想吃,男人们承担起了威尔的工作。

客厅大门紧闭,露丝玛丽在里面照料阿什利,哀悼者成群结队地穿过餐厅,威尔·本廷就躺在那里。

苏埃伦·奥哈拉·本廷面无表情地接待了那些前来安慰她的人。在她身边的斯嘉丽明白,她们二人之间的亲情纽带已经被斩断;从今以后,她和苏埃伦仅仅是名义上的姐妹了。

天气很热。威尔棺材上堆放着大量的玫瑰花,但仍然没有完全掩盖气味。

威尔·本廷曾是浸信会教徒,但后来背弃了信仰。因为琼斯博罗唯一的浸信会教堂属于非洲浸信会，于是他的葬礼由循道宗的牧师来主持。后来，牧师还邀请斯嘉丽参加下星期日的礼拜。

"我是天主教徒。"斯嘉丽回复道。

"没关系，"牧师愉快地说，"我们接纳每一位有罪之人！"

葬礼结束后，苏埃伦·本廷和她的孩子们去了查尔斯顿，他们将和尤拉莉姨妈住在一起。他们的马车驶上小路时，斯嘉丽到马棚去喂马。她拎起威尔和山姆用了许多年的皮制饲料桶，把饲料倒进长长的食槽里。

乌黑油亮的脑袋低头咀嚼着，好像什么都没发生过似的。斯嘉丽低声说道："塔拉没了威尔该怎么活下去？"一匹马抬起头来，好像努力想弄明白她的话。它抽动了一下尾巴，又低下头继续吃了起来。斯嘉丽沉默了，滚烫的泪珠顺着脸颊滑下来，直到眼前一片模糊，她什么也看不见了。

阿什利退烧了，但身体还是太虚弱，没法回家。有人和他说话时，他总是轻声回答，从不主动说话，也绝口不提威尔。露丝玛丽和他一起坐在昏暗安静的客厅里，喂他肉汤和淡茶。露丝玛丽向阿什利诉说了种种往事，尽管她也不明白为什么自己要这么做。露丝玛丽·巴特勒·海恩斯·拉瓦内尔语气平静而又安详地向阿什利·威尔克斯讲述了她曾走出田纳西州富兰克林的一所小房子的后门，心里清楚地知道躺在冰封花园中的尸体就是她的丈夫约翰，事情发生的年、月、日以及具体细节都分毫不差。"当我爱上他时，已经太晚了。"露丝玛丽说道。她还提到了她亲爱的梅格；梅格有多么喜欢马，却被一匹马背叛了。"特库姆塞很害怕。你怎么能责怪一匹惊慌失措的马呢？"露丝玛丽告诉阿什利她发现了安德鲁沾满血迹的靴子。那是双英国靴子，安德鲁曾以它们为荣。她把那些从没和任何人讲过的事情都告诉了沉默的阿什利——这些事梅兰妮不知道，甚至连她哥哥瑞特也没有告诉过。她告诉阿什利她在布劳顿长大有多么孤独。她告诉他她有多想念她哥哥瑞特。她还告诉了阿什利关于她的小马杰克的事。

塔尔博特治安官的办公室是个很凉爽的地下室。

斯嘉丽问道："你为什么不逮捕他们？"

"我该逮捕谁呢，巴特勒太太？"

斯嘉丽想要把治安官波澜不惊的表情从他脸上抹去。她咬牙切齿地说道："沃特林叔侄。以赛亚和乔西·沃特林杀死了威尔。"

治安官把他的椅子向后仰抵在墙上，然后仔细地盯着趴满苍蝇的天花板。他喉头咕噜一声，他弯下腰，朝痰盂里吐了一口痰。

"怎么说？"斯嘉丽问道，"你打算什么时候逮捕他们？"

"我想，巴特勒太太，我想我们要从不同角度去看这件事。你有你的看法，其他人也有其他人的看法。"

斯嘉丽眨了眨眼睛："你到底在说什么？"

"有人说是威尔克斯先生挑起了那场打斗。"

"他们射杀了我的马，烧毁了我在亚特兰大的家，还吓跑了我的种田工人。警长，他们还打算谋杀我丈夫！"

"是吗？我一直以为巴特勒先生可以照顾好自己。我怎么听说你丈夫还在欧洲的某个地方？我不知道沃特林叔侄有没有去过欧洲——至少他们从来没有说他们去过那里。"

塔尔博特警长从抽屉里拿出一只皮制警棍。他站起来，从帽架上摘下帽子，在手里转动着："巴特勒太太，有些人认为——我对此并无异议——阿什利·威尔克斯挑起了那场打斗，在阿奇·弗莱特占上风的时候，威尔·本廷杀死了阿奇·弗莱特。"

"阿什利是在保护塔拉。那两个沃特林——"

"你已经说过了，巴特勒太太。你已经说过很多次了。但你从来没有拿出证据来。"他把帽子扣在后脑勺上，把他的脸衬得像个画框一样，"巴特勒太太，我不是想伤害你的感情，但我倾向于认为是威尔克斯先生无端攻击了阿奇·弗莱特，当阿奇反抗时，威尔·本廷开枪打死了阿奇。乔西·沃特林想要救阿奇才杀死了本廷。至少我是这么看的。也许你有不同的看法。"他将警棍塞进裤子口袋："现在，夫人，我得去黑人区了，又是一起械斗事件，你说奇不奇怪？黑人喜欢用刀砍，白人则喜欢用枪射击。你觉得那是因为黑人更原始吗？"

"沃特林叔侄——"

"不会再来骚扰你了，巴特勒太太。沃特林二人已经离开克莱顿。乔西和老以赛亚已经匆忙逃跑了,打完架后就没人见过他们了。没人愿意为弗莱特办葬礼,所以县里负责埋葬了他。"他耸耸肩,"至于治安官办公室,做事一贯公正。阿奇死了,威尔·本廷也死了,沃特林二人逃跑了。乔西·沃特林总是拿杰西·詹姆斯开玩笑。说他打仗时和詹姆斯兄弟一起骑马。"塔尔博特警长开门同斯嘉丽一起走了出去:"你觉得下次我们听到沃特林的消息时,他们会不会去抢劫火车?"警长把身后的门锁上,凝视着万里无云的天空。"该死的干旱。"他又补充道,"沃特林是个好人家。干活很卖力。我敢说以赛亚·沃特林为了维持那个贫瘠的农场,差点把自己累死。很可悲,不是吗——事情变成这个样子?"

回到塔拉后,斯嘉丽骑马来到河边的田地。威尔在棉花垄之间开出的沟原本是平整的红土。现在上面长满了野草。燕麦沙草缠绕在田埂上,棉花株彼此相隔八英寸,满怀希望地转向召唤它们的太阳。

第二天天不亮,斯嘉丽就来到马棚。马干活的挽具太重了,她把它拖到马的屁股上,马颈轭也是一个尴尬的噩梦。她猜测着该扣哪条带子,把看起来绑得太松或太紧的带子解开再重新扣上。

当她进屋时,塔拉的人正在厨房里,孩子们睡眼惺忪地拨弄着他们的早餐。斯嘉丽从长条桌上拿起一块炸肋条,没等坐下就吃了起来。她说道:"现在威尔不在了,我们必须适应没有他的生活。天知道这里还有多少活儿要干。嬷嬷,你来照顾阿什利。

埃拉，亲爱的，待在这儿帮嬷嬷。我可不希望你再发病了。其他人都到田里去。是的，波克，我知道你要说什么：'但是斯嘉丽小姐，我一辈子都是贴身男仆！'"斯嘉丽学得惟妙惟肖，连波克都忍不住笑了。

一开始天很冷。露丝玛丽和最小的孩子们在一垄地里工作。迪尔茜、韦德、波克和普利茜每人一垄。斯嘉丽干起威尔的活儿：把长长的一垄地犁到头，又犁下一长垄，她扶着一把犁，犁具高高的木柄被壮汉们的汗水浸泡得发白。那匹马知道自己的工作，不疾不徐地向前走着，但犁柄不断地颠簸着、跳动着，每当犁碰到石块，犁柄就会撞一下斯嘉丽的小手，直到她的手掌被撞得生疼。

太阳是敌人。

皮挽绳绕过斯嘉丽的肩膀，她好像马一样被上了套。她跌跌撞撞地走在不平整的土地上，脚踝时不时地扭一下。汗水把眼睛弄得酸涩，快要看不清前面的路。马扬起的尘土和她的汗水混合在一起，糊在她的脸上。

中午时分，他们在河边的树荫下休息。斯嘉丽跪下来，把凉水泼在她的脸颊和脖子上，水一直淌到了她的胸脯上。露丝玛丽跪在她身旁："佐治亚所有种植园主的日子都过得太舒坦了。"

在漫长的下午，迪尔茜又开始唱起斯嘉丽已经听了一辈子的歌。

"这是高个子约翰。"迪尔茜唱道。

普利茜和着："这是高个子约翰。"

"他早就走了。"

"他早就走了。"

"约翰·约翰先生。"

"约翰·约翰先生。"

"大眼睛的老约翰。哦,约翰·约翰……"

斯嘉丽跌跌撞撞地跟在马后面,与犁柄搏斗着,随着那首老掉牙的非洲歌曲的节奏呼吸着。

他们把阿什利放在叠好的毯子上,打着石膏的脚踝搁在从十二橡树过来的马车的后挡板上。

阿什利那双漂亮的灰色眼睛望着露丝玛丽的眼睛:"谢谢你……和我说话。"

"那天在集市上,"露丝玛丽说,"你已经尽力了。"

阿什利·威尔克斯向她凑近了一些:"是我害死了威尔。"

那天下午,他们锄完地,天空乌云密布。大团的雨云在地平线上翻滚着。

塔拉满身灰尘、汗流浃背的田地工人正在门廊上喝凉水,这时两个骑马的人出现在巷子尽头。

斯嘉丽好像被蜇了一下似的跳了起来,跑进屋里,她像个女学生似的冲上楼梯。

在她的卧室里,她一脚甩掉种田的短靴,脱下汗渍斑斑的连衣裙堆成一堆,把一块毛巾浸在水罐里,擦拭着自己的胳膊、脸和胸脯。然后她从衣橱里抓起一件高档的绿色丝绸裙,一头套上去然后系上腰带。她来不及穿紧身胸衣和鞋子。

她又下了楼,光着脚走了出来,这时咧着嘴笑的波克正牵着她丈夫的缰绳。

他的嘴角和眼睛下面新长出了好几道深深的皱纹。斯嘉丽很想投入他的怀抱,又不想表现得太轻浮:"波克,这又不是基督再临,只是巴特勒先生回家罢了。"

瑞特饥饿的目光似乎要把她吞下去:"我想你大概需要一个救世主。"

"你看起来倒像是从地狱来的。"

"确实过了几天糟糕日子。"他的微笑是如此温暖,仿佛洞察了一切。

他一个转身下了马,把埃拉一把抱起来,把她搂到身体一侧。斯嘉丽不由自主地朝他走了一步,但又停下了脚步。他怎么敢这么自信,对她表现得这么了如指掌呢?斯嘉丽轻轻甩了一下头:"在巴黎过得怎么样?"

瑞特热情的微笑变成了他招牌式的咧嘴一笑,令人气不打一处来,随即他哈哈大笑起来。孩子们——她已经很久没有听到孩子们的笑声了——和他一起笑了起来。

一滴雨,又一滴。雨点砸向干燥的小路。

"这位先生是塔兹韦尔·沃特林。你可能还记得他。"

"陪我去混血舞会的人。"斯嘉丽说。尽管她的心在反抗:不,不!我是怎么了?我应该在瑞特的怀中!

雨水打在她的脸颊上。

塔兹韦尔·沃特林的脸涨得通红:"那时的我是个傻瓜,巴特勒太太。我祈祷您能原谅我。"

傻瓜不傻瓜的——这和斯嘉丽有什么关系?

"你一直在阳光下暴晒。"瑞特说道。

斯嘉丽焦虑地摸了摸自己被晒黑的脸颊:"我的皮肤……"

"亲爱的哥哥……"露丝玛丽亲吻了哥哥的两边脸颊,"你来了,一切都会好起来的。我知道一定会的。"露丝玛丽转向瑞特的同伴:"沃特林先生,我是露丝玛丽,瑞特的妹妹。我很高兴……非常非常高兴。跟我来,我带你去把马鞍卸下来。"

斯嘉丽说:"迪尔茜,告诉嬷嬷,浪子回来了。带着孩子们,给他们洗个澡。他们太脏了。"

路易斯·瓦伦丁伸出舌头接住落下的雨滴。韦德笑得像个白痴。瑞特把埃拉放下来,她一直抱着他双腿不愿放手,瑞特只好说:"快去洗干净,小甜心。我和你妈妈说几句话。"

雨水打湿了斯嘉丽的前额和头发。

瑞特说:"斯嘉丽,亲爱的,给我看看你的手。"

斯嘉丽把它们夹在腋下。

"天哪,巴特勒太太。看见你真好。"

斯嘉丽脚下的大地又暖又湿。她的长袍湿透了,像睡衣一样紧贴在她的身体上,斯嘉丽太高兴了,她觉得自己快晕过去了。于是她挑衅地扬起下巴:"现在是怎么了,巴特勒先生?你不是急着要离开我吗?"

第五十八章

光荣的四日

第二天早晨,斯嘉丽走上塔拉的阳台,抬起手遮挡住日出的阳光。河边田地里那是一匹马吗?瑞特蹲在棉花垄上,查看着棉株。过了一会儿,他重新上马,走上缓坡向农场的几处房屋骑去,从斯嘉丽身边经过时,他摸了一下他那种植园主的宽大帽檐。"早上好,巴特勒太太,"他说,"我想今天又是一个好天气。"

"我想是的,巴特勒先生。"斯嘉丽慵懒而狡黠地笑着。

接着,在韦德·汉普顿的热情指引下,瑞特参观了塔拉的猪圈、肉舍、轧棉房,以及高地上杂草丛生的农田。他检查了马具房里的每一件马具。韦德带瑞特去看了挤奶房旁边的柱子,埃拉就是在那里发现了阿布的头,然后他们又看了看威尔·本廷的坟墓。

晚饭后,瑞特坐在畜栏最上面的栏杆上,露丝玛丽和塔兹把塔拉的马一匹一匹地从马棚里牵出来。

那天晚上，瑞特邀请韦德·汉密尔顿和大人们一起吃晚饭。饭厅里，喜气洋洋的波克忙前忙后地端着菜。韦德默不作声，举止很得体。塔兹韦尔·沃特林表现得风趣而健谈，时不时地自嘲一下。他故作严肃地模仿了精明世故的巴黎人在听到用克里奥尔法语说出"我是美国人"时的反应，逗得大家哈哈大笑。

斯嘉丽喝着咖啡，吃着嬷嬷做的山核桃馅饼，向塔兹询问秋天的棉花能卖什么价。

"中档海岛棉：三十美分。皮埃蒙特山区棉：十三到十八美分。"

"这么低？"瑞特站了起来，"斯嘉丽，亲爱的，带我去看看塔拉的账本。"

斯嘉丽办公室的那盏灯一直亮着，直到很晚。

斯嘉丽从一夜无梦的睡眠中醒来，她听到瑞特的脚步声在她卧室门口徘徊着。他的名字浮现在她尚未清醒的脑海里，她本想叫他，但他还是走了。

第二天早上吃早饭时，瑞特问大家想从亚特兰大捎点儿什么回来。

"我陪你去，"塔兹韦尔说，"我有礼物要给我妈妈。"

斯嘉丽吸了口气说道："沃特林先生，请代我向你母亲问好。如果没有贝尔的警告，我丈夫很可能被人暗算，现在已经死了。"

瑞特咯咯地笑了："天哪，天哪，巴特勒太太。看来……如果没有你，我的生命将遭受巨大的威胁。"

韦德也想一起去，瑞特说道："十分钟后在马棚集合。我们不会多等。"

韦德一下子冲上了楼梯。

瑞特转向斯嘉丽："露丝玛丽说沃特林叔侄已经逃走了。"

"塔尔博特警长是这么说的。瑞特，塔尔博特说他认识你？"

邦妮·布鲁死了，梅兰妮也死了，那时的瑞特把悲伤统揽下，好像悲伤是他唯一剩下的东西了。现在他轻声说："以后，我会找机会告诉你图尼斯·博诺的事。"

斯嘉丽和露丝玛丽挥手和他们告别，斯嘉丽转向她的朋友。

"天哪，瑞特只在这里待了两天吗？"

露丝玛丽说："我哥哥好像……心灰意冷了。"

"他变了，露丝玛丽。他还是原来的瑞特，但又和以前不一样了。我……我感觉自己又变回了少女。"她停顿了一下，又语气轻柔地补充道，"我祈祷生活能对我仁慈一些！"

"当然会的，亲爱的。"

"你真的这么觉得吗？哦，请你说是的！"

当露丝玛丽那天宣布停课时，只有路易斯·瓦伦丁表现得很失望，七册《麦加菲读本》他已经掌握了六册。博要求陪露丝玛丽去十二橡树，但她拒绝了，她告诉他，等他的父亲身体再康复一些后再去。

露丝玛丽把玉米面包、嬷嬷种的青菜、炸肋排，以及昨晚剩下的山核桃馅饼装进食篮中。

雨水把乡间红色泥土地冲刷得焕然一新，鸟儿在叽叽喳喳地叫着。露丝玛丽想到哥哥和斯嘉丽就露出了笑容。他们彼此之间像是商量好了似的，这么长时间一直乐此不疲地玩着夫妻对抗的把戏，互相逗弄对方，制造紧张气氛，直到空气都要凝固了。昨晚瑞特和斯嘉丽一起走进饭厅，她那纱织的衬裙发出窸窣的响声，听了让人精神一振。

阿什利简陋的家让人十分不适。

换下的衣服堆在角落里，脏盘子填满了整个沥水槽。阿什利珍贵的书籍散落一地，被褥破得像一条条牢骚满腹的绳子。

露丝玛丽把门窗打开，一边打扫一边哼唱着。她将房间整理停当，心满意足。接着她摘了一束淡粉色的玫瑰放在野餐篮旁的一个广口瓶里。

她拿着一本《英国花园》坐在门廊上，听着蜜蜂嗡嗡，燕子呢喃，还有远处啄木鸟敲击树干的咚咚声。

太阳温暖了她的脸，露丝玛丽慢慢地翻着书页，每翻到一张手工染色的银版照片时就停了下来。园丁们明知最终一定是大自然取得胜利，却还是把人类的价值观强加给无序的自然。园艺是充满柔情的侠义行为。

阿什利回来了，他把缰绳套在马头上，解开拴在马鞍后面的拐杖，把他那只健全的脚从马镫上抽出来，绕过马脖子上，顺着马背滑下，用拐杖和那只没受伤的脚支撑身体。"你看，"他说道，"我也并不完全是个废人吧。"他借助拐杖和一只脚小心翼翼地走上台阶，进到屋子里。

他没有刮胡子,他的裤子上沾着红土。

他看了一眼玫瑰花:"这种古老中国月季[1]不适合做插花。花瓣都掉了。"

露丝玛丽说:"我是不是不应该摘下它们?"阿什利重重地坐在椅子上,将他的拐杖靠在沥水槽上:"对不起,露丝玛丽。我现在状态不太好。摩西说瑞特回来了,那样大家都能轻松一些。"

露丝玛丽重新系好帽子:"篮子里有山核桃馅饼。吃点儿或许能让你心情好些。"

"哦,露丝玛丽,请不要离开。对不起。我不是要赶你走。"

她犹豫了一下说道:"篮子里有青菜,还有嬷嬷做的玉米面包。"

阿什利说:"我比较喜欢青菜和玉米面包。谢谢你,露丝玛丽。你不待一会儿吗?"他按摩着被拐杖压疼的腋下:"我之前从没发现……两条腿有多么方便。"

"阿什利,你尽力想要帮忙,我很感激。你冒着生命危险……"

"我害死了威尔·本廷。"

"闭上你的嘴,威尔克斯少校。不要再自责了。"

阿什利做了个鬼脸:"露丝玛丽……亲爱的、善良的露丝玛丽,你从来没有厌倦过自己。你从来没有祈祷让自己有勇气结束——"

---

[1] 一种常见的玫瑰品种,浅粉紫色,花朵掉得很快,不宜做插花。

"阿什利·威尔克斯！需要我提醒你我丈夫是自杀的吗？"

他双手抱着头呻吟起来。

露丝玛丽用勺子敲着碗，语气温柔地说："吃吧，阿什利。这是补铁的。"

他吃了几口，喃喃地说："味道像生锈的桶箍。"

露丝玛丽听了阿什利讲的小笑话，微微一笑，心想：不管怎样，这是个开始。感谢你，亲爱的主。

阿什利不会自杀。阿什利·威尔克斯没有什么可怕的秘密会突然出现，一口将他吞下去。

当瑞特和韦德从亚特兰大回来时，韦德像瑞特一样，将他的新帽子充满活力地斜扣在脑袋上。

塔兹留在了城里。"贝尔和塔兹有些事要处理，"瑞特告诉斯嘉丽，"贝尔没有发现沃特林叔侄的踪迹。她认为他们已经去了西部。'可怜的爸爸无家可归了。'"

"我恨那个老傻瓜……"斯嘉丽说。

"一辈子生活不顺会让一个人变得疯狂。"

那天下午，孩子们结束功课后，瑞特问："谁想学骑马？"

年纪小点的孩子们扯着嗓子喊，似乎想要压过其他孩子的声音。瑞特举起一只手说道："只要你们照我说的做，我们就一起去马棚，我来教你们。"

斯嘉丽脸色发白。

瑞特摸了摸她的脸颊。

"亲爱的，还记得邦妮·布鲁有多爱她的小马吗？邦妮希望我们记住这一点。"

瑞特把孩子们轮流放在一匹温顺的种田马身上,用长长的绳子牵着它绕着牲口栏跑。"埃拉,抓住马的鬃毛。"

"博,你必须留意你想让你的马去哪里!"

斯嘉丽走进她的办公室。桌面上有一份系着黑丝带的文件,显示着它的重要性,这是塔拉的地契以及她在亚特兰大的财产。在相应的地方,她的贷款状况被宣布为"已清偿"。

斯嘉丽把头埋在手里,哭了起来。

清晨,瑞特骑马来到琼斯博罗,穿过铁轨走进了黑人区。他在J.罗伯特·麦克斯韦牧师简朴的房子前勒住了缰绳,这里紧挨着第一非洲浸信会教堂。瑞特把马拴在篱笆上,他等来了一个体态圆润的年轻人走上前廊。"早上好,麦克斯韦牧师,"瑞特说,"你觉得今天可能会下雨吗?"

年轻人观察了一下天空:"我觉得不会。今天可能比较热。"

"或许吧,我是瑞特·巴德勒。"

"你好,先生。我听说你住在塔拉种植园。进来坐坐吧?我妻子正在煮咖啡。"

牧师的客厅里有一把读书椅,三把直背椅,壁炉架上有一只纽黑文钟。本色的橡木地板和前窗闪闪发光。男人们面对面坐在椅子上,谈论着天气和庄稼,直到麦克斯韦太太(她这个年纪就结婚似乎过于年轻了)将一个锡托盘放在他们中间的那把椅子上。

瑞特向她道谢,麦克斯韦太太红着脸退了出去。

男人们忙着往咖啡里加奶油和糖。"本廷先生是一个公平的雇主。"牧师说,"希望大家都能像他一样。"

"大部分种植园主不够了解自由劳工,连自由劳工自己都不了解自己。"瑞特说。

"是这样的,先生。的确如此。"年轻人点点头,"这对我们所有人来说都是一个全新的世界。"

"更好的世界,我希望。"

年轻人歪着头,想弄明白这话的弦外之音。"有些白人并不这么希望。"他端起咖啡杯,斜睨着瑞特,"我对您有所耳闻,巴特勒先生。威廉·普雷斯考特牧师曾在我的这间教堂布道。"

"普雷斯考特牧师是个很有影响力的传教士。"

"赞美主。威廉告诉我是你开枪杀了他的女婿。"

"图尼斯·博诺是我的朋友。"

年轻的传教士放下杯子。"威廉也是这么说的。"他用手搓着自己的脸,像是在赶走粘连的蜘蛛网,"我祈祷那些可怕的日子不要再重来。"

壁炉架的时钟嘀嗒作响。

麦克斯韦继续说道:"普雷斯考特牧师讲了一个奇怪的故事。他说你从他女儿那里买了一艘船———一艘沉船。"

"'快乐寡妇号'是为我办事的时候沉没的。"瑞特向前探了探身子,"威廉·普雷斯考特还提到他女儿什么事?"

"博诺夫人搬到费城去了。她要为她的儿子纳特打算。"麦克斯韦放下咖啡杯,走到窗前。当他转过身来时,阳光照在他的头上,瑞特眯着眼睛想要看清他的表情。"巴特勒先生,你可能知道我们正在要求立法机构设立黑人师范学校,这样就有黑人教师可以教育我们的孩子了。"

瑞特把杯子放在托盘上。

麦克斯韦继续说道:"您有很多位高权重的朋友。如果您能和他们谈谈,我将不胜感激。"

瑞特顿了顿,说:"我会的。"

这位年轻的牧师将左右手指尖对在一起说道:"我有什么能帮您的,巴特勒先生?"

天亮的时候,斯嘉丽被歌唱的声音吵醒了:"高个子约翰。高个子约翰。已经离开很久了。"塔拉的工人们迎着日出开始上工。

他们一如之前无数次所做的那样——走到下面的田地里,四散开来,开始工作,不管是好年景还是坏年景。

斯嘉丽急忙下楼走进厨房,瑞特和露丝玛丽面前摆着丰盛的早餐,嬷嬷满脸喜色。"瑞特,"斯嘉丽喊道,"他们回来了。塔拉的工人回来了。"

"哦,是的,亲爱的,他们回来了。"

"但是你是怎么做到的?"

她的丈夫耸耸肩:"我们有活儿要干,他们有家人要养活。他们再也没有理由害怕了。我说我们会多付一点钱。"

斯嘉丽站起来:"多付一点儿?多付一点儿?为什么,我们现在付给他们的价钱他们已经很难再找出第二家了!"但就在她说话的时候,她酸痛的后背让她想起了锄地、犁地和弯腰的情景。她自顾自地笑了笑说道:"我想塔拉还是可以负担得起多支出的这部分工资的。"

塔兹从亚特兰大回来后,他和瑞特召集棉花种植园主开了个会。托尼·方丹和他的兄弟亚历克斯来了,比阿特丽斯·塔尔顿骑着威尔养的失去母亲的小马驹来了。麦肯齐太太是一个冷酷的北方佬,她用一块钱买下了被毁的种植园,还怀疑自己多付了五毛钱,陪她一同前来的是羞怯的施密特先生,他问塔尔顿夫人是否知道谁丢了一只杂色骟马,他看见那匹马自己在闲逛。

斯嘉丽和瑞特在门口迎接他们,等大家在客厅坐定,瑞特把塔兹介绍给大家认识:"沃特林先生是新奥尔良一个棉花代理商的合伙人。"

"嗯,我真是不敢——没想到。"比阿特丽斯·塔尔顿说,"我终于见到了瑞特的私生子。我得说,年轻人,你不像你父亲!"

邻居们早已见惯了比阿特丽斯的直率,纷纷笑了起来。北方种植园主们依然面无表情。

"很抱歉让您失望了,夫人,"塔兹愉快地说,"事实上,我父亲是安德鲁·拉瓦内尔上校。您或许知道他?"

"我真该下地狱。"比阿特丽斯坐回到椅子上。

"除非上帝不喜欢粗鲁的老妇女。"瑞特在房间后面唱道。

塔兹解释说,他们的棉花价格低是因为英国市场不景气,新英格兰的工厂需要包装好、定好等级的、精心轧过的棉花。

一个种植园主联盟当场成立了，瑞特任会长，托尼·方丹任副会长。这个联盟委托塔兹韦尔·沃特林负责联系轧棉和仓储事宜。

田地工人在棉花地里锄地，在高地上播种燕麦。塔拉又开始像塔拉了。

露丝玛丽下午大部分时间都待在十二橡树。

星期天，贝尔·沃特林来探望她的儿子。晚饭后，塔兹开车送贝尔去火车站，把露丝玛丽和她哥哥留在门廊上。孩子们在草坪上扮演着红印第安人，萤火虫一亮一灭，仿佛在传递着神秘的信息。

"这里是如此的宁静。"露丝玛丽说。

"夏日的傍晚，乡下似乎会永恒不变。"

孩子们的游戏伴着一阵阵轻快的笑声。

"你在想邦妮·布鲁？"

瑞特沉默了一会儿："我只是想知道如果邦妮现在还活着会变成什么样。"

"是啊，"他妹妹说，"我的梅格到现在也该长成大姑娘了，也许正在担心自己是不是足够漂亮，能够迷住小伙子。哥哥，生活太残酷了。"

瑞特从烟盒里拿出一支雪茄："有时候我在想我们来到这世上到底有什么目的，只是为了证明那些我们曾经失去的。"他掐着雪茄头："你去看阿什利了？"

"阿什利是个善良、温柔的男人。"

瑞特划亮火柴,他的颧骨看起来很醒目:"我想他是的。但是这个世界对阿什利·威尔克斯来说足够好吗?"

露丝玛丽用一只手托着下巴:"阿什利是个真性情的男人——就像你一样,瑞特。"

"我想是的。"瑞特靠在栏杆上喊道,"孩子们,该进屋了。到时间做祈祷然后睡觉了。"

第二天早晨醒来时,斯嘉丽放肆地伸了个懒腰。亚麻布床单像情人一样爱抚着她。等着瑞特来找她是充满煎熬,但又让她十分着迷。总有一天,这一天很快……

吃过早饭,斯嘉丽端着咖啡来到前廊,瑞特正坐在门廊的秋千上:"你的大丽花很可爱。"

"我妈妈不喜欢这些花。埃伦说大丽花'太招摇了'。"

他笑道:"招摇不就是花的本分吗?"

"也许吧,瑞特……我……"

当他用手指触碰到她的嘴唇时,一阵战栗顺着她的脊柱传递下来。"别说话。不要破坏这一刻。"

在河边的田地里,棉花的花朵像雪花一样在一片绿色中偷偷向外窥视。

瑞特说:"我想举办一次烧烤聚会。就像过去一样。我们邀请所有人。你还记得我们相遇的那次烧烤聚会吗?"

"很难忘记。"

"我在那里,无辜地睡觉,当我坐起来的时候,我的眼前一亮,面前出现了我所见过的最可爱的女孩。然后她竟然用一件陶器砸我!"

斯嘉丽把手伸进他的手里:"当时没有砸到你一直让我觉得很遗憾。"她低声说道。接着,他们为彼此所讲的愚蠢笑话哈哈大笑。

准备工作开始了。

"但是七月四日是联邦的假日[1]。"斯嘉丽提出异议。

瑞特说:"亲爱的,我们现在也属于联邦了。"按照瑞特的计划,没有南方人会反对在维克斯堡沦陷和葛底斯堡失守的周年纪念日举办聚会。

显然,瑞特对南方人情感的判断是正确的,因为没有一个人拒绝塔拉的邀请,比阿特丽斯·塔尔顿问她能否带串门的侄孙女一起来。

嬷嬷和迪尔茜像手拿镰刀的死神一样在放养家禽的院子绕来绕去。瑞特买了火腿。从附近的菜园征集来了早熟的西红柿,摘下了莴苣和扁豆,挖出了新土豆。

阿什利请来曾在十二橡树担任主乐手的小提琴手来当乐队的指挥。"是的,威尔克斯先生。还像从前那样。"

塔拉的炉灶上咕嘟咕嘟地烹饪着食物,嬷嬷终于忍不住抱

---

[1] 7月4日是美国独立日,为美国法定假日。

怨厨房"比托非特[1]还热"。她和迪尔茜负责烤苹果、奶酪和大黄馅饼。

瑞特让孩子们负责搅拌冰淇淋,他们把冰淇淋存放在冰窖里的高高的锡罐里。

由于多年没有在一起演奏了,阿什利请来的乐师们在塔拉练习,烧烤聚会的各项准备工作在小提琴、两把班卓琴和一把曼陀林奏出的琴声中进行着。

七月四日的黎明很凉爽,地平线上没有雨云。

波克赶着马车来到琼斯博罗车站,等候着中午那班火车。听着波克和彼得争论着该由谁来为皮蒂帕特赶车,皮蒂帕特小姐满面春风。"老天哪,"皮蒂说道,"这不是和过去一模一样嘛!"

虽然邀请函上注明是下午两点开始,有些客人中午时分就到了。当然,他们主动开始帮忙。当然,结果是他们都帮了倒忙。

邻居们开着破旧的农用货车驶上了塔拉前面的小路。亚特兰大的绅士租用了琼斯博罗出租车行的每辆马车。

皮蒂帕特姑妈焦急地说:"亲爱的瑞特,你觉得……呃,你觉得这样合适吗?今天是七月四日,我们许多人一想到这个日子心里都不舒服……"

瑞特吻了她的脸颊,皮蒂帕特小姐于是忘了她还想说什么。

即便有南方人反对四日,他们嘴上也没有这么说,而瑞特邀请的那些北方种植园主太过彬彬有礼,不会提起过去。

---

[1] 来自希伯来语。古希伯来在此地举行人祭,犹太教将此作为地狱的象征。

在一个炎热的下午，佐治亚州克莱顿县举办了乡村烧烤聚会，证明战争终于彻底结束了。

两点整，麦克斯韦牧师和他的妻子坐着他们朴素的浸信会马车也过来了。瑞特在回车道迎接了他们，并向麦克斯韦太太行了脱帽礼：ّ"我十分高兴你们二位今天能来，牧师先生。深感荣幸。"

牧师说："谢谢你。关于你这个美丽的种植园我早有耳闻。"

"你们肯定认识迪尔茜吧。让她带你们到处看看。"

七月四日这个日子特殊，再加上多喝了些白兰地，托尼·方丹失了分寸，他满眼怒火地向瑞特走去："该死的，瑞特！"

瑞特揽住托尼的肩膀说："托尼，每个人来这里就是为了度过一段美好时光。如果你扫了大家的兴，可别怪我不客气。"

托尼看向瑞特，他的脸上带着微笑，但眼神里却透露出冰冷和智慧："瑞特！该死的！我只是……"

"那就请你离开。很抱歉。你能来真是太好了。"

托尼·方丹说道："但是，该死，瑞特！"

"你能来太好了。"

于是托尼·方丹和他不情愿的妻子离开了。虽然每个人都知道发生了什么，但没有人提起这件事。礼数周全的南方人对不应该注意的事情会选择视而不见。

麦克白穿着男仆的制服，这让他心情十分低落。然而波克对他说："这种场合黑人就该穿他们应该穿的衣服。"麦克白狠狠地诅咒了他。贝尔·沃特林宽松的长裙将她的身材衬托得玲珑有致。

阿什利·威尔克斯和露丝玛丽绘声绘色地描述着十二橡树花园的景色,但亨利叔叔听得有些心不在焉。

烧烤坑里冒出的山核桃烟袅袅地穿过黄杨树林,河边吹来的微风让蚊子无法靠近。客人在自助餐桌前排起了队。

"您要来点儿火腿吗,牧师?最后面的一片?"

"谢谢你,迪尔茜。"

存在于人们脑海中的往昔场景,令今日的快乐感受更加强烈。

暮色越来越浓,男人们的酒兴越来越高涨,于是瑞特叫人把麦克斯韦牧师的马车带了过来。

"巴特勒先生,"麦克斯韦说,"谢谢你让我度过一个难忘的下午。"

太阳落山后,妇女们披上披肩,管弦乐队调试着乐器。瑞特和塔兹把贴着外国标签的盒子搬到了旁边的草坪上。"你们待在门廊上,"瑞特叮嘱孩子们说。"埃拉、博、路易斯·瓦伦丁:如果你们走上草坪,你们就只能待在屋子里看了。"

"我能帮忙吗?"韦德问道。

"如果你能完全照我和塔兹说的去做就行。"

中国烟火飞入塔拉上方的夜空,随着一声爆炸,火花四射,然后如下雨般地落下一道道流光。每次爆炸,孩子们都尖叫道:"哇!"埃拉捂住耳朵,大人们鼓掌。

最后一枚烟花放上去之后,孩子们冲到草坪上,仔细观察着烧焦的炮筒，惊叹于如此普通的东西里竟然装着那么美丽的星星。

客厅、中央大厅和餐厅变成了舞厅，埃伦·奥哈拉曾向杰拉尔德提出的这个要求在今天终于得以实现。管弦乐队在楼梯上就位。露丝玛丽把年幼的孩子们带到床上，但几分钟后，他们就跑到栏杆前往下偷看。

韦德穿着礼拜日的西装，戴着僵硬的赛璐珞[1]领子，跟在塔兹韦尔·沃特林的屁股后面，希望大人们不要把他的头发弄乱。他的姑婆皮蒂帕特说："韦德，你可真像亲爱的查尔斯！"一滴眼泪顺着她那布满皱纹的脸颊流了下来。

在斯嘉丽外祖母的肖像画下，比阿特丽斯·塔尔顿和亚历克斯·方丹正在讨论着一匹好几个人见过的四处闲逛的马。塔尔顿太太不相信："从这里到琼斯博罗，每一匹杂色马我都认得。"

比阿特丽斯的女儿们在附近。她的儿子们，布伦特、斯图尔特和汤姆——战前斯嘉丽热情的追求者——现在只成了悲伤的回忆。

斯嘉丽叹了口气。

瑞特好像读懂了她的心思，握住了她的手："亲爱的，如果今晚那些亡魂也在这里，他们也会希望我们能够开心。"

这支小管弦乐队在华尔兹舞曲里穿插了里尔舞曲。然而乐师们拒绝演奏"旧时光的"四对舞舞曲，老客人们都很失望。

---

[1] 赛璐珞（Celluoid）为塑料所用的旧商标名称，此处即为塑料。

塔兹和他的母亲跳完一曲后,又和比阿特丽斯的侄孙女波莉搭档——一个棕色头发的害羞的姑娘——跳了起来。

贝尔·沃特林高兴得满面发光。"看看我的儿子,"她似乎在自言自语道,"上帝啊,快看看他。"

比阿特丽丝·塔尔顿将脑袋侧向身旁的这个女人:"沃特林小姐,今昔不同往日了啊。"

"我……"

"我相信一切都在向好发展。我不知道大家在纠结什么。所有刻板的体面毫无必要。我们真的以为上帝会在乎男人偷看我们的腿吗?告诉我,沃特林小姐,"——比阿特丽斯直视着贝尔的眼睛——"男人们是不是都是一个样?"

贝尔咳嗽了一声,拍了拍喉咙。"天哪。"她说,然后她悄悄地凑过去,"男人和男人是不一样的,你不知道吗?"

阿什利和露丝玛丽坐在门廊的秋千上,有一搭没一搭地闲聊着,但两人都非常享受他们的谈话。

甜点已经摆到草坪的桌子上,但微风一停,蚊子成群结队地占领了这里,大家端着盘子来到了屋子里。

皮蒂帕特小姐坐在她的高背翼状扶手椅上,既开心又难过地想到了亲爱的梅兰妮,如果她还在,今晚也一定会很高兴的。

当小提琴手奏起《士兵的欢乐》时,瑞特向斯嘉丽伸出了手。

"瑞特,一直以来我都太傻了。"

"是的,我们都是。"巴特勒先生牵着巴特勒太太的手来到舞池。

我们初次见面的时候，斯嘉丽心想，我还是个孩子。瑞特帮助我成了现在的我。

"亲爱的。"瑞特礼貌地小声提醒道，"这是里尔舞曲，不是二步舞。"

斯嘉丽·奥哈拉·巴特勒不停地旋转着。像曾经的那个少女一样旋转着，那个女孩一直住在她的内心深处。她不停地旋转，像孩子一样，像少女一样，像少妇一样，她的男人在她旁边，他的手快速地抓住她的手。她丈夫的眼睛里闪烁着满满的爱意，斯嘉丽·巴特勒生平第一次不再害怕变老。

午夜时分，尽管许多人都很不情愿，乐队还是收起了乐器。

瑞特预订了一班火车在琼斯博罗车站等待着来自亚特兰大的客人们。附近的邻居逗留在回车道上。

"非常感谢各位的到来，"斯嘉丽一再说道，"以后我们还会再举办的。"

当最后一盏马车灯渐渐消失在小路上，瑞特关上了屋子大门。

斯嘉丽看见贝尔在楼上的客厅里。她穿了一件花俏的粉红色晨衣。

"我从没过过这么美好的一天，"贝尔说，"谢谢你，斯嘉丽小姐，让我留在这里过夜。"

斯嘉丽吻了吻这个粉红妇人的脸颊："晚安，贝尔。"

斯嘉丽在卧室里纵情地脱下衣服。瑞特今晚会来找她的——她浑身刺麻的皮肤让她确信他会来的。她哼着歌，在耳朵后面和乳房柔美的曲线下轻轻地抹上了古龙香水。

瑞特从来没有见过她穿这件薄纱睡衣。斯嘉丽觉得自己是一份珍贵的礼物。

当她拉开窗帘时,清冷的蓝色月光倾洒到房间里。

斯嘉丽跪在床边,在胸口画了个十字。她感谢上帝赐予她塔拉、埃拉、韦德,以及所有爱她的人。她感谢上帝把瑞特带回家。

然后,她闻到了烟味。

第五十九章

我的日子到了

斯嘉丽不停地咳嗽。黑影聚集在她卧室门的底部，油乎乎的黑烟缓缓流动着，然后涌进了屋内，攀上了壁板。

露丝玛丽叫道："着火了！天哪！着火了！"

斯嘉丽刚触碰到门把手，就惊叫一声把手缩了回来。门把手烫得像个火炉！

瑞特没穿衬衣，光着脚，从育婴室闯了进来。"火是从楼梯井那里着起来的。"他镇定地说，"帮我把孩子们救出来。"

一切都发生得太快！瑞特抓起她的手，斯嘉丽反抗道："可我还没穿衣服！"

育婴室里，烟在月光下懒洋洋地飘动着。孩子们围坐在露丝玛丽身边，周围散落着玩具和书籍。露丝玛丽把路易斯·瓦伦丁抱在大腿上。露丝玛丽像她哥哥一样冷静地说："塔兹韦尔去找他母亲了。"

"好小子。"瑞特跪下来,平视着孩子们,"埃拉,睡觉时间已经过了。你这么晚还没睡在干什么?"

埃拉用手捂住嘴,她的恐惧化作了一阵咯咯的笑声。

"博,你是我勇敢的孩子吗?我需要你今晚勇敢一些。"

博使劲擤了擤鼻涕。

瑞特说:"我们就指望你了,韦德·汉普顿·汉密尔顿。"

在育婴室门外,熊熊的火焰像一只巨大的野兽在灌木丛中嘶吼。快点儿!斯嘉丽心想。我们必须快点!

瑞特转向瑟瑟发抖的路易斯·瓦伦丁说:"你多大了,路易斯?"

"七岁,瑞特舅舅。"

"你的名字取自一个海盗。你知道吗?"

"是的,先生。"

"瑞特!"斯嘉丽抗议道。

瑞特使劲捏了捏斯嘉丽的手,眼睛却一直盯着孩子:"那么你就得像海盗一样勇敢。对吧,路易斯·瓦伦丁?"

路易斯·瓦伦丁尖声说:"是,瑞特舅舅。"

"很好。因为我们穿过那扇门的时候,会很热、很黑、很可怕。我们要手牵手,这样就不会有人掉队或落在后面。斯嘉丽领头,然后是韦德,然后是路易斯·瓦伦丁,然后是露丝玛丽,然后是埃拉。博,你要握住埃拉的另一只手——千万不要松手,我会牵着你的手,我们排在最后。现在大家拉起手来。好。紧紧拉住,比你们以往任何时候都要抓得更紧。大家一定要坚持住!"

瑞特说话的时候，房间里已经充满了烟，埃拉开始咳嗽起来。斯嘉丽祈祷埃拉不要发病。

"我们要从烟雾下爬着穿过大厅，顺着用人楼梯下到厨房，然后出去。"瑞特继续说道，"你们不要磨蹭，就算害怕，也要装作很勇敢。绝对不能松开你们握住的手。明白吗？"

大家纷纷回答明白。埃拉忍住了抽泣。

瑞特用同样平静的语调说道："斯嘉丽，亲爱的，抓住韦德的手。我们走吧。"

虽然牙齿在咯咯打架，斯嘉丽还是说道："巴特勒先生，你确定这是去金银花舞厅的路吗？"

瑞特发出一声轻哼。斯嘉丽把睡衣拉到膝盖上面，跪了下来。

瑞特把门厅的门推开，暴怒的黄色火舌吐出一股股令人窒息的黑烟。斯嘉丽爬进了烟雾中。每一块木质地板的边缘都被下面渗出来的光线勾勒了出来；天花板消失在一片盘旋的黑暗中。斯嘉丽的脖子很热。如果她的头发着火了该怎么办呢？在斯嘉丽的记忆中，用人楼梯似乎距离并没有这么远。她向前爬着，紧紧抓着她身后韦德的手，她那件漂亮的新睡衣滑到了膝盖下面，妨碍了她的爬行，她索性把它撕碎了。

火像愤怒的熊一样咆哮着。地板烘烤着斯嘉丽的手和膝盖，她张大嘴喘着粗气。她握着韦德的手，手心里全是汗水，滑溜溜的。瑞特在呼啸的火焰声中大吼道："孩子们，千万不能松手。使出所有力气，坚持住！"

埃拉尖叫道:"我要妈妈!"

"我在这儿,亲爱的。继续往前爬。"斯嘉丽痛苦地咳嗽着。

在前方的烟雾中,出现了一个更暗的长方形,那是楼梯间。斯嘉丽用另一只手摸索着找到了楼梯的顶端,她大喊道:"我找到楼梯了。我开始向下走了。"她剧烈地咳嗽,感觉要把肺都咳出来了。斯嘉丽紧紧抓住韦德被汗浸透、滑溜溜的手,后退着向下——两步、三步。凉爽的空气冲上了楼梯,把烟吹到了她的上方。斯嘉丽用脚趾摸索着每一级看不见的台阶,慢慢地从狭窄而漆黑的楼梯上退了下来。

在后面很远的地方,瑞特喊道:"手抓紧!手抓紧!"韦德踩空了一步,他的手从斯嘉丽的手里滑了出来,她急忙用身子挡住了他,不让他从楼梯上摔下去。韦德说:"对不起,妈妈。"那声音和查尔斯·汉密尔顿简直一模一样。

在厨房外面那个狭小的前厅里,斯嘉丽努力想要记起门闩是在左边还是右边。在上面的某个地方,瑞特喊道:"我们快到了!路易斯·瓦伦丁!海盗从不流泪!"

狭窄的门打开了,穿着睡衣、戴着印花布睡帽的嬷嬷站在那里。这个上了年纪的黑人妇女无助地说:"斯嘉丽,亲爱的。我们着火了。"

斯嘉丽把韦德拉进凉爽的厨房。

"是的,嬷嬷,我们着火了。敲响农场的大钟,把大家都叫醒。"

斯嘉丽把路易斯·瓦伦丁拉进厨房,然后是露丝玛丽和埃拉,接着是博,最后是瑞特·巴特勒,他正把灼伤的手塞进腋窝里。

"不过这次的烧烤聚会真是太棒了,"嬷嬷茫然地说,"我们好多年都没有这么开心了!"

斯嘉丽叫道:"哦,瑞特!你的手,你可怜的,可怜的手!"

"我把手套忘在格拉斯哥了。"他轻描淡写地回答。

嬷嬷拉响了示警的钟声,露丝玛丽护送着孩子们来到了院子里。农场里各处房屋一片黑暗宁静。当埃拉倒下时,瑞特抓住并抱起她。埃拉圆胖赤裸的双脚从他的怀中垂了下来。瑞特把埃拉放在汲水室旁边的草地上,说道:"可怜的孩子。她已经表现得尽可能勇敢了。"

"我来陪着埃拉,"露丝玛丽说道,"韦德·汉密尔顿,请照顾好弟弟们。"

塔兹把梯子靠在杰拉尔德·奥哈拉的阳台上,他的母亲一脸镇定地等在那里。塔拉楼上的窗户后面火焰闪烁着。埃伦·奥哈拉的扇形窗和侧窗发出刺眼的白光。一个空燃料罐倒在前门旁边。斯嘉丽在木头燃烧的浓烟里闻出了煤油的味道。

塔拉前面的楼梯在燃烧,几个小时前管弦乐队还在那里演奏施特劳斯的圆舞曲。

塔兹向上爬去,瑞特扶着梯子。

房子旁边的草被烧焦了。黄杨树烧成了一根根棍子。塔拉门廊上的秋千嘎吱嘎吱地来回荡着,仿佛幽灵坐在上面。

贝尔·沃特林一步一步小心翼翼地倒退着爬下梯子,她的粉红色晨衣和她的尊严一样都完好无损。

黑人们朝大宅这边跑过来。迪尔茜喊道:"塔拉!我们得去救塔拉!"

斯嘉丽从恍惚中惊醒。"瑞特!"她喊道,"我的上帝啊!是塔拉。"

扇形窗砰的一声炸开,火焰在门廊屋顶的下方绽放,斯嘉丽向门口冲去。

瑞特抱住她的腰,把她抱离了地面。"不!"他说道,"太迟了。"

她踢着他的小腿:"不可以是塔拉。我不能失去塔拉。"

"上帝做证!我不能失去你!再也不可以了!"瑞特把斯嘉丽拖走了,火光冲破了拱腹,蹿上了屋顶的最高处。

灼热难当。瑞特、斯嘉丽、塔兹韦尔和贝尔退到了回车道上。

斯嘉丽气得大哭。"我们应该试一试!"她捶打着瑞特的胸膛,"我们应该想想办法!"

大火咆哮着,塔拉的窗户像撒旦的眼睛一样发着光。小路上传来马蹄声:邻居们赶了过来。太迟了。实在是太迟了。

"哦,瑞特,"斯嘉丽呻吟道,"是塔拉。是塔拉。"她把脸埋在他的肩膀上。

"是的,亲爱的。是塔拉。"

在嘈杂的大火声中一个微弱的声音传来:"我的日子到了。"

那个衣衫褴褛的老人胡须上沾着小树枝,油腻的头发缠作一团。他离火太近了,衬衫前胸和袖子有很多地方都被烧焦了。

他拿着一把生锈的单发决斗手枪。

"瑞特·巴特勒,"以赛亚·沃特林用平淡的语调重复着,"我的日子到了。"

瑞特把斯嘉丽推到一边:"晚上好,沃特林。你实在不需要烧我妻子的房子。只要你开口,我会出来的。"

"净化之火……"以赛亚喃喃地说。

"我不记得自己还用得上净化之火。"瑞特说,"不过我这个人并不虔诚。毫无疑问,对于净化之火,你了解得比我要多。"

老人集聚最后一点力气,挺直了身子:"你杀了我的儿子,沙德拉。因为你,瑞特·巴特勒,布劳顿种植园的少爷,我的孩子饱受炼狱之火。"

斯嘉丽的牙齿打着战,大声喊道:"你!离开塔拉!离我们远点,你这个可怜虫!"

瑞特说:"以赛亚,即便我没杀你儿子,他也会死在别人手上。你应该很清楚这一点。沙德·沃特林绝不可能平安终老。"

"你也不会,罪人!"老以赛亚用颤抖的双手举起手枪。

瑞特朝他走了一步:"把枪给我,以赛亚。"

贝尔哭着跑到她父亲跟前:"爸爸!爸爸!求你了!你绝对不可以!"

一声枪响:不算太响亮,比棍子折断的声音大不了多少。贝尔·沃特林浑身颤抖。她把粉红色的晨衣整整齐齐地铺好,这样就没人能看见她裸露的双腿了,她坐到了上马石上。

贝尔说:"可怜的,可怜的爸爸。"然后她死了。

第六十章

明天又是新的一天

这些年来，米德太太和埃尔辛太太对"红帽子"一直充满好奇，今天她们终于登门拜访，这是受她们爱国责任感的驱使。

战争结束九年后，南部邦联的故事慢慢孕育出一个个华丽而浪漫的神话。一些曾经使这些女士们感到难堪的、骇人听闻的事件渐渐成了她们的家族代代相传的传说。正如埃尔辛太太对自己的孙辈们所说的："当来自佐治亚州的北方占领者四处绞杀那些勇士们时，贝尔·沃特林用计将你们的父亲从绞刑架上救了下来。你们简直没法想象！"埃尔辛太太每次重复这个熟悉的故事时，都会对北方佬会这么轻易上当受骗表达一次惊讶："那帮北方佬真的相信休·埃尔辛在妓院里闹事！想想吧！"

然而传说是一回事，妓院是另一回事，当女士们的马车在这个臭名昭著的地方停下来时，她们差点要她们的车夫直接开走。但当她们看到了熟悉的面孔，看到那些可敬的公民都来向这个亚特兰大声名狼藉的堕落女人表达敬意的时候，她们终于大大地松了一口气。

说实话，她们很失望。事后，米德太太告诉她的朋友说："哎呀，沃特林小姐的客厅几乎可说是让人肃然起敬啊！"

讨厌法式装饰的埃尔辛太太表达异议："太过浮夸，天哪。太浮夸了！"

"红帽子"一直没有变化，彼时邦联的军官曾在这里寻乐，老兵们来到这里缅怀他们曾经的年轻时代。亚特兰大人，不管是受人尊敬的还是声名狼藉的，都怀揣着不安的联想，在两侧种着芬芳馥郁的玫瑰花的人行道上等候着。

麦克白对着他认识和不认识的来宾都毫无感情地重复着同一句话："早上好先生，早上好夫人。很高兴您能在这个悲伤的日子来访。"

屋子里，好奇的人们原本期待着看到绚丽的鸡尾鹦鹉和异国情调的红鹤，结果却只看到了鹬鹬：贝尔手下身穿黑衣的妓女。

战争期间，好几位现在受人尊敬的太太都曾在这里工作过。杰拉尔德·D.太太是曾经活泼的"苏珊娜小姐"，而"卖俏姑娘"变成了现在的威廉·P.太太。无论是看她们的话语还是手势，妓女们都没有认出她们之前的同事。

殡葬工人送来了五十把直背椅子，并把贝尔客厅里的家具搬到了楼上。他们把棺材放在锯木架上，在上面盖上黑色绉纱。他们用几十个花圈和鲜花把这里布置得庄严而肃穆。

贝尔穿着一件样式明显过时的灰色丝绸连衣裙。她的头发散在白色缎子枕头上，双手虔诚地交叉着。她看起来像个穿着妈妈舞会礼服的孩子。一条宽阔的红丝带从她的棺材上垂下，上面绣着"吾爱"的黑色字样。

面色灰白的瑞特·巴特勒接受众人的吊唁："是的，她是个好女人。贝尔对人充满信任。是的，贝尔对我很重要。亨利，谢谢你能来。"

巴特勒太太站在丈夫身旁："很高兴您能来，梅里韦瑟爷爷。我希望您一会儿能用些茶点。穿过那扇门就是厨房。"

斯嘉丽向大家介绍那个年轻人："贝尔的儿子，塔兹韦尔·沃特林。沃特林先生是新奥尔良的棉花代理商。南部联军的老兵，没错。"

塔兹韦尔·沃特林尚未从突如其来的噩耗中回过神来，他木然地接受着陌生人善意的哀悼。他礼貌地向每个人道谢，但他们的客气话对他毫无意义。塔兹韦尔正在为一件轻易就能达成，然而却始终都没有做的事感到后悔：他的母亲在他老区房子的花园里沐浴着阳光，终于获得了幸福。他多么希望他能保留一封，就一封，他母亲写下的愚蠢而珍贵的信啊！

体面的亚特兰大人回避了贝尔奢华的丧宴，但没那么讲究的市民和他们的女眷则聚集在厨房，尽情地享用着烤牛肉、火腿和威士忌。他们抱怨全国大萧条，他们想知道亚特兰大什么时候能够渡过难关并再次繁荣起来。他们为纪念贝尔干杯。他们一遍又一边地讲述着在他们生活窘迫的时候，贝尔如何善良地对待他们。

《亚特兰大日报》的记者写道：

戴着叮当作响的脚镣和手铐，被害女性的父亲在克莱顿县治安官奥利弗·塔尔博特的押解下前来吊唁死者。哀悼者惊恐地纷纷后退，这个胡子拉碴、夺走女儿生命的父亲走到她的棺材架前。他冷漠的脸上没有显示出半点父亲的慈爱和深情；他也没有发出悲伤的哭声。他的手指扣下了致命的扳机。他的女儿倒在他的脚边，可怜地哭喊着。即便以赛亚·沃特林心有悔恨，他也没有表现出来。

一定有什么念头在折磨着他执拗的心灵；顽固的意志一定将他热烈的情绪压抑了下来。他在女儿的棺材上俯下身来，有人看见他在棺材里放了什么东西。

但他的外孙——新奥尔良的T.沃特林先生发现了这个动作，把老人放在那里的东西拿出来，在沃特林要被带走的时候，那个年轻人把东西还给了他……

"我想，先生，你忘了这个。"塔兹将那本《新约》放在他外祖父戴着手铐的手中。

"我不是……"以赛亚用一双苍老的眼睛打量着他外孙的脸，他舔了舔嘴唇，"我从来都不是我自己……"他垂下目光，塔尔博特警长拖拽着锁链，老人跟了过去，像条狗一样听话。

瑞特说服了圣菲利普教堂不情愿的郊区牧师，让贝尔·沃特林长眠在这座城市最古老的教堂墓地里。牧师选了一处靠着后墙的地方,贝尔葬在那里不会有损教堂的颜面。瑞特敲了敲主教显赫的石碑:"反正贝尔也不喜欢老查理。"

于是,在一个美丽的礼拜日清晨,露丝·贝尔·沃特林被安葬于此。草地上的露珠晶莹。教堂召唤着基督徒们前来做礼拜。一阵悦耳的铃声响起,亚特兰大的一辆崭新的有轨电车驶过。

韦德·汉密尔顿和埃拉·肯尼迪分别站在斯嘉丽的两侧。博·威尔克斯和路易斯·瓦伦丁·拉瓦内尔同阿什利和露丝玛丽站在一起。教区牧师念着祈祷书。孩子们举止恭敬。路易斯·瓦伦丁的双脚动来动去。

塔兹韦尔·沃特林哭了。

牧师找了个尽可能体面的理由离开了。拿着铲子的黑人等待着,保持着礼貌的距离。

阿什利·威尔克斯向瑞特伸出手:"我很难过,瑞特。贝尔是个好女人。她救了我的命。"

瑞特握住了那个越发纤弱的男人的手:"我们认识多少年了?"

阿什利思考片刻回答道:"我们是六一年认识的。"

"十三年了。奇怪,感觉比这还要久远。你的花园怎么样了?"

阿什利立刻恢复了生气:"非常好。我让喷泉又流淌起来了。你一定要过来看看。"阿什利拉住了露丝玛丽的胳膊:"你妹妹现在成了园艺师。"

露丝玛丽问道:"你有没有想过为什么会这样呢,哥哥,男人假装在照顾女人，然而事实却刚好相反。"

瑞特吻了吻露丝玛丽的额头。

塔兹韦尔的生意已经耽搁太久了，他启程去了火车站。

当巴特勒夫妇来到皮蒂帕特姨妈家时，瑞特已然筋疲力尽，他跟跟跄跄地爬上了楼梯。在梅兰妮·威尔克斯的卧室里，斯嘉丽帮她丈夫脱下了衣服。她把瑞特扶上床时，他的牙齿不停地打战，浑身剧烈地抖动着，斯嘉丽脱下衣服，钻进被窝，抱着他，直到他睡去。

黄昏时分的阴影掠过房间，风吹着窗外的榆树沙沙作响，斯嘉丽在瑞特的怀里醒来。

塔拉，斯嘉丽心想。她本想哭泣，但眼泪早已经哭干。

她坐起来，使劲揉眼睛，直到她看到了星星。"胡说八道！"斯嘉丽·奥哈拉·巴特勒这样对世界宣布道。

瑞特睡意未消，小声咕哝着，她把他额头上的头发捋平，吻了吻他的嘴唇。"我得去看看孩子们，"斯嘉丽说道，"我把咖啡准备好等你下楼。"

嬷嬷和埃拉在屋后弯腰摘豆荚。皮蒂、韦德和彼得大叔在花园里。

"我们要在它掉下前摘下来，"嬷嬷说，她苍老的手指快速地移动着，"瑞特先生没事吧？"

"我想他没事。我怎么也想不起来了，嬷嬷，你是什么时候来塔拉的？"

"天哪，孩子。你妈妈出嫁的时候我和她一起过来的。"

"你认识菲利普·罗比拉德吗？"

嬷嬷又换成一副熟悉的表情，固执地紧闭双唇。

"嬷嬷，他们都死了。真相现在伤害不了任何人。"

"亲爱的，我经历的事比你多。无论什么时候说出真相，它都会伤人的。"嬷嬷不情不愿地说道，"我从来都不看好菲利普少爷。他太鲁莽。"

"像瑞特那样？"

"瑞特先生？鲁莽？"丰满的嬷嬷笑得浑身的肉都晃动起来，"瑞特先生对他所爱的人从不鲁莽。"

一切都变了。斯嘉丽的一切愿望，她曾经希望的一切——完全改变了。

她能像阿什利一样，重新创造出曾经的那种生活吗？用繁盛的杜鹃花和紫藤巧妙地装点废墟？斯嘉丽哼了一声。

她和瑞特可能会重建塔拉。或者他们会旅行一段时间，有许多地方斯嘉丽还没见识过。也许她和瑞特会去黄石公园，看看那些自然奇观：热水从地下喷出来，像发条钟一样规律。老天啊！

正当她沉浸在憧憬中，瑞特走下了楼，她向他打招呼："下午好，亲爱的。"

他扬起眉毛："那么，我是你的亲爱的了？"

"你很清楚你一直都是。瑞特，请不要再嘲笑我了。"

他那令人恼火的笑容消失了："亲爱的，再也不会了。我保证。"

他们注视着对方,仿佛看到了对方的灵魂。她的眼睛是绿色的,他的是黑色的。

他说:"生活又伤害了我们。"

"比我们已经承受的伤害更严重吗?"

"不,"他说,"我想不是。"

随即,瑞特·巴特勒笑了,笑得很大声,他一把将斯嘉丽抱起来,在厨房里跳起了华尔兹,热烈地亲吻她,让她快喘不过气来,埃拉在一旁很开心,嬷嬷则一脸错愕:"瑞特先生!瑞特先生,你把东西都打翻了!"

瑞特·巴特勒露出他招牌式的微笑说:"老婆,你是世界上最迷人的女人。"

斯嘉丽说:"天哪,巴特勒先生。生活真是充满惊喜啊,不是吗?"

这并不算是

结束

致谢

这部非比寻常之作源自两个故事讲述者的想象以及那段充满兴奋和恐惧的日子——正是那段历史成就了今日之美国。像玛格丽特·米切尔一样,我对一些史实做了改动。内战史学家会注意到,我把南部联军的突袭者约翰·亨特·摩根的一些事迹安在了安德鲁·拉瓦内尔上校身上。摩根将军不是安德鲁·拉瓦内尔,并没有在战争中幸存下来。同样地,古巴历史学家会认为纳西索·洛佩兹进攻的时间比我在书中提到的日期要早上几年。像美国入侵猪湾和伊拉克一样,洛佩兹也编织了冠冕堂皇的理由来掩饰他的过错,这次入侵也同样以失败告终。洛佩兹在哈瓦那被绞死,他手下的那帮劫掠者们——除一人之外——悉数被枪毙。那个死里逃生的人请求西班牙司令官给依然掌权的议员丹尼尔·韦伯斯特写封信,这封信上他署名为"您疼爱的侄子"。他成功逃脱的故事对我而言很像是瑞特·巴特勒会做的事。

我谨向在《瑞特》创作过程中给予我帮助的人表示感谢。

佐治亚州：

保罗·安德森先生

哈尔·克拉克先生

艾墨利与亨利学院特色馆藏

亚特兰大历史中心

霍夫怀尔-布劳德菲尔德种植园国家历史遗址

新奥尔良州：

佩尼·托斯先生

亨利·辛德勒先生

阿瑟·卡彭特先生，洛约拉大学特殊收藏和档案馆

路易斯安那州立博物馆和历史中心

杜兰大学霍华德蒂尔顿纪念图书馆

威廉研究中心，新奥尔良历史收藏馆

查尔斯顿：

尼克·巴特勒先生

达纳和佩吉·麦克贝恩

J.特蕾西·鲍尔医生

兰迪·史密斯上尉

彼得·威尔克森先生

查尔斯顿博物馆

查尔斯顿图书馆学会

南卡罗来纳历史学会

查尔斯顿保护基金会以及纳撒尼尔·拉塞尔,艾肯-瑞特,埃德蒙顿-奥尔斯顿民居管理处的员工

其他:

托马斯·卡特莱特以及

田纳西州富兰克林卡特·豪斯博物馆

肯塔基马公园国际马匹博物馆

弗吉尼亚大学奥尔德曼图书馆

华盛顿和李大学莱伯恩图书馆

圣马丁出版社的詹妮弗·恩德林女士

最后特别要感谢我深爱的安妮,她的勇气从未衰退。